KB034257

한국
고시조 영역의
태동과 성장

지은이

강혜정 姜惠貞, Kang Hye-jung

이화여자대학교 국어국문학과를 졸업한 뒤, 고려대학교에서 고전문학 전공으로 석사, 박사 학위를 받았다. 2015년부터 고려대학교에서 강의하고 있다. 한국 고전시가를 공부하면서, 조선 후기 가집의 편찬 양상과 20세기 초 정재 창사의 변화, 그리고 20세기 초 고전시가의 영어 번역에 관심을 두고 연구해 왔다. 2014년 박사논문 「20세기 전반기 고시조 영역의 전개양상」으로 제1회 한민족어문학회 학술상을 받았고, 2021년 논문 「일제강점기, 전통 정재 창사의 계승과 변용 ― 박순호 소장 이계향 홀기를 중심으로」로 제1회 한국시가학회 우수 논문상을 수상하였다. 『백제가요 정읍사 논총』(사단법인 정읍사문화제 제전위원회, 2021), 『선교사와 한국학』(숭실대 한국기독교문화연구원, 2022)에 공동저자로 참여하였고, *Tale of Student Ju, Tale of Wi Gyeongcheon, Tale of Choe Cheok*(Kong &Park, 2023)에 전임연구원으로 참여하였다. 현재 고려대 민족문화연구원 연구교수로 재직하며 '문학적 관점에서 본 게일의 *A History of the Korean People*(『한국민족사』)'를 연구하고 있다.

한국 고시조 영역의 태동과 성장

초판발행 2024년 8월 15일

지은이 강혜정

펴낸이 박성모
펴낸곳 소명출판
출판등록 제1998-000017호
주소 06641 서울시 서초구 사임당로14길 15 서광빌딩 2층
전화 02-585-7840
팩스 02-585-7848
이메일 somyungbooks@daum.net
홈페이지 www.somyong.co.kr

ISBN 979-11-5905-935-3 93810
정가 35,000원

ⓒ 강혜정, 2024

잘못된 책은 구입처에서 바꾸어드립니다.
이 책은 저작권법의 보호를 받는 저작물이므로 무단전재와 복제를 금하며,
이 책의 전부 또는 일부를 이용하려면 반드시 사전에 소명출판의 동의를 받아야 합니다.

(재)한국연구원은 학술지원사업의 일환으로 연구비를 지급. 그 성과를 신진한국학연구총서로 출간하고 있음.

신진한국학연구총서 001

THE DAWNING AND EVOLUTION OF ENGLISH
TRANSLATION OF KOREAN CLASSICAL SIJO

19세기 말에서 20세기 초, 영역시조
기 밟이온 궤적을 따라가다.
이는 1930년대 영역시조의
형식을 두고 공론화하며 더
나은 형식을 모색하였던
번역자들과 마주하는
시간이다.
제임스 게일, 호머
헐버트, 조앤 그릭스비,
마크 트롤로프, 강용흘,
변영로, 정인섭, 변영태.
1930년을 기점으로, 처음 시
조 영역을 시도했던 외국인
선교사부터 1930년대 이후 번역의
주체로 나선 한국인까지, 그 변화를
살핀다.

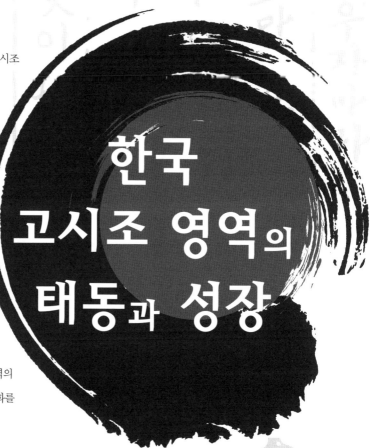

한국 고시조 영역의 태동과 성장

강혜정 지음

서문

이 책은 2020년 한국연구원 우수 박사학위논문 출판지원사업에 선정되어, 2014년에 발표한 박사논문을 수정, 보완한 것이다. 사회적으로 인문학의 중요성을 역설하지만, 인문학 연구자를 지원해주는 곳은 거의 없는 척박한 상황에서 한국연구원의 지원을 받는다는 것은, 말할 수 없이 큰 축복이다. 재정적 지원도 감사하지만, 이 사회에 이렇게 인문학자를 응원해주는 연구원이 존재한다는 사실만으로도 마음이 든든하다.

책으로 출간하면서, 박사논문 발표 후에 학계에 소개된, 게일의 미출판 자료인 『조선필경』과 『일지』도 연구대상으로 삼아 분석하였고, 그릭스비의 번역도 추가하였다. 그릭스비의 경우, 과도한 의역으로 원문을 확정하기 어려워 박사논문에서는 제외시켰는데, 이러한 자료가 있다는 것을 알려야 향후 연구에 도움이 될 것 같아서 조심스럽지만 연구대상에 포함시켰다.

수정 작업은 쉽지 않았다. 마감 일자를 여러 차례 미루었지만 여전히 수정해야 할 문장들이 보인다. 하지만 언제까지고 이 일만을 잡고 있을 수는 없는 노릇이었다. 여기까지가 내 능력이라는 것을 인정하였다. 부족함은 분명 나의 몫이지만, 그래도 이 영역시조를 공부하며, 발견의 즐거움을 만끽하였고, 여기서 시작된 호기심으로 지금의 공부까지 올 수 있었기에 나에게는 한없이 고맙고 사랑스러운 연구 주제이다.

처음에는 이 '영역시조'가 박사논문의 주제가 될 수 있을지 확신할 수 없었다. 우연한 기회에 케빈 오루크의 영역시조집을 보고 흥미를 느꼈지만, 일반적으로 국문학에서 다루는 분야가 아니기에 엄두가 나지 않았다. 잘 쓰면 고전시가의 외연을 확장하는 계기가 되겠지만, 감히 확신할 수 없었다. 게다가 어떤 방법론으로 접근해야 할지도 고민이었다. 무엇보다도 연구대상으로서의 번역시가 얼마나 존재하는지조차 알지 못했다.

일단 소논문을 한 편 써본 후에 결정하려고, 1931년 미국 문단에 소설 『초당』을 발표해 호평받았던 강용흘과 관련된 자료를 살피던 중, 강용흘이 소설 발표 전 동양의 시를 번역하였다는 사실을 알게 되었다. 그리고 학계에 소개된 바 없었던 이 영문 시선집이 하버드대학 도서관에 있다는 것을 알고, 지인의 도움을 받아 자료를 열람할 수 있었다. 설레는 마음으로 받아본 자료 *Translations of Oriental Poetry*1929에는 한·중·일의 시를 영역한 것이 들어 있었으며, 반갑게도 영역시조가 33수나 수록되어 있었다. 최초의 영역시조선집이었다. 그야말로 황소가 뒷걸음질치다가 얻은 격이었는데 신자료를 손에 쥐고 있자니 말할 수 없이 신기하고 감격스러웠다.

그 후로도 여러 번 나의 우연한 뒷걸음에 뜻밖의 자료들을 만날 수 있었다. 제목을 앞세워 단행본으로 출간되는 소설과 달리, 길이가 짧은 시조는 예상치 못한 곳에 숨어 있는 경우가 많았다. 20세기 초반 자료라면 뭐든 찾아봤다. 그러다가 시조 원문까지 들어 있는 게일의 2차 번역 자료인 *The Korea Bookman*을 처음 발견한 날에는 정말이지 잠을 잘 수가 없었다. 『남훈태평가』가 원전일 것이라고 추정은 해왔지만, 그에 대한 명백한 증거가 이렇게 남아 있을 줄은 꿈에도 몰랐다. 이렇게 자료들을 찾아 나가는 과정에서 20세기 초에 300편이 넘는 시조가 영역되었다는 사실을 알게 되었다. 본격적인 한국문학의 영역이 1980년대에서야 시작되었다는 기존의 통념과 달리 한국 고전시가의 영역은 20세기 초반부터 활발하게 이루어져 왔던 것이다.

20세기 초반 시조를 영역했던 선교사나 국내 문인들은 오늘날의 번역자들과는 전혀 다른 지평에 서 있었다. 1970년대 이후로는 한국문학의 번역 사업에 정부 차원에서의 지원도 풍성하게 이루어졌지만, 20세기 초반에는 오롯이 개인의 역량과 애정에 기댈 수밖에 없었다. 그들은 한국이 어느 대륙에 있는 나라인지도 알지 못하는 서구인들을 향해, 비록 지금은 주권도 없는 나라이지만 유구한 문화적 전통을 지닌 민족이라는 것을 보여주기 위해 다채로운 방식으로 시조를 번역하였다. 아마도 최초의 한류였을 것이다. 하지만 이 시기 번역의 의미를 설명하는 데 있어, 최초라는 명성만으로는 충분하지 않다. 이 시기 번역자들은 전례가 없었기에, 틀에 갇히지 않고 자유롭게 더 좋은 방식을 찾아 고민할 수 있었던 것으로 보이기 때문이다. 이들의 업적을 찾아내고, 그 의의를 밝히는 데 일조할 수 있어서 행복하다.

출간을 앞두고 보니 당시 논문을 심사해 주셨던 선생님들께 다시 한 번 감사 인사를 올리고 싶다. 연세대 영문과 윤혜준 선생님, 정말 과분하리만큼 꼼꼼하게 읽고 지도해 주셨기에 감사의 말씀을 다시 전하고 싶다. 글의 방향을 잡는 데 아주 큰 도움이 되었다. 고려대 불문과 조재룡 선생님, 선생님께서 구석구석의 허점을 짚어 주신 덕분에 좀 더 탄탄하게 번역 이론을 접목시킬 수 있었다. 서울대 국어교육학과의 로버트 파우저 선생님, 선생님께서 영어권 독자의 시선으로 검토해 주신 덕분에 좀 더 객관적인 관점을 유지할 수 있었다. 고려대 국문과의 명예교수이신 김흥규 선생님, 석사 과정 당시 지도교수였다는 인연으로 퇴임 후까지 지도해 주시고 심사해 주신 은혜를 잊을 수 없다. 그리고 이 부족한 늦깎이 학생을 지도하시느라 노고가 많으셨던 이형대 지도교수님, 그저 늘 죄송하고 감사할 따름이다. 선생님들 덕분에 학위를 받았고, 좀 더 좋은 구도로 발전시킬 수 있었다. 이 책에서 칭찬받을 무언가가 있다면 그것은 모두 선생님들 덕분이다.

학위를 받고 난 2014년 겨울에는 한민족어문학회에서 그해에 나온 국문과 박사논문을 대상으로 심사하여 제1회 한민족어문학회 학술상을 주셨는데 뜻밖에 내 논문이 선정되었다는 연락을 받았다. 당시 미국에 체류 중이라 학회에 참석도 못하고 영상으로 인사를 드렸지만, 이 자리를 통해 당시 학술상을 제정하고 수여해 주신 한민족어문학회에도 감사 인사를 드리고 싶다.

돌아보니 감사한 분들이 참 많다. 이제는 고인이 되셨지만, 나에게 고전시가의 아름다움을 처음 가르쳐 주셨고, 이 책의 출간 소식에 진심으로 기뻐해 주셨던 성기옥 선생님, 뒤늦은 시작이지만 권면해 주셨던 신경숙 선생님, 그리고 함께 영문 자료를 찾아 살피며 조언해 주셨던 순천향대 전성운 선생님과 부산교대 김준형 선생님께는 특별한 감사를 전하고 싶다. 함께 공부했던 목포해양대 김성철 선생님과 경희대 최윤희 선생님께도 감사드린다. 또한, 공부하는 분야가 다른데도 기꺼이 읽어 주시고 함께 토론하고 고민해 주신 고려대 국어사전편찬실의 도원영 선생님께도 감사 인사를 올린다. 격려해 주신 선생님들 덕분에 낯선 길을 헤쳐 나갈 수 있는 용기를 얻었고, 내가 공부하는 것에 확신을 가질 수 있었다. 분량이 방대하고, 수정 사항도 많았지만 그래도 꼼꼼하게 살펴 주신 조이령 편집자님을 포함한 소명출판의 편집부 여러분들께도 감사드린다.

그리고 출가한 딸이 뒤늦게 공부를 하겠다는데도 기꺼이 학비를 내주시며 물심양면으로 아낌없이 지원해 주신 부모님, 비상 상황이면 언제나 달려 와서 해결해 준 나의 언니와 오빠, 그리고 아내와 엄마의 부재를 견뎌주었던 가족들. 특히, 일찍 자는 걸 큰 손해라고 여기면서도 밤 10시면 이제 엄마 공부하라며 순순히 잠자리로 향했던 어린 딸과, 나의 한숨 소리에 두 팔로 안아주며 충전기가 되어 주었던 어린 아들에게도 고마움을 전하고 싶다. 공부를 계속해야 할 이유보다 그만둬야 할 이유가 훨씬 더 많았지만, 좋은 엄마가 되고 싶다는 욕심에 여기까지 올 수 있었다. 이제는 성인의 문턱에 들어선, 그 시절 어린 아이였던 나의 아이들에게 고마운 마음을 전한다. 그리고 공부와 삶의 경계를 넘나들며, 숱한 밤을 지새웠던 나의 어깨를 두드리며, 더 열심히, 더 성실하게 공부하는 것으로 한국연구원의 응원에 보답하고 싶다.

2024년 여름
빛바랜 자료가 어지럽게 쌓여 있는 작은 방에서, 강혜정

차례

들어가며

1. 왜 고시조古時調의 영역英譯을 살펴야 하는가

1) 영역시조 고찰의 목적

이 글은 고시조 영역의 중요성을 인식하고, 19세기 말부터 20세기 전반기에 이루어진 고시조 영역과 관련된 자료를 정리, 소개하여, 초창기 영역시조가 밟아온 궤적을 밝히는 데 목적을 두고 출발한다.

번역이 독자적인 학문으로 자리매김하며 이를 연구대상으로 삼는 번역비평에 대한 논의도 활발해지고 있다. 번역에 대한 평가적 혹은 비평적 성찰을 번역비평이라고 한다면[1] 이 글 역시 번역비평의 범주에 속할 것이다. 번역비평을 정의하기 위해 사용된 용어 중 '평가'와 '비평'은 유사하면서도 그 지향하는 바는 같지 않다. '평가적 성찰'이 잘잘못을 가리고 합격과 탈락을 결정하며 순위를 매기기 위한 것이라면, '비평적 성찰'은 좀 더 포괄적으로 번역이 이루어지게 된 맥락을 짚어 보고 그 특성을 파악하는 데 있는 것이라고 할 수 있다. 국내에서 이루어지고 있는 번역비평의 전반적인 경향이 오역을 지적하는 데 있다는 것을 고려하면 현재의 번역비평은 비평적 성찰로서가 아니라 평가적 성찰로서

---

1   전성기, 「번역비평과 해석」, 『불어불문학연구』 72, 한국불어불문학회, 2007, 281면.

의 성격이 강하다고 할 수 있을 것이다. 한국에서 생산된 번역비평 담론의 98%가 부정적인 평가를 담고 있다는 연구 결과[2]나 번역비평 서적의 내용이 오역을 지적하는 것으로 채워지다시피 한 경우[3]를 보면 이런 경향을 쉽게 확인할 수 있다. 하지만 이러한 평가의 잣대가 되었던 가독성, 충실성이란 것이 텍스트 층위에서 이루어지는 문학 번역 실천 앞에서는 변별력이 없는 규범이라는 사실이 밝혀지고 가독성과 충실성의 개념을 비판적으로 검토하며 여기에서 벗어날 것을 촉구하고 있다.[4] 베르만은 자신의 번역비평이 번역 작품의 허물을 남김없이 잡아내기 위해서가 아니라 그 문학작품의 '재번역의 원칙들', '새로운 번역 기획'이 모습을 드러낼 수 있도록 돕기 위해서라고 하였다.[5]

영역시조를 연구대상으로 삼은 이 글 역시 번역비평의 성격이 강하다. 그러나 이 글은 오역을 지적하거나 번역의 순위를 매기는 데 목적을 두지 않는다. 오역 지적을 포함한 '평가'라는 부분은 피할 수도 없고 피해서도 안 되지만, 이 글의 목적은 이러한 평가에 있지 않다. 섣부른 평가에 앞서 이 글은 영역시조가 처음 소개되던 19세기 말부터 20세기 전반기에, 번역자들이 어떤 고민을 하며 어떤 결과물을 내놓았는지, 특히 오늘날 영역시조의 전범이라고 받아들이는 형식이 등장하기 이전 영역시조는 어떤 도정을 밟아 왔는지 그 궤적을 추적하여 영역시조의 전개 양상을 구체적으로 밝히고, 이를 토대로 번역의 방향을 모색해 나가는 데 그 목적을 두고 있다. 따라서 오역은 지적하되, 오역을 통한 비난보다는 그러한 오역이 나오게 된 원인을 규명하는 데 초점을 둘 것이다. 한국문학 번역에 큰 공을 세운 번역자조차 "불행하게도 한국문학을 영어로 번역한 책

---

2 이상원, 『한국출판번역독자들의 번역평가 규범연구』, 한국학술정보, 2006, 172면.
3 이재호, 『문화의 오역』, 동인, 2005. 이 책은 절반 이상이 오역을 지적하는 내용이다.
4 정혜용, 「번역비평 규범으로서의 가독성과 충실성 개념」, 『프랑스문화예술연구』 20집, 프랑스 문화예술연구회, 2007, 339~340면.
5 Antoine Berman, *Pour une critique des traductions : John Donne*, Gallimard, pp.64~97. 베르만의 주장은 정혜용의 논문 340면에서 재인용한 것임.

대부분이 영어문학으로서 자격을 갖지 못한다"[6]고 비판한 것을 보면, 영역시조를 포함한 번역된 한국문학의 성과가 미미한 것이 사실이다. 하지만 이러한 혹독한 평가에도 불구하고 더 나은 번역을 실천하기 위해서는 과거의 번역에서부터 시작해야 한다. 현재의 우리에게 남겨진 과거의 영역시조를 면밀하게 검토하여 취할 것과 버릴 것을 가려내는 작업이 선행하지 않는다면, 더 나은 번역을 기대하기란 더욱 어렵기 때문이다.

2) 영역시조 고찰의 필요성

번역이라는 것은 흔히 하나의 언어를 다른 언어로 바꾸는 행위라고 간주되지만 실제로 번역은, 특히 문학 작품의 "'번역'은 창작과, 비평과, 독자로서의 수용과, 작품 해설, 이 모두를 포괄하는, 종합적 성격의 정체성을 갖는 문학 행위"[7]라고 할 수 있다. 즉 번역은 단순한 언어의 치환이 아니라 문화와 문화의 만남이며, 번역 행위는 서로 다른 문화 사이의 대화를 가능하게 해주는 것, 즉 다른 문화를 이해하기 위한 수단으로 요구되고 있다.

최근에는 이러한 번역의 중요성을 인식하고 한국문학의 번역을 위해 정부까지 나서서 온 힘을 다하고 있지만, 그 관심과 지원은 현대문학에 편중되어 있다. 여기에는 한국문학의 세계화와 '노벨문학상' 수상을 동일한 선상에 두고 전자를 명분 삼아 후자를 향한 열망을 표출하는 경향이 반영된 것이라 할 수 있다. 이에 대해 여러 학자들의 비판이 이어지는 가운데, 불문학자 강거배는 "한국문학의 세계화는 문화 교류의 차원에서 장구한 세월에 걸쳐 끈질기고 사심없이 진행되어야 하고 국제적인 문학상은 그 결과로 얻어지는 영광스러운 선물

---

6   브루스 풀턴, 「한국문학의 영역과 그 전망」, 『한국현대문학50년』, 민음사, 1995, 503면. 이에 대해 '번역문학이 영어문학으로서의 자격을 갖출 필요가 있는가?'라는 질문이 제기되지만, 한국문학 번역에 관한 전반적인 평가를 담고 있기에 인용하였다.
7   이성일, 「시의 번역에서 운율의 이식은 가능한가?」, 『번역시의 운율』, 소명출판, 2011, 14면.

로만 간주하는 것이 한국문학을 위해 바람직한 방향"[8]이라고 하였다. 그리고 영문학자 이성일은 "한 나라의 문화 전통에 대한 존경심이 바닥에 깔려 있고 나서야 그 나라 작가가 쓴 작품을 제대로 평가할 마음의 준비가 되는 것이라며, 천년이 훨씬 넘는 우리의 문학 전통에서 찬연한 빛을 발하고 있는 고전이 번역 소개되지 않고서는 우리 현대문학도 그 값어치에 해당하는 대접을 받기란 기대하기 어렵다"고 하였다.[9] 즉 문학 번역이란 문화 교류의 차원에서 행해져야 하며, 한국의 문화 전통을 드러내기 위해서는 그 문학적 기반이 되어온 고전문학이 널리 소개되어야 한다고 주장하는 것이다.

이러한 전제를 받아들인다면 '고전문학'이야말로 한국의 문화를 해외에 소개하기에 매우 긴요한 분야라고 할 수 있다. 일본의 경우를 예로 들어 보자. 일본의 전통시 하이쿠는 17음절의 짤막한 시로 미국의 교과 과정에 편입되어 있으며, 영어권 중심의 세계문학 안에서도 당당하게 한 자리를 차지하고 있다. 이를 두고 로버트 파우저R. Fouser는 번역된 고전문학이야말로 그 나라에 세계적인 명성을 안겨줄 수 있다고 하였다.

> 일본문학에 있어 노벨상을 두 번 수상했다는 것보다 하이쿠 형식이 세계적으로 널리 알려져 있다는 사실이 더 중요한 성취라고 할 수 있다. 왜냐하면, (이렇게 보편화된 시가를 갖고 있다는 사실이) 문학적 형식과 장르라는 측면에서의 문학적 영향력의 중심에 일본을 두게 하기 때문이다. 한국 고전문학의 문학적 형식과 표현의 범주를 드러내는 것은 다른 문학 전통에 영향을 미치는 데 좀 더 유리한 형편이 되게 할 수 있을 것이다.[10]

---

8   강거배, 「한국문학의 해외소개」, 『한국현대문학50년』, 민음사, 1995, 499면.
9   이성일, 「우리 고전 번역의 필요성」, 『민족문화연구』 31, 고려대 민족문화연구원, 1998, 316~318면.
10 The worldwide spread of the haiku form is a more important accomplishment for Japanese literature than two Nobel Prizes for Literature because it puts Japan at the center of li-

고전문학은 대한민국의 장구한 역사 문화적 전통을 잘 드러내면서 그 안에 인류적 보편 가치를 담고 있기에 세계문학으로 내놓기에 부족함이 없다. 20세기 이후로는 문화 제국주의라는 말이 나돌 만큼 서구화된 문화가 보편화되고 있는 상황이라 한국적 색채가 짙은 고전문학은 세계의 이목을 끌기에 적합하다. 게다가 최근에는 미국을 중심으로 서구 중심의 획일화된 문화에 대한 반성적 시각에서 타문화에 대한 존중을 내건 다문화주의가 확산되고 있는 추세다. 12세기 고려시대를 배경으로 고려청자 제작을 소재로 한 린다 박[Linda Sue Park] 의 *A Single Shard*『사금파리 한 조각』이 미국에서 2002년 Newbery Medal을 수상한 것도 다문화주의와 무관하지 않다.[11] 따라서 지금이야말로 한국 고전문학의 번역에 박차를 가해야 할 때이며, 이와 더불어 한 세기 이상 지속되어 온 고전 번역의 내력을 추적하고 이를 체계적으로 정리하여 번역의 방향을 모색하기에도 매우 적합한 시기라고 할 수 있다.

급격한 서구화 속에서 전근대적 유산인 고시조나 고소설이 영어로 번역되어 왔다는 것은 일종의 아이러니이기도 하다. 하지만 19세기 말 서구와의 접촉 이후, 가장 먼저 서구사회에 번역 소개된 것은 고전문학이었으며, 20세기 초반까지도 한국문학의 영역은 고전문학을 중심으로 이루어졌다. 1889년[Korean Tales] 출간부터 1932년[Tales Told in Korea] 출간까지 한국문학을 번역한 서지 목록을 살펴보면 오늘날 근대소설, 현대소설의 범주에 해당하는 작품은 포함되어 있지 않았다.[12] 한국문학작품이 해외에 소개된 자료들을 전반적으로 살펴본 곽효환도

---

teary influence in matters of literary form and genre. Revealing the range of literary form and expression in classical Korean literature will put it in a better position to influence other literary traditions. Robert J. Fouser, "Selection and Stylistics in Translating Classical Korean Literature",『민족문화연구』 31, 고려대 민족문화연구원, 1998, 331면.

11 Newbery Medal은 미국 내에서 창작 출판된 아동문학 중 한 편을 선정하여 수여하는 상으로 아동문학계의 노벨상이라고 불리는 매우 권위 있는 상이다. 이 상을 수여받은 작가의 작품들은 미국 내 모든 공립학교 도서관과 공공 도서관에 비치되고 권장도서로 지정되어 널리 읽히게 된다. Linda Sue Park의 작품들은 한국의 독특한 역사 문화를 배경으로 하고 있는 것들이 많다.

1960년대까지는 민담집을 중심으로 고전문학들이 주로 번역, 출판되었고, 19
70년대 이후에 현대문학으로 확대되는 양상을 보인다고 한다.[13] 이러한 번역의
현황을 놓고 볼 때, 근대와 더불어 한국문학이 번역을 통해 해외에 소개되기 시
작한 시점부터 80여 년간 즉 정부의 지원이 시작되기 전까지 번역자의 자발적
욕구에 의해 이루어졌던 한국문학 번역의 중심 대상은 고전문학에 있었다고 할
수 있다.

　흔히 번역에 의한 한국문학의 해외 소개는 1889년 미국에서 출판된 알렌H. N.
Allen의 *Korean Tales*『한국 민담집』를 그 효시로 보고 있으며, 최초로 영역된 고전
소설은 1898년 *The Imperial&Asiatic Quarterly Review VI*에 수록된 E. B. La-
ndis의 *A Pioneer of Korean Indepence*『임경업전』을 들고 있다.[14] 그러나 이는
정역精譯이라 하기 어려운 면이 있어, 본격적인 고소설의 영역은 1922년 게일
James S. Gale의 *The Cloud Dream of Nine*『구운몽』을 꼽는다.[15] 또한 영역본 고
소설에 대한 연구도 비교적 활발하게 이루어져 왔다. 고소설 영역에 관해서는
2005년에 오윤선에 의해 그 전반적인 양상과 특성이 논의되었고,[16] 판소리계
소설의 영역본 목록도 작성되었으며,[17] 최근에는 초기 영역 서사에 관한 연구
도 다수 진행되고 있다.[18] 즉 영역된 고전 서사의 경우 일찍부터 그 자료가 소

12　김성철, 「19세기 후반~20세기 초반 서양인들의 한국문학 인식과정에서 드러나는 서구 중심적
　　시각과 번역 태도-Allen, Aston, Hulbert의 저작물을 중심으로」, 『우리문학연구』 39, 우리문학
　　연구회, 2013, 94~95면.
13　곽효환, 「한국문학의 해외소개 연구」, 건국대 석사논문, 1998, 13~14면.
14　일반적으로 랜디스의 『임경업전』(1898)이 최초의 영역 고전소설이라고 알려져 있지만, *Printemps*
　　parfumé(불역 『춘향전』, 1892)이 먼저 간행되었다. 이 책은 1890년 12월 24일 파리에 도착한
　　홍종우의 도움으로 간행되었다고 한다. 이에 관해서는 Brother Anthony, *Romantic Tales from Old*
　　Korea, Irvine : Seoul Selection, 2016 참조.
15　장효현, 「한국 고전소설 영역의 제 문제」, 『고전문학연구』 19, 한국고전문학회, 2001, 139면.
16　오윤선, 「한국 고소설 영역의 양상과 의의」, 고려대 박사논문, 2005.
17　이문성, 「판소리계 소설의 해외 영문번역 현황과 전망」, 『한국학연구』 38집, 고려대 한국학연구
　　소, 2011.
18　이상현, 「제임스 게일의 한국학 연구와 고전서사의 번역-게일 한국학 단행본 출판의 변모와 필

개되었고, 이에 대한 연구 또한 폭넓게 진행되어 왔다.

　반면, 영역된 고전시가古典詩歌에 관해서는 자료 소개나 연구가 모두 부진한 편이다. 김명준의 연구에 의하면 고려속요의 경우 현재 발견된 영역은 34건에 불과하다고 한다.[19] 여타 장르와 비교하였을 때, 그나마 시조가 번역 대상으로 주목받았다고 할 수 있다. 시조는 국문학 연구 초기부터 한국의 고전시가를 대표하는 장르로 인정받아 왔기 때문이다. 길이가 짧으면서도 문학적 완성도는 높고, 다양한 주제의 작품이 다수 전승되고 있는 시조는 한국 전통시가를 대표하는 것으로 삼기에 부족함이 없다. 번역자들도 이를 인식하고 이른 시기부터 고시조를 번역하였다. 하지만 그 존재 양상이 서사물과 달라 서지 목록에서 누락되었고, 이에 대한 연구도 활성화되지 못했다.

　고시조 영역의 경우, 단행본으로 출간되어 나온 것은 상당히 후대의 일이지만 작품 자체의 번역만으로 본다면 매우 이른 시기부터 이루어졌다. 최초의 영역시조는 제임스 게일이 1895년 4월 영문 잡지 *Korean Repository*에 발표한 네 편의 시조라고 밝혀졌다. 이는 최초의 영역 고소설인 *A Pioneer of Korean Indepence*『임경업전』, 1898보다도 먼저 이루어진 것이다. 번역된 작품 편수로 보아도 시조는 고소설이나 한시 등 다른 장르보다 월등하게 많다. 최근 나온 시조 번역서의 경우 한 번역가가 600수 이상의 작품을 소개하는 경우도 종종 있어[20] 작품 편수로는 단연 압도적이다. 즉 고시조의 영역은 매우 이른 시기부터 시작되어 오늘날까지 지속되고 있으며, 번역된 작품수가 엄청나게 많음도 불구하고 이에 대한 연구는 그에 걸맞게 이루어지지 못했다고 할 수 있다.

　삶의 영역이 세계로 확장되면서 문화의 교류에 대한 관심은 커지고 고전문학

기, 야담, 고소설의 번역」, 성균관대 박사논문, 2009. 김성철, 위의 논문이 대표적이다.

19　김명준, 「고려속요의 외국어 번역 현황과 과제」, 『고려속요의 전승과 확산』, 보고사, 2013, 153면.

20　김재현, *Love Poems from Old Korea in Sijo Form*, 일지사, 2002, 616수; Kevin O'Rourke, *The Book of Korean Shijo*, Cambridge : Harvard University, 2002, 611수.

을 중심으로 한 한국문학의 번역과 이에 관한 연구의 중요성은 그 어느 때보다 강조되고 있다. 이러한 최근의 추세를 고려할 때, 한국 고전시가를 대표하는 고시조 영역과 관련된 자료를 발굴·소개하고 고시조 영역의 다양한 양상과 특성을 밝혀야 할 필요성이 대두되고 있다. 이 글은 이러한 연구 과제를 충실하게 수행하기 위해 먼저 이 책에서 다루는 영역시조의 범위를 한정하고, 이와 관련된 주요 논의들을 검토한 후, 이 책의 서술 방식을 구체화할 것이다.

2. 어떤 영역시조를 다룰 것인가

1) 이 책에서 다루는 영역시조의 범위

이 책에서 다루는 영역시조의 범위는 '19세기 말부터 1950년 무렵까지'로 한정한다.[21] 한국을 방문한 서양 선교사들이 시조에 관심을 보였던 19세기 말부터 1950년 무렵 한국전쟁이 일어났던 그 혼란의 시기까지를 포함한다는 의미이다. 1950년 무렵이라고 길게 잡았지만 현재까지 조사된 바에 의하면 이 무렵의 영역시조는 1948년 변영태의 영역시조집이 출간된 것 외에는 발견된 것이 없다. 그러나 이 서적도 1936년 출간되었던 것을 다시 출간한 것으로, 엄밀하게 말하면 1930년대 후반부터 1950년대 초반까지 새로운 영역시조가 발표되지 않았던 것으로 보인다.

김병철에 의하면, 소위 일제 말기라고 부르는 1940~1945년의 기간에는 일제의 언론탄압 통제가 그 극에 달하여 발행되는 잡지도 급감했으며, 적성국가敵

---

21 이 글에서 대상으로 삼는 시기는 역사의 격변기로 조선, 대한제국, 일제강점기, 대한민국 등 시기별로 다르게 지칭해야 하지만, 특정 시기를 명시하여 강조할 때가 아니면 '한국'으로 번역하고 지칭할 것이다. 이 시기 번역물에서는 대부분 'Korea'로 지칭하고 있다.

性國家인 서구제국문학의 번역소개도 부진했었다.[22] 번역을 다루는 잡지의 경우 해방과 더불어 18종에서 124종으로 급증하며, 서구문학에 대한 번역이 급증하였지만, 번역문학은 비전공자가 판을 치고, 중역과 초역과 오역이 범람하는 무질서한 상태로 돌아갔다.[23] 즉 일제 말기와 한국전쟁을 겪었던 격심한 혼란기 속에서 시조 영역 자체가 위축되었던 것으로 보인다.

1950년대 후반부터 V. H. Viglielmo, 피터 리Peter Lee, 피터 현Peter Hyun, 리차드 러트Richard Rutt의 영역시조 및 영역시조에 관한 논의가 연이어 발표된다.[24] 하지만 이 시기의 영역시조는 이 글에서 연구대상으로 삼는 20세기 전반기의 영역시조와는 다른 선상에서 논의되어야 한다. 이들은 시조에 대한 인식부터 앞 시기 번역자들과는 달랐기 때문이다. 이는 번역의 토대가 되는 시조에 관한 학문적 배경이 달라졌던 것에 기인한다. 해방 이후 쏟아져 나온 시조 개설서 및 주해서를 바탕으로 번역 대상에 대한 이해를 심화시킬 수 있는 분위기가 조성되었다. 당시의 번역자들은 20세기 전반기 번역자들의 실험과 성찰을 바탕으로 전범화된 영역시조의 형식을 마련했으며, 작품의 선별 및 배열에 있어서도 영역시조를 정전화할 수 있는 기틀을 확보할 수 있었다. 게다가 1970년대 이후 정부의 지원이 더해지며 이전과는 성격이 더욱 달라진다.

이 글에서 다루는 대상을 20세기 전반기로 제한한 것은 이렇듯 20세기 전반기의 영역시조가 후반기의 영역시조와는 그 성격을 달리 하기 때문이며, 또한

---

22 김병철, 『한국근대번역문학사연구』, 을유문화사, 1975, 800면.
23 위의 책, 825면.
24 V. H. Viglielmo는 1955년 2월(5수)과 7월(5수) *Korean Survey*에 영역시조를 발표한다. 1956년 8월 같은 잡지에서 서두수가 시조에 대한 글을 발표하는데 여기에는 V. H. Viglielmo가 번역한 영역시조 16수가 들어 있다. 피터 리의 단행본은 1964년(*Anthology of Korean Poetry*) 출간되지만, 그의 시조 번역은 1956년부터 시작되었다(*Hudson Review*, winter, vol.VIII, no.4). 피터 현(본명 현웅)은 1958년 영국 John Murray에서 단행본 *Voices of the Dawn*을 출간하였다. 리차드 러트는 1971년 단행본(*The Bamboo Grove*)을 출간하기 전, 1958년 영국왕립아시아학회 한국지부의 회보인 *Transactions of the Korea Branch of the Royal Asiatic Society* 34호에 영문시조개설서를 발표하며 영역시조 97수를 소개하였다.

기존의 논의에서 이 시기 번역의 중요성이 간과되어 왔기 때문이다. 한국문학의 번역이라는 거시적 안목에서 살피는 논의에서든, 영역시조로 그 범위를 제한하여 살피는 논의에서든, 20세기 전반기에 이루어진 영역시조는 거의 주목받지 못했다고 해도 과언이 아니다.

한국문학 번역의 전반적인 양상 및 특성을 고찰하는 연구에서 번역의 초기에 해당하는 해방 이전 시기는 논의의 대상으로도 거론되지 못했다. 브루스 플턴은 한국문학 영역의 전반적인 양상으로 볼 때 1980년을 기점으로 나누어진다고 하였다. 풀턴에 의하면 일본, 중부 유럽, 남미문학들은 20세기에 쉽게 구할 수 있었지만, 한국문학은 1980년대에야 영어권 독자들과 매스컴에서 최소 정도보다는 조금 더 관심을 끌기 시작했다고 하였다.[25] 이러한 견해는 2000년 이후에도 지속되어, 한국문학의 영어권 번역 자료를 분석하여 그 실태와 특성을 논하였던 이유식도 한국문학의 해외번역을 제1기 발전기[1980년대], 제2기 발전기[1990년대]로 나누어 설명하며[26] 1980년대 이전은 논의의 대상에서 배제시켰다. 그는 한국문학의 영어권 번역 소개는 관련 기관이나 단체의 직, 간접 지원에 힘입어 80년대부터 본격화되기 시작했다고 보았다.[27] 한국문학의 번역과 관련된 대부분의 연구에서는 1980년대, 즉 문예진흥원을 통한 정부의 지원 이후에서야 번역과 관련된 자료들이 풍성해지고 본격적인 번역의 시대가 도래했다고 보았던 것이다. 비교적 이른 시기 번역 작품의 의의를 역설한 김종길도 해방 이전의 번역은 '거의 우발적'인 것에 불과했을 뿐이라며 한국문학의 국제화 내지 세계화의 기원을 1948년으로 잡았다.[28] 영역시조를 통시적으로 고찰하려 한 임

---

25 브루스 풀턴, 「한국문학의 英譯과 그 전망」, 『한국현대문학50년』, 민음사, 1995, 502면.
26 이유식, 「한국문학 영어권 번역 소개 연구」, 『번역학연구』 창간호, 한국번역학회, 2000, 196면.
27 위의 글, 171면. 이 연구자들이 1980년을 기점으로 잡은 것은 1973년부터 시작된 정부의 직접적인 지원이 열매를 맺기 시작한 것이 1980년대이기 때문이다.
28 김종길, 「한국문학 세계화의 현실」, 『한국문학의 외국어 번역―현황과 전망』, 민음사, 1997, 17~18면.

주탁의 논문에서도 번역의 초기에 해당하는 20세기 전반기 자료는 거론조차 하지 않았다.[29] 강용흘의 영역시조를 연구했던 홍경표도 "고시조의 본격적인 번역은 1964년 피터 리에 의해 시작되었다"[30]고 하며 1980년대를 경과하면서 서서히 관심의 대상이 되었다고 보았다.

기존의 연구자들이 20세기 전반기 번역 자료의 중요성을 간과한 것은 임주탁이 언급하였던 것처럼 "필자가 구해볼 수 있었던 영어 문헌"만을 대상으로 하였기 때문이다.[31] 즉 이 시기 자료가 풍성하지 못하고 그 빈약한 자료조차 쉽게 모습을 드러내지 않는 데서 일차적인 원인을 찾을 수 있다. 현재 알려진 바에 의하면 고시조 번역서적은 해방 이후에나 출간될 수 있었으며,[32] 본격적인 출간은 1980년대 이후라고 한다.

하지만 소설과 달리 길이가 짧은 시조의 경우, 번역이 되더라도 단행본의 형태가 아니라 신문이나 잡지에 산발적으로 흩어져 있는 경우가 많았다. 짤막한 형태의 영역시조는 잡지의 권두시로 놓이기도 하였고, 신문지상의 여백을 메우기 위해 간간이 삽입되기도 하였다. 또한 영역시조가 단독으로 제시되는 것이 아니라 소설이나 역사서와 같은 산문 속에 삽입시로 존재하기도 하였다. 19세기 말부터 20세기 전반에 해당하는 초기 영역시조는 다양한 형태로 다양한 문헌에 존재하고 있었다. 따라서 이 시기 자료들을 폭넓게 검토하여 연구대상이 되는 작품들을 수합하고 전체를 조망할 수 있는 체계적인 고찰이 우선적으로 필요하기에 이 글은 연구 범위를 20세기 전반으로 한정하고 이 시기 연구 자료의 서지 목록부터 검토하고자 한다.

---

29 임주탁, 「한국고전시가의 영어 번역의 양상과 문제점」, 『어문학』 14, 한국어문학회, 2011.
30 홍경표, 앞의 글, 324면.
31 임주탁, 앞의 글, 274면.
32 김종길, 조규익 등을 비롯한 많은 연구자들이 1948년 간행된 변영태의 *Songs from Korea*를 최초의 영역시조집으로 보고 있다.

시조 영역 자료의 서지 목록은 외국인들에 의해 작성되기 시작하였다. 1958년 리차드 러트Richard Rutt는 *Transactions of the Korea Branch of the Royal Asiatic Society*에 영역시조 개론서라고 할 만한 논문을 발표하였다. 그는 여기에서 그가 참조했던 번역 몇 가지를 간단히 소개했다. 단행본으로 출간된 변영태의 저서와 강용흘의 소설을 제외하면 나머지는 모두 연속 간행물에 발표되었던 자료들이다. 그 종류와 편수는 많지 않지만 1970년대 이전의 번역을 보여주는 소중한 자료이며, 특히 해방 이전 자료로 강용흘의 번역과, 마크 트롤로프Mark N. Trollope의 자료를 소개하고 있다. 이후 1976년 출간된 같은 학회지 *Transactions of the Korea Branch of the Royal Asiatic Society*에서 언더우드Horace H. Underwood도 영문으로 된 한국문학 관련 자료를 소개하며 시조 관련 자료를 소개하였는데, 그는 1948년 변영태의 번역서와 1960년대 이후 출간된 자료들을 소개하고 있다.

영역시조 자료에 대한 본격적인 탐색은 1998년 고려대 민족문화연구원에서 한국문학의 외국어 번역서지 목록을 정리하면서 파악할 수 있게 되었다.[33] 여기에는 해방 이후 출간된 거의 모든 번역서의 목록이 들어 있으며, 서명만 나열한 것이 아니라 그 번역서 안에 있는 작품의 목록까지 소개하여 연구자들에게 큰 도움이 되고 있다. 여기에서 소개된 자료도 1948년 변영태의 것이 시기적으로 가장 앞서고 있다. 이후 2004년 연세대 출판부에서 해외에 소개된 한국문학 작품을 조사 분석한 논문들을 묶어 출판하면서 부록으로 각 나라별 한국문학의 외국어 번역 출판 목록을 제시하였다.[34] 여기서는 기존의 목록에서 초기 번역 자료가 대거 누락되고 1980년대 이후 출간된 자료가 보강되었는데, 1960년에 출간된 하태홍의 번역을 시기적으로 가장 앞선 것으로 하고 있다.

---

33 김흥규 편, 『한국문학 번역서지 목록』, 한국문학번역금고 · 고려대 민족문화연구원, 1998.
34 봉준수 외, 『한국문학의 외국어 번역』, 유럽문화정보센터, 연세대 출판부, 2004.

본서는 이러한 목록들에 힘입어 고시조 영역과 관련된 자료들을 수집하였는데, 위의 목록에서 제외된 작품들이 상당수 존재한다는 것을 알게 되었다. 특히 20세기 초에 이루어진 자료들이 상당수 누락되었다. 위의 서지 목록에서 20세기 초 자료로 제시된 것은 강용흘의 소설 삽입시와, 트롤로프의 번역시뿐이다. 20세기 초에 번역되었지만 누락된 자료들을 보완한 새로운 서지 목록을 작성하는 것이야말로 시급한 과제라고 할 것이다.

이 책에서 기존의 목록을 기반으로 하여 누락된 것을 보강하여 새로 만든 서지 목록에 의하면 해방 이전에 영역된 자료는 매우 풍성하다. 번역자 집단도 외국인과 국내외 한국인으로 다양하며, 이들이 각종 문헌에 발표한 작품이 모두 414편이나 된다.[35] 이 중 재인용된 작품 163편을 제하고 신출작만을 계수해도 251편이나 된다. 번역자가 수정하여 재수록한 경우도 재인용으로 분류하고 신출작에서 제외시켰는데도 200편이 훌쩍 넘는 것이다. 그리고 이 수치는 추정되는 원작과의 비교를 통해 시조를 번역한 것이라고 확신할 수 있는 작품들만 계수한 것으로, 이 글에서 다루는 자료 중에서도 영역시조로 추가될 수 있는 작품이 더 있으며, 추후 새로운 자료가 보강될 가능성도 배제할 수 없다. 따라서 해방 이전에 이루어진 영역시조는 그 작품 편수만 두고 보더라도 결코 가볍게 넘길 수 있는 양이 아니며, 이 작품들이 보여주는 다양한 양상과 번역에 대한 성찰이 갖는 의의까지 더한다면 그 중요성은 더욱 커지게 될 것이다. 이 글에서 다룰 초기 영역시조의 서지 목록은 아래와 같다.

James S. Gale 1차 번역 *Korean Repository*[1895.4~1898.12, 18편]

Korean Sketches[1898, 5편, 모두 재인용]

Pen-Pictures of Old Korea[1912, 17편, 8편 신출]

---

35 그릭스비의 경우 원전을 정확하게 밝힐 수 없기에 제외하였다.

James S. Gale 2차 번역 *The Korea Magazine*[1918.7] "Excursion to Songdo"[1편]

The Korean Bookman[1922.6], 9편 : 2편 신출

*The Diary*일지 7권, 21권[42편], 신출 25편

James S. Gale 3차 번역[1924~1927] *Korean Mission Field*[15편 : 10편 신출]

Homer B. Hulbert, *Korean Repository*[5편]

Isabella Bird, *Korea and her Neighbors*[2편], 헐버트 번역 재인용

Mark N. Trollope[1932] *Transactions of the Korea Branch of the Royal Asiatic Society*[1편]

강용흘 1차 번역[1929] *Translations of Oriental Poetry*[33편]

강용흘 2차 번역[1931] *The Grass Roof* [23편 : 18편 신출]

The Happy Grove [29편 : 8편 신출]

강용흘 3차 번역[1947] *The Grove of Azalea*[7편 : 1차 번역 재인용]

변영로 1차 번역[1932] *El Portal* [7편]

변영로 2차 번역[1933] 「시조 영역」, 『조선중앙일보』[17편 : 12편 신출]

변영로 3차 번역[1947] *The Grove of Azalea* [15편 : 1 · 2차 번역 재인용]

정인섭[1933] 「시조영역론」, 『조선중앙일보』[1수]

변영태 1차 번역[1935.10.25~1936.1.18] 『동아일보』[67편]

변영태 2차 번역[1936, 1948] *Songs from Korea* [102편 : 35편 신출]

	전체 작품 수	신출	재인용
게일	107	64	43
헐버트	5	5	0
트롤로프	1	1	0
강용흘	92	59	33
변영로	39	19	20
정인섭	1	1	0
변영태	169	102	67
총계	414	251	163

2) 관련 논의 검토

(1) 영역시조 관련 선행 연구 검토

20세기 전반기 영역시조는 연구 자료에 대한 소개가 미흡했기에, 그리고 20세기 후반기 영역시조는 또 그 나름의 사정으로 인해 영역시조에 관한 연구는 대단히 성기게 이루어져 왔다. 이는 영역시조라는 특성상 국문학과 영문학의 주변부에 놓여 그 어느 쪽에서도 적극적으로 관심을 두지 않았던 데에서 일차적인 원인을 찾을 수 있다. 국문학의 입장에서 보면 시조를 대상으로 하였으되 다른 언어로 번역되었기에 연구대상으로 삼지 않았으며, 영문학의 입장에서 보면 영어로 되어 있기는 하지만 순수한 영시는 아니기에 역시 외면하였다. 그나마 먼저 손을 내민 것은 영문학 연구자들이었지만 오역의 시비를 가리는 논의가 끊이지 않았다. 다행히 최근에는 국문학 연구자들의 연구 업적이 꾸준히 제출되고 있다. 영역시조가 체계적이고 포괄적으로 연구되기 위해서는 국문학과 영문학 양쪽의 적극적인 공동 연구가 필요하다. 번역된 시조로서 원전이 지닌 형식적 아름다움과 내용의 전달이 제대로 이루어졌는지를 검토하는 것이 국문학 연구자의 몫이라면, 번역된 시가 영어권 독자들에게 어떤 감흥을 줄 수 있을지에 대한 검토는 영문학 연구자의 몫이라고 할 수 있을 것이다. 이러한 연구가 충실하게 이루어진 후에 영역시조에 관한 연구가 영어가 아닌 다른 외국어 번역에까지 번역의 토대를 마련하는데 도움을 줄 수 있을 것이다. 외국어로 번역된 시조는 여러 학문 간 경계에 놓여 있기에 학문 간의 원활한 소통을 통해 그 이론과 실천이 접목될 수 있을 것이다.

영역시조에 대한 연구는 번역에 사용된 단어에 대한 관심에서 출발하였다. 김현숙은 동일한 시조를 번역하는 데 번역자별로 어떤 단어들이 선택되었는가를 중심으로 살펴보았다.[36] 그러나 여기서는 단순히 표현의 차이만 지적했을

---

36 김현숙, 「시조의 영어번역고―영역에 나타난 표현의 차이를 중심으로」, 『한국어문학연구』 12,

뿐, 이러한 차이가 왜 발생했는지 그것이 어떤 의미를 갖는지와 같은 지점까지 나아가진 못했다.

서지문은 시조 번역에 나타난 표현의 문제를 집중적으로 다루었다. 그는 리차드 러트의 번역이 가장 순리적으로 이루어졌다고 평하고, 두 한국인 번역자의 번역에 나타난 적절하지 못한 표현들을 비판하였다.[37] 그는 특히 시조에 빈번하게 사용되는 영탄조의 어귀를 단순한 의문문으로 처리하는 것에 대해 집중적으로 논의하였다. 그는 번역, 특히 시와 고전의 번역이 갖는 어려움을 언급하며, 번역자가 "나라의 얼굴에 먹칠을 하는 반역을 저지르지 않게 되려면 자신의 목숨을 걸고 조상과 국가의 명예를 수호한다는 자세로 한 단어, 토씨 하나를 예사로 넘기지 않는 혼신의 정신으로 일관해야 할 것"이라고 당부하였다.[38]

장인식은 이순신, 이조년, 김종서 작품을 번역한 6인 번역자(김운송, 피터 리, Richard Rutt, Inez Pai, 김재현, Kevin O'Rourke)의 번역시를 대상으로 이들의 번역에서 보이는 문제점을 지적하였다. 먼저 번역시의 행수가 시조와 일치하지 않는 점을 비판하고, 선택된 어휘 중 원전의 내용에 부합하지 않는 것들을 지적하고, 이에 대한 대안으로 자신의 번역을 제시하였다. 그는 기존의 번역시들을 꼼꼼하게 살펴 원전의 의미에 가장 가까운 단어 및 표현을 찾고자 했으며, 번역시는 내용의 전달뿐만 아니라 원전의 형식까지도 재현해야 한다는 원천문학 중심적 번역 태도를 분명하게 보여주었다.[39] 다만 아쉬운 것은 그가 시조의 정형성을 강조하면서도 시조의 정형성에 대한 이해가 충분해 보이지는 않는다는 점이다. 이에 대

이화여대 출판부, 1972, 70~83면.

37 서지문은 말썽과 시비의 소지를 줄이기 위해 그가 결함을 지적한 역자의 이름과 역서명을 밝히지 않고 C 교수, L 교수로 칭하였다.

38 서지문, 「번역에서의 diction의 문제-고전번역에서 품위와 엄숙성의 재현에 대한 소고」, 『번역문학』, 연세대 출판부, 1999, 19~27면.

39 장인식, 「영역 고시조에 나타난 번역상의 문제점-이순신, 이조년, 김종서 시의 경우」, 『번역학연구』 제5권 2호, 한국번역학회, 2004, 145~160면.

해서는 다음 장에서 논할 것이다.

박진임은 고시조뿐만 아니라 현대시조의 영어 번역까지 함께 다루었다.[40] 이 연구 역시 원전의 구조와 성격에 대한 철저한 이해가 전제될 때 바람직한 번역이 가능하다는 전제에서 출발하고 있다. 그러나 시는 본디 번역하기 어려운 것이지만, "시조의 경우 선명한 상징성과 간결한 전언으로 인해 성공적인 번역의 경우를 많이 찾을 수 있다"고 하며, 번역과정에서 자수율이 무시된 이후에도 '4음보 율'이라는 시조의 리듬은 "번역 텍스트에도 그대로 드러나게 된다"[41]고 보았다. 이처럼 고시조가 간단하고도 명징한 정서나 사상을 노래했기에 형식과 내용을 모두 번역하는 것이 크게 어렵지 않은 반면, 현대시조는 자유시의 속성과 고시조의 형식적 유산이 결합한 것이기에 자유시 번역의 형식에 준해야 한다고 주장하였다.[42] 하지만 고시조가 간단하고도 명징한 정서나 사상을 노래했다는 것에도 동의하기 어렵고 그렇기에 그 형식과 내용을 모두 번역하는 것이 어렵지 않다는 점에서는 더더욱 동의하기 어렵다.

조태성은 시조의 외국어 번역에 관해 몇 가지 전제를 제시하였는데, 가장 큰 전제는 형식의 통일이라고 하였다. 그리고 이를 위해 몇 가지 구체적인 방법론을 제시하였다. 먼저 종장 첫 음보에 위치한 투어套語가 시조를 시조답게 만드는 필수요소라고 하며 이를 번역에서 정형화시켜야 한다고 하였다. 그리고 시조답게 번역하기 위해서 가곡창의 노랫말 배열 방식이었던 5행의 방식을 차용할 것을 제안하였다.[43] 하지만 종장의 투어가 시조를 시조답게 만드는 필수 요소라는 점에 대해서는 공감하기 어렵다. 그리고 그가 제안한 5행시 번역은 이미 케

---

40 박진임, 「한국문학의 세계화와 번역의 문제」, 『번역학연구』 제8권 1호, 한국번역학회, 2007, 151~169면.
41 위의 글, 156면.
42 위의 글, 165면.
43 조태성, 「시조의 외국어 번역에 관한 시론-시조의 감성 구조와 투어의 활용을 중심으로」, 『시조학논총』 31, 한국시조학회, 2009, 202~219면.

빈 오루크O'Rourke에 의해 소개된 것으로 새로운 것은 아니다. 케빈 오루크은 2002년 발간된 *The Book of Korean Shijo*에서 611수나 되는 작품을 5행시로 번역하였고 이후에도 5행시 번역을 주장하며 이러한 형태의 번역을 지속적으로 실천하였다.

　박미영은 창작 영어시조를 대상으로 한 연구 성과를 발표하였다.[44] 창작 영어시조는 번역된 고시조와는 다른 범주에 속하지만, 영어로 된 시조라는 점에서는 서로 상통하는 부분이 있다. 이 논문에서는 E. St. Jacques, Kim Unsong, D. McCann이 발간한 세 편의 영어시조집을 소개하고 있는데, 구체적인 사례를 통해 해외에서 영어로 시조가 창작되고 있다는 사실을 알려주고 있어 매우 흥미롭다. 이 논문은 그 중요성에 비해 국내에 잘 알려지지 않은 자료를 소개했다는 점에서 의의를 갖는다. 여기 소개된 작가들은 시조의 정형성을 음수율에 기초하여 한 행에 15음절 내외라는 것으로 이해하고 이를 실천하고 있다. 이에 대해 논자도 결론에서 문제 제기를 하고 있지만, 이를 극복할 수 있는 이론적 근거를 제시하지 못하고, 이들의 작품이 음수율을 준수했는지 여부를 점검하는 것이 본문의 상당부분을 차지하고 있는 점이 아쉽다. 시조의 형식적 특성을 음수율에 두고 있는 것은 영어로 시조를 창작하는 이들에게서만 발견되는 것이 아니다. 이들에게 시조의 특성에 대해 알려준 미주시조시인협회 회원들이 발간한 미주시조선집들에서도 동일하게 발견되고 있으며[45] 국내에서 활동하고 있는 현대시조시인들의 경우에서도 종종 볼 수 있다. 이렇듯 다수의 연구자, 번역자, 창작자들이 강조하고 있는 음수율이 시조 형식의 본질을 설명하는 것인지에 대한 검토가 요구된다고 하겠다.

44　박미영, 「미주 발간 창작영어시조집에 나타난 시조의 형식과 그 의미」, 『시조학논총』 34, 한국시조학회, 2011, 71~107면.

45　박미영, 「미주시조선집에 나타난 디아스포라시조론」, 『시조학논총』 30, 한국시조학회, 2009, 78면.

임종찬은 현대시조도 시조의 형식미를 지켜야 자유시와의 변별력이 생기고 시조의 존재 의의가 있다는 입장에서, 시조의 영역도 영시의 형식에 맞추기 보다는 시조다움을 살려서 영시 형식에 없는 새로운 형식이 될 수 있도록 번역해야 한다고 하였다.[46] 그는 시조의 한시역漢詩譯한 경우를 다룰 때에도 역시 시의 번역은 원시에 충실하게 번역할 것을 강조하였다.[47] 임종찬의 논의는 시조 영역에 있어서 형식의 문제에 대해 분명하고도 바람직한 방향을 제시했다는 점에서 매우 중요하다. 정형시인 시조를 영시화하면서 영시의 전통을 따를 것인지, 아니면 시조의 특성을 부각시킬 것인지는 곧 번역자의 번역 태도와 관련된 매우 중요한 문제이다. 이에 대해서는 상반된 입장이 존재할 수 있는데, 임종찬은 원시의 의미와 장르의 규칙을 강조하는 입장을 내보였다. 그러나 여기서 강조되어야 할 시조 장르의 규칙이 무엇인지는 구체적으로 밝히지 않았다.

임주탁은 황진이 작품을 중심으로 시조의 영어 번역 양상을 공시적, 통시적으로 살폈다. 이 연구는 영역시조를 통시적으로 살피려 했다는 점에서 큰 의의를 갖는다. 기존의 연구들이 선행 번역의 중요성을 간과하고 필요에 따라 일부를 취한 것과 달리 그의 연구에서는 사적 전개의 양상을 살피려고 시도하였다. 그러나 변화의 양상을 명확하게 논의하지 못했으며 논의의 출발점을 1958년 Richard Rutt의 저서에 두고 그 이후의 번역들만을 연구대상으로 삼고 그 이전의 자료는 목록에서도 제외시킨 점은 아쉽다.[48]

윤혜준은 피터 리Peter H. Lee와 리차드 러트Richard Rutt의 윤선도, 황진이 작품 번역을 대상으로 번역시가 영시로서 감상될 때, 즉 수용자가 감지하는 음악성

---

46 임종찬, 「현대시조의 진로 모색과 세계화 문제 연구」, 『시조학논총』 23, 한국시조학회, 2005, 33~48면.
47 임종찬, 「시조의 한시역과 한시의 시조역의 문제점 연구」, 『시조학논총』 27, 한국시조학회, 2007, 178~191면.
48 임주탁, 「한국고전시가의 영어 번역의 양상과 문제점」, 『어문학』 14, 한국어문학회, 2011.

에 대해 섬세하게 분석한 후, 자신의 번역을 제시하였다. 이 연구는 오역 시비를 중심으로 이루어졌던 기존의 논의와 비교할 때, 접근 방식이 새롭다는 점에서 주목할 만하다. 그리고 형식에 관한 논의가 원작인 시조가 아니라 영시로서의 번역시가 가진 형식적 특성을 중심으로 하는 새로운 관점에서 접근하였다는 점에서 매우 큰 의의를 갖는다.[49] 번역시의 형식에 관한 논의는 앞으로도 다양한 각도에서 지속적으로 이루어져야 할 분야이다.

(2) 20세기 전반기 영역시조에 관한 선행 연구 검토

20세기 전반기 영역시조에 대한 연구는 변영태와 강용홀의 번역을 중심으로 시작되었다. 임선묵은 시조의 한역, 영역, 일역 등 시조 번역의 전반적인 문제를 다루면서 영역의 대표적인 사례로 변영태의 번역을 들었다. 그는 시조가 매개가 된 번역을 다루면서 이러한 번역을 통해 수신자의 문학에 어떠한 영향을 끼쳤는가를 전제로 논의를 전개시켜 나갔다. 변영태의 경우 시조가 지닌 어느 하나의 특성도 제 모습대로 전달되지 못했으며 수신국의 문학사에 영향을 미칠 수 있는 소지가 전혀 없다는 한계를 지적하였다. 이 연구로 인해 일찍부터 변영태 번역의 존재와 특성이 밝혀졌고, 나아가 그 의의와 한계까지 논의되었다.[50] 그러나 30년이 넘도록 이에 대한 후속 연구는 이어지지 못하다가, 최근에서야 전혀 다른 관점에서 변영태의 번역이 재조명되었다. 조규익은 변영태의 번역을 모범적인 선례로 상정하였다. 그는 변영태의 번역이 원작자의 의도를 충실히 재현하였으며, 형식적인 면에서도 영시의 율격을 잘 따르고 있어 탁월하다고 평가하였다.[51] 변영태의 번역에 대해서는 이렇게 상반된 평가가 공존하고 있기

---

49 Hye-Joon Yoon, "The Task and Risk of Translating Classical Korean Sijo", *Key Papers on Korea : Essays Celebrating 25 Years of the Centre of Korean Studies*, SOAS University of London, 2014, pp.155~168.

50 임선묵, 「시조의 번역 문제」, 『동양학』 5권, 단국대 동양학연구소, 1975, 16~20면.

에 면밀한 재검토가 필요하다.

홍경표는 강용흘의 소설『초당』과『행복의 숲』에 영역된 고시조가 상당수 삽입되어 있다는 사실에 주목하고 이를 소개하였다. 그는 삽입된 영역시조에 대해 번역론적 관점에서 분석하고 그에 대한 작가적 의도를 추적하고, 번역학적 문제까지 포괄하여 논의하였다.[52] 김효중도 강용흘 영역시조의 형식에 주목하였는데, 우리말과 영어는 이질적인 문화적 배경과 역사성 및 사회성을 지니고 있으며, 언어의 구조와 형태가 달라 3장 6구라는 시조의 형식을 깨고 자유시 형태를 취하여 6행으로 하였고, 원문의 의미에 초점을 맞추었다고 보았다.[53] 신은경도 같은 자료에 주목하고 형식과 내용에서 드러나는 양상을 살피고, 서사적 맥락에서의 영역시조의 기능과 의미를 논하였다.[54] 이러한 성과들을 통해 강용흘 소설에 삽입된 영역시조에 관해서는 중요한 특성이 거의 밝혀졌다고 할 수 있다. 하지만, 강용흘의 영역시조는 소설 삽입시조가 발표되기 전 시선집의 형태로 존재하고 있었다. 즉 1차 번역에 해당하는 시선집과 2차 번역에 해당하는 소설 삽입시조가 있는데 기존의 연구는 2차 번역에만 집중된 것이다. 최근 1차 번역 자료를 소개하는 연구가 제출되었는데,[55] 강용흘의 번역에 대한 총체적인 논의를 위해서는 1차와 2차 자료를 모두 통합한 종합적인 고찰이 필요하다고 할 수 있다.

송민규는 헐버트가 남긴 기사 "Korean Poetry"에 담긴 시와 시론을 분석하

---

51 조규익, 「변영태 영역시조의 성격과 의미」, 『온지논총』 29집, 온지학호, 2011, 309~333면.
52 홍경표, 「강용흘의 초당과 행복의 숲에 인용된 한국 고시조-특히 영어번역과 관련하여」, 『한국말글학』 20, 한국말글학회, 2003.
53 김효중, 「재미한인문학에 인용된 고시조 영역 고찰-강용흘의 초당을 중심으로」, 『비교문학』 39, 한국비교문학회, 2006, 106~118면.
54 신은경, 「강용흘의 영역시조에 관한 연구」, 『한국문학이론과 비평』 16권 4호, 한국문학이론과 비평학회, 2012, 163~189면.
55 강혜정, 「강용흘 영역시조의 특성-최초의 영역시조선집 *Translations of Oriental Poetry*를 중심으로」, 『민족문화연구』 57호, 고려대 민족문화연구원, 2012.

였다. 여기에 영역시조가 포함되어 있다. 그는 연구대상에 대한 면밀한 검토를 통해 헐버트 번역시의 면면을 밝혀내었다.[56] 이후 김승우는 게일과의 비교를 통해 헐버트가 가졌던 한국 시가에 대한 인식을 고찰하였다. 헐버트는 한국문학의 독자성을 인정하였고 그 수준 또한 서구문학에 필적할 만하다고 하였으나, 그의 영역시조는 소재만 한국의 것으로 바꾼 영시의 등가물이었으며, 서사적 스토리를 지닌 영시화된 시조는 서구인들에게 관심을 끌지 못하였다[57]고 보았다. 이러한 연구로 인해 정치적인 행적이 강조되었던 헐버트가 한국문학 전반에 대해 큰 관심을 갖고 있었으며, 이를 서구 세계에 소개했다는 사실이 밝혀졌다. 나아가 그의 인식과 실천이 가져온 공과에 대한 평가까지 더해져 헐버트의 영역시조에 대한 연구가 상당한 수준에 이르게 하였다.

최초의 영역시조라고 할 수 있는 게일의 영역시조에 대한 연구는 최근에서야 시작되었다. 김승우는 한국 시가에 대한 선교사 게일의 인식을 고찰하는 과정에서 게일이 시조를 번역하였다는 사실을 밝혔다.[58] 이 연구로 인해 영역시조사의 기원을 찾을 수 있게 되었으며, 이를 체계화할 수 있는 기틀을 마련하였다. 그러나 그의 연구는 20세기 이후 게일이 한문 문헌에 대한 탐독으로 경사되었다며 게일의 한국 시가에 대한 인식을 부정적인 것으로 성급하게 마무리하였다.[59] 이후 송민규는 게일의 1차 번역 자료를 제목별로 나누어 고찰하였다.[60] 그는 미세한 시선으로 개별 작품과 단어 선택에 주목하였지만, 그러한 작품 연

56 송민규, 「19세기 서양 선교사가 본 한국시」, 고려대 석사논문, 2008.
57 김승우, 「구한말 선교사 호머 헐버트의 한국시가인식」, 『한국시가연구』 31집, 한국시가학회, 2011.
58 최초의 영역시조에 대한 논의는 리차드 러트에 의해 시작되었고, 이 사실이 송민규의 석사논문 각주에서 언급된 바 있다. 이를 적극적으로 규명하고 그 의의를 밝힌 것은 김승우의 논문이다.
59 김승우, 「한국시가에 대한 구한말 서양인들의 고찰과 인식—James Scarth Gale을 중심으로」, 『어문논집』 64, 민족어문학회, 2011b.
60 송민규, 「The Korean Repository에 소개된 Ode 연구」, 『Journal of Korean Culture』 22, 국제어문학국제학술포럼, 2013; 송민규, 「The Korean Repository에 소개된 Love Song 연구」, 『현대문학이론연구』 52집, 현대문학이론학회, 2013.

구를 통해 번역자의 번역관이나 번역 태도에 대한 성찰로 나아가지 못하고 번역시와 원문과의 대조를 통해 번역의 양상을 논하는 데 그치고 말았다.

그간 이루어져 온 영역시조에 대한 연구를 검토해 볼 때, 시급하게 보완되어야 할 몇 가지 문제들이 발견된다. 먼저, 대부분의 연구자들이 고시조의 번역시가 원전의 내용뿐만 아니라 그 형식까지도 담아내야 한다는 대전제에 동의하고 있지만 이들은 시조의 형식적 특성에 대해서는 서로 다른 의견들을 내놓고 있다. 따라서 번역시가 구현해내야 하는 시조의 정형성이 구체적으로 무엇인지를 명확하게 밝히는 것이 선결 과제라고 할 것이다.

또한 지금까지 이루어져 온 연구는 연구자 개개인의 관심과 취향에 따른 미시적인 안목에서의 연구가 주로 이루어졌고, 영역시조 전반을 체계적으로 설명해내는 연구는 아직 시도되지 못했다. 시조 영역의 역사가 벌써 한 세기를 훌쩍 넘었다. 이제는 이를 거시적인 관점에서 전체를 아우르는 영역시조사의 체계를 세우기 위해 고민해야 할 시점이다. 이를 위해서는 전반적인 영역시조의 양상을 점검하고 각 시기별로 영역시조가 어떤 특성을 보이는지 그리고 그 안에서 번역자들은 또 어떤 개성을 보이는지를 설명해내는 틀이 제시되어야 한다. 개별적인 문학 작품을 온당하게 이해하고 평가하기 위해서는 문학사라는 전체 틀 안에서 그 작품의 자리매김이 필요하듯이, 개별적인 영역시조를 이해하고 평가하기 위해서도 역시 영역시조사라고 할 수 있는 전체 틀을 세우는 것이 필요하다.

그런 점에서 볼 때, 게일이나 강용흘을 중심으로 한 초기 영역시조에 연구자들이 관심을 보이는 것은 매우 반가운 현상이다. 이는 영역시조사를 체계화 할 수 있는 기초 작업이 되기 때문이다. 하지만 현재 진행되고 있는 초기 연구의 경우 한두 가지 자료에만 집중되어 있다. 게일의 경우를 예로 들자면, 그는 오랜 시간을 두고 3차에 걸쳐 다양한 양상의 영역시조를 발표했는데 연구자들은 1차 자료에만 집중하여 후대의 변화 양상을 놓치고 부분적인 사실을 일반화하고 있다. 영역시조사의 첫머리에 해당하는 20세기 전반기의 연구 자료를 보강하고 가능한 한 연구대상을 폭넓게 확보하여 객관적이고 종합적인 고찰이 이루어지도록 해야 할 것이다.

3. 영역시조에 대해 어떻게 서술할 것인가

1) 시조 번역의 이론적 기반

정혜용은 서양의 번역사는 직역 지지론과 의역 지지론의 길항, 그리고 그 둘의 명멸로 짜여진 역사라고 해도 지나친 말이 아닐 것이라고 하였다.[61] 사전에 의하면 직역과 의역은 '단어 대 단어 번역'을 기준으로 나뉘지만, 실제 번역의 역사에서는 여기에 새로운 의미를 부여하려는 시도들이 나타났다. 독일의 번역가 프리드리히 슐라이어마허F. Schleiermacher는 「여러 가지 번역방법에 관하여」라는 글에서 번역자에게는 오직 두 개의 길만이 있는데 "될 수 있는 한 작가를 귀찮게 하지 말고 독자가 작가를 만나러 가게 할 것인가, 아니면 독자를 귀찮게 하지 말고 작가가 독자를 만나러 가게 할 것인가"라고 하며 작가 중심의 번역과 독자 중심의 번역으로 구분하였다. 프랑스의 번역가 무냉G. Mounin은 독자가 갖는 느낌을 기준으로 하여 채색 유리와 투명 유리의 비유를 들어 설명하였다. 채색 유리란 유리의 존재가 즉각 눈에 들어오는 것처럼 번역서라는 것이 쉽게 인지되는 직역에 가까운 번역을 지칭하며, 투명 유리란 유리가 너무 투명하여 유리가 있다는 사실조차 망각할 정도로 자국화된 의역을 지칭한다. 채색 유리는

---

61 정혜용, 「직역론의 새로운 갈래와 번역 패러다임의 변화」, 『프랑스학연구』 33, 프랑스학회, 2005. 직역, 의역에 관한 논의는 대체로 이 논문의 주장을 따른 것이며, 무냉과 라드미랄의 논의도 이 글에서 가져온 것이다.

원작의 언어적 특징, 원작과의 문화적 거리, 원작의 시대적 향취라는 세 가지 측면에서 원문을 절대적으로 존중하는 번역이며, 투명 유리는 가독성이 손상되지 않는 범위 내에서 원문을 존중하는 번역이라고 하였다. 라드미랄Admiral은 번역가는 출발어의 자구와 도착어로 표현될 것의 의미 중, 어느 것에 충실할 것인지를 선택해야한다고 하며, 이를 원천 중심 번역과 목표 중심 번역으로 명명하였다. 베누티Lawrence Venuti는 차이다름를 지향하는 번역과 동일성을 지향하는 번역으로 양분하였다. 그는 번역이란 원저자의 '본래 의도'를 존중해야 한다고 주장하며 좋은 번역이란 혼질적인 담화를 양성하여 잔여태를 해방함으로써 표준어와 문학 정전을 외국적인 것, 비표준적인 것, 주변적인 것들에 대해 열리게 하는 것이라고 하였다.[62]

이러한 기존의 논의를 살펴볼 때, 번역자의 태도는 원천문학과 수용자문학을 놓고 어느 것을 중심에 두고 번역하느냐는 것이 중요한 기준이 된다고 할 수 있다. 따라서 이 글에서는 이를 원천문학 중심적 접근 태도와 수용문학 중심적 접근 태도로 명명할 것이다.

수용문학 중심적 접근 태도를 보인 이론가로는 나이다Eugene A. Nida를 들 수 있다. 그에게 있어 번역의 목적은 수용자 언어에 있어서 원어 메시지에 가장 가깝게 그리고 자연스럽게 그 메시지를 재현하는 데 있었으며, 최고의 번역은 수용자에게 번역 같이 느껴지지 않도록 하는 것이었다The best translation does not sound like a translation. 기본적으로 운문은 운문으로 산문은 산문으로 번역되어야 한다고 하였지만, 메시지 전달을 위해 형식적 구조로부터의 해방은 정당할 뿐만 아니라 오히려 더 바람직하다고 보았다.

유능한 번역자는 한 언어의 형식적 구조를 다른 언어에 (재현하도록) 강요하기보다

---

62   로렌스 베누티, 임호경 역, 『번역의 윤리-차이의 미학을 위하여』, 열린책들, 2006, 26~27면.

는, 수신자 언어의 독특한 구조적 형식 속에서 (원작의) 메시지가 재현될 수 있도록 모든 가능한 형식적 변화를 일으키도록 준비한다.[63] (…중략…) 이와 마찬가지로 (번역을 통해서는) 히브리어 시詩의 리듬과, 많은 시에서 보이는 아크로스틱acrostic[64]한 특징과, 흔히 쓰이는 의도적인 두운은 재현할 수 없다. 이쯤 되면 언어들은 서로 상응하지 않으며, 따라서 우리는 내용을 살리기 위해서 형식적 아름다움을 희생할 각오를 해야 한다.[65]

나이다는 번역에서 가장 중시되어야할 것은 메시지의미의 전달이라고 보았다. 따라서 의미 전달을 위해 형식적 아름다움은 희생될 수 있으며, 나아가 번역어의 특질에 맞게 그 형식이 변해야 한다고 하였다. 또한 번역 작품의 독자들이 번역 작품을 읽으면서 원작의 독자들이 원작을 읽으면서 가졌던 반응과 동일한 반응을 가질 수 있도록 의미를 보존하기 위하여 그 양식이 변해야 한다고 하였다.

실제 번역의 현장에서는 이러한 의미 중심의 번역론이 대세를 이루고 있지만, 이에 대한 비판의 목소리도 커지고 있다. 나이다를 비판하는 이론가들은 형식을 변형시킨 채 의미의 등가성만을 추구하는 것에 대해, 문학작품 번역에 있어서는 등가로 치환되지 않는 부분이 존재한다는 사실을 강조하며 나이다의 이론이 갖는 한계를 지적하고 있다. 이 가운데 특히 메쇼닉H. Meschonnic과 베르만

---

63 Rather than force the formal structure of one language upon another, the effective trans-lator is quite prepared to make any and all formal changes necessary to reproduce the message in the distinctive structural forms of the receptor language. Eugene A. Nida and Charles R. Taber, *The Theory and Practice of Translation*, The Netherlands : E. J. Brill, Leiden, 1969, p.4. 김용옥이 이 책의 일부를 번역한 것이 「번역의 이론과 실제」라는 제목으로 『민족문화』(민족문화추진회) 10집(1984)과 11집(1985)에 수록되었다.

64 acrostic : 각 행의 첫 글자를 아래로 연결하면 특정한 어구가 되게 쓴 시나 글.

65 In a similar way, we cannot reproduce the rhythm of Hebrew poetry, the acrostic features of many poems, and the frequent intentional alliteration. At this point, languages just do not correspond, and so we must be prepared to sacrifice certain formal niceties for the sake of the content. Eugene A. Nida and Charles R. Taber, 앞의 책, p.5.

Antoine Berman의 이론이 주목받고 있다. 이들은 문학 번역을 중심으로 논의하며 의미 중심론자들과 대척점에 서 있지만, 문자 대 문자 번역을 주장하는 직역주의자들과도 입장을 달리하고 있다. 메쇼닉과 베르만은 번역에 있어 의미와 형식의 이분법 자체를 부정하였다. 이들은 의미와 형식이 결합하여 이룬 원전의 텍스트 그 자체를 번역해야 한다고 하였다. 즉 이들은 번역에 있어 원천문학이 갖고 있는 특수성을 존중하는 번역 태도를 보이고 있다.

　메쇼닉은 의미만을 헤아려 운문을 산문으로 번역하는 것에도 비판적인 입장을 취했고, 원텍스트의 외형적인 요소들을 취해 정형시의 규칙성을 고스란히 옮겨오는 것에도 역시 비판적인 입장을 취했다. 그에게 있어 번역가의 임무는 의미의 움직임 즉, 강세의 실현을 뜻하는 '리듬'과 자음과 모음의 고유한 조직들을 의미하는 '프로조디'의 독특한 결합을 통한 의미의 산출을 세밀히 분석하여 고정된 문법 구조를 위반하거나 그 경계를 넘나들면서 발생하는 디스쿠르의 특수하고도 독창적인 효과를 옮겨 오는 데 있다고 보았다.[66] 즉 메쇼닉에게 있어 번역해야 하는 것은 원작의 의미 혹은 형태가 아니라 의미와 형태가 결합하여 이루어진 원텍스트가 만들어낸 특수한 무엇, 우리가 흔히 '문학성'이라고 부르는 것이라고 주장하며 '시적 번역'을 주장하였다.

　베르만도 의미와 형식이 결합된 텍스트 번역을 강조했다. 그는 번역에 있어 전문 기술 텍스트^{비문학}와 작품^{문학}을 구분해서 논해야 한다고 하였다.

　우선 의미의 전달만을 요구하는 상당수의 글쓰기 영역이 분명히 존재한다. 모든 문화는 이국에서 이루어진 의미 생산물들을 전유할 줄 알아야 한다. 그러나 이는 '작품들'에는 해당되지 않는다. 물론 '작품들'도 의미를 만들어내고 이를 전달하고자

66　조재룡, 「번역사를 바라보는 한 관점 – 앙리 메쇼닉의 경우」, 『번역학연구』 10권 1호, 한국번역학회, 2009.

한다. 그러나 작품 안에서 의미는 너무나 무한한 방식으로 농축된 나머지 그 의미 포착의 가능성을 넘어선다.[67]

전문기술 텍스트는 정보 전달이 목적이지만, 문학 작품은 어떤 세계에 대한 체험을 열어주는 것으로 정보 전달을 목적으로 하지 않는다는 점을 강조한다. 문학과 비문학 번역을 구분함으로써 문학 번역이 갖는 특수성이 부각되고, 이를 바탕으로 문학 번역에서 의미 중심의 번역이 갖는 문제점을 지적한다.

> 의미를 전달하는 것이 나쁜 이유는 의미가 문자와 결속되어 있기 때문이며, 의미를 포착함으로써 혼탁화되고 변형된 메시지만이 제공되기 때문이다. 번역에 요구되는 지향점의 차원에서 보자면, 이런 번역은 비난받게 된다.[68]

베르만은 의미와 형식이 일체가 되어 문학적 감동을 주는 문학 작품의 번역에서 의미 전달만을 강조하는 번역은 결국 그 작품의 참모습을 일그러뜨리는 것이라고 비판하였다. 그는 번역가가 궁극적으로 번역해 내야 할 것은 형식과 의미가 결합된 '형태의形態意, lettre'[69]라고 하였다. 형태의 번역의 시작은 원 텍스트의 시스템 내에서 의미 산출에 개입하고 있는 형식 요소들을 파악하여 그것들이 산출하는 의미를 읽어내는 작업이다.

베르만과 메쇼닉의 원천문학 존중 태도는 표현 양식과 내용이 긴밀한 관계를 맺고 있는 속담의 번역에서 잘 드러났다. 문학 텍스트에서 속담이 등장할 때, 수

---

67 앙트완 베르만, 윤성우·이향 역, 『번역과 문자-먼 것의 거처』, 철학과현실사, 2001, 55~56면.
68 위의 책, 66면.
69 정혜용은 앞의 글 283면에서 '형태의'로 번역하였고, 조재룡은 '문자-지-역'이라고 번역하였다. 조재룡, 「동서양의 문화 번역론 비교 연구-루쉰과 베르만, 베르만과 루쉰」, 『비교문학』 48, 한국비교문학회, 2009.6, 14면.

용문학 중심적 접근 태도를 가진 번역자들은 이국의 속담을 유사한 의미를 가진 자국의 속담으로 대치시켜 번역해야 한다고 하였다. 대체로 한 언어의 속담들은 또 다른 언어 안에 등가물을 갖고 있기 때문에 이는 현실적으로 가능한 일이며 이렇게 번역하였을 때 독자는 그 속담의 의미를 매우 쉽게 받아들이게 된다. 하지만 이는 텍스트의 흐름상 전반적인 낯섦 속에서의 뜻하지 않은 친숙함으로 인해 작품이 예비하지 않은 부조리하다는 느낌을 독자에게 주게 된다. 그리고 그 속담이 문학 텍스트 내에 들어가서 특정 기능을 담당하고 있다는 측면은 간과되는 것이다.[70] 따라서 베르만이나 메쇼닉은 속담 번역을 놓고 볼 때 의미상의 등가 원칙에 토대를 둔 의미 중심 번역론이 문학텍스트 번역 원칙으로서 갖는 한계가 드러나게 된다고 보았다. 즉 의미상의 등가로 치환되지 않는 부분이 있다는 것을 강조한 것이다. 베르만은 타국의 속담을 자국의 등가의 속담으로 대치하는 것을 거부하였다. 그는 속담도 형식이기 때문에 이국 속담의 운율, 길이또는 간결함, 경우에 따라서는 두운 등을 반드시 번역해야만 한다고 주장하였다.[71]

수용문학 중심적 접근 태도를 강조하는 담론에서는 수용자에게 쉽게 이해되기 위해 원작의 형식은 자국화되어야 하는 것, 변형될 수 있는 것으로 간주되어 왔다. 반면 원천문학 중심적 접근 태도를 강조하는 담론에서는 수용자에게 낯설더라도 원작의 의미뿐만 아니라 형식까지도 모두 번역하여 이국화된 것으로 번역해내야 한다고 주장하였다. 이렇게 상반된 번역 태도는 타국의 문학을 바라보는 시각의 차이에서 비롯된 것이라고 할 수 있다. 전자의 태도에서 타국문학의 의미만을 취하여 자국의 문학으로 환원시키고자하는 의도를 읽어낼 수 있다면, 후자의 태도에서는 타국의 문학을 존중하고 이를 가능한 그대로 받아들

---

70 정혜용, 「베르만과 메쇼닉의 번역이론 이해를 위하여–속담 번역의 상징적 위치」, 『불어불문학연구』 66, 한국불어불문학회, 2006, 247면.
71 앙트완 베르만, 앞의 책, 16~18면.

이고자 하는 의도가 바탕에 있다고 할 수 있다. 따라서 이 글에서도 영역시조의 양상을 논하는 가운데 번역시의 형식에도 주목할 것이다. 번역시의 형식이 단순히 시의 형식에 머무는 것이 아니라, 이러한 형식 속에 타국의 문학을 바라보는 번역자의 관점이 들어 있기 때문이다.

서구에서 벌어져 온 이러한 대립은 시조 영역에서 발견되는 상반된 양상과도 조우하고 있다. 앞서 선행 연구에서 살펴본 국내의 연구자들은 영역시조가 시조의 내용과 더불어 형식까지도 담아내야 한다고 주장하였다. 즉 이들은 전공을 불문하고 '시조'라는 원전의 가치를 존중하며, 원전이 지닌 특수성을 번역에서 드러내야 하며, 영어권 독자들이 시조의 낯선 형식을 받아들이게 해야 한다는 '원천문학 중심적 접근 태도'를 보인 것이다.

반면 국내에서도 이와 반대의 입장을 표명하며 '수용문학 중심적 접근 태도'를 보이는 연구자들도 있다. 이들은 '원천문학 중심적 접근 태도'가 다소 이론적이고 이상적이라며 비판하며 번역이 맞닥뜨려야 하는 현실적인 면을 강조한다. 한국문학의 영어 번역 현황을 두루 조사한 연구자들은 작품을 지배하고 평가하는 것은 그것을 받아들이는 문화의 몫이며 이러한 수용적 측면에 대해 출발어의 문화는 별 영향력을 행사할 수 없다고 지적하며 수용자의 반응을 중심으로 번역을 통한 문화 교류의 불평등을 언급하였다. 그리고 페르시아의 오마르 카얌Omar Khayam의 루바이야트Rubaiyat에 대한 에드워드 피처랄드Edward Fitzgerald의 번역은 원전과 문화적 배경에 충실한 번역이 아니지만 바로 그 불충실함 덕택에 번역으로서 성공할 수 있었다며 출발어의 고유한 문화적 특성을 충실하게 간직하는 것이 도리어 도착어의 문화에서 외면당할 가능성이 크다고 주장하였다.[72] 한자에 대한 지식이 없던 에즈라 파운드Ezra Pound가 번역한 영역

---

72 봉준수·권석우, 「한국문학의 영어번역 현황」, 『한국문학의 외국어 번역』, 연세대 출판부, 2004, 35~36면.

한 시집 *Cathay*도 이러한 입장에서 내세우는 또 다른 예라고 할 수 있다. 파운드는 페놀로사Ernest Fenollosa의 축자적 영어 번역을 바탕으로 자기만의 번역을 시도하였다. 이 번역은 원전에 대한 충실성을 기준으로 볼 때는 "현란하게 의역된 시the famous poem brilliantly paraphrased"[73]라고 비판받았지만, 다른 관점에서 엘리엇T. S. Eliot은 "우리 시대 한시의 창시자Pound is the inventor of Chinese poetry for our time"로 칭송받으며 그의 번역시는 영미문화권에서 그 문학적 가치를 높이 평가받고 있다. 나아가 "한자에 대한 무지에도 불구하고서가 아니라 바로 한자에 대한 무지 때문에 '중국'을 창조할 수 있었다"는, 즉 이 '무지'로 말미암아 "문자 그대로의 정확한 번역에 대한 강박에 사로잡힐 필요 없이 한시 원전의 정수를 옮길 수 있었다"[74]는 아이러니한 평가를 받고 있다.

연구자들뿐만 아니라 시조 번역자들 역시 시조를 영시로 번역하는 과정에서, 원전인 시조의 형식미를 드러낼 것인지, 아니면 영어권 독자들에게 친숙하게 다가갈 수 있는 형식을 취할 것인지를 선택해야 했다. 현전하는 영역시조 중에는 형식면에서 시조의 특수성을 드러내는 이국화異國化된 양상의 작품군이 있고, 또 다른 한편에는 의미는 시조에서 가져오되 형식은 영시에서 가져온 자국화自國化된 양상의 작품군이 존재하고 있다. 즉 이 글의 용어로 명명하자면 전자는 '원천문학 중심적 접근 태도'를 보인 것이고, 후자는 '수용문학 중심적 접근 태도'를 보인 것이라고 할 수 있다. 전자가 시조의 의미는 물론이고 그 의미를 창출해 낸 시조의 형식적 특성도 고민하고 이를 번역시에서 재현하기 위해 고군분투했던 번역자 집단의 것이라면, 후자는 영역시조도 영시로서의 격식을 갖춰야 독자를 확보할 수 있다고 믿고 시조에 어울리는 영시의 틀을 발굴하고 영시

---

73 Arthur Waley, *The Poetry and Career of Li Po*, New York : Macmillan Company, 1950, p.12.
74 Gyung-Ryul Jang, "Cathay Reconsidered : Pound as Inventor of Chinese Poetry", *Paideuma* 14·2-3, 1985, p.53; 윤희수, 「전유로서의 번역-에즈라 파운드의 한시번역과 이미지즘의 상관성에 관한 연구」, 『외국문학연구』 49집, 한국외대 외국문학연구소, 2013, 258면에서 재인용.

의 규범에 따라 번역하기 위해 애썼던 번역자 집단의 것이라고 할 수 있다.

　현전하는 영역시조를 그 형식적 특성에 따라 분류하자면 이론상으로는 위에서 언급한 두 가지 범주가 가능할 것이다. 하지만 실제 영역시조의 양상을 보면 위의 두 양상 중 어느 쪽에도 넣기가 곤란한 작품들이 상당수 존재하고 있다. 말하자면 양쪽의 정형성을 모두 고려하거나 혹은 어느 쪽도 크게 중시하지 않은 형태의 번역이라고 할 수 있을 것이다. 이는 시조의 정형성과 영시의 매끄러움이 만나는 접점을 찾은 것이라 할 수 있는데, 매우 느슨한 정형성을 갖춘 형태를 보이고 있다. 대체로 6행이라는 행수는 고정되어 있되 각운이나 운율은 고려하지 않은 일종의 자유시 형태라고 할 수 있을 것이다. 이러한 작품군은 편의상 '중간 혼합형'이라고 명명할 것이다. 위의 두 가지 중 어느 하나에 강제로 병합시키기보다는 그 자체로 분류하여 고찰하는 것이 영역시조 전반의 특성을 드러내는 데 있어 사실에 부합하기 때문이다. 이 글에서 행해지는 이러한 세 가지 양상 분류는 광범위한 연구대상을 조망하기 위해 편의상 설정한 것으로 절대 불변의 것은 아니다. 번역시의 형식을 통해 번역자의 성향을 보여주기 위한 것이다.

2) 번역 대상으로서 시조의 특성

　고시조는 조선 전기에는 몇몇 문인들의 문집에 그 노랫말이 전하다가, 18세기 이후 가집이 편찬되며 본격적인 기록문학으로 전해질 수 있게 되었다. 그러나 전하는 문헌에 따라 노랫말이나 작가 정보에서 차이를 보이고 있다. 이는 시조가 본디 노래로 향유되어 구전되어 왔다는 사실에 기인한다. 시조는 본디 가곡과 시조의 노랫말로 존재하였다. 가곡과 시조는 모두 정악에 속하는 것으로 품위와 격조를 갖춘 것이었지만 음악적인 특성은 같지 않다. 가곡은 5장 형식에 대여음과 중여음이 있으며, 시조는 3장 형식에 종장 마지막 음보를 생략하고 부르지 않는다. 가곡은 10점 16박이 기본이고, 시조는 3점 5박과 5점 8박의 장단을 바꾸어가면서 쳐 나간다.[75]

문학 양식으로서의 시조의 형식적 특성에 대해 살펴보자. 앞서 선행 연구에서 확인하였지만, 많은 연구자들은 그 전공분야를 불문하고 외국어로 번역된 시조에는 고시조의 의미뿐만 아니라 그 형식적 특성까지도 온전히 담아내야 한다고 주장하였다. 원작의 의미를 번역시에서 온전하게 전달하기란 쉽지 않은 일이다. 게다가 그 형식적 특성까지 담아내기란 더더구나 쉽지 않은 일이다. 그러나 시조의 특성이 그 형식미에 있기에 어렵더라도 이를 구현할 방법을 모색해야 하며 이는 바람직한 시조 번역을 위한 1차 과제이면서 동시에 핵심 과제라고 할 수 있을 것이다. 그러나 이러한 대전제에 대한 여러 논자들의 동의에도 불구하고 정작 구현해야 할 '시조의 형식미가 무엇이냐' 하는 문제에 대해서는 저마다 약간씩 다른 의견들을 제시하였다. 기존의 시조 번역과 관련된 연구에서 시조의 형식적 특성에 대해 어떻게 서술하고 있는지 먼저 확인하고 이것이 과연 시조의 형식적 특성 중 본질적인 부분을 설명하고 있는지 여부를 확인해 보고자 한다.

시조는 3장으로 구성된 우리나라 고유의 정형시다. 중국 고유의 정형시 절구絶句가 네 줄이고 일본의 단가短歌가 두 줄인데 비해 시조는 그 중간인 세 줄로 되어 있다. 이것은 아마 한국이 지정학적으로 중국과 일본의 중간에 위치해 있어 문화의 양상이 대체로 두 나라의 중간 형태를 취하고 있다는 견해와 무관하지만은 않은 것 같다. (…중략…) 시조의 운율은 우리말의 액센트가 보통 하강조를 이루고 있기 때문에 음보 넷을 단위로 하는 강약 4보격trochaic tetrametre이 곧 시조의 음보율이 된다. 사실 영시나 한시에서 논의되고 있는 엄격한 압운법을 시조에 적용할 수는 없다. 이

---

75 장사훈, 『한국전통음악의 이해』, 서울대 출판부, 1981, 139~142면.

런 면에서 보면 무운시로도 볼 수 있다. 그러나 엄격한 압운 적용은 불가능하다 해
도 두운, 요운, 각운과 같은 운의 존재는 인정해야 한다.

장인식, 2004, 146면

우리 고시조의 형태는 3장 6구 12음보의 독특한 형식을 가지고 있고 운율은 우리
말의 액센트가 보통 하강조를 이루고 있기 때문에 음보 넷을 단위로 하는 강약 4보
격이 곧 시조의 음보율이 된다. 사실상 영시나 한시에서 논의되고 있는 엄격한 압운
법을 시조에 적용할 수는 없다.

김효중, 2006, 108면

(김동준의 견해를 인용하고) 이 글은 시조의 종장 첫 구가 시조를 시조답게 하는 형식적
특성이라고 강조한다. 이는 시조의 가장 큰 특성이 종장에 있으며, 그중에서도 첫
음보의 투어적 용법이 시조의 구성에 미치는 영향과 매우 밀접한 관계에 있음을 강
조한 진술이라고 할 수 있다. (…중략…) 이런 이유로 시조 종장의 첫 음보를 특성
화하고 이를 시조의 가장 중요한 형식적 요건으로 자리매김 시키는 것이 중요하다.

조태성, 2009, 204면

이와 같이 볼 때 김운송의 시조는 평시조의 기본적인 형식 3행 형식, 총 45자 내외,
1행 15자 등을 지키면서 각운 등 영시적인 작시법을 사용하여 서양 독자들의 시의
식을 배려하고 있다 하겠다.

박미영, 2011, 93~94면

　　장인식은 시조의 3행시 형식이 지정학적 위치에서 기인한 것으로 보고 있는
데 수긍하기 어려운 서술이다. 시조의 3행시 구조는 2행과 4행의 중간 형태가

아니라 그 나름의 독특한 미적 구조를 갖춘 것이다. 그리고 시조의 3행시 형식이 전대절초. 중장과 후소절종장로 분절되며 이러한 분절의 전통이 10구체 향가, 경기체가, 시조, 가사에 이르기까지 면면히 이어지는 우리 시가의 형식적 전통이라는 것은 국문학 연구 초기부터 밝혀진 것이다.[76]

또한 장인식과 김효중이 모두 강약 4보격을 시조의 음보율로 보는 것에도 동의하기 어렵다. 물론 이 논의는 이 연구자들이 각주를 통해 밝혔지만 신웅순[77]의 논의를 그대로 가져온 것이다. 우리 시가의 율격을 강약율로 설명한 것은 자수율에 대한 비판으로 1950년대 정병욱1954, 이능우1958에 의해 시도되었다. 하지만 강약이라는 것은 우리 국어에 나타나는 음성적 경향일 뿐, 음운론에서 말하는 변별적 자질이 아니며, 이러한 강세는 운문과 산문에 걸쳐 두루 나타나는 것으로 율격론적 의의를 갖지 못하는 것으로 비판받았다.[78]

조태성이 주장한 시조 종장 첫 구에 투어가 사용되는 것은 고시조에서 흔히 발견되는 특성이긴 하지만, 이것이 시조 형식의 본질적 특성이라고 하긴 어렵다. 투어를 사용하지 않는 시조 작품도 존재하고 있을뿐더러, 이러한 경향성만으로 시조 형식의 본질적 특성을 삼기에는 무리가 있기 때문이다. 시조 형식의 본질적 특성이라고 할 때는 그 간결한 3행시 속에서 시조의 형식적 아름다움을 유감없이 발휘시켜 우리를 감동하게 하는 형식적 장치에 대한 설명이라야 한다. 즉 조선시대 반세기를 넘어 오늘날까지도 우리에게 문학적 감흥을 주며 감히 한국을 대표하는 전통시가라고 할 수 있게 하는 시조 형식의 미적 구조가 갖는 원리를 설명하는 것이라야 시조 형식의 본질적 특성이라고 할 수 있을 것이다. 투어가 놓인다는 단순한 경향성이나 단편적 사실의 지적을 넘어 왜 그 자리

---

76   조윤제, 『한국시가의 연구』, 을유문화사, 1948, 10~11면.
77   신웅순, 『현대시조시학』, 문경출판사, 2001, 78면.
78   김흥규, 「한국시가 율격의 이론 1 − 이론적 기반의 모색」, 『민족문화연구』 13, 고려대 민족문화연구원, 1978, 103~108면. 이 글은 김흥규, 『욕망과 형식의 시학』, 태학사, 1999에 재수록되었다.

에 투어가 오는지를 설명하고 이를 통해 시조의 구조적 특성이 드러나야 본질적인 특성이라고 할 수 있을 것이다.

박미영은 시조의 형식적 특성에 대해 명확하게 언급하지는 않았지만, 평시조의 기본 형식을 3행시, 총 45자 내외, 1행 15자라는 것에 동의하고 있는 것으로 볼 수 있다. 이는 시조의 외형적 특성에 대한 설명일 뿐 시조 형식의 미적 원리를 보여주는 것은 아니다. 이렇게 글자 수로 시조의 특성을 설명한 것은 국문학 연구 초기에 조윤제에 의해 처음 시도되었던 것이다. 그러나 이 음수율로 시조의 형식을 설명했던 조윤제 자신조차 1930년에 발표한 논문에서 "이에 결론結論이라 얻은 344(3)4, 344(3)4, 3543은 이를 실제實際 시조時調에 당當하여 보면 너무 자여가字餘歌, 자부족가字不足歌가 많아서 (…중략…) 거의 정형시定型詩라 인증認證할 수 없을 만큼 극히 추상적抽象的인 결론結論이 된다. 그러나 그렇다 하여 정형시가 아니라고는 할 수 없다. 어디까지나 정형시에는 틀림없으나, 조선어朝鮮語의 성질性質上 면免하지 못할 사실事實이 될 것이다"[79]고 하였다. 시조를 음수율로 설명하는 것에 대해서는 조윤제 자신이 인정한 바와 같이 그 기준형에 부합하는 작품이 실제로는 거의 존재하지 않는다는 사실에서 그 문제점이 여실히 드러났다. 또한 자수율론이 피할 수 없는 또 하나의 난점은 기준형이라고 제시된 음절수의 체계가 율격적인 문장만을 포용하고 비율격적인 문장은 배제할 수 있는 판단 능력을 가지지 못한다는 점이다.[80] 따라서 음수율에 기초하여 시조의 형식을 설명하려던 시도는 시조의 정형성을 보여주지 못하고 '거의 정형시라 인증할 수 없을 만큼 추상적인 결론'에 머물고 말았다. 음수율은 근대 초기 일본 시가를 모형으로 하여 우리 시가를 설명하려고 시도했던 방법으로, 1950년대 이후 여러 학자들에 의해 우리 시가의 율격은 자수율로는 설명되지 않는

---

79 조윤제, 「시조자수고」, 『한국시가의 연구』, 을유문화사, 1948, 172면.
80 김흥규, 앞의 책, 16면.

다는 것이 밝혀졌다.[81]

그렇다면 시조의 형식적 특성은 어떻게 설명되어야 하는가. 시조의 형식은 그것이 '몇 행이다', 혹은 '몇 글자다'라는 데 핵심이 있는 것이 아니다. 시조의 형식은 단순한 기계적 관습이 아니라 시조 특유의 미의식을 양식화한 것이다. 김흥규는 기존의 음수율이 가진 기계적 형식론을 극복하고 시조의 정형성이 확보한 서정성의 원리를 규명하였다. 그는 시조의 형식적 특성을 밝히기 위해 한 음보를 이루는 음절수의 상대치에 주목하였다. 가장 빈번하게 등장하는 4음절을 평음보로 보았을 때, 초장과 중장은 소음보(3)-평음보(4)를 한 마디로 하여 각기 두 번씩 반복되는 구조를 보인다. 이렇게 동일한 유형의 율격이 반복되면서 초장과 중장에서는 규칙적 반복성과 개방성을 보인다. 하지만 종장에 이르러 이 율격이 파괴되고 '소음보-과음보-평음보-소음보'의 새로운 형태를 보이며 규칙적 연속과 개방성을 거부하고 독특한 일회성, 폐쇄성을 양식화하고 있다. 즉 종장은 초, 중장의 흐름에 접속하면서 그것을 전환시키고 완결시키는 사명을 수행하게 되는 것이다. 그리고 종장 제1음보의 소음보와 그에 따르는 휴지는 강한 정서적 중량을 가진 어사語辭와 유기적으로 통합되어 이 부분에 특별한 강세를 부여한다. 바로 뒤의 2음보가 과음보여서 촉급한 호흡을 갖기에 이 점은 더욱 두드러지게 된다. 따라서 종장 1음보는 초, 중장의 규칙적이고도 평명한 흐름을 차단하고 우뚝 돌출하여 극적 전환의 고양된 순간과 흡사한 서정적 전환이 가능하도록 구조상의 장치를 마련하는 것이다.[82]

이렇게 밝혀진 시조의 형식적 특성은 이후 여러 학자들에게 공감을 얻으며

---

81 정병욱, 「고시가 운율론 서설」, 『최현배선생 환갑기념논문집』, 사상계사, 1954, 385~416면; 조동일, 「시조의 율격과 변형규칙」, 『국어국문학연구』 18집, 영남대 국어국문학과, 1978; 김흥규, 앞의 책, 14~17면.

82 김흥규, 「평시조 종장의 율격, 통사적 정형과 그 기능」, 『어문논집』, 안암어문학회, 1977, 359~368면. 이 글은 후에 김대행, 『운율』, 문학과지성사, 1984, 107~106면; 김흥규, 『욕망과 형식의 시학』, 태학사, 1999에 재수록되었다.

계승, 발전되었다. 김대행은 시조의 형식을 '병렬과 전환'이라는 용어로 설명하였고,[83] 성기옥은 '반복과 전환'의 원리로 설명하였다.[84] '반복과 전환'이라는 용어 속에는 시조의 형식적 특성이 매우 정확하게 담겨 있으면서도 이를 간결하게 응축시켜 시조의 미적 구조를 설명하고 있다. 이후 김학성도 '반복과 전환'이라는 용어를 사용하여 시조의 형식적 특성을 설명하였다. 김학성은 시조 3장 구조의 미학을 규명하며, 4음 4보격의 엄정한 율격을 초, 중장에서 반복한다는 면에서는 조화와 균형의 미감을 추구하는 비주신형非酒神型의 미학에 닿아 있고, 종장의 변형 4보격으로의 전환의 미감을 추구한다는 면에서는 주신형酒神型의 미감에 닿아 있다 할 수 있어서 시조의 미학은 어느 한쪽으로 치우치지 않는 비주신형적 주신형의 시라 규정하였고, 이러한 독특한 시형은 무질서 속의 질서, 비균제 속의 균제, 무기교 속의 기교를 우리의 전통미학으로 하는 본원적 미학에 어울리는 것으로 유가의 비주신적 미학을 견인하면서도 우리의 전통에 용해된 결과로 보았다.[85]

기존의 영역시조를 다룬 논문에서 시조의 형식이 번역시에서 재현되어야 한다는 점에서는 공감대가 형성되었지만 대부분 시조의 외형적 특성만을 지적하였다. 시행을 3행으로 하여, 글자 수에 제한을 두는 것만으로는 시조 형식이 갖고 있는 미감이 드러나지 않는다. 율격에서의 규칙이 미학적 규범으로서 시에 자리하고 있는 것이지 강제적 규범으로 시에 군림하고 있는 것이 아닌 것처럼[86] 시조의 정형성 역시 정형시로서의 체제 유지를 위한 복종의 형식이 아니라 미

83 김대행, 『시조유형론』, 이화여대 출판부, 1986.
84 성기옥, 「용비어천가의 문학적 성격」, 『진단학보』 67호, 진단학회, 1989, 175면. '반복과 전환'
     에 대한 성기옥의 견해는 성기옥·손종흠, 『고전시가론』, 방송통신대 출판부, 2006에 상세하게
     정리되어 있다.
85 김학성, 「시조의 3장 구조 미학과 그 현대적 계승」, 『인문과학』, 성균관대 인문과학연구소,
     2006, 98면.
86 성기옥, 「우리시의 율격론에 대한 몇 가지 변명」, 『도남학보』 12집, 도남학회, 1989, 101면.

감을 전달해주는 공감의 형식으로 존재하는 것이다. 오랜 역사를 통해 시조가 면면히 이어져 오며, 문학적 감동을 줄 수 있었던 것은 시조만의 독특한 미적 구조 즉 반복과 전환을 통한 시상 전개 방식 덕분이라고 해야 할 것이다. 이는 조금도 새로운 논의가 아니다. 1970년대 학계에 발표된 이래 최근까지 여러 학자들을 통해 계승되며 이 분야 전문가들로부터 통설로 인정받고 있는 것인데 시조의 번역과 관련된 논의에서만 언급되지 않았을 뿐이다.

따라서 이 글에서는 시조의 형식을 논하는 데 있어 이 '반복과 전환'의 구조를 중심으로 삼을 것이다. 시조는 단순한 3행시가 아니라 초, 중장에서 율격적 반복을 통해 정서를 고양시키다가 종장에서 전환시키며 완결 짓는 미적 구조물이다. 나아가 시조의 정형성은 창작이나 번역을 가로막는 장애물이 아니라, 작가에게는 시상을 전개시키기에 용이한 틀이며, 독자에게는 신선한 깨달음과 감동을 주는 미적 장치로서, 시조가 시로서 존재할 수 있게 해주는 독특한 문학성을 담보하고 있는 그 무엇이라고 할 수 있다.

3) 분석 기준과 방법

처음 시조가 영어로 번역 소개된 것이 1895년이니 영역시조의 역사도 벌써 100년을 훌쩍 넘었다. 그 긴 시간 속에서 번역되어 온 자료들의 분량도 상당수에 이르고 있다. 하지만 이를 종합하고 체계화하는 작업은 아직 시도되지 못하였다. 이 글은 이런 거시적인 작업을 위해 일단 20세기 전반기 영역시조의 흐름을 조망할 수 있도록 체계화하려고 한다. 개별적인 번역 작품에 대한 미시적 접근도 채 이루어지지 못한 시점에서 거시적 접근을 시도한다는 것은 성급한 작업일 수도 있다. 하지만 전체의 틀과 이를 구성하는 개별적인 작품은 유기적 관계에 놓인 것으로, 전체를 내려다보는 안목은 개별적인 작품을 이해하는 토대가 될 수 있으며, 개별 작품에 대한 이해는 다시 전체를 재조명할 수 있는 자원이 될 수 있다. 따라서 영역시조 전반을 체계화하는 작업은 개별 작품의 정당한 평가와 이해를 위해서도 필요한 작업이라고 할 수 있겠다.

그렇다면 영역시조의 체계화는 어떠한 방식으로 이루어져야 하는가. 체계의 진정한 의미는 주어진 것이 아니라 구성해 나갈 대상이라는 점에 있다[87]는 것에서 논의의 실마리를 찾고자 한다. 영역시조의 체계를 수립하려고 시도하는 현 단계에서 영역시조의 체계는 영역시조의 다양한 측면을 효과적으로 보여주기 위한 설명의 체계가 되어야 할 것이다. 정연한 논리를 위해 이에 어긋나는 작품들을 배제시키기 보다는 이러한 다양성까지 포괄할 수 있어야 하며, 명료한 구도를 위해 애매한 경계에 놓인 작품들을 외면하기 보다는 이러한 복합성까지 수용할 수 있어야 할 것이다. 변별되는 몇 개의 양상을 기준으로 영역시조의 체계를 세울 수도 있다. 이렇게 할 경우 대표적인 양상을 중심으로 영역시조의 구도가 선명하게 보이는 장점은 있지만, 단순화되고 도식화되는 가운데 제자리를 찾지 못하는 작품들이 상당수 존재할 수 있으며, 향후 새로운 자료들이 출현했을 때 온당하게 이를 자리매김하지 못할 가능성도 있다.

따라서 이 글에서는 현전하는 자료들을 모두 포괄하고 나아가 향후 보강될 자료들까지도 수용할 수 있는 유연하고 개방적인 틀을 수립하고자 한다. 이를 위해 이 글에서는 먼저 통시적으로 시기별 분류를 통해 영역시조의 흐름을 파악하고, 그 안에서 번역자별로 작품 현황, 원전 고찰, 선시 및 배열상의 특성, 번역시 형식의 특성 그리고 번역자의 번역 태도 및 시조에 대한 인식을 살펴볼 것이다. 다만 번역자에 따라 서술의 방법에서 약간의 차이는 있을 것이다. 게일의 경우 시조 영역이 3차에 걸쳐 이루어졌는데 그 시간적 거리도 멀고 또 각 양상이 현저한 차이를 보이기에 1차, 2차, 3차를 별도로 두고 각기 세부 항목별로 검토할 것이다. 하지만 강용흘이나 변영로 등 다른 번역자들은 여러 차례에 걸

---

87 성기옥, 「국문학 연구의 과제와 전망」, 『이화어문논집』 12집, 이화어문학회, 1992, 495면.

쳐 번역했더라도 시간차가 크지 않고 번역의 양상에서도 큰 변화가 없기에 묶어 서술하되 필요에 따라 그 안에서 1차 번역과 2차 번역으로 나누어 서술할 것이다.

(1) 시기 구분

이 글은 19세기 말부터 20세기 전반기까지를 연구대상으로 삼는다고 했지만, 이 안에서도 1930년을 기점으로 그 이전과 이후를 구분하여 논의할 필요가 있다. 이 시기는 영역시조의 형식을 모색해 나가는 도정에 있었다는 큰 틀에서는 유사하지만 30년대를 기점으로 하여 그 이전과 이후의 번역자 집단이 바뀌기 때문이다. 처음 시조 영역을 시도했던 집단은 외국인 선교사들이었지만, 1930년대 이후에는 국내외에 있는 한국인이 번역의 주체로 나선다. 번역자가 외국인에서 한국인으로 옮겨 오면서 번역의 태도와 양상, 번역 작품의 수, 그리고 시조에 대한 인식에서 변화를 보이게 되었다.

다만 경계가 되는 1930년 즈음, 정확하게 말하면 1929년 성공회 신부였던 마크 트롤로프가 한국 문헌을 정리하는 과정에서 시조 1편을 번역하고, 재미 문인으로 활동했던 강용흘은 최초의 영역시조선집을 출간한다. 즉 경계에 위치한 이 번역들을 어느 시기에 귀속시켜야 하는가라는 문제가 발생하는 것이다. 이 글에서는 이를 기계적으로 분류하기보다는 번역자와 번역의 특성을 고려하고자 한다. 트롤로프의 번역은 다만 1편이고 이후에 번역 활동을 지속하지 못했기에 1930년대 이전의 번역자로 분류하였다. 그러나 강용흘의 1차 번역은 1929년에 발표되었지만, 1931년에 발표된 2차 번역에 상당수 재인용되었고, 번역의 양상 또한 1차 번역과 2차 번역에서 큰 차이를 보이지 않기에 1930년대 이후의 번역자로 분류할 것이다.

(2) 자료 개관 및 연구사 검토

영역시조 자료를 개관하기에 앞서 번역자에 대한 정보를 기술하되, 이 글의 논의와 관련된 정보만 간단하게 서술하고, 관련 자료를 개관할 것이다. 언제 어디서 출간된 문헌에 몇 편의 영역시조가 어떠한 형태로 존재하는지가 기술될 것이다. 그리고 필요하다면 도표를 두어 작품에 관한 정보가 한 눈에 파악할 수 있도록 할 것이다.[88]

자료의 성격에 따라 도표의 내용이 약간씩 변화가 있겠지만, 표에는 작품에 관한 기본적인 정보가 제공될 것이다. 우선, 작품 편수를 계수하기 위해 문헌에 나타난 순서에 의거하여 일련번호를 달고, 그 원전으로 추정되는 작품의 초장 첫 구를 번역시 첫 행과 함께 기술할 것이다. 번역자가 원전을 밝힌 경우에는 이를 따르고, 추정작인 경우에는 『고시조대전』의 표제작을 따를 것이다. 원전에 이어 번역시의 행수를 명시할 것이다. 번역시의 행수는 번역 형식과 밀접한 관계가 있기에 중요한 정보라고 할 수 있다. 같은 행수라 하더라도 행간 여백과 들여쓰기를 통한 다양한 방법이 있지만, 행수만 보아도 전반적인 흐름을 파악하는 데에는 도움이 될 것이다. 원전의 형식 즉, 평시조와 사설시조에 대한 구분을 위해 원전이 사설시조인 경우 번역시의 행수 옆에 s를 기록해 둘 것이다. 번역시의 행수가 길어지는 경우, 평시조를 길게 번역한 것인지, 원전이 사설시조이기에 그러한 것인지 구별하기 위해서이다. 그리고 번역자가 여러 차례에 걸쳐 번역하며 이전에 번역했던 것을 재인용한 경우 신출작과 구별하기 위해 각각의 작품 번호일련번호를 기록할 것이다. 이렇게 작품을 개관한 후 관련된 선행 연구가 있을 경우 이를 검토할 것이다.

---

88 이 글에서 제시되는 도표는 이 글의 말미에 부록으로 제시될 것이다.

(3) 원전 추정

한국 고전문학의 번역을 다룰 때, 원전에 대한 고찰은 매우 중요하다. 고전문학의 상당 부분은 구전을 바탕으로 하여 전승되다가 어느 시기에 기록된 경우가 많으며, 따라서 이본에 따라 크고 작은 차이를 보이기 때문이다. 시조의 경우 소설과 달리 일관된 흐름을 갖고 있지는 않기에 번역자가 여러 종류의 원전을 참조하여 여기저기서 한두 편씩 가져와 번역하였을 가능성도 있다. 또한 시조는 그 길이가 짧고 리듬이 있어 암송이 용이하기에 원전 없이 기억에 의존해 번역될 가능성도 높다. 따라서 번역자가 스스로 원전을 명시하지 않는 한 번역시만으로 원전을 추정한다는 것은 실패의 확률이 매우 높은 위험한 작업이다.

하지만 번역이라는 것이 그 원전에 대한 이해에서부터 시작되는 것이기에 원전 추정을 포기할 수도 없다. 게다가 번역 연구에서 원전은 번역의 충실성을 확인해 볼 수 있는 중요한 잣대이며, 번역자의 시조에 대한 인식을 파악하기 위해서도 필요하다. 따라서 영역시조의 원전 추정이란 단순한 학문적 호기심을 넘어 학문적 엄밀성을 위한 것으로, 원전 추정 작업은 반드시 필요하다고 할 것이다.

번역자가 원전을 밝힌 경우에는 원전 소개가 수월하지만 실제 그런 경우는 매우 드물고, 대개의 경우는 번역시만 소개하고 있다. 따라서 이런 경우는 저자가 번역시를 놓고 추정해 본 것을 기술할 것이다. 현전하는 고시조가 5,000수가 넘고 각 작품별 이본까지 헤아린다면 46,000수가 넘는다. 따라서 번역시만 놓고 원전을 추정한다는 것은 무모한 모험과도 같은 일이 될 것이다. 하지만 수정의 가능성을 안고라도 후속 연구를 위해서는 추정 작품을 밝혀두는 것이 바람직하다고 판단하기에 최대한 원전을 추정할 것이다.

(4) 선시 및 배열상의 특성

번역자의 심미적 취향을 파악하기 위해서는 그가 선택한 원전의 경향을 살펴

볼 필요가 있다. 물론 여기에는 그가 참조하였던 원전의 특성도 고려되어야 한다. 예를 들어 번역시 중 애정과 관련된 작품이 주류를 이루는 경우 그가 다양한 주제 중에서 애정과 관련된 작품을 주로 선별한 것인지, 아니면 그가 참조하였던 가집이 애정과 관련된 작품이 주류를 이루고 있는 것인지 구분할 필요가 있다는 것이다. 고시조는 전하는 작품 수가 많아 그 안에 매우 다양한 작품군이 존재하고 있다. 따라서 원전이 되는 작품의 주제나 소재에 따라 애정, 윤리, 충군, 강호한정, 취흥 등 몇 개의 군집으로 나누어 살필 수 있다. 하지만 실제 작품에 임하여서는 이러한 분류가 그다지 명확하게 경계를 긋지 못하는 경우도 있다. 고시조의 전통에서는 충군의 주제를 담고 있는 작품의 경우 여성 화자를 내세워 남녀 간의 애정에 빗대 표현하는 경우가 많았다. 이러한 작품이 전승 과정에서 작자명을 탈각하게 되면 애정 노래로 변화하는 경우가 왕왕 있기 때문이다. 강호 한정과 취흥의 작품군도 명백하게 분류되는 것들도 있지만, 그 경계 언저리에 놓여 있어 귀속시키기 어려운 경우도 있다. 따라서 주제나 소재에 따른 분류가 때로 명확하지 않을 수도 있지만, 선별된 작품의 경향을 파악하여 번역자의 취향 및 번역의 목적을 이해하는 데에는 도움이 될 것이다.

그리고 이를 배열하는 데에 있어 어떤 원칙이 있는지도 염두에 둘 것이다. 시조를 전하는 가집의 경우, 가곡창 계열의 가집과 시조창 계열의 가집으로 나뉘는데, 가곡창 가집의 경우는 흔히 창곡별로 분류하고 그 안에서 작가별 분류를 시도하는 경우가 많다. 가끔 주제별 분류를 시도하는 경우도 있지만 대체로 작품을 얹어 불렀던 창곡과 작품의 창작 시기 및 작가의 신분까지 고려하여 작품을 배열하였다. 영역시조의 경우 작품을 배열함에 있어 기존의 가집과 어떤 점에서 같고 다른지, 어떤 배열의 원칙이 적용되었는지 함께 살펴볼 것이다.

(5) 번역시의 형식과 번역자의 접근 태도

번역시의 형식을 논의하기 위해 번역시가 원전인 시조의 형식적 특성과 영시로서의 특성 중 어느 것을 더 강하게 반영하고 있는지 살펴볼 것이다. 시조의 특성을 부각시키기 위해 3행시, 음수율, 음보율 혹은 종장의 특성과 같은 것은 강조하고 있는지, 아니면 영시의 형식적 특성을 강조하고 있는지 혹은 그 어느 쪽도 고려하지 않았는지를 살펴 번역시가 가진 형식적 특성을 논의하려는 것이다. 영시로서의 특성을 반영했는지의 여부는 우선 미터meter[89]의 규칙성을 통해 확인해 볼 수 있다.

> 시가 운문韻文을 지칭하는 것이라면, 그리고 운문이 산문과 다른 형태의 글을 지칭한
> 다면, 운문은 반드시 리듬을 갖고 있어야 한다. 리듬은 소리에 있는 어떤 규칙적인
> 패턴으로서 시행의 분할을 알려준다. 영어는 강세를 가진 언어로서 영시에서 리듬
> 은 그 자체의 본래적 특성을 따른다. 가장 흔하게 사용되는 것은 약강격이며, 강약,
> 약약강, 강약약으로 변화를 준다.[90]

윤혜준의 논의에 의하면 번역시가 영시로서의 운문성을 갖고 있는지 확인해 볼 수 있는 가장 핵심적인 요소는 소리의 강세가 반복되는 패턴, 즉 미터라고 한다. 따라서 번역시에서 규칙적인 미터가 발견되는지, 이를 구현하려고 노력

---

89 미터는 영시에서 강세가 반복되는 패턴을 말한다. 미터는 음보, 운율, 격조, 율격 등 다양한 용어
   로 번역되었는데 이 용어들에는 리듬 혹은 박자라는 의미가 약하고, 용어 사용의 혼란이 있어
   이 글에서는 그냥 '미터'라고 지칭할 것이다.

90 If poetry means verse and if verse means something different from prose, it has to have
   rhythm, a certain pattern of regularity in sound that informs the line division. English being
   a stressed language, the sound pattern of poetry in English follows its natural property,
   the most commonly used being iambic(unstressed+stressed), with trochaic(stressed+un-
   stressed), anapaestic(unstressed+unstressed+stressed), and dactylic(stressed+unstressed+un-
   stressed) adding variety to it. Hye-Joon Yoon, op. cit., p.161.

한 흔적이 있는지 여부를 확인하여 번역시가 갖고 있는 형식적 특성을 밝힐 것이다. 그리고 미터와 더불어 각운rhyme이 구현되어 있는지도 살펴볼 것이다. 논자에 따라서는 각운을 중요한 형식적 요소로 여기는 경우도 있기 때문이다.

앞서 서구의 번역 이론을 통해 살펴보았듯, 번역시의 양상은 번역자의 태도에 따라 수용문학 중심적 접근 태도, 원천문학 중심적 접근 태도, 중간 혼합적 접근 태도로 나눌 수 있다. 번역시의 형식을 통해 번역자가 시조의 형식을 어떻게 이해했는지, 그리고 이를 표현하는 데 있어 원천문학과 수용문학 중 어느 편에 무게 중심을 두었는지를 밝혀 번역이 가진 특성을 밝힐 것이다. 실제 작품 분류에 있어 동일한 6행시 형식을 취하였다고 하더라도, 번역자가 시조와 영시의 특성을 모두 고려하여 선택한 것이면 중간 혼합적 접근 태도로 분류할 것이고, 시조의 형식적 특성만을 고려한 것이라면 원천문학 중심적 접근 태도로 분류할 것이다.

(6) 번역의 목적

상술한 항목들에 따르는 번역시의 특성을 고찰하고 다양한 주변 자료를 활용하여 최종적으로 번역자가 가졌던 번역의 목적과 의의를 밝힐 것이다. 이는 번역자가 어떤 동기로 시조를 영역하게 되었는가를 추적하고, 나아가 이 번역이 갖는 의의를 모색해보기 위함이다.

제2장

영역시조의 등장과 다양한 형식의 실험
1895~1920년대

  본 장에서 다룰 시기는 19세기 말 개항 이후 서양의 선교사들이 들어와 시조
영역을 처음 시도하던 때부터 1920년대까지이다. 19세기 중반 이후는 서구의
몇 나라가 전 세계 지역을 자신의 영토로 삼고자 대규모 침략을 자행하던 식민주
의 혹은 제국주의가 횡행하던 시기였다. 이들은 비서구 사회에 정치적, 경제적,
군사적, 문화적으로 영향력을 행사하며 이들을 통제하고 지배하였다. 당시 조선
은 쇄국 정책을 고수하다가 미국1882, 영국1883, 독일1883, 이탈리아1884, 러시아
1884, 프랑스1886와 수호통상조약을 체결하며 문호를 개방하게 되었다. 이러한
조약이 체결되며 서구의 선교사들이 합법적으로 들어와 활동하기 시작하였다.
  무력시위를 통해 조선에 압력을 넣어 개항시킨 최초의 서양 국가가 미국이었
던 만큼 미국 선교사들은 다른 어느 나라의 선교사보다 먼저 한국에 진출했다.
그리고 한국을 장악했던 미국 4대 교단 선교부들은 모두 중산층을 그 지지 기반
으로 하였다. 따라서 이 기관들로부터 파송되어 온 선교사들은 거의 예외 없이
미국 백인 중산층의 자녀들[1]이었다. 이들은 대부분 본국에서 평안한 삶을 살던
중산층 출신의, 대학 나온 젊은이들[2]로서 이들 중 일부는 오랜 한국 생활을 통
해 한글이나 한문에도 능했다. 당시 이들은 조선에 거주하며 조선을 알리기 위

---

1   류대영, 『초기 미국 선교사 연구』, 한국기독교역사연구소, 2001, 27~28면.
2   위의 책, 48면.

해, 또 조선에 관한 왜곡된 정보를 바로잡기 위해 많은 글을 발표하였다. 이들은 선교사이면서, 여행가였고, 한국학자였으며 한국문학의 번역자이기도 했다.

시조는 선교사 게일에 의해 처음 한국의 노래로 소개되었다. 게일과 헐버트를 주축으로 시작된 이 시기는 최초로 영역시조가 등장하고, 다양한 영역시조의 형식이 실험되던 시기였다. 이들은 한국을 대표하는 시가로 시조를 발견하고, 이를 처음 영어로 번역하여 서구 세계에 알렸다. 3장의 짧은 시조를 접하고 이를 영시로 번역해나가는 데 있어 당시 그들이 가지고 있던 번역관, 그리고 한국문학을 바라보는 관점에 따라 다양한 형태를 취하며 영역시조의 형식을 실험해 나갔다.

1. 고시조 영역의 선구자 제임스 게일James S. Gale

구한말 서양 선교사들이 한국에 대해 남겼던 기록이 중요하게 인식되면서 제임스 게일James Scarth Gale, 1863~1937 선교사에 대한 연구도 다방면으로 진행되고 있다. 그는 1888년 평신도 선교사 자격으로 와서 1927년 떠날 때까지 무려 40년을 한국에서 보냈다. 게일에 관해서는 일찍부터 리차드 러트Richard Rutt가 그 생애와 저술 활동에 관해 상세하게 서술하였다.[3] 러트는 게일이 남긴 방대한 저술을 꼼꼼하게 확인하고 이에 대한 주석 작업을 하여 게일 연구의 발판을 마련하였다. 이후 게일에 관한 연구는 그의 생애와 업적,[4] 저술활동[5] 선교사업,[6]

---

3 Richard Rutt, *James Scarth Gale and his History of the Korean People*, Royal Asiatic Society, Seoul
   : Korea Branch in conjunction with Taewon Publishing Company, 1972.
4 주홍근, 「선교사 기일의 생애와 한국기독교에 끼친 공헌」, 피어선신학교 석사논문, 1985; 조정경,
   「게일의 한국인식과 재한활동에 관한 일연구」, 『한성사학』 3집, 한성대 사학회, 1985, 61~110면.
5 김봉희, 「게일의 한국학 저술활동에 관한 연구」, 『서지학 연구』 3, 서지학회, 1988, 137~163면.
6 유영익, 「게일의 생애와 그의 선교사업에 대한 연구」, 『캐나다 연구』 2, 연세대 동서문제연구원

어학[7] 한국사 인식[8]을 중심으로 진행되어 왔다. 이러한 연구들은 게일이라는 선교사를 통해 인식된 당시 한국 사회를 이해하는 데 큰 도움이 되고 있다. 하지만, 대부분의 논의가 일정 시기와 일정 분야에 국한되어 이루어졌다. 연구자에 따라, 초기 저술을 중심으로 살핀 연구에서 게일은 (한국을) 무명화해야 한다는 서구 기독교적 교조주의를 명확히 드러냈다고 본 반면,[9] 후기 저술을 중심으로 살핀 연구에서는 한국의 문학과 예술의 상실로 말미암아 외부에 내세울 만한 자신의 전통과 문화를 지니지 못하고 있는 것을 안타깝게 여기는 면모가 부각[10]된 것도 여기에 기인한다고 볼 수 있다. 게일이 40년이라는 세월을 한국에 체류하며 지속적으로 저술활동을 하였던 점을 감안하면 그가 한국문학을 바라보았던 시선에도 적지 않은 변화가 있었을 것이다.

이런 측면에서 볼 때, 게일의 시조 번역은 중요한 시사점을 주고 있다. 영역된 시조를 통해 한국문학을 바라보는 그의 관점이 어떻게 변화하는지를 살피기에 용이하기 때문이다. 게일이 고소설 번역에 많은 공을 들였지만, 소설 번역은 일회성 작업이었다. 반면 시조 번역은 그 작품 수가 많지 않지만, 시간 차이를 두고 여러 번 이루어졌다. 따라서 그의 영역시조에는 번역 시기에 따라 한국문

캐나다연구센터, 1990, 135~142면; 한규무, 「게일의 한국인식과 한국 교회에 끼친 영향」, 『한국기독교와 역사』 4, 한국기독교역사연구소, 1995, 161~176면; 민경배, 「게일의 선교와 신학」, 『현대와 신학』 24, 연세대 연합신학대학원, 1998, 149~172면; 민경배, 「게일」, 한국사시민강좌 편집위원회 편, 『한국사시민강좌』 34, 일조각, 2004, 69~80면; 황재범, 「한국개신교 초기 선교사들의 비정치화신학의 문제」, 『종교연구』 50, 한국종교학회, 2010, 71~98면.

7 심재기, 「게일 문법서의 몇 가지 특징」, 『한국문화』 9, 서울대 한국문화연구소, 1988; 이영희, 「게일의 한영쟈뎐 연구」, 대구가톨릭대 석사논문, 2001; 최호철 외, 『외국인의 한국어 연구』, 경진문화사, 2005.

8 임문철, 「J. S. 게일의 한국사 인식 연구」, 연세대 석사논문, 2003; 이용만, 「게일과 헐버트의 한국사 이해」, 『교회사학』, 한국기독교회 사학회, 2007.

9 이상란, 「게일과 한국문학-조용한 아침의 나라, 그 문학적 의미」, 『캐나다 논총』 1, 한국캐나다학회, 1993, 123~137면.

10 이상현, 「제임스 게일(James Scarth Gale)의 한국학 연구와 고전서사의 번역」, 성균관대 박사논문, 2009, 191면; 민경배, 「게일」, 77면.

학을 바라보는 게일의 관점이 투영되어 있을 가능성이 매우 높다.

게일이 남긴 번역문학과 관련된 선행 연구는 주로 고소설 영역에 초점이 맞춰졌다.[11] 게일의 영역시조는 영역시조사상 최초로 이루어진 작품이라는 평가를 받고 있음에도 불구하고 언제 어떤 작품을 얼마나 어떻게 영역했는지 구체적으로 논의되지 못하다가, 2010년이 넘어서야 게일의 한국 시가에 대한 인식을 살펴보는 연구가 제출되었다. 김승우는 구한말 선교사들의 한국문학에 관한 인식을 폭넓게 조망하면서 게일의 업적에 주목하였다. 그는 게일의 한국문학에 대한 관심이 시조에서 촉발되었음에도 불구하고 그간 주목받지 못했던 한국 시가에 대한 인식을 추적하였고, 특히 게일에 의한 최초의 영역시조를 소개하였다.[12] 그러나 이 연구는 게일의 1차 번역만을 연구대상으로 삼았기에 한국 시가를 바라보는 게일의 온전한 시선을 파악하지는 못하였다. 이 연구는 이후 학계에 게일의 영역시조에 대한 관심을 불러일으켰다. 송민규는 연구 범위를 더욱 축소하여 게일의 1차 번역 중 게일이 붙인 제목에 따라 'Ode'와 'Song'으로 세분하여 각각의 원문과 번역 작품 대조를 통해 초창기 우리 시가가 소개된 모습을 밝혔다.[13] 이 연구는 개개의 작품에 주목하여 그 특성을 밝혔다는 의의를 갖지만, 내용상의 특성에만 집중하였을 뿐 그 이상의 의미는 밝히지 못하였다. 따라서 게일이 남긴 영역시조 전반을 모두 검토하고, 각 시기별 특성과 의의를 밝히는 것이 시급한 과제라고 할 수 있다.

---

11 정규복, 「구운몽 영역본고」, 『국어국문학』 21, 국어국문학회, 1959; 장효현, 「한국 고전소설 영역의 제문제」, 『고전문학연구』 19, 한국고전문학회, 2001; 오윤선, 「한국 고소설영역의 양상과 의의」, 고려대 박사논문, 2005; 이상현, 「제임스 게일의 한국학 연구와 고전서사의 번역」, 성균관대 박사논문, 2009.

12 김승우, 「한국시가에 대한 구한말 서양인들의 고찰과 인식―James Scarth Gale을 중심으로」, 『어문논집』 64, 민족어문학회, 2011, 5~40면.

13 송민규, 「The Korean Repository에 소개된 Ode 연구」, 『Journal of Korean Culture』 22, 한국어문학 국제학술포럼, 2013, 209~235면; 송민규, 「The Korean Repository에 소개된 Song 연구」, Comparative Korean Studies 21권 1호, 국제비교한국학회, 2013, 227~254면.

러트는 게일의 전기에서 게일이 1894년 이전에 『남훈태평가』를 보았고, 이 책으로부터 34편을 영역했다고 하였다.[14] 러트의 주석과 게일이 남긴 자료를 찾아본 결과, 게일은 여러 차례 영역시조를 발표하였는데 이 글에서는 이를 1차, 2차, 3차 번역으로 나누었다. 각 시기별로 40편, 52편, 15편이 발견되어 총 107편이며, 이 중 중복되는 것을 제외하면 총 64편이다. 게일의 번역을 이렇게 3차로 나누어 살피는 이유는 영역시조를 소개하는 시기에 따라 번역시의 형식도 바뀌었기 때문이다. 본고에서는 게일의 각 시기별 시조 영역의 특성을 밝히고 이를 통해 매 시기 시조를 바라보는 게일의 관점은 어떻게 변화하였는지 추적하고자 한다. 게일의 영역시조를 시기별로 나누면 다음과 같다.

○ 1차 번역 : 총 40편, 신출 26편

영문 잡지 *The Korean Repository*[1895~1898]에 수록된 18편

단행본 *Korean Sketches*[1898]에 권두시 5편모두 재인용

미간행 서적 *Pen-Pictures of Old Korea*『조선필경』에 수록된 17편신출 8편[15]

○ 2차 번역 : 총 52편, 신출 28편

영문 잡지 *The Korea Magazine*[1918.7]의 "Excursion to Songdo"에 삽입된 1편

영문 잡지 *The Korea Bookman*[1922.6]에 수록된 9편신출 2편

미간행 서적 *The Diary*『일지』 7권과 21권에 들어 있는 42편신출 25편

○ 3차 번역 : 총 15편, 신출 10편

영문 잡지 *The Korea Mission Field*[1924.7~1927.9]의 "A History of the Korean People"에 삽입된 15편신출 10편

---

14 Richard Rutt, op. cit., p.29.

15 미출판물인 『조선필경』과 『일지』에 대한 언급은 강혜정, 「게일의 미출판 영역시조의 계보학적 위상 고찰－번역의 양상을 중심으로」, 『한국고전연구』 58집, 한국고전연구학회, 2022에서 가져왔다.

1) 1차 번역

(1) 자료 개관

게일의 1차 번역에 해당하는 자료는 영문 잡지 *The Korean Repository*에[1895~1898] 수록된 18편과 이 중 단행본 *Korean Sketches*[1898]에 권두시로 재인용된 5편, 그리고 미간행 서적 *Pen-Pictures of Old Korea*『조선필경』에 수록된 17편이다. 작품 수로는 총 40편이고, 이 중 반복 수록된 것을 제외한 신출작은 모두 26편이다. 각기 다른 시기에 다른 성격의 문헌에 수록되었지만 번역의 양상이 유사하기에 1차 번역으로 분류하였다. 게일의 1차 번역은 최초의 영역시조라는 점뿐만 아니라, 이후에도 게일의 저서에 반복적으로 인용된다는 점에서도 중요하다.

① 영문 잡지 *The Korean Repository*, 1895~1898[18편]

1892년 간행되어 한국 최초의 영문 잡지로 알려진[16] *The Korean Repository*[17]에는 1895년부터 6회에 걸쳐 총 18수의 영역시조가 수록되어 있다. 1895년 4월호에 4편, 같은 해 8월호에 4편, 1896년 1월호에 4편, 1896년 8월호에 1편, 그리고 이 잡지의 종간호였던 1898년 12월호에 4편이 번역 수록되었다.[18] 이중 1895년 11월호에 게재된 작품은 한국 시가의 특성을 논하던 기사에서 한 예로 제시된 것이고 이를 제외한 17수는 모두 잡지 한 면에 단독으로 번역시만

---

16 윤춘병,『한국 기독교 신문 잡지 백년사』, 대한기독교출판사, 1983, 33면.
17 이 잡지의 한국어 번역 명칭은 연구자마다 다르게 사용하고 있어 혼란을 일으키고 있다. 예를 들면 이상현은『한국보고』(박사논문, 2009, 3면), 김승우는『한국휘보』(2011, 19면)라고 하였다. 더 이상의 혼란을 피하기 위해 이 글에서는 영어 명칭을 그대로 사용할 것이다.
18 게일은 1895년 12월 한영사전 편찬을 위해 일본 요코하마로 떠난 뒤 1897년 3월까지 일본에 거주하다가 안식년을 맞아 미국에 머물다가 1898년 4월에 한국으로 돌아온다. 따라서 1895년의 9수와 1898년의 4수는 국내(원산, 서울)에 거주하며 발표한 것이지만, 1896년의 5수는 일본에서 보낸 것으로 보인다. 1896년에도 게일은 이 잡지에 한국의 역사나 선교에 관한 글을 투고하고 있었다.

	제목	번역시	원전 『남태』	K.R.[20]	KS[21]	필경[22]	행수
1	Ode on Filial Piety	The ponderous	만근쇠를(#49)[23]	1895.4	p.10	#14	6
2	Korean Love Song	Frosty morn	사벽셔리(#12)	1895.4		#2	6
3	Korean Love Song	Thunder	우레갓튼(#174)	1895.4			6
4	Korean Love Song	That rock	져건너(#48)	1895.4	p.10	#9	8s
5	Odes on Life	Ye white gull	빅구야(#26)	1895.8	p.6		8
6	Odes on Life	That mountain	쳥산도(#68)	1895.8	p.8		6
7	Odes on Life	More than half	반나마(#16)	1895.8	p.8		6
8	Odes on Life	Have we two	인싱이(#7)	1895.8			6
9	"A Few Words on Literature"(기사명)	Have you seen	군즈고향(#81)	1895.11			(8)
10	Love Songs	Farewell's a	이별이(#61)	1896.1		#7	4
11	Love Songs	My soul I've	닉 졍녕(#92)	1896.1			6
12	Love Songs	Silvery moon	사벽달(#39)	1896.1		#3	10s
13	Love Songs	Fill the ink-	아희야(#30)	1896.1		#8	6
14	Ode on the Pedlar	Here's a pedlar	딕들에(#87)	1896.8		#16	16s
15	Predestination	Down in Ch'ok	쵹에셔(#114)	1898.12			6
16	Free-will	The boys have	아희는(#3)	1898.12		#11	6
17	Postal Service	In the night	간밤에(#64)	1898.12			6
18	The People	Very small my	감장식(#140)	1898.12		#15	6

수록되었다. 권두시로 수록된 17편의 경우[19] 모두 제목이 있다. 원작으로 추정되는 작품 중에는 평시조와 사설시조가 혼재되어 있으며 17편 중 사설시조를 번역한 것으로 보이는 번역시는 모두 3편이다.

② 단행본 *Korean Sketches*, 1898[5편]

*The Korean Repository*에 발표되었던 작품 중 5편은 *Korean Sketches*^{Chi-}

---

19 1895년 8월호 「Odes on Life」의 경우는 "Places of Interest in Korea"(by Mrs. D. L. Gifford)라는 기사가 먼저 실리고 그 다음 영역시조가 수록되었다. 잡지의 맨 첫머리에 실린 것은 아니지만 한 면에 단독으로 영역시조만 수록되어 있다.
20 K.R. : *Korean Repository*.
21 K.S. : *Korean Sketches*. 아래 숫자는 *Korean Sketches*에 재인용된 면수를 기록한 것이다.
22 『조선필경』에 다시 인용된 경우, 그 일련번호를 적은 것이다.
23 괄호 안의 숫자는 『남훈태평가』의 수록번호이다.

ON LIFE.

Ye white gull of the sea
So free!
What earthly care or rue,
Is there for a bird like you,
Swimming on the sea?
Tell of those happy islands where
Poor mortals may resign their care,
And follow after thee!

Contents

6면   7면

ON LIFE.

More than half of life is over.
Young again? no, never! never!
Cease, then, from this growing gray,
And as you are, so please to stay;
These white hairs must surely know
How to turn more slowly so!

PHILOSOPHICAL.

This mountain green, these waters blue,
They were not made, they simply grew;
And 'tween the hills and waters here,
I, too, have grown as I appear.
Youth grows, until the years unfold,
Then age comes on by growing old.

ALL AT ONE SHOVEL

LIST OF ILLUSTRATIONS

A KOREAN LOVE SONG.

That rock heaved up on yonder shore,
I'll chisel out and cut and score,
And mark the hair, and make the horns,
And put on feet, and all the turns
Required for a cow;
And then, my love, if you go 'way,
I'll saddle up my bovine gray,
And follow you somehow.

KOREAN FILIAL PIETY.

That pond'rous weighted iron bar
I'll spin out thin in threads so far
To reach the sun, and fasten on
And tie him in before he's gone,
That parents who are growing gray
May not get old another day.

8면   9면   10면

cago, NewYork, Toronto : Fleming H. Revell Company, 1898에 다시 수록되었다.[24] 이중
1편6번 That mountain은 2차 번역에 해당하는 *The Korea Bookman*에 다시 수록
되었고, 2편1번 The ponderous, 4번 The rock은 3차 번역에서 다시 인용되었다. *Ko-*

---

24 바로 앞의 표 일련번호 1번, 4번, 5번, 6번, 7번에 해당한다.

*rean Sketches*에 수록된 작품은 모두 *The Korean Repository*에서 그대로 가져와 새로운 작품이 없지만 주목할 필요가 있다. 이 책은 그가 한국에 관해 저술한 최초의 단행본으로, 영역시조가 잡지가 아닌 단행본에 소개된 첫 사례로 볼 수 있기 때문이다.[25] 게다가 이 책은 오늘날에도 그 학술적 가치를 인정받고 재판再版되고 있다. 게일의 영역시조는 이 책에 수록되면서 더 많은 독자를 확보할 수 있게 되었다. 여기에서도 게일은 권두시의 형태로 영역시조를 인용하였다.

앞면의 그림은 영문본 *Korean Sketches*의 6면부터 10면까지를 차례대로 가져온 것이다. 인용하지 않은 5면에는 게일의 서문이 있다. 즉 저자의 서문 바로 다음 면인 6면에 영역시조 한 편이 놓여 있고, 7면에는 본서의 목차가 나오고, 8면에는 다시 영역시조 두 편이 소개되고, 9면에는 본서의 삽화 목록이 제시되고, 10면에 다시 영역시조 두 편이 소개되고 있다. 그리고 11면부터 이 책의 본문이 기술된다. 게일은 이렇게 서문과 목차와 삽화 목록 사이에 영역시조를 인용하여 독자의 흥미를 끌고, 한국을 대표하는 것으로 시조를 전면에 부각시켰다.

여기 인용된 시는 *The Korean Repository* 1895년 8월호 "Odes on Life"라는 제목으로 발표했던 작품 세 편과, 같은 잡지 1895년 4월호 "Ode on Filial Piety"와 "Korean Love Song"에서 한 편씩 가져온 것이다. 그가 선별한 작품은 한국인의 삶을 드러내는 것과 효를 노래한 것으로 이러한 작품들이 한국인의 특성을 가장 잘 보여주는 것이라고 판단하고, 다시 수록한 것으로 보인다.

③ 미출판 책자 *Pen-Pictures of Old Korea* 『조선필경』, 1912, 17편

Pen-Pictures of Old Korea 『朝鮮筆景 조선필경』, 이하 『조선필경』으로 칭함는 캐나다 토론토대 '토마스피셔 희귀본 장서실'에 소장된 게일의 유물 중 하나로, 미출판 책자형 자료이다. 게일이 출판을 위해 준비해둔 것인데, 제1장 Korean Songs and

---

25 영역시조는 영문본에만 존재한다. 한국어 번역서에서는 수록하지 않았다.

	제목	번역시	원전『남태』	K.R.[28]	K.B[29]	KM[30]	행수
1	I. Ambition for Fame	Green clad	청산아(#25)[31]		p.16		6
2		Frosty morn	사벽서리(#12)	1895.4	p.15		6
3		Silvery moon	사벽 달(#39)	1896.1			10s
4		The gates	덕무인(#2)		p.14		6
5	II.	A mountain village	산촌에(#8)				6
6		In the first watch	초경에(#21)				6
7		Farewell's a fire	이별이(#61)	1896.1	p.16		4
8		Fill the ink	아희야(#30)	1896.1	p.16		6
9		That rock	져 건너(#48)	1895.4		1925.6	8s
10		Third moon	삼월삼일(#20)				8
11	III.	The boys	아희는(#3)	1898.12	p.15		6
12		Man he dies	사람이(#171)				6
13		Heaven and earth	천지는(#168)				6
14	IV. On Filial Piety	That ponderous	만근쇠를(#49)	1895.4		1925.6	6
15	V. On Rank	Very small	감장식(#140)	1898.12			6
16	VI.The Peddlar	Here's a pedlar	듹들에(#87)	1896.8			16s
	VII. A Piece of Extravagance : 「소요유」, 『장자』를 원전으로 함. 이 글에서는 계수하지 않음						
17	VIII. Never Mind	Hello!	가마귀를(#192)			1926.7	10s

Verses"에 17수의 영역시조가 수록되어 있다.[26] 미출판 자료이지만 선행 연구에서 원문을 공개하여 쉽게 확인할 수 있다.[27] 17편 중 9편은 *The Korean Repository*에서 가져온 것이고 8편이 여기서 처음 소개된 것으로, 기존 번역을 토대로 약간 추가한 것이다.

(2) 원전 추정

게일이 시조를 번역함에 있어 원전으로 삼았던 것이 무엇인지 밝히는 것은 단순히 연구자의 궁금증을 해소하는 것 이상의 의미를 갖는다. 시조는 오랜 시간 구전되다 가집에 기록되었기에 가집별로 노랫말에 차이를 보인다. 게다가

---

26 이상현·이진숙, 「『조선필경』 소재 게일 영역시조의 창작연원과 '내지인의 관심'」, 『우리문학연구』 44, 우리문학회, 2014.
27 원문은 이상현·윤설희·이진숙, 「『게일유고』 소재 한국고전 번역물 (1) — 게일의 미간행 영역시조에 대하여」, 『열상고전연구』 46, 열상고전연구회, 2015a, 644~654면에 수록되어 있다.

현재 발견된 가집만 150종이 넘어 그 편차가 더욱 심하며, 가집에 따라 작가 정보가 실려 있기도 하고 또 그렇지 않기도 하다. 따라서 그가 번역하면서 참조했을 원전은 번역 대상 작품을 선별하는 데에도 영향을 미쳤을 뿐만 아니라 시조에 대한 인식 및 이해에도 영향을 미쳤을 것이다. 또한 그가 참조하였던 가집의 작품 배열 원리 및 작가 정보 그리고 주된 작품의 성향 등은 그에게 시조란 무엇이며 어떤 의미를 갖는지를 보여주는 중요한 자료가 되었을 것이다.

게일은 1895년 4월호에서 처음 영역시조를 발표하고 하단에 'Translations from a Book of National Odes, by Rev. Jas. S. Gale'이라고 하였다.[32] 물론 이것만으로는 그가 어떤 가집을 번역한 것인지 단정할 수 없지만, 그가 『한국의 송가집*A Book of National Odes*』라고 명명한 하나의 가집을 놓고 이를 번역했다는 것은 분명하게 확인할 수 있다. 리차드 러트Richard Rutt는 게일의 전기에서 게일이 1894년 이전에 『남훈태평가』를 입수했고, 여기서 34수를 골라 번역하였다고 하였다.[33] 이는 다음 장에서 다룰 그의 2차 번역 자료인 *The Korea Bookman*의 기록에 의거한 것으로 게일은 시조창 가집인 『남훈태평가』를 가지고 있었다.

하지만 또 다른 기록에 의하면 게일은 1901년 이전에 『청구악장青邱樂章』 소재 작품 200수를 검토한 적이 있다고 하였다.[34] 『청구악장』은 미국 클레어몬트대학교Claremont Colleges도서관 맥코믹 컬렉션McCormick Korean Collection에 소장되

28　K.R : *Korean Repository*.
29　K.B : *The Korea Bookman*. 2차 번역에 다시 인용된 면수를 기록한 것이다.
30　K.M : *The Korea MIssion Field*. 3차 번역에 다시 인용된 면수를 기록한 것이다.
31　괄호 안의 숫자는 『남훈태평가』의 수록 번호이다.
32　이후 1895년 8월호 이후에는 상단에 'Translations from Korean'이라고 하였다.
33　Richard Rutt, op. cit., p.29.
34　게일은 한국문학에 미친 중국문학의 영향을 언급하며 그 예로 『청구악장』에 실린 200편의 시조를 살펴보았는데 여기 실린 인명과 지명이 중국의 것이 많다는 것을 지적하고 있다. J.S. Gale, "The Influence of China upon Korea", *Transactions of the Korea Branch of the Royal Asiatic Society*, vol.1, 1901, p.16.

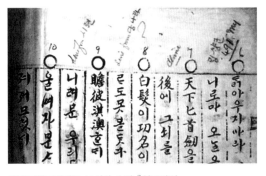
클레어몬트대학교 도서관 소장 『청구악장』

어 있는 가집일 가능성이 크다. 이 가집은 표지 제외 116장으로 이루어져 있으며 시조 984수와 십이가사 10편 잡가 7편이 수록되어 있으며, 필체, 지질, 필사 시기가 모두 다른 세 종류의 가집을 합철한 것이다.[35] 합철된 세 개의 가집 중 맨 앞에 있는 가집에 시조 226수와 십이가사 「어부가」가 들어 있는데 시조 작품 상단에 중국 인명이나 지명이 등장하는지에 대한 영문 메모가 남아 있어 게일이 말한 『청구악장』은 클레어몬트대학에 소장된 『청구악장』에 들어 있는 세 개의 가집 중 첫 번째 가집일 가능성이 매우 크다.[36] 즉 1차 번역을 발표할 무렵 게일은 가곡창 계열의 가집인 『청구악장』과 시조창 계열의 가집인 『남훈태평가』등 최소 2권 이상의 가집을 검토했던 것으로 보이며, 그가 『한국의 송가집A Book of National Odes』이라고 명명한 책은 이 중 하나일 가능성이 크다. 그리고 게일의 영역시조의 원작에 해당하는 작품이 『남훈태평가』에는 모두 들어 있지만, 『청구악장』에는 누락된 것들이 있다는 점을 고려하면 게일이 선택한 원전은 『청구악장』이 아니라 『남훈태평가』일 가능성이 크다. 하지만, 좀 더 신중을 기하기 위해 여기서는 1차 번역 자료의 원본으로 추정되는 작품을 가곡창 계열의 가집과 시조창 계열의 가집 이본 비교를 통해 게일이 원본으로 삼았던 것이 어떤 계열의 가집이었는지 추정해 보도록 하겠다.

---

35 『청구악장』에 관해서는 권순회, 「미국 클레어몬트대학도서관 맥코믹 컬렉션 소장 『청구악장(靑邱樂章)』의 특성」, 『한국시가연구』 44, 한국시가학회, 2018 참조.

36 이 외에도 『청구악장』이라는 이름의 가집이 더 존재했던 것으로 보인다. 육당본 『가곡원류』의 서문에서 육당은 자신이 가지고 있던 『청구악장』을 저본으로 했음을 밝히고 있기 때문이다. 육당은 이를 바탕으로 신문관에서 『가곡선』을 출간하였다. 하지만 『청구악장』은 한국전쟁 때 소실되어 전하지 않는다. 신경숙 외, 『고시조 문헌 해제』, 고려대 민족문화연구원, 2012, 175면.

That rock heaved up on yonder shore,

I'll chisel out, and cut, and score,

And mark the hair, and make the horns,

And put on feet and all the turns

    Required for a cow.

And then my love if you go'way

I'll saddle up my bovine gray.

    And follow you somehow.

The Korean Repository, 1895.4

저 건너 검어무투룸한 바위 정 대이고 두드려 내어

털 돋히고 뿔을 박아 맹글어 두리라 검은 암소를

우리 임 날 이별하고 가오실 제 거꾸로 태워 보내리라

#4229.1　　　/해일579/병가1055/객악0408/동국392/가보282/영규0417/산양0044/시권0277/청육0300/악나0300/지음0102/홍비30/원국153/원동0146/원규153/원하140/원육148/원연0417/원불148/원박146/원황144/해악147/원가102/원일0150/원서0146/원김0140/원동146/협률145/화악147/가선0146/시연0044/금성0083/해가0010/교주1179[37]

저 건너 검어무투룸한 바위 정을 들여 때려 내어

털 새겨 뿔 솟아 네 발 모아 느릿느릿 걸어가는 듯이 새기리라 뿔 굽은 검은 암소

37　#4229.1은 『고시조대전』에 있는 번호이다. 가집명과 작품의 가집수록번호도 모두 이 책에 의거하였다. 이후 인용되는 작품은 수록 가집의 번호를 따르거나, 이 책의 번호를 따를 것이다. 김흥규 외편저, 『고시조대전』, 고려대민족문화연구원, 2012.

두었다가 임 이별하면 타고 갈까

#4229.2   /남태48/시여35/남상48/교주1178

   1895년 4월호에 수록된 작품과 그 원작으로 추정되는 작품이다. 이 작품은 당시 소개된 4편 중 유일하게 사설시조를 번역한 것으로 보인다. 원작으로 추정되는 작품은 『남훈태평가』에는 수록되어 있지만, 『청구악장』에는 없다. 게다가 가곡창 계열의 가집에 실린 것#4229.1과 시조창 계열의 가집#4229.2에 실린 것의 내용이 약간 다르다. 두 계열 모두 초, 중장에서는 바위를 쪼개고 갈아 암소를 조각하고 있다고 한다. 털도 있고 뿔도 있는 제법 그럴듯한 암소를 만들고 있지만, 소의 발 모양에 대한 언급에서 차이를 보이고 있다. 시조창 계열에서는 걸어가는 모양으로 새기겠다고 하였지만, 가곡창 계열에서는 이러한 서술이 보이지 않는다. 아마도 종장에서 소를 타고 떠난다는 의미를 강조하기 위해 시조창 계열에서는 이러한 묘사를 덧붙인 것으로 보인다. 나아가 종장에서 그 소를 타는 대상이 달라지며 의미상 더 큰 차이를 보인다. 『해동가요』 일석본을 위시한 35개의 가곡창 계열의 가집에서는 나와 이별하고 떠나는 임을 태워 보내겠다고 한다. 즉 움직일 수 없는 바위 소에 태워 절대로 임을 떠나보내지 않을 것이라는 화자의 강한 의지를 드러내 보이는 것이다. 이는 고려가요 「정석가」에서부터 보이던 불가능한 상황을 통해 이별을 부정하는 전통을 잇고 있다고 할 수 있다. 게다가 '것구로' 태우겠다는 발상까지 더해 화자의 의지를 한 층 더 강하게 보여주고 있다. 반면, 『남훈태평가』를 위시한 시조창 계열에서는 임과 이별하면 화자가 그 소를 타고 가겠다고 한다. 18세기 이래로 전승되어 오던 노랫말을 시조창 계열에서 변화를 꾀한 것으로 보이는데, 원작이 갖고 있던 재치와 절실함이 오히려 반감되었다고 보인다.

   번역시는 원시를 단어 대 단어 방식으로 번역하지는 않았지만, 번역시 4행에는 소의 발을 만드는 것이 있어 그 원전이 가곡창 계열이 아닌 시조창계열이었을 것임을 추정할 수 있다. 게다가 7, 8행에서는 화자인 '내'가 그 소를 타고 님을 따르겠다고 하는 것을 볼 때, 『남훈태평가』를 비롯한 시조창 계열의 가집을 원전으로 삼았음을 확인할 수 있다. 게일이 시조창 계열의 가집을 원전으로 삼았다는 것은 다른 작품들에서도 확인할 수 있다.

Ode on the Pedlar [Translations from Korean]

Here's a pedlar passing me,
Calling Tongnan pickle.
What can this word Tongnan be?
Some fresh dish undoubtedly,
One's appetite to tickle.
Then the pedlar stops to state,
"Large feet two and small feet eight,
Looking upward, heaven-eyed,
Armor-plated, flesh inside,
Stomach, ink of black and blue,
Body round and cornered too,
Creeping fore and aft mystical,
Very best of Tongnan pickle."
(Looks into the pedlar's basket.)
Pedlar! cease this rigmarole;
Pickled crabs! well, bless my soul!

The Korean Repository, 1896.8

댁들에 동난지이 사오 저 장사야 네 황호 그 무엇이라 외는다 사자

외골 내육 양목이 상천 전행 후행 소아리 팔족 대아리 이족 청장 흑장 아스슥 하
는 동난지이 사오

장사야 하 거북히 외지 말고 게젓이라 하려문

#1328.1   /청진532 /병가978 /시박608 /가조614 /청가602 /시경252 /청
육714 /영류316 /시여54 /해박387 /교주399 /원증1059.

댁들에 동난젓 삽소 외치는 장사야 네 무엇이니 그 장사 대답하되

대족은 이 족 소족은 팔 족 양목이 상천 외골 내육 청장 흑장 앞도 절벽 뒤도 절벽
전행하고 후거도 하고 설설 기는 동난젓 삽소

장사야 폐롭게 외지 말고 그저 방게젓 삽소

#1328.1   /남태87/ 시여54/ 남상87/ 남전72/ 가감259/ 교주400

인용한 번역시는 1896년 8월호 권두시로 수록된 것이다. 이 역시 『남훈태평
가』에는 존재하지만 『청구악장』에서는 찾을 수 없다. 원작으로 추정되는 작품
은 18세기 초반에 편찬된 진본 『청구영언』에서부터 여러 가집에 수록되다가,
19세기 중반 이후로는 『남훈태평가』를 비롯한 시조창 계열에 주로 전승되었
다. 그런데 시조창 계열의 가집에 전승되며 노랫말에 약간의 변화가 생겼다. 위
에 인용한 두 작품을 통해 가곡창 계열의 가집에서 전승되던 작품이 시조창 계
열의 가집에서 어떻게 달라졌는지를 확인할 수 있다. 가곡창 가집의 초장 첫머
리에 나오는 "댁들에 동난지이 사오"는 장사치의 목소리를 직접 인용한 것이지
만, 시조창 가집에서는 "댁들에 동난젓 삽소 외치는 장사야"로 바뀌며 장사치
의 소리를 흉내 내는 여인의 목소리로 바뀌었다. 그리고 가곡창 계열에서는 장
사치와 여인의 대화로만 이루어져 있었는데, 시조창 계열에서는 초장 말미에

"그 장사 대답하되"라는 서술자의 목소리가 삽입되면서 차이를 보이고 있다. 또한 기존의 중장에서 '외골外骨 내육內肉 양목兩目이 상천上天 전행前行 후행後行 소小아리 팔족八足 대大아리 이족二足'이라 하던 것을 "대족은 이 족 소족은 팔 족 양목이 상천 외골 내육"이라 하여 서술의 순서를 바꾸고, '청장靑醬'만 언급하던 것에서 '청장 흑장'이라 하며 흑장을 추가시키고 '앞도 절벽 뒤도 절벽'이라는 어휘도 추가시켰다. 이는 의미상의 변별을 가져온 것은 아니지만, 시조창 계열의 가집에서만 일어난 변화라는 점에서 주목된다.

게일의 번역시는 1행에서부터 화자를 서술자로 내세우고 "동난지이를 사라고 외치는 장사치가 내 곁을 지나고 있네Here's a pedlar passing me, calling Tongnan pickle"라며 화자가 등장하여 독자에게 장사치를 소개하고 있다. 이는 느닷없이 장사치와 여인의 문답으로 시작되는 가곡창 계열보다 서술자가 등장하는 시조창 계열의 노랫말에 더 가깝다. 중장, 즉 게젓을 장황하게 설명하는 장사치의 목소리를 번역한 7-13행은 시조창 가집과 유사한 순서로 나열되며, 그 내용도 거의 일치하고 있다. 번역시의 7행은 "Large feet two and small feet eight"이라 하여 "대족은 이 족 소족은 팔 족"으로 시작하는 시조창 가집과 일치하고 있다. 번역시 10행에서도 청장과 흑장stomach, ink of black and blue을 모두 언급하고 있는 것을 볼 때 역시 시조창 계열의 가집을 원전으로 삼았음을 알 수 있다.

원작으로 추정되는 작품은 장사치-여인 문답형 사설시조의 한 유형으로 음상사音相似를 이용한 성적性的 말놀음 수법이 사용된 작품이다. 핵심 어휘인 '게젓'의 'ㅔ'를 'ㅐ'로, 'ㅓ'를 'ㅗ'로 바꾸어 보면 말놀음의 정체가 명료하게 드러난다. 두 쌍의 모음은 음가가 매우 가까워서 쉽게 넘나들거나 오인誤認될 수 있다. '게젓'의 와음訛音 연상과 여염집 여인의 병치倂置는 성性 문제와 관련된 희극적 긴장을 지니면서 아무렇지도 않게 "게젓이라 하려문"이라는 말씨를 통해 경쾌한 파탈破脫로 발산되는 것이다.[38] 그러나 게일의 번역시는 원작보다 차분한 어조로 표면적 의미만 전달하며 핵심은 'rigmarole^{장황한 이야기}'에 맞춰졌다. 원작이 가졌던 효과는 간과된 것이다.

다음 작품의 경우도 『청구악장』에는 유사한 작품이 전하지 않는 데다가, 시조창 계열과 가곡창 계열의 노랫말이 명백하게 큰 차이를 보이고 있다.

> Silvery moon and frosty air,
>
> Eve and dawn are meeting;
>
> Widowed wild goose flying there,
>
> Hear my words of greeting!
>
> On your journey should you see
>
> Him I love so broken-hearted,
>
> Kindly say this word for me,
>
> That it's death when we are parted.
>
> Flapping off the wild goose clambers,
>
> Says she will if she remembers.
>
> *The Korean Repository*, 1896.1

새벽달 서리 치고 지새는 밤에 짝을 잃고 울고 가는 기러기야

너 가는 길에 정든 임 이별하고 차마 그리워 못 살레라고 전하여 주렴

떠다니다 마음 나는 대로 전하여 줌세

#2472.1   남태39 /남상39 /시주35 /남전27 /가감250 /교주512

새벽 서리 지는 달에 외기러기 울어 옐 제

---

38 김흥규, 「장사치―여인 문답형 사설시조의 재검토」, 『욕망과 형식의 시학』, 태학사, 1999, 244~245면.

반가운 임의 소식 행여 올까 바라더니

다만지 창망한 구름 밖에 빈 소리만 들린다

#2477.1　　해박379 /해일457 /병가788 /가단4 /악서363 /시김450 /영규 480 /시경8 /청육531 /악나220 /홍비224 /사서43 /방초104 /대동191 /악고 313 /잡장122 /교가128 /정가280 /잡증83 /잡고69 /잡무137 /잡선137 /잡대 142 /가감32 /교주98 /원증907 /역시272 /조선44 /잡쌍163

이 작품은 1896년 1월호에 실린 네 편의 권두시 중 세 번째 작품이다. 원전으로 추정되는 작품 중 번역시의 내용과 가장 유사한 #2472.1은 『남훈태평가』를 비롯한 시조창 계열의 가집에만 전하고 있다. 가곡창 계열 가집에 전하는 노래 중 그 내용이 유사한 작품은 #2477.1인데 두 작품의 노랫말은 초장만 유사하고 중장과 종장에서는 확연한 차이를 보이고 있다. 고시조 중 기러기를 메신저로 삼아 님에게 소식을 전해 달라고 부탁하는 작품은 여러 편 존재한다. 그런데 #2472.1은 번역시와 비교할 때 초장의 시간적 공간적 배경이 일치하고 있다. 새벽, 달, 서리, 밤으로 드러나는 초장의 시간적 배경은 번역시 1행에서 "moon, frosty, eve, dawn"으로 나타나며, "짝을 잃고 울고 가는 기러기"의 처지 역시 "widowed wild goose"로 동일하게 나타난다. 중장에서 기러기를 통해 화자가 전달하고자 하는 내용 역시 일치한다. "정든 임 이별하고 차마 그리워 못 살레"라고 전해달라는 화자의 부탁은 8행에서 "It's death when we are parted"로 매우 유사하다. 초, 중장에서 나온 화자의 목소리는 님을 향한 그리움을 혼자 탄식하기보다는 기러기라도 불러서 전달하고자하는 시적 관습이다. 그런네 종장에서 느닷없이 기러기의 목소리가 등장하며 익숙한 시적 관습이 깨지고 새로운 국면으로 전환된다. 게다가 기러기의 대답이 화자의 간절함을 약올리기라도 하는 듯 "떠다니다 마음 나는 대로 전하여 줌세"라고 하여 초, 중장에서 진행되어온 진지함을 매우 가볍게 처리하며 마무리하고 있다. 번역시 역시 "she will if she remembers"라고 하여 가볍게 전환시키고 있다.

정리하면, 게일이 남긴 기록을 볼 때, 그가 1차 번역 작품들을 발표할 무렵 그는 시조창 가집 『남훈태평가』와 가곡창 가집 『청구악장』을 포함하여 최소 2개 이상의 가집을 열람하였던 것으로 보인다. 이중 *The Korean Repository*에 수록된 번역시의 원전이 무엇인지 확인하기 위해 수록 작품 가운데 가곡창 계열과 시조창 계열에서 노랫말이 차이를 보이는 몇 몇 작품을 대상으로 번역시와 비교한 결과 모두 시조창 계열의 노랫말과 유사하다는 것을 확인할 수 있었다.

게다가 1차 번역에 해당하는 26편 작품의 원전으로 추정되는 작품들이 모두 『남훈태평가』에 수록되어 있다는 사실 또한 이러한 추측이 무리한 것이 아님을 뒷받침해주고 있다. 나아가 뒤에서 검토하게 될 그의 2차 번역 관련 자료는 이 추측에 더욱 힘을 실어주고 있다. 따라서 이 글에서는 게일의 1차 번역 원전을 『남훈태평가』로 상정하고자 한다.

(3) 선별 작품의 특성

연시조를 제외한 시조에는 통상 제목이 없지만, 게일의 1차 번역 작품들에는 모두 제목이 있다. 게일이 붙인 번역시의 제목은 대체로 작품의 주제와 연관되어 있다. 여기서는 그 제목들을 통해 게일이 선별했던 작품들의 내용상 특성을 살펴보려고 한다. 그가 맨 처음 소개했던 작품은 「효에 대한 송가Ode on Filial Piety」라는 제목을 달고 있다.

ODE ON FILIAL PIETY

That ponderous weighted iron bar,

I'll spin out thin, in threads so far,

To reach the sun, and fasten on.

And tie him in, before he's gone;

That parents who are growing gray,

May not get old another day.

만근 쇠를 늘여 내어 길게 길게 노를 꼬아

구만장천 가는 해를 매오리라 수이수이

북당의 학발쌍친이 더디 늙게

『남태』 #49

이 작품은 *The Korean Repository* 1895년 4월호가 시작되는 첫 면에 수록된 최초의 영역시조이다. 『노계가사』에도 전하는 이 작품은 18세기 초반에 편찬된 진본 『청구영언』부터[39] 19세기 후반 가곡원류에 이르기까지 29개 가집에 전하고 있으며 가곡창 계열의 가집에서는 박인로의 작품으로, 시조창 계열에서는 무명씨로 전하고 있다. 쇠 만 근[40]은 엄청난 양이다. 농기구나 무기의 재료가 되었던 귀한 쇠를 이렇게 많이 모아 녹여 노를 꼬겠다는 것으로 시작되는 이 작품은 초장에서부터 단단하고 무겁고 많은 쇠와 유연하고 가볍고 긴 노[41]의 상반된 이미지가 제시되며 독자로 하여금 이 작품이 무슨 얘기를 하고 있는 것인지 이해하기 어렵게 하고 있다. 번역시도 1, 2행에서 'ponderous

---

39 『청진』 #98 萬鈞을 느려내야 길게 길게 노를 쏘와 九萬里 長天에 가는 히를 자바미야 北堂에 鶴髮 雙親을 더듸 늙게 ᄒᆞ리라(朴仁老 이삭대엽).

40 가곡창 계열의 가집에는 모두 '만균'으로 되어 있고 시조창 계열 가집에는 '만근'으로 되어 있다. 鈞은 서른 근에 해당하여, '만 균'이면 '삼십만 근'이 된다.

41 실, 삼, 종이 따위를 가늘게 비비거나 꼬아 만든 줄.

weighted iron bar'와 'thin thread'로 상반된 이미지를 유사하게 재현하고 있다. 중장에서는 앞서 길게 만든 노가 해를 붙잡아 묶기 위한 것이라고 밝혀진다. 초장의 '만 근'의 쇠라는 것도 양이 너무 많아 현실적으로 불가능해 보였는데 중장에서는 이걸로 해를 잡아 묶겠다는 것으로 발전해 독자로서는 화자의 진의를 파악하기가 더욱 어렵게 되었다. 이렇듯 비현실적인 발상, 자연의 섭리를 거스르고자 하는 화자의 의도는 종장에 이르러서야 밝혀진다. 이 모든 것이 바로 부모님을 더디 늙게 하고 싶다는 효심에서 비롯된 것임이 드러나며 초, 중장의 불가능하고 어처구니없어 보이던 발상이 세월 앞에서 쇠약해져가는 부모님을 향한 안타까움으로 자리바꿈되며 독자의 공감을 얻게 된다. 다만 초, 중장에서 비현실적이라 이해하기 어렵던 내용이 종장을 만나 비로소 '효'라는 공감을 얻게 되는 그 시적 전환이 번역시에서는 제목에서부터 '효'라고 미리 드러냈기에 그 반전의 묘미가 삭감되었다.[42]

  게일이 '효도'를 앞세운 것은 이것이 한국인의 특성을 가장 잘 보여주는 것으로 판단했기 때문이라고 할 수 있다. *Korean Sketches*를 보면 그가 처음 한국 생활을 하며 한국인에 대해 느낀 것은 종교적 색채가 느껴질 만큼 효를 중시한다는 것이었다. 게일이 대구에서 '오랑캐'니 '귀신'이니 하는 소리를 듣고 봉변을 당했을 때, 그는 의도적으로 관찰사의 보좌관에게 자신의 부모님께 편지를 쓰고 싶다는 부탁을 하고, 이로 인해 사람들은 게일 일행을 풀어주게 된다. 게일은 지극한 효성의 뜻을 보이는 것이 조선인에게 외국인도 역시 '사람의 자식'이라는 동질감을 느끼게 한다는 것을 잘 알고 있었다.[43] 그는 조선의 조상숭배 풍습에 대해 거의 종교적인 것에 가깝다고 보고 있었다.[44] 궁궐에서

---

42 번역시는 6행으로 aabbcc형태로 각운이 맞춰져 있고 meter도 약강 4보격으로 규칙성을 보이고 있다. 이러한 영시의 정형성 속에서 원작의 내용이 무리 없이 잘 전달되고 있는 것은 게일이 가졌던 문학적 역량 덕분이라고 할 수 있을 것이다.

43 게일, 장문평 역, 「새해」, 『코리언 스케치』, 현암사, 1970, 198~205면.

부터 천한 초가집에 이르기까지 모두가 정성스럽게 부모의 삼년상을 치르며, 좋은 묏자리를 찾고, 제사를 지내는 것에 대해 가장 엄격하다는 가톨릭교도나 마호메트교도, 힌두교도들에게도 그 이상 가는 것은 없다며 놀라움을 표하고 있다. 또한 그의 거주지 근처에 있는 효자 비문에 대해서도 상세히 설명하며 한국인의 효에 대한 관념을 상세하게 서술하고 있다. 따라서 한국 소개를 목적으로 하는 잡지에서 시조를 처음 소개할 때, 효와 관련된 작품을 선별하였던 것으로 보인다.

「효에 대한 송가」 다음에 이어진 제목은 「한국의 사랑 노래Korean Love Song − 3편」이다. 유사한 제목 「사랑 노래Love Songs − 4편」으로 1896년 1월호에도 애정 노래가 실린다. 게일이 번역시에 붙인 제목만 놓고 보았을 때, 가장 많이 수록된 작품은 애정 노래로 7편이나 된다. 게일의 번역시는 대체로 원작의 내용을 충실하게 전달하는 것들이 많은데 애정 노래 가운데에는 원작과 약간 거리를 두고 있는 경우도 있다.

My soul I've mixed up with the wine,

And now my love is drinking,

Into his orifices nine

Deep down its spirit's sinking.

To keep him true to me and mine,

A potent mixture is the wine.

The Korean Repository, 1896.1

---

44 효와 관련된 서술은 게일, 장문평 역, 「조선의 현황」, 『코리언스케치』, 현암사, 1970, 252~258 면 참조.

내 정령 술에 섞여 임의 속에 흘러들어

구회 간장을 촌촌이 찾아 가서

날 잊고 남 사랑한 마음을 다스려 볼까

『남태』 #92

이 작품은 1896년 1월호의 권두시로 실린 네 편 중 두 번째 작품이다. 이 작품을 전하는 가집은 44개나 되는데 내용상 큰 차이는 보이지 않는다.[45] 화자가 사랑하는 임은 화자를 잊었고 마음이 다른 사람에게 향해 있다. 버림받은 화자가 술을 매개로 임의 마음을 돌려보고자 하며 "내 정령 술에 섞여 임의 속에 흘러들어"라는 비현실적이지만 다소 육감적인 언급으로 시작하고 있다. 특히 이 구절에는 비음ㄴ.ㅇ과 유음ㄹ이 많아 부드럽게 읽히며 술에 섞여 흘러 들어간다는 내용과도 잘 어울리고 있다. 조선시대 시조가 연회석에서 많이 불렸던 것을 고려하면 이 노랫말은 향유되던 당시의 분위기와 잘 어울려 널리 회자되며 많은 가집에 수록되는 기회를 가졌던 것으로 보인다.

원작에서 임은 이미 화자를 잊고 다른 이를 사랑하고 있는데, 번역시에서 임은 화자에게 진실하지 못한 사람이었다가 술을 마시더니 다시 진실해진 사람으로 묘사되었다. 원작의 임이 이미 화자를 완전히 잊고 떠난 임이라면, 번역시에서의 임은 진실하지는 못하지만 아직 떠나지는 않은 임이다. 그리고 화자가 술이 되어 구회간장을 찾아다니고 있는 이유 역시 원작에서는 임의 마음을 돌리기 위해서였는데, 번역시에서는 임이 나에게 진실되게 하기 위함으로 바뀌었다. 그리고 원작은 "날 잊고 남 사랑한 마음을 다스려 볼까"라고 하며 은근하게 자신의 의지를 내비치며 마무리 하는데, 번역시에서는 술이야말로 강력한 혼합물이라고 단정적으로 말하고 있다.

---

45 가곡창 계열의 가집에서는 작자를 김삼현으로 밝히고 있다.

「사랑 노래」에 속하는 작품의 경우, 실제 작품에 드러난 정서는 사랑의 기쁨이 아니라 이별과 관련된 것이다. 임에 대한 그리움, 이별의 한탄 혹은 연군의 정과 같은 정서를 게일은 모두 'Love Song'이라는 이름으로 묶고 있다. 게일은 조선의 풍습상 남자는 사랑하지 않는 여자와 결혼해서 부부를 이루기에 조선에는 무엇보다도 사랑이 결핍되어 있다고 보았다. 그리고 조선어에는 사랑을 표현하는 데 알맞은 단어조차 없다고 하였다.[46] 이러한 인식이 과연 타당한 것인지는 의심스러우나[47] 그럼에도 불구하고 게일이 남녀 간의 애정과 관련된 작품을 가장 많이 번역하여 수록한 것은 이것이 서정시에서 보편적으로 다루는 주제로서 처음 소개되는 시조가 서양인에게 낯설지 않도록 하기 위함이라고 추정된다. 애정이라는 주제는 시공을 초월하여 받아들이기 수월하기에 이러한 정서를 담고 있는 작품을 다수 선택한 것으로 보인다. 그리고 원전으로 추정되는 『남훈태평가』에서 이 주제의 작품이 높은 비중을 차지하는 것도[48] 역시 '사랑 노래'의 선택에 영향을 미쳤을 것이다. 19세기 후반에 편찬된 『남훈태평가』에는 통속적 애정을 다루고 있는 작품이 압도적으로 많이 수록되어 있다. 원전이 가진 특성이 번역 작품의 선별에 영향을 미친 것이라고 할 수 있다.

애정을 제외한 나머지 작품 중 가장 많은 수를 차지하는 것은 「삶에 대한 송가Odes on life」4수이다. 이 제목 아래 있는 4수는 범박하게 내용상 분류해 보자면 강호한정2수, 탄로1수, 행락추구1수라고 할 수 있다. 즉 화자가 자신의 삶을 강호에서 자연과 더불어 보내겠다는 것과, 더디 늙기를 희망하는 것, 그리고 아쉽게 사라지는 이 삶에서 즐거움을 찾아야겠다는 것으로 시적 화자가 삶을 대하는

---

46 게일 저, 장문평 역, 「조선의 마음」, 『코리언 스케치』, 현암사, 1970, 208면.
47 조선시대 시조사의 흐름에서 볼 때, 18~19세기에는 남녀 간의 사태와 애정, 그리움 등을 관심사로 하는 작품들이 시대가 갈수록 증가하였다. 19세기 후반 작품군에서는 '남녀', '애정'에 관한 작품군이 전체 작품군의 절반이나 차지하게 된다. 김흥규, 「조선 후기 시조의 '불안한 사랑' 모티브와 '연애시대'의 전사」, 『한국시가연구』 24집, 한국시가연구학회, 2008, 33면.
48 고미숙, 「19세기 시조의 전개 양상과 그 작품세계 연구」, 고려대 박사논문, 1993, 173면.

태도를 노래하는 작품들이다.

그 외의 작품들은 「행상인 송가Ode on the Pedlar」, 「운명Predestination」, 「자유의
지Free-will」, 「우편제도Postal Service」, 「사람들The People」이 있으며, 「문학에 관한
논의A Few Words on Literature」 *The Korean Repository*, 1895.11에서 한국 시의 특성을
논의 하던 중 일례로 시조 번역이 등장하고 있다. 이 중 가장 눈에 띄는 제목은
「우편제도Postal Service」이다. 다른 제목은 그 작품의 내용에 비추어 보았을 때 억
지스러운 면이 있더라도 그럴 법한 제목이라 여겨지는데, 이 작품은 좀 특이하다.

> Postal Service
>
>   In the night I heard the water,
>   Sobbing on its journey thro,
>   Then I learned what was the matter,
>   Twas my love had told it to.
>   Turn ye waters, turn, please do!
>   Tell him I am weeping too.
>
> *The Korean Repository*, 1898.12

> 간밤에 울던 여울 슬피 울어 지나거다
> 이제야 생각하니 임이 울어 보내도다
> 저 물이 거슬이 흐를 양이면 나도 울게
>
> 「남태」 #90

위 작품의 경우 시조창 계열의 가집에서는 무명씨작으로 전해 애정 노래로
해석할 수 있지만, 가곡창 계열의 가집에서는 작자를 밝혀 임금에 대한 충성을

노래하는 작품으로 해석되는 작품이다. 이 작품은 가곡원류 계열에서는 조선 전기 생육신의 한 사람인 원호元昊의 작품으로 전하고 있다. 좀 더 이른 시기에 편찬된 『청구영언』 진본이나 『해동가요』 일석본 등의 가집에서는 무명씨로 전하고 있어 원호를 작자로 단정하기에는 무리가 있지만, 함부로 기록을 부정할 수도 없는 형편이다. 기록에 의하면 원호는 세조 등극 후 벼슬을 버리고 원주에 은거하다가, 단종이 영월로 유배되자 단종을 따라 영월의 서쪽에 집을 짓고 살면서 영월을 바라보며 지은 것이라고 한다. 이 기록을 따르자면 이 작품은 원호가 폐위된 단종을 그리워하는 충성스런 마음을 담고 있다. 또 이를 고려하지 않더라도 여울을 매개로 이쪽에 있는 화자와 저쪽에 있는 임이 서로 그리워 하지만, 만나지 못하는 정을 표현하고 있다. 임은 여울에 자신의 울음을 담아 화자에게 보냈지만, 그 물은 거슬러 올라가지 못해 자신의 마음을 전하지 못하는 화자의 안타까움을 노래하고 있다.

번역시 역시 이러한 내용을 충실하게 잘 전달하고 있다. 게일이 이 작품의 제목을 「우편제도Postal Service」라고 한 것은 임이 여울을 편지삼아 화자에게 마음을 전하고, 화자 역시 그 여울을 통해 자신의 마음을 전하고자 한 것에 주목했던 것으로 보인다. 2행에서 사용된 'thro'는 'through'의 고어古語투 표현이고, 5행의 'ye'는 'you'의 고어투 표현이다. 게일은 다른 작품들에서도 고어투의 단어들을 종종 선택하였다. 'whitherwhere, yonderover there, ruesorrow, theeyou와 같은 것들인데, 이러한 단어는 그의 산문에서는 찾아보기 힘들다. 게일은 시조가 오래전부터 한국인에게 전승되어 왔다는 것을 알고 이러한 특성을 살리기 위해 의도적으로 고어투의 단어들을 선택한 것으로 보인다.

게일의 작품 선별에 있어 주목할 만한 사항은 그의 번역시 중에 사설시조가 세 수나 포함되어 있다는 것이다. 이는 후대의 번역자들이 평시조를 중심으로 번역한 것과 비교하면 적지 않은 비율이다. 1920년대 시조부흥운동 이후 시조 연구자들은 평시조를 중심으로 그 형식적 특성을 규명하기 위해 애썼다. 후대의 번역자들은 이 영향을 받아 평시조 중심의 번역활동을 하였다. 그러나 게일은 시기적으로 앞서 시조부흥운동의 영향을 받지 않았기에 평시조와 사설시조를 두루 번역하였던 것으로 보인다. 그리고 여기에는 앞서 원전으로 추정한 『남훈태평가』의 작품 배열상의 특성도 영향을 미쳤을 것이다. 통상, 가곡창 계열의 가집은 창곡을 중심으로 작품이 배열되어 있기에 평시조와 사설시조는 대체로 분리되어 있으며 사설시조는 후반부에 모여 있다. 하지만 『남훈태평가』는 후반부에 사설시조가 모여 있으면서, 전반부에도 평시조와 사설시조가 혼재되어 있다. 실제로 그가 번역한 사설시조는 모두 『남훈태평가』의 전반부에 놓여 있는 것들이다.[49]

이상 살펴본 바에 의하면, 게일의 1차 번역에 수록된 작품은 한국적 특성이 강하거나, 보편적 정서를 담고 있는 작품이 눈에 띄었다. 게일이 1차 번역을 발표하던 당시에는 서구 사회에 한국에 대해 알려진 바가 거의 없었다. 따라서 그는 처음 시조를 영역 소개하면서, 한국인이라는 민족의 특성을 잘 드러내고 있는 작품을 맨 앞에 두고, 이어 동서양이 모두 보편적으로 공감할 수 있는 애정과 관련된 작품들을 여러 편 선별하고, 또한 한국인들의 삶에 대한 태도가 드러나는 작품도 수록한 것으로 보인다.

(4) 번역시의 형식

① 번역시의 제목

본장에서는 게일의 번역시에 나타난 형식적 특성을 논하기에 앞서 게일의 번역시에 달려 있는 제목에 대해 먼저 논하고자 한다. 연시조를 제외한 일반 시조에 제목이 붙지 않는 것을 고려하면, 영역시조에 제목을 붙인 것은 게일 번역시

---

49 수록된 사설시조는 『남훈태평가』 #48, #39, #87이다. 『남훈태평가』는 시조, 잡가, 가사로 구성되어 있으며, 전반부 시조가 전체 224수 수록되어 있다.

가 보여주는 중요한 특성이라고 할 수 있다. 산문 서술 중 삽입된 한 작품을 제외하면 *The Korean Repository*에 발표된 영역시조 17편에는 모두 제목이 달려 있다. 하나의 제목에 번역시 한 편이 놓이기도 하고, 또는 옆에 제시한 것처럼 하나의 제목에 서너 편의 번역시가 놓이기도 하였다. 게일이 원작에 없는 제목을 굳이 붙인 이유는 무엇이며, 이 제목을 통해 얻게 되는 혹은 잃게 되는 것은 무엇인지 살펴보자.

이에 대해 게일이 구체적으로 밝힌 것은 없다. 하지만 그가 굳이 제목을 만들어 붙인 것은 잡지 내에서 작품이 놓여있던 자리와 연관된 것으로 보인다. 1차 번역 작품들은 대부분 잡지의 권두시 형태로 소개되고 있다. 잡지가 시작되는 첫 면을 장식하고 있는 이 번역시들은 영어권 독자에게 친근감을 주기 위해, 일반적으로 영시가 제목을 갖고 있는 것처럼, 제목을 갖춘 것으로 보인다. 즉 원작인 시조의 특성보다는 영시로서의 특성을 강조한 것이다. 제목을 달게 됨으로써 번역시는 좀 더 영시답게 되었고, 독자들은 작품을 읽기 전 제목을 통해 작품의 주제를 예상할 수 있게 되었다.

하지만 최근 영어로 시조를 창작하고, 또 번역 활동도 하고 있는 캐나다 시인 엘리자베스 제케스Elizabeth St. Jacques와 미국 시인 래리 그로스Larry Gross는 영역시조에 제목을 붙이는 것에 반대하고 있다.

> 한국의 시조는 보통 제목을 갖고 있지 않은데 김운송은 (그의 번역시와 창작시에) 일관되게 제목을 달고 있다. 나의 초기 시조도 역시 제목이 달려 있지만, 최근에 발표한 대부분의 시조에는 제목을 달지 않았다. 래리 그로스도 제목을 달지 않는 것을 선호하

는데, 제목은 시조의 본질이라고 할 수 있는 (종장에서의) 놀라움을 감소시키고, 따라서 (시상의 전환을 이루는) 종장의 목적에 어긋나게 된다. (…중략…) 제목을 다는 것이 서구적인 것이라고 믿고 있었던 만큼, 한국시조에 관해 대단히 권위 있고 널리 알려져 있는 김재현이라는 번역가가 1997년도에 출간한 시조선집인 *Modern Korean Verse : in Sijo Form*에 있는 모든 작품들에 제목이 달려 있다는 것을 보고 깜짝 놀랐다. 한국의 현대 시인들을 통해서 시조의 형식에 관한 견해가 바뀌고 있는 것이 분명하다.[50]

제케스[51]는 김운송[52]을 통해 시조를 알게 되었고, 초기에 발표했던 시조에는 제목을 달았다. 하지만 이후 발표한 글에서는 시조에 제목을 다는 것에 대해 반대하고 있다.[53] 그녀는 김운송과 김재현[54]이 영역시조에 제목을 단 것을 보고 놀랐고, 이에 대해 문제를 제기 하고 있다. 그녀는 제목 달기는 분명 서구적 전통에서 비롯된 것으로, 제목은 시조의 형식적 특성이 주는 즐거움을 감소시킨다고 보고 있다. 래리 그로스 역시 시조는 초, 중장을 통해 발전시켜온 시상을

---

50 While Korean Sijo do not often have titles, Unsong consistently uses them. Most of my earlier work has them as well much of my most recent Sijo do not. Larry Gross prefers no titles. He feels a title diminish(es) the essential surprise&thus defeats the purpose of the final line. (…중략…) Inasmuch as I believed the use of titles were a Western experiment, it was surprising to find titles with all Sijo in Modern Korean Verse in Sijo Form(1997), an anthology selected and translated by the well-known and highly respected Korean Sijo authority, Jaihiun Kim. It's obvious then that views concerning the form are undergoing changes via Korea's modern poets. Elizabeth St. Jacques, "An Introduction to Sijo and its Development in North America." http://startag.tripod.com/IntroSijo.html(revised 2001.4)

51 Elizabeth St. Jacques는 1992년 시조 창작 대회에서 김운송의 번역시를 통해 시조에 대해 처음 알게 되었고, 이후 김운송을 통해 시조에 대해 배우게 되었다고 한다. 그녀는 3행시 번역을 선호한다.

52 김운송(1924~)은 1949년 서울대 졸업 후 미국에서 유학하고 생활하였으며 시조 창작 대회에 관여하였다. *Classical Korean Poems*(일념, 1986)을 간행했는데 여기 수록된 고시조 번역시 100편은 모두 제목이 있고, 각운을 맞추었다.

53 제케스가 1995년 발표한 창작 영어시조집 *Around the Tree of Light*(Canada Ontario : maplebud press, 1995)의 작품에는 제목이 있으며, 서문에서도 제목을 다는 것에 대해 긍정적으로 보고 있다. 하지만 위에 인용한 2001년 인터넷에 발표한 글에는 시조의 제목달기에 대한 인식이 달라졌다.

54 김재현은 1982년 *Master Sijo Poems From Korea*(시사영어사)를 시작으로 다수의 시조 번역서를 출간하였다. 그의 번역시는 각운은 없지만 모두 제목을 달고 있다.

종장에서 전환twist시켜 새로움을 주는 것이 묘미인데 앞에 주제를 암시하는 제목을 두면 종장에서 느껴지는 시적 효과가 감소된다고 지적하고 있다. 이들에게 시조의 제목은 신작 영화의 스포일러처럼 작품 감상에 저해되는 것으로 받아들여지고 있다. 게일의 1차 번역 작품에 달린 제목이 대체로 주제와 관련된 것임을 고려할 때, 그의 영역시조는 제목을 두어 영시다운 모양새는 갖추었지만, 시조 형식의 묘미라고 할 수 있는 시상의 전환을 통한 시 감상의 즐거움은 감소되었다고 할 수 있다.

② 번역시의 행수와 운율

게일 번역시의 행수를 보면, 평시조의 경우 8행시K.R.1895.8, 『조선필경』10번와 4행시K.R.1896.1의 3편을 제외하면 모두 6행시로 번역하였다. 평시조를 중심으로 보면, 게일은 6행시를 선호했다고 할 수 있다. 6행시의 경우 대체로 초, 중, 종장을 각기 2행으로 삼았다는 점에서 볼 때, 기본적으로 시조의 형식적 특성을 살린 것이라고 볼 수 있다. 이는 동시에 영시의 기본 단위인 2행시couplet를 세 개 모아놓은 형태이기도 하다. 즉 6행시는 시조의 3장 구조를 염두에 둔 형태이면서, 영어권 독자들에게도 익숙한 형태라는 점에서 볼 때, 이쪽과 저쪽을 모두 고려한 타협점이라고도 할 수 있을 것이다. 하지만 게일의 모든 6행시가 시조 한 행을 번역시 2행으로 삼은 것은 아니었다. 영어와 한글의 어순에 차이가 있으며 또한 운을 맞추기 위해 단어를 임의 배치하는 경우도 종종 있었던 것을 보면, 게일의 6행시는 원작의 특성보다는 영시로서의 형식적 특성을 좀 더 배려한 형태라고 할 수 있다. 게다가 평시조의 경우 6행시가 많긴 하지만 4행시와 8행시도 존재하는 것을 보면, 번역시에서 시조의 정형성을 드러내는 것을 중요하게 여기지 않았던 것으로 보인다.

번역시는 그 행수에서는 약간의 차이가 있을지라도 모든 시는 짝수행으로 번역되었으며, 각운rhyme을 맞추고 미터meter를 고려한 흔적을 발견할 수 있다. 행수가 일정하지 않은 사설시조의 경우에도 예외가 아니었다. 여기서는 게일 번역시의 형식적 특성을 밝히기 위해 6행시 두 편을 예로 들어 미터와 각운을 중심으로 그 특성을 살펴보겠다.[55]

That mountain green, these waters blue,

They were not made, they simply grew,

And 'tween the hills and waters here,

I too have grown as I appear,

Youth grows until the years unfold,

Then age comes on by growing old,

The Korean Repository, 1895.8

청산도 절로절로 녹수라도 절로절로

산 절로 수 절로 하니 산수간에 나도 절로

세상에 절로 자란 몸이 늙기도 절로

『남태』 #68

Predestination :

Down in Ch'ok the birds are crying,

Frantic o'er the fall of Han;

---

55 아래 예문에서 진하게 표시된 부분이 강세를 받는 부분이다. 이러한 미터의 특성은 영시 감상에 있어 핵심적인 것이지만 이를 감지하기가 쉽지 않다. 본 장을 포함하여 이 글에서 제시되는 미터는 연세대 영문과 윤혜준 교수님의 Scanning을 따랐다. 이 글의 심사위원이셨던 교수님께 이 자리를 빌려 감사의 말씀을 올린다.

While the flowers laugh, replying,

    Smiling all they can.

Thus it appears, men live their years,

Some born to smiles, and some to tears.

The Korean Repository, 1898.12

촉에서 우는 새는 한나라를 그려 울고

봄비에 웃는 꽃은 시절 만난 탓이로다

두어라 각유소회니 웃고 울고

『남태』#114

먼저, 번역시의 미터를 살펴보면, 작품에 따라 유형은 바뀌지만 규칙적인 미터를 갖도록 고려한 것을 발견할 수 있다. 첫 번째 번역시는 5행에서 변화를 주되 약강 4보격을 주조로 하고 있으며, 두 번째 번역시는 강약 4보격을 주조로 하되 후반부에서 약간의 변화를 주었다. 이러한 미터의 운용을 통해 독자로 하여금 음악성을 느낄 수 있도록 하였다.

각운도 역시 작품에 따라 변화되지만 규칙적으로 나타난다. 첫 번째 번역시는 각 행의 마지막에 놓인 단어들이 차례로 짝을 지어 같은 소리로 끝나고 있다. "blue, grew / here, appear / unfold, old"가 그것으로, aabbcc의 형태이다. 하지만 두 번째 번역시는 1행과 3행, 2행과 4행이 서로 엇걸어 가며 운을 맞추고 있고 마지막 2행은 같은 운을 갖고 있다. "crying(1), replying(3) / Han(2), can(4) / years(5), tears(6)"가 그것으로 ababcc의 형태이다. 이 경우는 1행부터 4행까지 한 단위, 그리고 마지막 두 행이 한 단위로 읽혀 전체적인 구조상 두 부분으로 인식된다. 또한 2행과 4행은 들여쓰기하고 마지막 두 행은 들여쓰기를 하지 않아 시각적으로도 이를 보여주고 있으며, 문장을 마무리하는 마침표가 4행과 6행에 놓여 있어 의미상으로도 두 부분으로 나뉜다고 할 수 있다.[56] 즉 의미를 중심으로 한 내용의 흐름과 각운에 의한 소리가 모두 전반부 4행과 후반부 2행으로 나누며 조화를 이루는 구조라고 볼 수 있다. 이 경우 앞의 4행은 본격적으로 시상을 전개하는 역할을 하며 마지막 2행은 시를 마무리하고 정리하는 역할을 한다.

이러한 특성이 비록 출판은 되지 않았지만, 1912년에 작성된 『조선필경』소재 영역시조에서도 발견되는지 살펴보자. 선행연구는 『조선필경』에는 1차 번역에 해당하는 The Korean Repository에 발표했던 시조 9수를 재수록하였기에 『조선필경』의 창작연원은 The Korean Repository이며, 재번역을 통해 번역 형식이 달라진 경우가 없기에 그가 번역한 "영역시조의 집성이란 측면이 강하다"고 보았다.[57] 절반이 넘는 9수를 1차 번역에서 거의 그대로 가져온 것이라는 점을 볼 때 설득력 있는 주장이다. 하지만 기존 번역에서 가져온 9편 외에 『조선필경』에서 처음 선보인 8편의 번역시에서도 유사한 특성이 발견되는지 확인할 필요가 있다.

A mountain village, night grows late,

    Dogs in the distant bay

I peek out through the bamboo gate

    The sky is cold, the moon is gray.

These dogs : What can such barking mean,

---

56   2행 뒤에 놓인 semicolon(;)은 여러 가지 기능을 갖는데, 여기서는 두 개의 독립적인 절을 연결해주고 있다.

57   이상현·이진숙, 앞의 글, 230면.

When nothing but the moon is seen?

산촌에 밤은 깊어 가는데

멀리 바닷가의 개들

내가 죽문의 틈으로 엿보니

하늘은 차고, 달은 회색빛

개들아, 왜 그리 짖는가

보이는 것이라는 달밖에 없는데

『조선필경』에 5번째로 수록된 번역시이다. 『남훈태평가』 8번 작품을 번역한 것으로 보인다.[58] 초, 중, 종장을 각 2행씩으로 번역하여 6행시로 만들었고, 각 행은 약강 4보격iambic tetrameter을 취하고 있으며, 각운도 맞추었다. 1, 3행late, gate과 2, 4행bay, gray 그리고 5, 6행mean, seen의 말미에 놓인 단어들은 같은 소리를 갖고 있어 낭송의 즐거움을 더하고 있다.

그러나 이러한 운율을 맞추려다 보니 원문의 내용을 그대로 전달할 수는 없었다. 번역의 과정에서 원문에 있는 내용 중 일부는 삭제되거나, 변형되었다. 인용한 시의 경우, 원문에서는 초장에서 "개가 짖어온다"고 하여 청각적 이미지를 드러내고 있지만, 번역시에서는 이 부분이 직접 드러나지 않고 있다. 중장에서 원문의 화자는 "시비사립문를 열고" 내다보고 있지만, 번역시에서는 "죽문대나무로 만든 문의 틈으로 엿보고" 있는 것으로 바뀌었다. 종장에서도 원문은 '공산 잠긴 달'이라고 하여 산 쪽으로 넘어가고 있는 달을 그리고 있지만, 번역시에서는 보이는 것이라고는 달밖에 없다는 점을 강조하여 그 회화적 이미지가 달라졌다.

---

58 "산촌에 밤이 드니 먼 데 개가 짖어온다 / 시비를 열고 보니 하늘이 차고 달이로다 / 저 개야 공산 잠긴 달 보고 짖어 무삼" 『남태』 8.

이러한 점에서 볼 때, 위의 시는 규칙적인 미터와 압운을 통해 한 편의 영시로 감상하기에 부족함이 없지만, 내적으로는 원작의 의미를 충실하게 담아내지 못하고 있다고 평가할 수 있다. 이러한 양상은 다른 신출작에서도 발견되는데, 이는 앞서 살펴본 것처럼 *The Korean Repository*에 수록된 영역시조에서 두드러지게 나타났던 것이다. 따라서 1912년에 작성된 『조선필경』은 게일의 1차 번역1895~1898과 15년 정도의 시간적 거리를 두고 있지만, 번역의 양상은 흡사하다고 할 수 있다.

③ 번역시 운율의 의미

게일의 1차 번역에 나타난 미터와 각운의 규칙적인 경향을 보면서, 게일이 왜 원작에 존재하지도 않는 이러한 특성을 번역시에서 보여주고 있는지 고찰해 보아야 한다. 이는 그가 시조의 정형성을 인식하였으되, 이를 그 자체로 재현하기보다는 각운, 혹은 미터라는 서구인에게 익숙한 방식으로 재현하려 하였던 것으로 볼 수 있다.

> 우리가 알고 있는 한, 여태껏 누구도 영어권 세계에 한국시Korean versification의 사례를 보여주려고 시도하지 않았다. 따라서 우리가 이러한 기여여기서 시조를 처음 소개하는 것를 하게 된 것을 기쁘게 환영하는 바이다.[59]

게일의 번역시를 처음 수록하면서 잡지의 편집자가 말미에 덧붙인 언술이다. 이는 게일의 영역시조가 최초의 영역시조임을 밝혀주는 증거이기도 하다. 편집

---

59 As far as we know none has yet attempted to give to the English speaking world speci-mens of Korean versification. It is with special pleasure therefore we welcome these con-tributions to our pages(*The Korean Repository*, 1895.4).

자가 선택한 것이지만, 이 글에서 선택한 용어 '한국시Korean versification'는 게일 번역시의 형식적 특성을 단적으로 보여주고 있다. 'versification'은 'verse운문'에서 파생된 단어로 원래 운문이 아니던 것을 운문으로 바꾼 것이라는 뜻이 있다.[60] 즉 이 단어에는 원작인 시조는 운문이 아니지만, 게일의 번역시는 이를 서구적 개념의 운문으로 변형시킨 것이라는 의미가 내재되어 있으며, 번역시는 운문의 형태를 갖고 있다는 것을 명시하고 있다. '운문verse'이란 흔히 '시poetry'와 동의어로 사용되지만,[61] 주로 각운이나 일정한 미터가 규칙적으로 반복되는 글의 형태를 말한다.

이상의 논의를 정리하면, 게일의 1차 번역시는 제목을 달고, 미터meter와 각운rhyme을 고려하여 영시의 운문성을 갖추고 있다. 행수로 보면, 시조의 3행을 기저로 하고 있지만, 이것이 엄정하게 지켜지지는 않았다. 이런 면에서 볼 때, 번역자 게일은 원천문학인 시조의 특성을 부각시키기보다 수용자들이 친숙하게 읽을 수 있는 영시로 형태로 번역하였다. 따라서 그의 1차 번역은 수용문학 중심적 접근 태도를 보인다고 할 수 있을 것이다.

그의 번역시가 이러한 특성을 보인 이유는 앞서 논했던 것처럼 번역시가 잡지의 권두시로 실렸기 때문일 것이다. 즉, 권두시가 서양의 독자들에게 어색해 보이지 않도록 영시의 모양새를 입힌 것이다. 그리고 그가 조선에 온 지 10년도 채 안된 때에 행해진 것이라 한국문학에 대한 이해는 아직 깊지 못하고, 근대화된 서구인으로서 미개한 조선을 내려다보는 시선이 기저에 있었던 것도 또 다른 원인이 될 것이다.

---

60 ① the making of verse ② metrical structure, a particular metrical verse ③ a version in verse of something orig. in prose(Merriam-Webster's Collegiate Dictionary, U.S.A. : Merriam-Webster Inc) 사전적 의미 중 세 번째에 해당하는 것으로 보았다.
61 엄밀하게 말하면 verse는 prose와 상대되는 것으로, 규칙적으로 반복되는 운율이 있는 글의 형태를 말한다. 대부분의 시는 운문이지만, 산문시나 자유시는 운문에 속하지 않는다.

동양 여행기를 제대로 쓰는 데 있어서는 다루어야 할 것이 많이 있는데, 즐거움보다는 다른 무엇을 느끼게 한다. 여행자는 가능한 한 바르게 보려고 애를 쓰지만, 민감한 서구인의 신경 조직에는 흔히 충격이 심하니까, 동양의 신비에 너무 가까이 접근하지 않는 것이 훨씬 낫다.[62]

인용한 글은 압록강과 그 건너에 있는 만주 지역 여행기의 서두이다. 이 글은 *Korean Sketches*에 실려 있는데, 1892년 *The Korean Repository*에 연재했던 것을 재수록한 것으로 그가 한국에 온 지 4년 정도 지났을 무렵 썼던 글로 영역시조를 발표하기 이전의 글이다. 인용한 짧은 글에서도 당시 한국을 바라보는 게일의 시선이 잘 드러나 있다. 첫 문장에서 신뢰할 수 있는faithful 동양 여행기를 쓰려면 즐겁지 않은 일들other than pleasing도 기록할 수밖에 없다고 한다. 그는 이후 계속되는 글에서 난방, 식사 등과 관련된 여행의 불편함을 곳곳에서 호소한다. 이 즐겁지 않은 경험은 문명화된 근대인으로서 부드러운 신경 조직tender nervous system을 갖고 있는 서구인에게 종종 큰 충격great shock을 준다고 한다. 자신을 포함한 서구인에 대해서는 faithful, tender이라는 긍정적인 단어를 선택하고, 관찰의 대상인 한국은 other than pleasing, great shock라는 단어로 표현하였다. 이 상반된 단어들은 당시 게일이 느낀 서구와 한국의 차이이며, 우월한 서구 문명과 열등한 동양에 대한 인식을 보여주는 것이다. 이는 비단 게일만의 독특한 인식이 아니라 19세기 후반 문명화의 사명을 갖고 조선을 찾았던 개신교 선교사들의 보편적인 인식이었다.[63]

---

62 In giving a faithful account of a journey in an Eastern country there are many things to be mentioned that are other than pleasing. One endeavors, as far as possible, to see with a halo round each eye; but in spite of such effort, the shock is often great for a tender, Western nervous system, so that it were best not to peer too closely into the mysteries of Oriental travel(J. S. Gale, "The Yalu and Beyond", *Korean Sketches*, New York·Chicago·Toronto : Fleming H. Rewell Company, 1898, p.72).

(5) 번역의 목적과 의의

① 게일의 시조에 대한 인식과 문헌 수록 양상

게일의 1차 번역의 목적을 살피기 위해서는 먼저 1차 번역 작품들이 수록되었던 문헌의 특성과 작품이 놓였던 자리에 대해 살펴볼 필요가 있다. 게일의 영역시조는 한국 최초의 영문 잡지로 알려진[64] *The Korean Repository*에서 처음 소개되었다.[65] 이 잡지는 구한말 한국에 왔던 감리교 선교사들이 문서선교사업을 위해 배재학당 안에 설치했던 The Trilingual Press삼문출판사에서 출판된 것이다. 민간인으로서는 처음으로 현대식 인쇄시설을 갖춘 출판사였는데 국문, 영문, 한문의 연활자주조기를 도입하였다.[66] 영국인 올링거Ohlinger 목사가 1892년 1년간 이 잡지를 발행한 후 영국으로 돌아갔고, 1895년부터 아펜젤러와 헐버트에 의해 다시 발간되었으며 1898년 12월호를 마지막으로 종간하였다.[67] 이 잡지는 권당 약 40페이지의 분량으로 당시 조선의 정치, 경제, 문화, 종교, 언어 등을 수록하여 Korea를 해외에 알리는 데 공헌했다. *The Korean Repository*는 당시 국내에서 발행되는 유일한 영문 잡지였기에 게일은 장로교에 소속되어 있었지만[68] 이 잡지에 적지 않은 글을 투고하였다. 1892년 창간호부터 "To the Yaloo and beyond"라는 제목으로 황해도를 거쳐 만주까지의 여행기를 3회에 걸쳐 연재한 것을 시작으로 한글, 한국의 인구, 한국인 등 한국 문화와 관련된 다양한 성격의

---

63 조현범, 『문명과 야만-타자의 시선으로 본 19세기 조선』, 책세상, 2002, 40면.
64 윤춘병, 『한국 기독교 신문 잡지 백년사』, 대한기독교출판사, 1983, 33면.
65 이 잡지에 대해서는 다음 논문 참조. 강혜정, 「선교사가 만든 잡지, The Korean Repository의 학술 자료적 가치」, 숭실대 한국기독교문화연구원 편, 『선교사와 한국학』, 2022, 39~63면.
66 윤춘병, 앞의 책, 33면.
67 현재 이 잡지의 원본은 소실되어 없으며, 영인본 I, II, III, IV, V 로 엮어 있다. I권에는 1892년 1월호부터 12월호까지, II권에는 1895년 1월호에서 12월호까지, III권에는 1896년 1월호에서 12월까지, IV권에는 1897년 1월호에서 12월호까지, V권에는 1898년 1월호에서 12월호까지 남아 있다.
68 게일은 처음 캐나다 토론토대학의 청년회(YMCA) 선교인으로 조선에 왔지만, 이후 경제적인 문제로 1891년부터 장로교 소속으로 옮기고 이후 장로교 목사 안수를 받게 된다.

THE KOREAN REPOSITORY.

APRIL, 1895.

ODE ON FILIAL PIETY.

That pondrous weighted iron bar,
I'll spin out thin, in threads so far
To reach the sun, and fasten on,
And tie him in, before he's gone;
That parents who are growing gray,
May not get old another day.

Translated from a book of National Odes, by Rev. Jas. S. Gale.

글을 꾸준히 발표하였다. 이와 같은 활동은 선교사로서 해야 할 의무 중의 하나였다. 류대영은 당시 선교사들이 한국에 관하여 글을 썼던 이유는 생존을 위해서라고 하였다. 선교사들은 자기들의 글을 바탕으로 먹고 사는 사람들이었다. 본국에 있는 선교 지원자들의 주머니에서 나오는 돈으로 선교부가 운영되고 선교사가 월급을 받았기 때문에 선교사는 일하고 있는 선교지를 후원자들에게 소개하고 자신들이 하고 있는 일의 가치를 설득시켜야 했다.[69] 게일의 시조 영역은 이러한 맥락에서 이루어진 것이다.

The Korean Repository에 실린 18수 중 17수는 6차례에 걸쳐 이 잡지의 권두시로 소개되었다. 편집자의 입장에서는 잡지의 내용을 다채롭게 하기에 긍정적으로 받아들여졌고, 게일의 입장에서는 다양한 측면에서 다양한 방식으로 K-orea를 소개할 수 있었기에 역시 긍정적으로 받아들여졌을 것이다. 영역시조 소개가 1회성 이벤트에 그치지 않고 6회에 걸쳐 연재되었다는 사실을 보면 영역시조가 편집자와 게일 모두에게 긍정적으로 받아들여졌다는 것으로 해석되어도 무리가 없을 것이다. 여기서 주목할 점은 게일이 가장 먼저 소개한 작품부터 "ODE"라는 제목을 달았다는 사실과 이 작품의 원전을 『한국의 송가집A Book of National Odes』으로 밝혔다는 점이다.[70] 이는 시조가 본디 '노랫말'이라는 점을 밝히는 것이면서, 동시에 그 노래가 상당히 품격 있는 노래라는 점을 보여준다. 서

---

69 류대영, 『초기 미국 선교사 연구』, 한국기독교역사연구소, 2001, 207면.
70 게일은 'Ode'라는 제목을 세 차례에 걸쳐 사용하였으며(Ode on Filial Piety, Odes on Life, Ode on the Pedlar) 모두 5편의 번역시가 이 제목 하에 놓였다.

정시의 한 종류인 송가^{ode}는 그 기원을 고대 그리스에 두고 있으며, 고결하고 위엄 있는 방식으로 진지하고 숭고한 주제를 다루며 품위 있는 문체를 사용하는 비교적 길이가 긴 시이다.[71] 게일은 효, 삶의 태도, 행상인의 대화를 다루고 있는 시조들을 번역하면서 '송가'라는 제목을 달았다. 하지만 이 작품들은 그 길이가 짧아 '송가'라는 제목이 어울리지 않는다. 그럼에도 불구하고 게일은 6편의 영역시조에 '송가'라는 제목을 달았고, 이로 인해 조선은 자국어로 표현된 '송가'를 가진 나라가 될 수 있었다.

단행본인 *The Korean Sketches*에서도 영역시조는 권두시로 놓였고, 『조선필경』에서도 책의 첫 머리인 제1장에 놓였다. 그런데 선행연구에서는 *The Korean Repository*에 비해 『조선필경』에 "변모된 측면이 개입되어"[72] 있다고 하며, 그것은 시조에 대한 '지칭'이 바뀐 점이라고 하였다. 이는 게일의 시조에 대한 인식과 관련된 것으로 매우 중요한 문제이기에 좀 더 섬세하게 따져볼 필요가 있다. 선행연구는 *The Korean Repository*가 시조를 "Ode 혹은 Song"으로 묶었던 데 비해, 『조선필경』은 "문자문화의 면모를 구비한 'Korean Songs and Verses'라는 제명[73]을 선택하였다는 점에 주목하였다. 이러한 관점은 이후의 연구에서도 이어져 "노래를 지칭하는 'Songs'뿐만 아니라 시, 운문을 지칭하는 'Verses'라는 영어 어휘를 사용하여 장 제목을 만들었다는 큰 변별점을 보여주는 셈"[74]이라고 하고, 이러한 장 제목을 단 것은 "*The Korean Repository*에서와 달리, 『조선필경』에서 게일이 시조를 구술 문화적인 노랫말이 아닌 문자문화의 영향권 내에 놓인, 문학 텍스트로 상대적으로 더욱 근접하게 인식하고 있었던 것이라고 추

---

71 서혜련, 『영시의 구성요소와 그 의미』, 동인, 2001, 230~239면.
72 이상현·이진숙, 앞의 글, 230면.
73 위의 글, 230면.
74 이상현·윤설희·이진숙, 「시가어의 재편과정과 번역 – 게일의 미간행 영역시조와 시조 담론의 계보학」, 『열상고전연구』 46, 열상고전연구회, 2015b, 567면.

```
              KOREAN LOVE SONG.

(1)  Frosty morn and cold winds blowing,
     Clanging by are wild geese going.
     "Is it to the Scewagriver?
     Or the Tongchmg tell me whither?
     Through the midnight hours this crying
                 Is so trying!"

(2)  Thunder clothed he did appear,
     Chained me like the lightning air,
     'Came as comes the summer rain,
     Melted like the cloud again,
     Now in mists from tears and crying,
     I am left forsaken, dying.

(3)  That rock heaved up on yonder shore,
     I'll chisel out, and cut, and score,
     And mark the hair, and make the horns,
     And put on feet and all the turns
                 Required for a cow.
     And then my love if you go'way
     I'll saddle up my bovine gray
                 And follow you somehow.

                         Rev. Jas. S. Gale.
```
As far as we know no one has yet attempted to give to the English
speaking world specimens of Korean versification. It is with special
pleasure therefore we welcome these contributions to our pages.   Ed.

The Korean Repository, 1895.4.

론"[75] 하였다. 즉, *The Korean Repository*에서는 시조를 노래구술 문화로 인식하였지만, 『조선필경』에 와서는 문학 텍스트에 가깝게 인식했다는 것이다.

게일의 영역시조는 1차에서 3차에 이르는 과정에서 그 형식은 눈에 띄게 변화하였다. 하지만 시조에 대한 게일의 인식은 바뀌지 않았다. 게일에게 있어 시조는 일관되게 '노래Songs'였다. 다만 영역된 시조를 지칭할 때는 Song과 Verse라는 용어를 혼용하였다. 1895년 4월, 처음으로 영역시조를 소개할 때, 게일은 이를 'ODE' 혹은 'SONG'이라고 칭했다. 옆의 사진에서 볼 수 있는 것처럼 'KOREAN LOVE SONG'이라는 제목을 붙이고 세 편의 시조를 소개하였다. 하지만 당시에도 하단에는 다음과 같은 각주를 달았다.

> 우리가 알고 있는 한, 여태껏 누구도 영어권 세계에 한국시Korean versification의 사례를 보여주려고 시도하지 않았다. 따라서 우리가 이러한 기여여기서 시조를 처음 소개하는 것를 하게 된 것을 기쁘게 환영하는 바이다.[76]

1895년, 게일이 처음 영역시조를 발표할 때, 제목에서는 'Song'으로 지칭하였지만, 각주에서는 '한국시Korean versification'라는 용어를 사용하였다. 앞에서

---

75 위의 글, 569면.
76 As far as we know none has yet attempted to give to the English speaking world speci-
    mens of Korean versification. It is with special pleasure therefore we welcome these
    contributions to our pages(*The Korean Repository*, 1895.4).

언급한 것처럼 'versification'은 'verse운
문'에서 파생된 단어로 원래 운문이 아니던
것을 운문으로 바꾼 것이라는 뜻이 있다.
즉 1차 번역 당시 게일은 시조 자체는 노
래이지만, 번역시는 운문의 형태라는 점을
명시하였던 것이다.

이러한 인식은 『조선필경』보다 10년 뒤
에 발표된 2차 번역 The Korea Bookman
에서도 확인된다. 2차 번역은 게일이 시조
를 영역할 때 원문으로 삼았던 『남훈태평
가』라는 가집을 소개하기 위한 글이었는
데 게일은 이 기사의 제목을 "Korean S-
ongs"라고 하여 시조가 노래라는 점을 분
명하게 밝히고 있다. 그리고 본문에서 작

THE KOREA BOOKMAN

Published Quarterly

Editor : THOMAS HOBBS.
Publishers : THE CHRISTIAN LITERATURE SOCIETY OF KOREA.

VOL. III.　No. 2.　　　SEOUL　　　JUNE, 1922.

KOREAN SONGS

THIRTY years and more ago the father of the once famous Yang Keui-t'aik had a Korean song book struck off from plates owned by a friend of his which he presented to me with his best compliments. This poor old book, knocked about in all winds and weather, comes to speak to you today. It is called the *Nam-hoon T'ai-pyung-ga* (the Peaceful Songs of Nam-hoon). Nam-hoon was the name of King Soon's Palace, long before the days of Abraham. His capital was on the site of the modern Pu-chow that sits on the inner elbow of the Whang-ho River.

The Korea Bookman, 1922.6.

MISSION FIELD

What did they sing in those far distant
days? Let me suggest a sam-
ple as I seek through the old
records :
Korean Songs

Thou rapid stream that flows out the mountain gorge,
Pray don't be glad swift-winged to fly away ;
When once you fall into the deep blue sea, there will
　be no return ;
Let's wait before we go.

The Korea Missionfield, 1925.6.

품을 해설하는 중에는 'verse'라는 용어로 지칭하기도 하였다.[77] 이를 통해 볼
때, 1922년, 2차 번역 당시에도 게일은 '시조'는 한국인의 '노래'라고 인식하고
있었다는 것을 알 수 있다.

이러한 인식은 게일이 한국을 떠나기 직전에 발표했던 3차 번역 *The Korea
Mission Field*에서도 동일하였다. 여기서도 시조는 여전히 'Song'으로 지칭되
고 있기 때문이다. 위의 사진에서 볼 수 있는 것처럼 1925년 발표한 기사에서
게일은 세 편의 영역시조를 소개하면서 소제목을 'Korean Songs'라고 붙였다.

77　In such a verse as this we have neither rhyme nor assonance, but we have a regular su-
　　ccession of the ups and downs of intonation, while the end, unfinished, unexpressed,
　　leaves the thought as though hanging in mid air. This is a favorite form of Korean com-
　　position. J. S. Gale, op. cit., 1922.6, p.14.

오늘날 우리가 흔히 접하는 단행본에는 이 소제목이 삭제되었지만, 게일이 처음 발표한 잡지에는 분명하게 남아 있다.[78] 즉, 게일의 마지막 번역에 해당하는 3차 번역 당시에도 게일에게 있어 번역 대상인 시조는 일관되게 노랫말이었던 것을 알 수 있다.

이상에서 살펴본 것처럼 게일은 1차 번역 시기부터 3차 번역 시기에 이르기까지 일관되게 시조를 한국인의 '노래Song'라고 소개하였다. 다만, 그 노랫말에 자신이 영시의 외피를 입힘으로써 '운문Verses'[79]으로 만들었기에 'Song'과 'Verse'라는 두 가지 용어를 혼용한 것이다. 그렇다면 『조선필경』에서 "Korean Songs and Verses"라고 제목을 붙인 것에 과도하게 의미를 부여하고 1차 번역과의 '변별성'을 논의할 필요는 없어 보인다. 『조선필경』에 수록된 영역시조는 번역의 양상이나 그에 담긴 번역의 태도, 그리고 시조에 대한 인식 등에서 볼 때, 게일의 1차 번역과 차이를 보이지 않기에 시기적으로 떨어져 있더라도 이 역시 1차 번역으로 분류하는 것이 바람직할 것이다.

② 시조 번역의 목적과 의의

아직까지 게일이 시조 번역의 목적에 대해 밝힌 글이 발견되지는 않았다. 따라서 번역 당시의 상황을 통해 그가 가졌던 목적을 추론해야 한다. 19세기 말 20세기 초 서구사회에서 한국은 거의 알려져 있지 않았다. 한국을 주제로 한 책 중 가장 먼저 출간된 것은 17세기 하멜이 남긴 것으로 악의적 비난과 각종의 오해와 곡해가 많이 포함되어 있었다. 19세기를 거치며 군사적 혹은 상업적

---

78 이 소제목은 1972년 러트가 단행본으로 발간한 *James Scarth Gale and his History of the Korean People*에는 삭제되었다.

79 '운문(verse)'이란 흔히 '시(poetry)'와 동의어로 사용되지만 주로 각운이나 일정한 미터가 규칙적으로 반복되는 글의 형태를 말한다. 엄밀하게 말하면 verse는 prose와 상대되는 것으로, 대부분의 시는 운문이지만, 산문시나 자유시는 운문에 속하지 않는다.

목적으로 한국에 대한 기록물이 출간되었고, 한국에 대한 본격적인 소개는 1880년이나 되어야 시작되었다.[80] 그런데 그 내용을 살펴보면 여전히 왜곡되어, 한국에 대해 부정적 시선을 갖게 만드는 것이 많았다. 게일의 영역시조가 소개되기 전 다른 서양인에 의해 기술된 한국문학이나 문화에 관한 부분을 살펴보자.

조선인들은 신체적, 정신적으로 일본인에 비해 우월하지만 예법이 결여되어 있기 때문에 문화적인 관습면에서는 중국과 일본의 하층 계급에 비해서도 품행이 떨어진다. 늘 엄숙한 행동과 품위를 보여야 할 상류층과 관리들 또한 공무에서 벗어나 자유롭게 활동할 때에는 체면을 차리지 않고 야만적인 기질을 그대로 드러내는 결례를 범한다. 나는 그 야만스러운 조선 사람들이 해미현의 현감이자 존경스러운 친구였던 김태화와 같은 관리였다면113면 (…중략…) 중국이나 일본에서는 매우 대중화되어 있는 극이나 다른 공연과 같은 연예가 조선에서는 전혀 낯선 영역에 속한다. 이것은 아마도 부분적으로는 조선 고유의 문학이 결여된 데에서 비롯되었을 것이다. 다른 한편으로는 조선 사람들의 문화적 수준이 낮아서 이런 종류의 연예에는 감흥을 느끼지 못하기 때문이다. 나는 이 나라에 마술사들이 있다는 이야기조차 들어보지 못했으며 만약 있다손 치더라도 다른 나라에서 볼 수 있는 놀랄 만한 기술을 가지고 있을지는 의심스럽다.[81]

오페르트, 『금단의 나라 조선』, 1880

조선의 학자들은 자기 민족의 문화를 비하했다. 그 결과로 수 세기가 지난 오늘날에도 조선에는 이름을 붙일 만한 문학 작품이 없다. 다만 극소수의 작품들이 한문이나 일

---

80 류대영, 『초기 미국 선교사 연구』, 한국기독교역사연구소, 2001, 158~160면.
81 E. J. 오페르트, 신복룡·장우영 역주, 「풍습」, 『금단의 나라 조선』, 집문당, 2000, 113~123면.

제2장_영역시조의 등장과 다양한 형식의 실험 99

본어로 씌여 있을 따름이다[435면]. 조선 사람들이 생각하는 자연, 역사, 철학은 모두가 유교적인 것이며 그들은 중국인과 마찬가지로 기독교를 믿는 야만인들과 그들의 이교도적인 우주관을 노골적으로 무시한다. 그러는 동안에 조선의 언어, 문학, 역사는 무시되고 있다.[82]

그리피스, 『은자의 나라 한국』, 1882

요약하자면, 별다른 각고의 노력 없이도 한글을 쉽게 습득할 수 있으며 더욱이 한자의 학습으로 어려움을 겪을 필요도 없다. 뿐만 아니라 표음문자한글는 시적詩的이고 우아한 형식의 깊은 사상을 표현하기에는 부적절한 것이라고 조선 사람들의 뇌리에 남아 있다. 조선 사람들은 이런 심오한 사상을 한글로는 표기하지 않는다. 그 결과 자연스럽게 한글로 표현된 문학 작품은 거의 찾아보기 어렵다. 대부분의 조선의 격언과 속담들이 압록강을 건너온 중국인들로부터 전래되었다는 사실로도 조선문학의 배경에 대한 한자의 영향력을 알 수 있다.[83]

새비지 랜도어, 『고요한 아침의 나라 조선』, 1895

우리는 (조선에) 서사시가 있을 것이라고 기대하지도 않았지만 서사시는 없다. (조선에는) 우리의 발라드에 필적할 만한 것도 없다. 여기에는 드라마도 없다. 자국어로 된 시가 존재한다고 들었지만, 중국 문헌을 직역해 놓은 것을 자국어 시가라고 간주하지 않는 한 나는 인쇄물로나 필사본으로나 그 어떤 것도 찾지 못했다.

애스턴, 1890[84]

---

82 W. E. 그리피스, 신복룡 역주, 「교육과 문화」, 『은자의 나라, 한국』, 집문당, 1999, 436면.
83 A. H. 새비지 랜도어, 신복룡·장우영 역주, 「문화」, 『고요한 아침의 나라 조선』, 집문당, 1999, 188면.
84 We hardly expect to find epic poetry, and there is none. There is nothing even which corresponds to our ballads. There is no drama, and although I was told that there exists a native poetry, I was never able to discover any in print or manuscript, unless literal trans-

조선은 중국의 일부가 아니라 독립국가이다. 조선인은 중국어를 사용하지 않으며 조선어는 중국어나 일본어와 다르다. 조선은 미국과 1882년에 조약을 맺었다. (…중략…) 조선인들은 기와로 만든 지붕과 따뜻하게 데워지는 마루가 있는 편안한 집에서 생활한다. 조선의 문명은 오래 되었다.[85]

시카고 만국 박람회에서 조선을 소개하는 글, 1893

독일계 유태인으로 알려진 오페르트Ernest Jacob Oppert, 1832~1903는 3차에 걸쳐 조선을 방문했는데, 인용한 글은 세 번째 방문 이후 쓴 것이다.[86] 워싱턴의 정가에 조선이라는 나라에 대한 관심이 이제 막 일기 시작할 때, 조선에 관한 정보가 절대 부족한 상황에서 1880년 런던과 뉴욕에서 출판된 『금단의 나라, 조선』은 유일한 서양인의 목격담으로 가치가 있었다.[87] 이 글에서 조선인은 예법이 결여되어 있으며, 문화적인 면에서 중국과 일본의 하층 계급보다도 품행이 떨어지는 야만인으로 묘사되어 있다. 오페르트는 조선의 문화적 수준은 낮으며, 조선 고유의 문학은 결여되어 있다고 단정 짓고 있다.

그리피스William E. Griffis의 저서는 1882년에 초판이 나왔는데 1906년에 8쇄, 1911년에 9쇄 증보판을 낼 정도로 대중적인 인기를 누렸다. 그의 제목에 나오는 '은둔국'으로서의 조선은 '진보해가는 문명에서 멀리 떨어진 오래된 땅', '부동不動과 고립孤立'의 이미지를 담고 있으며, 이후 조선을 표상하는 전형적인 이

---

lations from the Chinese can be reckoned as such.
W. G. Aston, "On Corean Popular Literature", *Transactions of the Asiatic Society of Japan*, vol.18, Tokyo : Asiatic Society of Japan, 1890, p.106.

85 *Chicago Record's Historical of the World's Fair*, 1893; 정영목, 『조선을 찾은 서양의 세 여인』, 서울대 출판문화원, 2013, 27면에서 재인용.

86 오페르트는 처음 1866년 2월 흑산도를 거쳐 아산만 일대를 탐사하였고, 이어 1866년 6월 해미를 방문하여 현감을 만나고 덕적도를 거쳐 강화도 탐사하고 천주교 박해의 실상 조사하였다. 그리고 1868년 4월 남연군의 무덤을 도굴하다 실패하고 돌아가서 이 책을 썼다.

87 류대영, 앞의 책, 161면.

미지로 자리 잡았다.[88] 그리피스는 조선의 학자들이 자기 민족의 문화를 폄하하였기에 조선의 문학이라고 할 수 있는 것이 존재하지 않는다고 보았다. 이러한 맥락에서 조선의 언어, 문학, 역사는 무시되어 왔다고 보았다.

여행가이며 화가였던 새비지-랜도어Arnold H. Savage-Landor, 1865~1924는 1890년 두 번째 조선을 방문하고 1895년 『고요한 아침의 나라 조선』을 출간하였다. 그리피스가 한국을 방문하지 않고 일본과 미국에서 구할 수 있었던 2차 자료를 중심으로 조선에 대해 써내려갔던 것에 비해 이 글은 조선을 직접 방문한 후 쓴 글이라는 면에서 진일보했다고 볼 수 있지만, 잠시 조선을 방문했던 이들의 손에서 나온 여행기 역시 조선에 대해 부정적인 이미지를 심어줬다. 새비지-랜도어는 조선인은 자국어로 시나 심오한 사상을 기록하지 않아 한글로 된 문학이 존재하지 않는다고 하였다.

영국인으로 한국의 총영사를 지냈던 애스턴W. G. Aston은 조선의 자국어 시詩, native poetry의 존재 여부에 대한 관심을 보였다. 1890년 일본에서 발행된 책자에서 애스턴은 조선에는 서사시도, 발라드도, 드라마도 없다고 하였다. 그리고 자국어로 된 시가 있다고 들었지만 그러한 문헌을 발견하지는 못했다고 하였다. 당시 그는 어떠한 종류의 가집도 발견하지 못했거나, 혹은 발견했다고 하더라도 한자어가 너무 많아 자국어 시가로 분류하기에는 타당하지 않다고 생각했던 것으로 추정된다. 애스턴은 이렇듯 비교적 엄격한 기준으로 자국어 시가라는 범주를 설정했기에 한자어가 뒤섞인 시조는 자국어 시에서 배제되었다.

1893년 미국 시카고에서 열린 "만국 박람회"에서 조선을 소개하는 글에서는 조선이 중국의 일부가 아니며, 조선의 언어는 중국어가 아니라는 점을 강조하고 있다. 18세기 중엽 프랑스 예수회 신부 장 바티스트 뒤 알드Jean-Baptiste Du Halde, 1674~1743가 런던에서 발행했던 『중국 통사－중국 제국, 타타르, 조선 그

---

88 국사편찬위원회 편, 『이방인이 본 우리』, 두산동아, 2009, 241~243면.

리고 티베트에 대한 지리적, 역사적, 연대기적, 정치적, 자연적 묘사와 그들의 독특한 관습, 풍습, 의례, 종교, 예술 그리고 과학에 대한 정밀한 기술』London : J. Watts, 1741 전 4권 중 4권에 수록된 조선Kingdom of Korea에서 조선을 중국의 종속국으로 설명하고 있다.[89] 이 책은 중국의 자료를 기반으로 서술되었는데, 이와 같은 잘못된 정보로 인해 19세기 후반까지도 서구권의 국가들에게 조선은 그 존재가 전혀 알려지지 않았거나 혹은 중국의 속국으로 인식되었던 것이다. 따라서 시카고 박람회장에서 조선은 중국의 속국이 아니라는 것, 조선은 고유어가 있으며, 그 나름의 문명이 있다는 것을 강조하며 조선의 정체성을 밝혔던 것이다.

이러한 기록들은 당시 서구 사회에 조선에 대한 부정적인 인식을 형성하고 재생산하였으며, 이후 선교사를 비롯한 서양인들이 조선에 입국하기 전 조선에 대해 미리 학습할 수 있는 자료로서도 활용되었을 것이다. 아마 게일도 조선에 오기 전 이러한 서적을 참조하였을 것이며, 이에 기초하여 조선에 대한 선입견을 갖고 있었을 것이다. 그러나 게일은 『남훈태평가』 속에 있는 시조를 조선 고유의 노래로 인식하고 당시 조선을 소개하는 유일한 영문 잡지에 권두시로 소개할 만한 가치가 있는 인식하고 이를 번역하였던 것이다. 시카고 만국 박람회에서 조선인은 중국어를 사용하지 않는다고 역설한 지 겨우 2년이 경과한 후였으며, 애스턴이 조선에는 자국어 시가가 없다고 한 지 불과 5년이 지난 후였다.

게일보다 이른 시기에 조선을 찾았던 애스턴도 조선의 자국어 시가가 기록된 문헌에 대해 관심을 가졌다. 그러나 애스턴은 "중국 문헌을 직역해 놓은 것을 자국어 시가라고 간주하지 않는 한 인쇄물이나 필사본이나 그 어떤 것도 발견하지 못했다고"라고 하며, 조선에는 자국어 시가가 없다고 하였다. 게일과 애스턴은 비슷한 시기에 비슷한 분야에 관심을 가졌지만 전혀 다른 결론에 도달하

89 위의 책, 195~198면.

Yi Ch'angjik, Gale's principal literary assistant.

였다. 이러한 차이가 발생하게 된 데에는 이들의 한국어 선생이 미친 영향이 적지 않게 작용하였던 것으로 보인다. 게일은 조선에 온 이듬해1889 3월 황해도에서 한국말을 공부할 때 이창직李昌稙을 만났다. 이창직은 한문에 능통한 충직한 사람으로 게일의 한국어 선생이 되어 그의 성서 번역 사업에 큰 협조자가 되었으며 평생의 친구이자 반려자로 지냈다.[90] 한문에 능통했다고 하지만 그는 신분이 높은 고관직 자제는 아니었던 것으로 보인다. 게일의 전기 속에 전하는 이창직의 사진을 보면 그는 폭이 좁은 중인 갓을 쓰고 있으며 도포 끈을 묶지 않고 있다.[91] 이창직이 한문에 능통하였기에 게일은 한문 문헌에 쉽게 접근할 수 있었고, 『남훈태평가』에 수록된 노랫말을 한국의 고유한 노래로 인식하고 영역시조를 남길 수 있었다.

한 번은, 한때 하급 관리로 일했고, 나의 (한글) 교사로 추천되었던 한국인에게 그리 어렵지 않은 책에 나오는 언문 옆에 한자를 삽입하도록 부탁한 적이 있었다. 그가 행한 터무니없는 실수들을 보면 그는 그 내용을 절반도 이해하지 못하고 있었다. 이 경우 그가 언문을 이해하지 못해서 그런 실수를 범한 것이 아니다. 그는 언문은 매우 잘 알고 있었다. 한자에서 유래된 많은 한글 단어들이 한자의 도움이 없는 한 그에게

90 연동교회, 『연동교회 80년사』, 평화당인쇄주식회사, 1974, 24면.
91 Richard Rutt, op. cit., 목차 뒤. 사진으로 미루어 볼 때, 이창직은 중인이거나 평민이었을 것으로 보인다.

는 무의미한 소리였던 것이다. 저명한 학자들을 포함한 많은 한국의 신사선비들은 자국의 글자national script를 이해하지 못한다. 따라서 한자에 어원을 둔 많은 단어들을 소리 나는 대로 적는 한글의 표기체계에 적용시키는 데 성공했다고 할 수 없다.[92]

애스턴에게 한글 선생으로 추천 받았던 한국인김재국은 이전에 하급 관리를 지냈던 경력을 갖고 있었다. 어학에 관심이 많았던 애스턴은 김재국에게 그다지 어렵지 않은 수준의 한자어가 한글로 표기된 책을 주고 한글 옆에 한자를 써 넣어 보라는 실험을 하였다. 그러나 그는 한자를 제대로 적지 못하고 터무니없는 실수를 하였고, 애스턴은 그가 한글로 표기된 책의 내용을 절반도 이해하지 못했다고 판단하였다. 이를 두고 애스턴은 한자의 도움 없이 한글표기만으로는 온전한 의미 전달이 불가능하다는 결론에 도달하고, 조선에는 자국어로 된 시가가 없다는 결론에 이르게 되었다. 이러한 기록을 통해 볼 때, 한글로 표기된 『남훈태평가』의 시조에 담긴 한자어의 의미를 비교적 정확하게 이해했던 게일의 한국어 교사 이창직과 애스턴의 한국어 교사 김재국의 한자 실력은 큰 차이를 보였다고 할 수 있다. 그리고 이러한 차이는 곧 서양인에게 자국어 시가의 존재 유무에 있어 서로 다른 결론을 갖게 했던 것이다. 이런 면에서 볼 때, 게일의 1차 번역이 존재할 수 있었던 데에는 한국인 조력자 이창직의 도움이 컸다고 할 수 있을 것이다.

---

92 I once asked a Corean, who had been a small official and who was recommended to me as a teacher, to insert the Chinese characters at the side of the Onmun in a not very difficult book. The ludicrous errors he fell into showed that he did not more than half understand what was before him. In his case the difficulty was not with the Onmun, which he knew quite well ; but without the help of the Chinese character many Corean words derived from the Chinese were to him empty sounds. Many Corean gentlemen, some of them distinguished scholars, are entirely unacquainted with their national script. It can hardly therefore be quoted as a wholly successful application of a phonetic system of writing to a language abounding in words of Chinese origin. W. G. Aston, op. cit., p.105.

19세기 말 서구 사회에 알려졌던 조선에 관한 일반적인 이미지는 단적으로 말해서 "모두 피에 굶주리고, 잔인하며, 야만적인 사람들"이라는 것이었다.[93] 하지만 1895년부터 지속된 게일의 1차 번역으로 인해 조선은 미개한 야만의 나라에서 문화가 있는 나라로 새롭게 재인식될 수 있었다.

> 조선의 문인들은 한자를 배우며, 고전을 본따 한시를 짓는다. 그렇지만 조선의 서민들은 이런 중국식 한시 따위에는 관심이 없다. 왜냐하면 서민에게는 그들의 문자인 한글로 쓰인, 삶의 애환과 꿈을 노래하는 가락과 시가詩歌가 있기 때문이다.
>
> 뒤크로, 『가련하고 정다운 나라, 조선』, 1904[94]

이 글은 프랑스 여행가 조르주 뒤크로Georges Ducrocq, 1874~1927가 1901년 조선을 2주간 방문하고 쓴 여행기의 일부로 1904년 프랑스에서 출판된 『가련하고 정다운 나라, 조선』H. Champion, Paris, 1904에 수록되어 있다. 당시 프랑스에서 발간된 조선을 소개하는 서적이 러시아와 일본의 각축전에 희생되어 가는 조선의 상황을 다루는데 역점을 두었던 데 비해, 뒤크로의 여행기는 조선의 전통의 흔적을 담으려고 시도[95]했던 것으로 평가받고 있다. 여기서 서술된 조선의 문학은 앞서 살펴보았던 서양인의 기록과는 판이하게 달라졌다. 기존에는 자국어문학이 없다고 서술되던 조선이 뒤크로의 기록에서는 "조선인의 언어로 쓰인 삶의 애환과 꿈을 노래하는 가락과 시가詩歌가 있는" 나라로 재탄생하였다. 이러한 인식의 전환에는 물론 여러 가지 요인이 복합적으로 작용했겠지만 무엇보다 게일의 1차 번역이 중요한 역할을 하였음은 분명해 보인다. 이어지는 뒤크로의 글

---

93 류대영, 앞의 책, 164면.
94 조르주 뒤크로, 최미경 역, 『가련하고 정다운 나라, 조선』, 눈빛, 2001, 105~108면.
95 프레데릭 불레스텍스, 「글이라는 거울에 비친 맑은 아침의 나라」, 『가련하고 정다운 나라, 조선』, 눈빛, 2001, 136면.

에는 6편의 번역시가 소개되는데 여기에는 게일이 번역하였던 시조, 「만근쇠를」, 「백구야」, 「간밤에 우던 여흘」의 프랑스어 번역시가 놓여 있기 때문이다.

정리하면, 게일은 선교사로서 조선을 알리는 많은 글을 썼으며, 시조 영역 역시 그러한 맥락에서 이루어졌다. 하지만 게일 이전의 서양인들이 한결같이 조선을 미개한 나라, 자국어문학이 없는 나라로 매도해 왔던 것에 비해, 게일은 시조를 'Ode'라고 명명하고 소개하여 조선이 자국어 시를 갖고 있는, 고유의 문화를 소유한 나라임을 보여줬다.

2) 2차 번역 총 52편, 신출 28편

(1) 자료 개관

게일의 2차 번역에 해당하는 자료는 우선 영문 잡지 *The Korea Magazine*[19] 18.7의 "Excursion to Songdo" 기사에 삽입된 영역 「단심가」 1편과, 영문 잡지 *The Korea Bookman*[1922.6]의 "Korean Songs"에 수록된 9편[신출 2편], 그리고 출판되지 않은 *The Diary* [일지] 7권과 21권에 들어 있는 42편[신출 25편]으로 총 52편이고, 이 중 1차 번역에서 소개되었던 것을 제외한 신출작품은 총 28편이다. 게일의 2차 번역은 1차 번역과 비교할 때 번역의 양상이 매우 다르기에 한국 시가에 대한 그의 인식이 어떻게 변화되었는지를 살피기에 매우 유용한 자료이다. 하지만 그간 게일의 영역시조에 대한 연구는 1차 번역을 중심으로 이루어졌고, 2차 번역에 관한 자료는 그 존재 여부조차 알려지지 않다가 최근에서야 논의되기 시작하였다.[96]

---

96 2차 번역 자료 중 ①〈단심가〉는 여기서 처음 소개되는 것이고, ②는 저자가 2012년 12월 8일 영남대에서 열린 한민족 어문학회 전국학술대회에서 「게일의 시조 영역과 남훈태평가」라는 제목으로 발표하면서 *The Korea Bookman*에 대해 언급한 바 있었다. 본 장에서 *The Korea Bookman*과 관련된 부분은 그때의 발표 요지를 수정, 보완한 것이다. 발표 당일 눈이 많이 왔는데도 참석하셔서 유익한 질문을 해주셨던 지정토론자 성균관대 이은성 선생님께 큰 감사를 드린다. ③은 이상현, 윤설희 · 이진숙, 「시가어의 재편과정과 번역−게일의 미간행 영역시조와 시조 담론의 계

① 「단심가」, *The Korea Magazine*, 1918.7

1917년 1월부터 1919년 4월까지 총 28권이 간행된 영문 잡지 *The Korea Magazine*은 선교 출판 활동의 계보를 이으며, 한국의 정치, 경제, 사회, 문화, 문학, 언어, 종교, 민속 등에 이르는 다양하고 풍부한 내용을 담고 있다.[97] 이 잡지 1918년 7월호에는 "Excursion To Songdo송도로의 여행"라는 기사가 있는데, 여행기 중간에 여행지와 관련된 영역시조를 한 편 소개하고 있다. 그런데 이 기사의 필자가 누구인지 밝히지 않고 있다. 필자가 명시되지 않았지만 아마도 게일이 작성했을 것으로 추정된다. 게일은 이 잡지의 주편집장으로 상당히 많은 기사를 작성하였고, 특히 한국문학에 관한 글을 많이 발표하였기 때문이다. 또한 게일이 1926년 5월 *The Korea Mission Field*에 발표한 "A History of the Korean People" 제23장에 정몽주에 대한 언급이 나오는데 *The Korea Magazine*의 송도 여행기 내용과 일치한다. 이러한 정황을 볼 때, 본 기사의 작성자는 게일로 추정되어 게일의 2차 번역 중 하나로 분류하였다.

기사에 의하면 필자 일행은 1918년 6월 8일 기차를 타고 송도에 가서 만월대 등 고려의 유적지를 둘러보다가 선죽교를 방문한다. 그리고 이곳에서 학자이자 정치인이자 무인이었던 정몽주를 떠올리며 그가 얼마나 충성스러운 인물인지를 보여주기 위해 그가 남긴 「단심가」[98]를 소개한다.

Though I die, and die a hundred times, and die again,

보학」, 『열상고전연구』 46, 열상고전연구회, 2015에서 처음 소개하였다. 『일지』에 관한 논의는 강혜정, 「게일의 미출판 영역시조의 계보학적 위상 고찰」, 『한국고전연구』 58, 한국고전연구학회, 2022에서 가져온 것이다.

97　이 잡지에 대해서는 정혜경, 「*The Korea Magazine*의 출판 상황과 문학적 관심」, 『우리어문연구』 50, 우리어문학회, 2014 참조.

98　이 몸이 죽어 죽어 일백번 고쳐 죽어 / 백골이 진토 되어 넋이라도 있고 없고 / 임 향한 일편단심이야 가실 줄이 있으랴

And all my bones turn whitened clay,

With soul and spirit gone I know not where,

This heart of royalty to my lord the King

Shall never change, no never, never, never.

The Korea Magazine, 1918.7

초장을 1행으로 삼고, 중장을 3, 4행으로 종장을 5, 6행으로 삼은 5행시이다. 시조의 형식이 잘 드러났다고 보기도 어렵지만, 영시로서의 규칙적인 운율도 찾기 어렵다. 1행은 초장의 표현을 그대로 따라가며 죽음에 대한 반복되는 표현으로 비장함을 보여주고 있다. 2행에서 '백골'의 하얀 이미지를 '진토'로 이동 시켜 'Whitened clay'로 표현하였고, 3행에서는 '넋'을 'Soul and spirit'으로 강조하였다. 4행에서는 이 작품의 임이 지칭하는 대상이 '임금King'이라는 점을 명시하면서 이 작품의 주제가 '임금에 대한 충성'이라는 것을 분명히 하고 있다. 그리고 마지막 행에서는 'never'를 4회나 반복하면서 변함없는 지조를 시각적으로 보여주고 있다. 이렇게 볼 때. 이 작품은 원작이 가진 의미를 비교적 충실하게 전달하고자 했던 것으로 보인다.

② *The Korea Bookman*, 1922.6[9편, 신출 2편]

게일은 1922년 6월 *The Korea Bookman*이라는 영문 잡지에 "Korean Songs"라는 제목으로 영역시조에 관한 기사를 발표하였다. 이 잡지는 Christian Literature Society of Korea[조선예수교서회]에서 1920년 2월 창간하여 1925년까지 계간지로[3, 6, 9, 12월] 출간하였던 것으로 보인다. 이 잡지에 대해서는 구한말 기록을 다룬 책에서도 거의 소개되지 않았고,[99] 게일의 한국학 관련 저술을 총괄

---

99 윤춘병(『한국 기독교 신문 잡지 백년사』, 대한 기독교 출판사, 1983)의 책에도 이 잡지에 대한

	번역시	원전 『남태』	K.R.	조선필경	비고	행수
1	Last night it blew	#1. 간밤에			신출	3행
2	No one astir	#2. 덕무인		p.3(#4)		3행
3	The boys have gone	#3. 아희는	1898.12	p.5(#11)		6행
4	Twas Wang who	#4. 왕상의			신출	3행
5	Frosty morn	#12 사벽셔리	1895.4.	p.3(#2)		6행
6	Farewell's a fire	#61 이별이	1896.1.	p.4(#7)		4행
7	Fill the ink-stone	#30. 아희야	1896.1	p.4(#8)		6행
8	Green clad mountain	#25. 청산아[103]		p.3(#1)		6행
9	That mountain green	#68 청산도	1895.8.			6행

적으로 다룬 논문에서도 언급되지 않았다.[100] 게일의 전기를 쓴 리차드 러트만이 서지 목록에서 언급한 바 있었는데,[101] 이 잡지에 나타난 어휘정리사업과 근대잡지에 대해 주목한 연구가 제출되었다.[102] 게일은 이 잡지에 7편의 글을 발표했는데 그 가운데, 1922년 6월호vol.Ⅲ no.2에 수록된 "Korean Songs"라는 글에 게일의 시조 영역과 관련된 중요한 정보와 번역시 9편이 수록되어 있다.

위의 표를 보면 The Korea Bookman에 수록된 영역시조의 배열이 좀 특이하다는 것을 알 수 있다. 일련번호 1번부터 4번까지는 원전인 『남훈태평가』의 수록 순서를 그대로 따르다가 일련번호 5번부터 9번까지는 가집의 수록 순서와 무관하게 뒤엉켜 있기 때문이다. 이 자료에서는 서두에 게일이 『남훈태평가』를 소지하게 된 경위를 설명하고, 가집의 순서대로 작품을 소개하다가 후반부에서는 1차 번역을 가져왔다. 그래서 신출작 2편은 가집 순서대로 소개하는 중에 나온 것이다.

The Korea Bookman에 수록된 작품은 9수로 그 수가 많지 않고, 또 그중 7

정보는 찾을 수 없었다.
100 김봉희, 「게일의 한국학 저술활동에 관한 연구」, 『서지학 연구』 3, 서지학회, 1988.
101 Rutt, op. cit., p.366.
102 황호덕·이상현, 「번역과 정통성, 제국의 언어들과 근대한국어」, 『아세아연구』, 고대아세아문제연구소, 2011, 48~87면.

편은 1차 번역에서 가져온 것으로 신출작은 2편뿐이다. 하지만, 여기에서 게일은 번역시의 원전을 밝히고, 시조에 대한 그의 인식을 글로, 그리고 번역시로 분명하게 표출하기에 게일의 영역시조를 이해하는 데 매우 중요한 자료라고 할 수 있다.

③ *The Diary* 미출판『일지』7·21권(42편, 신출 25편)

『일지』는 캐나다 토론토대학 '토마스피셔 희귀본 장서실Thomas Fisher Rare Book Library에 소장된 친필 원고가 묶여진 책자형 자료이다. 총 18권에 이르는『일지』는 게일의 사적인 기록물이라기보다는 한국 문헌에 대한 번역물이 더 많은 비중을 차지하고 있다. 필사본이라 게일의 초역이라고 여기기 쉽지만, 이 자료를 처음 검토한 연구자는 초역보다 진전된 형태로 여기고, 차후에 활자로 간행하기 위한 끊임없는 교정 및 재번역의 과정에 방점을 두고 접근해야 한다고 하였다.[104]

『일지』7권에는 "남훈틱평가 Korean Ancient Songs"라는 제명 아래『남훈태평가』에 수록된 시조 1번부터 24번까지를 번역한 영역시조가 들어 있고, 21권에는 25번부터 42번까지의 작품을 번역한 영역시조가 들어 있다. 즉『일지』에서는『남훈태평가』수록 작품을 순서대로 총 42수를 영역한 것이다.[105] 어쩌면『남훈태평가』전체를 영역하려고 시도했던 것은 아닐까 추측된다. 비록 출간되지도 않았고, 가집을 완역한 것도 아니지만,『일지』는『남훈태평가』라는 하나의 가집을 원전으로 삼고 42수나 번역했다는 점에서 매우 주목할 만한 자료임에는 분명하다.

---

103 이 작품은 헐버트가 *The Korean Repository* 1896년 2월호의 "Korean Vocal Music"에서 번역하였던 작품이다.

104 Ross King, "James Scarth Gale, Korean Literature in Hanmun and Korean Books", 서울대 규장각한국학연구원 편,『해외 한국본 고문헌 자료의 탐색과 검토』, 삼경문화사, 2012, 237~240면.

105 이상현·윤설희·이진숙, 앞의 글, 2015b, 578~579면.『일지』원문은 이상현·윤설희·이진숙, 앞의 글, 2015a에서 확인할 수 있다.

	번역시	원전『남태』	K.R.	필경	K.B.	비고	행수
1	Last night it blew	#1. 간밤에			#1(3행)	수정	4
2	The gates are shut	#2. 덕무인		#4(6행)	#2(3행)	수정	5
3	The boys have	#3. 아희는	1898.12(6)	#11(6행)	#3(6행)	수정	4
4	Twas Wang who	#4. 왕샹의			#4(3행)	수정	4
5	They say a min	#5. 일각이					3
6	It may be this	#6. 이러니					4
7	One life not two	#7. 인싱이	1895.8(6)			수정	3
8	That hamlet sleeps	#8. 산촌에		#5(6행)		수정	3
9	Across the way	#9. 져건너					3
10	The black horse	#10. 오츄마					3
11	Fishers of Cho	#11. 초강에					4
12	Frosty moon	#12. 사벽셔리	1895.4.(6)	#2(6행))	#5(6행)	수정	3
13	The festal days	#13. 청명시절					3
14	To Nam Hoon	#14. 남훈전					4
15	Pure jade itself	#15. 옥에는					3
16	More than half	#16. 반나마	1895.8.(6)				6
17	Green willows	#17. 녹양					4
18	Reach the moon	#18. 달밝고					3
19	Before you	#19. 서시산젼					3
20	The spring has	#20. 삼월삼일		#10(8행)		수정	4
21	At even tide	#21. 초경에		#6(6행)		수정	3
22	We meet but	#22. 사랑인들					3
23	Deep snow and	#23. 셜월이					4
24	Long rollers of	#24. 만경창파					3
25	Green mountain	#25. 청산아		#1(6행)	#8(6행)	수정	3
26	You white gull	#26. 빅구야	1895.8.(8)			수정	3
27	Wild geese in	#27. 기러기졔					4
28	You lad who	#28. 초산목동					3
29	If I learned	#29. 글흐면					5
30	Fill the ink-stone	#30. 아회야	1896.1(6)	#8(6행)	#7(6행)		6
31	The tree that falls	#31. 바름부러					6
32	My lad who	#32. 녹초장졔					4
33	The horse I ride	#33.나 탄 말					4
34	Have you not seen	#34. 군불견					5
35	By chance we	#35. 우연이					3
36	On the wide lifting	#36. 만경창파					4
37	We pass the Green	#37. 청셕녕					3
38	Thou rapid stream	#38. 청산리					4

	번역시	원전『남태』	K.R.	필경	K.B.	비고	행수
39	Silvery moon and	#39. 사벽달	1896.1(10)	#3(10행)			10
40	I fling my plough	#40. 청초					3
41	I lead the water	#41. 오려논에					3
42	"I'm off, I'm off,	#42. 가노라					3

게다가 번역된 작품수가 많다 보니 기존의 번역들과 비교하기에도 용이하다. 특히 위의 표에서 잘 보이는 것처럼, 『일지』의 번역은 기존의 번역들을 토대로 하되, 어떤 작품은 그대로 가져오고, 또 어떤 작품은 수정하면서 번역시의 행수가 바뀐 것을 알 수 있다. 기존의 번역과 달라진 점은 무엇이고, 왜 달라진 것인지 궁금하다.

다만, 여기에는 날짜가 없어서 언제 번역한 것인지 알 수 없다는 점이 아쉬움으로 남는다. 선행연구는 『일지』 전후에 수록된 다른 기록들을 감안하여 1921년부터 1922년 사이에 기록된 것으로 추정하고 『일지』와 *The Korea Book-man*[1922.6] 사이의 연관성을 언급하며, "그 선후 관계를 명확히 확정하기 어렵다. 이에 『일지』와 *The Korea Bookman*은 서로 중첩되는 관계로 생각해 볼 필요가 있다"라고 하였다.[106] 두 번역 간에 주목할 만한 유사성이 발견되고, 두 개의 번역이 이루어진 시기도 매우 근접하다는 점을 고려하면 '중첩'되었을 가능성이 크다. 하지만 두 번역은 변별되는 측면도 있기에 보다 면밀하게 따져볼 필요가 있다. 이에 다음 장에서 『일지』와 *The Korea Bookman*의 편제 방식을 비교하고, 번역의 양상을 중심으로 그 선후 관계를 논의할 것이다.

(2) 원전 『남훈태평가』

게일은 *The Korea Bookman*에 수록되어 있는 기사 "Korean Songs"에서

---

106 이상현·윤설희·이진숙, 위의 글, 2015a, 639면.

번역자 자신이 원전으로 삼았던 가집을 입수하게 된 경위를 설명하는 것으로 글의 서두를 시작하고 있다. 30년도 더 전에, 즉 1892년보다 더 이전에 지인을 통해 『남훈태평가』를 얻어 보았다는 것이다.[107] 리차드 러트는 이 기록을 토대로 게일의 1차 번역의 원전도 『남훈태평가』로 단정했으며, 이 글에서도 이 기록과 1차 번역 작품의 가집별 비교를 통해 원전을 『남훈태평가』로 추정하였다. 게다가 『일지』는 『남훈태평가』라고 명시하고 『남훈태평가』의 수록 순서대로 시조를 영역하였기에 게일 영역시조의 원전은 『남훈태평가』로 볼 수 있을 것이다. 다만, The Korea Magazine에 실린 「단심가」는 예외이다. 「단심가」는 『남훈태평가』에 전하지 않기 때문이다.[108] 본 장에서는 게일이 『남훈태평가』를 어떻게 인식했는지 살펴볼 것이다.

 The Korea Bookman에 의하면 게일이 소유했던 원전은 양기탁[109] 아버지의 친구가 소유하고 있던 『남훈태평가』목판으로 찍어낸 것이었다. 양기탁은 1891년부터 원산에서 그의 부친 양시영과 함께 게일의 한영사전요코하마 간행, 1897 작업을 도왔던 인물이다.[110]

---

107 영어 원문에서 '30년 전'이라는 부사구가 수식하는 말이 불분명하다. 30년 전에 게일이 이 책을 받아 보았다는 것인지, 혹은 30년 전에 인쇄된 책을 (최근) 게일이 받았다는 것인지 두 가지로 해석될 수 있다. 하지만, 게일과 양기탁과의 교유가 30년 전에 이루어졌던 것을 고려하여 전자로 해석하였다. 양기탁은 1891년부터 수년간 게일과 부친을 도와 한영사전 편찬에 참여하였고, 1911년부터 1915년까지는 감옥에 수감되었다가 이후 망명생활을 하고 1918년 다시 체포되었다가 석방된 후 1920년 국내에서 잠시 활동하다가 1922년 만주로 망명하여 다시는 고국을 밟지 못했다. 『우강 양기탁 전집』 1 · 2, 동방미디어, 2002 참조.
108 앞서 설명했던 것처럼 〈단심가〉는 송도 선죽교를 방문한 자리에서 정몽주를 설명하는 과정에서 번역한 것이다. 선죽교 근처에 기록되어 있는 것을 보고 번역하였을 가능성이 있다. 〈단심가〉를 소개하면서 '노래'라는 표현 대신 정몽주가 '기록하였다(wrote)'고 하였다. 정몽주를 살해했지만, 그는 〈단심가〉를 남겼다(When it came to casting aside the old rule however he wrote).
109 梁起鐸(1871.4.2~1938.4.20)은 독립운동가로 독립협회, 신민회의 창건에 참여하였고, 1911년 105인 사건에 연루되어 고초를 겪었다. 한일합방 이후 중국으로 망명하여 독립운동을 전개했으나 1918년 체포되어 감금되었다. 1933년 10월부터 1935년 10월까지 대한민국 임시정부 국무령을 역임하였다.
110 게일의 사전 편찬은 1897년(35,000단어), 1911년(50,000단어), 1931년(82,000단어)의 3차에 걸쳐 이루어졌다. 1897년 1월 21일에 요코하마에서 간행된 사전 서문에 梁時英과 양기탁(梁

30년도 더 전에, 한때 유명했던 양기탁의 아버지가 가집을 하나 갖고 있었는데, 그의 친구가 소유했던 목판으로 찍어낸 책이었다. 그는 나에게 최고의 찬사를 하며 그 책을 주었다. 오늘 나는 오랜 세월을 지내며 매우 낡아 버린 이 책을 독자들에게 소개하려고 한다. 이 책의 이름은『남훈태평가』이다. '남훈'은 아브라함보다 훨씬 더 오래 전에 살았던 순임금의 궁전을 말한다. 그의 수도는 오늘날 포주蒲州, Pu-chow에 있었는데 황하강의 안쪽에 위치해 있다.[111]

『남훈태평가』는 대표적인 시조창 계열의 가집으로 19세기 대중문학의 형성이라는 관점에서[112] 기존의 필사본 가집에 비해 대중화된 시조집으로[113] 평가받아 왔다.[114] 현전하는 방각본『남훈태평가』는 단권본과 분권본의 두 종류가 있다. 단권본은 1863년철종 14에 석동에서 방각된 것으로 224수가 실려 있다. 분권본은 2권 2책으로 구성되어 있는데 상권에 146수, 하권에 79수총 225수가 수록되어 있다.[115] 게일이 이중 어느 것을 보았는지 명확히 판명하기는 어렵다.[116]

게일은 이 책의 제목에 대해, 『남훈태평가』의 '남훈'이란 아브라함보다도 더

宜鍾 : 양의종은 그의 兒名이다)의 이름이 있다.

111 Thirty years and more ago the father of the once famous Yang Keui-t'aik had a Korean song book struck off from plates owned by a friend of his which he presented to me with his best compliments. This poor old book, knocked about in all winds and weather, comes to speak to you today. It is called the Nam-hoon Tai-pyung-ga(The Peaceful Songs of Nam-hoon). Nam-hoon was the name of King Soon's Palace, long before the day of Abraham. His capital was on the site of the modern Pu-chow that sits on the inner elbow of the Whang-ho River. J. S. Gale, op. cit., 1922.6, p.13.

112 최규수, 「남훈태평가를 통해 본 19세기 기조의 변모양상」, 이화여대 석사논문, 1989, 4면.

113 고미숙, 「19세기 시조의 전개 양상과 그 작품 세계 연구」, 고려대 박사논문, 1993, 162면.

114 최근 이유진은『남태』의 간행 목적이 가창이 아니라 독서용이며, 수용층의 범위도 줄여야 한다는 새로운 의견을 제출했지만, 그렇다고 대중화에 관한 논의가 부정된 것은 아니다. 이유진, 「19세기 시조창 대중화에 대한 재론」, 『국문학 연구』 16, 국문학회, 2007, 208면.

115 작품 배열순서는 단권본과 같지만 단권본에 있던 1수(#212)가 빠지고 2수(224,225)가 추가되었으며, 간기가 없어 정확한 간행 시기는 알 수 없다.

116 양기탁의 아버지가 갖고 있던 책을 한 권(a Korean song book)이라고 지칭한 것으로 미루어 볼 때, 단권본으로 추정된다.

오래전에 살았던 순임금의 궁전을 뜻한다고 하였다. 남훈南薰이란 남풍南風을 지칭하며 순임금이 오현금五絃琴으로 남풍시南風詩를 타던 궁전을 말한다.[117] 게일은 '남훈'의 의미를 정확하게 이해하고 있었다. 또한 이러한 지식을 전달하는데 있어, 이 글의 독자인 서양인에게 친숙한 '아브라함'을 끌어 왔다. 순임금은 고대 중국 성왕聖王의 대표로 인지되어 왔고, 아브라함은 구약성경 『창세기』에 나오는 인물로 신약성서에서 '믿음의 조상'으로 인정받은 인물이다. 순임금이나 아브라함이나 동 서양의 역사 속에서 존재했었다고 믿어지며 추앙받는 인물이지만 역사적으로 고증하기는 쉽지 않은 인물들이다. 하지만 게일은 순임금과 아브라함을 연결시켜 서양에서 아브라함이 역사적 인물로 받아들여지는 것처럼 순임금 또한 역사적 인물로 받아들이도록 하고 있다. 이어 순임금의 궁전이 위치했던 수도 포주蒲州가 오늘날까지 남아 있다는 사실을 덧붙여 독자들에게 신뢰감을 더하고 있다.[118] 게일은 '남훈'의 의미를 통해 『남훈태평가』가 갖는 장구한 역사성을 드러내 보였다고 할 수 있다.

> 이 책은 다양한 노래들을 기록하고 있다. 그러나 나는 *The Korea Bookman*의 이번 호에서 '낙시조樂時調 행복한 날들의 노래'라고 하는 한 분야만 다루려고 한다. 행복한 날들의 노래들 속에 끝없는 상심과 눈물이 담겨 있다는 것은 이상한 모순처럼 보이지만 한국인은 실제로 그러하다. 한국인들은 그들의 음악 속에 "내가 약간 불행하지 않다면, 나는 결코 행복할 수 없을 것"이라는 아일랜드인 같은 그러한 긴장감을 갖고 있다.[119]

---

117 (南薰) 謂南風也. 昔者 舜作五絃之琴 以歌南風〈辭苑〉.
118 원문에는 Pu-chow라고 되어 있는데, 포주(蒲州)를 지칭하는 것으로 보인다. 여기에는 순임금의 친경지(親耕地)라고 전해지는 역산(歷山)이 있다. 포주는 중국 산서성(山西省) 남서부에 있던 도시로, 옛 명칭은 영제현(永濟縣)이다. 명(明)나라 초기에 포주로 개칭하였다가 1912년에 폐지되었다.
119 The book records many varieties of song, but I shall in this issue of The Korea Bookman

이 책에 다양한 노래들이 있다고 말한 것은, 시조와 같은 짧은 노래도 있고, 가사나 잡가와 같은 긴 형태의 노래도 있다는 사실을 지적한 것이며 게일은 그 중에서 '낙시죠'로 분류된 시조만 다루겠다고 하였다. 게일은 한국의 전통 성악곡에 여러 종류가 있다는 것을 알고 있었지만, 시조를 가장 대표적인 것, 그리고 서양인에게 소개할 만한 것이라고 판단한 것으로 보인다. 게일은 '낙시죠'를 '행복한 날들의 노래Songs of Happy Days'라고 번역하였다. '낙시죠'의 한자 표기를 낙시조樂時調라 여기고, 樂행복한+時날들의+調노래로 그 의미를 해석한 것으로 보인다. 이러한 번역을 통해 볼 때, 그는 '낙시조'가 작품의 내용을 암시하는 것으로, 주제별 분류의 제목과 같은 것으로 파악한 것 같다. 따라서 이에 속하는 노래들은 모두 행복을 노래할 것이라고 가정하였다. 그러나 그가 덧붙였듯이 정작 작품의 내용은 이에 부합하지 않고, 오히려 상심하여 눈물을 흘리고 있는 것들이 많다. 그래서 마지막에 한국인들은 '약간 불행하지 않다면 행복할 수 없는 사람들'이라는 설명을 덧붙였다. 한국인이 느끼는 'Happy'라는 감정은 '즐거움' 일색이 아니라 약간의 불행이 곁들여진 것이라는 언술, 즉 즐거움을 희구하지만 그것이 슬픔과 연관되어 있다고 보았다. 이러한 정서는 일반적인 서구인에게는 이상하게 보이겠지만It seems a strange contradiction 한국인은 실제로 그러하다But, such is the case며 이를 한국인의 정서로 인정하고 있다. 초기에는 그 역시 다른 서구인과 마찬가지로 한국인의 정서에 대해 이해하지 못했지만 이제는 그 특성을 인정하는 단계로 나아간 것이라고 볼 수 있다.

그러나 '낙시조'에 대한 게일의 이해는 수정될 필요가 있다. '낙시조'는 시조

---

touch upon only one division, the Nak-si-jo(樂時調) Songs of Happy Days. It seems a strange contradiction that songs of happy days should have in them no end of heart-breaking and tears, but such is the case. The Korean has, in his music, a strain that reminds one of the Irishman, "Sure, I'm never happy unless I'm a bit miserable." J. S. Gale, op. cit., 1922, p13.

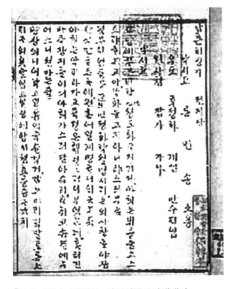

『남훈태평가』단권본. 한국민족문화대백과

의 내용을 지칭하는 명칭이 아니라 악곡 명칭이다. 가집『남훈태평가』는 시조, 잡가, 가사의 세 부분으로 이루어져 있다. 맨 앞 '낙시됴' 항에 시조가 수록되어 있으며, 게일은 이 부분만 소개한 것이다. '낙시조'에 대해서는, 특히『남훈태평가』의 낙시조에 대해서는 여러 연구자들의 논의가 있었지만, 아직까지 명쾌하게 설명하지 못하고 있다.[120] 단권본, 분권본 모두『남훈태평가』첫 장에는 '낙시됴 롱 편 송 소용 우됴 후정화 계면 만슈ᄃᆡ역

원사청 잡가 가사'라는 명칭들이 나온 후 '낙시됴'라는 제목이 놓이고 이후 시조 작품을 수록하고 있다. '낙시됴' 이하 '원사청'까지 10개 명칭은 가곡창에서 사용되는 악곡, 악조명인데[121] 시조창 가집의 첫머리에 가곡창의 악곡명이 왜 쓰여 있는지 그 의미가 명확하지 않다. 흔히 가곡창 가집에서는 이렇게 악곡 명칭이 나온 후 그 악곡에 얹어 부르는 노래들이 악곡별로 소개된다. 하지만『남훈태평가』의 경우 맨 처음 '낙시됴'만 나오고 '롱' 이하 9개의 명칭은 본문에서 사용

---

120 이에 대해 김학성, 성무경, 이유진은 몇 가지 가설을 제시하였다. 김학성은 낙시조가 풍류판에서 시조창으로 즐기는 시조라는 전언(傳言)을 담을 뿐 가곡창의 곡목으로서의 낙시조와는 무관하게 사용된 것이라고 하였다(김학성, 「시조사의 전개와 낙시조」,『시조학 논총』11, 한국시조학회, 1995, 94면). 성무경은 이 악곡들이 왜 기록되었는지 알 수 없지만, 시조창이 가곡과 변별되는 자신의 악곡 정체성을 갖추기 이전의 상황이 반영된 것으로 추정하였다(성무경, 「보급형 가집 남훈태평가의 인간과 시조 향유에의 영향 1」,『한국시가연구』18, 한국시가학회, 2005, 356~ 359면). 이유진은『남태』에 실린 시조들은 본래 여기 나열된 악곡에 얹어 부르는 가곡 사설이었는데, 편자의 관심이 음악에 있지 않아 곡명을 모두 **빼고** 사설만 취해 '낙시조'라는 항목에 일괄 편입시켰을 것이라고 보았다(이유진, 앞의 글, 2007, 206면).

121 이중 '송'과 '원사청'에 관해서는 아직 밝혀진 바 없다. 나머지는 가곡 한바탕에 사용되는 악곡 명칭이다.

되지 않고, '잡가', '가사'로 넘어간다. 연구자들도 왜 이 가집의 서두에 가곡창 악곡명들이 나열되어 있는지, 왜 '낙시됴'만 나오고 다른 악곡명은 안 나오는지, 그리고 '낙시됴'의 의미는 무엇인지 정확하게 그 이유를 설명하지 못하고 있지만 '낙시됴'가 가곡창의 악곡 명칭이라는 사실에는 모두 동의하고 있다. 그런데 게일은 낙시조를 악곡 명칭으로 이해하지 않았다. 아마도 시조를 문헌으로 접해서, 시조에 대한 음악적 이해는 부족했던 것으로 보인다.

(3) 작품 선별상의 특성

① The Korea Bookman

*The Korea Bookman*에 게재된 게일의 글은 전체 4면에 걸쳐 있는데 1면은 앞서 살펴본 『남훈태평가』의 입수 경위 및 간략한 해설이고, 2면부터 4면까지는 9편의 작품을 원문과 번역문 그리고 간단한 해설을 덧붙여 소개하고 있다. 글의 맥락에 비추어 볼 때 여기 소개된 작품들은 작품 자체에 주목하기 위해서라기보다는 『남훈태평가』라는 가집이 갖고 있는 가치를 구체적으로 보여주기 위해 인용되었다고 할 수 있다. 따라서 여기 소개된 작품의 선별과 배열 역시 가집의 특성을 내보이기 위한 것이라고 할 수 있다. 인용된 작품 9편은 전반부의 4편과 후반부의 5편으로 나누어진다. 전반부 4편은 『남훈태평가』의 맨 앞에 수록된 작품 4수를 순서대로 배열한 것이다.[122] 작품을 소개하면서 게일은 작품마다 다음과 같은 설명을 덧붙이고 있다.

> The first in the book runs thus :
>
> The second song in the book runs thus,

---

122 #3은 The Korean Repository 1898년 12월에 실렸던 것을 재수록했으며, #1,#2, #4는 여기서 처음 소개하는 것이다.

Here is the third, somewhat in line with Robbie Burns :

이 가집의 첫 번째 작품은 다음과 같다.

이 가집의 두 번째 노래는 다음과 같다.

여기 (이 가집의) 세 번째 작품이 있는데, 다소 Robert Burns의 작품과 유사하다.

게일은 번역시를 소개할 때, 이와 같은 언술을 덧붙여서 *The Korea Bookman*에서 소개하는 작품이 가집의 순서를 따르고 있다는 것을 분명하게 밝히고 있다. 이러한 선별 및 배열은 1차 번역과는 크게 달라진 지점이다. *The Korean Repository*에서는 가집의 수록 순서와 관계없이 게일 자신이 설정한 이런 저런 주제의 제목 아래 작품을 재배치하며 소개하였고 자연스럽게 권두시로 놓인 번역시 그 자체가 부각되었다. 반면 여기 인용된 작품들은 『남훈태평가』라는 가집의 특성을 좀 더 잘 보여주기 위한 일환으로 작품들이 선별되었다. 따라서 가집 수록 1번 작품을 소개한 뒤 이어지는 해설은 작품의 내용에 관한 것이 아니라 3행시로서의 시조의 형식에 대한 것이다. 여기 소개된 첫 작품은 작품의 내용과 상관없이 가집에서 첫 작품으로 놓여 있기에 인용되었다. 따라서 이에 대한 해설역시 가집을 대표하는 작품으로서 행해지게 된 것이다. 계속해서 이어지는 다섯편의 번역시도 역시 이 가집의 특성을 보여주기 위해 선별된 것이다. 네 번째 작품 설명이 끝난 후 다섯 번째 작품을 소개하기 전 게일은 다음과 같이 설명한다.

이 노래들은 매우 다양한 주제들을 보여주고 있다. 여기에 그 예가 될 만한 작품들을 제시했는데, 오래전에 rude verse로 번역해둔 것들로 이전에 발표한 적이 없었던 번역시이다. 이 노래는 버림받은 아내나 애인이 부르는 백조기러기 노래이다.[123]

이어지는 5편의 작품 역시 이 가집이 다양한 주제의 노래를 수록하고 있다는 것을 보여주기 위한 사례samples로 선택되었다는 것을 알 수 있다. 게일은 앞서 네 편을 차례로 인용함으로써 이 가집에 다양한 주제의 노래들이 있다는 것을 보였고, 여기에 예전에 번역해 두었던 5편을 덧붙여 주제의 다양성을 좀 더 선명하게 보여주고자 하였다. 뒤에 덧붙인 5편에 대해 그는 이전에 발표하지 않았던 것I think never have been published이라고 하였지만, 실상, 이중 네 편은 1차 번역 당시 *The Korean Repository*에 발표했던 것이며, 그중 한 편은 *Korean Sketches*에도 실었던 작품이다. 20년 전의 일이라 그가 기억하지 못했던 것 같다. 여기 수록된 5편은 "Love Songs"1895.4, 1편; 1896.1, 2편 3편과 "Odes on Life"1895.8, 1수 그리고 『조선필경』에서 가져온 것이다.

정리하면, *The Korea Bookman*은 『남훈태평가』를 소개하기 위한 글이었으며, 여기 수록된 9편은 이 가집의 특성을 잘 보여주기 위해 선별되고 배열된 작품들이었다. 앞의 4편은 가집의 수록 순서에 의거해 선별한 것이며, 뒤의 5편은 가집에 수록작품의 다양한 주제를 보여주기 위해 덧붙인 것이다. 자신의 취향에 맞게 선별하여 수록하였던 1차 번역 때와는 작품선별에서 큰 차이를 보이고 있다.

② 『일지』와 *The Korea Bookman*의 비교

게일은 『일지』 7권과 21권에서 『남훈태평가』 수록 순서대로 1번부터 42번까지를 차례대로 번역하였다. 즉, 『일지』는 『남훈태평가』의 편제대로 따르려고 시도했던 것이다. 그런데 선행연구는 *The Korea Bookman*과 『일지』를 중첩되

---

123 These songs have to do with a great variety of subjects. Here are a few samples done into rude verse many years ago, that I think never have been published. This is a sort of swan song of the neglected wife, or sweetheart. J. S. Gale, op. cit., 1922.6, p.15.

어 있다고 보았고, 그렇게 본 중요한 이유는 "『남훈태평가』라는 작품의 출처를 밝히고 원전 소재 작품 순서대로 시조를 영역"했다는 점과 "시조작품과 관련하여 추가로 설명해야 할 고사나 전고가 보이면 그와 관련한 논평을 병기해 놓고 있다는 점"이었다.[124] 즉 편제 방식과 한문 전고에 대한 논평을 근거로 삼았다.

'편제 방식'은 두 번역의 중요한 공통점이다. 『일지』는 『남훈태평가』의 수록 순서대로 1번부터 42번까지 번역하였고, *The Korea Bookman*은 서두에서만 『남훈태평가』 수록 1번부터 4번까지를 순서대로 소개하고 있다. 게일의 이전 번역, 즉 *The Korean Repostitory*와 *The Korea Sketches*, 그리고 『조선필경』에 수록된 1차 번역에서 한결같이 주제별로 시조를 선별하여 소개한 방식과 비교할 때 이러한 편제 방식은 더욱 두드러지는 특성이라고 할 수 있다.

하지만 엄밀하게 볼 때, 『일지』와 *The Korea Bookman*의 편제 방식을 동일하다고 보기는 어렵다. 『일지』의 42수가 일관되게 가집의 편제 방식을 따르고 있는 것과 달리, *The Korea Bookman*의 경우, 5번부터 9번까지의 5수는 다른 편제 방식을 취하고 있기 때문이다. 여기에는 『남훈태평가』 12번, 61번, 30번, 25번, 68번에 해당하는 작품이 차례대로 수록되어 있다. 이는 이 가집에 다양한 주제의 작품이 수록되어 있다는 것을 보여주기 위한 것으로 1차 번역의 주제별 분류 방식에 더 가깝다. 특히, 61번 작품이 30번이나 25번보다 앞에 놓인 것으로 볼 때, 가집의 순서를 따르고 있지 않다는 것을 한눈에 알 수 있다. 이런 점에서 볼 때, *The Korea Bookman*과 『일지』는 유사한 편제 방식을 취하고 있지만, 전면적으로 동일하다고 보기는 어렵다.

두 번째로 거론한 '한문 전고에 대한 논평'을 담고 있다는 것 역시 검토할 필요가 있다. *The Korea Bookman*에서 『남훈태평가』 4번 작품[125]을 영역한 다

---

124 이상현·윤설희·이진숙, 앞의 글, 2015b, 583면.
125 "왕샹의 니어 낙고 밍둉의 죽슌 겻거 / 감든 머리 빅발토록 노리ᄌ의 옷슬 입고 / 일샹에 양지 셩

음 노랫말에 등장하는 '왕상,[126] 맹종, 노래자, 증자'에 관한 간략한 설명을 추가하여 영어권 독자의 이해를 돕고 있다. 이는 『일지』에서 강태공9번[127]이나 굴원10번과 같은 인물을 소개하는 방식과 매우 흡사하다. 이 역시 1차 번역에서는 보이지 않던 서술 방식이라 두 번역의 공통점이라고 할 수 있다. 그런데 *The Korea Bookman*에는 시조에 등장하는 인물에 대한 논평과 시조 형식에 대한 논평 등 두 개의 논평만 존재하지만, 『일지』에서는 시조에 등장하는 인물에 대한 소개는 물론이고, 소상강, 동정호12번와 같은 지명이나, 청명13번과 같은 절기 소개도 이어지고 심지어 단순한 설명을 넘어 작품 해석에 관한 게일의 주관적 관점을 드러내기도 하는 등, 논평의 개수도 많고, 그 성격도 매우 다채롭다.

15번 작품 : 자신의 위험, 오류에 대해 언급하는 여인의 노래. 그녀는 사람들에게 이것이 그녀가 받는 비난이라고 말하는 것처럼 보인다. 그녀는 옛 동양 사회에서 여인에게 있어 전부였던 자신의 명성과 삶을 위해 싸우는 것이다.[128]

16번 작품 : 이 작품은 한국의 노래 중 슬픈 것이다. 나이를 먹으면, 삶의 원천이 소진된다. 그는 서몽고에 있는 기산의 꼭대기에서 신선처럼 살 것이다.[129]

17번 작품 : 이것은 국가와 관련된 노래로, 임금이 태평시대를 깨울까 염려되어 궁

효를 증즈 갓치"『남태』#4

126 Wang(265 A.D.) was a most noted Chinese saint of filial piety. For his step-mother's sake he lay down on the ice, melted it and caught the carp to save her soul.

127 Kang-tai was the wise man whom King Moon found fishing and made his minister. King moon was a founder of the Choo Dynasty of Chinese and one of her greatest master saints(1120 B.C.).

128 (#15) Note : Woman song that speaks her dangers, her wrongs. She is seen speaking to a man and that's her condemnation. She fights as for her life for her good name is all she has was in ancient Asia.

129 (#16) Note : This is a sad note in Korea's songs-Age comes on, the source of life runs out. He would live like the fairies who dwell on Ki-mountain tops of West Mongolia Forever.

에 있는 모든 하급 관리들의 마음을 노래한 것이다. 그는 잠들어 있는 흰 꽃봉오리이다.[130]

27번 작품 : 이 작품에서의 임은 남편, 친구 혹은 임금일 수 있다.[131]

위에서 예로 든 논평은 인명이나 지명에 대한 설명을 넘어 작품 해석과 관련되어 있다. 게일은 이러한 설명을 통해 작품에 대한 객관적 정보를 전달하는 것에 그치지 않고, 작품 해석에 관한 자신의 주관적 견해를 드러내고 있다. 따라서 이러한 논평은 한문 전고에 대한 해설과 구별할 필요가 있다. 『일지』에는 42개의 작품을 수록하면서 15개의 작품에 논평이 달려 있다. 이중 한문 전고와 관련된 것은 7개이고, 8개는 게일의 주관적 해석이다. *The Korea Bookman*의 경우 9개의 작품을 수록하면서 2개의 작품에 논평을 단 것과 비교하면 『일지』에서 보다 적극적으로 논평이 활용된 것을 알 수 있다.

이러한 점에서 볼 때, 『일지』와 *The Korea Bookman*은 1차 번역과는 분명하게 변별되는 두 번역만의 공통점을 갖고 있기에 중첩되는 것으로 보이지만, 그 공통점의 규모와 빈도, 그리고 그 성격에서 상당한 차이가 감지된다. 따라서 이들을 '2차 번역'이라는 하나의 집단으로 분류하되, 두 번역 간의 차이점에 주목하여 선후 관계를 따질 필요가 있다. 이 선후 관계는 단순히 시간에 따른 줄 세우기를 완성하는 데 그치지 않고, 두 번역의 특성을 통해 게일 영역시조의 궤적을 밝히는 데에도 일조할 수 있을 것이다. 이에 다음 장에서 번역시의 형식을 통해 그 선후 관계를 살펴보겠다.

---

130 (#17) Note : This is a national song and means out with all inferior hearts from the palace lest the king be awakened from his reign of peace. He is the white bud who sleeps.

131 (#27) Note : The lord my be, husband, friend or king.

(4) 번역시의 형식

① *The Korea Bookman*

게일의 1차 번역과 비교할 때, 2차 번역은 작품 선별 및 배열에서 큰 차이를 보였고, 번역시의 형식에서도 적지 않은 차이를 보이고 있다. 게일은 *The Korea Bookman*에서 9편의 번역시를 소개하면서 이번1922에 번역한 전반의 4편과, 과거1895~1912에 번역한 5편으로 나누고 있는데, 흥미롭게도 번역한 시기에 따라 번역의 양상이 다르게 나타나고 있다. 우선 전반부에 놓인 번역시의 양상을 보자.

이 가집의 첫 번째에 수록된 작품은 다음과 같다.

간밤에 불던 바람 만정도화 다 지거다
아이는 비를 들고 쓸으려 하는고야
낙화인들 꽃이 아니랴 쓸어 무삼.

Last night it blew, and the court is covered wide with flowers;
A lad swings out with broom in hand to sweep them off.
But are not fallen flowers, flowers still, why sweep them?

이와 같은 운문에서 우리는 각운이나 모음운에 의한 효과를 느낄 수 없지만 억양의 상승과 하강이 규칙적으로 연속되고 있는 것은 느낄 수 있다. 마지막 부분에서는 끝 맺지 않고, 다 표현하지 않고, 그 생각을 마치 허공에 매단 듯이 남겨둔다. 이것이 한국인이 좋아하는 시형식이다.[132]

---

132 In such a verse as this we have neither rhyme nor assonance, but we have a regular succ-

The first in the book runs thus:

간밤에부든바람만뎡도화다지거다
오희는비를들고쓰르랴ᄒ는고야
락화ᄯ롯이어ᄂ뎌쓰러무삼

Last night it blew, and the court is covered wide
   with flowers;
A lad swings out with broom in hand to sweep
   them off.
But are not fallen flowers, flowers still, why sweep
   them ?

In such a verse as this we have neither rhyme nor asson-
ance, but we have a regular succession of the ups and downs
of intonation, while the end, unfinished, unexpressed, leaves
the thought as though hanging in mid air.   This is a favourite
form of Korean composition.
   The second song in the book runs thus, highly Chineesed,
impossible for an unlettered person to make out: (A lover's
complaint).

젹무인엄즁문ᄒ고만뎡화락월삼경이라
독의사챵ᄒ야쟝탄식만ᄒ난뎡초에
원춘에일계명셩에니쇼쯧노쯧

No one astir, fast closed the inner gates, through-
   out the court the flowers fall, soft shines the
   moon.
I sit alone and, leaning on the silken blind, sigh
   deep and long.
Off in the distant village crows the cock, while
   breaks my heart.

South Chulla is the home of song and consequently
we find many provincialisms in their make up.   History tells
us that the old kingdom of Paik-je was trained by the Tangs
to sing.   Tang gave Korea her first real ordered notes of music
and set the land singing.
   We find these songs done in triplets, three lines each ;
the first flows off easily, the second labours somewhat, while
the third finishes and leaves the thought in mid air, so to
speak.

Here is the third, somewhat in line with Robbie Burns :

오ᄒ인노ᄒᆞ캐ᄯ가가고흘명운흴뎡그여이뷔엇ᄂᆞᆫ디
흣의진바쳑쟝겨홀이ᄂᆞᆫ오ᄒ가쯤뎌담아우리
숯쳐료송명에누잇쏘니졀가ᄂᆞᆫ숯

이 작품은 『남훈태평가』에 맨 처음에 수록된 작품으로 게일의 글에서도 9개의 번역시 중 가장 먼저 소개되고 있다. 위의 인용문에는 게일의 시조에 대한 이해와 이를 바라보는 시각, 그리고 번역에 임하는 태도를 감지할 수 있다. 게일은 시조 원문을 먼저 제시하고 그 다음 번역시를 소개하고 있다. 원문은 『남훈태평가』와 비교해 보면 표기법상의 미세한 차이를 보이지만 거의 동일하다.[133] 영문 독자를 대상으로 하는 글을 발표하면서 굳이 한글 원문을, 게다가 영문 번역시보다도 먼저 수록하였다는 점이 주목된다. 이는 그가 그만큼 『남훈태평가』의 문헌적 가치를 인정하고 이를 최대한 존중한 것이며, 가능한 한 원작과 유사한 형태로 번역하고 소개하여 기록으로 남기고자 했던 의도가 반영된 것이라고 생각된다.

번역시 뒤에 이어지는 짧은 글에서 게일의 번역시가 1차 번역과 어떻게 달라졌는지, 그리고 그 변화의 원인은 무엇인지를 쉽게 감지할 수 있다. 게일은 시조를 '운문verse'이라고 지칭하고 있다. '운문'이란 '산문prose'과 달리 언어가 가진 소리 자질이 규칙적으로 반복되는 것, 즉 운율을 갖고 있는 문체를 지칭한

---

ession of the ups and downs of intonation, while the end, unfinished, unexpressed, lea-
ves the thought as though hanging in mid air. This is a favorite form of Korean composi-
tion. J. S. Gale, op. cit., p.14.
133 단권본) 간밤에 부든 바롬 만졍도화 ᄃ 지거다 / 아희는 뷔를 들고 스로랴 ᄒ는고야 / 락화들 고
지 아니랴 스러 무슴
분권본) 간밤에 부든 바람 만졍도화 다 지거다 / 아희는 비을 들고 스로랴 ᄒᄂᆞᆫ고나 / 낙환들 곳
아니랴 스러 무슴.

다. 하지만, 그가 언급하고 있듯이 시조에는 각운Rhyme이나 모음운Assonance을 찾을 수 없다. 그는 옹색하게도 억양의 고저가 규칙적으로 반복되는 것이 있다며 이를 굳이 '운문'에 귀속시키고 있다. 또한 일반적으로 시조창 가집에서 종장 말구를 생략하는 것을 두고, 게일은 끝내지 않고 다 표현하지 않고 그 의미를 허공에 남겨두는 것이라고 하였다. 종장 말구를 생략하는 것은 본디 시조창의 음악적 특성에 기인한 것인데, 아마도 게일은 이를 말해야할 내용을 모두 말하지 않고 개요만을 제시하는 한국문학의 특성으로 간주한 듯하다.[134] 서구적 관점에서 볼 때, 시조는 운문으로서의 기본 자질도 갖추지 못했고, 또한 종장 말구의 생략으로 인해 시적 마무리도 이루어지지 않아 무언가 결여된 것 혹은 열등한 것으로 볼 여지가 많다. 하지만 게일은 이것이 바로 한국인이 선호하는 양식이라며 시조의 형식적 특성을 인정하고 있다. 서구적인 것을 보편적인 것으로 삼는 잣대를 들이대는 것이 아니라 원작인 시조의 특성과 그것이 배태된 한국의 문화를 존중하고 있다는 점에서 매우 주목할 만한 언술이며, 1차 번역과 상당한 차이를 보이는 지점이라고 할 수 있다.

이러한 시조의 특성을 반영한 그의 번역시도 전통적인 서구의 개념에서 볼 때, 운문으로 귀속시키기 어렵다.[135] 그의 1차 번역은 각운과 미터를 맞추어 서구적 개념의 '운문'으로 귀속시키는 데 어려움이 없었다. 따라서 그가 새로운 형태의 번역시를 선보인 것이 영시의 운율을 살려내는 문학적 능력이 부족해서라고 볼 수는 없다. 그가 *The Korea Bookman* 소재 번역시의 형식에서 주안점을 둔 것은 서구적 개념의 '운문'이 되기 위한 요소가 아니라 원작이 갖고 있는 형식적 특성에 있었던 것이다. 그것은 바로 시조의 3장 구조였다. 게일은 원본

---

134 J. S. Gale, "A Few Words on Literature", *The Korean Repository*, Trilingual Press, 1895.11, p.424.
135 각운은 없고, 약강 5보격의 meter를 갖춘 경우 blank verse라고 한다. 하지만, 게일의 번역시는 rhyme과 meter가 모두 결여되어 사실상 자유시(free verse)에 가깝다.

가집에는 띄어쓰기 없이 줄글 형태로 되어 있는 시조를 본 인용문에서는 3장 형태로 행을 나누어 기록하였다. 이것이 문장의 서술구조에 의해 나눈 것인지, 혹은 가집에 있는 구점을 따른 것인지[136] 알 수 없지만, 게일은 분명 시조를 3장 구조로 인식하고 있었다.

> 이 노래들은 3행으로 되어 있다. 3행은 각기(하는 역할이 있는데) : 첫 행은 쉽게 흘러가도록 하고, 둘째 행은 이를 어느 정도 심화시킨다. 반면, 마지막 행은 말하자면, 시를 종결하면서 그리고 시상을 (다 말하지 않고) 허공에 남겨 놓는다.[137]

게일은 줄글 형태의 시조를 3행으로 나누어 적으면서 시조는 모두 3행으로 되어 있다는 사실을 분명하게 언급하고 있다. 나아가 각 행은 맡은 역할이 있으며, 시조는 이 3행이 유기적으로 연결되어 완결되는 형태라는 것까지 인식하고 있었다. 그는 시조의 첫 행에서는 시상을 일으키고, 둘째 행이 이를 발전 심화시키며, 마지막 행에서 이를 마무리한다고 보았다. 이는 시조 3행이 갖는 구조적 특성을 정확하게 이해한 것이라 할 수 있다. 다만 그가 보았던 것이 종장 마지막 구가 생략된 시조창 가집이었기에 마지막 행에서 종결하되 시상을 허공에 남겨둔다는 내용이 덧붙여 있을 뿐이다. 이러한 인식이 시조부흥운동이 일어나기도 전에 외국인의 손에 의해 서술된 것이라는 점에서 볼 때 매우 놀라운 사실이며, 2차 번역이 이러한 인식하에 이루어졌기에 그 의의는 더욱 크다고 할 수 있다.

---

136 현재 남아 있는 단권본 앞부분에 수록된 작품(1~46번)에는 시조의 장을 구분하기 위한 구점이 표시되어 있다. 그러나 전재진은 현전하는 『남태』 중 가장 先本이라고 알려진 〈육당문고본〉과 〈Call Miller 본〉은 결코 초간본으로 볼 수 없다고 한다. 전재진, 「남훈태평가의 인간과 개화기 한남서림 서적발행의 의의」, 『인문과학』 39집, 2007, 8면. 이에 근거해 이유진은 초간본이 없기에 본래 『남태』에는 구점이 존재하지 않았을 가능성을 제시했다. 이유진, 앞의 글, 2007, 200면.

137 We find these songs done in triplets, three lines each : the first flows off easily, the second labours somewhat, while the third finishes and leaves the thought in mid air, so to speak. J.S. Gale, op. cit. 1922, p.14.

시조에 대한 이러한 인식을 게일은 3행의 번역시를 통해 잘 보여주고 있다. 3행으로 번역한 것이야말로 시조를 보는 게일의 관점이 가장 잘 드러난 것이라고 할 수 있다. 영시에서 3행이라는 형식은 낯설고, 또 한 행의 길이가 너무 길어 어색하지만 게일은 '오래된 한국의 노래'를 가능한 한 있는 그대로의 모습으로 보여주기 위해 이를 선택하였다. 그의 1차 번역이 낯선 것을 일그러뜨려 자국의 문화적 전통에 익숙한 것으로 변형시키는 경향을 보였다면, 상대적으로 2차 번역은 낯선 것을 낯선 그대로 인정하고 이를 번역시에서 재현하려고 하는, 즉 베르만이 강조한 타자를 타자로 인정하고 받아들이려는 번역 태도에 한 걸음 다가선 것이라고 할 수 있을 것이다.

The second song in the book runs thus, highly Chinesed, impossible for an unlettered person to make out : (A lover's complaint)

적무인 엄중문한데 만정화락 월명시라
독의 사창하여 장탄식만 하던 차에
원촌에 일계 명하니 애 끊는 듯

No one astir, fast closed the inner gates, throughout the court the flowers fall, soft shines the moon.
I sit alone and, leaning on the silken blind, sigh deep and long.
Off in the distant village crows the cock, while breaks my heart.

가집에 두 번째로 수록된 작품으로 게일도 두 번째로 인용하였다. 게일이 한자어가 많아 식자층이 아니고서는 창작할 수 없었다고 한 것처럼 실제 한자어가 많이 사용된 작품이다. 가곡창 계열의 가집에서는 한자어로 표기되어 그 의미를 파악하기가 용이하지만,[138] 『남훈태평가』를 비롯한 시조창 계열의 가집에서는 한글로 표기되어 의미 파악이 쉽지 않다. 게일은 '적무인엄중문'이라는 한글 표기를 적무인寂無人 엄중문掩重門의 표기로 이해하고 "No one astir, fast closed the inner gates"라고 정확하게 번역하고 쉼표를 두었다. '만정화락월명시'도 "만정화락滿庭花落 월명시月明時"로 보고 "throughout the court the flowers fall, soft shines the moon"로 번역하였다. 게일이 한글 표기의 한자어를 이렇게 정확하게 이해할 수 있었던 것은 앞서 언급했던 것처럼 그의 한글 선생이었던 이창직의 도움이 컸던 것으로 볼 수 있다. 다만, 원전에서 달이 밝게 비취는 때라고 한 것을 달빛이 은은하게 비취는 때로 살짝 바꾸었다. 화자의 고독함을 전달하기에 달빛이 훤한 것보다 은은한 것이 더 적당하다고 생각했을 수도 있고, 혹은 flowers fall에서 F 소리가 반복되는 것처럼, soft shines에서 S 소리의 반복을 통해 두운initial alliteration효과를 내기 위해 일부러 'soft'를 선택한 것일 수도 있다. 어느 쪽이든 원작의 배경과는 미세한 차이를 보이고 있다. 중장의 경우도 "독의사창獨倚紗窓하여 장탄식長歎息만 하던 차에"로 해석하고 번역시에서 그 의미를 잘 풀어냈다. 특히 sit, silken, sigh는 중장의 정서를 전달하는 중요한 어휘들이며 동시에 s음의 반복을 통해 두운 효과까지 내고 있다. 종장의 경우 원문에서는 "원촌遠村에 일계명一鷄鳴하니", "애 끊는 듯"하다고 하여 멀리 들리는 닭 울음소리 때문에 화자의 감정이 더 고조되는 것으로 되어 있다. 반면 번역시에는 "while breaks my heart"라고 하여 인과 관계가 아니라 닭이 우는 것과 애가 끊어지는 것이 동시에 일어나는 것으로 표현하였다.

---

138 일례로 『병와가곡집』에는 다음과 같이 수록되어 있다. 寂無人 掩重門호듸 滿庭花落 月明時라 獨倚紗窓호여 長歎息 호눈 츳의 遠村에 一鷄鳴호니 이 긋눈 듯 호여라. 가곡창 계열의 가집에서는 작자를 이명한으로 밝히고 있다.

The gates are closed, the silent hours,

Look with the moon upon the flowers,

While I behind the silken screen,

Deserter and heart-broken lean.

The distant hamlet cook now crows,

My loneliness who knows? Who knows?

『조선필경』 #4

　그런데 위에서 소개한 *The Korea Bookman*의 2번 작품에서 더욱 주목되는
것은 게일이 『조선필경』에서는 동일한 작품을 6행시로 번역하였다는 사실이
다. 10년 전에 6행시로 번역했던 것이 있지만, *The Korea Bookman*에서 게일
은 굳이 이를 3행시로 다시 번역하였다. 즉, 수용문학 중심 태도로 번역하였던
기존 번역시의 형식을 전면 수정하며 원천문학 중심 태도로 바꾸었다는 것을
알 수 있다.

　표현도 상당한 정도로 수정하였다. '지나는 사람이 없어서 고요하다'는 '적무
인寂無人'이라는 첫 구절에 대해 『조선필경』에서는 'the silent hours조용한 시간'이
라고 하여 대체적인 의미만 전달하고 있지만, *The Korea Bookman*에서는 'No
one astir아무도 다니지 않는다'고 하여 훨씬 더 원문의 의미에 가깝게 수정하였다.
『조선필경』에서 굳이 이 표현을 사용한 것은 1행의 hours와 다음 행의 flowers
를 고려한 때문이라고 보인다. 『조선필경』 소재 번역시의 경우 1, 2행만이 아
니라, 3, 4행과 5, 6행도 모두 각운을 맞추고 있다. 즉, *The Korean Repository*
에 처음 영역시조를 발표했던 1895년부터 『조선필경』을 준비하였던 1912년
까지도 게일은 시조를 번역함에 있어 표현의 정확함보다는 번역시의 각운을 살
리는 것이 더 중요하였던 것으로 판단된다. 그런데 *The Korea Bookman*에 이

르러 이러한 기존의 번역을 보다 원문에 충실한 번역으로 재탄생시키기 위해 그 내용과 형식을 모두 수정하였던 것이다.

하지만 이렇게 새로운 형태의 번역시는 9편의 번역시 중 단 세 편뿐이고 나머지는 모두 이전의 번역을 다시 가져온 것이다. 인용된 작품의 양으로 볼 때, 3행시 번역보다 6행시를 선호한 것처럼 보인다. 하지만 그는 3행시를 긍정하고, 6행, 혹은 4행시에 대해 부정적으로 언급하고 있다. 가집의 배열 순서대로 인용한 번역시 가운데 세 번째 작품은 과거에 번역해 두었던 것으로 *The Korean Repository* 1898년 12월호에 게재되었던 것이다. 게일은 이 과거의 번역을 그대로 인용하면서, "I give a free translation, short and sweet :"이라고 덧붙여 소개하고 있다. 자신의 이전 번역에 대해 '자유 번역, 의역free translation'이라고 지칭하였다. 영시의 규범을 갖춘 이전의 번역이 한 행의 길이도 짧고 듣기에도 좋지만Short and sweet, 원작의 내용과 형식의 전달이라는 면에서 볼 때는 '의역'에 가깝다는 것을 고백하고 있는 것이다.

또한 추가로 덧붙여진 뒤의 5편에 대해서는 'rude verse'[139]라고 하였다. 20년 전의 1차 번역에 대해 'rude'라는 부정적 수식어를 붙인 것은, 1922년 당시 게일의 번역관으로 보았을 때 과거의 번역은 원작의 의미나 형식을 제대로 전달하고 있지 못하다는 것을 시인하는 것이라고 할 수 있다. 2차 번역이 원작의 내용은 물론 그 형식까지 재현하기 위해 시도된 번역인 데 비해, 1차 번역은 시조에 영시의 옷을 입혀 시조의 특성을 감추었기에 'rude'라는 수식어를 붙인 것으로 보인다.[140] 그가 rude verse라고 지칭한 작품 하나만 예로 들겠다.

---

139 These songs have to do with a great variety of subjects. Here are a few samples done into rude verse many years age, that I think never have been published. This is a sort of swan song of the neglected wife, or sweetheart. J. S. Gale, op. cit., 1922, p.15.

140 이때 rude는 being in a rough or unfinished state을 의미한다고 볼 수 있다. Merriam-Webster, *Merriam-Webster's Collegiate Dictionary*, Inc, 2003, p.1088.

아이야 연수 쳐라 그리운 임께 편지하자

검은 먹과 흰 종이는 정든 임을 보련마는

저 붓대 나와 같이 그릴 줄만

Fill the ink-stone, bring the water,

To my love I'll write a letter.

Ink and paper soon will see

The one that's all the world to me,

While the pen and I together,

Left behind condole each other.[141]

    게일의 글에서는 7번째로 소개되었고, *The Korean Repository* 1896년 1월
호에 수록되었던 작품이다. 1차 번역 당시에는 원문 없이 번역시만 소개되었으
며, "Love Songs"라는 제목으로 소개된 4편 중 마지막에 놓였던 작품이다. 1
차 번역 당시에는 "Translations from the Korean"이라고 하며 원문을 명확히
밝히지 않았는데, 2차 번역 자료를 통해, 이 당시 원전도 『남훈태평가』였음을
여기서 확인할 수 있다. 이 작품은 앞서 소개한 3행시 번역과 달리 6행으로 번
역되었고 대체로 시조의 초장, 중장, 종장을 각 2행씩 번역했지만 정확하게 일
치하는 것은 아니다. 원문의 내용을 비교적 충실하게 담고 있지만 앞의 번역시
와 비교하면 의미상 가감이 많이 발견된다. 이러한 불일치는 대개 각운을 맞추
기 위해서였던 것으로 보인다. 1, 2행의 경우 초장의 앞뒤를 번역한 것이지만 2
행은 의미상 도치되어 있다. 'water'과 'letter'로 각운을 맞추기 위해서라고 판
단된다. 3행에서는 먹과 종이의 수식어인 '검은', '흰'의 의미가 생략된 반면, 4

---

141 Gale, op. cit., 1922, p.16.

행에서는 '정든 임'은 '나에게 세상 전부가 되는 사람'the one that's all the world to me이라며 의미가 덧붙여졌다. '정든 임'이라고 할 때의 그 간결하면서도 소박한 표현이 다소 장황한 수식어와 함께 서구적이고 낭만적인 표현으로 바뀌었다. 아마도 각 행의 길이와 각운을 맞추기 위해서 원작의 의미를 약간씩 늘이고 줄인 것으로 보인다. 마지막 행에서도 미세한 의미의 전환이 이루어졌다. 원문에서 붓대는 나처럼 '그릴 줄만'이라고 하여 내가 임을 그리워한다는 정서를 표현하였는데 번역시에는 붓대와 내가 서로 '동정'하는 것으로 나타났다. 원작의 작가가 편지쓰기라는 행위를 통해서도 충족되지 않는 임에 대한 그리움을 소박하면서도 은근하게 드러냈다면, 번역시는 여기에 화려한 색채를 입히고 그리움의 정서를 위로의 정서로 변형시켰다고 할 수 있다. 즉 그 스스로 'rude verse'라고 표현한 번역시는 아름다운 영시로 읽힐 수 있지만, 부분적으로 원작의 의미를 변형시키고, 원작의 형식적 특성도 부각되지 못하는 경향을 보였다.

정리하면, *The Korea Bookman*의 번역시 9편은 번역된 시기에 따라 나뉘는데, 이번에 처음 번역하거나 기존의 번역을 수정한 3편은 모두 3행시이고, 오래 전에 번역해 두었던 시는 4행시 혹은 6행시로 그의 1차 번역에 해당한다. 새로 번역된 3편은 게일이 이해한 시조의 형식적 내용적 특성을 온전하게 담아내고 있기에 원천문학 중심적 접근 태도를 보인다고 할 수 있다. 반면 뒤의 6편은 지금과 다른 번역 태도를 가지고 있었던 과거에 번역했던 것으로 영시의 규범에 충실한 번역시로 수용문학 중심적 접근 태도를 보였다. 과거의 번역을 6편이나 수록했지만 이에 대해 'free translation, rude verse'라고 지칭하며 부정적 인식을 보였다. 즉, 한국문학을 보는 관점이 바뀌면서 그의 번역도 다양한 양상을 보이게 되었다고 할 수 있다.

② 번역의 양상을 중심으로 본 『일지』와 *The Korea Bookman*의 선후관계

1차 번역과 비교할 때 *The Korea Bookman*에 소개된 2차 번역이 갖는 가장 중요한 특징은 시조의 내용을 충실하게 옮기면서 3행시 형식을 통해 시조의 형식까지 재현했다는 점이다. 이를 가장 극명하게 보여주는 것이 바로 『남훈태평가』를 차례대로 번역한 4편 중 1번, 2번, 4번 작품이었다. 이 세 작품은 모두 3행시로 번역되었고 영시의 운문성은 찾기 어렵다. 그런데 특이한 점은 3번 번역만 6행시라는 사실이다. 반면 『일지』에서는 이 작품을 포함하여 1번부터 4번까지의 작품이 모두 4행시로 번역되었다. 3번 작품에 대한 두 개의 번역을 비교해 보자.

The boys have gone to dig ginseng

While here beneath the shelter,

The scattered chess and checker-men,

Are lying helter skelter.

Full up with wine, I now recline,

Intoxication, superfine!

남자아이들 인삼 캐러 갔는데

여기 지붕 아래에는

흩어진 장기

여기저기 놓여 있네

술을 잔뜩 마셔서 나는 이제 축 늘어지네

대취하니 아주 좋다.

The Korea Bookman

The lads have gone to dig for herbs and silent sits the hall within the bamboo grove

The scattered pieces, chess and checkers, who will gather up?

Drink as a lord I lie

Let time go bang

남자아이들 약초 캐러 가서, 죽정이 조용하네

흩어진 장기 누가 모으나?

주인인 나는 취한 채 누워있는데

시간이 흐르네

『일지』 7권

아이는 약 캐러 가고 죽정은 휑그레 비었는데

흩어진 바둑 장기를 어느 아이가 쓸어 담아 주리

술 취코 송정에 누었으니 절 가는 줄

『남태』 #3

*The Korea Bookman*에 소개된 『남태』 3번 작품의 번역은 *The Korean Repository* 1898년 12월호에 "Free-will"이라는 제목으로 소개되었던 1차 번역을 거의 그대로 가져온 것이다.[142] 초, 중, 종장을 각 2행으로 번역하여 6행시의

---

142 두 번역은 문장부호의 사용 등 미세한 차이를 보인다. 두드러지는 차이점은 1차 번역에서는 제목이 있었고, 2차 번역에서는 그 제목이 사라졌다는 것, 그리고 1차 번역은 1행이 ginsen'으로

형태를 취했고, 약강 4보격iambic tetrameter에 맞춰 단어를 배열하였으며, 각운
도 맞추어서 영시의 운문성을 잘 보여주고 있다. 이 번역시의 경우 시조의 의미
를 크게 손상시키지는 않았지만, 영시로서의 특성을 갖추느라 원문 중 일부가
생략되기도 하였고, 'helter-skelter'와 같이 잘 사용하지 않는 단어를 선택하
기도 하였다. 게일 자신도 이 번역시를 소개하면서 '의역free translation'이라고
하였다.[143] 영시로서의 형식적 특성을 갖추기 위해 원문의 내용을 충실하게 전
달하지 못한 것을 스스로 인정한 것이다. 그런 면에서 볼 때 이 작품은 2차 번
역서에 들어 있지만, 1차 번역의 특성인 수용문학 중심적 접근 태도를 보이는
번역이라고 할 수 있다.

　반면 『일지』는 이 작품을 새롭게 번역하였다. 초장을 1행, 중장을 2행, 종장
을 3행과 4행으로 나눈 4행시 형태를 취하고 있으며 원문의 내용을 상당히 충
실하게 옮겼다. 원문의 '약'을 The Korea Bookman에서는 'ginseng인삼'으로
번역하였지만, 『일지』는 'herb약초'로 번역하였다.[144] 『일지』의 번역이 맥락상
더 자연스럽고 원문의 의미와 가깝다. 1차 번역에서 '인삼'으로 번역한 것은 3
행의 'Checker-men'과 각운을 맞추기 위해서였던 것으로 보인다.[145] '죽정'
에 대한 번역도 『일지』가 더 원문에 가깝다. The Korea Bookman에서 'shel-
ter'로 한 데 비해 『일지』는 'the hall within the bamboo grove'라고 하여
'죽정竹亭'의 의미도 살리고, 중장의 의미도 더 분명하게 전하고 있다. 하지만,
하나의 행에 시조 각 행에 있는 모든 의미를 담으려다 보니 1행과 2행의 길이

　표기되어 3행의 men과 각운을 이루었는데, 2차 번역에서는 ginseng으로 표기한 것, 그리고 1
　차 번역은 6행을 들여 쓰지 않는데 2차 번역은 들여 썼다는 것이다.
143 나는 여기서 중심이 되는 의미만 전달하는 짧은 번역, 의역을 소개할 것이다(I give a free trans-
　lation short and sweet).
144 원문의 '약'을 '약초'의 줄임말로 여기고 'herb'를 선택한 것으로 보인다.
145 ginseng의 표기에서 분명하게 드러난다. The Korean Repository(1898.12)에서는 ginsen'이라고
　하여 마지막의 'g'를 생략하였다. 이렇게 하여 3행의 'checker-men'과 같이 '-en'으로 끝나며
　각운을 맞췄다. The Korea Bookman에서는 이를 'ginseng'으로 수정하였다.

가 상당히 길어져 있다. 이러한 측면에서 볼 때, 『일지』의 번역은 4행시의 형태지만, 영시의 운율보다는 원문의 의미를 좀 더 충실하게 전달하는 데 중점을 두었다고 할 수 있다.

동일 작품『남태』 3번에 대한 번역을 비교한 결과, The Korea Bookman은 수용문학 중심적 태도를 보인 반면 상대적으로, 『일지』는 원천문학 중심적 태도를 보였다는 것을 확인할 수 있었다. 게일의 번역이 수용문학 중심적 태도에서 원천문학 중심적 태도로 변화해간 점을 고려할 때, 수용문학 중심적 태도를 보이는 The Korea Bookman이 『일지』보다 이전 시기 번역의 특성을 보여준다는 것을 알 수 있다. The Korea Bookman에 투고한 글은 『남훈태평가』라는 가집의 가치를 재발견하고 이 가집을 소개하기 위한 것이었다. 한국의 전통 문화를 새로운 시선으로 보게 되면서, 기존과 다른 방식으로 번역을 시도하였지만, 1차 번역이 존재하던 작품은 다시 가져와 재활용하였던 것으로 보인다. 따라서 『일지』보다 The Korea Bookman이 먼저 번역되었을 가능성이 더 크다.

이러한 양상은 3번 작품 하나에서만 발견되는 것이 아니다. The Korea Bookman은 『남훈태평가』의 1번부터 4번까지를 번역한 후, 5편의 작품12·61·30·25·68번을 소개하였는데 이 5편은 모두 1차 번역에서 발표했던 것을 거의 그대로 가져왔다. 이 중, 12번, 25번, 30번의 경우 『일지』에도 수록되어 있는데 세 작품에 대한 번역의 양상이 앞선 살핀 4번 작품과 유사하다. 즉 The Korea Bookman에 수록된 세 작품은 모두 6행시의 형태로 규칙적인 미터와 각운을 느낄 수 있지만, 원문의 의미는 부분적으로 손상되어 있다. 반면 『일지』에 수록된 번역은 3행시와 4행시의 형태이며, 영시의 운문성은 발견하기 어렵지만, 원문의 의미를 충실하게 전달하고 있다. 이러한 측면에서 볼 때, 『일지』에 비해 The Korea Bookman이 상대적으로 1차 번역에 견인되어 있음을 알 수 있다.

게일은 The Korea Bookman에 재수록한 1차 번역 작품을 소개하면서 이에 대해 '대강 번역한 시rude verse'[146]라고 지칭하였다. 원문의 의미를 전달하면서, 미터와 각운을 고려하여 번역하는 것은 결코 쉬운 일이 아니다. 자신이 과거에 이렇게 공들여 번역했던 것에 대해 스스로 'rude'라는 용어를 사용했던 이유는 *The Korea Bookman*에 발표한 글 "Korean Songs"의 취지는 『남훈태평가』의 역사 문화적 가치를 소개하는 것이었지만, 이 번역시는 그러한 취지를 제대로 보여주지 못한다고 판단했기 때문일 것이다. 그럼에도 불구하고 게일이 이러한 'rude verse'를 삽입한 것을 보면, 아직 『일지』가 마련되어 있지 않았기 때문이라고 추정된다.

따라서 게일이 *The Korea Bookman*을 작성하면서 참고했던 것은 『일지』가 아니라 『조선필경』이었을 것으로 보인다. *The Korea Bookman*에 수록된 9수 중 6수『남훈태평가』 2·3·12·25·30·61번가 『조선필경』에 수록된 작품과 겹치는데 이 중 한 작품2번을 제외한 나머지는 번역의 양상이 거의 동일하다. 특히 *The Korea Bookman*에 수록된 후반부의 작품 수록 순서를 볼 때 『조선필경』에서 가져왔을 가능성이 매우 크다. 『조선필경』의 경우 그 주제에 따라 8개의 그룹으로 나누었는데 그중 두 번째 그룹에 속하는 작품은 12번, 39번, 2번, 8번, 21번, 61번, 30번의 순서로 배치되어 있다. *The Korea Bookman*은 이 중에서 12번, 61번, 30번에 해당하는 세 작품을 뽑아서 그 순서대로 수록한 것으로 보인다. 전반부에서는 가집의 수록 순서대로 1번부터 4번까지 나열했지만, 뒤에서 가집의 수록 번호와 순서가 뒤바뀐 것은 바로 *The Korea Bookman*이 『일지』가 아닌 『조선필경』에서 기존 번역을 취했기 때문이라고 추정된다. 따라서 그가 후반부의 작품을 인용하면서 "출판되지는 않았지만 내가 여러 해 전에 대

---

146 These songs have to do with a great variety of subjects. Here are a few samples done into rude verse many years ago, that I think never have been published(이 노래들은 매우 다양한 주제와 관련되어 있다. 출판되지는 않았지만 내가 여러 해 전에 대강 번역한 것을 여기서 소개하고자 한다).

강 번역한 것"[147]이란 바로 『조선필경』을 염두에 두고 한 말이라고 볼 수 있다.

『일지』와 *The Korea Bookman*에 수록된 번역시의 전반적인 양상을 고려해 보아도 같은 추론을 할 수 있다. *The Korea Bookman*에서 소개된 영역시조 9편은 모두 평시조를 번역한 것이지만 그에 대한 번역은 3행시[3편], 4행시[1편], 6행시[5편]로 나타난다. 번역시의 행수가 다양하여 번역에 있어 일관성을 찾기도 어렵고, 정형시로서의 시조의 특성을 감지하기도 어렵다. 게다가 6행시가 3행시보다 더 많다. 이 또한 *The Korea Bookman*에 발표한 글 "Korean Songs"의 취지와도 잘 맞지 않는다. 게일은 여기에서 3행의 시상 전개에 대한 설명까지 곁들이며 강조했지만, 정작 시조의 형식을 재현한 3행의 번역시는 3편에 불과했다. 즉, 이 글의 작성 취지를 고려할 때, 여기에 인용된 번역시는 일관성도 부족하고 취지에도 부합하지 않는 측면이 있다는 것이다.

반면, 『일지』의 경우 영역된 시조가 42수나 되지만 3행시와 4행시가 대부분이다.[148] 그 외, 5행시[1편], 6행시[5편], 10행시[1편]도 있지만 그 비중이 그리 크지 않다.[149] 즉, 『일지』와 *The Korea Bookman*에 보이는 전반적인 번역시의 양상을 비교하면 『일지』가 좀 더 일관된 형식을 견지하고 있다고 할 수 있다.

정리하면, 게일은 *The Korea Bookman*에서 시조의 가치를 역설하며 시조 원문의 내용과 형식을 충실하게 옮긴 3행시 번역을 선보였지만, 이와 다른 형태의 번역을 더 많이 소개하여 본 기사의 내용과 어긋나는 한계를 보였다. 반면, 『일지』는 대체로 3행시, 4행시의 일관된 번역 형태를 취해 전반적으로 안정된 모습을 보였다. 특히 *The Korea Bookman*에는 영역시조가 9수만 수록되

---

147 These songs have to do with a great variety of subjects. Here are a few samples done into rude verse many years ago, that I think never have been published. J.S. Gale, op. cit., 1922, p.15.
148 3행시가 21편, 4행시가 14편으로 전체 80%를 넘게 차지한다. 대체로 평시조는 3행이나 4행으로 번역하였다.
149 번역시의 행수가 길어진 것은 원문이 사설시조이거나 기존의 번역을 가져온 것이다.

어 있고, 『일지』에는 42수나 수록되어 있다는 점을 고려하면 이 의미는 더욱 커진다. 이러한 면에서 볼 때, *The Korea Bookman*과 『일지』는 『남훈태평가』 소재 시조라는 원천문학을 중심에 두고 번역했다는 점에서 '중첩'되는 특성을 보이지만, 세부적으로 보았을 때, *The Korea Bookman*이 먼저 작성된 것으로 보인다. 『일지』는 *The Korea Bookman*에서 언급했던 『남훈태평가』의 자료적 가치를 좀 더 분명하게 보이기 위해 번역 대상을 확장하고, 형식적으로 미비했던 점을 보완하기 위한 취지로 작성된 것이라고 할 수 있다.

(5) 번역의 목적

2차 번역의 목적을 살피기 위해 게일이 남긴 2차 번역 자료의 서두로 돌아가 보자. 여기서 게일이 왜 30년도 넘는 세월 속에서 오래되어 낡은 책을 오늘날의 독자에게 소개하겠다는 것인지 질문해 보아야 한다. 게일은 20년 전 *The Korean Repository*에 1차 번역시조를 발표한 이후, 시조에 대한 관심을 보이지 않았다.[150] 이에 대해 김승우는, 시조를 통해 촉발된 한국문학에 대한 그의 관심은 1900년 무렵을 지나면서 완연히 한문 문헌에 대한 탐독으로 경사되고,[151] "한글로 작성된 작품들은 한자어가 다수 포함되거나 한문으로 이루어진 작품들에 비해 표현이 조잡하고 내용 또한 크게 빈약"하다고 보았다.[152] 그런데 느닷없이 1922년에 이르러 순국문 문헌인 『남훈태평가』를 전면에 내세워 소개하고 있다. 이런 면에서 볼 때, 20세기 이후에 국문 문헌에 대한 게일의 관심이 사라졌다고 본 것은 성급한 결론이었다고 할 수 있다. 게일은 20세기 이후에도 꾸준히 국문 문헌에 대한 관심을 보였다. 그에게 중요한 것은 국문 문헌이냐 혹

---

150 물론 1912년 『조선필경』을 준비하기는 했지만, 결국 이 책자는 출판되지 못했다.
151 김승우, 「구한말 선교사 호머 헐버트의 한국시가인식」, 『한국시가연구』 31집, 한국시가학회, 2011, 34면.
152 위의 글, 30면.

은, 한문 문헌이냐 하는 것이 아니었다. 그가 관심을 두었던 것은 그것이 한국인의 정서와 사상을 얼마나 잘 드러내고 있느냐 하는 데 있었다. 게일은 한국인의 내면이 담긴 것이라면 이를 고전으로 인식하였고 사라져가는 고전이 얼마나 소중한 것인지를 깨닫고 이를 보존하기 위해 번역이라는 방법을 선택하였다.

　게일은 1917년 1월부터 1919년 4월까지 간행된 월간지 *The Korea Magazine*의 책임 편집인으로서 여기에 여러 종류의 한국문학 작품을 번역 소개하였다. 대표적인 것이 『옥중화』를 저본으로 한 『춘향전*ChoonYang*』인데 1917년 9월부터 1918년 7월까지 매달 연재하였다. 이 외에도 이 잡지에 이규보, 최치원, 성현, 이제신, 권응인, 홍만종, 홍양호 등의 글을 번역하였다. 1922년에 간행된 영역본 『구운몽』도, 그 원고는 1919년 이전에 완성되었고,[153] 미간행 작품 중 『운영전』도 1917년 9월에 이루어졌다고 한다.[154] 즉 게일은 1917년부터 꾸준히 한국의 신소설, 고소설, 한문 저작들을 번역하여 소개하고 있었다.[155] 고소설과 한문학을 중심으로 이루어지던 기존의 작업에 『남훈태평가』까지 더해지며 그야말로 국문과 한문, 운문과 산문을 넘나들며 한국의 고전문학 전반을 아우르는 번역작업이 이루어졌다고 할 수 있다.

153　영역본 『구운몽』은 원래 시카고에서 출판하려고 했다가 문제가 생겼다. 1919년 3월에 게일은 Elspeth K. Robertson Scott에게 구운몽 원고를 보여주었고, 그녀가 런던의 출판업자에게 이 원고를 넘겨줘 출판하게 되었다. Rutt, op. cit., p.59.

154　Ibid., 383면. 러트에 의하면 미간행된 것 중 『팔상록』, 신유한 『해유록』, 김창업 『노가재 연행일기』은 미완성이며, 『흥부전』, 『금수전』, 『금방울전』, 『홍길동전』, 『운영전』은 거의 완성되었다고 한다.

155　게일 저술의 성격이 변화되는 것에 대해, 민경배는 게일이 3·1운동 이후, 한국의 신진 지식인들이 자기 나라의 전통을 상실한 것을 가슴 아파하며 향후 한국의 찬란한 고유문화의 진흥과 국학의 발흥에 힘쓰게 되었다고 보았다(민경배, 앞의 글, 1998, 8면). 하지만 게일의 고소설 번역은 3·1운동 이전인 1917년 이후 꾸준하게 행해졌다. 이에 대해 이상현은 게일의 저술이 1913년을 기점으로 관찰, 체험된 것(현재)에서 기록된 것(과거)으로 그 재현의 대상(한국)이 이행되는 연대기적 파노라마를 보여준다고 하였다. 『코리언 스케치』(1898)와 『전환기의 조선』(1909)이 당시 한국에 대한 관찰을 바탕으로 한 기록이며, 영역본 고소설과 『한국민족사』는 한국의 문헌을 기록한 것이다(이상현, 박사논문, 2009, 87면).

이 노래의 나래 속에는 오래된 정신이 내재되어 있으며, 이 노래는 단군이후 극동지역에서 지속되어 온 동양의 메시지를 속삭이고 있다. 한국인은 고대 중국의 정신과 방법으로 가득 차 있었는데 1895년 운명의 해를 맞을 때까지 이를 반복해서 노래하고 또 노래했다. 한국에서는 1895년 역사, 의례, 문학 그리고 음악의 시계가 멈추고 더 이상 움직이지 않았다. 한국의 문명이 달려 있던 과거도 폐지되었다. 오늘날 학생들은 더 이상 아버지 세대의 노래에 대해 전혀 알지 못하고 있다. 『남훈태평가』는 잊혀지는 반면, 그들은 〈Old Grimes, Clementines, Marching through Georgia〉와 같은 서양 노래들을 어설프게 따라 부르고 있다.[156]

30년 전 양시영은 게일에게 최고의 찬사best compliments를 하며 『남훈태평가』를 증정했지만, 당시 게일은 쉽게 공감하지 못하는 듯 별 반응이 없었다. 하지만, 30년이 지나 이 글을 발표하던 1922년 당시 게일은 이 책의 노래들 속에 오래 전의 정신the spirit of long ago과 단군 이래 지속되어 온 동양의 메시지Oriental message, 그리고 고대 중국의 마음the mind of ancient China[157]이 들어 있다고 하였다. 즉『남훈태평가』 속에 '한국인의 얼'이라고 할 수 있는 한국인의 내면세계가 고스란히 담겨 있다는 것이다. spirit, mind로 표현된 한국인의 내면세계는 그가 『코리언 스케치』1898에서부터 별도의 장V. Korean Mind으로 독립시켜 언급할 만큼 선교사로서 오래도록 탐구해온 대상이다.[158] 그에게 'mind'란 모

---

156 These songs carry in their wings the spirit of long ago, and breathe an Oriental message that has accompanied the Far East since the days of Tan-goon. The Korean, thoroughly imbued with the mind of ancient China and all her ways, sang them over and over till the fated year 1895, when the clock of history, ceremony, literature and music suddenly stopped to go no more. The old examination, the Kwagu, had ceased to be and on it hung all of Korea's civilization. The students of today know nothing of their father's songs. Execrable attempts at Old Grimes, Clementine, and Marching Through Georgia they lick up like the wind, while the Nam-hoon Tai-pyung-ga is forgotten. J. S. Gale, op. cit., 1922, p.13.

157 게일은 모든 문화적 영역에 있어서 한국은 중국의 영향을 많이 받았다고 하였다. Gale, "The influence of China upon Korea", *Transactions of the Korea Branch of the Royal Asiatic Society*, vol.1, 1900.

든 일의 기초를 이루고 있는 특별한 지적知的 구조로 여겨졌다.[159] 그런데『코리언 스케치』에서 묘사된 한국인의 내면은 서양인의 것과 여러 가지 측면에서 정반대되는 것으로 게일로서는 이해하기 힘든 것이었다. 그러나 그로부터 20년이 지난 시점에서 게일은 시조로 불리는 이 노래 속에 한국인의 내면이 들어 있다고 하고 있다. 이는 30년 전 양시영의『남훈태평가』에 대한 찬사를 당시에는 공감하지 못했지만, 이제는 이해하고 지지한다는 것의 또 다른 표현으로 읽어도 무리가 없을 것이다. 따라서 그가 30년이 지난 지금 먼지투성이의『남훈태평가』를 소환한 이유는 그 안에 한국인의 얼이 담겨 있다고 판단하고, 이를 세상에 알리기 위해서라고 할 수 있을 것이다.

이 노래들은 1895년까지 거듭하여 불렀다고 하였다. 여기서 말하는 1895년이란 갑오개혁을 지칭한다. 갑오개혁은 1894년 7월부터 1896년 2월까지 3차에 걸쳐 추진된 일련의 개혁운동이다. 과거제 폐지는 1894년 7월에 발표되었지만, 단발령과 음력의 폐지 및 건양 연호 사용은 1895년 11월 17일에 행해졌다. 게일에게는 1894년에 발표된 개혁안보다 1895년에 발표된 개혁안으로 인한 현실적 변화가 훨씬 더 강하게 감지되었던 것이다. 게일은 한영사전 출판을 위해 1895년 12월 일본으로 떠나지만, 1896년 2월 선교 본부에 보낸 편지를 보면 일본에서도 한국의 변화, 특히 단발령으로 인한 혼란을 잘 알고 있었고, 이러한 혼란의 시기가 도리어 선교에는 도움이 될 수 있다고 판단하여 속히 원산으로 돌아가고자 하였다.[160] 게일은 갑오개혁으로 한국의 역사, 의례, 문학, 음악의 시계가 멈추고 더 이상 움직이지 않았다고 하였다. 즉, 갑오개혁으로 이전과 이후가 완전히 단절되었다고 본 것이다.

---

158 게일, 장문평 역,『코리언 스케치』, 현암사, 1970, 207~215면.
159 위의 책, 207면.
160 게일, 김인수 역,『제임스 게일 목사의 선교편지』, 쿰란출판사, 2009, 94~96면(1896년 2월 18일 편지).

갑오개혁으로 인한 단절은 곧 노래로서의 시조도 잃게 하였다고 보았다. 이전에는 시조창으로 대변되는 전통적인 노래를 불렀다면, 갑오개혁 이후 새로운 세대를 대표하는 학생들은 서양 노래를 부르고 있다고 하였다. 인용한 게일의 서술에 의하면 20세기 초 시조창은 이제 거의 운명을 다한 것처럼 보인다. 하지만 이는 당시의 전반적인 실상이라기보다는 게일이 접했던 한국 사회의 일면이라고 보인다. 게일은 1899년 원산에서 서울로 와서 이후 한국을 떠날 때까지 연못골 교회연동교회의 목사로, 또 교육자로 활동하였다. 그는 정신여학교가 일제의 사립 학교령에 의해 학교 등록이 강요될 때 자신을 설립자로 내세워 정부 인가를 받았다. 또한 언더우드에 의해 운영되다가 폐교된 학교를 계승하고 자신을 설립자로 내세워 지금의 경신학교가 되게 하였다.[161] 따라서 그가 자주 접했던 학생들은 근대식 교육을 받았던 환경에 있었으니 시조 대신 창가를 부르는 것은 당연했을 것으로 보인다. 하지만 20세기 초반에도 가집은 활자본으로 계속 출간되었고, 시조의 노랫말이 담긴 잡가집도 성행하였다는 사실을 놓고 볼 때, 한국 사회 전반적으로는 아직도 노래로서의 시조에 대한 수요와 이를 향유했던 문화가 존재했던 것으로 보인다. 그럼에도 불구하고 근대 문물은 밀려들어오고, 전근대적 산물인 시조는 밀려나고 있었던 것이 사실이다. 게일은 그렇게 시조가 사라져 가는 것을 안타까운 시선으로 바라보며, 이를 서구세계에 소개하고 기록하여 남기고자 하였다.

위대하고 **훌륭했던** 과거 한국의 문학은 마치 대재앙에 삼켜 사라진 듯 오늘날의 세대들에게는 그 흔적도 남아 있지 않다. 물론 오늘날의 세대는 다행하게도 이를 모른 채, 이것을 상실하고도 행복해 하고 있다. 그들은 잡지에서, 칸트와 쇼펜하우어의 철학에 관해 배운 것을 (마치 제 것인 양) 확신을 갖고 쓰고 있다. 이들은 러셀의 제자가 되

---

161 Rutt, op. cit., p.36

어 니체를 찬양하고 있다. 이는 마치 서양 시인이 (옛 동양인처럼) 머리를 기른 격이며, 영어로 무운시를 쓴 격으로 보기에 딱하다. (최근 발표되는) 구어체로 써진 시를 그의 조상들이 본다면 그 얼굴이 창백해 질 것이다.[162]

이 글은 게일이 1923년, 즉 *The Korea Bookman*의 글을 발표한 이듬해 다른 잡지에 실린 기사이다. 그는 과거 한국의 문학을 위대하고 훌륭했던 것이라고 서술하고 있다. 1898년 *Korean Sketches*에서 한국의 문학은 사문死文이라고 했던 것[163]과는 사뭇 달라졌다. 그는 이 과거의 문학이 사라져가고 그 자리에 서구화된 문화가 자리 잡아 가고 있는 '오늘날'의 조선의 현실을 개탄하고 있다. 위대하고 훌륭한 것은 잃어버리고, 남의 것을 가져와 이를 대신하고 있는 조선인들을 향해 "보기에 딱하다"고 한다. 만약 구어체로 써진 근대시를 조상들이 본다면 그 조상귀신들의 넋이 창백해질 것이라고 한다. 그리고 위의 인용문에 이어 과거에 대문인으로 칭송 받았던 이규보의 한시와 최근 최고의 시인으로 각광받는 오상순의 시를 인용하고 있다. 본디 선교사들은 미국 문명의 전도사로서, 그 문명의 두 축인 기독교와 서구 문화를 전해주러 온 사람들이었다.[164] 1898년 출간했던 *Korean Sketches*에는 이러한 근대화의 사명을 안고

---

162 The literary past of Korea, a great and wonderful past, is swallowed up as by a cataclysm, not a vestige being left to the present generation. Of course the present generation is blissfully ignorant of this and quite happy in its loss. It has its magazines and writes with all confidence learned articles on philosophy, on Kant and Schopenhauer. It sits at the feet of Bertrand Russell and speaks the praises of Nietzsche. It would be a Western poet with long hair. It would write blank verse in English, itself pitiful to see. Its poems in the vernacular would make the ancient gods turn pale. James S. Gale, "Korean Literature", *The Christian Movement in Japan, Korea and Formosa*, Kobe, 1923, p.468.

163 Literature in Korea is a dead letter, so that the interesting field for research is after all, the beliefs and traditions of the non-reading classes; and the coolie is the only one who possesses these intact, *Korean Sketches*, 1898, p.186.

164 류대영, 『초기 미국 선교사 연구』, 한국기독교역사연구소, 2001, 200면.

조선을 찾았던 서구 선교사로서의 시각이 강하게 드러났던 반면, 1920년대 이후에 남긴 글에서는 변화된 게일의 시각을 감지할 수 있다.

이러한 변화는 게일이 한국에 체류하는 시간이 길어지며, 한국문학에 대한 이해가 깊어진 데서 비롯된 것이라 할 수 있다. 게일이 1차 번역을 발표할 당시는 한국에 온 지 10년 정도 지났던 때였다. 그리고 *The Korea Bookman*의 글을 발표할 당시는 이미 30년도 더 지난 후였다. 그는 『남훈태평가』로 대변되는 한국의 전통문학이 갖는 의의를 재인식하고, 이를 알리기 위한 글을 저술하던 가운데 이 글을 발표하였다. 따라서 그에게 있어 시조란 위대하고 훌륭한 과거의 문학 중의 하나이며, 오래 전의 정신과 단군 이래 지속되어 온 동양의 메시지, 그리고 고대 중국의 마음이 들어 있는 소중한 자료로 인식되었다고 할 수 있다. 그리고 이러한 인식을 토대로 『남훈태평가』 전체를 영역하기 위한 작업을 시도했던 것으로 추정된다. 결국 미완에 그쳤지만, 이 작업은 고시조와 그 시조가 담긴 『남훈태평가』를 한국의 대표적인 전통 문화로 인식하고, 최대한 그 모습 그대로 서구 사회에 알리기 위해 진행되었으며, 『일지』는 그 도정을 보여주는 자료로 남겨진 것이라 판단된다.

3) 3차 번역

(1) 자료 개관

게일의 3차 시조 번역은 1924년부터 시작되었다. 즉 *The Korea Bookman*을 발표하고 2년 정도 지나 발표한 것이다. 그는 1924년 7월부터 1927년 9월까지 *The Korea Mission Field*라는 영문 잡지에 총 38회에 걸쳐 "A History of the Korean People"이라는 글을 연재하면서 그중 5개의 장에 영역시조 15수를 삽입하였다. 이 잡지는 국내 선교사들에 의해 1905년 11월에 창간되어 1941년 11월에 폐간된 영문 월간 잡지로 한국 교회 역사를 비롯하여 정치, 경제, 사회, 문화, 종교 전반에 걸쳐 다양한 내용을 수록하였다. 이 잡지는 일본의 요코하마와 서울 YMCA 인쇄소에서 발행되었으며 이 잡지의 연간 발행부수는 만 권이 넘었다.[165] 창간호 기사에 의하면 이 잡지는 기존의 장로교The Korea Field와 감리교The Korea Methodist에서 각각 발행하던 것을 하나로 모은 것이다.[166] 따라서 교파를 초월하여 독자층을 더욱 확대할 수 있었다.

이 책은 연재가 끝난 후, 1928년 조선예수교서회에서 38회 연재본을 그대로 묶어 *A History of the Korean People*이라는 제목의 단행본으로 출간하였다.[167] 하지만 1972년 리차드 러트가 여기에 게일의 일대기와 참고문헌 목록을 덧붙여 *James Scarth Gale and his History of the Korean People : 韓國民族史*라는 제목으로 다시 출간하였다.[168] 1928년에 출간된 『한국민족사』는 현재 거의 남아 있지 않고, *The Korea Mission Field*의 경우도 원문 전체를 열람하기가 쉽지 않지만,[169] 러트의 『한국민족사』는 오늘날에도 다시 간행되고 있어 비교적 쉽게 자료를 확인할 수 있다. 게다가 러트가 게일이 남긴 자료를 일일이 검토하여 자세하고 정확한 주석을 달고, 게일이 범한 오류도 수정했기 때문에 가독성도 훨씬 좋다. 하지만, 그 과정에서 때로는 게일의 본래 의도가 가려지고, 러트의 의도가 부각되기도 한다. 특히, 번역시의 경우 러트가 어휘를 수정하거나 그 형식을 수정한 경우도 있어, 이 글에서는 *The Korea Mission Field*에 수록된 영역시조를 대상으로 논의할 것이다.

실증주의적 역사가로서의 태도를 가졌던 러트는 이 책에 있는 많은 오류를

165 *The Korea Mission Field*에 관해서는 백낙준, 『한국개신교사』, 연세대 출판부, 1973; 이덕주, 「*The Korea Mission Field* 解題」, 『*The Korea Mission Field* 별호목차집』; 서정민, 『한국과 언더우드-*The Korea Mission Field*의 언더우드家』, 한국기독교역사연구소, 2004, 11~32면 참조. 이덕주에 의하면 1925년, 1926년, 1927년의 해외발행부수는 각기 17,120부, 11,960부, 11,257부였다.
166 "Current Notes", *The Korea Mission Field*, no.1, 1905.11, p.11.
167 J .S. Gale, *A Hisory of the Korean People*, Seoul : Christian Literature Society of Korea, 1928.
168 Richard Rutt, op. cit.
169 최근 연세대학교 도서관에서 원문보기를 제공하고 있다.

지적하였고, 나아가 이 책의 제목이나 내용이 일반적인 역사서와는 다르다는 점을 지적하였다.

> 이 책의 제목은 중요하다. 그의 주된 관심은 한국 민족이 어떠한 사람들이었는가를 묘사하는 데 있었기에, 한반도의 역사를 만들어 온 세력들에 대한 종합적인 언술 대신 개인에 관한 이야기로 가득한 문화적, 문학적 역사의 메들리로 되어 있다. 게일은 과학적이라기보다는 창의적인 사람이었고, 훈련받은 역사가라기보다는 문인이자 고서 연구자였다.[170]

러트가 지적한대로 *A History of the Korean People*은 역사서이면서 여타 역사서와는 그 성격을 달리하고 있다. 게일은 이 책의 제목을 '한국의 역사'가 아니라 '한국 민족의 역사'라고 하였다. 게일의 관심은 한국의 '역사' 그 자체에 있었던 것이 아니라 역사 속에 존재했던 '한국 민족'이 어떠한 사람들이었는지를 묘사하는 데 있었다. 게일은 한국인들을 알기 위해, 현재 한국인의 내면을 구성하고 있는 연원을 거슬러 올라가고자 했던 것이다. 따라서 그가 주목했던 자료는 한국인들의 심성, 종교, 문화와 관련된 것이었고 문학이야말로 이러한 것들을 총체적으로 가장 잘 보여주는 자료라고 판단하고 활용하였다. 이러한 태도는 전통적인 역사서를 기대했던 러트와 같은 독자들에게는 다소 실망스러운 것이기도 하였다. 러트는 게일에 대해 그는 '역사가'가 아니라 littérateur문인이라고 지칭하였다.[171] 역사책의 저자를 향해 '문학하는 작자'라고 불평할 만

---

170 The title is important. His chief concern was to describe the sort of people the Koreans are, through a medley of cultural and literary history, full of stories about individuals, rather than to give a synthesize account of the forces that moulded the history of the peninsula. Gale was creative rather than scientific, not a trained historian, but a littérateur and an antiquary. Richard Rutt, op cit., p.78.
171 여기에 프랑스어를 사용한 이유는 이 단어에 문인에 대한 경멸의 의미가 담겨 있기 때문이다.

큼 이 책에는 많은 문학 작품이 인용되어 있다.

이 책에 관한 연구는 사학계에서 먼저 시작되었다. 조정경은 게일의 한국에서의 활동을 종합적으로 정리하면서 게일의 한국에 대한 인식에 주목하였다. 그는 게일의 한국사에 관한 인식을 논하기 위해 이 책에 저술된 내용 중 고대사 부분을 대상으로 삼았다. 그는 게일이 중국 중심의 역사서 『동국통감』을 저본으로 했기에 철저히 유교 중심적이며 한국민족의 독자성을 상실한 중국의 종속적인 문화와 역사로 파악했다고 비판했다.[172]

반면 초기 선교사들의 활동을 연구하였던 류대영은 선교사들의 한국관련 저술을 분야별로 나누어 살핀 후, 한국 역사에 관한 저술 중 가장 돋보이는 것으로 게일의 *A History of the Korean People*을 꼽았다. 그는 게일이 한국 문화의 우수성을 높이 평가해 당시 선교사들이 흔히 갖고 있었던 서구 중심적 가치관에서 상당히 벗어나 있었던 것으로 평가하였다.[173]

*A History of the Korean People*을 대상으로 한 본격적인 연구는 임문철에 의해 이루어졌다. 그는 류대영의 관점과 동일 선상에 서 있었다. 그는 먼저 이 책의 문학적인 서술에 대해 러트의 평가와 달리하였다. 그는 최근 역사학계에서 언급되는 이야기체 역사로의 부활이라는 면에서 이해할 수 있다며 긍정적 요소로 평가했다. 한국인의 심성, 종교, 문학에 주목한 이 책은 한국 문화사 연구의 길을 연 선구적인 연구로 높이 평가하며, 선교적인 목적으로 저술되었지만, 동양적인 문화와 종교에 대해 비판하거나 재단하지 않고 이해하고 포용하고 있다는 점에서 볼 때, 서양 문화의 동양 우위의 관점이 점차 희석되어 갔다고 보았다.[174]

---

172 조정경, 「J. S. Gale의 한국인식과 재한활동에 관한 일연구」, 『한성사학』 3, 한성대사학회, 1985, 71~76면.
173 류대영, 「연희 전문, 세브란스 의전과 관련 선교사들의 한국 연구」, 『한국 기독교과 역사』 17, 2003, 65~90면.

순서	K.M..F. 발표시기	Chapter # (by Rutt)	번역시	원문	『남태』	K.R.	필경	일지	행수
1	1924.9	Chapter 4	You clanging	청청에	#125				7s
2	1924.11	Chapter 6	Outside the	창 박게	#84				9s
3	1925.6	Chapter 12	Thou rapid	청산리	#38			4행	4
4	1925.6	Chapter 12	That ponderous	만근 쇠	#49	#1(6)	#14(6)		6
5	1925.6	Chapter 12	That rock	져 건너	#48	#4(8)	#9(8)		8
6	1925.7	Chapter 14	At her sweet	일소	#88				4
7	1926.7	Chapter 25	Buy me love	사랑삼세	#55				6
8	1926.7	Chapter 25	My dreams	간밤에	#64				6
9	1926.7	Chapter 25	You cuckoo	자규야	#76				4
10	1926.7	Chapter 25	On the wide	만경창파	#36			4행	6s
11	1926.7	Chapter 25	Oh moon,	달아	#118				6
12	1926.7	Chapter 25	The third	밤은깁허	#153				9s
13	1926.7	Chapter 25	My home is in	늬 집이	#160				6
14	1926.7	Chapter 25	Deep drunk	술을	#161				4
15	1926.7	Chapter 25	Hello, who	가마기를	#192		#18(10)		10s

이러한 논의에도 불구하고 아직 본서에 수록되어 있는 수많은 문학 작품에 관해서는 본격적인 연구가 진행되지 못하고 있는 형편이다. 이 책은 단군의 고조선 건국에서부터 1910년 조선의 멸망까지를 다루고 있지만,[175] 왕조나 사건 중심의 역사서가 아니라 인물 중심의 역사서이다. 각 시대를 대표하는 인물과, 그들의 심성, 종교 그리고 그들이 남긴 문학 작품에 주목하여 각 시대를 서술하고 있다. 특히, 이 책에는 문학적 글쓰기라고 지칭될 만큼 많은 문학작품, 즉 한시와 설화, 그리고 시조가 번역되어 있다.[176]

이 글에서는 이 책에 수록된 영역시조만을 추려 살필 것이다. 여기 인용된 영역시조는 모두 15편인데,[177] 이중 3편은 1차 번역인 *The Korean Repository*

---

174 임문철, 「J. S. 게일의 한국사 인식 연구―*A History of the Korean People*을 중심으로」, 연세대 석사 논문, 2003.
175 여기서는 한국사를 5개의 왕조(건국, 삼국시대, 통일신라시대, 고려시대, 조선시대)로 시대구분 하고, 세부적으로는 1세기별로 다시 정리하였다.
176 여기 인용된 설화에 관해서는 이상현, 앞의 글, V장 3절 참조.
177 러트는 9장(3세기)에 인용된 번역시에 대해 〈적벽가〉에 기초한 조선조 '가곡'이라고 하며 원전

와 『조선필경』에서 가져온 것이고, 2편은 『일지』에서 가져온 것이며, 나머지 10편이 여기서 처음 소개되는 것이다. 15편은 모두 역사 서술 과정에 삽입되어 있는데, 일부는 부적절하게 인용되기도 하였다.[178]

(2) 원전 추정

3차 번역의 원전에 대해 게일이 구체적으로 밝힌 바는 없지만, 이 글에서는 이 역시 『남훈태평가』로 보고자 한다. 이렇게 볼 수 있는 이유는 첫째, 앞서 2차 번역에서 살핀 대로 게일은 『남훈태평가』에 대해 한국인의 얼이 담겨 있는 소중한 책이라고 평가하였고, 3차 번역은 그로부터 불과 2년 남짓 지난 시점에서 시작되었기 때문이다. 그 사이 굳이 이를 부정할 만한 이유가 발견되지 않았다. 게다가 앞에 제시한 표에서 보듯 3차 번역에서 소개된 작품들의 원전으로 추정할 만한 작품이 모두 『남훈태평가』에서 발견되었다. 또한 과거 번역에서 소개했던 번역시 5편을 여기에 다시 수록한 것을 보아도 역시 같은 원전을 두고 번역하였음을 알 수 있다.

또한 여기 수록된 번역시와 가집의 이본과 비교해 보아도 역시 그가 시조창 계열의 가집을 원전으로 삼았음을 확인할 수 있다. 두 번째로 인용한 작품을 보자.

으로 이창배 『증보 가요집성』(1966) 83면과, 이혜구 『가곡대전집』(1968) 205면. 『가곡대전집』은 이혜구 · 성경린 · 이창배, 『국악대전집』(신세기 레코오드 주식회사, 1969)의 오기(誤記)라고 보임)을 들고 있다. 하지만 이 책들에 실린 〈적벽가〉는 가곡(歌曲)이 아니라 '잡가(雜歌)'이다. 가곡과 잡가는 노랫말이나 음악의 성격이나 담당층, 향유층 면에서 볼 때, 큰 차이를 보인다. 가곡은 가사, 시조와 더불어 정가(正歌), 정악(正樂)으로 분류되지만, 잡가는 민간의 소리로 크게 유행한 속가(俗歌)이다. 가곡은 일패 기생이 불렀지만, 잡가는 삼패와 사계축의 소리꾼이 불렀다. 나라의 진연에 참여하던 일패 기생은 잡가 따위는 애초에 옮기지도 않고 천히 알았다 (성경린, 『국악대전집』, 203면). 또한 게일의 번역시는 잡가 〈적벽가〉와 내용에서 차이를 보이며, 적벽 대전을 소재로 삼는 시조와도 거리가 있다. 이에 관해서는 별도의 논의가 필요하다.
178 12장에 수록된 일련번호 3, 4, 5번 작품은 신라시대에 불렸던 노래로 소개되고 있기 때문이다. 이는 게일이 시조를 '그 기원을 알 수 없는 매우 오래된 노래'로 인식한 데서 벌어진 오류이다. 이에 대해서는 뒤에서 다시 논의할 것이다.

Outside the window wends the tinker man,

Who fixes pots and pans : but can he fix a broken heart?

The tinker answers, "Even Hangoo of the Hans

Who lifted hills and tossed them o'er the land,

    Could not do that.

And Che-kal Yang, himself, for wisdom famed,

Who read both earth and sky,

Not even he could mend a broken heart.

How much the less, a creature such as I,

    Don't ask me please."

창밖에 가는 솥 막이 장사야 이별 나는 구멍도 네 잘 막을쏘냐

  그 장사 대답하되 초한 적 항우라도 역발산하고 기개세로되 힘으로 능히 못 막았고 삼국 적 제갈량도 상통천문에 하달지리로되 재주로 능히 못 막았거든

  하물며 나 같은 소장부야 일러 무삼

#4528.4 『남훈태평가』 84

창밖에 가마솥 막히라는 장사 이별 나는 구멍도 막히는가

  장사의 대답하는 말이 진시황 한무제는 영행천지하되 위엄으로 못 막고 제갈량은 경천위지지재로도 막단 말 못 듣고 하물며 서초패왕의 힘으로도 능히 못 막았느니 이 구멍 막히란 말이 아마도 하 우스워라

  진실로 장사의 말 같을진대 장이별인가 하노라

#4528.1 『병와가곡집』 941

이 작품은 Chapter 6에 인용된 작품이다. 게일은 초한전을 언급하며 유방과 항우가 오늘날까지도 한국인들에게 영향을 미치고 있다는 것을 설명하기 위해 한국의 장기판을 언급하고 또 이 시조를 인용하였다. 『고시조대전』에 의하면 이 작품은 형태상 뚜렷한 친연성이 있으나 일부 자구가 약간 다른 군집이 여러 개 존재하는 작품이다. 위에 인용한 시조창 계열의 가집은 #4528.4와 같은 형태를 보이고, 가곡창 계열의 가집은 #4528.1의 형태를 보인다. 두 계열의 가장 큰 차이는 중장에서 찾을 수 있다. 시조창 계열은 항우와 제갈량 두 명만 언급하는 데 비해, 가곡창 계열은 진시황 한무제, 제갈량, 서초패왕을 언급하고 있다. 이를 번역시와 비교해보면, 시조창 계열과 일치하는 것을 확인할 수 있다. 종장 역시 두 계열이 차이를 보이는데, 번역시는 시조창 계열을 따르고 있다.

그리고 작가에 대한 인식을 볼 때도 역시 시조창 계열의 가집을 원전으로 하였음을 알 수 있다. Chapter 12에서 게일은 시조 세 편을 6세기 신라시대에 불렀을 것으로 추정하며 소개하였다. 이때 소개된 시조 중 두 수는 「청산리 벽계수야」와 「만균萬鈞을 늘여내여」로 이는 대부분의 가곡창 계열의 가집에서 각기 황진이, 박인로의 작품으로 작가명을 명시하고 있다. 만약 게일이 작가가 명시되어 있는 가곡창 계열의 가집을 원본으로 삼았다면, 이렇게 조선시대에 창작된 것으로 알려진 작품을 신라시대의 것으로 배치하지는 않았을 것이다. 그는 여전히 작가가 명시되지 않았던 『남훈태평가』를 원전으로 삼았기에 각 작품의 구체적 창작 시기를 알지 못하고 그저 막연하게 매우 오래된 노래들로 여겼던 것 같다. 따라서 3차 번역 역시 그 원전이 『남훈태평가』였을 것으로 추정된다.

(3) 선별된 작품의 특성

3차 번역에 선별된 작품들은 모두 역사서라는 산문의 맥락을 따라, 그 내용을 구체화하고 보강하기 위해 인용되었다. 작품이 인용된 자리는 5곳으로 제4

장1수, 제6장1수, 제12장3수, 제14장1수, 제25장9수이다. 시조가 한 수씩 등장하는 제4장, 제6장, 제14장의 경우는 시조 내용 중에 본문과 직접적으로 연관되는 부분이 있기에 인용되었다. 즉 여기 소개된 시조는 게일이 본문에서 언급하는 그 특정 사실이 한국인에게 얼마나 큰 영향을 미쳤는지를 확인하기 위해 인용된 것이다. 반면, 다수의 작품이 인용된 것은 제12장과 제25장인데, 여기서 시조는 각 시대를 대표하는 노래로 인용되었다. 제12장은 6세기 신라시대, 제25장은 15세기 선초에 해당한다.

먼저 영역시조가 한 편씩만 인용된 경우를 보자. 제4장에서 한국인의 결혼 풍습을 소개하며 결혼의 상징으로 기러기를 언급한다. 신랑이 결혼식장에 기러기를 안고 오며, 기러기는 부부간의 정절, 일부일처를 암시한다고 설명한다. 그리고 기러기가 버림받은 아내의 친구로 오래된 노래에도 등장한다는 것을 보이기 위해 기러기를 소식 전달자로 삼고 있는 사설시조를 인용하였다.[179] 제6장에서는 초한전이 한국에 미친 영향을 언급하며, 노랫말 중에 항우가 등장하는 시조를 소개한다.[180] 시조 인용을 통해 이런 노랫말에도 항우가 나올 만큼 한국인에게 항우는 익숙한 인물이라는 것을 보여주고 있다. 제14장에서는 8세기 극동에서 매우 유명했던 인물들을 소개하면서 양귀비를 소개한다. 그리고 한국에서는 양귀비가 가장 아름다운 인물로 알려져 있다면서 양귀비를 소재로 한 시조를 소개한다.[181]

이상의 세 편은 본문에서 언급되는 기러기, 항우, 양귀비와 관련된 내용이 시

---

179 靑天에 떳는 기러기 흔 雙 漢陽 城臺에 잠간 들러 쉬여 갈다 / 이리로셔 져리로 갈 제 내 消息 들어다가 님의게 傳호고 져리로셔 이리로 올 제 님의 消息 드러 내손딕 브듸 들러 傳호여 주렴 / 우리도 님 보라 밧비 가는 길히니 傳홀동 말동 호여라.
180 창박게 가는 솟 막이 장수야 니별 나는 궁구도 네 잘 막을소냐 / 그 장시 딕답호되 초한 쩍 항우라도 녁발산호고 긔긔셰로되 심으로 능히 못 막엿고 삼국 쩍 졔갈량도 상통천문에 하달지리로되 지쥬로 능히 못 막엿거든 / 허물며 날 거튼 소장부야 일너 무숨.
181 일소빅미싱이 퇴진의 녀질이라 / 명황도 이러무로 만리힝촉호엿느니 / 지금에 마외방혼을 못닉 셔러.

조 속에 직접적으로 담겨 있기에 인용된 것이다. 모두 게일이 산문에서 말하고 자하는 어떤 사실을 강조하기 위해 인용되었다.

반면 한 장에 다수의 작품을 인용한 다음의 두 경우는 각기 그 시대의 대표적인 노래로 선별되었다. 제12장에서는 『동사강목』의 기록을 바탕으로 6세기 신라시대에 우륵이 가야금을 만들고 제자들과 연주곡을 만들었던 사실을 언급한다. 그리고 "이 시절 가야금 연주에 얹어서 불렸던 음악이 무엇이었을까?" 하고 의문을 던진 후, 자신이 고서古書에서 찾은 것이라며 시조 세 수를 그 예로 제안한다. 여기서 그는 시대적 대표성을 보이기 위해서였는지 각기 다른 주제의 작품, 즉 삶에 대한 태도, 애정, 효를 다루고 있는 작품을 선별하였다. 제25장에서는 세종의 업적을 치하하며, 세종의 업적 중 가장 큰 것으로 한글 창제를 들고, 한글 덕분에 노래가 기록될 수 있었다고 하였다. 기록된 노래 중 사랑 노래가 가장 흔한 것이라며 애정과 관련된 작품 6수를 들고, 이어서 은자의 노래, 술 노래, 기발한 착상을 보여주는 노래를 소개한다.

제25장에서는 세종조에 한글이 창제되었다는 사실을 언급하고, 그 한글로 부르는 노래로 시조를 다수 인용한 것이다. 제25장의 경우 시조가 매우 적절한 예로 활용된 것이지만, 제12장에서 신라의 노래로 시조를 인용한 것은 오늘날의 시각에서 볼 때 매우 부적절해 보인다. 이에 대해 러트는 각주를 통해 이 노래시조들은 우륵의 시대로부터 천 년이나 지난 뒤에 창작된 것임을 밝히고 당시 게일은 신라 노래인 향가가 존재하는 것을 몰랐다고 덧붙였다. 가집에 전해지는 시조 작가 중에 고구려의 을파소?~203, 백제의 성충?~656, 그리고 신라의 설총8C 경 덕왕이 있기는 하다. 그러나 통상 학계에서는 이들을 시조 작가로 인정하지 않고 있으며, 시조는 대략 고려 말에 생겨나서 조선조에 주로 향유되었던 것으로 보고 있다. 따라서 시조를 우륵시대의 노래로 보는 게일의 관점은 오늘날의 연구 성과와 비교해보면 그 오차가 매우 크고 따라서 러트의 지적이 맞다. 게다가 이

때 인용한 작품 중 하나는 황진이의 작품으로 전하는 것이기에 게일의 역사책이 역사적 사실과 부합하지 않는다는 점에서는 비판을 피할 길이 없다.

하지만 이 글에서는 부적절한 인용이라는 사실보다는, 왜 그가 이 노래들을 신라시대 노래로 배치하였는지를 통해 작품 선별에 관한 그의 의식을 살펴보고 자 한다. 제12장 「6세기－신라」에 시조가 인용된 맥락을 보자.

우리가 이 세기AD 6C에 다시 눈을 돌려 보면, 이제는 사라져서 아쉽지만, 최초의 한국 역사서가 편찬되었다는 사실을 알게 된다. 이 시기는 또한 한국에서 음악의 시 대가 열리는 때이기도 하다. 오늘날 공자를 기리는 의례에서 연주되는 특이한 선율 을 들을 때, 혹은 근대식 극장에서 불어대는 이상한 관악기 소리를 들으며, 우리는 자연스럽게 묻게 된다. "이 현악기로 연주되거나 관악기로 불리는 이 오래된 음악 은 어디서 온 것인가"『동사강목』이 우리에게 알려주고 있다. 요즘의 마산포 근처 에 있었던 작은 나라 가야에서 온 음악의 스승인 우륵이 현악기를 갖고 신라로 왔 다. 왕진흥왕은 그의 음악을 듣고 기뻐했으며, 그를 악장으로 삼고, 그에게 왕과 신라 백성을 위한 곡을 만들게 하였다. 우륵은 12현으로 특별한 악기를 만들었는데 각 현은 한 해의 달月에 상응하는 것이었다. 이 악기의 이름은 가야금, 혹은 가야의 현 악기라고 하는데 이 이름은 오늘날에도 남아 있다. 왕은 우륵에게 계고, 법지, 만득 등 재능있는 세 사람을 제자로 삼게 하였다. 계고는 가야금을 배웠고, 법지는 노래 를, 만득은 춤을 배웠다. 왕이 (이들의 음악을) 듣고는 "즐겁지만 정신을 흩뜨리지 않고, 슬프지만 눈물을 흘리게 하지는 않으니 이는 참된 음악이다".

이렇게 오래 전에 그들은 과연 어떤 노래를 불렀을까? 내가 고서에서 찾은 것을 그 예로 제시해 보겠다.[182]

---

182 As we cast our eyes across the century once again, we find it included the first Korean history written, now gone, alas, beyond recovery. This was also Korea's opening age of

게일은 6세기 신라시대 비로소 음악의 시대가 처음 열렸다고 하며, 가야의 우륵이 신라에 와서 가야금을 연주하고 음악을 가르친 일을 서술하고 있다. 게일 당시 당대 극장이나 의례에서 연주되는 국악의 기원을 『동사강목』의 기록을 기초로 신라시대 우륵에서 찾고 있는 것이다. 이 부분을 실제 『동사강목』의 기록과 비교하면 후반부에서 약간의 차이를 보이고 있다.

가야국 악사 우륵于勒이 신라에 망명하여 왔다. 처음에 가야왕 가실嘉實이 당唐의 악부樂部에 쟁箏이 있는 것을 보고 생각하기를, '여러 나라의 방언方言이 각각 다르니 성음聲音이 어찌 같을 수 있겠는가' 하고는, 이에 쟁箏을 모방하여 십이현금十二絃琴을 만드니, 이것은 12월을 상징한 율律이다. 이에 악사인 성열현省熱縣 사람 우륵于勒을 시켜 하가야下伽倻·상가야上伽倻 등 12곡曲을 만들어 가야금伽倻琴이라 이름하였다. 이때에 이르러 우륵于勒이 나라가 어지러워질 것이라 하여 악기를 가지고 신라로 들어갔다. 왕이 낭성娘城을 순회하다가 우륵과 그의 제자 이문尼文이 음악을 안다는 말을 듣고, 하림궁河臨宮에 머물면서 음악을 연주하게 하니, 두 사람이 각각 새 노래를 지어 연주하였다. 왕은 기뻐서 그들을 국원國原에 두고, 대내마인 법지法知·계고階古와, 대사大舍

music. As we listen today to the unusual strains that accompany the sacrifices to Confucius, or hear the weird bag-pipe whistle that keep pace with the modern theatre, we naturally ask "Whence come these far-away notes blown on pipe or struck from harp-string?" We are informed by the *Tong-sa Kang-mok*(東史綱目) that a musical teacher named O-reuk (于勒) came from Ka-ya(伽倻), a little state near modern Masanpo, to Silla bringing with him a harp. The king hearing him was delighted, made him his musical master and asked him to prepare new tunes for him and his people. O-reuk made a special kind of harp with twelve strings, one answering to each month of the year. It was called a kaya-keum, or harp of Kaya, which name it still retain today). A contemporary it was, though no man knew it, of the "harp that once through Tara's halls the soul of music shed." The king appointed to O-reuk three specially gifted disciples, Ke-ko, Pup-ji, and Man-tuk. Ke-ko was taught the harp, Pup-ji song and Man-tuk the dance. The king listened and said, "Happy, but not loose in soul; sad, but not to tears, this is true music." What did they sing in those far distant days? Let me suggest a sample as I seek through the old records :

인 만덕萬德 등 세 사람에게 그들의 음악을 배우게 하였다. 우륵은 그 사람들의 재능에 맞추어 가르쳤는데, 계고에게는 거문고[琴]를, 법지에게는 노래를, 만덕에게는 춤을 가르쳤다. 세 사람이 이미 12곡을 배우고 서로 말하기를, "이 음악이 번거롭고 음란하니, 아악雅樂이 될 수 없다" 하고 드디어 간추려서 다섯 곡조를 만들었다. 우륵이 처음에는 이 말을 듣고 노하였으나, 다섯 곡을 듣고서는 감탄하기를, "즐거우면서도 음란한 데 흐르지 않고, 구성지면서도 슬픔에 치우치지 않으니 정악正樂이라 말할 수 있다" 하였다. 수업을 마치고 이를 연주하니, 왕이 크게 기뻐하여 후한 상賞을 내렸다. 간신諫臣들이 아뢰기를, "망한 가야의 음악은 취할 것이 못됩니다" 하니, 왕이 말하기를, "가야왕은 음란하여 스스로 멸망한 것이지 음악과 무슨 관계가 있는가? 성인聖人이 음악을 제정한 것은 인정에 맞게 만든 것이니 나라의 치란治亂이 음조音調에 연유된 것은 아니다" 하고, 마침내 이를 시행하여 대악大樂으로 삼았는데, 하림河臨과 눈죽嫩竹 두 곡조가 있으며, 모두 1백 85곡이다.[183]

우륵이 가야에서 왔고, 가야금을 만들었고, 제자들에게 음악을 전수한 이야기는 동일하다. 하지만, "Happy, but not loose in soul; sad, but not to tears, this is true music樂而不淫 哀而不傷"이라는 말이 『동사강목』에서는 우륵이 제자들에게 한 것인데, 게일의 글에서는 임금이 우륵에게 한 말로 되어 있다. 게일은 『동사강목』에 전하는 우륵 이야기를 전하면서, 앞부분은 비교적 꼼꼼하고 정확하게 번역했지만, 뒷부분에 와서는 발화의 주체를 바꿀 만큼 성급하게 마무리하였다. 게일은 역사책의 내용은 이렇게 불성실하게 전하면서 굳이 원전에도 없는 시조 세 수를 신라시대 노래로 배치시켰다. 이때 소개된 작품이 황진이의

---

183 안정복, 『동사강목』 제3上 신미년 신라 진흥왕 12년. 번역은 한국고전번역원, 심우준(1977)을 따랐다(http://www.db.itkc.or.kr). 이와 유사한 기록이 김부식, 『삼국사기』 권4, 「신라본기」 진흥왕 12년과 13년에 있다.

작품[184]과 효를 노래한 작품[185] 그리고 애정을 노래한 작품[186]인데, 이 세 편은 모두 과거의 번역을 그대로 가져온 것이다.

이 기록과 작품의 배치를 놓고 볼 때, 게일은 역사책인 『동사강목』의 기록에 의거하여 우륵 이야기를 썼지만 그가 정작 말하고자 했던 바는 역사적 사실의 전달이라기보다는 그 시대 한국인들의 마음은 이러했을 것이라는 것을 보여주는 데 있었던 것으로 보인다. 그가 여기에서 인용한 세 작품 중 두 번째 작품이 1차 번역에서 맨 처음 소개했던 「효에 관한 송가」라는 사실이 이를 잘 보여준다. 게일은 한국인을 특징짓는 가장 중요한 것으로 '효'라는 덕목을 꼽았고, 이 작품의 인용을 통해 한국인의 '효'에 대한 기원이 이렇게 오래된 것이라는 점을 강조하고자 했던 것으로 짐작된다. 게일에게 시조는 그 기원을 알 수 없는 '매우 오래된 노래'였다. 따라서 시조를 기원후 6세기 신라의 노래로 배치하였던 것이다.

(4) 번역시의 형식

*The Korea Mission Field*에 수록된 3차 번역시 15편은 기존의 번역을 토대로 한 5편과 신출작 10편으로 나눌 수 있다. 우선 기존의 번역에서 가져온 5편의 양상을 살펴보자. *The Korea Mission Field*의 일련번호 3번, 4번, 5번, 10번, 15번이 이에 해당하는데, 이 작품들은 2차 번역인 『일지』와 1차 번역인 『조선필경』에서 가져온 것이다. 이들을 서로 비교해 보니, 외관상 번역시의 행수는 동일한데, 그 표현에 있어 약간의 차이를 보이고 있다. 특히, 『조선필경』에서 가져온

---

184 청산리 벽계슈야 슈이 가물 자랑 마라 / 일도창히ᄒᆞ면 다시 오기 어려워라 / 명월이 만공산ᄒᆞ니 슈여 갈가.
185 만 근 쇠를 느려 닉여 길게 길게 노홀 쇠와 / 구만장천 가는 히을 미우리라 슈여 슈여 / 북당의 학발쌍친이 더듸 늙게.
186 져 건너 검어욱쑥헌 바회 정을 드려 싸려닉여 / 털 삭여 쏠 소차 네 발 모와 경셩드무시 거러 가는 드시 삭이리라 쏠 고분 거문 암소 / 두엇짜 님 니별ᄒᆞ면 타고 갈가.

4번, 5번, 15번은 거의 그대로 가져온 데 비해, 『일지』에서 가져온 3번과 10번에서 약간의 변화가 보인다. 가장 많은 변화를 보이는 3번 작품을 보자.

Thou rapid stream that flows out the mountain gorge.

Pray don't be glad swift-winged to fly away;

When once you fall into the deep blue sea, there will be no return;

    Let's wait before we go.

The Korea Mission Field #3, 1925.6

청산리 벽계수야 수이 감을 자랑 마라

일도 창해하면 돌아오기 어려워라

명월이 만공산하니 쉬어 갈가

『남훈태평가』 #38

『남훈태평가』에는 무명씨로 전하지만 많은 가집에서 황진이의 작품으로 전하고 있는 작품을 번역한 것으로 제12장 「6세기-신라」에 수록되어 있다. 원문의 초장을 1, 2행으로 나누고 중장과 종장을 각기 3, 4행으로 번역하되 4행의 전반부명월이 만공산하니는 생략하였고, 4행은 들여쓰기를 하여 일반적인 4행시와는 다른 형태라는 것을 시각적으로 보여주고 있다. '벽계수'를 'rapid stream'이라고 하여 원문의 푸른색 대신 빠르게 흘러간다는 의미를 추가하였고, '자랑'하지 말라는 구절은 '기뻐하지 말라Pray don't be glad'로 번역하여 원문의 의미를 살짝 약화시켰다. 그리고 종장의 '명월이 만공산'하다는 구절은 아예 번역하지 않고, 화자의 은근한 뜻이 담긴 '쉬어 갈가'도 "기다린 후에 가자Let's wait before we go'고 하여 좀 더 직접적으로 표현하였다. 이런 점에서 볼 때 이 번역은 대체로 원문의 의미를 가져오기는 했지만, 아주 충실하게 번역했다고 보기는 좀 어렵다. 그렇다고 영시로서의 운율을 고려한 번역이라고 볼 수도 없다. 각 행의 길이도 일정하지 않고 각운이나 미터를 고려한 흔적을 찾기도 어렵기 때문이다.

> Thou rapid stream that flows from out the mountain just pray don't be glad.
> That you can fly so swift.
> When once you fall into the deep blue sea, there will be no return.
> The shining moon rides up among the hills. Let we go.

『일지』21권 #38

위의 작품은 앞서 소개한 *The Korea Mission Field*의 번역과 동일한 시조를 번역한 것인데 2차 번역에 해당하는 『일지』에 수록된 것이다. 여기서도, *The Korea Mission Field*의 번역시처럼 4행으로 구성되어 있다. 두 번역 모두 초장을 1행과 2행으로 나누어 번역하고, 중장을 3행으로, 그리고 종장을 4행으로 삼고 있다. 하지만 3행을 제외한 나머지 행에서는 표현이 달라 각 행의 길이도 같지 않다. 초장의 경우, 『일지』는 1행에 더 많은 정보를 두고 있지만, *The Korea Mission Field*에서는 초장의 전반 2음보를 1행으로 삼고, 후반 2음보를 2행으로 삼아 균형을 맞추었다. 그런데, 종장의 경우 『일지』는 '언덕 위로 밝은 달이 오르고 있으니, 우리 가자'로 번역하였다. *The Korea Mission Field*와 달리 종장 전체를 번역하였지만, 후반부는 오히려 원문과 다르게 번역하여, 시의 의미가 제대로 전달되지 못하고 있다.

동일한 작품을 번역한 『일지』와 *The Korea Mission Field*의 번역을 비교해 보니, 그 내용과 형식이 대체로 유사하지만, 미세한 차이가 발견되었다. *The Korea*

*Mission Field*에서 『일지』의 번역이 가진 오류를 바로잡고, 좀 더 간결하고 균형 감 있는 형태로 수정하였다. 하지만 그 수정의 방향은 1차 번역처럼 영시의 운율을 추구한 것도 아니고, 2차 번역처럼 시조의 운율을 추구한 것도 아니었다.

*The Korea Mission Field*에 수록된 3차 번역의 경우 번역시의 행수가 다양하다. 이는 이전 번역에 비해 사설시조가 많기 때문이라고 보인다. 15편 중 5편이 사설시조를 번역한 것으로 사설시조의 번역시는 6행, 7행, 9행[2편], 10행으로 다양하게 나타난다. 이렇듯 사설시조 번역시의 행수가 다양한 것은 사설시조의 길이에 따른 것으로 간주될 수 있다. 하지만, 나머지 10편의 평시조의 행수도 4행[4편], 6행[5편], 8행[1편]으로 다양하게 나타나고 있으며, 더욱 특이한 점은 2차 번역에서 보였던 3행시는 한 편도 찾을 수 없다는 사실이다. 이런 점에서 볼 때, 3차 번역은 2차 번역과 시기적으로는 가깝지만 번역시의 형식에서는 적지 않은 차이를 보이고 있다고 할 수 있다. 나아가 자칫하면 시조를 번역하되 3행시로서의 특성을 드러내기는커녕 일정한 형식을 가진 정형시로도 번역하지 않았다는 비판까지 제기될 수 있다.

3차 번역 중 평시조를 번역한 경우를 좀 더 살펴보자. 4행시[4편]와 6행시[5편], 8행시[1편]로 나타나는데, 6행시의 경우는 대체로 시조 각 장을 2행으로 나누어 번역한 것으로 이전에도 자주 보였던 형태이다. 4행시의 경우, 4편이나 되는데 행배분에 있어 일정한 규칙도 발견하기 어렵다. 또 다른 4행시를 보자.

Deep drunk with wine, I sit me like a lord,
A thousand cares all gone, clean swept away.
　　Boy, fill the glass!
Let's make an end of anxious thought.

The Korea Mission Field #14, 1926.7

술을 대취 하고 두렷이 앉았으니

억만 시름이 가노라고 하직한다

아이야 잔 자주 부어라 시름 전송

『남태』 #161

인용한 작품은 제25장 「15세기 II - 세종」에서 인용된 것이다. 원문의 의미를 잘 전달하고 있지만, 원작이 가진 묘미까지 살려내고 있다고 보기는 어렵다. 이 작품이 흥미로운 점은 중장과 종장에서 시름을 의인화하여 하직인사를 하고 전송하는 데 있다. 하지만 번역시의 경우 '모든 시름이 사라졌다A thousand cares all' 이라고 평이하게 서술하여 원작이 가진 발랄함은 느낄 수 없다.

또한, 번역시는 초장과 중장을 각기 한 행으로 삼고 종장을 두 행으로 삼았다. 앞서 살펴본 황진이 작품 번역시의 경우 초장을 두 행으로 삼았던 것과는 다른 방식으로 번역되었다는 것을 알 수 있다. 게다가 같은 4행시이고 한 행을 들여 써서 일반적인 4행시와 다르다는 것을 보여주고 있다는 점에서는 앞서 소개한 작품과 유사하지만, 앞서 살펴본 작품의 경우 4행에서 들여쓰기한 데 비해 여기서는 3행에서 들여쓰기를 하여 차이를 보이고 있다.

이렇듯 같은 4행시를 비교해 보아도 번역시의 형식을 구성하는 데 있어 작용한 어떤 규칙을 찾기가 어렵다. 6행시의 경우도 사정은 비슷하다. 신출작 중에 각운을 맞추고 있는 작품은 단 한 편뿐이며, 미터도 불규칙해 자유시에 가까운 형태를 보이고 있다. 그렇다면, 3차 번역의 경우, 짝수행으로 배열하여 영시의 형태를 취한 것처럼 보이게 하되, 규칙적으로 반복되는 각운이나 미터를 발견할 수 없어 수용문학 중심적 접근 태도를 갖고 있다고 보기는 어렵다. 그렇다고 원작인 시조의 의미를 충실하게 전달하기 위해 고심한 흔적이나 시조의 형식을 살리기 위한 시도가 엿보여 원천문학 중심적 접근 태도를 보였다고 평가하기도 어렵다. 게일의 번역시가 원전의 특성을 살리지 못하고 있다는 점은 러트에 의해서도 지적된 바 있다.

> 그가 (역사서에) 많은 양의 시를 인용한 것은 이미 한국 전통에서 선례가 있어 왔던 것이다. 하지만 그가 이를 인용한 이유는 시가 한국인의 심성을 그 어떤 것보다도 잘 보여준다는 확신 때문이었다. 그는 시의 양식과 정서에 민감했지만, 그의 번역시에서 시적 구조에 관해서는 거의 관심을 두지 않았다. 그의 번역시는 순수한 영문학 형식으로 표현되었다.[187]

러트는 역사서에 시를 삽입하는 것은 서구의 전통에서 볼 때는 낯선 것이지만, 한국의 전통에서 볼 때는 그렇지 않다는 사실을 지적하고 있다. 『삼국유사』에 향가와 한시가 삽입되어 있으며, 『고려사』와 『조선왕조실록』에도 적지 않은 한시가 삽입되어 있다는 것을 염두에 두고 말한 것이다. 그리고 러트는 게일 번역시의 형식에 대해, 원시의 구조적 특성을 살리지 못하고 '순수한 영문학 형식'을 취했다고 언급하고 있다. 여기서 '순수한 영문학 형식'이라 한 것은 원작인 시조의 형식적 특성이 전혀 반영되지 않았다는 측면에서 얘기한 것으로 보인다.

1차 번역과 비교했을 때, 3차 번역은 운문이 되기 위한 영시의 규범을 제대로 따르지 않았다고 할 수 있으며, 2차 번역과 비교했을 때에는 시조의 형식적 특성을 제대로 반영하지 않았다고 할 수 있다. 즉 그의 3차 번역은 이전 번역과 비교했을 때, 영시와 시조의 형식적 특성을 모두 고려하지 않은 중간혼합적 접

---

187 His quotation of many poems has precedent in Korean tradition, but his reason for it was his conviction that the poems illustrated the Korean mind better than anything else did. He showed little interest in poetic structure, and although he was sensitive to style and feeling, his translations are cast in purely English literary forms. Richard Rutt, op. cit., p.92.

근 태도를 보인다고 할 수 있을 것이다.

이는 다음 장에서 언급할 번역의 목적과 유관해 보이는데, 3차 번역이 역사서의 삽입시로 존재하고 있기 때문으로 보인다. 그는 역사서를 서술하면서 시조를 많이 삽입했지만, 이때 삽입된 시조는 한 편의 문학 작품으로 감상하기 위해 인용한 것이 아니었다. 3차 번역에서 시조는 한국인의 내면을 드러내주는 사료史料로 인식되었기에 그 형식적 특성까지 고려할 여유가 없었던 것이다. 이는 시조뿐만 아니라 시조보다 더 많은 양이 삽입된 한시의 경우에도 해당된다. 3차 번역의 경우 문학 작품이 대거 인용되었지만, 문학적 가치를 보여주기 위해 인용된 것은 아니었다.

(5) 번역의 목적과 시조에 대한 인식

시조의 형식적 특성에 대해 정확하게 이해하고 있으면서도 이를 번역시에서 드러내지 않은 3차 번역에 대해 섣부른 평가를 내리기에 앞서, 이 글에서는 게일이 왜 역사서에 시조를 삽입했는지, 그리고 그것을 어디에 어떻게 배치하였는지를 먼저 살피고자 한다. 게일이 남긴 글을 통해 역사서에 시조를 번역하여 삽입하게 된 이유를 구체적으로 추적해보자. 다음 글은 외국인으로서 한국문학을 읽어야 하는 이유를 밝힌 글의 일부이다.

> 한국인들은 매우 비밀스럽고 조용한 사람들이다. 그들은 슬픈 경험을 통해 자신의 속마음을 다 말하는 것은 안전하지 않다는 것을 배웠다. 점차 그들은 (하고 싶은 말을) 참게 되었고, 그들은 (외국인을) 경계하며 속마음을 얘기하지 않게 되었다. 따라서 그들은 자신의 내면세계에 관한 것을 당신에게 아주 조금만 얘기하든지 아니면 아예 말하지 않을 것이다. (…중략…) 따라서 만약 외국인으로서 한국인이 어떤 사람이라는 것을 알게 된다면, 그는 분명히 한국인으로부터가 아니라 한국인이 그들 자

신에 대해 쓴 글로부터 알게 되었을 것이다. 그 글을 쓴 한국인은 외국인이 언젠가 그 글을 읽을 것이라고는 꿈에도 생각하지 못하고 썼던 것이다.[188]

게일은 한국 사람들을 알기 위해 사람들을 접하며 그들의 이야기를 듣고자 했지만, 한국인은 외국인에게 속마음을 내보이지 않았다. 쇄국과 강제 개항이라는 아픈 역사를 겪은 한국인에게 외국인은 언제나 경계의 대상이었다. 이는 그의 오랜 한국 생활이라는 경험에 바탕을 둔 것으로, 게일에게 있어 진솔한 한국인을 만날 수 있는 길은 오로지 한국인이 남긴 '글'뿐이었다고 고백한다. 그래서 그는 더욱 한국문학을 탐독했고, 이를 번역했으며 나아가 한국인의 내면을 드러내는 자료로 사용하게 된 것이다.

만약 당신이 진심으로 그한국인에 대해 알고자 한다면, 그가 쓴 글을 읽어야 한다. 왜냐하면 문학은 내적인 삶을 사진처럼 기록하는 가장 중요한 것이기 때문이다. 문학은 진실로 그 나라 사람들의 마음속 깊은 방으로 안내해주는, 그들의 정신세계를 보여주는, 그 나라를 이해하게 하는 열쇠이다. 오로지 한국의 문학을 통해서만 당신은 한국인이 어떤 사람인지, 어떤 생각을 하는지, 그들이 무엇을 원하는지 알 수 있게 될 것이다.[189]

---

188 The Korean is a very secretive and silent man. He has learned from sad experience that it is not safe to speak all one's inner thoughts. Little by little he has suppressed these till he has become wary and reserved, and tells you little or nothing of the inner life that belongs to him. (…중략…) Hence if the foreigner would know what the Korean is, he must find it not from the man himself, but only from what the man has written down concerning himself, and which he never dreamed the foreigner would one day look upon and read. J. S. Gale, "Why Read Korean Literature?", *The Korea Magazine*, 1917.8, pp.354~355.

189 Would you know him truly, then read what he has written, for literature surely occupies the all-important place as a photographic record of the inner life. It is really the key to a nation's understanding, to her soul, to the inner chamber of her heart. Only as you wander through the Korean's literature will you find what he is, what he thinks, what he longs to

이는 3차 번역을 시작하기 바로 전해에 쓴 글이다. 그는 앞서 인용한 글과 여전히 같은 맥락에서 문학이야말로 사람의 내면을 사진 찍듯이 가장 잘 보여준다고 보고 있다. 그리고 이를 더 발전시켜, 한국문학은 한국 민족의 정신soul과 마음heart을 보여주어 그 국민nation을 이해하게 하는 열쇠라고 하였다. 그는 한국인을 이해하고 서구세계에 이해시키기 위해 『한국민족사』를 서술하였다. 그에게 있어 한민족의 정신과 마음을 온전히 보여주는 것은 바로 그들이 남긴 문학이었기에 한국민족의 역사에 시조를 포함한 많은 문학작품을 적극적으로 삽입했던 것이다. 따라서 그가 3차 번역을 시도하게 된 목적은 시조를 통해 한민족의 내면을 온전히 보여줄 수 있다고 생각했기 때문이다.

그리고 게일에게 있어 시조란 한국인의 내면을 반영하고 있는 노래였다고 할 수 있을 것이다. 게일의 시조에 대한 인식을 좀 더 구체적으로 살피기 위해 이번에는 그가 시조를 어떤 자리에 어떻게 배치시켰는지 살펴보자. 다음의 인용문은 제4장 「공자」에서 발췌한 것이다. 이 글에서 게일은 오늘날 한국인을 특징짓는 습관과 관습이 주周나라부터 전해졌다고 하며 그 예로 사농공상의 계층 분류, 환관 그리고 일부다처를 들고, 이에 관해서는 비판적 시선을 보이고 있다. 사농공상의 신분제 때문에 양반 계층은 노동하지 않으며 생산자와 상인을 업신여긴다고 하였다. 환관에 대해서는 인류의 기괴한 종류Weird variety of the human species known as the eunuch라고 하였다. 그리고 무엇보다 일부다처에 관해서는 선교사로서 비판적 입장을 견지한다. 그는 공자에 의해 성인으로 승격되었던 순임금이 두 명의 아내를 가졌던 것을 근거로 일부다처제가 주나라로부터 왔다고 보았으며, 일부다처의 배경에는 대를 잇기 위해 아들을 선호하는 사상이 있다고 지적한다. 그리고 한국의 결혼식에 등장하는 기러기는 일부일처를

be. J. S. Gale, "Korean Literature", *The Christian Movement in Japan, Korea and Formosa*, Kobe, 1923, p.465.

암시한다고 하며 기러기가 등장하는 시조를 삽입한다. 이 맥락만 두고 볼 때, 중국에서 전해진 것은 일부다처제이고, 한국 고유의 풍습은 일부일처제라고 보는 게일의 시선을 엿볼 수 있다. 즉 오늘날 한국인은 중국의 영향을 많이 받았지만, 한국민족은 일부일처제라는 바람직한 풍습을 갖고 있었고 이를 확인할 수 있는 방법이 바로 오늘날까지 남아 있는 시조의 노랫말이라고 판단했기에 시조를 인용한 것이다.

공자 이전 시대부터 전해져 온 결혼의 상징은 기러기이다. 이 새는 신뢰할 만하고, 겸손하고, 지혜롭고, 때를 알아 가장 적절하다. 살아 있는 새를 구할 수 없다면, 나무로 만들어진 새가 사용된다. 기러기는 그 새의 이미지가 그러하듯 부부간의 정절을 암시한다. 하지만 나는 살아 있는 새에 더 익숙하다. 이 현명하고 오래된 기러기는 마치 백 번이나 결혼해 온 듯, 만족해하며 오늘의 결혼식에 내내 앉아 있다. 구경꾼들은 모두 기러기가 마음 깊은 곳에서 "일부일처"를 말하고 있다는 것을 알고 있다. 기러기는 모든 진실한 사랑을 하는 사람들, 모든 버려진 아내들의 친구이다. 따라서 그들은 매우 오래된 이 노래를 부른다.[190]

한국인의 결혼 풍습을 소개하며 결혼의 상징으로 기러기를 언급하고 있다. 기러기는 부부간의 정절, 일부일처를 암시하며 한국인들은 기러기를 통해 일부일처를 기원한다. 따라서 기러기는 진실한 사랑을 하는 사람들, 버려진 아내들

---

190 The symbol of marriage that has come down from pre-Confucian day is the goose-a most proper bird, faithful, modest, wise, knowing the seasons. If a live goose cannot be obtained, a wooden goose will do. She suggests conjugal fidelity which her image or likeness can so as well. I am accustomed to the live bird, however. This sage old goose will sit through a marriage ceremony today just as complacent as though she had been married a hundred times herself. All the onlookers know that in her heart of hearts she says : "One husband only for me." The goose is the friend of all true lovers, of all forsaken wives. Thus they sing this very old song :

의 친구가 되며, 오래된 노래에도 이러한 이미지로 등장한다는 것을 보이기 위해 사설시조를 삽입하고 있다. 여기서 게일은 시조를 매우 오래된 노래very old song로서, 기원전 6세기 공자의 영향을 받던 때보다도 더 이전부터from pre-Confucian day 존재했던 노래로 인식하고 있다.

이 글을 통해 볼 때, 게일은 시조를 공자 이전의 노래로 간주하였던 것을 알수 있다. 앞서 신라시대의 노래로 시조를 배치한 것도 이와 같은 맥락이었다. 역사적 근거도 없이 또 글의 흐름상 시조를 두지 않아도 될 자리에 군이 시조를 인용한 이유는 무엇일까. 이는 아마도 그가 2차 번역에서 밝혔던 시조에 대한 인식의 연장선에서 행해진 것으로 볼 수 있다. 그는 2차 번역에서 『남훈태평가』의 시조에는 오래된 정신이 들어 있으며, 단군 이래로 극동지역에 있어 왔던 동양의 메시지가 들어 있다고 하였다.[191] 그에게 있어 이는 조금도 과장된 표현이 아니었다. 그는 3차 번역을 통해 2차 번역에서 그가 주장하였던 것을 구체적으로 드러내 보인 것이었다. 그에게 있어 시조는 우리 민족의 역사가 시작되던 단군시대로 불린 것으로 중국의 영향을 받기 이전 우리의 고유한 풍습이 남아 있는 귀중한 사료이며, 따라서 처음 음악이 생겨나 궁중에서 연주되었을 때 불렀을 법한 노래도 역시 시조라고 생각했던 것이다.

1927년 6월 22일, 게일은 65세의 나이로 40년간의 한국 생활을 마치고 캐나다로 떠났다. 『한국민족사』는 그가 은퇴를 앞두고 스무 살 이후 자신이 몸담아 온 한국에 대한 모든 애정과 지식을 자신만의 관점으로 완성한 책이다. 여기서 시조는 독립된 문학작품으로서의 가치보다 한국인의 풍습과 심성을 보여주는 자료로 인식되고 활용되었다. 한시나 고소설에 비해 시조의 번역은 그 편수가 적지만, 그에게 시조는 다른 어떤 것보다도 한국 민족의 오래된 풍습을 보여주

---

191 J.S. Gale, "Korean Songs", *The Korea Bookman*, vol.III, no.2, Seoul : The Christian Literature Society of Korea, 1922.6, p.13.

는 사료史料였으며, 그가 오랜 세월 알고자 노력하였던 한국인의 내면세계를 짧지만 다채롭게 보여주는 귀중한 자료였던 것이다.

2. 의미와 감흥을 부각한 호머 헐버트Homer B. Hulbert

1) 자료 개관 및 연구사

(1) 자료 개관

호머 헐버트Homer B. Hulbert, 1863~1949는 1886년 조선에 와서 정치, 교육, 선교 등 다양한 활동을 하였다. 게다가 그가 조선의 문학에 관한 글도 발표하였다는 사실이 알려지며 연구자들의 관심이 모여지고 있다. 그는 1896년 *The Korean Repository* 2월호에 "Korean Vocal Music", 그리고 같은 해 같은 잡지 5월호에 "Korean Poetry"를 발표하였다. 이 작품들은 후에 『대한제국멸망사*The Passing of Korea*』 New York : Doubleday, Page&Company, 1906의 "Music and Poetry"에 중심 내용은 유지하되 문장만 약간 수정되어 다시 수록되었다. "Korean Vocal Music"은 한국의 성악에 관한 글인데 그는 한국의 성악 중 하나로 시조를 설명하고 세 편의 시조 작품을 예로 들며 소개하고 있다. "Korean Vocal Music"에 실린 세 편은 그 원작과 번역시가 함께 소개되어 있기에 영역시조임이 분명하다.

반면 "Korean Poetry"에 수록된 번역시들은 그가 원작을 밝히지 않아 단언하기 어렵지만 시조의 번역이거나 혹은 시조와 친연성이 매우 높은 노래의 번역으로 볼 수 있다. 여기서 소개한 시 중『조웅전』삽입시와 어부 노래가 특히 그러하다. 『조웅전』에 삽입된 시는 장소저의 노래와 이에 화답하는 조웅의 노래이다. 소설 속에 나오는 시는 정확하게 시조의 형태를 보이지는 않으며, 가집과 비교했을 때 일치하는 작품을 찾을 수 없었다.[192] 하지만 이 노래들은 시조

헐버트 영역시조 : *The Korean Repository* 수록

	번역시	원작	기사명	발표일자	P.K.[193]	K.N[194]	형태
1	O Mountain blue	청산아	K.V.M.[195]	1896.2	p.321		3연 6행
2	The willow	이달이	K.V.M.	1896.2	p.321	p.166	8행
3	'Twas years ago	술먹지	K.V.M.	1896.2	p.323	p.165	3연 6행
4	Sad heart	초산의	K.P.[196]	1896.5	p.325		5연 4행
5	Ten years	십년을	K.P.	1896.5	p.325		13행

와 유사한 방식으로 시상을 전개해 나가고 있으며, 마지막 행의 화법 또한 시조 종장과 매우 유사하다. 그리고 가집에는 이와 유사한 모티프의 작품이 여러 수 존재하고 있다. 따라서 이 노래들은 분명한 시조의 형태는 아니지만, 기존의 시조를 기반으로 하여 소설 속에 삽입되면서 약간의 변형이 가해진 작품으로 볼 수 있다. 따라서 이는 이 글의 연구대상에 포함시킬 것이다.

"Korean Poetry"에서 어부가 고기잡이를 마치고 밤길에 돌아오면서 부르는 노래라고 소개한 12행의 번역시도 시조 작품을 원작으로 했을 것으로 추정되지만 헐버트의 번역만으로는 원작을 확정하기 어려워 이 글의 연구대상에서는 제외시켰다. 선행 연구자인 송민규와 김승우는 헐버트 번역시에 나타난 몇몇 정황을 두고 원작으로 유력시되는 작품을 추정하였으나 두 연구자의 추정작도 일치하지 않는다. 헐버트의 번역은 창작에 가까운 의역 형태를 보여 원작을 추정하기가 쉽지 않다. 이 글에서는 시조를 번역한 것이라고 확신할 수 있는 작품만을 대상으로 삼기에 어부노래는 연구대상에서 제외시켰다. 따라서 이 글에서

---

192 이런 측면 때문에 이 노래는 한문 시가일 가능성도 고려해 보아야 한다. 한문시가 중 금조와 같은 것을 고려해볼 수 있지만, 그렇게 보기에는 노랫말이 너무 단순하여 이 글에서는 국문시가 중 시조의 변형으로 보았다. 전성운은 이 작품이 한문으로 표기되었을 가능성이 농후하다고 보고, 사(詞)로 분류하였다. 전성운, 「〈조웅전〉 형성의 기저와 영웅의 형상」, 『어문연구』 74집, 어문연구학회, 2012, 350면.
193 *The Passing of Korea,* Chapter XXIV, "Music and Poetry", 1906에 재수록된 면수.
194 Isabella Bird Bishop의 *Korea and her Neighbors*, 1897에 수록된 작품 지칭.
195 *The Korean Repository* 수록된 기사명 "Korean Vocal Music".
196 *The Korean Repository* 수록된 기사명 "Korean Poetry".

연구대상으로 삼은 헐버트의 작품은 "Korean Vocal Music"에 수록된 세 편과, "Korean Poetry"에 수록된 『조웅전』 삽입시 2편으로 도합 5편이다. 도표로 정리하면 다음과 같다.

(2) 선행 연구 검토

헐버트의 영역시조에 관한 연구는 2008년 송민규에 의해 시작되었다.[197] 그는 헐버트가 남긴 문학관련 기사를 중심으로 헐버트의 한국시에 대한 인식을 고찰하였다. 그는 헐버트가 1896년 2월, *The Korean Repository*에 발표한 "Korean Poetry"에서 소개한 한국시 3편을 심도 있게 다뤘다. 헐버트는 정치적 행적을 중심으로 주목받아 왔는데, 이 논문으로 인해 그가 한국의 시에도 관심을 보였던 것이 밝혀졌다. 헐버트 번역에 관한 첫 연구이지만 그의 번역시에 나타난 중요한 특성과 의미를 포착하여 시조 번역자로서 헐버트 연구의 토대를 마련해 주었다는 점에서 그 의의가 상당하다고 할 수 있다.

이러한 연구에 힘입어 김승우는 헐버트의 한국 시가에 대한 인식을 게일과의 비교를 통해 본격적으로 고찰하였다.[198] 그는 헐버트가 한국의 가악과 시가 서구의 것과 근본적으로 다르다는 점을 언급했으나 게일과는 달리 양자 사이의 차이를 인정할 뿐 발달과 미발달의 이분법적 잣대를 적용하지는 않았다는 점에 주목하였다. 그리고 한국문학에 대한 헐버트의 우호적 태도가 당시 서구인들에게 한국문학의 면면을 소개하는 데 반드시 긍정적인 효과만을 산출하지는 않았다고 지적하였다. 헐버트의 논리 속에서 한국의 시조는 소재만 한국의 것으로 바뀐 영시의 등가물이었으며, 그에 의해 서사적 스토리를 지닌 형식으로 '영시

---

197 송민규, 「19세기 서양 선교사가 본 한국시 – *The Korean Repository*의 기사 "Korean Poetry"를 중심으로」, 고려대 석사논문, 2008.
198 김승우, 「구한말 선교사 호머 헐버트의 한국시가 인식」, 『한구시가연구』 31집, 한국시가학회, 2011.

화'된 채 소개된 시조 역시 서구인들에게 관심권에 들지 못했다는 점을 지적하였다.

헐버트가 남긴 영역시조는 5편으로 그 수가 많지 않지만, 이러한 선행 연구 덕분에 헐버트 영역시조의 의의 및 한계까지 비교적 선명하게 잘 밝혀져 왔다. 이제 이 글에서는 헐버트의 '영역시조'에 초점을 맞추어 형식상의 특성 및 시조에 대한 인식을 좀 더 면밀하게 살펴보고자 한다.

(3) 이사벨라 버드 비숍Isabella Bird Bishop의 영역시조에 관한 오해

헐버트의 영역시조 자료를 개관하면서 헐버트의 영역시조와 이사벨라 버드의 영역시조 간의 관계를 명확히 밝히고 넘어갈 필요가 있다. 이사벨라 버드 비숍은 1894년 겨울과 1897년 봄 사이 네 차례에 걸쳐 한국을 답사하고 이를 바탕으로 1897년 11월 『한국과 그 이웃나라들Korea and her Neighbors』을 출간하였다. 그녀는 이 책에서 한국을 정확하게 연구하고 전달하기 위해 본인이 직접 답사를 하고, 당시 한국에 있던 거의 모든 유럽인을 인터뷰했으며, 관련 서적을 참조했다고 밝히고 있다. 이 책은 출간 당시에도 많은 부수가 팔렸으며, 1994년 한국어 번역본이 출간되어 우리에게도 잘 알려져 있다.

이 책의 제12장 「원산에 이르는 해변의 여로Along the Coast」에는 한국의 음악을 소개하는 글이 포함되어 있다. 이 글은 헐버트가 1986년 2월 *The Korean Repository*에서 "Korean Vocal Music"이라는 제목으로 발표했던 글을 요약, 정리하고 자신의 의견을 덧붙인 것이다. 헐버트가 한국의 성악을 세 가지로 나누고 각각에 해당하는 예를 들었던 것을 이사벨라 버드도 그대로 서술하고 있다. 그리고 시조를 설명하면서 헐버트가 인용했던 세 작품 중 두 작품을 인용하였는데, 이 역시 헐버트의 번역시를 그대로 인용했다. 따라서 여기 소개된 번역시는 이사벨라 버드의 것이 아니라 헐버트의 것이다. 이사벨라 버드 비숍도 이러한 사실을 분명하게 밝히고 있는데 어찌된 이유에서인지 이사벨라 버드 비숍 역시 시조 번역자로 종종 거론되곤 한다. 다음 장에서 살펴볼 정인섭도 그녀를 시조 번역자로 지칭하고 있으며, 1994년 출간된 한글 번역본 『한국과 그 이웃 나라들』에서도 이러한 오해를 조장하고 있다.

> 한국의 창唱에는 세 부류가 있다. 첫째가 시조창, 즉 고전적인 양식의 안단테 트레몰로이다. 이것은 때때로 연주자가 한 음표 당 충분히 목청을 떨 수 있도록 북을 쳐서 이끌어주는 '북장단에 맞춘' 창이다. 시조는 느리게 진행되는 것으로 너무도 오래고 고단한 연습이 필요하므로 그것을 습득하기에 충분한 여유가 있는 기생들만이 능히 해낼 수 있다. 그 한 갈래는 연회송으로 불려지는데, 서울에 있는 헐버트 신부가 내게 선물해 준 펜으로 그중 한 곡을 번역해 보았다.[199]

> One branch of it deals with convivial songs, of one of which I give a translation from the gifted pen of the Rev. H. B. Hulbert of Seoul.[200]

문제가 되는 구절은 굵은 글씨로 강조한 인용문의 마지막 문장이다. 원문의 "gifted pen of the Rev. H. B. Hulbert"를 번역본에서 "헐버트 신부가 내게 선물해 준 펜으로 그중 한 곡을 번역해 보았다"라고 하였다. 즉 이 문맥에 의하면 독자들은 이사벨라 버드가 번역한 시를 소개하는 것으로 이해하게 된다. 그

---

199 이사벨라 버드 비숍, 이인화 역, 『한국과 그 이웃나라들』, 살림, 1994, 195면.
200 There are three classes of Korean vocal music, the first being the Si-Jo or "classical" style, andante tremuloso, and "punctuated with drums" the drum accompaniment consisting mainly of a drum beat from time to time as an indication to the vocalist that she has quavered long enough upon one note. The Si-Jo is a slow process, and is said bu the Koreans to require such long and patient practise that only the dancing girls can excel in it, as they alone have leisure to cultivate it. Isabella Bird Bishop, "Along the Coast", *Korea and her Neighbors*, 1896, p.165.

런데 원문의 "gifted pen"을 "선물 받은 펜"으로 번역한 것은 번역상의 실수라고 보인다. 이 구절은 헐버트에 대한 수식어구로서 "문인으로서의 재능을 부여받은" 즉 "뛰어난 문인이라고 할 수 있는 헐버트 신부가 번역한 것을 여기서 (다시) 소개한다"고 보는 것이 더 적당할 것이다. 따라서 이사벨라 버드가 『한국과 그 이웃나라』에서 발표한 2편의 영역시조는 헐버트의 번역이며, 현전하는 자료에 근거해 볼 때, 이사벨라 버드 비숍은 시조 번역자로 보기 어렵다.

2) 원전 추정

앞서 헐버트의 영역시조를 "Korean Vocal Music"에 수록된 3편과, "Korean Poetry"에 수록된 『조웅전』 삽입시 2편으로 보았다. 먼저, "Korean Vocal Music"에 인용된 작품을 먼저 보자. 여기서는 시조 원문과 번역시를 함께 제시하고 있기에 원전 설정에 문제가 없다. 그런데 헐버트가 제시한 원문을 『고시조 대전』에 수록된 현전하는 가집과 비교해 보니 약간의 차이가 있었다. 먼저 「청산아 무러보자」는 표기가 유사한 작품이 있지만, 완전히 일치하는 경우는 없었고, 「술먹지 마자ᄒ고」는 금주禁酒에 관한 노래 중 부분적으로 유사한 작품은 있지만 헐버트가 인용한 작품과 일치하는 작품은 없었다. 마지막으로 「이달이 삼월인지」는 유사한 모티프의 작품조차 찾을 수 없었다.

이는 헐버트가 특정 가집을 통해 시조를 접한 것이 아니라, 시조창이 연행되던 현장에서 노래를 직접 채록하였기 때문이라고 추정된다. 시조는 본디 가창을 통해 전수되다가 가집에 기록된 것이다. 하지만 헐버트는 게일과 달리, 가집에 기록되어 정착된 노랫말을 원전으로 삼은 것이 아니라, 그가 들었던 노래를 기록하고 번역하였기에 오늘날 남아있는 가집의 기록과 차이가 난다는 것이다.

헐버트는 구전되는 문학에 많은 관심을 가졌다. 한국 고소설에 관해 논하는 글에서는 전기수傳奇叟의 음조와 억양을 통해 연극적 요소를 실감하며 이야기를 향유하는 것이 단순한 독서보다 더 우수하다고 보았다.[201] 또한 기록문학으로 정착된 정사正史보다 구전되어온 민속folklore이 역사 속 삶의 심장부를 어루만져 줄 수 있다고 하면서 더 큰 의미를 부여하였다.[202] 헐버트는 문자로 기록되어 전수되는 방식보다 구전의 방식을 선호하였던 것이다. 그리고 이는 시조의 경우에도 적용되고 있다.

헐버트가 제시한 원문을 보면 띄어쓰기 없는 3행이며, 종장 말구가 생략되어 있다. 이는 시조창 표기법이다. 헐버트가 시조창을 감상했던 것에 관한 기록은 여러 군데에서 발견된다. 이러한 기록에 의하면 헐버트는 그저 한두 번 들어본 정도가 아니라 상당히 익숙하도록 이러한 경험을 가졌던 것으로 볼 수 있다.

> 시조 혹은 고전적인 형식부터 보자. 시조는 극단적으로 느리고 떨림이 심하며 장고 장단에 따라 소리가 변화되는 것을 특징으로 한다. 반주는 주로 장고 장단으로 이루어지는데, 청중들이 인내할 수 있을 만큼 한 음을 길게 끄는 창자에게 다른 음으로 넘어가는 게 좋겠다고 알려주기 위해 가끔씩 장고를 쳐 준다. 이러한 장고 소리에 의한 신호는 언제나 창자에게 받아들여진다.[203]

---

201 (한문소설, 한글소설이 많다는 특성을 언급한 후) 한국에는 책을 인쇄한다는 문제보다 앞서 구전이라고 하는 옛 풍습이 꿋꿋하게 남아 있다. 만약 돈 많은 사람이 책을 읽고 싶지만 책을 살 수가 없을 경우에는 광대라고 부르는 직업적인 얘기꾼을 불러들인다. 그는 그의 수행원과 북을 가지고 와서 이야기를 연출하는데 하루 종일 또는 이틀이 걸리는 경우가 허다하다. 이 광대와 소설과의 사이에는 어떤 뚜렷한 차이가 있을까? 광대(전기수)의 음조와 억양은 단순히 소설을 읽을 때에 부족하다고 느껴지는 연극적 요소를 실감케 해준다는 점에서 보면 그와 같은 광대놀이는 사실상 우리들의 예술 작품으로서의 소설보다 더 우수한 것이다. 한국에서는 이와 같은 광대놀이가 연극을 대신한다. 왜냐하면 그런 것이 이상스럽게 보이기는 하겠지만, 중국과 일본에서 오래 전부터 연극을 발전시켜온 것과 달리 한국에서는 그에 대해 아무런 노력도 하지 않았기 때문이다. 헐버트, 신복룡 역주, 「문학」, 『대한제국멸망사』, 평민사, 1984, 371면.
202 正史(written history)란 옛날 얘기 속에 나오는 구두를 신고서 수세기의 역사를 횡보하는 것이어서 역사상의 큰 사건만을 다루는 것이므로 우리에게 조감도만을 제시해줄 뿐이지만, 민속(folk lore)은 우리를 역사의 골짜기로 데려가서 가정과 일상생활을 보여주며 인간 생활의 심장부를 어루만져 볼 수 있도록 해준다. 위의 책, 437면.
203 Let us begin with the Si Jo or classical style. It may be characterized as extremely andante

헐버트가 시조에 대해 설명하는 부분 중 일부를 발췌한 것이다. 시조창이 장고 장단[204]에 맞춰 연행되는 장면을 묘사하고 있다. 시조가 매우 느리고 떨림이 많은 노래라고 한 것은 시조의 음악적 특성을 잘 포착한 것이다. 그리고 시조창이 장고 장단을 반주로 연행되며, 청중들이 더 이상 참을 수 없을 만큼 창자가 한 음을 길게 끌면 장고를 쳐 줘서 다음 음으로 넘어가게 한다는 서술로 볼 때, 그가 청중으로서 시조창의 연행을 주의 깊게 관찰하고 감상하였던 것을 확인할 수 있다. 그리고 반주자가 주는 이러한 신호가 '언제나, 예외 없이' 창자에게 받아들여진다고 말하는 데에서 그가 여러 차례 반복적으로 시조를 감상했던 것을 확인할 수 있다.

실제로 시조의 장단長短 점수點數는 삼점三點과 오점五點의 두 가지가 있다. 점點이라 함은 한 장단 안에서 장고의 합장단, 북편, 채편을 치는 것을 가리킨 것으로, 박자와는 다르다. 따라서 3점은 장고를 세 번 쳐서 한 장단을 이루고, 5점은 한 장단에 장고를 다섯 번 치는 것을 말한다.[205] 시조창은 3점 5박과 5점 8박을 섞어서 부른다. 즉 3글자東窓이를 5박 부르는 동안 장고는 3번 치고, 4글자 혹은 5글자밝았느냐를 8박 부르는 동안 장고 표면을 5번 만지게 된다는 것이다. 이러한 시조창의 음악적 특성을 고려할 때, 장고 소리가 어떤 표시를 해줘서 다음 소리로 넘어가는 것은 아니지만, 헐버트는 감상자의 입장에서 마치 장고 소리에 의해 다음 소리로 넘어가는 것으로 느꼈던 것이다. 어쨌든 헐버트는 시조창을 감

---

and tremuloso, and is punctuated with drums. This means that the accompaniment consists mainly of a drum which is struck once in a while to notify the singer that she has hung on to one note as long as the patience of the audience will permit and she had better try another, which advice is invariably taken. Homer B. Hulbert, "Korean Vocal Music", *The Korean Repository*, Seoul : Trilingual Press, 1896.2, p.45.

204 원문에는 drum으로 되어 있는데 문맥상 북보다는 장고가 어울린다. 시조는 거창한 관현악 반주 없이 누구나 즐길 수 있는 대중음악으로, 장고 반주 하나로 족하며 장단도 갖추지 못할 경우에는 무릎장단으로도 족하다. 장사훈, 『최신 국악총론』, 세광출판사, 1985, 421면.

205 장사훈, 『시조음악론』, 서울대 출판부, 1973, 57면.

상하며 반주와 소리의 어우러짐을 경험하였던 것은 분명하다.

다음『조웅전』삽입시를 살펴보자. "Korean Poetry"의 맥락에서 볼 때,『조웅전』삽입시는 그가 소설을 감상하고 소설 속의 시조를 원전으로 삼아 번역한 것이다. 따라서 여기서의 원전은『조웅전』이다.『조웅전』은 방각본 영웅소설 가운데 가장 많이 출간된 작품으로 그 이본이 80여 종이 넘는다. 하지만 다수의 이본에도 불구하고『조웅전』의 경우 큰 차이가 없어 독립 이본으로 내세울 만한 것은 거의 없다고 한다.[206] 헐버트가 인용한 부분, 즉 조웅과 장소저가 시를 주고받는 부분은 경판본과 완판본에 모두 나타나고 있는데, 시의 표기와 시가 등장하는 맥락에 약간의 차이가 있기에 모두 인용한다.

조웅이 혼자 초당에서 생각하되, '이 집의 규중절색을 두고 인해를 구한다 하더니, 종시 몰라보았도다! 형산백옥이 돌 속에 묻힌 줄을 지식 없는 안목이 어찌 알리오'. 황혼의 명월을 대하여 풍월도 하며 노래도 부르더니 이윽하여 안으로부터 쇄락한 금성이 들리거늘 반겨 들으니 그 곡조에 하였으되,

○ 초산의 나무를 베어 객슬을 지은 뜻은 인걸을 보려더니
영웅은 간 데 없고 걸객만 흔히 온다
석상의 오동 베어 금슬 만든 뜻은 원앙을 보려더니
원앙은 아니 오고 오작만 지저귄다.
아이야 잔 잡아 술 부어라. 만단 수회를 지어볼까 하노라 ○

웅이 듣고 심신이 쇄락하여 혼자 즐겨 왈, '이 곡조를 들으니 분명 신통한 사람이로다. 이러한 가운데 내 어찌 노상걸객이 되어 대를 못하리오' 하고 행장의 퉁소를 내

---

206 조희웅,「조웅전 이본고 및 교주보」,『어문학논총』, 국민대 어문학연구소, 1993, 57면.

어 거문고 그치매 초당에 높이 앉아 월하에 슬피 부니, 위부인과 소저 퉁소 소리를 듣고 대경하여 급히 중문에 나와 들으니 초당에서 부는지라. 소리 쟁영崢嶸하여 구름 속의 나는지라. 그 곡조에 하였으되,

○ 십 년을 공부하여 천문을 배운 뜻은 월궁에 솟아 올라 항아를 보려더니
세연이 있었더니 은하의 오작교 없어 오르기 어렵도다
소상의 대를 베어 퉁소를 만든 뜻은 옥섭을 보려하고
월하에 슬피 분들 지음을 누가 알리오?
두어라 알 이 없으니 원객의 수회를 위로할까 하노라 ○

『조웅전』 완판본

이 날 조웅이 외당에서 밤이 깊도록 잠을 이루지 못하더니, 문득 내당으로부터 거문고와 노래 소리 나거늘 잠시 들으니 그 노래에 왈

○ 초산의 나무를 베어 객실을 지은 뜻은
영웅을 보려터니 영웅은 간 데 없고 걸객이 오시더라
석상의 오동을 베어 거문고를 만든 뜻은
원앙을 보려터니 원앙은 아니오고 오작이 지저귄다
아이야 잔 잡고 술 부어라 원객 수회를 하리로다 ○

공자가 그 노래를 들으매 범인이 아닌 줄 알고 행장의 단소를 내어 불며 노래하니 왈,

○ 십년 경영하여 천문을 배운 뜻은 월중에 올라 항아를 보려터니
은하에 오작교 없어 오르기가 힘들다

소상의 대를 베어 퉁소를 만든 뜻은 옥섬을 보려하니

월하에 슬피 분들 뉘 능히 지음하랴

두어라 알 이 없으니 수회를 풀리로다 ○

『조웅전』 경판본

경판본과 완판본을 비교해 보았을 때, 헐버트가 시라고 지칭했던 두 편의 노랫말은 미세한 표기상의 차이를 보이지만, 거의 유사하다고 볼 수 있다. 어느 쪽이든 온전한 시조의 형태를 취하고 있지는 않지만, 시조와 시상 전개는 유사하고 이를 거문고 반주에 따라 노래하고 있는 점도 같다. 다만, 헐버트가 감상했던 것이 경판본과 완판본 중 어느 것인지를 확인하기는 쉽지 않다.

헐버트가 번역한 『조웅전』 시의 원전은 현전하는 경판과 완판이 아닌 또 다른 형태일 가능성도 배제할 수 없다. 『조웅전』에 대한 헐버트의 향유 방식도 고려되어야 하기 때문이다. 헐버트는 『조웅전』을 민담folk-tale으로 인식하였다.[207] 헐버트가 『조웅전』을 소설이 아닌 민담으로 인식하였다는 것은, 그가 이 작품을 '읽은 것'이 아니라 '들은 것'일 가능성이 높다는 것을 의미한다. 그리고 앞서 살펴보았듯 헐버트는 전기수광대의 음조와 억양을 통해 연극적인 요소를 느끼며 이야기를 감상하는 방식을 단순한 독서 방식보다 더 우수하다고 보았다.[208] 따라서 『조웅전』의 경우도 광대전기수의 공연을 들으며 감상했을 가능성을 고려해야 한다. 전기수의 경우도 소설책을 앞에 놓고 공연했다고 하지만, 구전성이 강조되는 공연의 경우 텍스트의 변형 가능성이 존재하기 때문이다.

정리하면, 헐버트는 시조를 번역할 때, 구전을 기초로 한 공연에서 들었던 것을 원전으로 삼았던 것으로 추정된다. "Korean Vocal Music"에 인용된 세

---

207 이에 관해서는 다음 페이지에 인용되는 인용문(각주 253)을 참조할 것.
208 헐버트, 신복룡 역, 「문학」, 『대한제국멸망사』, 371면.

편은 헐버트가 시조창이 연행되는 현장에서 감상했던 원문을 그대로 기록한 것이며, "Korean Poetry"에 나오는 『조웅전』 삽입시는 경판본이나 완판본 혹은 이를 토대로 한 전기수의 공연에서 들었던 것을 원전으로 삼았을 가능성이 높다.

3) 선별 작품의 특성

헐버트가 선별한 작품은 앞서 살펴본 것처럼 크게 두 종류로 나눌 수 있다. 먼저 "Korean Vocal Music"에서 3편의 시조를 번역 소개한 것은 한국의 성악 중 한 종류인 시조의 특성을 설명하는 과정에서 인용한 것이다. 그런데 그가 인용한 맥락을 잘 살펴보면 그저 무작위로 작품을 뽑은 것이 아니라 시조를 주제별로 세분하고 각 집단을 대표하는 노래를 선정하여 소개한 것으로 볼 수 있다.

> 여기 다른 노래가 있는데 이 노래는 "봄을 노래한 시"라는 다소 비하된 범주로 분류 될 수 있다.[209]

> 한국 고전 음악의 한 부류는 "연회 노래"이다. 이는 약간 역설적인데, 18세기 풍자 화 가였던 호가스William Hogarth, 1697~1764의 그림을 고전적이라고 한다면, 연회 노래도 고전적인 노래라고 할 수 있을 것이다.[210]

---

209 This is another song that may be placed in that much maligned category of "Spring po-ems", Homer B. Hulbert, "Music and Poetry", *The Passing of Korea*, New York : Doubleday, 1906, p.322.

210 One branch of Korean classical music deals with convivial songs. This looks somewhat paradoxical, but if Hogarth's paintings are classical, a convivial song may be. Ibid., p.323.

헐버트는「청산아 물어보자」를 인용하면서 이를 특정한 그룹을 대표하는 것으로 명명하지는 않았다. 그러나 후에「이달이 삼월인지」를 인용하면서 "봄노래"[211]라는 범주를 설정하였고,「술먹지 마자더니」를 인용하면서는 "연회 노래" 흥겨운 노래를 범주화하였다. 이에 기초해서 보자면, 헐버트는 시조 작품의 내용을 기준으로 몇 가지로 범주화하고 이를 대표하는 작품을 선택하여 번역 소개했던 것이라고 할 수 있다.

소설『조웅전』속에 삽입된 시조를 번역 소개한 것은 한국 시가 갖는 특성 중 하나인 즉흥성을 설명하기 위함이었다. 그는 한국시의 특성으로 압축성, 즉흥성, 서정성을 들었고 각각을 설명하기 위해 예를 들었는데『조웅전』삽입시는 그중 두 번째에 해당하는 것이다.

> 한국인들은 민담 속에 시적 암시를 두는 것을 즐긴다. 그 시가 즉흥적인 것이 아니라면 아무 의미가 없게 되기 때문에 다만 즉흥성을 강조하여 문맥에 따라 여기에 한행, 저기에 한 행의 짧은 시를 두게 될 뿐이다. 한국인들은 앉아서 장편시를 쓰지 않는다. 그들은 노래하지 않고는 견딜 수 없을 때, 마치 새처럼 노래한다. 이러한 양식의 가장 좋은 예는『조웅전』에서 발견된다.[212]

『조웅전』을 민담으로 본 것에 대해서는 별도의 논의가 필요하겠지만 이 글에서는 서사물 속에 시적인 암시를 여기 저기 둔다는 것에 한하여 논의하고자 한

---

211 먼저 발표한 글(1896, Korean Poetry)에서는 "Spring Songs"라고 하였고, 후에 나온 책 *The Passing of Korea*에서는 "Spring Poems"라고 하였다.

212 The Korean delights in introducing poetic allusions into his folk-tales. It is only a line here and a line there, for his poetry is nothing if not spontaneous. He does not sit down and work out long cantos, but he sings like the bird when he cannot help singing. One of the best of this style is found in the story of ChoUng. Homer B. Hulbert, "Korean Poetry", *The Korean Repository*, Seoul : Trilingual Press, 1896.5, p.205.

다. 산문, 특히 소설 속에 시를 삽입하는 것은 서양에서는 낯설지만 동양에서는 매우 익숙한 전통이다. 이를 삽입시라고 부르는데 한국 고전소설 전반에 두루 포진해 있다고 해도 과언이 아닐 만큼 보편적인 현상이다. 전기傳奇소설을 필두로 몽유록계 소설, 『구운몽』이나 『창선감의록』 같은 장회체 소설, 『청년 회심곡』 같은 국문 애정소설, 영웅소설, 판소리계 소설 등에 다양한 형태의 삽입시가 들어 있다.[213] 그중 헐버트가 『조웅전』을 예로 든 것은 『조웅전』이 오랜 기간 동안 높은 인기를 누려왔던 작품이기 때문이라고 할 수 있다. 헐버트가 인용한 부분은 조웅과 장소저가 서로 거문고와 통소로 화답하는 장면이다. 조웅이 장소저의 집에 우거하게 된 날, 장소저는 자신의 배필을 찾지 못해 한탄하는 마음을 담아 연주하였고, 조웅은 이를 듣고 여기에 통소로 화답하는 가운데 시조가 인용되었으니 표면적인 맥락에 의거해 볼 때, 이 작품들은 즉흥적으로 지어진 것이라 할 수 있다.

○ 초산의 나무를 베어 객슬을 지은 뜻은 인걸을 보려더니
영웅은 간 데 없고 걸객만 흔히 온다
석상의 오동 베어 금슬 만든 뜻은 원앙을 보려더니
원앙은 아니 오고 오작만 지저귄다.
아이야 잔 잡아 술 부어라. 만단 수회를 지어볼까 하노라 ○

○ 십 년을 공부하여 천문을 배운 뜻은 월궁에 솟아 올라 항아를 보려더니
세연이 있었더니 은하의 오작교 없어 오르기 어렵도다
소상의 대를 베어 통소를 만든 뜻은 옥섭을 보려하고

213 윤세순, 「17세기 전기소설에 나타난 삽입시가의 존재 양상과 기능」, 『동방 한문학』 42집, 동방 한문학회, 2010, 165면.

월하에 슬피 분들 지음을 누가 알리오?

두어라 알 이 없으니 원객의 수회를 위로할까 하노라 ○

『조웅전』 완판본, 159면

이 노래들은 모두 동일한 구조를 갖고 있다. 초장에서는 화자의 행위와 그 의도가 기술되고, 중장은 이에 부합하지 않는 현실을, 종장에서는 욕망이 좌절된 화자의 심경을 표현하고 있다. 이 작품들은 이렇게 동일한 구조를 차용하되 소재를 다양화하며 변주시킨 것이라고 할 수 있다. 장소저가 거문고 반주로 노래하는 〈초산이〉에서는 중간에 '금슬_{거문고} 망근 쓰즌'를 넣었고, 조웅이 퉁소를 불며 노래하는 〈십년을〉에서는 "퉁소을 망근 쓰진"을 넣어 즉흥성과 현장성을 더욱 살렸다. 현전하는 시조 중 이와 유사한 구조를 가진 작품은 여러 수 존재한다.

벽오동 심은 뜻은 봉황을 보렸더니

내 심은 탓이런가 기다려도 아니 온다

무심한 일편명월이 빈 가지에 걸렸어라

#1987.1

석상의 오동 베어 거문고 만든 뜻은 영웅을 보렸더니

영웅은 아니 오고 걸객만 흔히 온다

아이야 잔 잡아 술 부어라 만단정화 실어 보자

#2539.1

석양에 오동 베어 거문고 지은 뜻은 봉황을 보렸더니

봉황은 간 데 없고 오작만 지저귄다

동자야 술 부어라 다만 수회를

                                                      #2553.1

정리하면, "Korean Vocal Music"에 삽입된 시 세 편은 시조를 주제별로 분류한 후 각 주제를 대표하는 작품이라고 할 수 있으며, "Korean Poetry"에 삽입된 『조웅전』 삽입시는 기존의 시조를 바탕으로 소설의 맥락에 맞게 변형시킨 것으로 즉흥적인 성격을 잘 보여주는 작품이 선별되었다고 할 수 있다.

4) 번역시의 형식을 통해본 번역자의 접근 태도

헐버트는 3행의 시조를 원작보다 매우 길면서도 다양한 형태로 번역하였다. "Korean Vocal Music"의 「청산아」는 3연 6행시로, 「이달이」는 8행시, 「술먹지」는 3연 6행시로 번역하였고 "Korean Poetry"에서 장소저의 노래는 4연 5행시로, 조웅의 노래는 13행의 단연시로 번역하였다. 다소 산만해 보이지만 연을 기준으로 보면 3연으로 삼은 경우와 1연으로 삼은 경우로 나누어 볼 수 있다. 그리고 그가 이렇게 다양한 번역시의 형식을 선택한 데에는 그 나름의 이유가 있었다.

(1) 3연 6행시

헐버트는 5편의 번역시 중 두 편을 3연 6행시 형식으로 번역하였다. 번역시가 실린 "Korean Vocal Music"의 기록을 통해 그가 왜 이런 형식을 취했는지 살펴보자. 먼저 그가 제시한 원작과 그의 번역시를 보자.

청산아 물어보자 고금사를 네 알리라
영웅 호걸들이 몇몇이 지나더냐
일후에 묻는 이 있거든 나도 함께

I.

O mountain blue,

Be thou my oracle. Thou stumbling-block to clouds,

Years have not marred thee, nor thine eye of memory dimmed,

past, present, future seem to find eternal throne

Upon thy legend-haunted crest. O Mountain blue,

Be thou my oracle.

II.

O Mountain blue,

Deliver up thy lore. Name me, this hour, the name

Of him most worthy-be he child or man or sage-

who, neath thy summit, hailed to-morrow, wrestled with

To-day or reached out memory's hands toward yesterday.

Deliver up thy lore.

III.

O Mountain blue,

Be thou my cenotaph; and when, long ages hence,

Some youth presumptuous shall again thy secret guess,

Thy lips unseal, among the names of them who claim

The guerdon of thy praise, I pray let mine appear.

Be thou my cenotaph[214]

---

214 Homer B. Hulbert, op. cit., p.47.

I.

오 청산이여

그대 나에게 소중한 조언을 주는 이여, 구름을 막아 섰구나.

오랜 세월에도 지치지 않고, 기억의 눈도 흐리지 않았구나.

과거, 현재, 미래는 영원한 왕관을 찾은 듯하구나.

전설이 어린 그대의 산정山頂에서. 오 청산이여

그대 나에게 소중한 조언을 주는 이여

II.

오 청산이여

그대의 전설을 말해다오. 당장 내게 말해다오. 그의 이름을.

지금 가장 훌륭한 그의 이름을 — 그가 지금 아이든 어른이든 성인聖人이든

그대의 정상 아래에서 내일을 환호하며 오늘은 분투하며

어제의 기억을 더듬던 그의 이름을

전설을 말해다오.

III.

오 청산이여

그대 나의 기념비여, 오랜 세월이 흘러

어느 건방진 청년이 다시금 그대의 비밀을 알고자 할 때

그대의 칭송을 받아 마땅한 이름들 속에

내 이름도 끼어 있기를 기원하노라.

그대 나의 기념비여.

헐버트의 번역시를 보면, 우선 과거를 보기 위해 길을 떠나는 한 젊은이를 시적 화자로 내세우고, 그가 어느 산기슭에 머물러 쉬면서 이전에 그와 같은 길을 걸었을 사람들을 생각하며 누가 그처럼 성공적인 사람이었냐고 청산에 묻고, 청산은 그 청년의 꿈속에 나타나 과거의 영화로운 인물들에 대해 이야기해 주고 있다. 이렇듯 헐버트는 한 청년과 청산이 대화하는 것으로 시를 재구상하고 꿈에서 깨어난 청년이 다시 길을 떠나며 청산을 향해 꿈에 들었던 그 이름들 속에 자신의 이름도 끼워 달라고 부탁하며 마무리한다. 이는 시조의 번역이라기보다는 3행의 짧은 시조를 바탕으로 그가 상상력을 더해 새로 창작한 시에 가깝다고 보아야 할 것이다. 그가 이렇게 원문을 심하게 변형시킨 이유는 그의 독특한 시조 이해에 기초한 것이다.

(시조창을 서양식 오선보로 기록하는 것은) 별 소득이 없는 일이다. 이에 대해 변명하고 싶지 않다. 이 음악은 고전적이고 내 능력 밖의 일이다. 하지만 나는 이 선율에 얹어 부르는 노랫말은 이해할 수 있다. 이 노랫말은 그 선율 속에서 호소하는 바가 있다. 이 부류의 다른 많은 노래들과 마찬가지로 시조는 3연으로 구성되며, 그 각각을 초장, 중장, 종장이라고 부른다. 달리 말하면, 시조는 3막으로 구성된 연극이라고 할 수 있다.[215]

헐버트는 시조가 초장, 중장, 종장으로 구성된다는 사실은 물론, 이러한 명칭까지 정확하게 알고 있었다. 즉, 헐버트는 시조창을 감상하며, 시조의 형식이나 그 노랫말의 의미까지도 잘 알고 있었던 것이다. 그런데 그는 이 시조의 각 장을 한

---

215 This is barren and unprofitable enough and I shall by no means attempt to defend it. It is classical and quite beyond me : but I understand the words that go with it and they must make their own plea for the tune. Like many songs of this class, it has three stanzas, called respectively the Ch'o jang, Ch'ung jang and Ch'ong jang; in other words, a drama in three acts. Homer B. Hulbert, op. cit., p.47.

행line으로 인식하지 않고 한 연stanza에 해당하는 것으로 이해했다. 아마도 시조의 노랫말은 짧지만, 이를 시조창으로 감상할 때는 길게 느껴지기에, 시조의 노랫말은 대단히 함축적이며 그 행간에 많은 것들이 생략되어 있다고 여겼던 것 같다.

헐버트는 여기서 더 나아가 시조의 각 장을 연극의 한 막act에 해당하는 것으로 보았다. 그리고는 시조의 각 행을 연극의 막에 해당하게끔 번역한 것이다. 위의 번역시의 경우 1막이 과거를 보기 위해 길을 떠나는 청년이 청산을 마주한 것이라면, 2막은 청년이 청산에게 말을 건네는 것이고, 청산의 대답은 2막과 3막 사이 꿈에서 이루어진 것으로 가정하고, 3막에서는 청년이 자신의 이름도 끼워 달라는 당부를 하며 떠나는 것이다. 헐버트는 시조의 각 행을 분리시키고 등장인물을 설정하여 시조의 번역시가 마치 연극 속 등장인물의 대사처럼 보이도록 번역하였던 것이다. 그리고 번역시의 각 연이 시작될 때마다 연극의 막을 표시하듯 I, II, III으로 표시를 해 두었다. 이렇듯 원작과 큰 거리감을 조성하며 시조를 희곡으로 인식하게 된 것은 그의 독특한 번역관 때문이라고 생각된다.

(2) '감흥'을 중시하는 번역관

한국인들이 "영감님께서는 속이 출출하지 않으십니까?"라고 당신에게 말할 때, 당신은 그가 "선생님, 배고프지 않으십니까?"라고 말하는 것으로 이해한다. 그에게는 딱 그것에 불과한 것이다. 만약 이것이 당신에게 그 이상의 의미가 있다면, 이는 단지 당신이 그의 특이한 화법에 익숙하지 않기 때문이다. 이것이 바로 내가 한국의 노래나 시에 대해 모든 직역을 거부하는 이유이다. 이는 아마도 한국인 독자에게보다는 대부분의 The Korean Repository 독자에게 뭔가 다른 것을 의미할 것이다. 원했던 것은 한국인들의 시가 그들에게 전달하는 생각 혹은 제공하는 감흥을 (영어권) 독자들에게도 동일하게 전달하고 느끼게 하는 것이다.

"Korean Poetry", *The Korean Repository*, 1896.5[216]

한국인들이 "영감님께서는 속이 출출하지 않으십니까?"라고 말할 경우 외국인들은
웃음이 나오겠지만 그들에게 있어서는 "배고프지 않아?"라는 의미로 통하는 것이
다. 내가 한국의 시를 글자 그대로만 번역한다면 한국인들이 원문에서 느끼는 감흥을
우리가 느끼지 못할 수도 있다. 무엇보다도 번역자가 의도하는 것은 바로 그 원문에서
느껴지는 감흥인 것이다. 한국의 시를 번역하는 데에서 부딪치게 되는 최초의 어려
움은 그것이 매우 축어적이라는 점이다. 6자의 한자를 적절하게만 나열한다면 영
어의 한 문단보다도 더 깊은 의미를 내포할 수도 있다. 예컨대 노래 하나가 다음과
같이 단조롭게 사물을 서술한다.[217]

The Passing of Korea, New York : Doubleday Page&Company, 1906

매우 유사한 내용의 글이다. 전자는 1896년 5월 *The Korean Repository*에
"Korean Poetry"라는 제목으로 처음 발표했던 것이고, 후자는 10년 뒤 『대한
제국멸망사』를 출간하면서 약간 수정하여 다시 수록한 글의 일부이다. 두 글에
서 그가 한국의 시를 번역함에 있어 직역을 거부하는 이유, 혹은 번역을 통해
전달하고자 하는 것은 바로 '의미idea'와 '감흥sensation, feeling'이라고 기술하고

---

216 When a Korean says to you "Is not the great man's stomach empty?" you understand him
to say, "Are you not hungry, sir?" It means nothing more than that to him and if it means
more to you it is simply because you are not accustomed to the peculiarities of his
speech. This is my reason for rejecting all literal translation of Korean songs or poetry.
It would mean something different to most readers of The Repository than it does to the
Korean. The thing wanted is to convey the same idea or to awaken the same sensation in
the reader as is conveyed to or is awakened in the native by their poetry.

217 When a Korean says to you, "Is not the great man's stomach empty?" it makes you smile,
whereas to him it means simply, "Aren't you hungry?" This is my reason for rejecting all
literal translations of Korean poetry. Such translations would not convey to us the same
sensation that the original does to the Korean; and, after all, that is what we are primarily
after. The first difficulty lies in the fact that Korean poetry is so condensed. A half-dozen
Chinese characters, if properly collocated, may convey more meaning than a whole para-
graph in English. One song, for instance, states the matter as baldly as this :

있다. 헐버트는 "한국인들이 원문에서 느끼는 감흥"을 영어권 독자가 느끼게 하는 데 번역의 목적을 두고 있다. 즉, 그가 번역을 통해 궁극적으로 전달하고자 했던 것은 원문 그 자체가 아니라 원문에서 느꼈던 '감흥'이었다. 따라서 번역자로서 헐버트는 원문보다는 그 원문의 독자인 한국인이 느꼈던 감흥을 영어권 독자에게 그대로 전달하기 위해 직역 대신 의역을 선택한 것이다.

헐버트가 강조한 '감흥'은 나이다E. Naida가 '역동적 상응성dynamic equivalence'이라 명명했던 것과 상통하는 것으로 보인다.[218] 나이다는 번역물의 수신자가 번역물의 메시지에 반응하는 것과 원작의 수신자가 원작의 메시지에 반응하는 것과의 일치성을 역동적 상응성이라 명명하였고, 이것이 성립하지 않는다면 번역은 실패한 것이라고 하였다. 그는 원작의 메시지와 번역물의 메시지간의 양식적 의미적 구조를 대비해 보는 것, 즉 '양식적 상응성formal correspondence'보다 '역동적 상응성'이 우선한다고 보았다. 그리고 역동적 상응의 번역이 원문의 양식에서 너무 이탈이 심하기 때문에 부정확해 보이더라도, 번역이 잘 되었나를 검증하는 '정확성'의 기준을 양식적 상응성이 아니라 역동적 상응성에 두어야 한다고 주장하였다. 만약 '정확성'의 기준이 이러한 새로운 각도에서 검토된다면 분명히 역동적 상응의 번역이 수신자에게 더 많은 의미를 가져다 줄 뿐만 아니라 더 정확하다고 말할 수 있다고 하였다.[219]

'감흥'과 '의미idea를 중시한 것을 볼 때, 헐버트의 번역 이론은 나이다의 이론과 매우 흡사하다고 할 수 있다. 앞서 번역이론에서 살펴보았듯, 나이다는 대표적인 의미 중심론자이다. 번역의 목적을 의미 전달에 두고 이를 위해 형식의

---

218 역동적 상응에 관해서는, Eugene A. Nida and Charles R. Taber, *The Theory and Practice of Translation*, Leiden : Brill, 1969, pp.22~28. 한국어 번역은 김용옥, 『도올 논문집』, 통나무, 1991, 216~225면.

219 If "accuracy" is to be judged in this light, then certainly the dynamic equivalent translation is not only more meaningful to the receptors but also more accurate(E. Nida, op. cit. p.28).

변형을 바람직하게 보았다. 헐버트 역시 의미와 감흥을 중시하였기에 원작의
형식은 가차 없이 변형되었다.

This month, third month, willow becomes green;

Oriole preens herself;

Butterfly flutters about.

Boy, bring zither. Must sing.[220]

이 달이 삼월인지 버들 빛 푸르렀다

꾀꼬리 깃 다듬고 호접 펄펄 섞어 난다

아이야 거문고 줄 골라라 춘흥 겨워

이상과 같이 번역을 한다고 해도 외국인들이 그의 의미를 전혀 모른다고 말할 수는 없
지만 그토록 단조로운 직역만으로는 한국인들이 원문을 읽을 때 느끼는 감정을 느낄
수가 없다. 만약 내가 그 시 자체가 함축하고 있는 내부적인 의미를 다소 파악했다면
아마도 다음과 같은 번역이 한국인들의 감정을 좀 더 잘 표현한 것일는지 모른다.[221]

The willow catkin bears the vernal blush of summer's dawn

---

220 이하 계속되는 원문은 *The Passing of Korea*(pp.321~322)에서 가져온 것이다. 4행의 번역시는
*The Passing of Korea*에만 있고, *The Korean Repository*에는 나오지 않는다. 단, *The Passing of Korea*에
는 시조 원문이 없고 번역시만 2편 있기에, 시조 원문은 *The Korean Repository* 1896년 2월호에
수록된 "Korean Vocal Music", 48면에서 가져왔다.

221 It cannot be said that this means nothing to us, but the bald translation conveys nothing
of the feeling which the Korean experiences when he sees the original. If I have at least par-
tially caught the inner sense of it, the following would better represent what it means to
the Korean. 번역은 대체로 신복룡의 번역을 따르되 송민규의 번역도 참고하였고 몇 군데는 저자
가 수정하였다. H. B. 헐버트, 신복룡 역주, 『대한제국멸망사』, 집문당, 1999, 380~381면.

When winter's night is done.

The oriole that preens herself aloft on swaying bough

Is summer's harbinger.

The butterfly, with noiseless ful-ful of her pulsing wing,

Marks off the summer hour.

Quick, boy! My zither! Do its strings accord? 'T is well. Strike up,

For I must sing.[222]

헐버트는 직역에 가까운 4행시 번역을 먼저 선보이고 이러한 번역으로는 한국인 독자가 느꼈던 감흥을 영어권 독자가 느낄 수 없기에 의역에 가까운 8행시로 번역한다고 하였다. 헐버트가 처음 소개한 4행시가 양식적 상응성에 기반을 둔 번역이라면 뒤에 소개한 8행시는 역동적 상응성에 기반을 둔 번역이라고 할 수 있다. 그리고 전자보다 후자를 잘 된 번역이라고 여기는 것은 나이다가 양식적 상응성보다 역동적 상응성을 우위에 둔 평가 기준과 일치하는 것이다.

그런데 여기서 또 하나 주목할 사실은 헐버트가 3행의 시조에 대한 '직역'이라고 소개한 번역시가 4행으로 구성되었다는 점이다. 번역시의 경우, 초장과 종장은 1행으로 삼되 중장을 2행으로 구성하였다. 영어권 독자들에게 감흥을 줄 수 없을 만큼 '직역'한 번역시에서조차 3행시로서의 시조의 형식은 무시되었다. 아마도 영어권 독자들에게 3행시가 낯설 것을 염려하여 4행시로 번역한 것 같은데, 이는 헐버트가 직역에 가깝게 번역할 때조차도 원작의 형식적 특성은 고려하지 않는다는 것을 잘 보여주는 지점이다.

또한 직역이라고 하였지만 종장의 의미를 제대로 담아내지 않는 것도 역시 비슷한 맥락으로 보인다. 종장은 "아이야 거문고 줄 골라라 춘흥 겨워"라고 되

---

222 Homer B. Hulbert, "Music and Poetry" *The Passing of Korea*, New York : Doubleday, 1906, p.321.

어 있지만, 헐버트는 "아이야 거문고 가져 오너라, 노래하지 않을 수 없구나Boy, bring zither. Must sing"라고 하였다. 거문고의 줄을 골라 소리를 맞추는 것을 거문고를 가져오라는 것으로 번역한 것은 유사하게 번역한 것으로 볼 수 있지만 후반부는 좀 다르다. 원문에서 언급한 '춘흥'이란 초장에서부터 노래한 '버들, 꾀꼬리, 호접' 등이 불러온 정서를 집약적으로 표현한 것인데, 헐버트는 이를 아예 번역하지 않고 노래하겠다는 것으로 번역하였다. 원문 속의 화자가 춘흥에 겨워 거문고를 연주하는 모습인데 비해, 번역문 속의 화자는 거문고 반주에 맞춰 노래하는 모습으로 달라졌다. '직역'이라고 하는 번역에서조차 그 의미와 형식을 제대로 담아내지 않고 있다는 점에서 오히려 헐버트의 번역관을 잘 보여주는 예라고 볼 수 있다.

그는 "Korean Vocal Music"의 서두에서 한국 음악의 특성을 서술하며 "우리가 한국의 음악을 즐기기 않는 것처럼 한국인들도 서구의 음악을 즐기지 않는다"라고 하였다. 즉 서구 음악이라는 것을 보편적 잣대로 삼아 한국 음악을 평가하는 것이 아니라 서구 음악과 마찬가지로 한국 음악의 독자성을 인정하고 있는 것이다. 이런 면에서 볼 때, 그의 시각은 서구 중심주의에서 벗어나 있는 것으로 볼 수 있다. 하지만, 이러한 인식에도 불구하고, 문학 번역이라는 실천적 과제 앞에서 그는 극단적인 서구 중심주의로 돌아선다. 한국적 특성이 드러나도록 있는 그대로 번역하면 "한국인들이 원전을 읽을 때 느끼는 감흥"을 서구인이 이해할 수 없다는 것을 근거로 내세웠지만, 이러한 번역관의 기저에는 원천문학의 낯설음을 받아들이기를 거부하는, 자문화 중심주의적 번역관이 내재해 있었던 것이다.

헐버트가 시조 번역에서 보여준 수용문학 중심적 접근 태도는 비단 시조의 번역에만 적용되는 것이 아니었다. 그는 1925년 *Omjee the Wizard-Korean Folk stories*Bradley Quality Books를 간행하였는데, 이는 "토끼와 거북이"를 원작으로 하되, Soktary라는 소년이 Omjee라는 판수를 만나 매일 한 가지씩 옛날이야기를 듣는 형식으로 각색한 것이다. 김성철은 헐버트의 이 번역서가 한국의 '이야기'를 서양의 형식으로 전환했다는 점에서 문제적이라고 지적했다.[223] 헐버트는 토끼와 거북이의 관계를 선과 악, 혹은 약자와 강자의 대립 구도로 설정했는데, 원작에서 토끼와 거북이는 선과 악의 대결 구도로 설정되어 있지 않기 때문이다. 헐버트는 시조뿐만 아니라 서사물의 번역에 있어서도 영어권 독자들에게 친숙한 이야기의 형식 안에서 한국의 이야기를 전개하는 방식으로 새로운 이야기를 만들어 냈다.

이런 면에서 볼 때 헐버트 번역 이론의 핵심은 원천문학의 특성을 드러내는 데 있었던 것이 아니라, 원천문학 수신자와 수용문학 수신자의 '감흥'을 일치시키고자 하는 데 있었다고 할 수 있을 것이다. 하지만 서로 다른 문화권에서 서로 다른 언어를 사용하는 두 수신자 집단이 동일한 '감흥'을 갖게 한다는 것은 기대하기 힘든 일이다. 나아가 이 '감흥'이라는 것이 매우 주관적인 것임을 고려할 때 문제는 더욱 난감해진다. 원천문학 수용자의 '감흥'은 객관적으로 측정될 수 없으며, 도착문학 수용자의 '감흥' 역시 객관적으로 측정될 수 없다. 따라서 이 둘의 '감흥'을 일치시킨다는 것은 현실적으로나 이론적으로나 불가능한 것이다. 결국 헐버트의 번역시가 그의 주관적 '감흥'에 기반을 두고 원작의 특성과는 거리가 먼 의역의 형태로 번역된 것은 이러한 번역관이 도달하게 되는 자연스러운 귀결이라고 할 것이다.

게일이 1차 번역에서는 수용문학 중심적 접근 태도를 보이다가 2차 번역에서는 원천문학 중심적 접근 태도로 전환된 것과 달리, 헐버트는 1896년 시조를 영역할 때나 1925년 고소설을 영역할 때나 여전히 수용문학 중심적 접근 태도

---

223 김성철, 「19세기 후반~20세기 초반 서양인들의 한국문학 인식 과정에서 드러나는 서구 중심적 시각과 번역 태도」, 『우리문학연구』 39집, 우리문학연구회, 2013, 107~113면.

를 견지하고 있었으며 이는 시가와 서사 전반에 걸쳐 적용되었다. 아마도 게일이 한국에 계속 머물면서 한국문학에 대한 이해를 심화시켰던 데 비해 헐버트는 한국 정치에 관여했다는 이유로 1907년 본국으로 강제 소환되었다는 사실이 적지 않게 작용했을 것이다.[224] 헐버트는 '감흥'을 중시하는 번역관을 갖고 있었기에, 그의 번역 속에서 한국의 문학은 개성을 상실하고 서구적으로 변이되었다. 이런 면에서 볼 때, 그의 번역은 한국문학의 낯설음을 조금도 수용하지 않고, 마치 수용자의 문화 속에서 열린 열매인 것처럼 바꿔버린 극단적인 수용문학 중심적 접근 태도를 가졌다고 할 수 있을 것이다.

5) 번역의 목적

헐버트의 영역시조는 한국의 시 혹은 성악으로서의 시조가 갖는 특성을 설명하는 과정에서 소개되었다. 그는 영역시조를 통해서 한국의 시가 갖는 즉흥성을 보여주고, 한국 시조의 여러 가지 범주를 보여주고자 하였다. 그리고 한국에 체류하며 한국의 문화에 관심을 갖고 이를 수집하고 번역하여 세계에 알리고자 하였다.

한국의 성악은 세 가지 부류로 나누어진다. 시조 혹은 우리가 고전적인 형식이라고 부르는 것, 하치 혹은 대중적인 형식, 그리고 응접실 형식이라고 부르는 중간 등급이 있다.[225]

---

224 헐버트는 1907년 제2차 만국평화회의가 열리기 전 헤이그에 도착하여 한국 대표단의 호소문을 현지 언론에 싣고 이상설, 이준 등의 회의장 입장을 허가하도록 촉구하였다. 그는 이 일로 인해 선교사들의 정치 간여를 금지했던 미국 정부로부터 비판 받았고, 한국을 강점하고 있던 일본으로부터도 비판 받아 헤이그에서 바로 본국으로 소환되었다. 헐버트가 정치적인 측면에서 한국에 우호적이었던 것은 사실이지만, 그의 번역에 대한 평가는 이와 별도로 공과 실이 함께 논의되어야 마땅할 것이다.

225 Korean vocal music is divided into three classes; the SiJo, or what we might call the classical style, the HaChi or popular style and an intermediate grade which we might call the

그는 한국의 성악이 세 가지 부류로 나누어진다고 하며, 고전적인 형식인 시조와 대중적인 형식인 하치, 그리고 그 중간 등급이 있다고 하였다.[226] 그리고 각각의 부류에 대해 구체적인 작품을 예로 제시하였다. 하치, 곧 대중적인 음악으로 제시한 예가 아리랑이고 중간 형식의 노래로 〈군밤타령〉을 제시한 것을 보면, 하치는 민요, 중간 등급은 잡가를 지칭하는 것으로 보인다. 그에게 있어 시조창은 한국의 성악곡 중 가장 고전적인 양식이었다. 물론 실제로는 시조창보다 더 고전적이고 격조 높은 가곡창이 있었지만, 그는 가곡창의 존재에 대해서는 알지 못했던 것으로 보인다. 어찌되었든 그에게 시조창은 가장 고전적이며 품위 있는 고상한 노래였다. 그래서 그 노랫말 역시 그러한 품위를 유지하고 있는 것으로 보았고 그의 번역도 이에 준하게 하려 하였다.[227]

그가 시조 3장을 연극의 3막과 연결시켰던 것도 이러한 맥락과 관련 있는 것으로 볼 수 있다. 시조와 희곡은 그 길이나 작품의 성격으로 볼 때 사실상 거의 상통하는 면이 없는 장르이다. 그런데 헐버트는 이 짧은 시조를 희곡과 연결시켰다. 서양에서 희곡이 그리스시대부터 있어온 고전적인 장르인 것처럼 시조 역시 그러한 지위를 갖고 있는 고전적인 장르라는 점에 공통항을 두고 연결시킨 것으로 추측해 볼 수 있다.

헐버트의 영역시조는 게일의 초기 번역과 거의 같은 시기에 같은 잡지에 발표되었다. 따라서 헐버트의 번역 역시 조선에 대한 왜곡된 정보를 바로잡고, 시와 노래를 즐기는 문화 민족으로서의 면모를 부각시켰다는 긍정적인 측면에서의 평가가 가능하다. 당대 널리 읽혔던 이사벨라 버드 비숍의 『한국과 그 이웃

---

drawing-room style-with the drawing-room left out. Homer B. Hulbert, "Korean Vocal Music", *The Korean Repository*, Seoul : Trilingual Press, 1896.2, p.45.
226 후에 이 원고를 재수록한 The Passing of Korea에서는 시조와 하치 두 가지로 나누고 있다. Homer B. Hulbert, op. cit., p.316.
227 그는 고전적인 시조에 술 노래(연회노래, 흥겨운 노래)가 한 부류를 이룬다는 것에 의문을 가질 독자를 위해 영국의 풍자화가 호가스를 인용하며 의아함을 해소하려 했던 것이다.

나라』 속에 헐버트의 글이 거의 그대로 인용된 것을 보면 헐버트의 번역이 가졌던 영향력이 상당했었던 것을 확인할 수 있다. 하지만 이러한 의의에도 불구하고 헐버트는 번역의 목적을 '의미'와 '감흥'에 두어, 원작의 특성은 부각되지 못하고, 완전히 서구화된 새로운 작품으로 변용시켰다는 비판도 피할 수 없다

3. 심미적 가치에 주목한 조앤 그릭스비Joan S. Grigsby

1) 자료 개관 및 연구사

스코틀랜드에서 태어나 시인으로 활동하였던 조앤 그릭스비Joan S. Grigsby, 1891 ~1937는 1929년부터 1930년까지 2년 동안 한국에 머물면서, 1935년 일본 고베에서 최초의 영역 한국고전시선집 *The Orchid Door*이하, 『난규(蘭閨)』로 칭함을 출간하였다. 이 책은 1970년 뉴욕의 Paragon Book Reprint Corp.에서 초판 그대로 재출판된 이후 국내는 물론이고 영어권의 주요 대학 도서관에도 대부분 비치되어 누구나 손쉽게 접할 수 있게 되었다. 이러한 파급력 덕분인지 『난규』는 해외에서 한국의 고전시를 소개하는 대표 서적으로 자리 잡고 있는 정황도 포착되고 있다.[228] 이 『난규』에 시조를 영역한 것으로 추정되는 작품이 들어 있다.

그릭스비는 1929년 1월 포드 자동차 서울지사로 발령받은 남편을 따라 한국에 왔다. 5년 전 일본에서 거주하면서 한국에 대해 좋지 않은 소문을 들어 한국으로 오는 것을 꺼릴 만큼 친일적인 시선을 갖고 있었다고 한다. 하지만 서울에 머물던 외국인들과의 교유 속에서 3·1운동 당시 일본인들의 잔혹함과 일본 대

---

228 영문학계의 정전 출간으로 잘 알려진 미국의 Noton 출판사에서 펴낸 *World Poetry : An Anthology of Verse from Antiquity to Our Time*에 그릭스비의 작품이 7편이나 들어 있다. 이에 대해서는, 강혜정, 「『세계의 시 *World Poetry*』(Noton, 1997) 소재 한국 고전시의 존재 양상 고찰」, 『어문논집』 78, 민족어문학회, 2016 참고.

지진 당시 한국인 학살에 관한 이야기를 듣고 큰 충격을 받았다고 한다. 이후 선교사 언더우드를 통해 일본이 한국인의 정체성을 말살시키기 위해 한국어 교육조차 금지시키고 있다는 것을 알게 되고, 게일의 『한국민족사』를 소개받고 그날 밤에 이 책을 모두 읽었다고 한다. 그리고 게일의 시를 재번역하고자 1929년 여름부터 한국어 개인 교습을 받았다고 한다.[229] 즉 『난규』를 번역할 당시 그릭스비의 한국어 실력은 구어만 간신히 구사할 뿐, 문어는 물론이고 고전시의 원문을 해독할 수 있는 능력을 갖추지는 못했다.

『난규』는 1964년 프린스턴대 출판부에서 간행된 *Princeton Encyclopedia of Poetry and Poetics*에서 '한국시Korean Poetry' 항목의 시선집Anthologies에 『청구영언』, 『해동가요』의 뒤를 이어 세 번째로 그 이름이 올라 있다.[230] 1976년 Horace H. Underwood가 *Transactions of the Korea Branch of the Royal Asiatic Society*에서 발표한 영역 한국문학 서지 목록에서 『난규』는 한국 고전시Traditional / Poetry in Chinese 목록에서 첫 번째로 소개되고 있으며[231] 이후 1998년 고려대 민족문화연구원에서 한국문학의 외국어 번역서지 목록을 정리하는 과정에서도 포함되었고,[232] 2004년 연세대 출판부에서 해외에 소개된 한국문학작품을 조사 분석한 논문들을 묶어 출판하면서 부록으로 제시한 각 나라별 한국문학의 외국어 번역 출판 목록에도 포함되었다.[233]

안선재Brother Anthony는 이렇게 서지 목록에만 존재하던 『난규』와 그 번역자

229 이상의 내용은 Faith G. Norris, *Dreamer In Five Lands*, Philomath : Drift Creek Press, 1993, 113~140면의 내용을 토대로 요약한 것이다.
230 Preminger Alex, *Encyclopedia of Poetry and Poetics*, New Jersey : Princeton University Press, 1965, p.435. 이 책은 1974년부터 *Princeton Encyclopedia of Poetry and Poetics*로 명칭을 바꿔 다시 출간되고 있지만 그 내용과 수록 면은 동일하다.
231 Horace H. Underwood, "Korean Literature in English : a Critical Bibliography", *Transactions of the Korea Branch of the Royal Asiatic Society*, vol.51, 1976.
232 김홍규 편, 『한국문학 번역서지 목록』, 고려대 민족문화연구원, 1998, 8면.
233 봉준수 외, 『한국문학의 외국어 번역』, 연세대 출판부, 2004, 354면.

그릭스비의 생애를 소개하고, 그녀의 문학을 중세주의medievalism의 특성으로 파악하였다.[234] 그는 여기에서 『난규』와 관련된 다양한 자료들을 제시하였을 뿐만 아니라, 이 자료를 그의 홈페이지에 공개하여 누구나 『난규』을 연구할 수 있도록 그 기반을 마련해 두었다.[235] 게다가 이 논문에서 『난규』의 2차 원전[236] 에 대해서도 언급했는데, 『난규』에 수록된 번역시의 상당 부분이 게일의 번역 을 재번역한 것이며, 후반부 기생의 시는 맥클라렌의 번역을 바탕으로 한 것이 라는 사실을 밝혔다. 그리고 그릭스비와 게일이 시기적으로는 가깝지만, 그릭 스비의 번역이 '충실한 번역'으로부터 아주 멀어진 번역 양상을 보인다는 점을 지적하였다. 그는 「공무도하가」와 「황조가」에 대한 게일과 그릭스비 번역을 나 란히 제시하며, 그릭스비 번역이 게일의 번역과 확연히 달라진 것을 강조하며 그릭스비의 번역을 '완전히 새로운 시a completely new poem'라고 명명하였다. 이 논문으로 인해 그릭스비가 원전으로 삼았던, 2차 원전의 출처가 상당 부분 밝 혀졌고, 게일 번역과의 비교를 통해 그릭스비 번역의 특성도 밝혀졌다. 하지만, 이 논문은 2차 원전인 게일의 번역과 이를 다시 번역한 그릭스비 번역의 양상 이 어떻게 달라졌는지에 초점을 두었고, 1차 원전이 되는 한국문학에 대한 관 심은 적은 편인 데다가, 영문학계에서 발표된 논문이었기에 국문학계에 미친

---

234 Brother Anthony, 「Medievalism and Joan Grigsby's The Orchid Door」, 『중세르네상스 영문학』 17권 1호, 한국중세르네상스영문학회, 2009. 안선재는 그릭스비의 시가 중세주의(Medievalism) 의 영향을 받았다고 보았다. 그녀는 일찍부터 중세주의의 한 형태로 간주되는 Celtic revival의 영향 을 받았으며, 일본에서는 중세 일본의 전설에 영향을 받았고, 궁극적으로 한국의 중세시를 모은 책 을 편찬하게 되었다고 보았다.

235 http://anthony.sogang.ac.kr/ 여기에 Joan Grigsby and co라는 항목이 있다. 이 항목 안에는 노리스가 남긴 그릭스비 전기의 일부와, 『난규』를 포함하여 그릭스비가 출간했던 시집, 그리고 그릭스비와 교유했던 인물들에 대한 정보가 체계적으로 정리되어 있다. 노리스가 남긴 그릭스 비의 전기는 미국 내 작은 출판사에서 한정판으로 출간되어 구하기가 쉽지 않은데 여기에서 자 세한 정보를 접할 수 있다.

236 이 글에서는 그릭스비가 원전으로 삼은 영문 번역을 '2차 원전'이라 명명하고, 2차 원전의 원전 이 된 한국시를 '1차 원전'이라고 명명하였다.

영향은 그다지 크지 않았다.

국문학계에서는 케빈 오루크가 한국 고전시의 번역에 대해 논의하는 과정에서 부분적으로 언급한 바 있다.[237] 그는 그릭스비의 번역이 "원전 텍스트와는 아주 다르기 때문에 학자들의 비판은 면하기 어렵겠지만, 그럼에도 불구하고 유려한 번역시집임에 틀림없다"고 하며 "학문적 정확성에서는 벗어나 있으나 시적인 감흥은 두드러지는 번역"이라고 평가하였다. 이는 그릭스비 번역에 대한 매우 적절한 평가이지만, 이러한 평가를 뒷받침할 수 있는 구체적인 논의는 이루어지지 못했다.

이후, 20세기 전반기에 서구사회에 소개된 「황조가」의 양상을 고찰하는 과정에서 게일의 번역과 그릭스비의 번역을 비교하며 그릭스비 번역에 대한 약간의 논의가 이루어졌지만, 이는 「황조가」 한 작품에 국한된 논의였다.[238] 2016년, 그릭스비 번역 전반을 대상으로 한 본격적인 연구가 시작되었는데 『난규』의 서지사항 및 출간 배경을 소개하고, 서문을 중심으로 『난규』의 편찬 취지, 한국시 문학에 대한 인식 그리고 그녀의 번역관을 설명하고 그릭스비 번역의 의의와 한계를 논의하였다.[239] 이어서 『난규』가 갖고 있는 문제점, 즉 여기 수록된 작품이 모두 한국의 고전시를 번역한 것인지를 검토하였는데, 대부분의 작품은 이에 해당하지만, 시경을 번역한 것과 당시唐詩를 번역한 것이 들어 있으며, 또한 '시'가 아니라 '산문'을 번역한 것이 존재한다는 사실도 밝혔다. 이러한 어처구니없는 문제가 발생한 것은 기본적으로 번역자인 그릭스비가 한국문학에 대한 이해가 부족했기 때문이라고 보았다.[240] 이제 이러한 선행연구를 토대로 그

---

237 케빈 오루크, 「한국 고전 시 번역 제고」, 『한국학 고전 자료의 해외 번역－현황과 과제』, 계명대 출판부, 2008, 325면.

238 강혜정, 「서구사회에 소개된 〈황조가〉의 양상 고찰－20세기 전반기 번역을 중심으로」, 『우리문 연구』 44, 우리문학회, 2014.

239 강혜정, 「영역 한국고전시선집, 『The Orchid Door 난규』의 특성 고찰」, 『한국시가연구』 40, 한국시가학회, 2016. 그릭스비의 번역에 관한 논의는 상당 부분을 이 글에서 가져왔다.

릭스비의 영역시조에 대해 살펴보고자 한다.

『난규』는 '한국의 고전시Ancient Korean Poems'라는 부제를 달고 있는데, 수록된 작품의 상당수가 한국 한시를 번역한 것이다. 그리고 후반부에 '기생의 노래 Songs of KiSang'라는 항목을 두고 14편의 작품을 수록하였는데 이 작품들이 영역시조일 가능성이 크다. 그런데 이 14편은 모두 익명으로 되어 있고, 원문을 밝히지 않아 14편이 모두 시조를 번역한 것인지 여부를 판단하기가 쉽지 않다. 또 일부는 기생의 이름에 대한 것인데, 기생이 창작한 노래가 맞는지 의심스럽기도 하다. 그릭스비가 '노랫말'이라고 했으니 시조일 가능성이 크지만, 일부는 시조가 아닐 가능성도 배제할 수 없다. 기생의 노래 14편 외에 서문에서 자신의 번역관을 설명하면서 예로 든 작품도 시조를 번역한 것으로 볼 수 있다. 즉, 『난규』에 수록된 영역시조는 많으면 15편이지만, 그보다 적을 수도 있다.

2) 원전 추정

그릭스비가 한국시를 번역할 당시 그녀는 한국에 입국한 지 채 1년도 되지 않았던 무렵이며, 한국어 교습을 받기 시작하고 불과 몇 개월이 지났을 뿐이었다. 그럼에도 불구하고, 『난규』를 집필할 수 있었던 것은, 그녀가 참고할 수 있을 만큼 영문판 한국학 자료가 축적되었기 때문이라고 할 수 있다. 즉, 그릭스비는 한국문학 원전1차 원전이 아니라, 이를 영역한 한국문학 관련 자료2차 원전를 토대로 번역하였던 것이다.

당대에는 그녀보다 먼저 입국하여 한국을 이해하고 있었던 외국인들이 있었으며, 이들이 한국의 문화, 역사, 문학에 대해 영문으로 기록한 작업이 상당한 정도의 성취를 이루었다. 『난규』 서문에서 그릭스비는 이 번역의 많은 부분이

---

240 강혜정, 「영역 한국고전시선집, 『*The Orchid Door* 난규』 선취 양상의 문제점」, 『한국시가연구』 41, 한국시가학회, 2016.

게일의 『한국민족사History of Korea』에서 온 것이며[241] Father Andreas Eckhardt
의 History of Korean Art와 왕립 아시아학회에서 나온 잡지 publications of
the Korea Branch of the Royal Asiatic Society도 참고했다고 밝히고 있다.

그릭스비가 언급한대로, 『난규』의 출간에 가장 큰 영향을 미친 것은 1928년
간행된 게일의 『한국민족사』라고 할 수 있을 것이다.[242] 게일은 은퇴를 목전에
두고 한국에 대한 모든 애정과 경험과 지식을 집약시켜 이 책을 저술하였고,
1927년 6월 65세의 나이로 40년간의 한국 생활을 마치고 캐나다로 떠났다. 이
외에도 다수의 영문 잡지들이 간행되어 그릭스비가 참조할 수 있었는데,[243] 대
표적인 것으로 Korea Magazine을 들 수 있다. 1917년 1월부터 1919년 4월까
지 간행되었는데, 게일이 이 잡지의 편집장으로 활동하면서 깊이 관여하였다.
실제로 그릭스비는 『한국민족사』와 Korea Magazine에서 다수의 작품을 선별
하여 번역하였다.

이러한 서적들뿐만 아니라 당시 서울에 살고 있었던 외국인들과의 교유 또
한 중요한 역할을 했던 것으로 보인다. 그릭스비는 『난규』 서문에서 트롤로프
BIshop Trollope, 노블Dr. W. A. Noble, 맥클라렌Mrs. C. I. McLaren에게도 감사의 뜻을
전하였다. 그녀의 딸인 노리스에 의하면 『난규』 후반에 수록한 여성 작가의 시

---

241 His literal translation have supplied a very large part of the material on which these po-
ems are based("Introduction", The Orchid Door, p.29).
242 『한국민족사』는 1924년 7월부터 1927년 9월까지 즉 3년이 넘는 기간 동안 The Korea Mission
Field라는 영문 잡지에 〈A History of Korean People〉이라는 제목으로 38회에 걸쳐 연재한 글
을 한데 묶어 1928년 단행본으로 출간한 것이다. 연재가 끝난 1928년 조선예수교서회에서 같은
제목의 단행본으로 출간하였고, 1972년 리차드 러트가 이 책 서두에 게일의 전기를 서술하고,
말미에는 각주와 참고문헌을 덧붙여 『James Scarth Gale and his History of the Korean People 韓國民族
史』라는 제목으로 다시 출간하였다. 본서에서 게일의 3차 번역이 수록된 자료로 소개한 바 있다.
본서 153~157면 참조.
243 이 글에서 소개한 두 잡지 외에 이 시기 대표적인 영문 잡지로는 The Korean Recorder, Korean
Repository(1892~1898), The Korea Review(1901~1906), Transactions of the Korea branch of the
Royal Asiatic Society(1902~)를 들 수 있다.

는 맥클라렌의 번역에 기초한 것이라고 한다. 1930년 9월 그릭스비는 선교사의 부인이자 이화학당의 교사였던 맥클라렌을 만났는데 당시 맥클라렌이 기생의 노래들을 모아 직역한 것을 가지고 있었는데 그것을 그릭스비에게 주었다고 한다.[244]

그릭스비가 언급한 맥클라렌Jessie McLaren, 1883~1968은 호주에서 온 선교사이자 교사이자 번역자였다.[245] 1911년 그녀는 의사이자 선교사였던 찰스 맥클라렌Charles Inglis McLaren, 1882~1957과 결혼하고 한국으로 왔다. 남편은 1923년까지 진주 Paton Memorial 병원에서 근무했고, 1923년에 서울로 와서 세브란스에서 근무했다. 서울에 온 후, 제시 맥클라렌은 이화학당에서 역사와 성경을 가르쳤으며, 1930년 그릭스비를 만났다고 한다. 그녀는 한국에 30년 간 체류하였고, 한국의 문화에도 관심이 많았다고 한다. 한문으로 기록된 『동경잡기』를 번역한 것이 1986년 출간되었고, 논어와 한국의 시를 번역하였다고 한다. 이 맥클라렌의 번역시가 그릭스비에게 전해져서 영역시조의 원전이 된 것으로 보인다.

3) 선별된 작품의 특성

『난규』에서 영역시조로 간주될 수 있는 작품은 '기생의 노래들'에 배치되어 있다. 따라서 여기에 선별된 작품은 거의 대부분이 기생의 노래라고 볼 수 있다. 그릭스비의 딸 노리스에 의하면, 『난규』는 본래 지식인 남성들의 시로만 구성되었다고 한다. 그래서 책의 제목도 『은행나무 그늘 아래Beneath the Gingko's Shad

---

244 Faith G. Norris, op. cit., pp.149~150.
245 Gosling, Andrew, "Jessie McLaren : An Australian in Korea", *National Library of Australia News*, vol.17(11), 2007.8, pp.11~14. 이하 맥클라렌에 대한 정보는 이 기사에서 가져온 것이다. 맥클라렌에 관한 정보는 호주국립도서관에서도 찾을 수 있다. 공개된 자료 외에 다른 자료는 더 없는지 도서관 측에 문의했지만, 아쉽게도 더 이상의 자료는 없다는 답변을 받았다. https://www.nla.gov.au/collections/guide-selected-collections/mclaren-human-colle-ction(검색일 : 2022.10.30)

e』였는데, 맥클라렌이 준 '기생의 노래'가 추가되면서 『난규*The Orchid Door*』로 바꾸었다고 한다.[246] 이 '난규'라는 제목이 갖는 의미에 대해서는 그릭스비가 이 시선집의 맨 처음에 배치한 「「난규」 시를 소개하면서」에서 직접 언급하였다.

> '난규蘭閨. Orchid Door'라는 표현은 여성들의 거처를 묘사할 때 흔히 사용되는 용어이다. 동일한 의미에서 우리는 '옥원玉園. jade courtyard', '향막香幕, perfumed screen' 혹은 이와 유사한 상상 속의 구절들도 찾아 볼 수 있다. 그렇지만 매우 섬세하여 어떤 한 가지로 규정하기 어려운 사고를 표현한 학자들의 글 속에서도, 난규는 시인의 '선정仙庭. Immotal Garden'으로 인도하는 문으로 사용된다.[247]

그릭스비는 '난규'라는 표현이 '여성들의 거처'를 지칭하는 표현이면서 동시에 '남성-학자-시인을 선정仙庭으로 인도하는 문'이라고 설명하고 있다. 즉 이 제목은 작가로서의 여성과 남성을 모두 포괄하고자 한 의도로 붙인 것이라고 할 수 있을 것이다.[248] 한국의 역대 시사詩史는 남성 중심으로 이루어져 왔고, 그릭스비 역시 이러한 사실을 잘 알고 있었다. 하지만, 번역서의 후반부에 '기생의 노래Songs of Ki Saeng'라는 항목을 따로 두고 기생으로 대표되는 여성과 관련된 작품도 다수 수록함으로써, 남성 작가를 중심으로 한 한국고전시선집의 특성을 보여주면서도 소수의 여성 작가들까지 아우르고자 했던 것을 알 수 있다.

그릭스비는 기생의 노래에는 남성 작가의 작품과 달리 과거 한국 여성의 온

---

246 Faith G. Norris, op. cit., p.150.
247 The phrase "orchid door" is sometimes used as a term to describe the women's quarters. In the same sense we find "jade courtyard", "perfumed screen" and other fanciful phrases. It also occurs, however, in the scholarly writings where it is applied to delicate elusive thoughts, the entrance to the poet's Immortal Garden. Joan S. Grigsby, *The Orchid Door : Ancient Korean Poems*, New York : Paragon Book Reprint Corp, 1970, p.31.
248 이 책에서 The Orchid Door을 '난초문'이 아니라 '난규(蘭閨)'로 번역한 것은 이러한 번역자의 취지를 살리기 위함이다. '규(閨)'에는 '도장방'이라는 의미와 '협문'이라는 의미가 모두 들어 있다.

순함과 애처로운 매력이 잘 드러난다고 하였다.[249] 즉 『난규』에 수록된 영역시조는 이러한 정서를 담고 있는 작품들이라고 할 수 있다.

1) 번역시의 형식

그릭스비는 『난규』 서문에서 자신의 번역관에 대해 분명하게 밝히고 이러한 번역관을 취하게 된 이유까지 명시하고 있다.

> 이 책에 수록된 번역시가 한국시를 직역한 것이라고 주장하지 않는다. 그러한 번역은 보통의 서양 독자들에게 흥미를 일으키거나 한국시의 아름다움을 전하지 못할 것이다.[250]

그릭스비는 직역을 선호하지 않으며, 직역할 경우 수용자인 서양 독자들에게 흥미를 일으키지 못할 것이라고 단정하고 수용자 중심의 번역관을 피력하고 있다. 그녀에게 중요한 것은 원문으로서의 한국시가 가진 특수성보다, 수용자인 서양인 독자들의 흥미를 불러일으키는 것이었다. 또한 이러한 직역의 방식으로는 자신이 목적으로 하는 한국시의 아름다움도 전할 수 없을 것이라고 보았다.

① Oriole Song

This month, third month, green willows

Oriole sings.

---

[249] They reveal so well the meekness and pathetic charm of old-time Korean womanhood that I have thought it well to include them in this collection though, strictly speaking, they have no place beside the writings of the poetic masters. Joan S. Grigsby, *The Orchid Door*, New York : Paragon Book Reprint, 1970, p.93.

[250] The poems in this book do not profess to be literal translations from the Korean. Such would offer little of interest or beauty to the average western reader.

Butterfly passes, silent, flower seeking.

Boy, bring zither, must sing

이 달은 삼월, 초록빛 버들

꾀꼬리는 노래하네.

나비는 지나다니네, 조용히 꽃을 찾아다니네.

아이야, 거문고 가져와라, 노래해야겠다.

② I have endeavored to fill in, with words, just sufficient of the picture ne-
cessary to render the poem acceptable to western minds. I have striven to
avoid as far as possible, the use of additional imagery. Here and there, ho-
wever, certain additions have proved inevitable in order to avoid obscurity.

나는 다만 서구인들의 마음에 이 시가 이해하는 데 필요한 만큼 시의 빈 곳에 몇몇
단어를 채우도록 노력했다. 나는 원문에 없는 심상을 추가하지 않도록 최대한 노력
했다. 하지만 모호한 부분을 선명하게 하기 위해서는 여기저기에 약간씩 추가할 수
밖에 없었다.

③ Oriole Song

This month, third month, willow trees grow green

The oriole is singing, I have seen

A butterfly go by on silent wing,

Seeking a flower and then another flower.

Bring my zither, boy for I must sing

이 달은 삼월, 버드나무는 초록빛으로 자랐네.

꾀꼬리는 노래하네. 나는 보았네.

나비가 조용한 날개 짓으로 나는 것을.

꽃을 찾고 또 다른 꽃을 찾아 옮겨 다니네.

거문고 가져와라, 아이야 노래해야겠다.

위의 인용문은 그릭스비가 서문에서 의역의 불가피성을 논하면서 예로 든 것이다. ①은 그릭스비가 직역한 것이고, ②는 그릭스비가 자신의 번역관을 설명한 것이고, ③은 자신의 번역관에 입각하여 다시 번역한 것이다. 흥미롭게도 ①의 직역이 앞서 살펴보았던 헐버트가 「이 달이 삼월인지」라는 작품을 직역했던 것과 매우 흡사하다.[251] 따라서 이 번역시 역시 영역시조를 번역한 것으로 볼수 있다. 이 직역시의 경우, 헐버트의 시를 토대로 한 탓인지 직역이라고 하면서 4행시로 소개하고 있다.

이렇게 직역한 것은 서구의 독자들이 이해하기 어렵다며, 독자가 이해할 수 있도록 빈 곳을 채우는 것이 번역자의 역할이라고 설명하고 있다. 그리고 자신의 번역관에 입각하여 작성한 새로운 번역을 소개한다. 새로운 번역이지만, 원문에 없는 심상은 추가하지 않고, 원문에서 모호한 부분을 선명하게 한 것이라고 한다. 즉, 자신의 번역이 직역은 아니지만, 그래도 심각할 만큼의 의역은 아니라고 주장하는 것이다. 실제로 ③을 ①과 비교해 보면, 수식어의 위치를 바꾸고, 문장의 주어를 삽입하여 행동의 주체가 누구인지를 분명하게 밝히는 등 몇몇 단어를 추가하여 의미가 분명하게 전달되도록 바꾼 것을 알 수 있다.

---

251 *The Passing of Korea*에 수록된 헐버트가 제시한 직역은 다음과 같다. This month, third month, willow becomes green; / Oriole preens herself; / Butterfly flutters about. / Boy, bring zither. Must sing. *The Korean Repository*에 수록된 원문은 다음과 같다. 이달이 삼월인지 버들빗 프르럿다 / 괵고리 깃다듬고 호졉펄펄 셧겨난다. / ♀ 히야 거문고 룰골너라 츈흥겨워.

이렇듯 독자의 이해를 위해 원문을 변형시켜야 한다는 생각은 그릭스비보다 먼저 한국을 다녀갔던 선교사 헐버트의 번역관과 유사하다. 헐버트는 번역에 있어 중요한 것은 원전을 감상하는 독자가 가졌던 '감흥sensation, feeling'을 수용자에게 그대로 전달하는 것이라고 하였다.[252] 따라서 원문과의 정확성이나 원문의 형식은 과감하게 무시되었고 수용자문학의 전통으로 편입될 수 있도록 새로운 양상으로 번역하였다. 그릭스비는 자신의 번역관에 대해 독자의 이해를 돕기 위해 '약간의 추가'를 한다고 하였지만, 실제 번역된 작품을 살펴보면 그 의역의 정도가 매우 심하다는 것을 한 눈에 알 수 있다.

① Kong-hoo-in 공후인

公無渡河공무도하 The wife shouted to avoid the stream,

아내는 그 시냇물에 들어가지 말라고 소리쳤네

公竟渡河공경도하 But he unheeding plunged him in;

그러나 그는 부주의하게 그 물에 뛰어 들었네.

墮河而死타하이사 Down, deep beneath, he sinks from sight

아래로 깊이, 그는 시야에서 사라져 가라앉았네

將奈公何장내공하 What shall he do? Alas for him!

그는 어떻게 해야 하나? 아아 그 사람이여!

"Qusetions", *The Korea Magazine*, vol.1 no.2, 1917.2, p.59

②

Lament of The Ferryman's Wife

Yaw-ohDate Uncertain

---

252 Homer B. Hulbert, "Korean Poetry", *The Korean Repository*, Seoul : Trillingual Press, 1896.5.

Grey willow trees that by the river sway

Green reeds that whisper to the pebbled sand

　　　Will you not weep for her?

Wind that blows through the forest day by day,

River that flows so swiftly to the sea,

　　　Did you not hear her cry?

Over the meadow, gay with iris flowers,

She sped; but, all in vain, she came too late.

　　　Will you not weep, blue flowers?

뱃사공 처의 한탄

여옥연대미상

강가에 흔들리는 잿빛 버드나무여

자갈 모래에 속삭이는 초록빛 갈대여

그녀 때문에 우는 울음은 이제 그만 멈추게

날마다 숲에서 부는 바람이여

바다로 빠르게 흘러가는 강물이여

그녀의 울음소리를 못 들었나?

붓꽃이 화려하게 핀, 목초지 너머에서

그녀가 급히 오네, 하지만 이미 늦어 소용 없네

파란 꽃이여 울음을 멈추게.

①은 게일이 1917년 *The Korea Magazine*에 최고^{最古}의 한국시로 「공무도하가^{公無渡河歌}」²⁵³를 소개한 것이다. 여기에서 게일은 원전을 포함하여 노래와 함께 전해지는 산문 기록까지 모두 수록되어 있다. 한문 원문까지 수록할 만큼 원전을 분명하게 밝혔고, 번역시는 가능한 한 원문의 내용을 충실하게 직역의 형태로, 그리고 형식도 동일하게 4행으로 번역한 것을 알 수 있다.

②는 ①을 토대로 그릭스비가 재번역한 것이다. 4행의 시가 3연 9행으로 길어졌고, 내용이 변개된 정도도 꽤 심하다. 만약 그릭스비가 작자나 작품의 창작 배경을 밝히지 않았다면 「공무도하가」 역시로 단정하기도 어려웠을 것이다. 원문과의 거리는 이렇게 멀어졌지만, 각 연의 첫 2행은 모두 10음절을 이루고 있으며 약강 5보격을 이루고 있다. 영시의 규범을 잘 따르고 있어 영어권 독자들에게 친근하게 받아들여질 수 있다. 그릭스비는 이전에 다수의 시집을 출간한 시인으로 언어의 조탁에 뛰어나다. 그릭스비는 한국시를 번역하면서 시인으로서의 자신의 능력을 한껏 발휘하였다. 그 결과 그녀의 번역시는 원문의 내용과 형식에 얽매이지 않고 영시로서의 아름다움을 추구하였던 것이다. 그러다 보니 무명씨작의 경우, 원전을 규명하는 것이 매우 어려운 형편이다.

Walking by The Sea and Thinking

Anon.

Grey breakers rolling in and white gulls riding

---

253 公無渡河(그대 강을 건너지 마오) / 公竟渡河(그대 기어이 건너네) / 墮河而死(물에 **빠져** 죽으니) / 當奈公河(그대를 어이 하리)

From wave to wave. I wonder if they know

How deep below their wings the water lies?

                                        Should this be so,

Or could they tell how high the breakers roll,

Then they might also read my lord's deep soul,

                              Which I shall never know

바닷가를 걸으며 생각함.

                                        무명씨

밀려오는 회색 물결에 흰 갈매기들 타고 있네

파도에서 파도로. 나는 저들이 아는지 궁금하네

그 날개 아래 물이 얼마나 깊은지

                              이것이 그렇다면

혹은 얼마나 파도가 높은지 알 수 있으면

그러면 저들은 내 님의 깊은 마음도 알 것이네

                        나는 절대 알 수 없는.

만경창파지수에 둥둥 떴는 불약금이 게오리들아 비술 금성 증경이 동당강성 너시 두루미들아

  너 떴는 물 깊이를 알고 둥 떴난 모르고 둥 떴난

  우리도 남의 임 걸어 두고 깊이를 몰라 하노라

                                        #1537.1

만경창파지수에 둥둥 떴는 불약금이 게유와오리 비술 금성 징경이 동당 느시 강

성 두루미들아

  너 떴는 물 깊이를 알고 둥 떴난 모르고 둥 떴난

  우리도 새임 걸어두고 깊이를 몰라 하노라

#1537.2

시조를 원전으로 했을 것으로 추정이 되는 작품이다. 번역시는 물 위를 나는 새에게 물의 깊이가 얼마나 되는지 물어 보면서, 그 물의 깊이를 내 임 마음의 깊이와 연관시키고 있다. 바닷물의 깊이와 내가 사랑하는 임의 마음 속 깊이를 연결시키고, 그 속을 알지 못해 애가 타는 마음을 표현하고 있다. 구체적인 물의 깊이를 추상적인 마음의 깊이와 연결시켰다는 점에서 매우 참신하다고 할 수 있다. 따라서 유사한 표현이 보이는 『고시조대전』 #1537이 그 원작이 아닐까 조심스럽게 추정해 본다. 그러나 #1537의 경우, 나의 임은 그저 내가 사랑하는 임이 아니라 '남의 임' 혹은 '새 임'이라 하여 번역시와는 그 결이 같지 않다. 번역시의 경우 참신한 비유를 통해 지고지순한 나의 사랑을 보여주고 있다면, 원문은 이를 비틀어 발칙한 뜻밖의 웃음과 안타까움을 자아내고 있기 때문이다. 번역시의 형식도 시조와 상당한 거리를 보인다. 원문에 없는 제목을 달고, 전체 2연으로 구성한 뒤, 각 연을 4행과 3행으로 구성하였다. 게다가 각 연의 마지막 행은 들여쓰기도 하였다.

  이러한 수용자 중심의 번역관은 서구인이 우리 문학을 번역할 때에만 나타난 것은 아니다. 20세기 초 당대 국내 문인들이 외국문학을 번역하는 경우에도 흔하게 적용되었다.[254]

---

254 대표적인 것으로 김상용의 번역을 들 수 있다. 김상용은 『조선중앙일보』에 1933년 9월 5일부터 27일에 걸쳐 〈루바얄 시조역(時調譯)〉이라는 제목으로 오-마 카이얌의 루바이야트를 소개하는 데 시조형식을 취하였다. 페르시아의 정형시인 루바이야트는 본디 4행시이다. 김상용은 먼저 4행시 원문을 제시하고, 이를 4행으로 번역한 시를 소개하고 이어서 시조 형식의 3행시를 소개하

이렇듯 1930년대 국내외에서 이루어졌던 양방향의 번역이 모두 수용자 중심으로 이루어졌던 것은 번역이 역사적 산물이기 때문에 벌어진 현상이라고 볼 수 있다. 20세기 초반은 우리가 처음 서구문학을 받아들이며, 동시에 우리 문학을 서구에 내 보이는 시기였다. 동서양이 서로를 처음 만나던 이 시기 양국의 번역자들은 자국의 독자층이 가질 수 있는 낯선 문학에 대한 거부감을 완화시키기 위해 수용자 중심의 번역관을 취하였던 것이라고 생각된다.

초창기 번역이 맞닥뜨려야했던 그 문화적 장벽의 높이를 고려한다면, 그릭스비가 가졌던 수용자 중심의 번역관을 비판적인 관점에서만 볼 수는 없다. 게다가 독자층이 다양한 것처럼 번역 역시 다양한 형태로 이루어져야 한다는 전제에 동의한다면 수용자 중심의 번역을 폄하하는 것도 지양해야 할 것이다. 따라서 그릭스비의 번역을 오늘날의 번역학적 관점에서 '원문에 대한 충실성'이라는 잣대만으로 평가하는 것은 바람직하지 않다. 그릭스비의 번역은 수용자의 '흥미'를 불러일으키기 위한 것이었다. 따라서 그릭스비의 번역에 대한 정당한 평가는 '원문의 특성을 잘 살려 냈느냐'가 아니라, '서구인의 흥미를 끌어냈느냐'가 되어야 할 것이다. 이러한 관점에서 본다면, 그릭스비의 번역은 오늘날 서구 사회에서 재출간하여 판매할 만큼, 또 노튼 출판사 편집진에 의해 『세계의 시』로 선정될 만큼 서구인의 '흥미'를 이끌어내는 데에는 성공했다고 할 수 있을 것이다.

다만, 그릭스비는 이러한 수용자 중심의 번역으로 한국시가 가진 아름다움이 전달될 수 있다고 주장했지만, 수용자 중심의 번역관에 의해 산출된 번역은 원문이 가진 특성을 드러내지 못한다는 본질적 한계를 갖고 있다. 그러니 번역자

였다. 원문은 4행시이지만, 우리에게 익숙한 3행시로 변형시켜 소개했던 것이다. 이 시기 국내 문인 역시 수용자 중심의 번역관을 갖고, 원문을 변형시켜 한국인에게 친숙한 형태로 바꾸어 번역하였던 것을 알 수 있다. 김상용의 번역에 대해서는 뒤에서 다시 논의할 것이다.

가 원전을 밝히지 않은 채, 심각한 변형을 가한 번역시만을 제시한 경우, 그 원전조차 확인하기 어려운 형편이다. 이 책의 제목이자 한국의 고전시로 가장 먼저 소개된 「난규」의 경우 본 선집의 대표작이라고 할 수 있겠지만, 무명씨 작으로 되어 있어 원문을 특정하기가 쉽지 않다.[255]

5) 번역의 목적

『난규^{蘭閨}』에는 작품 소개에 앞서 무려 17면에 걸친 긴 서문이 있다. 노리스는 이를 '축약된 한국사'라고 했는데, 여기에는 한국의 역사 및 문학사, 번역관, 편찬 취지가 비교적 상세하게 서술되어 있다. 번역의 목적을 이해하기 위해 우선 그릭스비가 한국 문화, 한국문학에 대해 어떻게 인식하고 있었는지부터 보자.

> (한국은) 중국의 영향을 강하게 받았지만, 누구도 부인할 수 없는 그들만의 특성을 발전시켰다.13면[256]

> 한국의 시는, 한국의 다른 모든 예술과 마찬가지로, 중국에 큰 빚을 지고 있으며 영향을 많이 받았고, 일본과 유사성이 있지만, 중국이나 일본과는 구별되는 그들만의 개성을 갖고 있다.24면[257]

그릭스비는 한국의 시를 포함한 한국 문화가 그 형성 과정에서 중국의 영향이 매우 컸다는 것을 인정하면서도 한국 문화의 독자성을 강조하고 있다.[258] 그

---

255 강혜정, 「영역 한국고전시선집 The Orchid Door 난규의 특성 고찰」, 『한국시가연구』 40집, 한국시가학회, 2016, 262~264쪽.

256 Though strongly influenced by China, it developed features undeniably its own(p.13).

257 Korean poetry, like all Korean art, possesses a certain individuality which sets it apart from either that of China or of Japan, although it owes a great deal to the former and has certain affinities with the latter("Introduction", *The Orchid Door*, p.24).

리고 이러한 독창적인 문화가 당대까지 이어져오지 못하고 있다는 점을 지적하며 이에 대한 아쉬움을 드러내고 있다.

하지만, 정조 사후, 그리고 19세기가 시작되면서 변화가 일기 시작했다. 외국인들이 점차 입국하면서 서구적인 것들이 그 발판을 마련해 갔고, 전통적인 가치는 점차 사라져갔다. 국제화되는 삶 속에서 학자는 더 이상 중요한 요소가 아니었다. 천천히 하지만 분명하게도 고대와 현재를 갈라놓은 이 단절은 심화되었다. 한 쪽에는 서당, 군자, 학자, 꿈꾸는 사람, 이상가들이 있고, 이들의 정신은 빈번하게도 '비현실적'이라고 불리는 영역에서 배회하게 되었다. 이 과거의 기품 있는 인물들의 반대쪽에는 오늘날 한국의 젊은이들이 있다. 이렇게 갈라진 두 무리는 서로의 이야기를 거의 이해하지 못한다. 이러한 단절은 매우 빠르게 벌어지고 있어서 젊은이들은 과거 비단옷을 입었던 학자들의 모습을 급격하게 잃어가고 있다.[259]

그릭스비는 19세기를 기점으로 과거the ancient times, past와 현재the new, present로 나누고 있다. 이 단절은 서구인의 유입과 함께 19세기 초부터 매우 급격하게 진행되어 왔고, 이러한 단절로 인해 과거와 현재는 더 이상 소통하지 못하

---

258 이러한 인식은 그릭스비의 판단에 기초한 것이면서 또한 게일의 영향을 받은 것일 가능성이 농후하다. 게일은 일찍부터 한국 문화에 깃들여 있는 중국의 영향에 대해 자주 언급해왔기 때문이다.
259 But with the passing of Chung-jung and with the dawn of the 19th century a change set it. As gradually more foreigners entered the country western usages began to gain foothold. The old sense of values gradually disappeared. Scholarship was no longer the most important factor in the national life.
Slowly but surely the breach widened between the ancient times and the new. On the one side of this gulf stood the Korean of the old school, Confucian gentleman, scholar, dreamer, idealist, whose spirit wandered frequently and far into the realms that are called "unreal." Opposed to this dignified figure of the past appeared the youth of the present day Korea. These two scarcely comprehend each other's speech. The breach widens so rapidly that the youth is quickly losing sight of the ancient silk-robed scholar("Introduction", *The Orchid Door*, pp.21~22).

게 되었다고 보고 있다. 그 '과거'에는 한국인의 전통적인 가치나 정체성이 담겨 있었지만, 서구화되어가는 '현재'에는 이를 비현실적이라 여기고 배척하면서 결국 자신의 정체성을 상실해가고 있다고 보는 것이다.

위의 인용문들을 종합하면, 그릭스비는 한국이 역사적으로 중국, 일본과 구별되는 독특한 문화를 이룩해 왔지만, 서구화되면서 이러한 특성을 상실해 가고 있다고 보고 있다. 여기에서 주목할 것은 이렇게 종말을 고한 과거를 보는 그릭스비의 시선이다. 그릭스비는 학자, 서당, 군자, 이상가, 몽상가로 대변되는 '과거'에 속하는 인물들을 '기품 있는dignified' 인물들이라고 지칭하고 있다. 과거의 인물들에 '기품 있는' 혹은 '위엄威嚴 있는'이라는 의미로 번역되는 'dignified'라는 수식어를 붙였다는 것은, 정체성을 갖고 있던 한국의 과거에 대한 긍정적인 시선이면서, 동시에 그것이 사라져가는 현재에 대한 아쉬움의 표현이라고 볼 수 있다. 19세기를 기점으로 단절의 역사로 파악한 것이나, 당시 서구화를 내세우며 한국인들조차도 부정하고 있었던 한국의 '과거'에 대해 이렇게 긍정적인 시선을 보냈던 것 역시 게일의 영향이라고 할 수 있다.[260]

> 19세기가 끝나기 전에 개별 국가로서의 한국의 문학사는 끝났다고 분명하게 말하게 될 것이다. 현재 남아 있는 것들에 적용되는 요즘의 교육적인 방법들로 새롭게 부활하든 그렇지 않든. 이 책의 목표는 동양의 한 구석에 위치하여 거의 알려진 바 없는 (한국) 고전시가 가진 아름다움의 작은 부분을 서구인들에게 보여주는 데 있다.[261]

---

260 게일은 갑오개혁을 기점으로 한국의 역사를 단절로 보았으며, 한국의 과거에 대해 "위대하고 훌륭했던 과거 한국의 문학은 대재앙에 삼켜 사라진 듯 오늘날의 세대들에게는 그 흔적도 남아있지 않다"며 탄식하였다. 이에 관한 논의는 게일의 2차 번역(149면) 참조

261 Before the end of the 19th century the history of Korean literature, as individual to that country, may definitely be said to end. Whether a new revival will develop out of the modern educational methods as they are now applied remains to be seen. The aim of the present volume is to present to the west a small portion of the ancient beauty of this little known corner of the orient("Introduction", *The Orchid Door*, p.22).

그릭스비 역시 한국의 정체성을 보여주는 과거의 문학이 현재까지 이어지지 못하고 단절되었다고 보고 있다. 그리고 이 단절된 과거의 문학이 사라져가는 것을 안타까워하면서, 기품 있는 인물들이 이루어낸 과거의 아름다움을 서구 사회에 알리기 위해 본서를 편찬한다고 밝히고 있다. 즉, 그릭스비가 밝힌 번역의 목적은 거의 알려진 바 없는 한국고전문학의 아름다움을 서구 사회에 알리기 위해서라는 것이다. 그릭스비는 상당한 정도로 원문을 훼손하며 수용자 중심의 번역 태도로 임했는데, 이는 한국의 시가 서양의 시보다 열등해서가 아니라, 더 많은 서구인들에게 한국의 시가 알려지고, 더 아름답게 보이시 위한 선택이었다.

그리고 이에 대한 열망은 매우 강렬했다. 노리스에 의하면 1930년 한국을 떠나 캐나다로 간 그릭스비는 암 선고를 받고 한 쪽 다리를 절단하는 큰 수술을 받으며 힘든 시간을 보냈지만, 『난규』 원고 수정 작업을 계속 했다고 한다. 책이 출간된 후, 그릭스비는 이 번역서로 인해 처음 아시아를 방문하는 사람들이 한국의 예술과 시에 관심을 갖기를 바란다는 희망을 가졌다고 한다. 이 번역서의 출간은 그릭스비에게 경제적인 이익을 안겨 주는 것도 아니었는데 굳이 이렇게 어려운 환경에서도 포기하지 않고 한국 고전시의 아름다움을 알리고자 했을 만큼 한국의 고전문학에 대한 애정이 각별했다.

4. 시조의 특수성을 보여준 마크 트롤로프Mark N. Trollope, 1932

마크 트롤로프 주교Right Reverend Bishop Mark Napier Trollope는 영국 성공회 신부로서 한국에 와서 활동했다. 그는 1890년 처음 한국에 왔으며 1902년 휴가 차 한국을 떠나 10년간 영국에서 목회를 하다가 1911년 다시 주교로서 한국에 와서 활동하다가 1930년 11월 사망하였다.[262] 그는 처음 한국에 왔을 때,

게일, 언더우드 등과 같이 신약 성서 번역에 참여했으며, 한국 문헌에 큰 관심을 갖고 이를 수집하였다.[263] 그가 소유했던 한국 문헌이 10,000권이나 되었다고 하니 그 관심의 정도를 알 수 있을 것이다.

트롤로프는 말년에 1932년 4월 출간된 영국 왕립 아시아 학회 한국지부의 학술지에 "Corean Books and Their Authors"라는 제목으로 한국의 저서에 관한 글을 발표하였는데 여기에 정몽주의 「단심가」를 번역한 영역시조 한 편이 존재하고 있다. 그런데 이 책의 서문에 의하면 이 글은 트롤로프가 작고하기 직전인 1929년 11월 6일, 1930년 2월 26일 두 차례에 걸쳐 학회에 보냈다고 한다. 그는 1930년 11월에 갑작스런 죽음을 맞이했다. 트롤로프의 원고가 학회에 미리 도착했지만 이 책이 몇 년 후에 출간된 것은 트롤로프의 원고가 초고본으로 다시 정리해야 할 필요가 있었기 때문이다.

트롤로프의 원고가 책으로 출간될 수 있도록 이를 다시 정리한 것은 게일이었다. 트롤로프가 사망한 1930년 게일은 이미 한국을 떠나있었지만 미완의 원고를 마무리하여 출판될 수 있게 하였다.[264] 트롤로프와 게일은 매우 친밀한 관계였다. 리차드 러트가 남긴 게일의 자서전에 의하면 두 사람은 모두 영국계로, 한국문학에 관심이 많았다고 한다. 게일이 힘들 때, 트롤로프에게 위로 받았다고 하며,[265] 트롤로프도 은퇴한 게일이 살던 영국을 방문하여 함께 즐거운 시간을 가졌었다고 하니[266] 두 사람의 친밀함을 알 수 있을 것이다.

트롤로프는 이 책에서 한국의 문헌을 소개하는 가운데, 한글 문헌을 소개하

---

262 종교인으로서 그의 생애와 활동은 이재정, 『대한성공회 백년사－1890~1990』, 대한성공회 출판부, 1990, 96~183면 참조.

263 손인수, 『원한경의 삶과 교육사상－H. H. 언더우드의 선교교육과 한국학연구』, 연세대 출판부, 1992, 76면.

264 Richard Rutt, op. cit., p.77.

265 Ibid., p.62.

266 Ibid., p.81.

면서 정몽주의 「단심가」를 번역하였다. 그는 한글 창제를 설명하면서 한글이 사용된 예로 삼강행실도, 언해를 들고 마지막으로 구비전승되는 노래를 기록하는데 사용된 것을 들었다. 『악학궤범』, 「용비어천가」 등과 함께 아래의 시조를 그 예로 보여주고 있다.

(한글이 사용된) 세 번째 경우의 유명한 사례로 정몽주의 「단심가」를 들 수 있다.[267]

정몽주의 「단심가」는 오늘날 우리에게도 대표적인 시조 작품으로 잘 알려져 있다. 트롤로프가 이 글을 작성하기 위해 자료를 준비하던 1920년대 후반에도 이 작품은 시조 장르를 대표하는 가장 유명한 작품이었다고 한다. 「단심가」는 시조가 향유되던 조선조부터 트롤로프가 살았던 시대에 이르기까지 시조 장르의 대표작으로 인식되어 왔던 것을 알 수 있다. 이 작품은 현재 85개 가집에 전하고 있는데 이렇게 많은 가집에 전하면서도 표기상의 차이는 거의 없다.

The Song of the True Heart

This body dies; it is dead;

It dies a hundred times,

The white bones turn to black earth

Be the soul or spirit present or absent

---

[267] A famous instance of this last is the patriotic songs of Tjyeng-mong-tjyou(정몽주, 鄭夢周), which runs as follows. N. Trollope, "Corean Books and Their Authors", Royal Asiatic Society Korea Branch, 1932, p.10.

My heart is toward the king,

How can it ever be changed?[268]

단심가丹心歌

이 몸이 죽어 죽어

일백 번 죽어

백골이 진토 되어

넋이라도 있고 없고

임금님을 향한 나의 마음이야

변할 줄이 있으랴

#3811.1

트롤로프의 번역시는 6행으로 되어 있는데 시조의 한 행을 반으로 나눠 번역시의 한 행으로 삼았다. 6행은 시조의 시상의 흐름과 정확하게 일치하고 있으며 원작의 의미를 매우 충실하게 담고 있다. 과장이나 생략도 없다. 정몽주라는 작가를 분명하게 밝혔기에 종장의 '임'을 'King'으로 번역하여 그 주제가 잘 전달되도록 하였다. 반면 영시로서의 각운이나 율격은 그다지 고려하지 않았다. 그의 번역시가 영시의 규범을 따르지 않고 시조의 의미와 형식을 충실하게 반영한 것은 그가 나름대로 시조 형식에 대해 분명하게 이해하고 있었기 때문이다.

서구의 노래, 혹은 중국이나 한국의 학자들에 의해 지어진 한시와 달리 이 노래시조는 통상 미터나 각운의 고려에 구애받지 않으며, 레치타티보에 가깝다. 시조의 매력은 오

---

268 Ibid., p.10.

로지 각운과 그 노래가 전달하고자하는 의미에 의존한다.[269]

    트롤로프는 시조의 특성을 설명하는 데 있어 한시나 영시와 달리, 미터나 각운을 고려하지 않는다는 사실을 지적하고, 굳이 서구식으로 유사한 장르를 찾자면 오페라에서 낭독하는 것처럼 노래하는 레치타티보에 가깝다고 보았다. 시조가 영시나 한시와는 다른 종류의 시라는 것을 언급하며, 이렇게 다르다는 사실을 강조할 뿐 우열을 설정하지도 않았으며, 영시의 특성을 시조에 강요하지도 않고 있다. 트롤로프는 한시와 영시 그리고 시조를 모두 동일한 선상에 놓고, 시조 또한 한시나 영시와 다를 바 없는 서정시, 정형시로 인식하되 그 정형성이 구체적으로 실현되는 데 있어서는 차이를 보인다는 점을 지적한 것이라고 할 수 있다.

    그리고 시조의 매력은 오로지 시조의 각운과 그 노래가 전달하고자 하는 의미에 의존한다고 하였다. 바로 앞에서 시조는 각운에 구애받지 않는다고 했다가, 바로 이어 시조의 매력이 각운에 의존한다는 것은 사실상 모순되는 언술로 보인다. 아마도 전자는 시조라는 장르에 관한 속성을 언급한 것이며 후자는 여기 인용되는 작품을 특성을 설명하고 있는 것이 아닐까 추정된다. 즉 시조가 각운에 구애받지 않는다고 한 것은, 영시나 한시에서와 같이 규칙적으로 반복되는 각운을 갖춰야 하는 장르가 아니라는 의미이고, 시조만의 독특한 각운을 따른다고 한 것은, 정몽주의 「단심가」를 두고 한 설명이라고 볼 수 있다. 「단심가」는 3장 6구로 보았을 때, 1, 2, 3구가 "어"로 끝나고, 5, 6구는 "야, 랴"로 끝나 "어, 야"라는 각운을 갖는다고 볼 수 있기 때문이다. 하지만, 트롤로프는 번

---

269 Unlike our western songs or the classical poetry composed by Chinese and Corean scholars, these songs were as a rule unhampered by considerations of metre or rhyme, being more akin to our 'recitatives' and depending for their charm solely on rhyme and on the ideas which they were intended to convey.

역 과정에서 굳이 이를 번역시에 반영하지는 않았다. 다만, 4구의 "있고 없고"를 고려했는지 이 부분을 "present or absent"로 번역한 것이 눈에 띈다.

트롤로프의 시조 영역은 시조의 형식이 영시와는 다르다는 것을 인식하는 데서 시작하였다. 그는 시조 영역에 있어 영시의 틀을 강요하지 않고, 시조의 독특한 운율과 의미를 중요시했기에, 원천문학 중심적 접근 태도를 보였다고 할 수 있을 것이다. 비록 현전하는 작품이 하나뿐이라 그의 번역관이 실제 작품들에서 어떻게 실현되었는지 다양한 양상을 확인할 수 없다는 점은 매우 아쉽지만, 그 한 편이 영역시조사에서 중요한 자리를 차지하고 있다는 사실은 부인할 수 없을 것이다.

제3장

시조 영역의 확대와 번역 모형의 정립
1930~1950년대 이전

1930년대에 들어서며 시조 영역의 담당층에 변화가 생겼다. 이전에 시조를 번역했던 외국인 선교사들은 본국으로 떠나갔고, 이들이 떠난 자리를 국내외의 한국인이 이어받아 발전시켜 나갔다. 개항 후 선교사들로부터 영어를 배운 한국인들은 시조를 영어로 번역하며 한국의 고유한 문화유산을 세계에 알리고자 하였다. 일제강점기를 맞아 국권을 침탈당하고 약소민족으로서의 설움을 겪어야 했던 이들은, 비록 나라는 잃었지만 역사와 문화를 가진 민족이라는 자긍심을 드러내기 위해 시조를 영역했던 것이다.

먼저, 3·1운동 후 미국으로 유학 갔던 강용흘이 영어로 글쓰기를 시작하며 시조를 자신의 문학 자산으로 삼았다. 그는 영역시조선집을 출간하기도 하고, 자신의 소설 속에 시조를 대거 삽입하여 한국적 색채를 드러냈다. 특히 그의 소설이 세계적으로 널리 읽히며 영역시조가 세간의 관심을 끌었다.

한편 1930년대는 국내에서도 영역시조가 소개되며 이를 두고 본격적인 논의가 이루어졌다. 오늘날의 관점에서 볼 때, 이렇게 이른 시기에 시조 영역에 관한 수준 높은 성찰이 있었다는 게 놀랍지만, 당시 이러한 논의와 실천이 산출될 만한 흐름이 조성되고 있었다. 먼저 이 무렵에는, 소위 '번역의 황금시대'라고 할 만큼 이전 시대에 비해 많은 외국작품이 번역되었다. 이러한 변화가 일어난 것에 대해 김병철은 이 시기에 해외문학파를 위시하여 대학에서 영문학을 전공한 역자들이 적극적으로 참여했고, 신문사와 잡지사가 번역과 관련된 특집호를 꾸몄기 때문이라고 보았다.[1] 특히 영시의 경우, 1920년대보다 3배 가까운 수의 작품이 번역되었다. 이렇듯 영시英詩의 한국어 번역이 성행하게 되자, 그 반대 방향인 시조의 영어 번역도 시작되었던 것으로 보인다.

또한 문단에서는 1926년 최남선에 의해 시조부흥운동이 시작되며, 문학 텍스트로서의 시조에 관한 논의가 본격적으로 이루어졌다. 1930년대 카프가 해산되며 시조는 한국 고유의 대표 시가로서 그 위세를 떨치며 국민문학으로 자리 잡게 되었다. 이러한 시대적 분위기 속에서 당대의 지식인이었던 변영로는 한국인으로서는 최초로 국내 신문에 영역시조를 발표하고, 정인섭은 이에 촉발되어 본격적으로 시조 영역에 관한 논의를 펼쳤으며, 변영태는 이러한 논의에 힘입어 정형성을 갖춘 영역시조집을 간행하며 해방 이후 본격화될 영역시조의 형식을 정립해 나갔다.

1. 보편성과 특수성 간 균형을 추구한 강용흘姜鏞訖

강용흘은 1903년[2]에 함경도에서 태어났고, 1914년 서울의 오성중학교를 1년 다녔고, 함흥의 영생중학교에서 1918년까지 공부했다.[3] 3·1운동에 참가해 옥

1 　김병철, 『한국근대번역문학사연구』, 을유문화사, 1975, 711면. 이 글에서 1930년대 외국문학의 번역에 관한 논의는 위의 책 755~799면를 참조한 것이다.
2 　강용흘의 출생 연도는 1896년에서 1903년으로 다양하게 알려져 있다. 진주 강씨 교리공파 족보에는 1896년, 그의 친구들은 1898년, 캐나다 델후지대학교 등록 서류에는 1899년, 미국 이민 서류과 구겐하임 재단 서류에는 1903년으로 기록되어 있다고 한다. 장문평역 『초당』에는 1898년으로, 『East goes West』 3판(가야출판사)에는 1903년으로 되어 있다. 이하 강용흘의 약력은 『East goes West』 3판(가야출판사)의 Chronology를 따른다.
3 　김욱동, 『강용흘 그의 삶과 문학』, 서울대 출판부, 2004을 참조. 강용흘의 생애에 관해서는 이

고를 치르고 1921년 선교사의 도움으로 도미하여, 캐나다의 멜후지대학교Dal-housie University에 다니다가, 1922년에는 하버드대학교Harvard University에, 1923~1925년에는 보스턴대학교Boston University에서 의학을, 그리고 1925~1927년 하버드대학교에서 영어교육을 전공하였다. 1928년 『브리태니커 백과사전』 편집 일을 맡아 아시아와 관련된 글을 쓰다가 1929년 뉴욕대학교에서 강의를 시작하였다. 같은 해 한국, 중국, 일본의 시를 번역한 *Translations of Oriental Poetry*를 출간하고, 토마스 울프를 통해 Charles Scribner's Sons 출판사[4] 편집장을 소개받고 1931년 *The Grass Roof* 『초당』[5]을 출간하였다. 그는 『초당』의 성공에 힘입어 이후 *The Happy Grove* 『행복한 숲』, 1933[6]과 *East Goes West* 『동양 선비 서양에 가시다』, 1937[7]를 출간하였다. 1946년 한국에 잠시 왔다가 1948년 다시 도미하고 1970년 귀국하여 고려대학교에서 명예박사학위를 받고 1972년 플로리다에서 생을 마감하였다.

『초당』은 당대 주류 문단에서 호평 받으며 10여 개 나라의 언어로 번역되었고, 아시아인으로서는 최초로 구겐하임Guggenheim 재단으로부터 창작 기금도 받았다. 이렇게 세계적으로 주목받았던 그의 소설에 20수가 넘는 고시조가 영역되어 있다. 강용흘은 최초의 아시아계 미국 작가로서 세계적인 대중성을 획

책에서 자세히 소개되어 있으므로 이 글에서는 간단히 정리하였다.

4   이 출판사는 토마스 울프의 『천사여 고향을 돌아보라』를 출간하였고, 어니스트 헤밍웨이, 피츠제럴드와 같은 쟁쟁한 작가들의 작품을 출간한 이름 있는 출판사이다. Charles Scribner's Sons, or simply Scribner, is an American publisher based in New York City, known for publishing a number of American authors including Ernest Hemingway, F. Scott Fitzgerald, Kurt Vonnegut, Marjorie Kinnan Rawlings, Stephen King, Robert A. Heinlein, Thomas Wolfe, George Santayana, John Clellon Holmes, and Edith Wharton.(wikipedia)

5   한국어 번역본은 김성칠 역(금룡도서, 1947), 장문평 역(정한출판사, 1977; 범우사, 1993), 유영 역(혜원출판사, 1994) 세 가지가 있는데 제목을 모두 『초당』으로 하였다. 본서도 이를 따른다.

6   *The Happy Grove*는 번역본이 없지만, 유영의 번역서 『초당』의 강용흘 연보에서 『행복한 숲』으로 번역하였기에 이를 따른다.

7   유영 번역서의 제목을 따른 것이다. 유영 역, 『동양 선비 서양에 가시다』, 범우사, 2000.

득했지만 조선어로 작품을 쓰지 않았기에 정작 국내에서는 외면당했다.[8] 김욱동은 거의 잊혀져있던 강용흘을 재발견하였다. 그는 강용흘에 관한 자료를 폭넓게 수집하고 이를 바탕으로 그의 생애와 작품론을 발표하여 강용흘 연구의 기틀을 마련하였다.

1) 자료 개관 및 연구사 검토

강용흘의 영역시조는 번역시선집 *Translations of Oriental Poetry*[1929]에 수록되었고, 소설 『초당』[1931]과 『행복한 숲』[1933]에 삽입시로, 그리고 변영로가 편찬한 영시집 *The Grove of Azalea*[1947]에 일부가 전하고 있다. 편의상 이 글에서는 번역시선집 *Translations of Oriental Poetry*에 실린 33수를 1차 번역, 소설에 삽입된 영역시조를 2차 번역, 그리고 변영로의 시집에 실린 7수를 3차 번역이라고 부를 것이다.

(1) 1차 번역

① *Translations of Oriental Poetry* 서지 정보

강용흘의 소설에 삽입된 2차 번역은 선행연구를 통해 알려져 왔지만, 1차 번역에 해당하는 *Translations of Oriental Poetry*[9]는 그 명칭조차 제대로 알려져 있지 않다가 최근 그 서지 정보를 중심으로 한 연구가 발표되었다.[10] *Trans-*

---

8 당시 『삼천리』에서는 『초당』을 조선문학으로 볼 수 있는가에 대해 토론을 벌이고 앙케트를 실시하였다. 그런데 조선인이 조선문화에 대해 썼다고 하더라도 조선어로 쓰지 않았으면 조선문학이 아니라는 견해가 더 많았다. 그리하여 이 작품은 마침내 조선문학에서 제외되었다.

9 김욱동은 『동양시 번역』이라 하였고, 장문평과 유영은 『동양시집』이라고 하였다. 『동양시역』이라는 명칭이 적당할 것 같지만, 더 이상의 혼란을 피하기 위해 번거롭지만 이 글에서는 영어 제목을 그대로 인용하였다.

10 강혜정, 「강용흘 영역시조의 특성 - 최초의 영역시조선집 *Translations of Oriental Poetry*를 중심으로」, 『민족문화연구』 57호, 고려대 민족문화연구원, 2012, 389~432면. 강용흘의 1차 번역에 관해서는 이 글의 내용을 수정, 추가하여 서술하였다.

*lations of Oriental Poetry*에는 강용흘의 영역시조 33수가 존재하고 있다. 강용흘 이전에 선교사로 왔던 게일과 헐버트가 시조를 번역하여 잡지에 게재한 경우는 있지만 이렇게 단행본의 형태로 출간하지는 못했다. 해방 이전에는 시조를 영역할 수 있는 여건이 미비했기에 영역시조 자료가 매우 귀한 형편이다. 그런데 이 책은 1929년이라는 대단히 이른 시기에 단행본으로 출간되었으니 그 의의가 매우 크다고 할 수 있다. 그런데 강용흘의 약력을 소개하는 기존의 자료들을 살펴보니, 이 책에 관한 정보들이 동일하지 않아 오해를 불러일으키고 있다.

① 그강용흘는 이 밖에 한국, 일본, 중국 등 동양의 소설, 민담 등을 영역했으며 특히 1971년에는 한용운의 『님의 침묵』을 영역했다.

이근삼, 「초당 강용흘 약력」, 『문학사상』 16호, 1974.1

② 강은 하버드를 졸업할 무렵에 동양시를 번역해 출판하고*Translations of Oriental Poetry*, 그 이듬해인 1931년에도 역시 부인인 프랜시스 킬리와 공동으로 중국, 일본, 한국시 번역선집 *Anthology of Chinese, Japanese and Korean Poetry*를 출간했다.

『강변에 앉아 울었노라 – 뉴욕한인교회70년사』, 깊은 샘, 1992, 189면

③ 1929년 『동양시집*Oriental Poetry*』을 내다.

장문평 역, 『초당』, 범우사,1993, 383면

④ 1929년 『동양시집*Oriental Poetry*』을 내다

유영 역, 『초당』, 혜원, 1994, 369면

⑤ 1929 *Translations of Oriental Poetry* is published by Prentice-Hall in New York.

East goes West, Kaya Production, 1997

⑥ 이 두 번역 시집은 실제로는 출간되지 않았는데도 출간된 것으로 잘못 전해져 왔음에 틀림없다. (…중략…)『중국, 일본, 한국시 시화집』이라는 번역시집도『동양시 번역』과 별개의 시집이 아니라 동일한 시집을 두 제목으로 달리 부른 듯하다.

김욱동,「강용흘의 전기를 둘러싼 몇 가지 오류」,『세계문학비교연구』11,
한국세계문학비교학회, 2004, 44면

강용흘의 연보를 소개하는 자료 중 *Translations of Oriental Poetry*와 관련된 기록들을 인용해 보았다. 1979년부터 2004년에 이르기까지 다양한 자료에서 다양한 정보가 제시되어 있었다. 공통적으로 1929년에 번역서를 냈다고 하지만, 번역 대상부터 다르게 언급되고 있다. ①에서는 소설, 민담을 영역했다고 하고, 나머지는 시를 영역했다고 하고 있다. ①은 1967년 뉴욕에서 강용흘과 교유했다는 이근삼이 그의 희곡을 소개하면서 제시한 약력이다. 1967년과 1971년이라는 비교적 가까운 시간적 거리에도 불구하고 잘못된 내용을 기재하고 있다. 강용흘이 소설이나 민담을 영역했다는 기록은 여기서만 보인다. 시를 소설이나 민담으로 착각한 것으로 보인다.

시를 번역했다고 하는 경우에도 일단 책의 제목이 동일하지 않다. ③과 ④는 *Oriental Poetry*라고 하고, ⑤는 *Translations of Oriental Poetry*라고 하였다. ③과 ④의 경우는 확인하지 않은 채 책의 제목을 간략하게 줄인 것으로 보인다. ②와 ⑥은 *Translations of Oriental Poetry*와 별도로『중국, 일본, 한국시 시화집*Anthology of Chinese, Japanese and Korean Poetry*』이라는 또 다른 책명을 언급하고 있는데 두 책에 대해서도 서로 다른 정보를 주고 있다. ②는 두 권의 시집이 모두

출판되었다는 입장이고, ⑥은 두 권이 실
은 별개의 시집이 아니라 동일한 시집으
로, 두 권 모두 출간하지 못했다는 상이한
의견을 내놓고 있다.

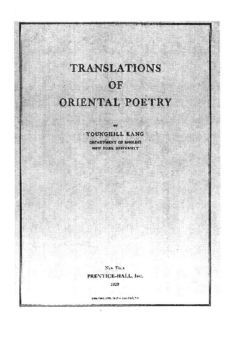

Translations of Oriental Poetry에 대
해 이렇게 일관되지 못한 정보가 제출된
것은 아마도 이 책에 대한 소개가 제대로
이루어지지 않았기 때문이라고 생각된다.
따라서 올바른 강용흘 문학 연구를 위해
서 그리고 그의 영역시조의 특성을 논하
기 위해서도 이 책에 관한 정확한 서지 정
보가 필요하다고 할 수 있다.

이 책은 그간 다양한 글 속에서 제목만 알려져 오다가 Walter K Lew에 의해
하버드대학교 도서관에 소장되어 있다는 사실이 알려졌다.[11] 하지만 그 후로도
이 책에 관한 본격적인 소개는 이루어지지 않았다. 하버드대학교 Widener 도
서관에 소장되어 있는 이 책은 마치 오래된 학위논문과 같은 편집 형태를 취하
고 있다. 색이 바랜 약간 두꺼운 표지에, 내용은 왼쪽 면에만(오른쪽 면은 백지) 타이
핑되어 있다. 표지 상단에 큰 글씨로 'TRANSLATIONS OF ORIENTAL POET-
RY'라고 되어 있고, 제목 아래에는 작은 글씨로 'BY YOUNGHILL KANG'이라
고 작자명을 밝히고, 다음 줄에 더 작은 글씨로 'DEPARTMENT OF ENGLISH
/ NEW YORK UNIVERSITY'라고 되어 있다. 표지 하단에는 'NEW YORK /
PRENTICE-HALL, INC / 1929 / COPYRIGHT 1929, BY PRENTICE-HALL,

---

11 Lew, Walter K., "Before the Grass Roof", *Korean Culture* 19 : 1, LA : Korean Culture Service,
   1998 봄, 29면.

INC'라고 출판사 이름이 명시되어 있다. 표지를 넘기면, 표지에서 밝힌 내용이 반복된다. 첫 장에는 저자명이, 두 번째 장에는 출판사명이 나오지만, 서문이나 기타 책의 출판과 간행된 기록은 존재하지 않는다. 세 번째 면에서 'Chinese Poetry'라는 제목이 나오고 중국의 시 69수, 다음 'Korean Poetry' 51수, 마지막으로 'Japanese Poetry' 27수가 소개되고 있다.

이 책은 서문이 없어 전반적인 상황을 검토하기가 어렵다. 그런데 *Translations of Oriental Poetry*의 표지에 이 책의 특성을 말해주는 중요한 단서가 들어 있다. 그것은 표지 하단에 작은 글씨로 인쇄된 정보이다. 표지에서 제목과 저자명을 밝히고, 그 아래에 작은 글씨로 'DEPARTMENT OF ENGLISH NEW YORK UNIVERSITY'라고 인쇄되어 있다. 이 내용은 표지를 넘기면 나오는 속지 첫 면에서도 반복된다. 저자명을 기록하는데 이름만을 밝힌 것이 아니라 그가 뉴욕대학 영문학과 소속임을 굳이 밝히고 있다는 것이 매우 특이하다. 이렇게 표지에 소속 학과명을 밝힌 이유는 무엇일까. 이는 이 책이 뉴욕대학과 긴밀한 관계에 있다는 것을 보여주는 것이다.

당시 한국 유학생들이 만든 영자 신문인 *The Korean Student Bulletin*의 1929년 3월호 4면에는 "Our Hall of Honor"이라는 제목으로 강용흘의 사진을 싣고, 그가 가을 학기부터 N.Y.U. New York University에서 비교문학lecturer on comparative literature 강의를 시작한다는 기사가 있다.[12] 이어서 한국인으로서 뉴욕대와 같은 명성 있는 대학에서 강의를 하게 된 것은 강용흘이 처음이라고 강조한다. 실제로 강용흘이 1929년 가을부터 뉴욕대에서 강의를 시작하였다는 사실을 고려할 때, 이 책은 그의 강의를 위해 강의교재로서 편찬한 것일 가능성이 있다. 처음 맡은 강의를 위해 교재가 필요했을 것이고, 이를 위해 스스로 동

---

12 Another honor comes to a Korean student, when New York University announces the appointment of Mr. Y.H. Kang as a lecturer on comparative literature, beginning next fall.

양의 시를 번역하였을 가능성이 엿보인다.

　표지 하단에 있는 프렌티스 홀Prentice-Hall이라는 출판사의 성격을 볼 때 강의 교재로서의 가능성은 더욱 짙어진다. 프렌티스 홀은 일반 출판사와 달리 교육용 교재를 주로 출판하는 곳이기 때문이다.[13] 또한, 그가 맡았던 과목이 비교문학이라는 것도 이러한 추정에 힘을 보탠다. 이 책에는 한국의 시뿐만 아니라 중국과 일본의 시도 포함되어 있다. 강용흘에게 주어졌던 비교문학이란, 아시아 3국으로 대변되는 동양의 시와 서양의 시를 비교하는 강의였을 것이기 때문이다. 실제로 그와 영생중학교를 같이 다녔던 김상필은 강용흘이 뉴욕대학에서 동양문학과 비교문학 강의를 맡았을 때에는 당 송시는 물론 한국의 시조 신체시들을 영역해서 원고도 없이 셰익스피어 작품과 비교 비판하는 명강으로 학생들을 매혹시켰다[14]고 하였다고 하니 이 책은 대학 강의라는 현실적인 필요에 의해 만들어졌다고 보는 것이 무리는 아닐 것이다.

② *Translations of Oriental Poetry*의 출판 여부

　다음 이 책의 출판 여부를 살펴보자. 이 책은 시조만을 영역하여 수록한 것은 아니지만, 시조를 영역하여 책으로 묶어낸 최초의 영역시선집으로서 이 책의 출판 여부는 분명하게 밝혀둘 필요가 있다. 하지만 이 책의 출판 여부에 관한 기존의 연구들이 상반된 의견을 내놓고 있어 함부로 판단하기가 쉽지 않다. 앞서 살펴본 강용흘의 약력과 관련된 기존의 기록에서 모두 이 책이 간행되었다고 하였고, 김욱동만이 이에 대해 부정적인 견해를 내놓았기 때문이다.

13　Prentice Hall is a major educational publisher. It is an imprint of Pearson Education, Inc., based in Upper Saddle River, New Jersey, USA. Prentice Hall publishes print and digital content for the 6-12 and higher-education market. Prentice Hall distributes its technical titles through the Safari Books Online e-reference service(wikipedia).

14　김상필, 「대통령 지망생 강용흘씨」, 『신동아』 104, 1973.4, 207면.

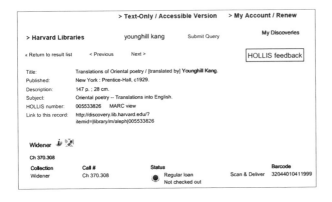

현재 이 책을 소장하고 있는 하버드 도서관은 이 책을 출판된 책 published : New York Prentice Hall c1929으로 간주하고 있다. 하지만 본문이 한 쪽 면에만 있고,

활판이 아니라 타이핑되어 있는 것으로 볼 때, 출판사에서 대량생산된 책이라고 보기에도 무리가 따른다. 게다가 1931에 간행된 『초당』의 초판에는 "한국의 시가 이전에는 서양언어로 번역된 적이 없으며, 프랜시스 킬리와 내가 함께 번역한 것이 곧 책의 형태로 출간될 것"이라고 목차 앞의 첫머리에 기록되어 있다.[15] 즉 강용흘 자신이 1931년까지 동양시를 번역한 책은 출간되지 못하고 있었다고 밝히고 있는 것이다. 따라서 이 책이 출간되지 않았다고 보는 ⑥ 김욱동의 의견이 사실에 부합하는 것으로 보인다. 김욱동은 또 다른 지면에서도 이 책에 관해 "상업 출판사가 책으로 출간하지 않고 강용흘이 타자본으로 엮어 몇몇 사람들에게 돌렸다. 비록 단행본으로 나오지 않았지만 그가 미국에서 맨 처음 책의 형태를 빌려 냈다는 점에서 의미가 크다"[16]고 하였다.

표지를 제외한 책의 내용이 타이핑되어 있는 것을 보면 역시 이 책이 대량 출판된 책으로 보기 어렵다. 그러나 이 책의 표지에 인쇄된 활자의 모양이나 크기의 다양함으로 볼 때 이를 개인이 제작한 것이라고 보기에도 무리가 있다. 이러

---

15 All the oriental literature quoted herein is from actual translations made by myself and Frances Keeley, which is to appear soon in book form. <u>The Korean poetry has never been translated before in any Western language</u>; We have paid much attention to carrying over the spirit, the aesthetic pattern and the literal meaning from the original. Younghill Kang, *The Grass Roof*, 1931.

16 김욱동, 앞의 책, 45~46면.

한 활자를 사용한 것을 보면 이 표지는 출판사에서 제작된 것으로 보인다. 그리고 2면에서 이 책의 판권이 Prentice-Hall에 있다는 것을 분명히 밝히고 있어[17] 이 책이 출판되지 않은 것이라고 단정하기에는 무리가 있다.

이러한 사실을 종합해 볼 때, 이 책의 출판 여부에 관해서는 상업적 목적으로 대량생산된 것은 아니지만, 그 판매 수요를 자신의 강의를 듣는 수강생으로 한정하여 출판사에서 소수의 책을 제작했던 것으로 보는 것이 타당할 것이라고 판단된다. 그는 1929년 가을학기부터 1933년 가을까지, 즉 구겐하임 재단에서 창작 기금을 받아 로마로 떠나기 전까지 4년간 뉴욕대학교에서 강의하였다. 유럽에서 돌아온 뒤에도 또한 강의를 계속하였는데, 시카고대학교와 버지니아대학교에서도 강의하였고, 1937년에는 뉴욕대학교의 조교수로 승진하여 강의를 계속하였다.[18] 주변인들의 회고록에 의하면 그는 뉴욕대의 '인기 높은 강사'[19]였다고 한다. 즉 *Translations of Oriental Poetry*이 상업적으로 출판되지는 못했다고 하더라도 1929년부터 상당기간 동안 그의 비교문학 강의에서 교재로 사용되며, 이 책에 수록된 작품들은 동양문학에 관심을 가졌던 많은 학생들에게 향유되었고, 또한 학문적 연구대상으로서 미국대학에서 소개되며 그 영향력을 행사하였을 것으로 추정된다.

③ *Translations of Oriental Poetry*와

  *Anthology of Chinese, Japanese and Korean Poetry*의 관계

  강용흘의 1차 번역인 *Translations of Oriental Poetry*와 *Anthology of Ch-*

---

17 Copyright, 1929, by PRENTICE-HALL, Inc. All Rights Reserved.

18 Kang is promoted to the position of Assistant Professor at New York University's Washington Square College(『East goes West』 작가연보), 김욱동은 1937년 4월 12일 〈뉴욕타임즈〉 기록을 근거로 뉴욕대가 아니라 롱아일랜드의 헴스테드에 있는 Hofstra College의 비교문학과 교수로 발령받았다고 한다.

19 최병현, 『강변에 앉아 울었노라-뉴욕한인교회70년사』, 깊은샘, 1992, 189면.

*inese, Japanese and Korean Poetry*와의 관계도 정리할 필요가 있다. 우선 두 책이 같은 책인지 혹은 다른 책인지를 밝혀야 한다. 같은 책이라면 왜 서명이 다른지, 다른 책이라면 또 다른 번역시선집이 있는 것인지에 대한 검토가 필요하다. *Anthology of Chinese, Japanese and Korean Poetry*에 관한 정보는 *The Korean Student Bulletin*[20]이라는 당시 영자신문에서 찾을 수 있었다. 1929년 10월호 3면 상단에는 "Korean Poems"이라는 제목 아래 두 편의 영역시조를 수록하고 그 출처를 아래와 같이 밝히고 있다.

> From *Anthology of Chinese, Japanese and Korean Poetry*, translated by
> Frances Keeley and Younghill Kang, to be published by PRENTICE-HALL,
> INC, 1930.

위의 기록에 따르면, 이 두 편의 영역시조는 강용흘과 프랜시스 킬리가 함께 번역한, 1930년 프렌티스 홀에서 출판된 *Anthology of Chinese, Japanese and Korean Poetry*에서 가져온 것이다. 이 기록은 같은 신문의 같은 해 12월호에서도 반복된다. 여기서는 한용운의 「이별은 미의 창조」를 번역한 시를 수록하고, 그 출처를 이와 동일하게 밝히고 있다.[21] 즉 1929년 가을과 겨울에 발표한 시조 2수와 한용운의 시는 *Anthology of Chinese, Japanese and Korean Po-*

---

20 1922년 12월에 창간된 이 신문은 「우라키」와 더불어 북미유학생총회의 기관지로, 월간 혹은 계간으로 발간되었고 1941년 폐간되었다. 미국 기독교청년회 국제부 외국인학생친선부의 재정적 후원을 받고 발행된 이 신문은 미국에서 공부하는 유학생들 사이에 의사소통을 원활하게 할 뿐만 아니라 조국에서 일어나는 사건을 알리는 데 목적을 두고 있었다. 1933년에는 매호 부수가 1,300부가량이나 되었고 미국, 한국, 일본, 영국, 프랑스, 독일 등 세계적으로 넓은 독자층을 확보하고 있었다. 강용흘은 1928년부터 이 영자 신문의 편집인으로 활약하는 한편 번역시, 에세이, 서평을 기고하였다(김욱동, 앞의 책, 34~36면 참조).
21 이 작품도 역시 *Translations of Oriental Poetry*의 110면에 실린 시와 거의 동일하며, 『초당』에도 그대로 수록된다.

*etry*이라는 책에서 발췌한 것이며, 이 책은 1930년 Prentice-Hall이라는 출판사에서 발간될 예정이라는 것이다. 또한 번역은 강용흘과 그의 아내인 프랜시스 킬리와의 공동 작업으로 이루어졌음을 밝히고 있다.[22]

⑥에서 김욱동은 이 두 권의 책이 별개의 시집이 아니라 동일한 시집을 두 제목으로 달리 부른 듯하다고 보았다. 아마 두 책의 출판사가 동일하고, 내용상 한, 중, 일의 시를 번역하였다는 공통점 때문에 이렇게 본 것 같다. 하지만 이는 *Translations of Oriental Poetry*에 대한 검토 없이 정황만으로 판단한 데서 연유한 것으로 보인다.[23] 두 시집은 제목이 다르고, 저자도 다르고, 출간 연도도 다르다. *Translations of Oriental Poetry*는 *Anthology of Chinese, Japanese and Korean Poetry*보다 1년 빠르며, 전자가 강용흘 단독 번역임에 비해 후자는 프랜시스 킬리와의 공동 번역이다. 아쉽게도 *Anthology of Chinese, Japanese and Korean Poetry*는 아직 발견되지 않아서 전모를 알 수는 없지만, *Translations of Oriental Poetry*를 기반으로 수정, 보완한 책일 것으로 추정된다.

단 세 작품이지만, 앞서 언급한 영자 신문에 인용된 *Anthology of Chinese, Japanese and Korean Poetry*에서 가져온 번역시가 모두 *Translations of Oriental Poetry*에도 수록되어 있으며, 세 작품을 비교해 보니 시어의 선택에서 약간의 차이를 보이고 있기 때문이다. 시조 두 수 중 월산대군의 시조를 번역한 작품은,[24] 두 시집의 내용이 동일하고, 계랑의 시조를 번역한 작품은 1년 전의

---

22 강용흘은 1928년 버지니아주 출신으로 매사추세츠주에 있는 여자 사립 명문인 웰슬리대학을 갓 졸업한 프랜시스 킬리와 약혼하였고, 1929년 웨스트버지니아주 찰스턴에 있는 프랜시스의 할머니 집 잔디밭에서 결혼식을 올렸다(김욱동, 앞의 책, 37~38면).

23 *Translations of Oriental Poetry*(1929)에 수록된 작품 중 7수가 변영로의 *The Grove of Azealea*(1947)에 그대로 수록된다. 그런데 김욱동은 여기 재수록된 작품과 『초당』(1931)에 삽입된 시를 비교하며 『초당』에서 오역했던 것을 1947년에 수정한 것으로 파악하고 있다. 김욱동, 「시인으로서의 강용흘」, 『영미연구』 11, 한국외대 영미연구소, 2004, 12~13면.

24 추강에 밤이 드니 물결이 차노매라 / 낚시 들이치니 고기 아니 무노매라 / 무심한 달빛만 싣고 빈 배 저어 오노라(#4939.1)

작품과 차이를 보이고 있다.

Peach blossoms were raining down spendthrift,

When after weeping embraces, my lover departed.

Now in the Autumn wind the leaves drift,

And I wonder if he too is thinking

Thousands of lis away of the same lonesome dream

Which alone lingers on, going and coming.

Translations of Oriental Poetry, 1929, p.102

Peach blossoms were raining down spendthrift,

When after weeping embraces my lover departed.

Now in the Autumn wind the leaves drift,

And I wonder if he too is thinking

Thousands of lis away of the same lonesome dream

Which alone lingers, thither and yon.

Anthology of Chinese, Japanese and Korean Poetry, 1930

　　인용한 시는 계랑의 작품을 번역한 것으로 보인다.[25] 두 번역시는 거의 유사하지만, 부분적으로 미세한 차이를 보이고 있다. 2행에서는 쉼표의 유무가 발견되고,[26] '천리千里에 외로온 꿈만 오락가락 하노매'의 번역에 해당하는 6행에

25　이화우 흩뿌릴 제 울며 잡고 이별한 임 / 추풍 낙엽에 저도 날 생각는가 / 천리에 외로운 꿈만 오
　　락가락 하노매(#3902.1)
26　쉼표의 유무에 따른 의미상의 큰 차이는 없다.

서 차이를 보인다. *Translations of Oriental Poetry*에서는 'Which alone lingers on, going and coming'이라고 하여 '오락가락'한다는 원시의 의미를 살린 것으로 보인다. 반면, *Anthology of Chinese, Japanese and Korean Poetry*에서는, 'Which alone lingers, thither and yon'이라고 수정하였다. thither과 yon 은 that, those의 뜻을 가진 문예체, 고어古語체old-fashioned이다. 29년의 번역이 평이한 시어로 시조의 의미에 충실하게 하려 했다면, 30년 번역은 고시조로서의 예스러운 느낌을 살릴 수 있도록 고어를 사용하여 수정한 것으로 보인다. 의미만으로 보면, 29년 번역이 '오락가락'이라는 원문의 의미를 더 잘 살렸다고 할 수 있다.

또한 두 작품에서 1행의 '이화梨花, pear blossom'를 '도화桃花, peach blossom'로 번역한 것은 오역의 논란을 피할 수 없다. 배꽃과 복숭아꽃은 모두 봄에 피는 꽃이지만 엄연히 다른 꽃이며 시적 관습에서도 그 의미가 같지 않기 때문이다.

정리하면, 하버드 도서관에서 발견된 *Translations of Oriental Poetry*는 1929년 강용흘이 프랜티스홀 출판사에서 소규모로 간행하였던 번역시선집이고, *Anthology of Chinese, Japanese and Korean Poetry*는 1930년 강용흘과 프랜시스 킬리의 공동 번역으로 같은 출판사에서 간행하려고 했던 것으로 보인다. 즉 1929년 출간된 책을 토대로, 이듬해 프랜시스 킬리와 공동 작업으로 내용을 보완하여 같은 출판사에서 또 간행하려고 했던 것으로 보인다.[27] 『초당』1931 초판본의 첫머리에서도 책에 인용된 동양문학이 곧 책으로 나올 것이라고 밝힌 것을 보면 1931년까지도 출간하지 못했던 것으로 보인다. 어찌되었든 책명과 저자명이 다르고, 내용도 일정 부분 수정된 것으로 볼 때 *Anthology of*

---

27 『*Anthology of Chinese, Japanese and Korean Poetry* 한중일 시선집』이 발견되지 않아 확정할 수는 없지만, 이 책이 30년 출간 예정이었으며, 아내 킬리와의 공동 작업으로 진행되었다는 점에서 볼 때, 소설『초당』에 수록된 작품은 이『한중일 시선집』에서 인용한 작품일 것으로 추정된다.

일련 번호	수록 면수	번역시	추정 원작[28]	작가명	작가명 (가집)	G.R[29]	H.G[30]	3차[31]	행수
1	70	O wild goose	霜天 明月夜에(2462)		송종원				5
2	71	I was going to	사랑을 사자하니(2257)	Anon	무명씨				6
3	72	Say what you	이러하나(3763)	Anon	무명씨				6
4	73	O flower too	꽃아 색을 믿고(0650)	Anon	이항복				4
5	74	If every tear	눈물이 진주라면(1109)	Anon	무명씨				6
6	75	Tree you are	나무도 아닌 것이(0740)	Anon	윤선도	49	60	48	6
7	76	Chrisanthemum	창밖에 국화를(4530)	Anon	무명씨	17	26	47	6
8	77	Love gathers	사랑모여 불이(2231)	Anon	무명씨			45	6
9	78	To what end do	도화는 어찌하여(1358)	Anon	무명씨			51	4
10	79	Cut my heart	내 마음 베어 내어(0929)	Anon	정철			46	4
11	80	I have no	내게는 병이 없어(0903)	김민순	김민순			50	6
12	81	The cold wind	낙엽성 찬 바람에(782)	김시경	김시경			49	6
13	82	My love is long	사랑 사랑 긴긴 사랑(2253)	Anon	무명씨				5
14	83	Yesterday one	작일에 일화개하고(4150)	이정보	이정보				7
15	84	If the road	꿈에 다니는 길이(684)	이명한	이명한				4
16	85	Rivulets cover	오동에 듣는 빗발(3411)	김상용	김상용			43	5
17	86	Green mountain	청산도 절로절로(4753)		송시열	92	157		6
18	87	What is love	사랑이 어떻더니(2260)	Anon	송이				6
19	89	Why are the	청산은 어찌하여(4769)	이퇴계	이황			149	4
20	90	One second	일각이 여삼추라(3971)	Anon	주의식				6
21	91	Can every lover	사랑인들 임마다(2263)	Anon	무명씨				6
22	92	Let my sighs	한숨은 바람이 되고(5312)	Anon	무명씨				6
23	93	Carefully pack	사랑을 칭칭(2258)	Anon	무명씨				5
24	94	Night on the	추강에 밤이 드니(4939)	월산대군	월산대군			22	6
25	95	who says I am	뉘라서 날 늙다(1128)	이중집	이중집				6
26	96	After the	석양 넘은 후에(2544)	윤도선	윤선도	200	296		6
27	97	Little thing	작은 것이 높이(4149)		윤선도			159	6
28	98	A shadow is	물 아래 그림자(1742)	Anon	정철	165	249		6
29	99	Shall I choose	내가 죽어 잊어야(902)	Anon	무명씨				6
30	100	The hose calls	말은 가려 울고(1582)		무명씨				6
31	101	There are many	세상에 약도 많고(2662)	Anon	무명씨				6
32	102	Peach blossoms	이화우 흩뿌릴 제(3902)	Anon	계랑				6
33	103	Mad wind	광풍에 떨린 이화(382)	이정보	이정보				6

*Chinese, Japanese and Korean Poetry*는 *Translations of Oriental Poetry*의 수정본으로 별개의 책으로 보인다.

강용흘의 1차 번역서 *Translations of Oriental Poetry*에 실린 33수의 작품을 표로 제시하면 앞면과 같다. 이 가운데 2차 번역서인 『초당』1931에 5수, 『행복한 숲』1933에 8수가 수정되어 재인용되었고 3차 번역서인 변영로의 『진달래 숲』1947에 7수가 그대로 수록되었다.

(2) 2차 번역

① 2차 번역 자료 개관

강용흘의 2차 시조 번역은 1차 번역 작업을 마치고 얼마 지나지 않아 소설 속의 삽입시로 소개되었다. 1931년 2월 출간된 *The Grass Roof*이하, 『초당』는 강용흘의 어린 시절과 학업에 대한 열정, 3·1운동, 그리고 미국으로 떠나기까지의 삶을 기록한 자전적 소설인데 상당한 양의 시가 삽입되어 있다. 일찍부터 이광수가 소설 『초당』은 "그의 서정시라고 볼 것이다"[32]고 하였고, 김욱동은 『초당』에서 가장 큰 흠이라면 운문이 산문을 압도하고 있다[33]는 점이라고 할 만큼 많은 시들이 들어 있다. 시조, 한시, 영시, 한국 근대시 등 다양한 종류의 시가 있는데 이 중 시조는 한국의 전통문화를 대변하는 것으로 23수나 수록되어 있다. 이 중 5수는 1차 번역에서 가져와 약간 수정한 것으로 이 소설에서 처음 소개된 영역시조는 모두 18수이다.

강용흘은 2년 뒤 같은 출판사에서 *The Happy Grove*이하, 『행복한 숲』를 출간하였는데, 이는 청소년 독자들을 위해 『초당』의 제1장에서 제14장까지의 내용을

---

28 원작 옆의 숫자는 『고시조대전』 수록번호임.
29 강용흘의 2차 번역서 중 하나인 *The Grass Roof* 지칭. 아래 숫자는 소설 내 시조가 인용된 면.
30 강용흘의 2차 번역서 중 하나인 *The Happy Grove* 지칭. 아래 숫자는 소설 내 시조가 인용된 면.
31 강용흘의 3차 번역서에 해당하는 변영로가 편찬한 *The Grove of Azalea* 지칭. 아래 숫자는 시집에서 강용흘의 시조가 인용된 면.
32 이광수, 「강용흘씨의 초상」, 『동아일보』, 1931.12.10, 367면(『이광수전집』 16에 재수록).
33 김욱동, 앞의 책, 178면.

『초당』에 수록된 영역시조

일련번호	수록면수	번역시	추정 원작[37]	작가명		1차[38]	신출	H.G	행수
1	2	In a grass roof	초당에 일이(4874)	유성원	poem		신출		7
2	17	Chrisanthemum	창밖에 국화를(4530)	미상	poem	76		26	8
3	49	Tree you are not	나무도 아닌 것(740)	윤선도	song	75			6
4	50	Years slip by	세월이 유수(2690)	박효관	poem		신출	94	6
5	64	Spring in the	춘창에 늦이(5000)	김천택	poem		신출	112	6
6	65	Birds, oh birds,	꽃이 진다하고(666)	송순	song		신출	114	4
7	67	The little naked	발가벗은 아이(1828)	미상	poem		신출	116	6
8	67	Why is the	청계상 초당(4725)	황희	poem		신출	116	4
9	92	Green mountains	청산도 절로(4753)	송시열	song	86		157	7
10	94	After Li Po	태백이 죽은(5108)	이정보	poem		신출	160	6
11	100	Fast asleep in	초당에 깊히든(4864)	이화진	poem		신출	176	6
12	113	Mountains are	말없는 청산(1577)	성혼	song		신출	197	6
13	114	The bright sun is	백일은 서산(1933.2)	최충	poem		신출	198	6
14	114	The hill is the	산은 옛산이로(2324)	황진이	poem		신출	199	6
15	142	When maple	단풍은 연홍(1200)	김수장	song		신출		6
16	142	In the blue	만경창파수로도(1534)	이정보	song		신출		6
17	142	This cup I pour	내부어 권하는(948)	김천택	song		신출		6
18	145	Think of our	인생을 혜여(3934)	주의식	poem		신출		7
19	145	Embarking over	금파에 배를(551)	임의직	song		신출		6
20	164	I take up my	청려장 드뎌(4734)	미상	poem		신출	247	6
21	165	A shadow is	물아래 그림재(1742)	정철	poem	98		249	6
22	169	From the boom	북소리 들리는(2130)	박인로	poem		신출	253	6
23	200	After the evening	석양 넘은후에(2544)	윤선도	poem	96		296	7

『행복한 숲』에 수록된 영역시조

일련번호	수록면수	번역시	추정 원작	작가명		1차	G.R.	신출	행수
1	1	Lully-lullay	이러하나(3763)	미상	개장시	72			6
2	3	If you wander	녹수청산 깊흔(1058)	미상	poem			신출	5
3	4	In the torrent's	시내 흐르는 골에(2886)	미상	poem			신출	6
4	26	Night on the	추강에 밤이드니(4939)	월산대군	개장시	94			6
5	27	Chrisanthemum	창밖에 국화 심고(4530)	미상		76	17		8
6	27	Full moonlight	월정명 월정명(3652)	미상	poem			신출	5
7	43	The Odong	오동에 듣는 빗발(3411)	김상용	poem	85			5
8	53	When this	이몸이 죽어가서(3809)	성삼문	poem			신출	6

일련 번호	수록 면수	번역시	추정 원작	작가명		1차	G.R.	신출	행수
9	60	Tree you are	나무도 아닌 것이(740)	윤선도	poem	75	49		6
10	92	World filled	백설이 만건곤히(2593)	미상	poem			신출	6
11	94	Years slip by	세월이 유수로다(2690)	박효관	poem		50		6
12	112	I linger to	춘창에 늦이 일어(5000)	김천택	poem		64		6
13	114	Birds, oh birds,	꽃이 진다하고(666)	송순	song		65		4
14	116	The little	발가벗은 아이들이(1828)	미상	poem		67		6
15	116	Why is the	청계상 초당 외에(4725)	황희	poem		67		4
16	149	Green mt.?	청산은 어찌하여(4769)	이황	개장시	89			6
17	157	Green mt,	청산도 절로절로(4753)	송시열	song	86	92		6
18	159	Little thing	작은 것이 높이 떠서(4149)	윤선도	poem	97			6
19	160	After LiPo	태백이 죽은 후에(5108)	이정보	poem		94		6
20	176	Fast asleep	초당에 깊이 든(4864)	이화진	poem		100		6
21	197	unspeaking, mt	말없는 청산이요(1577)	성혼	song		113		6
22	198	The bright sun	백일은 서산에(1933.2)	최충	poem		114		6
23	199	Mountains are	산은 옛산이로되(2324)	황진이	poem		114		6
24	210	Of what use is	공명이 그 무엇고(337)	김천택	poem			신출	5
25	247	I take up my	청려장 드더지고(4734)	미상	poem		164		6
26	249	A shadow is	물아래 그림자(1742)	정철	poem	98	165		6
27	253	From the boom	북소리 들리는(2130)	박인로	poem		169		6
28	296	After the	석양 넘은 후에(2544)	윤선도	poem	96	200		7
29	307	The will that	흉중에 먹은(5531)	미상	poem			신출	4

8장으로 축약하고 개작한 것이다. 문체와 기교가 젊은 독자들에게 어울리도록 그 내용을 확대하고 다시 편집하였다고 서문에서 밝히고 있다.[34] 특이하게도, 이 책은 『초당』을 축약한 것임에도 불구하고 『초당』보다 더 많은 영역시조가 수록되어 있다. 『초당』에 있던 시조 중 맨 앞에 개장시開章詩, epigraph로 둔 유성원의 작품과 제9장에서 기생들과 선유놀음 가서 지은 시조 5수를 제외한 17수의 시조가 다시 수록되었으며 그 외 새로운 작품들을 더 추가하였다. 현재 조사된 바로는, 『행복한 숲』에 고시조의 번역이라고 규정할 수 있는 작품은 29수인데, 이 가운데에는 1차 번역에서 가져온 것5수과 『초당』에서 가져온 것17수[35]이

---

34 Younghill Kang, "Preface", *The Happy Grove*, New York : Charles Scribner's Sons, 1933.

있으며 이를 제하면 신출작은 7수이다.

이 글에서 2차 번역이라고 명명한『초당』과『행복한 숲』은 같은 책이면서 다른 책이다.『행복한 숲』이『초당』의 일부를 바탕으로 하였기에『초당』의 특성이 남아 있으면서 또 새로운 면이 추가되었기 때문이다. 시조 영역에 한정해서 보자면, 재인용한 작품이 17수나 되지만, 또 새로 추가된 작품도 12수[36]나 된다. 재인용하면서 약간씩 수정이 가해지는 경우도 있고, 추가되는 작품도 있어 변화의 지점이 있긴 하지만, 그 변화의 편폭이 크지 않고 대체로 소설 삽입시라는 자장 안에서의 공통점이 더 크기에 두 작품을 묶어서 2차 번역에서 함께 논의할 것이다.

② 선행 연구 검토

『초당』에 삽입된 영역시조는『초당』의 한국어 번역본이 출간되면서 원문이 소개되었고,[39] 여기 소개된 영역시조를 대상으로 한 연구가 홍경표에 의해 시작되었다. 그는『초당』22수과『행복한 숲』9수에 인용된 고시조 31수를 한국문학의 영어 번역이라는 관점에서 번역사적 의의를 논하였다.[40] 그는 소설 속의 고시조는 작가의 민족 및 자아 정체성의 의지적 표현으로 선택된 것으로 보고, 양반으로서의 자신의 위상을 표현하는 데 고시조가 적절했기에 선택했다고 보았다. 그의 연구로 인해 강용흘 영역시조의 존재와 의의가 알려졌으며 이후 이 방면의 연구들이 속출하고 있다.

---

35 이중 3수는 1차 번역에서 가져온 것이다.
36 이는 1차 번역에서 가져온 5수를 포함한 수치이다.『초당』과 비교했을 때 새로운 작품이 12수 추가되었다는 의미이다.
37 옆의 숫자는『고시조대전』수록 번호.
38 1차 번역에서 가져온 작품이다. 아래 숫자는 *Translations of Oriental Poetry*에 수록된 면수.
39 번역자 장문평은 원시를 찾느라 고생했다는 것을 책의 첫머리에서 밝히고 있다. 이후 유영의 번역본이 나왔지만 시조 자료에 있어서는 장문평의 것을 수용하였다.
40 홍경표,「강용흘의 초당과 행복의 숲에 인용된 한국 고시조」,『한국말글학』20, 한국말글학회, 2003, 107~118면.

김욱동은 영문학자의 관점에서 강용흘의 영문 창작시와 각종 번역시를 다루면서 『초당』에 삽입된 영역시조를 부분적으로 언급하였다. 그는 강용흘의 영역시조는 창작시와 마찬가지로 훌륭하다고 보기 어렵다며 부정적으로 평가하였다. 그의 번역시는 오역과 지나친 의역으로 인해 원문의 뜻도 제대로 살려내지 못했다고 보았다.[41]

반면 김효중은 『초당』에 인용된 7수를 대상으로, 강용흘이 원시의 의미를 정확히 이해한 바탕 위에서 그 의미에 충실하면서도 얼마만큼의 작품의 독창성과 문학성을 확보하였다고 보았다.[42] 박진임은 강용흘이 한국문학 영어 번역사에서 선도적 위치를 차지하고 있다고 인정하되, 어떤 작품은 성공적이었지만, 일부의 작품에서는 시조의 내용을 전달하는 데에만 초점을 두고 "시조 형식의 번역에 대해서는 관심을 보이지 않고 있"다고 평가하였다.[43] 강용흘의 영역시조에 대한 연구가 아직까지도 제한적이었던 것을 고려하면 이 선행연구들은 모두 강용흘의 영역시를 이해하는 데 매우 소중한 성과이다. 그러나 동일한 번역에 대해 김욱동과 김효중이 전혀 다른 평가를 내리고 있는 것을 보면 여전히 논란의 여지가 남아 있다는 것을 보여주는 것으로, 강용흘의 영역시조에 대한 재평가가 필요하다고 하겠다.

신은경은 『초당』23수과 『행복한 숲』10수에 인용된 고시조 33편을 대상으로 형식과 내용 양면에서 드러나는 구체적 양상과, 산문 서술과의 관계 속에서 시조의 기능과 변영태와의 비교를 통한 강용흘 시조의 번역사적 위상을 논하였다. 이 연구는 강용흘의 2차 번역이 서사적 맥락 속에 삽입되어 있다는 점에 주목하여 전체 서사와의 관계 속에서 시조의 존재 양상에 주목하여 그 기능을 밝혔다.[44]

---

41 김욱동, 「시인으로서의 강용흘」, 『영미연구』 11, 한국외대 영미연구소, 2004.
42 김효중, 「재미한인문학에 인용된 고시조 영역 고찰—강용흘의 초당을 중심으로」, 『비교문학』 39, 한국비교문학회, 2006, 107~118면.
43 박진임, 「고시조 영역 양상 고찰」, 『비교한국학』 28(3), 국제비교한국학회, 2020, 293면.

③ 연구대상의 범주에 대한 검토

이러한 연구 성과들 덕분에 강흥흘의 2차 번역에 대해서는 그 어떤 영역시조보다 뚜렷하게 윤곽이 드러났다고 할 수 있다. 하지만, 아직도 발견하지 못한 부분이 남아 있으며 이 작업은 앞으로도 계속되어야 한다고 생각한다. 단적인 예로 그 연구대상만 하더라도 여전히 확정적이지 않다는 것을 들 수 있다. 소설에 삽입된 영역시조의 경우, 홍경표는 31편을 제시했고, 신은경은 여기에 2편을 추가하였다. 이 글에서도 2편을 더 추가하여 일단 강용흘의 2차 번역은 35편으로 계수할 것이다.[45] 하지만, 그의 소설 속에는 여전히 시조로 계수될 여지가 남아 있는 작품들이 다수 존재하고 있다. 예를 들면 『초당』 9장에 삽입되어 있는 권주가의 경우, 정확하게 노랫말이 일치하는 시조는 찾지 못했지만, 이 노래의 기반은 시조와 깊은 연관을 갖고 있는 것으로 보인다. 대학자의 첩이었던 매자가 거문고를 연주하며 부르는 노래이다.

Take, pray take my cup of wine,

For it brings miracles of blessing,

Ten thousand times, ten thousand times!

For even heroes and great men

Lie buried in the backyard yonder,

Take, pray take, my cup of wine!

44　신은경, 「강용흘의 영역시조에 관한 연구」, 『한국문학이론과 비평』 16권 4호, 한국문학이론과 비평학회, 2012.

45　추가되는 작품은 『초당』 206면. 흉중(胸中)에 먹은 뜻을 속절없이 못 이루고 / 반세 홍진(半世紅塵)에 남의 웃음 되거이고 / 두어라 시호시호(時乎時乎)니 한(恨)할 줄이 있으랴(이 작품은 다시 『행복한 숲』 307면에 그대로 재인용된다).
　『행복한 숲』 159면. 쟈근 거시 노피 떠서 만물(萬物)을 다 비취니 / 밤듕의 광명(光明)이 너만ᄒ니 또 잇ᄂ냐 / 보고도 말 아니 ᄒ니 내 벋인가 ᄒ노라(1차 번역 97면에서 가져온 것이다).

Ten thousand times, drink happily,

Ten thousand times, ten thousand times![46]

잡으시오 이 술 한잔 잡으시오

이 술은 축복의 기적을 가져오니

일만 번, 일만 번!

영웅 호걸도

저기 뒷마당에 묻혀있네

잡으시오 이 술 한 잔 잡으시오

일만 번을 즐겁게 드시오

일만 번, 일만 번!

거문고 반주에 노래로 불렀다고 하니 가창가사나 시조의 노랫말일 가능성이 높다.[47] 현전하는 12가사 「권주가」의 노랫말은 17종류가 되는데 위의 내용과 일치하는 노랫말은 찾을 수 없었다. 또한 시조 중에서도 이와 내용이 일치하는 시조는 찾지 못했기에 이 글의 대상 작품에서는 제외시켰다.

하지만 본디 「권주가」의 노랫말이 문화적 관습 속에 잘 알려진 원텍스트를 모방 인용하면서 융통성 있게 변용되어 이루어진다는 속성을 고려할 때[48] 매자

---

46 *The Grass Roof*, p.133.
47 『초당』의 번역자 장문평은 이를 시조 형식으로 번역하였다. 이 잔 잡으소서 만수무강 하오리다. / 만고의 영웅호걸 저 산 속에 누웠어도 / 이 잔 곧 잡으시면 만수무강 하오리다(장문평 역, 『초당』 범우사, 1993, 139면).
48 김은희, 「권주가에 대한 일고찰」, 『반교어문연구』 31, 반교어문학회, 2010, 184면. 이 글에 의하면 〈권주가〉는 당시(唐詩)풍의 한시(漢詩)로부터 비롯되었고, 이후 평시조 형식의 노래들이 한시와 공존하다가, 좀 더 길어지는 사설시조 및 가사 형식의 작품들이 창작되었고, 18,19세기 이후 가창가사 〈권주가〉가 대중적으로 유행하면서 12가사의 하나로 향유되는 역사적 전승과정을 거쳤다고 한다(159면).

의 「권주가」 또한 유행하는 노랫말을 편사 나열하여 만들어진 시조일 가능성은 존재한다. 본디 권주가는 개작이 용이하여 다수의 이본이 존재하고 있으며, 산문 속에 삽입될 때는 더 자유롭게 개작될 수 있다. 소설 속에서도 시조 여러 편을 편사한 「권주가」가 존재하며[49] 판소리 창본에서는 더욱 자유롭게 개작된 사례가 많다.[50] 본문의 노랫말도 권주와 영웅호걸을 통한 인생의 유한함을 강조하는데 이는 아래와 같은 기존의 시조 〈권주가〉에서 흔히 볼 수 있는 내용이다.

> 잡으시오. 잡으시오. 이 술 한 잔 잡으시오.
>
> 이 술 한 잔 잡으시면 천만 년이나 사오리다. 이 술이 술이 아니라 한무제 승로반에 이슬 받은 것이오니
>
> 쓰나 다나 잡으시오 권할 적에 잡으시오.
>
> #4167.1

> 약산동대 이지러진 바위 꽃을 꺾어 주를 노며 무진무진 잡으시오
>
> 인생이 한번 돌아가면 뉘라 한 잔 먹자 하리. 살았을 제 이리 노세. 백년을 가사 인인수라도 우락을 중분미백년을 권할 머데 잡으시오. 우왈 장사 홍문 번쾌라 호주를 능음하되 이 술 한 잔 못 먹었네 권할 적에 잡으시오.

---

49 경판 30장본 『춘향전』에서 춘향이 이도령에게 불러주는 권주가는 현전하는 4편의 시조를 편사한 것으로 볼 수 있다. 노주작의 가득 부어 니도령끠 전할 적의 권쥬가를 부르이 주부시오 주부시오 이술 흔 잔 주부시오 이술 흔 잔 잡으시면 천만연이ᄂ 사오리이다 이술이 술이 안이오라 한무졔 승노반의 이슬 바든 거시오니 쓰ᄂ 다ᄂ 주부시오 졔 것 두고 못 먹으면 왕장군지 고자로다. 흔번 도라가면 뉘 흔 잔 먹즈 흐리 스라슬 졔 이리 노세 상ᄉᄒ던 우리 낭군 꿈 가온데 잠간 맛ᄂ 만단졍회 다 못ᄒᆞ여 날이 쟝촛 발갓세라(김진영 외, 『춘향전 전집』 4, 박이정, 1997, 56면).

50 어사또께 드릴 적에 바로 보기 죄하다고 고개를 바로 들고 권주가난 과하다고 시조로 권하는데, 하위가 안나와서 반말로 브르것다. 자부랑께 자부랑께 이 술 한 잔 자부랑께 빡빡주 숭다탕이 과객의게 그도 과체 우섭잔한 교뼤지 말고 잔 어서 바더. 신재효 판소리 춘향전(김진영 외 54면) 백성환 창본에 이와 유사하게 전승됨.

권군갱진일배주하니 서출양관무고인을 권할 머데 잡으시오.

#3112.1

『초당』에 삽입된 〈권주가〉와 위에 인용한 #4167의 서두 부분이 일치하며, 이 술이 보통 술이 아니라고 노래하는 것도 유사하다. 후반부에서 영웅호걸도 이 술 한 잔을 먹지 못하고 묻혀 있다는 것은 #3112의 중장 후반부와 유사하다. 이렇듯 『초당』의 〈권주가〉는 시조 〈권주가〉와 적지 않은 연관이 있어 보인다. 또한, 『초당』의 〈권주가〉에서 '일만 번'이라며 거듭 숫자를 강조하는 것도 장수를 기원하는 것에서 변용된 것으로 보이는데, '만수무강'이나 '만세'에 대한 번역일 수도 있다. 1897년 대한제국이 설립되며 황제 연호를 쓰게 된 후, '만세'가 보편적이고 상투적인 표현으로 자리 잡게 된 것을 고려해 볼 때, 『초당』의 〈권주가〉의 20세기 변이형일 가능성이 있다.

『행복한 숲』 1장에도 Korean poem이라고 소개되는 시가 있는데, 다음 시조의 초장과 중장 앞부분을 번역한 것이다. 그러나 이 작품은 본디 중국의 중당中唐시인 유우석劉禹錫의 〈누실명陋室銘〉을 차용한 작품으로 강용흘의 번역시가 시조를 원전으로 삼은 것인지, 〈누실명〉을 번역한 것인지 확인할 수 없다. 다만 Korean poem이라고 했으니 시조를 염두에 둔 것 같지만, 전편을 번역한 것이 아니라 선뜻 영역시조의 범주에 넣을 수도 없는 형편이다.

Always our house felt the sense of values, and of high destiny. Such nobility in modest circumstances has been described in the Korean poem :

If the mountain is not high
Immortal ghosts can make it great.

If the water is not deep

A dragon there can give it might.

If the roof is very narrow

Only deeds can make it shine;

Then moss will green the steps with life

And fertile grass thread the bamboo-blind.

『행복한 숲』 제1장, 19면

산불재고^{山不在高}이나 유선칙명^{有仙則名}하고 수불재심^{水不在深}이나 재룡칙령^{在龍則靈}하느
니 사시누실^{斯是陋室}에 유오덕형^{惟吾德馨}이라

태흔^{苔痕}은 상계녹^{上階綠}이오 초색^{草色}은 입렴청^{入簾靑}이라 담소유홍유^{談笑有鴻儒}이오 왕
내무백정^{往來無白丁}이라 가이조소금^{可以調素琴} 열금경^{閱金經}하니 무사죽지난이^{無絲竹之亂耳}하
고 무안독지노형^{無案牘之勞形}이로다

남양^{南陽} 제갈려^{諸葛廬}와 서촉^{西蜀} 자운정^{子雲亭}을 공자운^{孔子云} 하누지유^{何陋之有} 하시니라.

#2307.1, 『병와가곡집』 868

산불재고^{山不在高}, 유선칙명^{有仙則名}. 수불재심^{水不在深}, 유용칙령^{有龍則靈}. 사시누실^{斯是陋室},
유오덕형^{惟吾德馨}. 태흔상계록^{苔痕上階綠}, 초색입렴청^{草色入簾靑}. 담소유홍유^{談笑有鴻儒}, 왕래무
백정^{往來無白丁}. 가이조소금^{可以調素琴}, 열금경^{閱金經}. 무사죽지난이^{無絲竹之亂耳}, 무안독지노형
^{無案牘之勞形}. 남양제갈로^{南陽諸葛廬}, 서촉자운정^{西蜀子雲亭}. 공자운^{孔子云}, 하누지유^{何陋之有}

누실명^{陋室銘}, 유우석^{劉禹錫}[51]

---

51 산이 높지 않아도 신선이 있으면 명산이요, 물이 깊지 않아도 용이 있으면 신령한 물이다. 이곳
   은 누추한 방이긴 하지만 다만 내 덕이 향기로워라. 이끼는 섬돌을 따라 올라 푸르고 풀빛은 주
   렴으로 들어와 퍼렇다. 담소하는 자리에는 큰 선비가 있고, 내왕할 때는 비천한 이들이 없다. 장
   식 없는 거문고를 연주하고 금옥 같은 경전을 읽을 만하다. 악기 소리가 귀를 어지럽히는 것이

본서에서는 이러한 작품들을 영역시조의 범주에서 제외시키고 연구대상으로 계수하지 않았지만, 고시조와 관련된 작품으로 볼 수 있다. 강용흘의 소설 속에는 이렇게 영역시조의 경계에 아슬아슬하게 존재하는 작품들이 여전히 남아 있다. 따라서 이 글에서 언급하는 35수 역시 후속 연구자의 관점에 의해 언제든지 추가 변경될 수 있다.

(3) 3차 번역 *The Grove of Azalea*, 1947[7편]

강용흘은 1946년 고국을 떠난 지 27년 만에, 미군정청의 출판부장 자격으로 한국으로 돌아온다. 1946년 여름부터 1년 반 동안 한국에 머물면서 대학에서 강의를 하고 국내 문인들과도 교유하였다.[52] 1947년 8월 변영로가 자신을 포함한 주변인의 영시를 모아 최초의 영문 시집 *The Grove of Azalea*를 편찬했는데 여기에 강용흘의 번역시 7편을 수록하였다. 강용흘의 3차 번역이란 이 7편을 지칭한다.

하지만 이는 1차 번역, 즉 1929년 간행된 *The Translations of Oriental Poetry*의 일부를 그대로 수록한 것으로 새로 번역한 것은 아니다. 그간 1차 번역이 알려지지 않았기에 이 작품들이 1947년 번역된 것으로 잘못 알려졌을 뿐이다. 이 7수는 1차 번역의 75면부터 81면까지 수록된 작품을 그대로 가져오되, 그 순서만 바꾸었다. 1차 번역에서는 이중 다섯 작품은 무명씨로 기록하고, 두 작품80·81면에 대해 김민순「내게는 병이 없어」, 김시경「낙엽성 찬 바람에」으로 작가 표기를 했지만, 3차 번역에서는 작가 표기를 모두 생략한 채 번역시만 수록하였다. 가집에 의하면 그가 무명씨작이라고 했던 75면「나무도 아닌 것이」과 79면「내 마음 베어

없고, 관청 문서가 몸을 힘들게 하는 일이 없다. 남양 땅 제갈량의 초려이고, 서촉 땅 양웅의 정자로다. 공자도 말씀하셨지, 군자가 산다면 무슨 누추함이 있겠냐고(번역은 고려대학교 류호진 선생님께서 해주셨다).

52   김욱동, 앞의 책, 77~83면.

내어」도 각기 윤선도와 정철의 작품으로 기록되어 전하고 있어 유명씨 작품이 네 수나 된다. 선별된 작품을 내용에 따라 분류해 보면, 남녀 간의 애정3수, 연군1 수, 취락1수, 정절1수, 무상1수으로 볼 수 있다.

일련 번호	수록 면수	번역시	추정 원작	1차.	G.R.	H.G	행수
1	45	Love gathers	사랑 모여 불이(2231)	77			6
2	46	Cut my heart	내 마음 베어 내어(929)	79			4
3	47	Chrysanthemum	창밖에 국화 심고(4530)	76	17	26	6
4	48	Tree you are	나무도 아닌 것이(740)	75	49	60	6
5	49	The cold-wind	낙엽성 찬 바람에(782)	81			6
6	50	I have no	내게는 병이 없어(903)	80			6
7	51	To what end	도화는 어찌하여(1358)	78			4

2) 원전 추정

(1) 1차 번역

*Translations of Oriental Poetry*에 수록된 영역시조의 원전을 추정하기 위해 먼저 수록된 영역시조 33편의 배열 원리를 살펴보았으나 특정한 원리를 찾을 수 없었다. 기존의 가집은 흔히 곡조별로 작품을 수록하거나 주제별로 분류하여 수록하였다. 곡조별로 분류한 뒤 그 안에서 시대순으로 나열하기도 하였다. 하지만 이 선집에 수록된 작품들은 곡조에 따른 것도 아니고, 작가의 생몰 연대순으로 나열된 것도 아니고, 주제별로 묶인 것도 아니다. 윤선도의 「오우가五友歌」는 6수 중 2수가 들어 있는데, 대나무를 노래한 작품은 75면에, 달을 노래한 작품은 97면에 있으며 이 두 작품 모두 무명씨로 되어 있다.

다음 작자명을 중심으로 가집과 번역서를 비교해 보았다. 그런데 그가 밝히고 있는 작가명이 기존 가집에서 알려진 정보와 다른 경우가 많다.

　　Tree you are not,

Grass you are not,

And nothing is more straight than you.

Inside why are you so clean?

Bamboo, for this besides I love you.

That all four seasons you are green!

Translations of Oriental Poetry, p.75

Anon.

Cut my heart out completely,

Make it a moon.

Nine times ten thousand long skies may be hanging upon it.

It will illumine all the abode of my beautiful love.

Translations of Oriental Poetry, p.79

75면의 작품은 윤선도의 「오우가」 중 대나무를 노래한 작품을 번역한 것으로 보인다.[53] 강용흘은 이 작품을 무명씨라 하였다.[54] 하지만 이 작품을 전하고 있는 9개의 가집들은 모두 윤선도라고 작가명을 밝히고 있다.[55] 79면의 작품은 정철의 작품을 번역한 것으로 보이는데,[56] 역시 현전하는 41개의 가집 모두 작자를

---

53 나무도 아닌 것이 풀도 아닌 것이 / 곧기는 뉘 시키며 속은 어이 비었는다 / 저렇고 사시에 푸르 니 그를 좋아 하노라(#0740.1)

54 작자미상의 경우에도 어떤 작품에는 Anonymous의 약어로 Anon.이라고 하고 또 어떤 경우에 는 아무런 표기도 하지 않아 작가명 표기나 배열에서 일관성을 찾기 어려웠다. 75면의 작품은 아무 표기도 하지 않은 경우이고, 79면의 작품은 Anon.이라고 기록한 경우이다.

55 /고첩17(尹善道 五友歌5) / 고유17(尹善道 五友歌5) / 병가288(尹善道) / 해일180(尹善道 / 해 주184(尹善道 漁父歌) / 해정185(尹善道) / 시김56(尹善道 五友歌5) / 악고798(尹善道 五友歌 5) / 교주753(尹善道 五友歌5)

56 내 마음 베어 내어 저 달을 맹글고저 / 구만리 장천에 번듯이 걸려 있어 / 고운 임 계신 곳에 가 비추어나 보리라(#0929.1)

정철이라고 밝히고 있는 것[57]과 큰 차이를 보이고 있다. 인용하지는 않았지만 96면의 작품 또한 윤선도의 작품을 번역한 것으로 보이는데, 작가명을 'Yoon Do-sun'이라고 밝혔다. 윤선도의 작품을 3수나 수록했지만, 2수는 무명씨로 처리하고 이 작품만 작가명을 밝힌 셈인데, 그 이름을 '윤도선'이라 하였다. 이것이 실수인지 잘못 알고 있었던 것인지 확인할 수 없지만 가집의 기록과 같지 않다는 사실은 분명하다. 이 작품을 전하는 가집은 5개밖에 안되지만 모두 윤선도尹善道라고 작가명을 밝히고 있다. 이렇듯 *Translations of Oriental Poetry*는 작가명 표기에 있어 기존에 가집에서 알려진 것과 다르게 기록하고 있는 경우가 여러 차례 발견되었다.

이번에는 강용흘의 1차 번역에 나온 작품과 현전하는 가집과 출현 빈도를 조사했지만 특정한 경향성을 찾을 수 없었다. 33수의 *Translations of Oriental Poetry* 작품 중 육당본『청구영언』에 공통적으로 나타나는 작품은 22수나 되고 또, 육당본『청구영언』에만 전하는 작품이 작가명김민순까지 동일하게 기록되어80면 육당본『청구영언』과의 연관성이 제기될 수 있다. 하지만, 육당본『청구영언』에는 없으면서 다른 가집에만 나타나는 작품도 많아 함부로 단정할 수 없다. 게다가 육당본『청구영언』과 공출 작품이 많은 것은 육당본『청구영언』이 999수나 되는 엄청난 수의 작품을 수록한 가집인 탓일 가능성이 크다. 반면, 74면의 작품#1109.1[58]은『증보 가곡원류』#79와『교주 가곡집』#1130 두 가집에만 전한다.『교주 가곡집』의 편찬 시기는 1929년 이후로 추정되고,[59]『증보 가

---

57 노랫말이 약간 달라『고시조대전』에서 하위 군집으로 구별한「악서」에 전하는 작품의 경우에는 작가 표기가 되어있지 않다.

58 눈물이 진주라면 흐르지 않게 싸 두었다 / 십년 후 오신 임을 구슬 성에 앉히련만 / 흔적이 이내 없으니 그를 설워 하노라 (#1109.1)

59 『교주 가곡집』은 일본인 마에마 교사쿠(1868~1942)가 편찬한 것으로 시조 1,745수가 들어 있다. 여기에는 1929년 간행된 최남선의『시조유취』가 들어 있어 1929년 이후에 간행된 것으로 보아야 한다. 이 책과 공출이 있는 것은 이 책이 강용흘 번역의 원본이어서가 아니라 이 책이 기존의 시조 작품을 집대성한 책이라는 사실에 기인하는 것으로 볼 수 있다.

곡원류』 역시 1943년 함화진에 의해 편찬된 것으로 모두 강용흘의 1차 번역 이후에 편찬되어 이 가집들은 원전으로 삼았다고 보기는 어렵다. 따라서 공출 여부를 갖고 특정 가집과의 상관성을 찾기도 매우 어려운 형편이다.

강용흘이 활동했던 당시의 가집과 비교해도 뚜렷하게 연관성을 보이는 가집을 찾을 수 없었다. 1920~1930년대 여러 문헌에 가장 빈번하게 등장하여 정전으로 선택된 작품 39수[60]와 *Translations of Oriental Poetry*의 작품들을 비교해 보니 공통적으로 들어 있는 작품이 겨우 2수에 불과했다.[61] 당대의 정전이라 불릴 만큼 여러 가집에 두루 실렸던 작품과 강용흘이 선별한 정전과는 많은 차이가 있었던 것이다. 20세기 이후 편찬된 가집들은 활자본으로 간행되어 그 유통 범위가 상당히 넓었다. 그러나 *Translations of Oriental Poetry*에는 별다른 영향을 주지 못한 것으로 보인다. 20세기 이후 편찬된 잡가집을 포함하여 시조 작품을 수록하고 있는 가집들과 *Translations of Oriental Poetry* 작품을 비교한 결과, 공출작품 수가 적으며 그나마 공출이 있는 경우에도 작자 표기가 달라 상관관계를 논하기는 어려워 보였다.

가집명	편찬년도	수록작품수	공출작품수	작자명 표기
대동풍아	1908	316수	9수	4수 작자표기 다름
가곡선	1913	596수	13수	3수 작자표기 다름
정선조선가곡	1914	380수	7수	
무쌍신구잡가	1915	216수	4수	3수 작자표기 다름
현행일선잡가	1916	216수	3수	
증보신구잡가	1925	215수	4수	증보신구잡자는 작자표기 안 함
가곡보감	1928	266수	12수	가곡보감은 작자표기 안 함

이러한 정황으로 볼 때, 강용흘이 원본으로 삼았던 텍스트는 현재 우리가 접할 수 있는 가집과 상당히 다른 것이든지, 아니면 원본 없이 자신의 기억에 의

---

60 이형대, 「1920~30년대 시조의 재인식과 정전화 과정」, 『고시가연구』 21, 한국고시가문학회, 2008, 283~286면.
61 '이화우 흩뿌릴 제', '청산도 절로절로'.

존해서 번역했을 것으로 추정된다.[62] 강용흘에 대한 주변인의 기억 중 그의 암기력이 뛰어났다는, 특히 시에 대한 암기력이 비상했다는 기록은 이러한 추측에 힘을 실어준다.

> 오천석에 의하면 강용흘은 문학에 대한 재주뿐 아니라 성격에 있어서도 남다른 면모가 있었다. 한밤중에 남의 방에 뛰어들어 잠자는 사람을 깨워 앉쳐놓고 동서양의 시를 번갈아가며 종횡무진으로 읊어 내리는 기인이었다. (…중략…) 그는 비상한 기억력을 가지고 있어 소년시대에 읽은 당시唐詩같은 것을 줄줄 외웠을 뿐만 아니라, 서양 명작품도 거침없이 암송하였다. 그래서 그는 뉴욕대학 학생들 사이에 인기 높은 교수로 환영받았다.[63]

> 조회시간 훈시 도중에 사서四書나 고문진보古文眞寶 중 어느 구절을 누가 외일 수 있느냐고 물으면 초당은 누구보다도 먼저 손을 들고 일어나서 그야말로 청산유수격으로 암송해서 전학생을 아연케 만드는 일도 종종 있었다. (…중략…) 하버드에 입학한 그는 서당에서 달초를 맞아가면서 당시나 사서를 소리쳐 암송하던 그 버릇을 유감없이 발휘했다는 것이다. 하이네, 바이론은 물론 셰익스피어의 주요 작품을 거의 암송했다고 그는 술회했다.[64]

이러한 기록을 참조한다 하더라도 여전히 원전 없는 번역이 과연 가능한가라는 질문이 제기될 수 있다. 하지만 시조는 그 길이가 짧고 독특한 구조로 인해 암기가 수월하다. 시조를 수록하고 있는 가집의 작품 배열 원리를 살펴보면 이

---

62 강용흘의 2차 번역을 연구한 신은경도 소설에 인용된 시조들이 그의 기억에 의존한 것으로 추정하였다. 신은경, 「강용흘의 영역시조에 관한 연구」, 『한국문학이론과 비평』 57, 한국문학이론과 비평학회, 1912.12.
63 최병현, 『강변에 앉아 울었노라—뉴욕한인교회 70년사』, 깊은샘, 1992, 188~189면.
64 김상필, 「대통령지망생 강용흘씨」, 『신동아』 104, 1973.4.

러한 추정이 결코 비현실적인 것이 아니라는 것을 알 수 있다. 조선시대 편찬된 상당수의 가집은 연상의 원리에 의해 작품을 배열하고 있다는 사실이 밝혀져 있다. 이는 가집이 편찬자의 기억력에 의존해 편찬되었을 가능성을 시사해주는 지점이다.

　3대 가집의 하나로 불리는『가곡원류』는 800수가 넘는 방대한 양의 작품을 수록하고 있다.[65] 19세기 후반에 편찬된 이 가집은 먼저 음악적 특징에 따라 우조와 계면조로 분류한 후 그 안에서 악곡별로 나누고 각각의 악곡마다 수 십 수의 작품을 배열해 두고 있다. 신경숙은 얼핏 보아 무작위로 늘어놓은 것 같아 보이는 이 악곡 내 작품들이 동일 어휘, 동일 어구, 동일 주제어, 동일 이미지어 등을 묶어서 배치하는 연상의 원리에 의해 배열되어 있다는 것을 밝혔다.[66] 그리고 연상의 원리에 의한 배치는 관습구에 익숙한 편자의 기억력에 의한 자연스런 배열 방식[67]이라고 보았다. 이러한 작품 배열의 원리는『가곡원류』에 국한된 것이 아니다. 이상원은 18세기 말 19세기 초에 편찬된 것으로 보이는 가집『해동풍아』에 수록된 158수의 무명씨 작품 역시 가집 편찬자의 기억 속에 저장된 연상의 원리에 의해 비슷한 내용별로 묶여 배열되어 있다는 것을 밝혔다.[68] 성무경 또한 19세기 초반에 편찬된 가집『영언』에 수록된 작품들도 철저하게 동일 음운이나 동일 이미지, 어휘를 연상해 내는 암기법에 의해 수록되었음을 밝혔다.[69] 이러한 가집 편찬 방식은 18세기 중 후반에 편찬된 군소가집에서도 발견되고 있다. 김윤희는『영언류초』와『해아수』의 '삭대엽' 항목에서 상

65　『가곡원류』는 10여 종이 넘는 이본이 존재한다. 국립국악원본의 경우 856수의 작품을 수록하고 있다.
66　신경숙,「가곡원류의 소위 '관습구'들 어떻게 볼 것인가?-평시조를 중심으로」,『한민족 어문학』 41집, 한민족 어문학회, 2002, 10면.
67　위의 글, 14면.
68　이상원,「해동풍아의 성격과 무명씨 작품 배열 원리」,『한국문학연구』, 고려대 민족문화연구원 한국문학연구소, 2002, 135~143면.
69　성무경,「19세기 초반 가곡 향유의 한 단면-『영언』과『청육』의 이삭대엽 우, 계면 배분 방식을 대상으로」,『시조학논총』 19집, 한국시조학회, 2003.

당히 뚜렷한 연상에 의한 작품 배열 원리를 발견하고, 음악을 위주로 하는 가창 문화가 점차 발달하면서 가집 편찬자들은 동일 악곡 내의 많은 작품들을 거의 암기하다시피 하여 동일한 소재나 유사한 어휘를 바탕으로 가집을 정리해 나갔다고 보았다.[70]

다수의 시조를 암기했던 것은 가창 문화로 시조를 향유하던 조선시대에 국한된 것이 아니었다. 20세기 이후, 독서 행위를 통해 시조를 접했던 일반인들에게도 시조 암기는 여전히 친숙한 것이었다. 1920년대 처음 소개된 시조놀이 가투歌鬪는 100편의 고시조를 적은 카드를 모아서 서로 짝을 맞추어 승부를 겨루는 유희였는데 이후 언론사 후원의 '가투대회'를 통해 대중적인 국민놀이로 정착되었다.[71] 1937년 신문 기사에 의하면 가투는 윷놀이와 더불어 조선의 대표적인 정월 풍속으로 정착되었다고 한다.[72] 이 가투 대회에서 승자가 되기 위한 유일한 요령은 고시조의 완벽한 암송으로, 시조놀이의 실질은 고시조를 암송하는데 있었다. 이러한 사례는 구전이나 독서를 통해 익힌 고시조가 청자 혹은 독자에게 3행시의 짜임새 때문에 큰 어려움 없이 암기될 수 있었다는 것을 보여준다.

이 글의 추정처럼 강용흘의 번역이 가집이나 선집과 같은 원 텍스트를 놓고 이루어진 것이 아니라 자신의 기억에 의존한 것이라면 번역상의 오류도 상당 부분 여기에 기인한 것으로 볼 수 있다. *Translations of Oriental Poetry*에 수록된 작품들은 대체로 원시가 가진 의미와 정서를 잘 표현하고 있다. 그런데 몇 군데에서는 당황스러울 만큼 명백한 오역이 보인다. 앞서 인용하였던 계랑의 작품*Translations of Oriental Poetry*, p.102에서 '이화梨花'를 '도화桃花'로 번역한 것이

---

70 김윤희, 「18세기 중후반 가집 특성의 일국면-『영언류초』, 『해아수』를 중심으로」, 『한국시가연구』 25집, 한국시가학회, 2008, 119면.
71 고은지, 「20세기 놀이문화인 시조놀이의 등장과 그 시조사적 의미」, 『한국시가연구』 24집, 한국시가학회, 2008, 385~414면.
72 「음력설, 인정의 기미를 말하는 모든 풍습, 가투」, 『조선일보』, 1937.2.17.

258   한국 고시조 영역의 태동과 성장

나, 월산대군의 작품*Translations of Oriental Poetry*, p.94에서 '물결이 차노매라'를 '물결이 자노매라Waves on the water sleeping'로 번역한 것들이 대표적인 예이다. 만약 이 글의 추정대로 강용흘이 스무 살 무렵에 조선을 떠나서 십 년이나 지난 후 이국땅에서 그 기억을 더듬어 번역을 한 것이라면 오역이 생기는 것은 어쩔 수 없는 일이었을 것이다. 그렇다면 그의 번역에 대해 오역을 빌미로 날선 비난을 가할 것이 아니라, 오히려 그의 번역시만으로 원작을 추정할 수 있을 만큼 원작의 내용을 충실하게 전달하고 있다는 것으로 그 방향이 선회되어야 할 것이며, 나아가 그가 처했던 당대의 상황을 고려한 새로운 시각에서 그의 번역을 다시 검토해야 할 것이다.[73]

(2) 2차 번역

소설 속에 삽입되어 있는 2차 번역의 경우도 1차 번역과 마찬가지로 원전을 추정하기가 쉽지 않다. 신은경도 "그강용흘의 영역시조 자료 33편 각각의 이형태들을 면밀히 검토한 결과 어느 한 특정 가집을 대본으로 하지 않았다는 것만은 분명"하다고 밝힌 뒤 "두 소설에 인용된 시조들이 그의 기억에 의존한 것이라는 면에 비중을 두고 있다"고 하였다.[74] 저자 역시 1차 번역을 논하면서 이와 같은 입장을 보였다. 하지만, 2차 번역이 들어 있는 소설 속에는 강용흘이 시조를 어떻게 접하였는지를 구체적으로 보여주는 장면이 나와 주목된다. 물론 이는 소설 속 주인공의 경험으로 이것이 곧 작가 강용흘의 것으로 동일시될 수는 없지만, 이 소설이 그의 경험을 바탕으로 한 자전적 요소가 강한 소설이라는 점에서 그가 어떻게 시조를 접했는지를 보여주는 중요한 단서가 될 수 있다.

---

73 따라서 이후 원작으로 추정되는 고시조는 『고시조대전』의 표제작으로 하고 그 번호를 ( )에 기입할 것이다. 그리고 필요한 경우 본문 중에 한자어를 삽입할 것이다.

74 신은경, 앞의 글, 174면.

9장Chapter 9 Vile but not Obscene[75]에서는 song으로서 시조를 향유하던 모습이 자세하게 그려져 있다. 여기서 주인공은 당숙uncle을 따라 기생 매자의 집에 머물다가 다음날 여러 기생들과 시인들과 함께 뱃놀이를 다녀온다. 여기서 기생 선희와 난초는 악단orchestra의 일원이면서 춤도 추고 노래도 부른다. 이들은 춤과 노래 시창작 등의 기예를 겸비한 전통적 개념의 기생들로 그려져 있다. 그리고 여기서 시조 5수가 소개된다. 그중 앞의 한 작품만 예로 들어 그가 어떻게 시조를 접했는지 살펴보겠다.[76]

또 그들은 기생의 거문고를 뜯으며 이렇게 다른 노래를 불렀다.[77]

In the blue waves, ten thousand furrows

Could not have washed out my ancient sorrows,

But in this jug of wine to-day

My sorrows are all washed away!

Was it for this that LiPo lay

Forever drunk, in a swoon all day?[78]

만경萬頃 창파수滄波水로도 다 못 씻을 천고수千古愁를

일호주一壺酒 가지고 오늘이야 씻었고야

---

75 한글 번역본에서 제9장의 제목은 '천하지만 음란하지 않다'라고 되어 있다. 이는 '낙이불음(樂而不淫)'을 번역한 것으로 보인다. 낙이불음(樂而不淫)은 공자가 시경의 「관저(關雎)」편에 대해 붙인 논평으로 논어 「팔일(八佾)」편에 나온다. 관저의 시는 즐거우면서도 음란한 지경에 이르지는 않는다는 뜻으로, 절제하여 조화로움을 잃지 않는다는 것을 강조한 것이다.

76 기생 놀음이라는 성격 때문인지 이 부분이 『행복한 숲』에서는 삭제되었다.

77 Then they(poets) would take the gisha girl's kumoonkos and sing other songs such as this :

78 이 번역시에서 각운을 맞춘 것이 눈에 띈다. aabbbb(furrows / sorrows, today / away / lay / day)형태로 운을 맞췄다. 1차 번역에서는 각운을 맞춘 번역시를 선보이지 않았던 것과 비교하면 이는 2차 번역에서 변화된 면모라고 할 수 있다.

태백太白이 이러므로 장취불성長醉不醒 하돗다.

#1534.1

기생과 시인들이 배를 타고 선유도에 도착하여 바닷가에서 즐기는 장면이다. 그들은 바닷가에서 막 잡은 게와 배에서 가져온 술과 고기 안주를 놓고 노래를 부른다. 그들시인은 기생의 거문고를 연주하면서, 만경 창파수로도 씻지 못하는 시름을 씻어주는 술이라며 술의 덕성을 노래한다. 작품의 내용이 그들의 상황과 적절하게 부합하고 있다. 그들의 노래는 다음 장면에서도 계속된다. 그들은 고시조를 통해 각 인물들이 하고자 하는 얘기를 전달하고 있다. 그리고 이를 표현하는 방식은 읊조리거나chant, 거문고 반주에 맞춰 노래sing하는 것이었다. 이 노래들은 제9장의 제목처럼, '낙이불음樂而不淫'하게 즐기는 젊은이들의 기생 놀음을 생생하게 재현해 보이기 위해 인용된 것이다. 기생이 혹은 학자시인가 거문고 반주에 맞춰 노래 불렀던 것을 보면 가곡창보다는 시조창으로 불렸을 것으로 추측된다. 어느 쪽이든 강용흘에게 기억되는 시조는 거문고 반주에 맞춰 부르던 전통적 개념의 '노래'였음이 분명하다. 이러한 방식으로 시조를 향유하는 것은 그의 일상에서도 발견된다.

그조부는 다음과 같은 노래를 매우 즐겨 부른 것으로 기억된다.[79]

Mountains are green, sans words;

Brooks run, sans etiquette, down;

winds are clear, sans being sold :

The moon is bright, sans being owned.

---

79 I remember him(grandfather) as being very fond of singing a certain song :

Sans sickness, with them I dwell :

Sans thought of age, I grow old.

말 없는 청산靑山이요 태態 없는 유수流水로다

값없는 청풍淸風과 임자 없는 명월明月이로다

이 중에 일 없는 내 몸이 분별分別없이 늙으리라.

#1577.1

그는 별로 괴로워하지도 않고 조용히 평화롭게 아름다운 죽음을 맞이했다.[80]

제8장에서는 돌아가신 할아버지를 '특정한 노래 부르는 걸 즐겨하셨던 분'으로 기억하며 그가 좋아했던 노래를 인용한다. 이 노래는 "고통 없이, 조용하고 평화롭게, 아름다운 최후를 맞이하신" 할아버지의 죽음에 걸맞게 자연 속에서 자족하며 한가하게 살아가는 삶을 노래하고 있다. 생전에 이렇게 자족적인 삶을 노래하다가 그러한 죽음을 맞이한 할아버지의 면모를 부각시키기 위해 삽입한 것으로 보인다. 여기서도 시조는 할아버지께서 평소에 흥얼거리던 노래로 존재했던 것을 알 수 있다.

시조가 노래로 향유되는 경우, 문학 텍스트와 달리 그 사설이 유동적이다. 18세기 이후 가집이 편찬되면서 어느 정도 노랫말이 고정되었다고 할 수 있지만 이후에도 가집에 따라 노랫말이 약간씩 다른 것은 흔하게 발견된다. 시조가 노래로 향유되었던 것은 20세기 초까지 지속되었던 것으로 알려져 있다. 시조부흥운동에 가담했던 이병기조차도 1930년대 초반까지 시조는 부르는 것으로 알고[81] 있었다는 정황을 고려하면, 시조부흥운동 이전 시기의 시조는 시조창, 혹

---

80 He had a beautiful death, quiet and peaceful, without wrestling.

은 가곡창의 노랫말로 유통되었을 것임을 쉽게 짐작할 수 있다.[82] 강용흘이 미국에 도착한 것은 1921년으로 알려져 있다.[83] 그는 시조부흥운동이 일어나기 전에 한국을 떠났다. 작품에서 시조가 인용되는 시기도 모두 3·1운동 이전이다. 즉 작가 강용흘에게나, 주인공 한청파에게 시조는 읽고 감상하는 문학 양식이 아니라 부르고 듣는 음악 양식이었다고 할 수 있다.[84]

강용흘의 원전 추정과 관련된 논의를 정리하면, 강용흘의 1차 번역은 현전하는 가집들과 작자 표기, 작품 배열 양상, 공출 빈도 등을 놓고 비교했을 때, 원전이라고 추정될 만큼 친연성을 보이는 가집이 없었다. 그리고 2차 번역에서 작품이 인용되는 맥락을 보았을 때, 그는 어린 시절 시조가 노래로 향유되는 현장에서 자연스럽게 시조를 익혔던 것을 확인할 수 있었다. 그는 시조를 즐겨 부르던 이들이 모여 사는 환경에서 자랐고, 기녀의 시조창을 감상했던 관객의 한 명으로, 자신이 들었던 시조를 번역한 것으로 보인다. 즉, 강용흘의 영역시조는 특정 가집을 원전으로 하여 번역된 것이 아니라 체험을 바탕으로 그의 기억에 의존하여 번역한 것이라고 할 수 있다. 구전에 의한 기록의 경우 원전 자체가 유동적이며, 사설의 의미도 정확하게 파악하기 어려운 법이다. 게다가 그의 2차 번역은 소설 삽입시로 존재한다. 삽입시는 서사의 맥락에 따라 변형되기 십상이다. 따라서 앞서 언급했던 것처럼 그의 번역에 대한 논의는 오역 시비가 중심이 되어서는 안 된다. 강용흘의 영역시조에 관한 논의가 좀 더 생산적으로 이

---

81 이병기, 「시조는 혁신하자」, 『동아일보』, 1932.1.23~24; 『가람문선』, 신구문화사, 1966, 325면.

82 20세기 초 시조창의 대중적 기반에 관해서는, 고은지, 「애국계몽기 시조의 창작배경과 문학적 지향」, 고려대 석사논문, 1997, 40~46면 참조.

83 *East goes West*(3판, 뉴욕 가야)의 연보에 의한 것이다. 김욱동은 1919년 12월로 보고 있다(김욱동, 앞의 책, 26면). 어느 쪽이든 시조부흥운동 이전에 조선을 떠난 것은 동일하다. 그리고 『초당』의 주인공 한청파 역시 3·1운동 후 도미하는 것으로 나온다.

84 제8장에는 당숙의 회갑 잔치가 나오는데 이때 성한이라는 배우가 국악 연주를 배경으로 여러 시간 동안 『구운몽』을 실감나게 이야기해주는 장면(enacted the scenes)이 나온다(118~119면). 강용흘에게 고소설이나 고시조는 듣고 부르는 형태로 향유되었던 것을 알 수 있다.

루어지기 위해서는, 그가 1차 번역서를 편찬한 목적은 무엇인지, 그리고 소설 속에 시조를 삽입한 의도는 무엇인지를 밝히는 데 있어야 하며, 나아가 이로 인한 효과는 무엇인가에 대한 고찰을 중심으로 진행되어야 할 것이다.

3) 선별 작품의 특성

(1) 1차 번역

앞의 장에서 잠시 언급했던 것처럼 강용흘의 1차 번역에 들어 있는 작품은 당대 유행했던 노래들과 차이를 보였다. 즉, 여기 수록된 작품은 강용흘 개인의 취향이 강하게 반영된 것이라 할 수 있다. 원작으로 추정되는 시조의 형식으로 볼 때, 평시조가 압도적으로 많다. 분명하게 사설시조라고 볼 수 있는 작품은 1수93면뿐이다.[85] 그의 1차 번역서에 근거하여 작가명의 유무로 보면, 유명씨 작품은 10수, 무명씨 작품은 23수로 무명씨 작품이 두 배 이상 많다. 그가 제시한 작가는 모두 9명으로 김민순, 김시경, 이정보2수, 이명한, 김상용, 이퇴계, 월산대군, 이중집, 윤도선이다. 그러나 그가 무명씨로 처리한 작품 중 가집의 기록에 의거해 볼 때는 유명씨 작품으로 볼 수 있는 것이 상당수 있어 작가명의 유무로 경향을 파악하는 것은 큰 의미를 갖지 못한다.[86] 다만, 눈에 띄는 사실은, 전체 33수 중에 윤선도3수, 정철2수, 이정보2수의 작품이 2수 이상 들어 있다는 점이다. 윤선도와 정철 작품의 경우 모두 1차 번역서에서 작가명을 제대로 밝히고 있지는 않지만, 이들의 작품이 오늘날까지도 시조문학의 명작으로 평가받

---

85 (#2258.1) 사랑을 칭칭 얽동여 뒤섞어지고 / 태산준령을 허위허위 올라가니 그 모를 벗님네는 그만하여 버리고 가라 하건마는 / 가다가 자즐려 죽을망정 나는 아니 버리고 갈까 하노라. 71면의 작품(#2257.1)은 동일한 유형의 노래가 하위군집이 5개나 되며, 가집에 따라 평시조와 사설시조로 모두 존재하고 있어 단정 짓기 어렵다. 이 노래를 얹어 부른 악곡도 가집에 따라 이삭대엽, 낙시조, 우락, 환계락 등 다양하게 나타나고 있다.

86 이를 가집의 기록에 근거해 볼 때는 유명씨 작품이 19수, 무명씨 작품은 14수로 유명씨 작품이 더 많다.

는 것을 감안하면, 강용흘의 선별 안목을 엿볼 수 있다.

수록 작품의 내용을 중심으로 보자면, 서정시의 본령이라고 할 수 있는 남녀 간의 애정을 다룬 작품이 18수나 되어 절반이 넘는다.[87] 그 외 강호의 삶을 노래한 것이 6수 있는데 여기서는 다수를 차지하는 두 가지 주제만 살피겠다.[88] 여기 수록된 애정시는 뛰어난 상상력이나, 참신한 표현을 사용하여 절절한 그리움을 잘 표현하고 있다. 사설시조에서 흔히 보이는 비속화된 성을 노래하거나, 해학적인 작품은 수록하지 않았다.

Lee Myung-han.

If the road I have wandered in dreams could make footsteps,
Outside the window of my dear's, the stone path would be worn out.
But the dream path leaves no footsteps-
For that I am sorrowing!

Translations of Oriental Poetry, p.84

꿈에 다니는 길이 자취 곧 날작시면
임의 집 창밖이 석로石路라도 닳으리라
꿈길이 자취 없으니 그를 슬퍼하노라.

#0684.1

---

87 여기에는 정철의 〈내 마음 베어내어〉도 포함시켰다. 이 작품은 본디 연군의 정을 표현한 작품으로 보는 것이 타당하지만, 연군과 애정은 그 경계가 불투명하여 넘나들 수 있는데 여기서는 무명씨작으로 제시되었으므로 애정으로 처리하였다.
88 강호(6수), 무상(2), 향수, 정절, 취락, 시름, 탄로, 청아, 정쟁.

작품은 '만약 꿈에 다니는 길이 자취가 남는다면' 이라는 기발한 상상력에서 출발한다. 만약 그렇기만 한다면 님의 집 창밖이 돌길이라도 닳아 없어지겠지만 현실은 그렇지 못한 것을 아쉬워한다. 화자는 자신의 사랑을 표현할 수 없는 현실에 대한 안타까움과, 비현실적인 방법을 동원해서라도 임에게 가까이 가고자 하는 강한 열망을 잘 표현하고 있다. 번역시는 초장과 중장을 각각 1행씩 삼고, 종장을 3행과 4행으로 나누어 전체 4행시로 번역하였다. 그리고 과연 기억력만으로 이렇게 번역할 수 있을까 하는 의구심이 들 정도로 그 의미를 정확하게 전달하고 있다.[89] 의미의 누락 없이 행을 안배하다 보니 1, 2행은 길고 3, 4행은 짧은 독특한 형태를 보이고 있다. 강용흘은 애정을 다루고 있는 작품을 많이 수록하였으며, 그가 선별한 작품들은 오늘날의 감성으로 보아도 충분히 공감할 수 있을 만큼 보편적인 정서를 참신하게 표현하고 있으며 시상 전개가 탁월하다.

Korean Poetry

                                    Anon.

Say what you will,

This grass hut has advantages,

Cool winds play back and fro in it,

Bright moons play peak a boo with it,

Within there is no trouble,

My body sleeps and rises.

Translations of Oriental Poetry, p.72

---

89 이는 번역이 완벽하게 잘 이루어졌다는 의미는 아니다. 중장의 '꿈길'을 'dream path'로 번역한 것은 그 의미가 불분명하다. 다만, 번역자가 원작의 의미를 생략, 변형시키지 않고 최대한 있는 그대로 전달하려고 노력했다는 측면에서의 평가이다.

이러하나 저러하나 이 초옥^{草屋} 편코 좋다.

청풍은 오락가락 명월은 들락날락

이 중에 병 없는 이 몸이 자락깨락 하리라.

#3763.1

애정시 다음으로는 강호 한정을 노래한 시조가 많았는데 모두 6수로 20%가
채 되지 않는다. 이 작품은 19세기 후반에 편찬된 가곡원류 계열과 20세기 가
집에만 전하며 이본에 따른 노랫말의 편차가 거의 없다. 모두 삼삭대엽곡으로
불렸으며, 가집에도 무명씨작으로 되어 있다. 초옥, 청풍, 명월로 대변되는 소
박한 자연의 삶을 긍정하고 그 속에서 한가하게 살아가는 화자의 삶을 경쾌하
게 노래하고 있다. '오락가락, 들락날락, 자락깨락'에서 볼 수 있는 것처럼 동
일한 음의 반복을 통해 언어의 음악성도 살리고 있으며, 특히 ㄹ 소리가 많아
작품이 주는 낙관적, 긍정적 정서와 잘 어우러지고 있다. 번역시는 시조 각 행
을 두 행씩 삼아 6행으로 하였으며, 원작의 서술 순서를 그대로 따르고 있다.
의미의 가감도 거의 없으며, 3행과 4행에서는 대구가 되는 문장을 두어 시조
중장의 반복을 재현해내고 있다. 강호 한정을 노래한 것이라고 분류되는 이 작
품군에는 주로 강호 자연 속에서의 한가한 삶, 혹은 그 자연과 조화를 이루며
살고자 하는 삶에 대한 태도가 드러나는 작품들이 선별되어 있다.

*Translations of Oriental Poetry*에 수록된 작품의 내용별 분포를 살펴보면,
애정을 다룬 작품이 주류를 이루며, 강호 한정을 노래한 작품이 약간 수 있고,
그 외에는 탄로, 향수, 인생무상과 같은 주제의 작품이 한두 수씩 있다. 오륜이
나 우국충정을 노래한 작품은 존재하지 않았다. 대체로 서정성이 강하면서, 삶
에 대한 통찰력이 드러나거나 고아하고 전아한 분위기의 작품이 수록되었다고
할 수 있다. 강용흘은 서양인을 대상으로 한국을 대표하는 시선집을 편찬함에

있어 당대 조선에서 널리 알려진 노래를 선별한 것이 아니라 스스로의 미적 기준에 따랐던 것으로 보인다. 그는 작품의 작가가 누구인지에도 그다지 관심을 두지 않았다. 그가 주목한 것은 오로지 그 작품이 갖고 있는 문학적 수준이었다. 서양의 문학에 뒤지지 않을 만큼 문학적 성취가 뛰어나면서, 서양인들도 공감할 수 있을 만큼 보편적인 정서를 노래한 작품, 그러면서 한국적 정서가 바탕에 있는 작품을 선별하려 했던 것으로 보인다. 강용흘 자신이 스스로의 정체성을 '시인'에 두었을 만큼 그는 시에 대한 애정이 남달랐고, 세계적으로 인정받는 소설을 창작할 만큼 그는 문학적 안목이 뛰어났다. *Translations of Oriental Poetry*에 수록된 작품은 배열에 있어서는 무질서해 보이고, 작가 표기에 오류가 많았지만, 수록된 작품들은 문학적 수준이 상당히 높은 것들이라고 할 수 있다.

(2) 2차 번역

강용흘의 소설에 삽입된 시조는 그 놓여진 위치에 따라 개장시開場詩[90]와 삽입시挿入詩로 나누어 볼 수 있다. 개장시는 장章, Chapter이 시작되기 전에 놓여서 그 장 전체의 주제를 미리 보여주는 역할을 하고, 삽입시는 본문 중간에 삽입되는 것으로 그 맥락에 따라 다양한 역할을 수행한다. 『초당』의 경우 개장시가 2편이고, 삽입시가 21편이 있으며, 『행복한 숲』에는 개장시가 3편이고 삽입시가 26편 들어 있다. 개장시와 삽입시는 그 역할이 다르기에 선별 기준도 같지 않았다. 먼저 개장시의 경우 작품 선별에 나타난 특성을 살펴보자.

---

90 신은경은 개장시(開場詩)와 삽입시(挿入詩)라는 용어 대신 서부가형, 시삽입형이라는 용어를 사용했다(신은경, 앞의 글, 180면). 하지만 개장시, 삽입시라는 용어가 의미 전달도 용이하고, 또 중국소설을 중심으로 한 서사문학에서 보편적으로 쓰이는 용어이기에 이를 선택하였다.

① 개장시|開場詩

먼저 『초당』에서 개장시로 배치된 작품들을 살펴보자.『초당』은 제1부Book1,
제2부Book2로 구성되어 있다. 전체 11장으로 이루어진 제1부는 주인공의 출생
부터 고향을 떠나기 전까지의 생활을 담고 있으며. 제12장부터 제24장까지로
된 제2부는 그가 신학문에 눈을 뜨고 고향을 떠나 서울과 일본에서의 생활을
그리고 있다.

In a grass roof idly I lay,

A kumoonko for a pillow :

I wanted to see in my dreams

Kings of Utopian ages :

But the faint sounds came to my door

Of fishers' flutes far away,

Breaking my sleep…

Old Korean poem

초당草堂에 일이 없어 거문고를 베고 누워

태평성대太平聖代를 꿈에나 보렸더니

문전門前의 수성어적數聲漁笛이 잠든 나를 깨와다.

#4874.1

인용한 작품은 Book1이 시작되고 Chapter1이 시작되기 전에 놓여 있는 작품
이다. 놓인 자리로 볼 때 이 작품은 단순한 개장시가 아니라『초당』제1부 전체를
포괄하는 개장시라는 것을 알 수 있다. 번역시 첫 행에 이 소설의 제목인 'grass

roof'가 들어 있어, 본 소설의 제목이 이 작품에서 왔다는 것도 알 수 있다. 그런 면에서 볼 때 이 작품은 제1부만이 아니라 작품 전체의 주제를 암시하는 개장시로도 볼 수 있다. 시에서 초당은 화자가 한가하게 누워 있는 자못 평화롭게 보이는 공간이다. 그러나 꿈속에서 태평성대를 보려 했으나, 어적 소리에 잠을 깨고 마는 안타까운 공간이기도 하다. 그리하여 화자에게 초당은 이상세계처럼 보이나 이상세계가 아니며, 꿈에서조차 이상세계를 볼 수 없게 만드는 잔혹한 현실공간이다. 소설 속에서 '초당'은 주인공 한청파가 어린 시절을 보냈던 송둔치 마을을 상징한다고 볼 수 있다. 송둔치 마을은 동양의 성자들이 유토피아라고 생각했던 마을이면서, 동시에 그 안에서 생활하는 마을 사람들에게는 자연재해 때문에, 후에는 일제 때문에 핍박받았던 공간으로 전혀 유토피아가 아닌 곳이었다. 따라서 소설 전체의 주제를 암시하는 개장시로서 매우 적당하다고 할 수 있다.

『행복한 숲』은 『초당』의 전반부제14장까지, 주인공이 고향을 떠나 서울에서 학교를 다니는 데까지만 담고 있다. 『행복한 숲』에는 3편의 개장시가 있는데, 『초당』에서처럼 전체를 포괄하는 것이 아니라 한 장章, chapter의 시작을 알리는 것으로만 사용되었다. 제1장의 개장시를 보자.

Chapter 1.
The Valley of the Grass Roofs

Lully-lullay⋯ a grass roof has
Such harmony⋯
Cool winds blow to and fro,
Moonbeams weave through.
No trouble comes.

We sleep, arise.

이러하나 저러하나 이 초옥草屋 편便코 좋다

청풍淸風은 오락가락 명월明月은 들락 나락

이 중中에 병病 없는 이 몸이 자락깨락 하리라.

#3763.1

『행복한 숲』의 제1장의 첫머리에 놓인 개장시이다. 이 작품은 본디 1차 번역에
수록되었던 것인데 수정하여 다시 수록하였다.[91] 1차 번역이 좀 더 원작의 의미
에 충실했다면, 2차 번역은 군더더기를 없애고 다듬어 간결하게 압축시켰다고
할 수 있다. 이 작품에도 『초당』의 개장시와 마찬가지로 1행에 'grass roof'가
사용되었다. 하지만 시의 분위기는 사뭇 다르다. 『초당』 개장시에서 초당grass
roof은 평화롭게 보이지만 그렇지 않은 공간이었다. 하지만 여기서 초당은 화자가
거하고 있는 소박한 공간으로, 자연과 조화를 이루고 있는 공간이다. 여기서 화자
는 초당에서의 한가한 삶을 긍정적이고 낙관적인 시선으로 노래하고 있다. 유사
해 보이지만 그 공간적 의미는 전혀 다른 이 두 편의 개장시는 시가 놓인 자리와
관계있다. 『초당』의 경우 제1부Book1 전체를 포괄하는 개장시였지만, 위의 시는
『행복한 숲』 제1장에 대한 것으로 그 범위가 축소되었다. 『행복한 숲』에서 제1장
은 그가 어린 시절 자랐던 고향과 그의 가족들을 소개하는 부분이다. 따라서 위의
개장시는 소설 『초당』과의 연관성을 보여주되 『행복한 숲』 제1장의 내용만 포괄
하는 낙관적 세계관을 드러내는 작품으로서 선별되었다는 것을 알 수 있다.

---

91 Say what you will, / This grass hut has advantages, / Cool winds play back and fro in it,
     / Bright moons play peak a boo with it, / Within there is no trouble, / My body sleeps
     and rises(*Translations of Oriental Poetry*, p.72).

두 소설에서 사용된 5편의 개장시는 모두 각 장章, chapter의 내용을 포괄, 암시하는 내용의 작품들이 선별되었다. 이 두 권의 소설에는 매 장章, chapter마다 개장시가 있다. 『초당』의 경우 2편의 고시조 외에 Arthur O'Shaughnessy, F-rances Keeley그의 아내, Shakespeare, John Keats 등의 영시가 놓여 있다. 제5장에서는 Elizabeth Barrett Browning의 시와 김천택의 시조가 개장시로서 나란히 소개되고 있다. 이렇게 영시와 시조를 개장시로 혼합 배치하여 독자로 하여금 은연중에 시조와 영시를 대등한 것으로 인식하게 하는 효과를 주고 있다. 이 책은 동양에 대해 아무런 지식이 없는 서양인을 독자로 상정하고 쓴 소설이다. 그들에게 동양은 여전히 미개하고 야만적이고 문화도 없는 비문명국에 불과하다. 그런데 소설 속에서 '한국의 시Old Korean Poem'라는 이름으로 소개되는 시조가 그들에게 익숙한 영미시인들의 작품과 나란히 놓임으로써 시조는 이제 서양의 시와 동등한 문학 작품으로 자리 잡게 되는 것이다.[92] 그리고 이렇게 개장시로 놓을 만한 고급문화를 소유하고 있는 Korea는 더 이상 야만족이 아닌 문화민족으로 인식하도록 하는 효과를 유발하게 된다.

② 삽입시挿入詩

『초당』에 삽입시로 사용된 30편은 모두 서사의 맥락과 관련되어 삽입되었다. 윤세순은 고소설에서 삽입시의 내용상 기능을 인물 묘사와 정경情景 묘사로 나누었다. 인물 묘사란 인물의 내면을 묘사하는 것이고, 정경 묘사란 마음에 감흥을 불러일으킬 만한 경치나 장면 등을 묘사하는 것을 말하는데 사물 묘사나 분위기 묘사가 여기 포함되며, 정경 묘사를 통해 어느 정도 자신의 심회를 드러내

---

92 특히 우리 전통 문화 속에서 한시는 사대부들의 당당한 문학으로 대접받았던 데 비해 시조는 시여(詩餘)로서 감히 한시와 함께 거론될 수 없었던 것까지 고려하면 시조, 한시, 영시가 모두 대등한 문학 장르로 인식되도록 한 것은 시조의 위상을 대단히 높인 것이라고 할 수 있다.

기도 한다.[93] 『초당』에 삽입된 영역시조도 이 두 가지 기능을 수행하기 위해 삽입되었다. 영역시조를 통해 등장인물의 내면을 묘사하기도 하고, 또는 계절이나 풍경을 묘사하기도 한다. 그런 면에서 볼 때, 강용흘의 삽입시는 고소설의 전통을 이어받았다고 할 수 있다. 인물의 내면을 묘사하는 작품부터 보자.

내가 원산과 서울 사이의 반쯤 되는 한 마을에 이르렀을 때 갑자기 내 시를 너무도 좋게 봐주어서 나는 영양 보충을 하고자 거기서 이틀을 묵었다. 이 마을에 일본이 이 나라를 침략하기 전에 박사가 되려고 여러 해 동안 서울에 머물렀던 사람이 있었다. 그러나 결국 그는 실망하고 이에 관해서 내게 이런 시를 읊어 주었다.[94]

The will that ate up my bosom was not at all fulfilled.

I was the laughing stock over half this world of red dust.

Think naught of it-luck is luck :

Why should I grieve?

흉중胸中에 먹은 뜻을 속절없이 못 이루고

반세홍진半世紅塵에 남의 웃음 된저이고

두어라 시호시호時乎時乎니 한恨할 줄이 있으랴

#5533.1[95]

93 윤세순, 「17세기 전기소설에 나타난 삽입시의 존재 양상과 기능」, 『동방한문학』 42, 동방한문학회, 2010, 183~185면.

94 Then half between Wonsan and Seoul I suddenly came on a village that appreciated my poetry so much that I stayed there for two days in order to get fat. In this village was a man who had spent many years in Seoul trying to be a pak-sa in the days before the Japanese had invaded the country. But he was disappointed in the end, and concerning this, he recited to me a poem :

95 이 작품은 The Grass Roof 206면(제13장)에 나온다. 한글 번역서에서 시조로 번역을 하지 않아

주인공이 고향을 떠나 서울로 가는 길에 만난 어떤 사람에 관한 짧은 이야기
이다. 주인공의 시를 알아뵈주고 잘 대접해 줬던 그는 지난 여러 해 동안 서울
에 머물며 박사가 되기 위해 노력했었다. 그러나 일제의 침략으로 실망하여 자
신의 뜻을 접고 고향에 내려와 있었다. 그가 인용한 작품은 그의 처지와 회한을
잘 드러내주고 있다. 가슴 속에 품었던 뜻을 결국 이루지 못하고 세상의 웃음거
리로 전락했다는 초, 중장은 곧 이 인물의 처지와 동일하다. 번역시 역시 초, 중
장의 내용을 그대로 따르고 있다.[96] 다만, 원작은 종장에서 "시호시호時乎時乎"라
고 하였는데, 번역시는 "Think naught of it-luck is luck삶의 덧없음을 생각하니, 운은
운이구나"라고 하였다. 이렇게 종장이 다르게 번역된 것은 강용흘이 잘못 기억한
것일 수도 있지만, 의도적인 변개일 수도 있다. 시호시호時乎時乎는 『사기史記』에
그 용례를 두고 있는데, 매우 좋은 시기時機'를 지칭한다.[97] 원작 속의 화자는 본
인의 뜻은 이루지 못했지만, 지금은 좋은 때를 만났으니 한恨할 것이 없다고 한
다. 좋은 때가 지칭하는 것이 무엇인지 정확히 알 수 없지만[98] 여기에는 지나간
과거에 대해 한탄하고 있기보다는 당면한 현재의 이 좋은 때를 즐기라는 의미
가 내재되어 있다. 하지만 소설 속에 나오는 인물은 일제의 탄압이 심해져가는
현재를 좋은 때라고 할 수가 없기에 의도적으로 이 구절을 빼버렸을 가능성이
있다. 따라서 이 번역시는 고시조를 가져오되, 소설의 맥락에 어울리도록 살짝

이후의 연구자들도 연구대상으로 삼지 않았다. 하지만 번역시의 1, 2행은 현전하는 시조의 초,
중장과 그 내용이 일치하며 종장도 후구가 유사하다.

96 중장의 '반세(半世)'란 반평생, '홍진(紅塵)'은 속세라는 의미이다. 반세를 'half of this world'
로 번역한 것은 그가 단어의 의미를 정확히 이해하지 못했기 때문으로 보인다.

97 제나라 모사 괴통이 한신에게 초, 한을 모두 견제하여 천하를 삼분하여 그중 하나를 취할 것을 권하
는 장면에서 하는 말이다. "공이라는 것은 이루기는 어려워도 망치기는 쉽고, 때(時)라는 것은 얻기
는 어려워도 잃기는 쉽다. 지금과 같이 좋은 때는 다시 오지 않을 것이다(時乎時乎不再來)."

98 이 작품은 18세기 초 편찬된 진본 『청구영언』에서부터 무명씨작으로 전해오고 있다. 즉 18세기
이전부터 창작 향유되었던 작품이다. 따라서 작품에서 말하는 좋은 때라는 것은 임진왜란, 병자
호란과 같은 끔찍한 전쟁이 지나고 찾아온 평화로운 시기를 지칭하는 것일 수도 있고 혹은 시기
적으로 좋은 계절이라는 것으로 볼 수도 있다.

변형시켜 인물의 내면을 드러낸 작품이라고 할 수 있다.

① 삼촌은 달을 쳐다보며 달은 지난날의 좋았던 시절과 과거의 모든 감미로운 추억을 돌아볼 수 있는 일기라고 그들을 일깨웠다. 삼촌은 중국 시인 이백을 상기시키며 달에 대한 한국의 옛 시조를 읊조렸다.[99]

② 30마일을 가자면 온종일 꾸준히 걸어야 했기 때문에 우리는 해뜨기 전에 길을 떠났다. 공기는 달콤하고 조용하고 또 흐릿한 빛깔이라 여행하기에는 너무도 깔끔해 보였다. 할머니의 눈은 빛났다. 아주 기꺼이 집을 나가 온갖 집안일이며 나라 걱정을 모두 잠시 뒤로 미룬 듯했다. 할머니의 마음은 옛 한국시조와 같았다.[100]

③ 이 산에 허깨비들이 가득한 것이라는 생각에 겁이 났다. 오, 나무와 바위를 보고도 얼마나 겁이 났던가! 나는 범을 생각했다. 그래서 이런 시를 생각했다.[101]

---

99 My uncle would look up at the moon and remind them that the moon was a diary where they might see the reflection of their former good times and all sweet memories of the past. Referring to the Chinese poet LiPo, my uncle recited an old Korean poem to the moon(*The Grass Roof*, p.94) :
太白이 죽은 後에 江山이 寂寞ᄒ얘 / 一片 明月만 碧空에 걸렷셰라 / 져 둘아 太白이 업쓴이 날과 놀미 엇던이.

100 We started, before the sun got up, for the journey was thirty miles and we must walk steadily all day in order to do that amount on foot. The air was sweet and hushed and ghost-colored, so that it too seemed purified for the journey. My grandmother's eyes were shining; she was very happy to be going away, leaving all family and national troubles behind, for a while. Her mood was that of the old Korean poem(*The Grass Roof*, p.164).
靑藜杖 드더지며 石逕으로 도라드니 / 兩三 仙庄이 구름 속에 즘겨셰라 / 오늘은 塵緣을 다 썰치고 赤松子를 좃초리라(#4734.1).

101 I feared this mountain was full of ghosts. Oh, how I was frightened by the trees and rocks! I thought of tigers. And that poem(*The Grass Roof*, p.200) :
夕陽 넘은 後에 山氣는 좋다마는 / 黃昏이 가까우니 物色이 어둡ᄂ다 / 아이야 범 무서운데 나다니지 말아라(#2544.1).

인물의 내면을 묘사하는 삽입시가 등장하는 문맥을 인용한 것들이다. ①은 시인인 삼촌이 한여름 밤에 시에 관해 얘기하던 중 그 화제가 달로 옮겨지며 달과 관련된 시조를 인용하는 부분이다. 인용된 시조는 달을 통해 태백을 추억하고 달은 영원한 시의 소재임을 보여주고 있다. ②는 한일합방 직전 주인공과 할머니 둘이 순례 여행을 떠나는 장면이다. 손주의 복통을 털어버리기 위해 심란한 현실을 뒤로 하고 멀리 산사로 향하는 할머니의 즐거운happy 마음을 좀 더 구체적으로 표현하기 위해 시조를 인용하고, 할머니를 작품 속의 화자와 동일시하였다. 시조 속의 화자는 속세를 떠나 깊은 산속으로 들어가고 있다. 이러한 작품 속 화자의 모습을 통해 합방 직전의 혼란한 세상을 잠시라도 떠나는 할머니의 홀가분한 내면을 잘 보여주고 있다. ③은 주인공의 내면을 묘사하면서, 정경 묘사의 기능까지 겸하고 있다. 열한 살 반밖에 되지 않은 어린 소년이 혼자서 천리나 되는 길을 가면서 겪었던 공포를 시조를 통해 되살리고 있다. 깜깜한 밤에 혼자 산을 넘어 가면서 귀신ghosts을 만날까, 호랑이를 만날까 겁이 났던 심경에 호랑이와 관련된 시조를 기억했던 것이다. 이렇듯 인물 묘사를 위해 인용된 삽입시는 각 인물이 처한 상황을 좀 더 구체적으로 보여주거나, 그 인물의 정서를 좀 더 심화시켜 주고 있지만, 사건 전개에 필수적인 역할을 하고 있지는 않다. 이 작품들이 인용되지 않았더라도 서사가 진행되는 데에는 무리가 없었을 것이다. 이는 정경 묘사를 위해 인용된 경우에도 마찬가지이다.

미치광이 시인 삼촌은 특히 이 시절이면 미쳐 가지고 늘 많은 술을 마셨다. 어떤 사람에게는 늦은 봄철은 일 년 중 가장 시적詩的인 시간이었다. 그들은 꽃이 지기 전에 만발한 가지를 하나하나 즐기는 데 열광적이었다. 한국시에서 보이듯이 이때야말로 완전히 황홀하고 또 약간 우울한 때다.[102]

---

102 Especially my crazy-poet uncle was maddened during this season and always drank a

Why is the Spring growing late on the clear stream by the grass roof?

Snow-white the fragrant pear blossom, the willow's gold is weak.

In ten thousand cloud-strewn valleys, the ghosts are wailing.

Ah, Spring too is a wraith⋯ (O why!)

청계상清溪上 초당외草堂外에 봄은 어이 늦었나니

이화백설향梨花白雪香에 유색황금눈柳色黃金嫩이로다

만학운滿壑雲 촉백성리蜀魄聲裡에 춘사망연春事茫然하여라.

#4725.1

정경 묘사를 위해 삽입된 경우는 위의 작품처럼 특정한 계절을 노래하거나, 풍경을 묘사하거나 혹은 풍속과 관련되어 등장하고 있다. 이 작품은 제5장 D-omesticity and Vanishing Spring가정생활과 사라지는 봄에 인용된 것이다. 제5장에는 봄에 관한 시가 많이 인용되었는데 이 작품도 그중 하나이다. 제5장은 미치광이 시인 삼촌이 좋아하는 시조를 개장시로 두고 시작하여[103] 시적인 계절 봄에 시상에 더욱 집중하는 삼촌과 이를 이해 못하는 숙모의 이야기를 하고 있다. 강용흘은 늦은 봄철이 일 년 중 가장 시적詩的인 시간이라는 것을 구체화하기 위해 늦봄과 관련된 시조를 인용하였다. 시조는 시냇가에 있는 초가집, 하얗게 피어난 배꽃, 신록의 버들, 그리고 멀리 구름 낀 골짜기 사이에 들리는 두견 소리를 통해 매우 감각적으로 봄의 풍경을 노래하고 있다. 그리고 눈처럼 날리며 향

---

good deal of wine. To some people the season of late Spring is the most poetic time of the year. They are feverish to enjoy every blossoming branch before it passes. It is a time of perfect rapture, and faint melancholy, as in the Korean poem.

103 春窓에 늦이 일어 緩步ᄒ여 나가 본이 / 洞門 流水에 落花 가득 써 잇셰라 / 져 곳아 仙源을 남 알셰라 써나가지 말와라(#5000.1).

기를 피우는 배꽃을 보며 황홀해하지만perfect rapture, 이 꽃이 곧 시들 것이라는 사실을 알기에 망연해지는faint melancholy 시조 속의 화자를 통해 늦봄의 정취를 한껏 느낄 수 있게 해주고 있다. 이러한 시조 속 봄의 정경은 곧 소설 속 화자와 삼촌이 있는 송둔치의 정경과 겹쳐지며, 한국 봄의 정서를 잘 보여주고 있다.

> 수백 개의 만장輓章이 우리 집과 동쪽 산 사이에 열을 이루었다. 그 많은 만장들 중에는 다음과 같은 글귀들이 실려 있었다.[104]

The bright sun is falling behind the Western mountain
As the yellow river enters the Eastern sea.
From old old times until now, heroes and flowers
Have all gone down to their graves in the Northern snow.
Let be… All things bloom and are scattered.
Why sorrow? This life is so…

백일白日은 서산西山에 지고 황하黃河는 동해東海로 들고
고금영웅古今英雄은 북망北邙으로 든닷 말가
두어라 물유성쇠物有盛衰니 한恨할 줄이 있으랴.

#1928.1

또 다른 것은 이런 내용이었다.

---

104 Lined up between our house and the Eastern mountain were hundreds of poetry banners of consolation. One was as follows :

The hill is the same hill always.

But it is not the same rill always.

By day and by night running onward,

How could it be the same, always?

The Hero resembles the rill-

He passes not this way again.

산山은 옛 산山이로되 물은 옛 물 아니로다

주야晝夜로 흐르는 옛 물이 있을쏘냐

인걸人傑도 물과 같도다. 가고 아니 오노매라.

#2324.1

삽입된 시조가 정경을 묘사하고 있는 또 다른 예이다. 여기서 흥미로운 점은 시조를 만장輓章으로 사용하고 있다는 사실이다. 제8장은 조부의 죽음으로 시작한다. 조부의 장례 과정 중 입관 후 발인發靷하는 장면에서 수백 개의 조시弔詩가 집에서부터 동쪽 산까지 현수막처럼poetry banners of consolation 걸려있다고 한다. 그중의 예로 든 것이 위의 두 시조인데 앞의 것은 최충의 작으로, 뒤의 것은 황진이의 작품으로 알려져 있다. 두 작품 모두 소멸하는 인생을 한탄하는 것으로 고인을 추모하는 자리에 적합하다고 할 수 있다. 최충의 작에는 북망北邙이라는 단어가 직접적으로 들어 있으며, 황진이의 작품 역시 서경덕이 죽은 후에 그를 추모하는 작품으로 알려져 있다. 고시조 향유에 관련된 기록은 연회와 같은 자리에서 노래로 향유되었다는 것이 주종을 이루고 있는데, 20세기 초반 함경남도에서는 새로운 방식으로 시조를 향유했던 것을 알 수 있다. 이 작품을 통해 애도의 시가 바람에 나부끼는 독특한 장례의 풍경을 실감나게 보여주기는 하지만, 이 역시 서사의 진행에 필수적인 요소라고 보기는 어렵다. 정경 묘사로 삽입된 시들 역시 인물 묘사의 경우와 마찬가지로 서사의 진행을 더디게 하고 있다.

강용흘의 2차 번역에 인용된 35수의 작품은 모두 소설의 흐름과 밀접한 관련을 맺고 있으며 그에 부합하는 내용의 작품들이 선별되었다. 선별된 작품의 내용은 강산, 한정, 한거, 자족의 정서를 갖는 작품이 대부분 인용되었으며, 1차 번역에서 큰 비중을 차지했던 애정과 관련된 시조는 한 수도 인용되지 않았다.

4) 번역시의 형식

(1) 1차 번역

강용흘의 번역시가 시조의 형식미를 잘 드러내고 있다고 보기는 어렵다. 1차 번역 대상은 거의 대부분이 평시조이지만, 그 번역시는 4행부터 7행까지 다양하게 나타나고 있기 때문이다. 번역시의 행수를 기준으로 보면 6행시가 가장 많지만23수, 4행5수이나 5행4수도 적지 않은 수이고, 7행1수도 있다. 이것만 두고 본다면 그는 시조를 정형시로 인식하지 못했거나, 혹은 시조가 가진 정형성을 번역시에 대응되는 형태로 만들어내는 것을 중요하게 생각하지 않았다고 할 수 있다. 하지만 다양한 형태로 나타나는 번역시들을 잘 살펴보면 시조 종장의 시적 기능에 대해 흐릿하게라도 인식하고 이를 번역시에서 드러내려 했던 것을 엿볼 수 있다.

Anon.

To what end do peach blossoms don a cosmetic of rose?
East wind blows the slender rain until they are drunken with tears.
Springtide soon easily goes-

I'm sorry for such flowers.

Translations of Oriental Poetry, p.78

도화는 무슨 일로 홍장紅粧을 지켜 서서

동풍 세우東風細雨에 눈물을 머금는다.

삼촌三春이 쉬운가 하여 그를 슬퍼하노라.

#1358.1

4행으로 번역한 경우이다. 원작은 초, 중장이 한 문장, 그리고 종장이 또 하나의 문장으로 되어 있다. 반면, 번역시의 각 행은 모두 의문형이든 평서형이든 하나의 문장으로 완결된 형태를 갖고 있다. 다만 초장과 중장은 각각 1행으로 번역하고 종장은 2행으로 나누어 번역하였다. 따라서 번역시의 1행과 2행은 3, 4행에 비해 길이가 길어 시각적으로도 차이를 보이고 낭독의 호흡에서도 차이를 보인다. 전반 1, 2행의 경우, 낭독시 상대적으로 호흡이 빠르고, 후반의 3, 4행은 바빴던 호흡을 가다듬으며 앞 행의 의미를 되새길 수 있는 여유가 생긴다. 따라서 3행의 "Springtide soon easily goes"에서, 앞서 언급한 사실, 즉 예쁘게 단장 하고 피어난 복숭아꽃이 봄비에 시들어 버리는 것이 단지 꽃에 관한 이야기가 아님을 깨닫게 한다. 그리고는 한 송이 꽃처럼 그렇게 빨리 지나가는 인생의 봄에 대한 아쉬움을 "I'm sorry for such flowers"라고 간명하게 표현하였다. 강용흘의 4행시 5편 중 4편은 모두 이와 같은 구조를 갖고 있다.[105] 따라서 4행시는 구조상 전반 2행과 후반 2행으로 나뉘는 특성을 갖고 있지만, 후반부에서는 전반부와는 다른 호흡으로 시상을 전환시켜 작품을 마무리하고 있다. 3행의 시조와 차이를

---

105 앞서 인용한 정철의 작품(79면)만이 예외이다. 여기서는 초장을 두 행으로 삼았다. 초장의 표현이 인상적이라 이를 강조하기 위해 이런 형태를 취한 것 같다.

보이면서도 종장에 시선을 모은다는 점에서는 유사하다고 할 수 있다. 즉 4행시이지만 시조의 형식적 특성을 반영한 측면이 있다는 것이다.

영시로서 이 작품을 보면, 미터는 불규칙하지만 각운은 abab로 맞게 운용되고 있다. 영시의 형식적 특성을 고려한 측면이 있는 것이다.

Anon.

My love is long, my love is long,

My love is endless as the brook,

As much as nine ten thousand skies,

I love my love still longer.

Such love has never yet been seen!

Translations of Oriental Poetry, p.82

사랑 사랑 긴긴 사랑 개천같이 내내 사랑

구만리 장공에 너즈러지고 남는 사랑

아마도 이 임의 사랑은 가없는가 하노라.

#2253.1

이번에는 5행으로 번역한 경우를 보자.[106] 원작은 초, 중장에서 긴 사랑을 구체화시켜 보여주고 있다. 사랑에 대한 수식어를 모두 ㄱ음으로 시작되는 '긴긴,

---

106 1차 번역에서 5행시는 모두 4편이 존재하는데 그중 하나는 사설시조이다. 따라서 평시조를 5행으로 번역한 경우는 3편으로 전체의 10%도 채 안 되는 적은 비율을 차지하고 있다. 이 3편의 평시조 번역시는 모두 초장과 중장을 각기 2행으로 번역하고, 종장을 마지막 한 행으로 삼았는데 대체로 각 행의 길이는 유사하다.

개천, 구만리'로 하여 '기나긴' 사랑을 의미와 음성에서 동시에 느낄 수 있게 하였다. 원작에서 '사랑'이라는 추상적인 감정을 끝없이 흘러가는 '개천'과 구만리九萬里나 되는 '장공長空'에 빗대어 가시화可視化한 것처럼 번역시 역시, 'brook', 'nine ten thousand skies'로 동일하게 표현하였다. 다만, 인용한 시의 경우 번역시 5행이 현전하는 시조의 종장과 그 의미는 같지 않지만[107] 5행이 독립된 문장으로 시를 마무리하고 있다는 점에서는 동일하다. 이 시는 1행부터 4행까지 전체가 쉼표로 연결된 한 문장이며, 5행은 단독으로 한 문장이다. 앞의 4행 번역시와 달리 이 5행 번역시에서 규칙적인 각운은 찾을 수 없지만, 약강격의 미터가 반복되고 있다. 여기서도 영시의 운율을 고려한 흔적이 보인다.

Lee chung-po.

Yesterday one flower opened,

Today one flower has bloomed,

Yesterday the flower was full,

Today the flower is blown,

The flower is always passing,

Man too grows old.

Shall he not take his pleasure as he can?

Translations of Oriental Poetry, p.83

---

107 원작으로 추정되는 #2253.1(45수) 혹은 #2253.2(5수)의 유형에 속하는 작품 50수는 글자의 넘나듦은 있지만, 그 의미는 한결같이 '아마도 이 임의 사랑은 가없는가 하노라'라고 되어 있다. 원작은 종장에서까지 '가없는'이라는 ㄱ음을 통해 일관되게 '길다'는 사랑의 속성을 강조하고 있다. 하지만 번역시는 '이와 같은 사랑은 본 적이 없었네(Such love has never yet been seen!)'라고 하여 의미가 변화되었고 '긴긴 사랑'의 일관성도 원작보다 떨어지게 되었다. 이러한 변화는 그가 가집을 원본으로 삼은 것이 아니라 그의 기억에 의존한 탓으로 생각된다.

작일昨日에 일화개一花開하고 금일今日에 일화개一花開라

금일今日에 화정호花正好여늘 작일昨日에 화이로花已老이로다

화이로花已老 인역로人亦老하니 아니 놀고 어이리.

#4150.1

7행시는 유일하게 위의 1편이 존재한다. 이 작품은 작고 흔한 꽃 한 송이를 통해 인생의 유한함과 그 아쉬움을 잘 드러내고 있다. 꽃이 피어나서 떨어지기까지의 과정을 유심히 관찰하고 이를 통해 거스를 수 없는 인생의 소멸을 아쉬워하고 있다. 번역시는 초장과 중장을 각기 2행씩, 그리고 종장을 3행으로 하였다. 초장과 중장의 경우 원작의 순서를 따라[108] 1~4행을 삼았는데, 번역시에서는 Yesterday와 Today가 반복되며 각 행이 시작되고 문장 구성성분도 상당히 유사하여 대구를 이루고 있다. 하지만 종장에 해당하는 5행에 이르러 앞서의 반복이 멈추고 문장은 the flower로 시작하며, 새로운 국면에 들어섰음을 보여준다. 5, 6, 7행은 모두 종장을 세 문장으로 나눈 것이다. 이 7행 구조는 강용흘의 번역에서 가장 흔하게 보이는 6행시의 변형된 형태라고 할 수 있다. 통상 6행시가 초, 중, 종장을 각기 2행씩 번역하는데, 여기서는 종장의 의미를 더 강조하기 위해 3행으로 번역한 것으로 보인다.

이 경우 각운의 규칙성은 찾기 어렵지만 미터는 규칙적이면서 그 규칙성이 시조의 형식적 특성과 교묘하게 조화를 이루고 있다. 초장과 중장에 해당하는 1~4행은 강약조와 약강조가 반복되어 나타나고 있다. 그러다가 종장에 해당하는 5행에서는 약강조에 변화를 주고 6행에서는 전혀 새로운 강세가 보이고, 마지막 7행은 다시 약강조로 마무리하고 있다. 이 작품 경우 초장과 중장에 해당

---

108 이 작품은 가집에 따라 중장에서 今日과 昨日의 순서가 다르게 나타난다.
　　昨日에 花正好여늘 今日에 花已老이로다.

하는 부분에서는 규칙적인 강세가 반복되다가 종장에 이르러 불규칙한 강세를 보이며 긴장감을 주어 반복과 전환의 구조를 느낄 수 있게 한다.

Anon.

Love gathers into a flame
And sets my breast on fire.
My heart rotted out, becomes water
And runs from my two eyes.
By fire and by water my whole body is vanquished.
it cannot die, it cannot live.

Translations of Oriental Poetry, p.77

사랑 모여 불이 되어 가슴에 피어나고
간장 썩어 물이 되어 두 눈으로 솟아난다.
일신一身이 수화상침水火相侵하니 살동말동하여라

#2251.1

마지막으로 강용흘의 번역시에서 가장 흔하게 볼 수 있는 6행시를 보자. 강용흘은 평시조를 주로 선별하였고, 대부분 6행시로 번역하였다. 그의 6행시는 시조의 한 행을 둘로 나누어 번역시에서 2행으로 번역한 형태로, 오늘날 우리가 3장 6구라고 부르는 형태를 인식하고 여기에 근거하여 행을 나눈 것으로 볼 수 있다. 원작은 불처럼 타오르는 정열적인 사랑이 화자의 애간장을 태우는 것을 매우 감각적으로 표현하였다. 번역시는 원작의 의미를 놓치지 않았을 뿐만 아니라, 원작과 마찬가지로 시각과 촉각을 통한 감각적 이미지가 생생하게 표현되었다. 시조의 한 행이 번역시에서 두 행으로 나뉘었고, 영어와 한국어의 어순이 다름에도 불구하고 그 순서까지 일치하고 있다. 또한 여기 사용된 시어는 원작과 마찬가지로 대체로 평이한 구어체를 선택하였다. 다만 5행의 'vanquish'가 다른 단어들과 어감이 다른데, 이는 원작의 '수화상침水火相侵'의 한자어를 의식한 것으로 보인다.[109]

 이 작품 역시 약강조를 기본으로 하면서 첫 행에서는 변주하여 영시로서의 음악성을 살려내고 있다. 즉 강용흘은 시조 번역에 있어 시조의 형식적 특성을 고려하면서 영시로서의 형식적 특성도 아울러 고려했다고 할 수 있을 것이다. 그리고 영시의 형식적 특성을 고려함에 있어 각운보다는 미터의 운용에 더 많은 공을 들였다고 할 수 있다. 이는 본디 시조가 각운을 중시하지 않기에 그 번역시에서도 이를 반영한 것이라고 할 수 있다. 반면 강용흘의 한시 번역에서는 한시의 본래적 특성에 부합하도록 번역시에서도 각운을 잘 살려내고 있다.

Li Po.

I love my lord Meng, master poet,

Voice of wind running under the <u>sky.</u>

When red-cheeked, you spurned cap and carriage,

Now white-haired with pine-clouds[110] you <u>lie.</u>

With sages moon-drunk, but court traitor,

With ever a flower-beguiled <u>eye,</u>

---

109 vanquish는 defeat, overcome, overthrow, conquer 같은 단어와 의미는 유사하지만 문예체 성격이 강하다. 원작을 확인할 수 없어 단정하긴 이르지만, 강용흘은 단어 선택에 있어서도 원작의 구어체와 한자어의 느낌까지 살리려 했었던 것으로 보인다.
110 책에는 withpine-clouds라고 되어 있다.

How may we reach such a tall mountain?

O wine-cask of air, pure and <u>high</u>!

Translations of Oriental Poetry, p.49

吾愛孟夫子	내가 좋아하는 맹부자
風流天下聞	풍류는 천하에 들렸으니
紅顔棄軒冕	젊어서 벼슬 버리고
白首臥松雲	늙어서까지 산 속에 누웠다.
醉月頻中聖	달에 취해 자주 술 마시고
迷花不事君	꽃에 홀려 임금도 섬기지 않았다.
高山安可仰	높은 산을 어찌 우러를까
徒此揖淸芬	한갓 맑은 향기에 절할 뿐이다.

Wang Wei, A.D. 699~750

On scarlet peach trees, the raindrop kisses still lie,

And morning mist still girdles the green of the <u>will</u>ow.

Flowers have fallen, that the house boy has not swept by.

Birds sing ; the guest of the mountain yet sleeps on his <u>pill</u>ow.

Translations of Oriental Poetry, p.52

桃紅復含宿雨	붉은 복숭아꽃은 간밤의 비를 머금고
柳綠更帶朝烟	푸른 버드나무에는 새삼 봄 안개가 서려있네
花落家童未掃	꽃 떨어져도 아이는 쓸지 않고
鶯啼山客猶眠	앵무새 울어도 산^山 나그네는 잠만 자네

SNOW

On a thousand mountains, birds at a <u>stall</u>.

On ten thousand paths, no human marks at <u>all</u>.

In a lonely skiff, a raincoated sage alone

Fishes in the cold water, amid the snow-<u>fall</u>.

Translations of Oriental Poetry, p.53

千山鳥飛絶　　온 산엔 새 한 마리 날지 않고

萬徑人蹤滅　　온 길엔 사람 하나 자취 없다.

孤舟簑笠翁　　외로운 배엔 도롱이에 삿갓 쓴 늙은이

獨釣寒江雪　　눈 내린 차가운 강 위에서 호올로 낚시한다.

　　인용한 작품은 이백李白의 「증맹호연贈孟浩然」, 왕유王維의 「전원락田園樂」, 유종원柳宗元의 「강설江雪」을 번역한 것으로 추정된다. 원시는 각기 5언 율시, 6언 고시, 5언 절구의 다양한 형식을 취하고 있으며 짝수행에서 각운을 맞추고 있다.[111] 한시 중 근체시는 본디 일정한 형식을 가진 정형시로 반드시 각운을 갖추어야 한다. 어려서부터 한학을 배웠던 강용흘은 한시의 형식적 특성을 잘 알고 있었고 이를 번역시에서도 그대로 재현하여 번역시 또한 원시에서와 유사한 형식적 아름다움을 느끼도록 하였다. 이런 점에서 볼 때, 강용흘은 각 장르의 시가 가지고 있는 형식적 특성을 인식하고, 이를 번역시에서도 최대한 살리기 위해 노력

---

111 고시의 경우 근체시와 달리 형식에 제약이 덜해 각운을 맞추지 않아도 된다. 하지만 위에 인용한 왕유(王維)의 〈전원락(田園樂)〉은 2행과 4행에서 운을 맞췄고, 강용흘 역시 번역시에서 이를 살린 것이다.

하였다고 할 수 있다. 강용흘은 한시를 번역할 때에는 한시의 각운을 살리고, 시조를 번역할 때에는 종장의 특수성을 부각시켜 시조의 3장 구조를 드러내보이고자 했던 것이다.

정리하면, 강용흘의 평시조 번역시는 6행을 중심으로 한 다양한 시 형식으로 나타났다. 6행시의 경우 시조 각 행을 번역시 2행으로 삼은 것이고, 4행시, 5행시, 7행시의 경우에는 초장과 중장은 동일한 행수를 두어 병렬적 관계로 하되, 종장은 이와 행수를 달리하여 전환의 특성을 보이고자 하였다. 이는 그가 3장 6구라는 시조의 형식을, 그리고 시의 구조상 종장이 시상을 전환하며 마무리하는 특별한 역할을 한다는 것을 어렴풋이 이해하고 그에 적합한 번역시의 형태를 모색했던 과정을 그대로 보여주는 것이라고 볼 수 있다. 또한 미터의 규칙성을 활용하여 영시로서의 음악성을 추구하면서, 적절한 미터의 운용을 통해 시조 형식의 특성을 부각시키려는 시도를 보이기도 하였다.

(2) 2차 번역

① 1차 번역에서 2차 번역 『초당』으로의 변화

2차 번역에 나타난 번역시의 형식도 1차 번역과 유사하게 6행시를 주로 하되 다양한 형태를 보이고 있다. 『초당』의 경우 전체 23수 중, 6행시16편가 가장 많지만 4행시2편, 7행시4편, 8행시1편도 존재하고 있다. 『행복한 숲』도 마찬가지이다. 전체 29편 중 6행시가 20편, 그리고 4행시3편, 5행시4편, 7행시1편, 8행시1편의 작품들이 약간씩 있다. 이 중 사설시조는 1편이고 나머지는 모두 평시조이다. 따라서 행 배열만으로 놓고 보면, 강용흘은 3행의 평시조를 6행시를 주로 하되 일정한 형식을 취하지 않고 다양한 행 배열을 보였다는 점에서 1차 번역과 동일하다.

하지만, 1차 번역과 2차 번역 사이에는 약간의 차이가 발견된다. 이는 동일 작품에 대한 번역에서 잘 드러난다. 강용흘의 시조 영역은 간격을 두고 여러 차례에 걸쳐 이루어졌다. 1차 번역은 1929년 *The Translations of Oriental Poetry*, 2차 번역은 1931년 『초당』 그리고 1933년 『행복한 숲』이 출간되며 소개되었다. 이러한 과정에서 1차 번역에 수록되었던 작품이 『초당』이나 『행복한 숲』에 다시 실리는데 번역이 약간 달라지는 것을 발견할 수 있다. 『초당』은 1차 번역에서 5수를 가져왔는데, 5수 모두 정도의 차이는 있지만 약간씩 수정되었다. 본디 6행이었던 시를 7행이나 8행으로 길게 하기도 하며, 시어에도 변화를 주었다. 가장 변화가 많았던 작품을 예로 들며 번역의 변화 양상을 살펴보자.

Anon.

Chrysanthemum grows by the window,

By it is set wine to become old.

The flower opens, the wine ripens,

Friends come, and a moon also,

Strum the kumoonko, boy,

We will waste away the night till dawn

Translations of Oriental Poetry, 1929, p76

Chrysanthemum grows by the window,

Where the new wine waits to brew.

The flower opens,

As the wine ripens;

Friends flock;

a full moon shines too.

O Garçon! Tink-tink-a-tink the Kumoonko

Merrily, merrily sing the night hours through!

The Grass Roof, 1931, p.17

Chrysanthemum grows by the window,

Where the new wine waits to brew.

The flower opens,

As the wine ripens;

Friends flock;

a full moon shines too.

O player! Tink-tinka-tink the Kumoonko

Merrily, merrily sing the night hours through!

The Happy Grove, 1933, p.26

창窓 밖에 국화菊花를 심어 국화菊花 밑에 술을 빚어

술 익자 국화菊花 피자 벗님 오자 달 돋아 온다

아이야 거문고 청淸쳐라 밤새도록 놀리라

#4530.1

먼저 1차 번역에서 2차 번역으로의 변화를 보자. *Translations of Oriental Poetry*에서 6행시였던 것을 『초당』에 수록하면서 8행으로 길게 늘였고 몇 군데 수정하였다. 1행은 동일하지만 2행은 많은 단어들이 수정되었다. 1차 번역 2행에는 자음 w가 들어간 단어가 wine 하나밖에 없었지만, 2차 번역에서는 유난히 w가 들어 있는 단어들where, new, wine, wait, brew이 많이 선택되었다. 이는 1행에서 2차례grows, window 나온 w소리를 2행에서도 반복하기 위해 일부러 선택한 것으로 보인다. 영시 작법 중에는 근접해 있는 단어들 속에 같은 자음을 두어 소리의 반복을 즐기는 internal alliteration이 있는데, 2차 번역에서는 이렇게 음운의 반복을 통한 효과를 위해 수정한 것으로 보인다. 기존의 6행시가 8행시로 늘어난 것은 모두 중장의 번역에 해당하는 2행이 4행으로 늘어난 데 기인한다. 여기서 행수를 늘인 것 역시 소리가 주는 즐거움을 더하기 위한 것으로 볼 수 있다. 기존의 3행 "The flower opens, the wine ripens"를 2차 번역에서는 두 행으로 나누었다. 이렇게 두 행으로 나누자, 수정된 시의 3, 4행은 말미에 opens / ripens로 각운을 살리게 되었다. "Friends come"이 "Friends flock"로 바뀐 것 역시 f소리의 반복을 위한 것으로 보인다. 종장에서도 많은 변화가 일어났다. 1차 번역에서 Boy였던 것을 2차 번역에서 프랑스어 garçon으로 바꾼 것도 눈에 뜨인다. 영어 문장에 프랑스어를 넣어 이국적인 느낌을 주려고 했던 것 같다.[112] 프랑스어의 사용을 두고 김욱동은 마치 한복에 갓을 쓰고 자전거를 타는 것처럼 어울리지 않는다고 보았다.[113] 종장의 거문고와 관련해서도 차이가 보인다. 1차 번역에서는 페이지 하단 각주에서 A kind of Korean harp라는 설명으로 이해를 돕고 있다. 그러나 이 각주가 아니더라도 독자들은 strum이라는 동사를 통해 거문고가 현악기의 한 가지라고 추측할 수 있었다. 하지만 『초당』에서는 strum대신 Tink-tink-a-tink을 사용하였다. 이는 거문고 소리를 흉내 낸 의성어라고 보인다. 거문고에 대한 개념이 없는 서양인에게, 의성어를 통해 악기를 상상하게 하며 이국적인 느낌을 더 강

---

112 2차 번역에는 곳곳에 프랑스어들이 사용되었다. 『초당』에 실린 영역시조 중 프랑스어가 삽입된 작품은 4수나 된다. 사용된 어휘는 garçon, sans, n'est-ce-pas인데, 프랑스어의 사용은 1차 번역에서는 전혀 발견되지 않았던 현상이다. 이 작품들이 『행복의 숲』에 재인용되면서 프랑스어는 모두 삭제되었다.
113 김욱동, 「시인으로서의 강용흘」, 『영미연구』 11, 2004, 12~13면.

하게 주고 있다.

반면, 『초당』과 『행복한 숲』의 차이는 거의 발견되지 않는다. 프랑스어 gar-çon을 player로, Tink-tink-a-tink를 Tink-tinka-tink로 바꾼 것 외에는 모두 동일하다. 따라서 위에서 확인한 몇 가지 사실을 두고 볼 때, 2차 번역은 번역시가 영시로서 읽힐 때 소리가 주는 재미를 확대시키는 방향으로 수정되었던 것을 알 수 있다. 1차 번역에 수록되었던 이 작품은 1947년 변영로의 『진달래숲The Grove of Azalea』에 재수록되는데 이를 두고 김욱동은 『초당』의 것을 20년 뒤에 개역하여 원문의 맛을 살린 것이라고 보았다.[114] 하지만 이는 1차 번역에 대한 검토 없이 파악한 데서 오는 오류이다. 이 작품을 두고 볼 때, 강용흘의 번역은 1차 번역에서 2차 번역으로 오면서 시조의 형식적 특성을 드러내기보다는 영시로 낭독될 때의 즐거움을 확대시키는 방향으로 변모되었다고 할 수 있을 것이다.

② 번역의 양상

강용흘의 번역시는 원작인 시조의 형식적 특성을 흐릿하게라도 드러내면서 동시에 미터에 규칙성을 두어 영시로서의 형식적 특성도 보여주고 있다. 즉 양쪽의 특성을 모두 고려한 독특한 양상을 보인다고 할 수 있다. 그가 6행시 번역을 통해 시조 3장의 형식을 보여주고, 그 외 다양한 행수4행, 5행, 7행의 번역을 통해 시조 종장의 역할에 대한 인식을 번역시에서 보여주고 있기는 하지만, 여전히 시조 형식의 정형성을 갖추지 못했기에 원천문학 중심적 접근 태도라고 보기는 어렵다. 마찬가지로 몇몇 시에서는 미터 혹은 각운의 규칙성이 보이지만, 모든 시에서 발견되는 것은 아니기에 수용문학 중심적 접근 태도를 보였다고 보기도 어렵다. 따라서 강용흘의 번역은 중간 혼합형 접근 태도를 보인다고 할 수 있다.

---

114 위의 글, 13면.

그의 1차 번역과 2차 번역을 비교하자면, 유사하면서도 약간의 차이가 보였다. 1차 번역이 비교적 원작의 의미와 형식을 좀 더 고려하였다면 2차 번역은 상대적으로 영시의 규범을 따르려고 하는 경향이 보였다. 2차 번역이 1차 번역과 비교했을 때 영시로서의 특성이 좀 더 부각된 것은 영역시조의 존재 양상과 관련이 있다고 할 수 있다. 1차 번역은 시선집 속에서 번역시가 단독으로 존재하였기에 원작의 의미와 형식을 최대한 고려할 수 있었지만, 2차 번역은 소설 내 삽입시로 존재하기에 소설의 맥락을 따를 수밖에 없었다. 삽입시는 소설 텍스트의 흐름에 종속된 것으로 그 놓인 자리와 소설의 흐름에 따라 원작으로부터의 변형이 가해질 수밖에 없는 것이다.

강용흘이 시조를 번역함에 있어 중간 혼합적 접근 태도를 보였던 것은 그가 영어로 한국의 이야기를 쓰는 작가라는 매우 독특한 지점에 서 있었기 때문이라고 보인다. 그는 '영어 글쓰기'로 대변되는 서구적 '보편성'과 'Korea'로 대변되는 '특수성' 사이에서 균형감각을 유지해야 했던 것이다. 소설이 발표되던 1931년 당시는 여전히 서구 / 비서구, 문명 / 야만, 근대 / 전근대의 이분법적 사고가 지배적이었다. 그러한 독자들을 상대로 강용흘은 서구에 거의 알려진 바 없는 동양의 작은 나라, 국권을 잃고 이름도 상실한 'Korea'의 문화, 자연, 역사 등을 배경으로 서술해야 했기에 그의 균형감각은 매우 중요하였다.

그가 소설에 시를 삽입한 것은 그 자체로 한국적 '특수성'을 부각시키는 방법이었다. 소설 속에 시를 삽입하는 것은 동양의 전통에서는 흔하게 발견되는 것이지만, 서양에서는 그렇지 않았다. 동양의 역사서이건 소설이건 산문 속에 운문이 삽입되는 경우가 흔하게 있었다. 특히 고소설 속에 시가 삽입되는 것은 조선 전기前期의 전기소설傳奇小說에서 매우 보편적인 현상이었고, 후기의 판소리계 소설에 이르기까지 시가는 지속적으로 삽입되었다. 시 삽입이라는 면에서 볼 때, 강용흘은 영문소설에 한국 고소설의 독특한 기법을 차용한 것이라고 할 수 있다. 따라서 영어권 독자들에게 시 삽입이라는 기법 자체가 낯설게 느껴졌을 것이다. 게다가 소설이나 삽입시의 내용도 지극히 동양적이라 더욱 낯설게 느껴졌을 것임은 자명하다. 따라서 강용흘은 이러한 특수성이 지나치게 부각되어 독자로 하여금 거부감을 갖지 않도록 하기 위하여 '보편성'으로 덮침을 할 필요가 있었다. 영역시조가 영시로서 규칙적인 미터를 갖게 하거나, 각운을 맞추거나, 또는 유사음을 반복하는 등의 노력은 이러한 '보편성'을 획득하기 위한 기법이라고 볼 수 있을 것이다.

이렇게 보편성과 특수성 사이에서 균형감각을 갖추고 삽입된 시는 소설의 서정성을 높여 주었고, 독자들에게 동양에 대한 호기심을 충족시켜 주며 많은 관심을 불러일으켰다. 그가 동양인으로서는 최초로 구겐하임 재단의 창작 기금을 받게 되고,[115] 그의 소설이 세계 각국의 언어로 번역되어 읽히면서 대중에게 한국 문화를 대변하는 것으로서의 시조의 존재를 부각시켰던 것은 물론이고, 나아가 비평가들에게도 단형의 시에 대한 관심을 불러일으켰다. 『초당』은 출간되자마자, 펄 벅과 토마스 울프 등 여러 작가들, 비평가들로부터 많은 호평을 받았다. 『초당』에 관한 기사 중에는 이 책에 삽입된 많은 영역시에 대해 관심을 내보이며 곧이어 출간될 것이라고 하였던 번역시집에 대한 기대를 내보인 기사도 있었다.

주간지 네이션은, "매우 적절하게 잘 배치된 한국의 번역시는 (…중략…) 전체적으로 볼 때 이 책에는 간결하면서도 상징적이고 우리를 즐겁게 하는 수준 높은 시가 있다"고 하였다.[116]

---

115 노벨문학상이 작가가 이룩한 예술적 성과에 대한 평가라면, 구겐하임 창작 기금은 미래의 가능성에 대한 평가라고 할 수 있다. 당시 무려 995명의 응모자 40명만이 이 창작 기금을 받았으며, 이 가운데에는 강용흘 외에 콘래드 에이컨, 케이 보일, 더글러스 부쉬 같은 쟁쟁한 문학가들이 있었다. 강용흘은 창작 기금 명목으로 1,800달러를 받았고, 이 기금으로 가족들과 유럽에서 생활하며 『동양사람 서양에 가다』를 집필하였다. 김욱동, 앞의 책 59~61면.
116 The Nation : "interspersed, very rightly, with translations from Korean poetry (…중략…) the

보스턴 일간지는 말하기를 "그^{강용흘}는 시인이다. 이 매력적인 이야기를 읽은 사람은 누구도 이 사실을 의심하지 않을 것이다. 이 책을 읽은 사람은 누구나 곧 있으면 출간될 번역된 한국의 시집을 학수고대하게 될 것이다"라고 했다.[117]

소설 삽입시에 대한 이러한 관심과 호평은 국내 외국인의 기록에서도 발견할 수 있다. 『초당』이 출간되던 해 겨울 *The Korea Mission Field*^{27권 12호, 1931.12}에는 언더우드 2세^{H. H. Underwood}의 서평이 수록되었다. 언더우드는 소설에서 선교사에 대해 부정적으로 묘사된 부분에 관해서는 불쾌감을 표하면서도 번역된 한국 시에 관해서는 찬사를 보내고 있다. 이 찬사는 언더우드만의 것이 아니라 주변인의 공통된 소감이었다.

저녁에 타오르는 불길과 함께 초가지붕의 아름다움을 다른 사람들이 보고 느낄 수 있도록 만드는, 우리 모두가 갖기를 원하는 그러한 능력, 조선 정통의 아름다움을 그는 너무 잘 표현해 주었다. 우리는 또한 조선시의 번역에 대해 감탄한다. 몇 몇 내 조선인 친구들^{그들 중 여러 명이 『초당』에 등장한다}은 시의 멋이 사라졌다고 불평한다. 이것에 대해 우리 외국인은 잘 알지 못하지만, 나는 원래의 맛을 잃지 않은 채 시를 번역하는 것은 불가능할 것이라고 생각한다. 나와 많은 다른 이들에게 그 시들은 놀라울 정도로 "정신^{spirit}"을 잘 살리고 있고 그래서 나는 그가 약속한 시집을 고대하고 있다.[118]

---

book as a whole has much the quality of that poetry–simple, symbolic and delightful"

117 The Boston Transcript says : "he is a poet. No one who reads this fascinating tale can d-oubt that, and everyone who does read it will look forward to reading the volume of Korean poetry, which in an English translation will be published before long."

118 All of us who have longed for the ability to make others see and feel the beauty of grass roofs with the smoke of evening fires; of the new rice and of the inherent beauty of Korea, old or new, are under a heavy debt of gratitude to him. We are also grateful for the renderings of Koreans poems. Some of my Korean friends(some of those mentioned in "Grass Roof") complain that the fragrance is gone. Of this we cannot judge and I suspect it would be impossible to handle the ideographs without losing some of the original

5) 번역의 목적

강용흘의 시조 번역에 대한 목적을 살피기 위해 먼저 1차 번역인 *Transla-tions of Oriental Poetry*의 구성을 살펴보자. 표지를 제외하면 1면에는 작가 강용흘에 대한 정보가 있고, 2면은 출판사에 대한 정보가 있다. 서문도 없이 본격적인 내용이 3면부터 시작되는데, 먼저 중국시Chinese poetry를 소개한다. 중국시의 경우 1~69면까지 이어지며 시경을 비롯하여 이백, 두보, 백거이, 왕유 등의 시를 수록하고 있다. 이들은 전통적으로 중국에서나 우리나라에서 모두 중국을 대표하는 시인으로 알려져 있고, 이들의 작품이 중국의 시로 소개된 것은 자연스러워 보인다. 다음 한국시가 나오고 마지막에 일본시Japanese Poetry가 있다. 일본시는 121면부터 147면까지 이어진다. 일본의 경우에는 3행, 4행, 5행의 짧막한 번역시가 수록되었는데 이미 국민문학으로 자리 잡았던 단형시를 번역한 것으로 보인다.

한국시Korean Poetry의 경우 70~120면까지 모두 51수가 수록되어 있다. 그 안에는 고시조 33수[70~103],[119] 민요 1수[88], 강용흘의 자작시 5수[104~108],[120] 그리고 한용운의 시 12수[109~120]가 수록되어 있다. Korean Poetry의 경우 수록 편수에 의한 비율을 보면, 시조가 가장 큰 비중을 차지하며[65%], 다음 한용운의 시[23%] 자작시[10%] 민요[2%]의 순서를 따르고 있다. 시조는 전통시를, 한용운의 작품은 현대시를 대표하는 것으로 수록했던 것을 짐작할 수 있는데 시조의 비중이 워낙 크기에 수록 작품 편수만으로 볼 때, 강용흘에게 시조는 그야말로 'Korean Poetry'를 대표하는 것으로 인식했다고 할 수 있다.

---

savor. To me and to many others they seem to have conserved the "spirit" to a remarkable degree and I look forward to the promised volume of poems. Horace. H. Underwood, "The Grass Roof—A Review" *The Korea Mission Field*, vol.27 no.12, 1931.12. p.261. 번역은 서정민, 『한국과 언더우드』, 한국기독교역사연구소, 2004, 222면을 따름.

119 88번 작품은 시조가 아닌 민요로 보인다.

120 자신의 시를 수록한 것은 시인이고자 했던 자의식의 표현으로 보인다.

이는 그의 2차 번역에서도 확인된다. 소설『초당』에는 한시나 민요 혹은 근대시도 삽입되어 있지만 시조가 압도적으로 많다. 소설『초당』에 시조를 23수나 삽입하였고, 소설『행복의 숲』에는 27수로 그 수를 더 늘렸다. 그는 한국적 정서를 드러내는 데 가장 적합한 것으로 시조를 선택하고 이를 다수 번역하여 소설 속에 삽입했던 것이다. 그리고 소설 속에서 시조에 대한 지칭은 song보다 poem이 더 많았다. 이는 특히『행복의 숲』에서 더욱 그러한데 3편을 제외한 나머지는 모두 poem으로 지칭되거나 개장시의 자리에 놓여 있었다. 즉 1차 번역과 2차 번역을 통해 볼 때, 강용흘은 시조를 한국을 대표하는 시로 인식하였다고 할 수 있다.

그런데 소설 속에서 시조에 대한 지칭어가 song으로 나오기도 하는 것처럼,『초당』에는 시조를 노래로 향유되는 장면이 여러 차례 나왔다. 이는 강용흘이 어린 시절 고향에서 시조를 노래로 익혔던 경험을 반영한 것이라고 할 수 있다. 그렇다면 강용흘은 노랫말로 인식했던 시조를 'Korean Poetry' 즉 한국을 대표하는 시로 소개하고 있다는 것을 알 수 있다. 물론 이전에도 시詩와 가歌는 동일한 것이라는 인식이 있었고, 시조를 문학의 한 갈래로 인식하는 관점은 있었다.[121] 하지만 시조는 시여詩餘라는 그 명칭에서도 알 수 있듯이, 한시와 구별되는 우리말로 된 노랫말이었다. 강용흘은 1차 번역을 통해 노랫말이었던 시조를 '한국의 시'로 배치하여, 한시와 어깨를 나란히 하고, 나아가 서양의 시들과 동등한 범주에서 논의할 수 있도록 하였다. 2차 번역에서도 시조와 영시를 개장시로 사용하여 시조를 영시와 같은 범주에서 인식하도록 하였다. 이러한 사실을 통해 볼 때 그의 경험 속에서 노랫말로 존재했던 시조를, 자신의 글 속에서는 근대적 의미의

---

121 최남선은 1918년『청춘』에 발표한「고금시조선」서문에서 시조는 우리 문학 중 가장 보편적 '형식(形式)'이며 유래가 '구원(久遠)'하다는 점을 강조하고 있음을 알 수 있다. 이에 대해서는 김윤희,「잡지 청춘을 통해본 최남선의 고시조 인식 방향과 그 의미」,『고시가연구』, 고시가문학회, 2012, 참조.

문학 장르로 배치시키고자 했던 강용흘의 의도를 엿볼 수 있다.

시조가 한국의 시를 대표한다는 것은 오늘날의 관점에서 볼 때, 그다지 놀라운 일이 아니다. 하지만 시조가 본래부터 국민문학으로서 존재했던 것은 아니다. 시조는 시조부흥운동 이후, 문화적 민족주의자들의 기대지평 속에서 국민문학으로 새롭게 인식, 발명된 것이다.[122] 최남선은 1926년 「조선국민문학으로서의 시조」에서 시조를 가장 조선적인 시로 꼽으며 시조를 '조선의 국민문학^{민족문학}'으로 격상시켰다. 이러한 관점은 강용흘의 것과 일치한다. 평시조 중심의 부흥론이라는 점에서도 동일하다. 시조부흥운동이 이론적 바탕을 역설했다면, 강용흘은 이를 영역시조로 실천해 보였다고 할 수 있다. 강용흘의 시조에 대한 인식이 시조부흥운동의 영향을 받은 것인지, 그의 고유한 생각이었는지는 확인할 수 없다.[123] 시조부흥운동의 영향이든 아니든 강용흘에게 시조는 Korean Poetry를 대표하는 것이었다.

초당^{草堂} 강용흘 씨^{姜鏞訖氏}는 우리들의 자랑하는 문인 가운데에 하나다. 미국^{美國}온 지근 이십 년^{近二十年}이 된 모양인데 동분서주^{東奔西走}로 책보^{冊褓}를 끼고 미국대륙^{美國大陸}을 다 돌아다니며 「조선문학^{朝鮮文學}이 영문학^{英文學}보다 우월^{優越}하다는 것을 보이려고 애쓰던 그다. 남들은 그를 코웃음하고 미친사람 같이 알았다. (…중략…) 이 두 개^個의

---

122 이형대, 「1920~30년대 시조의 재인식과 정전화 과정」, 『고시가 연구』 21, 한국고시가문학회, 2008.

123 강용흘은 3·1운동 직후에 미국으로 갔기에 지리적으로 시조부흥운동의 영향권 밖에 있었다. 하지만, 그가 1920년대 말 뉴욕한인교회에서 다른 한인학생들과 더불어 기숙하였고(최병현, 앞의 책, 188면), 1927년 뉴욕의 인터내셔널 하우스에서 열린 북미유학생총회 제5차 동부 대회에 참석하며 유학생 활동에도 관심을 보였고, 1928년부터 북미유학생총회의 기관지였던 *Korean Student Bulletin* 신문의 편집에도 관여하면서 한인유학생들과 꾸준히 교유하였던 것을 고려하면 조선에서 일어났던 변화를 전해 들었을 가능성이 있다. 또한 그가 『초당』을 발표한 후 그해 겨울에 아무 면식도 없는 이광수에게 이 책을 보내어 그로 하여금 서평을 쓰게 한 것에서도, 한국 문단에 대한 그의 관심을 엿볼 수 있다. 이광수, 「강용흘씨의 초당」, 『동아일보』, 1931.12.10(『이광수전집』 16에 재수록).

소설단행본小說單行本 : *Grass Roof*, *The Happy Grove*은 세계적世界的으로 파동波動을 이르켰으니 곧 작가作家의 미려美麗한 영문필법英文筆法과 기교技巧에 놀랜 것이요동양식(東洋式) 묘사법(描寫法)을 영문화(英文化)한 때문에 조선민족朝鮮民族이 문예애호민족文藝愛好民族이라는 것을 처음으로 아는 것이 더욱 경이적驚異的 새사실事實이기 때문이였다. 이 때문에 서양비평가西洋批評家들은 「좀 더 조선시朝鮮詩를 우리에게 보여달라」고 애원哀願한다. 강씨姜氏는 여기에 응應하여 방금方今 여행 중旅行中이나 현대조선시영역집現代朝鮮詩英譯集을 출판 준비 중出版準備中에 있다고 전傳한다.[124]

이는 소설 출간 후1936 『우라키』라는 잡지에 나온 글이다. 이 잡지는 시카고를 중심으로 한 북미유학생회에서 발간한 것이지만[125] 국내 발간 및 배포를 통해 국내 동포들을 향한 계몽적 성향을 더 강하게 가졌다.[126] 이 글의 저자는 H 풍문생風聞生이라고 되어 있는데, 당시 유학생 사회의 시각에서 본 강용흘의 면모가 잘 드러나 있다. 강용흘은 유학생들이 자랑하는 문인이며, "조선문학이 영문학보다 우월하다는 것을 보이려고 애쓰던" 인물이었다. 남들이 코웃음치고 미친 사람처럼 알 만큼 그는 조선문학의 우월함을 증명하기 위해 노력하였다고 한다. 그의 소설은 이를 증명해보인 것으로 이 소설 이후 서양의 비평가들이 "좀 더 조선시를 우리에게 보여달라"고 '애원'했다고 서술하고 있다. 이러한 글을 통해서도 강용흘의 시조 번역은 조선문학을 영문학과 같은 반열에 올리기 위함이었다는 것을 확인할 수 있으며, 그러한 노력이 당시 서양인들에게도 받아들여졌다는 것을 알 수 있다.

---

124 H 風聞生, "在美우리문인 動態", 『우라키』 7호, 우라키사, 1936, 92면.
125 「우리류학생회난 우라키라는잡지발행」, 『신한민보』, 1923.11.1.
126 김희곤, 「북미유학생잡지〈우라키〉연구」, 『복현사림』 21권, 경북사학회, 1998, 11면.
   이 잡지에 관해서는 다음 연구 참조. 장석원, 「북미유학생의 내면과 미국이라는 거울」, 『희귀잡지로 본 문학사』, 깊은샘, 2002.

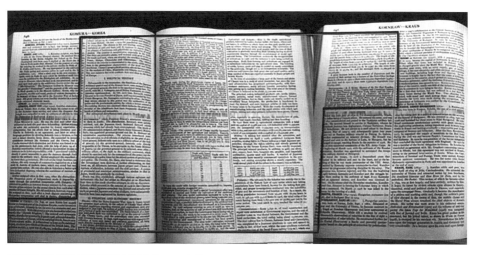

브리태니커 백과사전 13판(1926) Korea 소개

    조선에 대한 인식을 새롭게 하고자 했던 강용흘의 노력은 시조를 번역하기
전부터 지속되어 왔다. 그는 1928년 브리태니커Britannica 백과사전 14판 편집
에 관여하였다. 그는 아시아의 풍물과 예술, 문학 등 100여 개의 항목을 집필한
것으로 알려져 있다.[127] 그가 특히 관심을 가졌을 Korea 항목에 대한 변화를
살펴보자. 1926년에 출간된 13판의 경우 Korea에 대한 정보는 채 2페이지가
되지 않는다. 한국과 관련된 소항목은 Political History와 Financial and Eco-
nomic History밖에 없다. 여기서 Korea는 일제에 병합되었다는 사실에서 시
작하여, 일본에 의해 황폐했던 숲이 울창해지고, 철도가 놓여지고, 우체국이 증
가했다는 내용으로 채워져 있다.

    반면, 강용흘이 편집에 관여한 뒤 출간된[1929] 14판에서는 Korea를 설명하는
항목이 7페이지로 증가했다. 이렇게 불어난 내용을 모두 강홍흘이 저술한 것은
아니다. 증가된 내용은 1911년에 출간된 11판에 있던 내용을 확대 보완한 것이
다. 그는 먼저 한국에 관한 기본 정보지질학, 기후, 동식물상, 인구, 인종, 산업, 무역, 정보통신를

---

127 김욱동, 앞의 책, 41면.

제시하고, 정부와 행정, 역사, 미학적 발전 그리고 일제하의 조선이라는 큰 항목을 두었다. 한국의 역사를 서술함에 있어 기존의 11판이 기자 조선에서 시작하던 것에서 그 앞에 단군을 두고 역사의 시작을 기원전 2333으로 끌어 올렸다.

11판과 비교했을 때, 눈에 띄는 큰 변화는 삽화와 사진이 추가된 것이다. 강용흘은 한국의 문화에 대해 별도로 항목을 두고 언급하지는 않았지만, 'Korea'에 관해 설명하는 기사 중간 중간에 기사의 내용과 관련이 없는 거북선, 한국의 전통 의상, 거문고 연주하는 사람들을 그린 삽화를 삽입하였다. 아마도 이러한 삽화를 통해 독자의 시선을 잡고, 빠르고 효과적으로 한국의 전통 문화를 소개하려 하였던 것으로 볼 수 있다.

14판에서 삽화 삽입 외에, 「미학적 발전Aesthetic Development」과 「일제하의 한국Korea under japan」라는 제목의 새로운 기사가 추가된 것도 주목할 만하다. 기사의 필자는 C. W. B.와 Y. K.라고 되어 있다. Y. K.가 강용흘의 약자인 것을 고려한다면 「일제하의 한국」은 강용흘이 쓴 글로 보인다. 강용흘이 저술한 것으로 보이는 「일제하의 한국」에는 한국이 일제에 의해 어떻게 고통 받고 있는지 자세히 서술되어 있다. 13판 Korea 관련 내용이 일제에 의해 근대화가 진행되고 있다는 것으로 채워진 데 대해 반박하듯, 일제에 의해 물질적인 면에서 진보되고 있지만, 이는 한국인을 위한 것이 아니라 일본을 위한 것임을 밝히고, 일제의 통치하에서 교육이 제대로 이루어지지 못하고, 언론이 탄압받고 있는 현실을 고발하고 있다. 그리고 3·1운동에 대해 자세히 서술하고, 한국인이 살고 있는 곳이면 어디서든 독립운동이 진행되고 있다는 것으로 마무리하고 있다. 「일제하의 한국」이 현재 한국이 처한 정치적 상황을 전달하는데 주력하고 있다면, 「미학적 발전」은 한국의 문화에 관한 서술이다. 여기서는 최근 일제에 의해 신라 유적이 발굴되고 있다는 사실과 고려청자의 우수함을 서술하고 다음과 같이 마무리하고 있다.

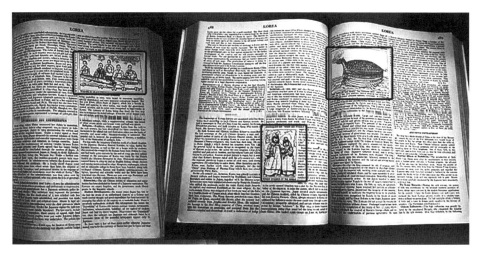

브리태니커 백과사전 14판(1929) Korea 소개

(한국의) 이러한 고급 문명은 13세기 말 미개한 몽골에게 점령당하며 크게 파괴되었
다. (…중략…) 한국은 이전에 가졌던 수준 높은 문화를 다시는 회복하지 못했다.
(…중략…) 한국이 고유의 문화와 예술을 소유할 수 있었던 것은 중국의 문화와 불
교 신앙이 전래된 덕분이다. 하지만 한국은 그 문화와 예술에 자신만의 독특한 특성
qualities을 더하지는 못했다. 1910년 한국이 일본에 병합되었을 때, 한국은 (그 이전부
터) 오래도록 아무것도 이루지 못하고 시간만 보내고 있었다.[128]

   위의 글은 이른 시기 한국이 가졌던 고급문화에 대해 서술하고 있기는 하지
만, 그것이 모두 중국 문화와 불교문화가 전래된 덕분이며 한국은 여기에 고유
한 특성을 더하지 못했다고 보고 있다. 그리고 외침으로 인해 이전의 고급문화

---

128 This high civilization was greatly injured by the uncultured Mongols, who conquered the
    country late in the 13th century. (…중략…) Korea never retrieved her former high culture.
    (…중략…) To Chinese culture and Buddhist faith Korea has owed her civilization and her
    art, to which, however, she has rarely succeeded in imparting any distinctive qualities of
    her own. When she was annexed to Japan in 1910, she had long been merely vegetating.

는 모두 파괴되었으며, 한국인은 무기력하게 아무 것도 하지 못하고 있다고 서술하고 있다. 강용흘이 이 의견에 전적으로 공감했기에 추가했을 것이라고 보이지는 않는다. 다만, 당시 한국의 문화에 관해 제대로 서술된 글이 없기에 어쩔 수 없이 선택하였을 것이다. 백과사전 편집 일에 관여하며 서구에 소개된 한국에 관한 정보가 지극히 제한적이며, 그나마 있는 것조차 일본의 시각에서 기술된 왜곡된 상황을 체험하며 강용흘은 한국의 고유한 고급문화가 오래도록 전수되어 왔으며 아직도 남아 있다는 것을 증명해 보여야 할 필요성을 강하게 느꼈을 것이다. 이러한 경험은 그에게 이후 영역시조선집을 편찬하고, 또 『초당』속에 영역시조를 삽입하도록 하는 원동력으로 작동하였을 것이다.

> 나는 한국의 시 한 편을 생각한다. 아마도 이 시가 서양인 독자에게는 동양인이 느끼는 것만큼의 느낌이 나지는 않을 것이다. 하지만 이 시는 흘러가는 시간 속에서의 강한 미감을 표현하기에 여기에 인용한다.[129]

이 글은 『초당』 제2장에서 처음 시조를 소개할 때 덧붙인 글이다. 한 편의 시조를 인용하면서, 그는 서양의 독자들은 이 시가 주는 느낌을 제대로 이해할 수 없을 것이라고 서술하고 있다. 그러나 그럼에도 불구하고 이 시에는 흘러가는 세월에 대한 아쉬움, 그 안에 존재하는 강렬한 아름다움이 있기에 소개한다고 한다. 이 언술은 서양인의 감수성으로는 이해하기 힘들겠지만, 우리에게는 수준 높은 문학이 있다는 것을 완곡하게 표현한 것이라고 할 수 있다. 그렇다면 강용흘이 소설에 시조를 삽입한 것은 시조 속에는 한국인만의 독특한 정서와

---

129 I think of a Korean poem, which will probably not suggest as much to the mind of a Western reader as to an Oriental one, but I give it because it expresses the ardent sense of beauty in the passing hour. 창(窓) 밧긔 국화(菊花)를 심거 국화(菊花) 밋틔 술을 비저 / 술 닉쟈 국화(菊花) 픠쟈 벗님 오쟈 둘 도다 온다 / 아희야 검은고 청(淸)처라 밤새도록 놀리라.

사상이 담겨 있어 문학 작품으로서 영시에 뒤지지 않다는 것을 구체적으로 보여주기 위해서라고 할 수 있다. 즉 문화적 차이를 구체화하여 보여주면서, 우리가 문화 민족임을 과시하기 위해 시조를 삽입했다고 볼 수 있다.

　강용흘은 어려서부터 시조와 한시를 접하며 한국 문화의 우수함을 잘 알고 있었다. 그러나 당대 서양인은 동양에 대해 잘 몰랐고, 그들이 갖고 있는 편파적이고 그릇된 정보는 한국에 대해 잘못된 인식을 갖게 하였다. 그러한 서양인들을 향해서 강용흘은 1차 번역을 통해 한, 중, 일로 대변되는 동양, 특히 한국에도 문화의 정수라 할 수 있는 'Poetry'가 있다는 것을 보여준 것이고, 이때 시조가 한국을 대표하는 장르로 선택된 것이다. 그가 주로 남녀의 애정을 다루고 있는 작품을 수록한 것도 시조를 근대적 개념의 '시'로 자리매김하기 위한 방편이라고 볼 수 있다. 애정이야말로 가장 보편적인 감정으로 개인의 주관적인 정서를 담아내는 서정시의 본질에 부합한다고 판단하고 이를 다수 수록했던 것으로 볼 수 있기 때문이다.[130] 그리고 2차 번역에서는 시조를 개장시로 놓음으로써 서구의 시와 다를 바 없는 '시'로 인식하게 하였고, 삽입시를 통해 한국의 전통 문화 속에서 시가 얼마나 일상적으로 향유되었는지를 보여주었던 것이다. 따라서 강용흘은 영역시조를 통해 한국에 대한 정보가 없던 당시 서구 사회를 향해 한국 전통 문화의 특성과 가치를 보여주고자 했던 것으로 볼 수 있다.

2. 영역시조를 공론화한 변영로卞榮魯

수주樹州 변영로卞榮魯, 1897~1961는 시인이자 학자이며 번역자였다. 그는 1924년

130　2차 번역에 해당하는 『초당』과 『행복한 숲』에는 23수, 27수의 시조가 수록되는데 애정을 다룬 작품은 하나도 없다.

첫 시집『조선의 마음』을 간행한 시인이며, 성균관대학교 영문과 교수를 지낸 영문학자였다. 당시 종로에 있던 중앙기독교청년회관 영어반을 졸업하였고,[131] 1932년 미국 산호세 주립대학의 영문과 청강생 신분으로 있다가 이듬해 귀국하였다. 1930년대에는 영시를 번역하여 국내에 소개하는 일에 큰 공이 있었고,[132] 나아가 시조를 영어로 번역하는 일에도 국내 한국인으로서는 선구적인 역할을 하였다. 이전에 선교사들과 강용흘에 의해 시조가 번역되기는 하였으나 이때 시조는 'Korean Song' 혹은 'Korean Poem'으로 명명되었다. 번역된 시조는 변영로에 의해 처음 '시조 영역'이라는 명칭을 얻게 되었으며,[133] 시조라는 독특한 형식을 영시로 어떻게 표현할 것인가에 관한 문제를 본격적으로 공론화하는 계기를 마련하였다.

1) 자료 개관 및 연구사 검토

변영로는 3차에 걸쳐 영역시조를 발표하였는데 시기별 차이는 보이지 않는다. 1차 번역은 1932년 미국대학 잡지에 7편를 발표한 것이고, 2차 번역은 이듬해 귀국하여『조선중앙일보』에 17편을 연재한 것이다. 1차 번역과 2차 번역은 형식상 큰 차이가 없으며, 1차 번역 작품 중 5수를 2차 번역에서 재인용하였다. 3차 번역은 해방 후 1947년 영문 시선집 *Grove of Azalea*를 편찬하면서 이전에 발표했던 시조 15수를 재수록한 것으로 새로 번역한 작품은 없다. 따라서 이 글에서는 1차 번역과 2차 번역 작품을 중심으로 논할 것이다.

---

131 수주변영로기념사업회 편,『수주 변영로 전집』1권, 한국문화사, 1989, 128~130면.
132 변영로는 1930년 2월 9일부터 3월 30일까지『동아일보』에 '현대영시선역(現代英詩選譯)'이라는 제목으로 10수를 발표하였다.
133 엄밀하게 말하면 '시조 영역'이라는 명칭은『조선중앙일보』에 수록된 2차 번역에서만 사용되었다. 1차 번역에서는 'Old Korean Lyrics', 3차 번역에서는 'Poems』라고 하였다.

(1) 1차 번역 *El Portal*, 1932

변영로가 처음 시조를 번역하여 발표한
것은 1932년 미국 북캘리포니아주에 있는
산호세 주립대학교San Jose State University
의 교내 잡지였다. 그는 1931년 당시 34
살의 나이에 미국으로 유학을 갔다.[134] 19
32년 5월 산호세 주립대학 영문과의 특별
청강생 자격으로 있으면서 이 학교 영문과
에서 발간하는 문학잡지 *El Portal* vol.1 no.2,
1932.5에 "Seven Old Korean Lyrics"라는
제목으로 영역시조 7편을 발표하였다.

EL PORTAL

| VOL. 1 | MAY, 1932 | NO. 2 |

CONTENTS

William Blake	*Willard Maas*	2
Tsifung	*Raymond H. Rhodes*	3
The Frontier Of Education	*Alfred T. Chandler*	12
An Impressionistic Slant On Venice	*Ruth Finyer*	14
Fragments	*Edna Brodfield*	14
Seven Old Korean Lyrics	*Youngroe Pyun*	16
Wither Jazz?	*Delos Wolfe*	17
Skis And Arnica	*Duncan McKinlay*	22
What's In A Name?	*Ruby Goddard Meynier*	23
Beauty	*Rule Rasmussen*	29
The Riders	*Mary Cecilia Mills*	30
Faint Heart Never Won Fair Lady	*Agnes Walden*	31
Second Wind	*Myrth 'Ouimet*	32
Mr. Ludlow's Holiday	*Mary Mills*	33
Never To Be Forgotten	*Willard Maas*	36

EL PORTAL, A MONTHLY LITERARY MAGAZINE SPONSORED BY THE ENGLISH CLUB AND EDITED BY THE ENGLISH DEPARTMENT OF THE SAN JOSE STATE COLLEGE, SAN JOSE, CALIF., FROM MATERIAL WRITTEN EXCLUSIVELY BY STUDENTS OF THE COLLEGE.

COPYRIGHT, 1932, BY THE SAN JOSE STATE COLLEGE

PRINTED BY THE KEESLING PRESS, CAMPBELL, CALIFORNIA

이때 발표된 영역시조는 아직까지 학계에 소개된 바도 없었고, 이 자료는 『수
주 변영로 전집』에도 들어 있지 않다. 비록 발표한 작품수가 얼마 되지 않아 잡
지의 한 페이지에 불과하고 발표한 잡지도 영향력이 그다지 크지 않은 것이었
지만, 이른 시기에 한국인에 의해 미국에서 발표된 것이기에 이 자료가 갖는 가
치를 과소평가할 수만도 없다. 1929년 강용흘이 뉴욕을 중심으로 한 동부 지역
에서 시조 영역의 포문을 열었다면, 이로부터 3년 후 서부 지역에서는 변영로
가 영역시조를 발표했던 것이다. 강용흘과 변영로의 번역 태도는 상이하지만,

---

134 수주변영로기념사업회 편, 앞의 책, 145~155면. 이 책에 의하면, 그는 세 아이의 아비였고, 나이
도 많고 게다가 경제적 형편이 어려워 유학을 감행할 상황이 아니었다. 그러나 주변의 지인이
후원해주겠다는 약속을 믿고 유학을 떠나게 되었다. 하지만 막상 미국에 도착한 후 그 지인은
연락을 끊어 변영로는 학교를 졸업할 수 없었다고 한다. 그가 처음 유학하려고 생각했던 대학은
스탁튼에 있는 태평양(太平洋)대학이었으나 경제적인 문제로 산호세 주립대로 옮겨오게 되었
다. 여전히 경제적인 문제 때문에 산호세대학에서도 정식 학생으로 등록하지 못하고 청강생 신
분으로 있게 되었고 그러던 중 교내 잡지에 1차 번역을 발표한 것이다. 이후 미국 내 여러 잡지사
에 창작시와 번역시를 투고했으나 모두 거절당했다. 그리고 더 이상 희망이 없어 바로 귀국하였
다고 한다.

두 사람 모두 한국을 대표하는 시로 고시조를 선택하고 이를 영어로 번역하였다는 점에서는 동일하다. 두 사람은 국권을 상실한 상태에서도 우리의 문화적 전통에 대해 자부심을 갖고 이를 세계에 알리고자 하는 열망을 품고 있었으며, 이것이 시조 영역이라는 형태로 표출된 것이라 할 수 있다. 그가 발표했던 1차 번역 7편 모두 평시조를 번역한 것이며, 번역시는 4행시가 주를 이루고 있다.

1차 번역 당시에는 원문 없이 번역시 7편만 발표했지만, 이듬해 2차 번역에서 5편을 재수록하며 원작을 밝혔다. 원작을 밝히지 않은 작품은 1번과 7번 두 편인데, 1번 작품은 원작을 추정하기가 용이하다. 하지만, 7번 작품은 번역시의 내용과 일치하는 원작을 찾지 못해 이 글에서도 '원작 미상'으로 남겨두었다. 다음은 7번 작품이다.

In the dead of frost-sprinkled night,

Though you're not visible as in light,

By your doleful honks I know

You and I are under the self same sorrow :

O lagoon-sick geese!

O homesick I!

모두가 잠든 서리 내린 밤에

비록 네 모습 환하게 보이지는 않지만

너의 애절한 울음소리로 나는 안다네

너와 나는 같은 슬픔을 갖고 있다는 걸

네가 살던 호수를 그리워하는 너

고향을 그리워하는 나

상천霜天 명월야明月夜에 울어 예는 저 기럭아
북지北地로 향남向南할 제 한양漢陽을 지나마는
어찌타 고향故鄕 소식消息을 전傳치 않고 예나니.

#2461.1

상천霜天에 울어 예는 기러기 소상瀟湘으로 갈작시면
태평太平 성도城都를 응당應當이 지날지니
우리의 망향望鄕 소식消息을 전傳하여 줄까 하노라.

#2463.1

새벽 서리 찬바람에 울고 가는 기러기야
소상瀟湘으로 향ᄒᆞ는냐 동정호洞庭湖로 향하느냐
밤중만 네 울음소리 잠 못 이뤄.

#2478.1

달 밝고 서리치는 밤에 울고 가는 기러기야
소상瀟湘 동정洞庭 어디 두고 여관旅館 한등寒燈에 잠든 나를 깨우느냐
밤중만 네 우름 소리 잠 못 이뤄.

#1211.1

번역시의 화자는 서리 내린 밤에 기러기의 울음소리를 듣고 동병상련을 느끼며 고향을 그리워하고 있다. 이와 유사한 내용을 담고 있는 고시조는 여러 편 있지만, 번역시의 내용과 일치하는 작품은 찾지 못하였다. 위에 인용한 작품들은 유사한 배경과 정서를 보여주기는 하지만 원작으로 단정할 만한 작품은 찾

기 어렵다. 변영로의 번역시는 원작과 비교할 때, 그 의미가 생략되거나 변형되는 경우가 종종 있어 그가 원작을 제시하지 않은 경우 원작을 찾기가 쉽지 않다. 1차 번역 작품은 다음과 같다.

일련 번호	번역시 1행	원작 초장	번역시 행배열	재인용 2차 번역	재인용 3차 번역
1	O, Pale mornful-burning	창밖에 섯는 촛불(4537.1)	4행		p.53
2	Ravens are coal-black	가마귀 검으나다나(0618.1)	4행	1933.9.10	p.66
3	Hushed is the autumnal	秋江에 밤이 드니(4939.1)	4행	1933.8.24	p.54
4	The sun is setting	말은 가려울고(1582.1)	4행	1933.8.19	p.63
5	If the road in the Land	꿈에 다니는길이(0684.1)	6행	1933.9.3	p.55
6	If the willow's drooping	버들은 실이되고(1944.1)	4행	1933.9.17	p.56
7	In the dead of frost	(원작 미상)	6행		p.57

(2) 2차 번역 『조선중앙일보』, 1933.8.14~1933.9.15

미국에서 귀국한 후 변영로는 1933년 8월 14일부터 9월 15일 사이에 『조선중앙일보』[135]에 영역시조 17수를 연재하였다. 이 글에서는 이를 2차 번역이라 명명한다. 이 작품들 역시 『변영로 전집』에도 누락되어 있으며, 아직까지 학계에 소개된 바도 없었다. 이 작품들은 처음에는 신문의 '부인婦人'면에 실리다가 8월 20일 7번 작품부터 '학예學藝'면에 수록되었다.[136] 연재가 시작되기 전에 이를 예고하는 기사도 없었고, 연재를 시작하면서도 별다른 언급 없이 바로 작품을 소개하였다. 처음 연재될 때는 매일 한 편씩 꼬박꼬박 연재되다가 중간부터 불규칙하게 수록되었다. 신문에 연재된 작품 번호는 1번부터 21번까지 있지만,

---

135 1924년 최남선이 주도했던 『시대일보』가 재정난으로 판권을 넘겨, 『중외일보』, 『중앙일보』를 거쳐 1933년 2월 16일 『조선중앙일보』로 제호를 고친 것이다. 당시 『동아일보』, 『조선일보』와 함께 3대 일간지로 자리매김하였다.

136 8월 19일부터 '부인'란의 명칭이 '학예'로 바뀌었다. 이는 명칭만 바뀐 것이다. 연재되던 기사들은 모두 동일하게 지속되었다. 여기에는 사실상 '부인'과 '학예'가 처음부터 혼재되어 있었다. 여성이 관심을 갖는 육아, 생활 상식, 건강과 같은 정보와 학예와 관련된 번역시, 맞춤법, 무대이면사 등의 기사가 명칭과 상관없이 모두 실려 있다.

일련 번호	작품 번호	수록 일자	번역시 1행	원작 초장	행수	신출 /1차	3차 번역
1	1	8/14 월	When the court	雪月이 滿庭한데(2595.1)	4	신출	58
2	2	8/15 화	With stick in	한손에 막대들고(5304.1)	4	신출	59
3	4	8/16 수	Though the beads	縱然岩石落珠璣(구슬사)	4	신출	60
4	5	8/17 목	By the wind of	간밤에 부든 바람(0087.1)	4	신출	61
5	6	8/18 금	A wind-blown	狂風에 떨닌 梨花(382.1)	4	신출	62
6	7	8/20 일	The sun is setting	말은 가려울고(1582.1)	4	1차	63
7	9	8/24 목	Hushed is the	秋江에 밤이드니(4939.1)	4	1차	54
8	10	8/29 화	If e'er a loves	사랑 거짓말이(2245.1)	4	신출	64
9	12	8/31 목	Though the two	길우에 두돌부처(0595.1)	4	신출	-
10	13	9/1 금	Who planted the	누구 나자는窓밧게(1120.1)	4	신출	65
11	14	9/2 토	Crescent moon is	눈썹은 그린 듯(1111.1)	4	신출	-
12	15	9/3 일	If the road in the	꿈에 다니는길이(0684.1)	6	1차	55
13	16	9/5 화	The falling leaves	落葉聲 찬바람에(0782.1)	6	신출	-
14	17	9/7 목	If the willow's	버들은 실이되고(1944.1)	4	1차	56
15	18	9/10 일	Ravens are coal	가마귀 검으나다나(0618.1)	4	1차	66
16	19	9/13 수	O Cricket, cricket	귓도리 더귓도리(0465.1)	12s	신출	67
17	21	9/15 금	On the night when	그리든님 만난날밤(0495.1)	4	신출	-

중간에 3, 8, 11, 20번이 누락되어 실제 작품 수는 17편이다. 작품 번호가 누락된 것은 신문사의 편집상의 실수로 보인다.[137] 또한 여기 소개된 작품 17편 중 5편은 1차 번역에서 그대로 가져온 것이라 실제 2차 번역에서 처음 소개된 영역시조는 12편이다. 2차 번역에 소개된 17편 중에는 평시조 번역시가 15수로 대다수이지만, 사설시조를 번역한 것도 1편 있고, 고려가요 「구슬사」를 번역한 것도 1편 있다. 1차 번역에서와 마찬가지로 변영로의 2차 번역 역시 평시조를 대상으로 한 4행의 번역시가 주를 이루고 있다.

(3) 3차 번역 The Grove of Azalea, 1947

변영로의 3차 번역은 그가 1947년 편찬한 Grove of Azalea라는 영문 시집

---

137 예를 들면, 2번 작품은 8월 15일에 발표되었고, 4번 작품은 8월 16일에 발표되었다. 이 두 작품은 이틀 연달아 발표되었기에 3번 작품이 누락될 여지가 전혀 없다.

속에 들어 있는 15수의 작품을 가리킨다. 여기 수록된 15수는 모두 1차, 2차 번역에서 발표했던 작품을 다시 수록한 것이며 새로 번역한 작품은 없다. 이 책은 변영로가 자신을 포함한 주변인이 창작 혹은 번역한 영시를 모아 엮은 83면의 얇은 책이다. 이 시집은 한국에서 간행된 최초의 영문 시집으로 알려져 있으며,[138] 『수주 변영로 전집』 2권에 재수록되었다. 48년 간행본이 하버드대학 도서관에 있으며, 『수주 변영로

서울대 중앙도서관 소장본

전집』이 하와이대학 도서관에 비치되어 있다. 표지를 넘기면 변영태가 번역한 애국가가 있고, Edna M. Florell의 서문이 나온 후, 목차와 본문이 이어진다. 여기 수록된 작가는 Kiu-sic Kim김규식, 1수,[139] J. Kyuang Dunn전경무, 1수,[140] Ik-bong Chang장익봉, 1수,[141] In-soo Lee이인수, 5수,[142] Young-tai Pyun변영태, 12수, 영역시조 11수, Young-hill Kang강용흘, 영역시조 7수, Young-ro Pyun변영로, 15수, 영역시조 15수이다. 즉 당대 정치인들의 작품을 앞에 배열하고 이어 영문과 교수들의 작품을, 그리고 고시조 영역에 참여했던 변영태, 강용흘, 변영로의 작품을 배열

---

138 김욱동, 앞의 책, 82~83면.
139 대한제국시대의 종교가, 교육가이며 일제강점기의 독립운동가. 언더우드 목사의 비서, 경신학교의 교수와 학감을 지내고 미국에서 유학하였다. 1940~1947년 대한민국임시정부 부주석을 지냈다.
140 하와이에서 성장하여 미시간대학에서 공부했으며 유미조선학생총회의 간부로 활동하고 재미한국연합위원회를 조직하여 워싱턴에서 활동하다가, 1945년 귀국하여, 올림픽대책위원회 부위원장으로서 우리나라의 올림픽 참가를 위해 노력하였다.
141 1946년 당시 성균관대학교 영문과 교수. 이때 변영로도 이 대학 영문과 교수를 지냈다.
142 고려대 영문과 교수로 번역 관련 업적이 많다. 1961년 번역된 현대시와 영역시조 20수(리차드 러트, 변영태)를 모아 영시집을 출간하였다.

번호	면수	번역시 1행	초장	행수	1차	2차
1	53면	O pale, mournful	창밧긔 섯는 촛불(4537.1)	4행	1번	
2	54면	Hush'd is the	秋江에 밤이드니(4539.1)	4행	3번	8/24
3	55면	If the road in the	꿈에 다니는 길이(0684.1)	6행	5번	9/3
4	56면	If the willow's	버들은 실이되고(1944.1)	4행	6번	9/7
5	57면	If the dead of	(원시 미상)	6행	7번	
6	58면	When the courtyard	雪月이 滿庭한데(2595.1)	4행		8/14
7	59면	With stich in one	한손에 막대들고(5304.1)	4행		8/15
8	60면	Though the beads	縱然岩石落珠璣(구슬사)	4행		8/16
9	61면	By the wind of	간밤에 부든바람(0087.1)	4행		8/17
10	62면	A wind-blown pear	狂風에 날닌梨花(0382.1)	4행		8/18
11	63면	The sun is setting	말은 가려울고 님은(1582.1)	4행	4번	8/19
12	64면	If e'er a love a lie	사랑 거짓말이(2245.1)	4행		8/29
13	65면	Who planted the	누구 나자는窓밧게(1120.1)	4행		9/1
14	66면	Ravens are coal	가마귀 거므나디나(0618.1)	4행	2번	9/10
15	67면	O cricket, cricket	귓도리 저귓도리(0465.1)	12행		9/13

하였다. 이는 변영로가 한국을 알리는 최초의 영시집을 출간하면서 정치인, 학자, 문인의 작품을 수록하고, 이들이 창작한 현대시와 번역한 전통시가를 나란히 배치하였던 것으로 볼 수 있다.

여기 수록된 영역시조 작품들은 번역자들이 1920년대 후반부터 1930년대 초반에 번역한 것들로 대개 1차 번역 작품이 중심이 되고 있다. 변영태의 작품 11수 중 8수는 1차 번역인 1935년 『동아일보』에 연재되었던 것이며, 강용흘의 작품은 1차 번역인 1929년 발간된 *Translations of Oriental Poetry*, 75~81면에 있는 것을 그대로 가져온 것이다. 변영로 자신의 작품 15수는 1차 번역 7수 전체와 2차 번역 8수를 그대로 가져온 것이다.

이 책은 국내에서 발간된 최초의 영문시집이라는 큰 의의를 갖지만 그 유통 범위는 매우 한정적이었던 것으로 보인다. 국내 대학 도서관에서도 이 책을 비치하고 있는 곳이 많지 않으며,[143] 해외에서도 하버드대학을 제외한 다른 대학 도서관에서는 찾기 어렵다. 최근 이 책의 가치를 재인식하여 국내에서 한국어 번역본 『진달래 동산』이 출간되었다.[144] 이제라도 이 책의 가치를 재평가하고 널리 보급하게 된 것은 매우 다행한 일이다. 하지만 새로 출간된 책에는 역자가 「번역 후기」에서 밝히고 있듯, 고시조의 경우 번역자들이 참조했던 원문이 아닌 현대 시조 풍으로 재번역된 것이 실려 있다.[145]

2) 원전 추정
(1) 1차 번역

변영로는 1차 번역에서 원작이나 원저자를 밝히지 않고 번역시만 소개하였다. 하지만 이때 소개된 7편 중 1번과 7번을 제외한 5편이 2차 번역에서 재인용되며 그 원작을 찾을 수 있게 되었다. 2차 번역에서 밝혀진 원작을 바탕으로 1차 번역의 원전이 무엇이었는지 살펴보자.

수주樹州(15) 1933.9.3.

꿈에 다니는 길이 자취곧 날작시면

임의 집 창窓밖에 석로石路라도 닳을노다

꿈길이 자취 없으니 그를 서러워

이명한李明漢

이 작품은 1차 번역 당시 5번째에 놓였던 작품의 원작인데, 2차 번역『조선중앙일보』, 1933.9.3에서 동일한 번역시를 수록하며 원작으로 이 작품을 함께 제시하

---

143 현재 이 책은 서울대, 서강대, 연세대 도서관에 소장되어 있다. 서울대 소장본에는 출판서지사항이 없으며, 서강대와 연세대 소장본에는 1947년, 국제출판사로 되어 있다. 그리고『변영로 전집』2권에 영인되어 있다.

144 변영로 편저, 유형숙 역,『진달래 동산』, 미들하우스, 2012.

145 변영태와 변영로의 영역시조는『조선중앙일보』와『동아일보』에서 원문과 함께 소개하였는데 새로 출간한 책에서 번역자가 제시했던 원문을 수록하지 못해 아쉽다.

였다. 원작으로 제시된 작품은 종장의 마지막 구를 생략하였다. 이는 시조창으로 부를 때의 관습이 반영된 것으로 시조창 가집의 특성이라고 할 수 있다. 그런데 작품 옆에 '이명한'이라고 작가명을 표기하고 있다. 통상 시조창 가집이 작가 표기를 하지 않는 것을 고려하면 이 작품은 매우 특이한 경우라고 할 수 있다.

If the road in the Land of Nod is,
  Like the one in reality,
Impressible, e'en the stone-paved walk
  Under his window, of surety,
Wears out by my visitings
  That know no satiety.

1차 번역

꿈에 다니는 길이 자취곧 날작시면

임의 집 창밖에 석로라도 닳으리라

꿈길이 자취 없으니 그를 서러워

이명한李明漢 몽답흔夢踏痕 #0684.1 『삼가악부』15   2차 번역

　　『고시조대전』에서 확인해 본 결과, 이 작품이 전하는 57개 가집 중 이러한 특성을 동시에 보이는 가집은 단 하나 『삼가악부三家樂府』이다. 『삼가악부』는 1904년 이유승1835~1906과 원세순1832~?이 신위1769~1845의 소악부小樂府를 전범으로 삼아 시조를 보존하고자 편찬한 것으로 여기에는 시조 한역시와 시조 원문 그리고 작가명이 기록되어 있다.[146] 변영로가 제시한 원문을 『삼가악부』에 전하는 작품과 비교해 보면 어구상의 차이가 거의 없어 이 작품은 『삼가악부』를 원전으로 한 것이라고 할 수 있다. 그러나 『삼가악부』는 58수만 전하는 규모가 작은 가집이다. 1차 번역 중 『삼가악부』와 공출되는 작품은 이 외에 1번 작품이 하나 더 있는데, 이 작품은 2차 번역에 재수록되지 않아 원작을 확인할 수 없다. 1번 작품은 『삼가악부』 외에도 33종류의 가집에 전하고 있으며 가집 간

---

146 김진희, 「원세순 편 삼가악부의 특성과 의미」, 『고전문학연구』 41, 고전문학연구회, 2012, 145~182면

The sun is setting and the horse is chafing,
And the way to fare is a thousand lis! Cease weeping,
My love, unfasten your clasp and let me free,
Since we cannot make the sinking sun to tarry!

1차 번역

時 調 英 譯

樹 州 (7)

말은 기려울고 님은잡고 아니'놋네
夕陽은 재롤넘고 갈길은 千里로다
커넘아 가는날잡시말고 지는해룰 잡려아

━━━ 【 譯 】 ━━━

The sun is setting and horse
is chafing,
And the way to fare is a thou-
sand lis! Cease weeping,
My love, unfasten your clasp
and let me free,
Since you can not make the
si- nking sun to tarry!

2차 번역

의 표기상 차이가 크지 않아 『삼가악부』를 원전으로 삼았다고 보기에는 무리가 있다. 이러한 정황을 고려해 볼 때, 위에 제시한 작품 하나만을 근거로 『삼가악부』을 원전이라고 단정하기는 매우 어려운 형편이다.

수주樹州(7) 1933.8.20
말은 가려 울고 임은 잡고 아니 놓네
석양夕陽은 재를 넘고 갈 길은 천리千里로다
저 임아 가는 날 잡지 말고 지는 해를 잡아라

이 작품은 1차 번역에서 4번째 놓인 작품의 원작인데, 변영로는 2차 번역에서 이 번역시를 재인용하며 원작을 제시하였다. 이 작품은 전하는 가집에 따라 초장 후반부가 '님은 잡고 아니놋네', '님은 잡고 우네', '님은 잡고 낙수落水ᄒᆞᆫ다' 등 다양한 형태를 보이고 있다. 다른 구절과의 차이까지 고려해 볼 때 원작과 가장 유사한 표기 형태를 보이는 것은 육당본 『청구영언』과 증보 『가곡원류』이다. 증보 『가곡원류』는 함화진에 의해 1943년 편찬된 것으로 변영로의 번역보다 후대에 출간된 것이기에 위 번역의 원전이 될 수 없다. 따라서 현전하는 자료를 놓고 볼 때, 이 작품은 육당본 『청구영언』을 원전으로 삼았다고 할 수 있을 것이다.

말은 가려 울고 님은 잡고 아니 놓네
석양夕陽은 재를 넘고 갈 길은 천리千里로다

저 임아 가는 날 잡지 말고 지는 해를 잡아라.

#1582.1 『청육』, #0520

이러한 정황을 놓고 볼 때, 1차 번역은 여러 개의 가집을 원전으로 삼았을 가능성이 있다. 즉, 『삼가악부』와 육당본 『청구영언』 등 여러 가집을 놓고 작품을 선별해 번역했을 가능성을 고려해 볼 수 있다는 것이다. 그러나 이렇게 보기에는 앞뒤가 맞지 않는 부분이 있다. 왜냐하면 육당본 『청구영언』은 19세기 초반에 편찬된 가집으로 999수나 수록하고 있는, 거의 모든 작품을 망라하고 있는 거대한 가집으로 여기에는 나머지 작품들도 모두 수록되어 있다.[147] 다만 그 표기 형태가 변영로가 제시한 원본과 약간씩 달라 육당본 『청구영언』을 원전으로 했다고 단정하기는 어려운 형편이다.[148] 그가 만약 육당본 『청구영언』을 갖고 있었다면 굳이 다른 군소가집을 참조할 필요가 없었을 것이다. 게다가 1차 번역을 발표할 당시는 미국에 유학 중이었는데 이렇게 여러 권의 가집을 챙겨갈 여유가 있었을까하는 점도 의심스럽다. 발표한 작품이 7편밖에 되지 않으며, 원작은 이듬해 한국에서 발표한 점으로 미루어 볼 때, 현전하지 않는 가집을 원전으로 했거나 혹은 그가 애송했던 작품을 기억하여 번역했을 가능성이 있다.

(2) 2차 번역

변영로의 2차 번역은 이전까지 Korean Song 혹은 Korean Poem으로 지칭되던 번역시들을 '시조 영역'이라고 명명하여 비로소 '시조時調'를 원작으로 삼

---

147 육당본 『청구영언』에는 앞서 『삼가악부』에 수록된 "꿈에 다니는 길이"(#0188)가 종장 마지막 구가 생략되지 않은 형태로 수록되어 있다.
148 3번째로 인용한 작품의 경우, 변영로의 원작은 종장이 "빈배도라 오노라"인데, 『청육』은 "빈 비 홀로 오노메라"이며, 6번째로 인용한 작품의 경우도, 변영로의 원작은 종장이 "九十三春 짜내나니 이내시름"인데 『청육』은 "九十三春光에 쯔닉느니 나의 시름"이라고 되어 있다. 이러한 작품들의 경우 다른 계열의 가집 표기법을 따르고 있다.

時 調 英 譯

樹 州

雪月이 滿庭한데 바람아 부지마라
曳履聲 아닌줄은 判然히 알것만은
아쥅고 그리운맘에 행여귄가 하노라

(黃眞伊)

[譯]

When the courtyard with wintry
moon is b'anch'd.
O wind, do not make such
so nds tratcheat
Me. Deeming well it's not the
thud of his footsteps.
Yet,in ex:ess of yearning, my
heartbegins to beat !

時 調 英 譯

樹 州 (4)

縱 然 岩 石 落 珠 璣
纓 縷 固 應 無 斷 時
與 郎 千 載 相 別 離
一 點 丹 心 何 改 移

(古時調作譯)

[譯]

Though the beads fall on the
rock aud be scatter'd
The string that hold them will
not snap in twain:
So I with thee by fate for
aeons sunder'd,
Love like the string will un-
changing remain!

時 調 英 譯

樹 州 (13)

누구 나자는窓밧게 碧梧洞 심으돗던고
月明 庭畔에 影婆娑도 조커니와
밤마다 굴근비소래에 애끈는듯 허여라

[譯]

Who planted the paulawnia out
-side my chamter?
Goodly are the checkered sha-
dows on the moonlit
Court, but on drizzly night the
low, intermittent
Patter on its leaves make my
heart break bit by bit!

고 번역한 것임을 명시하고 있다. 게다가 2차 번역은 원작과 번역시를 함께 소
개하고 있기에 변영로 번역시에 대한 접근을 용이하게 해주고 있다. 그런데 막
상 그가 제시한 원작들을 살펴보면 원전을 추정하기가 쉽지 않다. 1차 번역 5
편을 놓고 보았을 때도 그러했지만 2차 번역으로 자료를 확대해도 여전히 이
문제는 풀리지 않는다.

수주樹州(1) 1933.8.14

설월雪月이 만정滿庭한데 바람아 부지마라

예리성曳履聲 아닌 줄은 판연判然히 알겠지만

아쉽고 그리운 마음에 행여 그인가 하노라.

황진이黃眞伊

수주樹州(4) 1933.8.16

종縱 연然 암岩 석石 락落 주珠 기璣

영纓 루縷 고固 응應 무無 단斷 시時

여與 랑郎 천千 재載 상相 이離 별別

일一 점點 단丹 심心 하何 개改 이移

고시조한역古時調漢譯

수주樹州(13) 1933.9.1

누구 나 자는 창窓밖에 벽오동碧梧桐 심으돗던고

월명月明 정반庭畔에 영파사影婆娑도 좋거니와

밤마다 굵은 빗소리에 애 끊는 듯 하여라.

수주樹州(1)은 그가 1933년 신문 연재를 시작했을 때, 첫 작품으로 제시한 것이
다. 초장에서 "설월雪月이 만정滿庭한데"라고 하였고 이에 대한 번역 역시 "When
the courtyard with wintry moon is blanch'd"라고 하였다. 그러나 이 작품을
전하는 가곡창 가집들은 대체로 "설월雪月이 만창滿窓한데"라고 되어 있다.[149] 게
다가 이 작품을 전하는 74개의 가집은 모두 무명씨로 처리하고 있으며,[150] 작가
를 '황진이'로 기록한 가집은 단 하나도 없다. 따라서 그가 어떤 가집을 원전으
로 삼았는지 확정하기가 어렵다.

수주樹州(4)는 하단에 '고시조한역古時調漢譯'이라고 기록했지만, 실제로 이는 고
려가요 「서경별곡」과 「정석가」에 공통적으로 들어가 있는 「구슬사」를 한시로 번
역한 것이다. 이 한시는 고려 말 이제현李齊賢의 『익재난고益齋亂藁』 권4의 소악부小樂
府에 전하는 데 이를 시조로 기록하고 있는 가집은 아직까지 발견된 바 없다.

수주樹州(13)의 경우, 그가 제시한 원작과 표기법이 일치하는 가집을 찾을 수
없다. 이 작품을 전하는 가집은 무려 51개나 된다. 그런데 변영로가 "밤마다"라

---

149 설월(雪月)이 만창(滿窓) 흐듸 브롬아 부지 마라 / 예리성(曳履聲) 아닌 줄은 판연(判然)이 알건
    마는 / 글입고 아쉬온 무음에 행혜(倖兮) 근가 ᄒ노라(『가곡원류』 국악원본 396, 781면).
150 이 작품을 전하는 75개 가집 중 단 한 개의 가집(『조시』)에서 작가를 이이(李珥)라고 하였다.

고 한 종장 첫 머리에 대해 51개의 가집들은 한결같이 "밤중만밤中만, 밤듕만, 밤즁만"
으로 되어 있다.

위에서 살펴본 것처럼, 2차 번역은 원작과 번역시를 함께 소개해주고 있지만,
이와 동일한 표기를 보이는 작품을 수록하고 있는 원전이 무엇이었는지를 찾기
는 어려운 형편이다. 그 어떤 가집과도 일치하지 않는 작품이 있는가하면, 작품
에 부기된 창곡명이나 작가명은 도리어 혼란을 부추기고 있기 때문이다. 변영
로가 제시한 원작 중 작품에 따라 시조창 창법의 표기법을 따르는 경우도 있고,
가곡창 창곡 명칭이 사용되기도 했으며,[151] 가집의 기록과 전혀 다른 작가명을
기록하고 있어 변영로가 어떤 가집을 원전으로 삼았는지 규정하기가 어렵다.

3) 선시 및 배열상 특성

1차 번역에 수록된 원작은 모두 평시조이다. 주제 면에서 볼 때, 남녀 간의 애
정을 노래한 것으로 볼 수 있는 작품이 세 편으로 가장 많지만, 탈속, 애상, 향
수, 달관 등 다양한 주제를 담고 있다. 아마도 한국에 대해 잘 모르는 미국 학생
들을 상대로 한국을 대표하는 시가를 소개함에 있어 그 주제의 편폭을 넓게 잡
아 다양한 면모를 보여주고자 했던 것으로 보인다. 1차 번역에서는 작자명을
밝히지 않았지만, 2차 번역에서 밝힌 바에 의하면 소개한 작품 중 유명씨 작품
은 2편으로 그 작가는 월산대군「추강에」, 이명한「꿈에 다니는 길이」이며 나머지 5수는
모두 무명씨작이다. 7편에 대한 특정한 배열의 원리는 찾기 힘들다. 주제가 뒤
섞여 있어 주제별로 묶었다고 보기는 어렵다. 번역시 행수로 본다면 4행시를

---

151 19번 작품의 경우 작품 말미에 작가명 대신 언롱(言弄)이라고 부기하였다. 언롱은 가곡창의 창
법을 지칭한다. 즉 이 작품은 그 출전을 가곡창 가집에 두고 있다는 것을 알 수 있다. 이 작품을
전하는 가집은 50개나 되는데, 이 노래를 얹어 부른 창곡의 명칭은 만횡, 만대엽낙희병초, 평롱,
롱, 편삭대엽 등 다양하다. 언롱으로 분류했던 가집은 모두 12개인데, 이 중 사설을 비교해 본
결과 가장 가까운 것은 육당본 『청구영언』이다.

전반부에, 6행시를 후반부에 두고 있지만 반드시 그러한 것은 아니다.

　2차 번역의 경우에도 뚜렷한 선시選詩 기준이나 배열의 원칙을 찾기가 어렵다. 아마도 시인으로 활동하였던 변영로가 그의 감성과 취향에 맞는 작품을 임의로 선별한 것으로 보인다. 원작의 형식을 기준으로 보면 거의 평시조이지만 사선 시조도 한 수 있다. 주제면에서 보면 남녀 간의 애정을 다룬 것으로 볼 수 있는 작품이 11수로 가장 많다. 그 외 탄로嘆老, 봄날에 대한 아쉬움, 시름, 탈속, 달관, 政爭 등을 다룬 작품들이 있다. 작가 표기를 한 작품은 모두 5수로 무명씨 작품을 더 많이 수록하였다. 그가 밝힌 작가는 황진이「雪月이」, 월산대군「秋江에」, 김상용「사랑 거짓말이」, 김수장「눈썹은」, 이명한「꿈에」이다. 황진이를 제외하면 대체로 가집의 기록과 일치한다. 하지만 대체로 가집에서 작가명을 밝히고 있는 우탁「손에 막대들고」와 정철「길 위에 두 돌부처」의 작품은 무명씨로 처리하였다.

　1차 번역과 2차 번역에서 15편을 추려 수록한 3차 번역 역시 일관된 선별 기준이나 배열의 원리를 찾기 어렵다. 다만, 작품 배열에 있어 처음 5편의 작품은 1차 번역 작품을 두고, 그다음 10편은 2차 번역 작품이 발표된 날짜 순서대로 배치하였다.

4) 번역시의 형식을 통해 본 번역의 양상

(1) 1차 번역

　그가 발표한 번역시의 형식을 보면 1차 번역과 2차 번역 모두 4행시가 주류를 이루고 있다. 1차 번역의 경우, 7편 중 5편은 4행시로, 2편은 6행시로 번역하였다. 그러나 행수가 동일한 경우에도 들여쓰기에 차이를 두어 균질하지 않게 하였다. 다음 장의 원문에서 볼 수 있는 것처럼 4행시 중 2편2·6번은 짝수행에 들여쓰기를 하였고 3편1·3·4번은 들여쓰기를 하지 않았다. 6행시 또한 1편5번은 짝수행에 들여쓰기를 하였고 또 1편7번은 들여쓰기를 하지 않았다. 1차 번역의 경우, 번

SEVEN OLD KOREAN LYRICS

TRANSLATED FROM THE ORIGINAL BY YOUNGROE PYUN

O pale, mournful-burning lachrymose candle!
What sorrow or grief affects your soul
So? Tell me why you shed tears so profusely
While your body dissolves, wick and all.

* * *

Ravens are coal-black and cranes are snow-white,
Storks are long-legged and ducks are web-footed;
Thus all things are different in size and sight;
No use to complain that villains are vile-hearted.

* * *

Hushed is the autumnal river as the night
Advances, and my fishing-rod feels no bite:
Poor in gain, yet with heart free and light,
I'm rowing back full-laden with moonlight.

* * *

The sun is setting and the horse is chafing,
And the way to fare is a thousand lis! Cease weeping,
My love, unfasten your clasp and let me free,
Since we cannot make the sinking sun to tarry!

* * *

If the road in the Land of Nod is,
Like the one in reality,
Impressible, e'en the stone-paved walk
Under his window, of surety,
Wears out by my visitings
That know no satiety.

* * *

If the willow's drooping sprays are a warp,
The oriole must its golden shuttle be,
That darts back and forth on the leafy loom,
Weaving out young summer's pensive glee.

* * *

In the dead of frost-sprinkled night,
Though you're not visible as in light,
By your doleful honks I know
You and I are under the selfsame sorrow:
O lagoon-sick geese!
O homesick I!

16

역시의 행수나 들여쓰기에 차이를 두어 다양한 형식을 실험해 보였다고 할 수 있다.

변영로는 시인으로서 1930년대 이전에는 자유시 형태의 시를 발표하였지만, 1930년 5월 이후에는 연시조 형태의 창작 시조를 여러 차례 발표하였다.[152] 즉 그는 직접 시조를 창작하여 발표할 만큼 시조에 조예가 깊었으며, 또 여기 소개한 번역 시를 발판으로 미국에서 시인으로 활동하고자 했을 만큼 영시에도 적지 않은 애정과 관심을 갖고 있었다.[153] 이러한 그의 이력으로 볼 때, 변영로는 그야말로 시조 번역의 적임자라고 할 수 있을 것이다. 그런데 그는 번역시의 형식을 일관되게 하지 않고 4행과 6행으로 삼았다. 그가 왜 정형시를 번역하면서, 번역시의 형식을 다양한 형태로 선보였으며, 3행시를 왜 4행이나 6행으로 번역하였는가를 밝히는 것은 그의 번역이 갖는 특성을 이해하는 핵심이라고 할 수 있을 것이다. 하지만 그가 번역시의 형식에 대해 직접적으로 이유를 밝히지 않아 정확한 내용은 알 수 없다. 따라서 여기서는 그의 번역시가 원작의 내용과 형식을 얼마나 충실하게 전달하고 있는지, 번역을 통해 얻거나 잃은 것은 무엇인지를 논의해 보고자 한다. 이를 통해, 궁극적으로 그가 번역에서 중요하게 여긴 것은 무엇이고, 또 변형되거나 굴절되어도

---

152 1930년 5월 시문학 2호. 〈고흔 산길〉 연시조 3수. 1934.7. 신동아 33. 〈백두산 예찬(白頭山 禮讚)〉 연시조 4수. 변영로의 시조 창작을 두고 오세영은 그가 민족주의문학파로서 특별히 관심을 기울였던 전통문화의 계승과 우리 고유의 문예부흥운동으로 시조 창작을 하였다고 보았다.

153 이 잡지에 소개된 것을 계기로 변영로는 그의 창작시와 번역시를 삼십 개가 넘는 미국 잡지사에 보냈으나 모두 거절당하고 귀국하였다. 수주변영로기념사업회 편, 앞의 책, 150면.

괜찮다고 여긴 것은 무엇인지 살펴볼 것이다.

O pale, mournful-burning lachrymose candle!
What sorrow or grief affects your soul
So? Tell me why you shed tears so profusely
While your body dissolves, wick and all.

창窓 밖에 혔는 촛불 눌과 이별離別하였관대
눈물 흘리며 속 타는 줄 모르는고
우리도 저 촛燭불 같아여 속타는 줄 몰라라.

#4537.1

Ravens are coal-black and cranes are snow-white,
    Storks are long-legged and ducks are web-footed;
Thus all things are different in size and sight;
    No use to complain that villains are vile-hearted.

까마귀 검으나따나 해오리 희나따나
황새 다리 기나따나 오리 다리 자르나따나
아마도 흑백장단黑白長短은 나는 몰라 하노라

『조선중앙일보』, 1933.9.10

인용한 작품은 그가 발표했던 7편 중 맨 앞의 두 편이다. 첫 번째 작품은 이개李塏의 작품을 번역한 것으로 보인다. 원작은 초가 '탄다'와 애가 '탄다'에 공통적으로 들어 있는 '탄다'라는 언어적 표현을 매개로, 이별로 인한 화자의 아픔을 촛농이 녹아내리는 것으로 형상화하고 있다.[154] 초장과 중장에서는 촛불이 타오르는 것을 이별로 인한 눈물로 해석하고, 종장에서 이를 화자의 슬픔으로 전환시키면서 시상을 마무리하고 있다. 그러나 번역시는 1행에서는 촛불의 외형pale, 내면mournful, 습성lachrymose을 묘사하고, 2행에서는 이를 촛불의 내적 정서sorrow, grief로 규정하였다. 따라서 촛불이 가진 슬픔의 정서만 강조되었을 뿐, 그 슬픔이 어디서 온 것인지는 알 수 없다. 3행에서 왜 이렇게 눈물을 흘리는지 얘기해보라는 화자의 목소리에서 화자와 촛불 간의 거리감이 부각되며, 원작에서와 같이 촛불의 슬픔이 화자의 슬픔으로 동일화, 구체화되지 않고 있다. 즉 번역시는 '타들어간다'라는 한국어 표현에서 비롯되는 묘미를 살려내기가 어려워서인지 처음부터 끝까지 촛불의 슬픔만을 언급하고 있으며, 원작의 핵심적 정서라고 할 수 있는 화자의 슬픔은 표현하지 못하고 화자는 관찰자로 머물러 있게 되었다.

두 번째 작품의 경우 2차 번역 당시 원문과 함께 발표했던 것으로 무명씨작으로 전해온다. 원작은 초, 중장에서 서로 상반된 특성을 가진 동물들을 나열하고, 종장에서는 그들이 그런 속성을 갖든지 말든지 나는 세상의 온갖 시비에 관여하지 않겠다는 삶의 자세를 노래한 것이다. 번역시는 1, 2행에서는 동물들의 특성을 나열하고, 3, 4행에서는 세상 만물이 제각기 다르기 때문에 내가 불평해봐야 소용없다고 마무리하였다. 2행과 4행을 들여쓰기 하여 1, 2행, 3, 4행을 각기 한 단위로 인식하도록 행을 배열하였고, 내용도 그에 부합하도록 번역한 것을 알 수 있다. 원작과 번역시는 언뜻 유사해보이지만 화자의 삶의 태도라는 면에서 볼 때, 중요한 차이를 보이고 있다. 원작은 세상 만물이 이러하든지

---

154 작자를 사육신의 한 사람이었던 이개(李塏)라고 볼 경우 이별의 아픔은 임금을 향한 충성된 마음으로 해석되어 번역시와 더욱 거리가 멀어진다.

저러하든지 나는 외물外物에 구속되지 않겠다는 단호한 달관의 태도를 보여주고 있는데 비해 번역시는 외물이 제각각인데 내가 시비是非를 논해봐야 쓸모없다는 것으로 화자는 여전히 외물에 구속된 태도를 보이고 있다. 또한 번역시의 1행에서는 흑백의 선명한 대비가 그대로 드러나게 번역했지만, 2행에서는 우리의 '짧은 다리'가 '물갈퀴달린 다리Web-footed'로 바뀌며 황새의 긴 다리와 대비되지 못하고 있다. 이는 4행vile-hearted와 각운을 맞추기 위한 것으로 보인다.

변영로의 1차 번역 작품들에서 규칙적인 미터는 발견되지 않지만 7편 모두 각운을 살리고 있다. 변영로에게 각운은 매우 중요한 시적 요소였던 것으로 보인다. 그는 모든 번역시에서 각운을 맞추었는데, 이 때문에 단어 선택에 제약이 오면서 원작을 변형, 생략시킨 것으로 보인다. 이는 6행시에서도 마찬가지이다.

If the road in the Land of Nod is,
　　Like the one in reality,
Impressible, e'en the stone-paved walk
　　Under his window, of surety,
Wears out by my visitings
　　That know no satiety.

꿈에 다니는길이 자최곳 날작시면
님의집 창窓밧개 석로石路라도 다를노다
꿈길이 자최업스니 그를 설어

이명한李明漢, 『조선중앙일보』, 1933.9.3

인용한 작품은 2차 번역에서 재인용하며 원작을 밝혔기에 원작의 내용을 얼마나 충실하게 번역했는지 비교하기에 용이하다. 원작은 기발한 상상력을 바탕으로 하여 현실에서 만나지 못하는 님에 대한 그리움을 애절하고도 서글프게 그려냈다. 이 작품이 보여주는 문학적 성취는 많은 번역가들로 하여금 반복하여 번역하게 하였다. 변영로의 번역시는 짝수행을 들어쓰기 하여 1, 2행, 3, 4행 5, 6행이 긴밀한 관계에 있다는 것을 시각적으로 보여주고 있다. 시조를 번역하기에 6행시는 4행시보다 유리하다. 시조의 각 행을 반으로 나누고 각각을 한 행으로 번역하면 되기 때문이다. 그러나 변영로는 시조의 초장을 1, 2행과 3행의 첫머리까지 걸쳐 번역하였다. 1행은 초장의 앞부분에 해당하지만, 2행은 시조에 없던 내용을 부가적으로 붙인 것이고 초장의 뒷부분인 '자최곳 날작시면'에 해당하는 'Impressible'은 3행의 첫머리에 놓여 있다. 의미상 앞 행과 연결되면서 3행으로 분리시킨 것을 두고 영시로서의 시적 효과를 주기 위한 것이라고 할지라도 이는 보통 시조의 어법과는 같지 않다. 통상 시조는 초, 중, 종장에서 각기 의미를 완결하며 긴 휴지를 둔다. 그러나 번역시의 3행은 초장과 중장이 혼재되어 있고, 따라서 의미상 두 부분으로 나뉘어 시조의 구성과는 차이를 보인다. 그리고 중장을 3, 4행으로 번역하되 후반부의 '다를노다'에 해당하는 'Wears out'은 5행의 첫머리에 놓였다. 즉, 초장과 중장을 1행부터 5행에 걸쳐 번역하되 행이 끝나는 데서 의미가 종결되는 것이 아니라 계속해서 다음 행에 연결되는 구조Run-on line를 갖고 있어 시조와는 그 흐름을 달리하고 있다. 게다가 5, 6행은 중장의 내용을 부연하는 것으로 종장의 내용은 보이지 않는다. 원작에서는 현실에 대한 깨달음에서 오는 화자의 서글픔을 노래하며 서정성을 강하게 표출했지만 번역시는 이를 생략하고 꿈속에서 나의 방문은 한없이 계속된다는 부연적인 서술을 덧붙이고 있다. 이러한 번역이 나타나게 된 것이 종장의 생략을 통해 재창작을 시도한 것인지, 아니면 2행과 4행에서 이어온 각운을 6행에서도 계속되어 가게 하기 위한 것인지 알 수 없다. 어느 쪽이든 변영로는

6행시에서도 여전히 시조의 내용을 충실하게 전달하지 않고 그 의미를 생략하거나 추가하였던 것을 알 수 있다. 이런 면에서 볼 때 그의 번역은 원천문학 중심적 접근 태도와는 상당히 멀어져 있다는 것을 알 수 있다.

(2) 2차 번역

번역 양상을 놓고 보자면, 2차 번역은 1차 번역과 크게 달라진 것이 없다. 1차 번역보다 작품 수는 증가했는데 새로 선보인 작품들이 거의 대부분 4행시로 번역되어,[155] 4행시에 대한 비중이 더 커졌다는 것을 확인시켜주고 있다. 2차 번역 17편 중, 1편의 사설시조와 1편의 고려가요를 제외하면 평시조에 대한 번역시는 모두 15편이다. 15편 중 13편은 4행시이고, 단 2편만이 6행시이다. 1차 번역에서는 같은 4행시라도 들여쓰기를 통해 시각적 차이를 보여주었던 데 비해, 2차 번역에서는 4행시의 경우 들여쓰기를 하지 않았다.[156] 변영로의 2차 영역시조는 압도적으로 4행시가 많기에 여기서도 4행시만을 예로 들어 서술할 것이다.

> 설월雪月이 만정滿庭한데 바람아 불지 마라
>
> 예리성曳履聲 아닌 줄은 판연判然히 알건마는
>
> 아쉽고 그리운 마음에 행여 그인가 하노라.
>
> 황진이黃眞伊

When the courtyard with wintry moon is blanch'd

---

155 평시조 번역시의 신출작 중에 6행시는 16번 〈낙엽성 찬바람에〉가 유일하다.
156 〈버들은 실이 되고〉의 경우 1차 번역에서는 2행과 4행을 들여쓰기 했는데, 2차 번역에서는 하지 않았다. 다만, 〈꿈에 다니는 길이〉의 경우 6행시로 번역하였는데, 1차 번역과 2차 번역에서 모두 들여쓰기를 하였다. 2차 번역 중 들여쓰기한 경우는 이 작품이 유일하다.

황진이의 작품

O wind, do not make such sounds that cheat
Me. Deeming well it's not the thud of his footsteps
Yet in excess of yearning, my heart begins to beat!

『조선중앙일보』, 1933.8.14

황진이의 작품이라고 밝힌 작품은 연재시 중 첫 번째 번역시이다. 초장은 시공간적 배경을 설정하고 "바람아 부지마라"라는 말로 독자에게 궁금증을 유발한다. 중장에서는 바람소리와 발자국 소리를 연관시키며 궁금증을 더한다. 그리고 종장에서 그 이유가 바로 임에 대한 그리움 때문이라는 것이 밝혀지며 마무리된다. 변영로는 초장을 1, 2행으로 중장과 종장을 3, 4행으로 삼았다. 초장 첫머리부터 궁금증을 유발시키며 시작되는 시조와 달리 영시는 배경을 한 행으로 독립시켜 템포가 느려졌다. 또 원작은 간결하고 단호한 어조로 궁금증을 유발시켰는데, 번역시에서는 '날 속이는 소리를 내지 마라'라고 하여 말이 많아지면서 속이다cheat라는 의미까지 추가되었다. 아마도 2행의 cheat는 4행의 beat와 운을 맞추기 위해 삽입된 것으로 보이는데, 2행의 cheat me로 연결되는 me가 3행으로 내려가서 도리어 어색해졌다.

눈썹은 그린 듯하고 입은 단사丹砂로 찍은 듯하다.
날 보고 웃는 양樣은 이슬 맺힌 벽련화碧蓮花로다.
네 부모父母 너 생겨 내올 제 나만 괴게 하도다.

김수장金壽長

초初·중中 이장二章 의역意譯

Cresent moon is your blue-qainted[157] eyebrow

And your red lips are redder than cinnabar,

Even the dew-pearl'd lotus cannot yie in beauty

With your smile that's so faint and so far.

1933.9.2

김수장의 작품

김수장의 작품이라고 밝힌 두 번째 작품은 연재시의 일련번호 14번으로 1933년 9월 2일 자 신문에 소개된 것이다. 번역자 스스로 명기하고 있듯 초, 중장만 4행시로 번역하였다. 물론 초, 중장만을 번역하여 번역자의 개성이 강조된 새로운 번역시를 만들어 낼 수 있다. 하지만 시조에서 종장은 초, 중장을 통해 전개되어온 시상을 전환하며 완결하는 가장 중요한 부분이다. 이 부분을 제외한다는 것은 결국 시조 본래의 완결성을 버리는 것이다. 원작의 초, 중장에서는 여인의 아름다움과 미소를 노래하고 종장에서 이 여인을 독점적으로 사랑하는 희열을 노래하고 있다. 그렇다면 이 번역시가 시조 본래의 완결성을 포기한 대신 성취한 것은 무엇인지 살펴볼 필요가 있다. 번역시는 처음부터 끝까지 여인의 외적 아름다움과 미소를 나열하고 있다. 즉 원작인 아름다운 여인을 독점하고픈 욕망을 노래한 것이라면, 번역시는 여인에 대한 묘사에 그치고 있다. 이러한 번역시가 그 여인과의 사랑을 노래한 원작보다 더 문학적 재미와 감동이 크다고 보기는 어려울 것이다.

이상의 예에서 볼 수 있듯이 변영로가 1차와 2차 번역에서 주조로 삼았던 4행시는 3행의 시조를 온전히 담아내기에 용이하지 않은 형태이다. 3행을 4행

---

157 painted가 qainted로 잘못 인쇄된 것으로 보인다. 이 작품은 3차 번역에 수록되지 않아 더 이상 확인할 수 없다.

으로 옮기다보니 그 내용이 충실하게 전달되지 않았고, 시상이 전개되는 흐름에도 변화가 있었으며 심지어 초장과 중장만을 번역하는 경우도 있었다. 4행시로의 번역에서 원작은 종종 변형, 생략되었기에 변영로의 번역시는 원작이 갖고 있던 의미와 형식을 적절하게 전달했다고 보기 어렵다.

그렇다면 그가 원작의 내용과 형식을 변형, 상실시키면서까지 더 중요하게 역점을 둔 부분은 무엇인가. 그것은 바로 영시로서의 형식적 아름다움 가운데 한 가지라고 할 수 있는 각운에 있었다. 그의 모든 번역시는 4행이든 6행이든 각운을 맞추고 있다. 각운rhyme은 영시가 되게 하는 절대적이고 필수 불가결한 요소는 아니지만 시를 시답게 하는 매우 중요하고 매력적인 요소임에는 분명하다. 각운은 운문으로서의 정형성을 갖게 하고, 낭독시 독자에게 즐거움을 주는 요소라고 할 수 있다. 각운이 발견될 때 독자들은 의외의 즐거움을 갖게 되며, 나아가 의미와 소리가 자연스럽게 조화를 이룰 때 이 효과는 더욱 커지게 된다. 한국에서부터 시인으로 활동하였으며, 미국에서도 시인으로 활동하고자 하였던 변영로는 이러한 시적 기법에 큰 관심을 두었던 것으로 보인다. 그의 번역시는 원작에 존재하지도 않는 각운을 살리는 데 중점을 두었다는 면에서 볼 때, 수용문학 중심적 접근 태도를 보인다고 할 수 있다.

5) 번역의 목적

변영로는 국내 문단에서 활발하게 활동하였던 문인으로서 연시조를 문단에 발표하였다. 그는 시조부흥운동의 영향을 받고, 시조를 국민문학으로 인식하고 이를 창작과 번역을 통해 실천하였던 것으로 볼 수 있다. 이러한 맥락에서 변영로는 시조부흥운동을 이끌었던 논자들과 같이 고시조가 한국의 전통시가를 대표한다고 생각하였다.

풍요로운 한국 문화를 서방 세계에 알리는 책이 극히 드문 이때, 변영로의 이번 번역 및 창작 시집이 한국 문화를 영어권에 알리는 데 크게 기여하게 되었다. 수세기에 걸친 오랜 전통과 초현대적 사고라는 정반대적인 양상이 작금의 한국에서 나타나고 있는데 이러한 뚜렷한 대조가 변영로의 시집에서도 경쾌한 멜로디픔이 시조 번역과 따딱한 철학풍의 현대식 시에서 반영되고 있다. 이 두 양상은 한국 특유의 것으로 한국 국민을 올바로 이해하자면 반드시 짚고 넘어가야할 부분이다. 한국인들이 쓴 한시는 형식과 언어가 중국식이고 현대시의 형식은 영시의 영향을 받았지만, 고시조만큼은 독특하게 한국적이다.[158]

3차 번역서 *Grove of Azalea*, 서문 중 일부이다. 이 서문은 에드나 플로렐 Edna M. Florell[159]이 쓴 것이지만 변영로의 생각도 여기에서 크게 벗어나지 않았을 것이다. 플로렐은 이 책이 창작된 현대시와 번역된 고시조로 구성되어 있음에 주목하였다. 이러한 구성은 바로 변영로가 의도한 것으로, 이렇게 신구新舊가 공존하고 있는 것이 바로 1947년 당시의 한국 현실로, 한국을 이해하기 위해 꼭 필요한 것이었다. 즉 변영로는 영문으로 한국을 소개하는 책 자체가 매우 드물었던 시기에 한국을 대표하는 영시집을 편찬하면서 현대시와 고시조를 반반

---

158 In this volume of translations and original poems Mr. Pyun contributes to the English language another of the all too few books which interpret the richness of Korean culture to the western world. The contrast between century-old traditions existing side by side with ultra modern thought, which is found in Korea today, is reflected in the contrast between the lilting, melodic qualities of the old translations and the somber, philosophic approach of the more recent verses. Both are typical of Korea, and both must be understood to properly appreciate her people. Although the old classic poetry written by Koreans was Chinese both in form and language and some of her modern forms have been influenced by English poetry, the old lilts are distinctively Korean. Edna M. Florell, Preface, *Grove of Azalea*, 국제출판사, 1947. 이 글의 번역은 유형숙의 번역을 참조하되, 오류가 있다고 판단된 부분은 수정하였다.

159 Edna M. Florell이 어떤 인물인지는 잘 알려져 있지 않다. 김욱동은 이 무렵 강용흘을 비롯한 문인들이 사귀던 미 군정청 관리로 추정한 바 있다. 김욱동, 앞의 책, 83면, 각주 68.

씩 배치하였다. 그에게 있어 고시조는 한국의 오랜 역사를 보여주는 전통 그 자체로 한국을 대표하는 시가로 인식되었던 것을 알 수 있다. 플로렐은 시조가 전통의 산물이되 한시와 달리 타국의 영향을 받지 않은 독특한 것이라는 점을 강조하며 그 가치를 높이 평가하고 있다. 이는 곧 변영로의 생각이기도 하였을 것이다. 그런데 왜 그의 번역시에서는 한국적인 독특함을 거세시켰을까. 1차 번역 당시 그가 남겼던 기록에서 그 실마리를 찾아보자.

> 웅심雄心이라면 웅심이고 야망野望이라면 야망인 영시단英詩壇 진출進出을 나는 꿈꾸었다. 그 발심동기發心動機는 다니던 대학大學 교내校內 잡지雜誌인 『엘 포탈』에 우리나라 고시조古時調 10여 수 영역英譯한 것을 발표하고, 각 신문新聞 문예평란文藝評欄에 격찬하는 기사도 게재되고 미지의 가정家庭에서 만찬晚餐 초대招待도 여러 번 받은 적이 있었다. (…중략…) 이에 용기勇氣를 내어 가지고 일주一週 이불二佛의 타이프라이터를 세貰 내어 놓고 밤을 새워가며 창작시創作詩 번역시翻譯詩를 시카고에 있는 헤리엘 롬로가 주간主幹하는 시전문詩專門 잡지 Poetry를 위시하여 무려 수삼십처數三十處 유명 무명한 잡지에 반송우표返送郵票까지 동봉同封하여 발송發送하였던 것이다. (…중략…) 일이 이쯤 되니 모든 희망希望이나 계획은 환화幻化와도 같이 사라졌다. 〈소돔성城의 능금〉 같이 폭삭 재가 되고 말은 것이다. 이 이상으로 부본의不本意의 유학을 와서 무보수無報酬의 헛고생을 계속할 생각이 나에게는 없어졌다.[160]

변영로에게는 영시단에 진출하고자하는 야망이 있었다. 당시 그의 1차 영역 시조는 각 신문 문예평란에 격찬하는 기사도 게재되고 미지의 가정에서 만찬 초대도 여러 번 받을 만큼 좋은 반응을 받았다고 한다. 이에 용기를 내어 그가 본격적인 시단에 진출하고자 창작시와 번역시를 30군데도 넘는 시 전문 잡지

---

160 수주변영로기념사업회 편, 앞의 책, 150~151면.

사에 보냈지만 결국 좌절을 맛봐야 했다. 그러자 그에게는 더 이상 미국에 남아 있을 희망이 없어 귀국을 결심하게 되었다고 한다. 즉 이 글을 통해 볼 때, 그가 미국으로 유학을 오게 된 이유 중 큰 부분이 영시단에 진출하기 위함이었고, 그가 시조 영역을 시도하게된 것도 역시 영시단에 진출하고자하는 열망에서 비롯된 것이라는 사실을 눈치 챌 수 있다. 그에게 시조 영역은 한국을 알린다는 목적도 있었지만, 번역시를 통해 미국의 문단에서 시인으로 등단하기 위한 수단이기도 했다. 이러한 상황에서 그는 번역시에서 한국적 특수성을 부각시켜 외면받기보다 수용문학의 규범을 추수追隨하여 호감을 얻고자 하였던 것으로 보인다. 강홍홀이 보편성과 특수성 사이에서 균형감각을 유지하기 위해 중간 혼합적 접근 태도를 취했다면, 변영로는 노골적인 수용문학 중심적 접근 태도를 취한 것이라고 할 수 있다.

그가 이러한 접근 태도를 보인 것은 그가 가졌던 고유한 번역관 때문이었을 것임은 분명하다. 하지만, 여기에는 당대 국내에 만연했던 번역의 관습도 적지 않은 영향을 미쳤을 것으로 생각된다. 변영로의 2차 번역 연재가 끝나갈 무렵, 『조선중앙일보』는 새로운 연재물을 기획한다. 그것은 바로 오-마 카이얌의 루바이얕을 시조형으로 번역하는 것이다.

오-마 카이얌의
－〈루바이얕〉을 소개하면서－

이전교수梨專敎授 김상용金尙鎔

조선朝鮮의 고시조古時調를 내외국인內外國人이 공인共認하는 수주樹州 변영로씨卞榮魯氏의 사채斜彩있는 필치筆致로 영역英譯한 편편주옥篇篇珠玉을 여러분께 소개紹介하는 중中이어니와 이와 병행竝行하여 동양東洋 정조情調가 물으녹은 파사波斯 시인詩人 오-마 카이얌의 영

역시英譯詩를 다시 우리 시조형時調型으로 맞추어 이화전문梨花專門 영문과英文科 교수敎授 월파月波 김상용씨金尙鎔氏가 탁월卓越한 솜씨로 날마다 일수一首씩 발표發表하기로 하였다. 하여간何如間 시조時調의 영시화英詩化와 영시英詩의 시조화時調化는 조선문단朝鮮文壇에서는 첫 시험試驗이니만치 기관奇觀도 기시奇視이려니와 따라 독자제위讀者諸位의 많은 흥미興味를 끌줄로 믿는 바이다.

『조선중앙일보』, 1933.9.5.화

변영로의 영역시조 16번 「낙엽성 찬바람에」가 발표되던 『조선중앙일보』 1933년 9월 5일 지면 상단에는 시조의 영시화와 더불어 영시의 시조화를 병행하겠다고 하며 당시 이화전문 영문과 교수로 있던 김상용의 「오-마 카이얌의 루바이얕을 소개紹介하면서」라는 기사를 게재하였다. 오-마 카이얌은 중세 페르시아의 시인으로 4행시를 남겼는데, 그가 죽고 700년 뒤 영국 시인 에드워드 피츠제럴드에 위해 영역되며 이름을 널리 알리게 되었다. 아랍어 '루바이얕Rubaiyat'은 4행시를 뜻하는 '루바이Rubai'의 복수형이다. 특이한 점은, 4행시인 루바이얕을 3행시인 시조형으로 영역하여 소개하겠다는 것이다. 유사한 시기에 시조의 영시화와 영시의 시조화를 동시에 진행하며 독자의 관심을 끌겠다는 것인데, 아무튼 이 시기 시의 번역에 있어서는, 그것이 타국의 영시이든 자국의 시조이든 수용자에게 익숙한 시의 형태로 번역하였던 것은 분명하다.

1933.9.6.수

○ 루바얕 시조역時調譯   김상용金尙鎔 〈1〉

Awake! for the morning in the Bowl of night

Has flung the Stone that puts the stars to flight :

And Lo! the Hunter of the East has caught

The Sultan's Turret in a Noose of Light

○ 의역意譯

일어나오 아침은 밤하늘에

별 쫓는 돌을 벌써 던졌소

저 보오 해는 동천에 솟아

술탄 궁첨탑宮尖塔을 비취는구려

○ 시조역

반짝이던 별들은 날새자 사라지고

술탄성城 뾰죽탑에 아침 별 어렸구나

멈추소 달리는 구광駒光 못내 아껴

 루바얕 소개 기사가 나간 다음 날1933.9.6부터 김상용은 변영로의 영역시조와 날짜를 달리하며 「루바얕 시조역」을 연재하였다. 김상용은 영시로 번역된 4행의 원문과 이에 대한 해자解字, 어구 해석, 4행의 의역, 그리고 3행의 시조역을 선보였다. 아마도 그는 4행시를 시조역으로 바로 바꾸는 것에 부담을 느꼈는지 4행의 번역시의역와 3행의 시조역을 나란히 소개하였다. 변영로는 3행시를 4행시로 변형시키고, 김상용은 4행시를 3행시로 변형시키며 원전의 형식적 특성은 사라졌고 그 의미도 온전히 전달되지 못했다. 그러나 이러한 시도는 당시 독자들의 '흥미'를 끌 수 있는 것으로 기획되고 감행되었다. 변영로의 영역시조가 수용문학 중심적 번역 태도를 보였던 것처럼, 루바이야트 번역 역시 수용문학 중심적 번역 태도를 보였다.

이는 이 무렵 일본어 중역이 만연하였고, 원전에 대한 정확성보다는 번역문의 가독성을 중시하던 당시의 문단 풍토와 연관되어 보인다. 1920년대 안서 김억과 무애 양주동의 의역, 직역에 관한 논쟁이 있었지만, 당시 번역 방식의 가장 큰 특징은 번역자의 의도적인 자국화 현상[161]에 있었으며, 이러한 경향은 일제강점기 내내 지속되었다. 박지영의 연구에 의하면 해방 이후 소위 한글세대인 4·19세대가 출현하기 전까지 번역장에서 필요했던 것은 외국어 실력보다 한글 실력이었다고 한다. 1950년대 이후에도 전반적으로 볼 때 번역가로 활동했던 집단은 외국문학 전공자가 아닌 국내 문인들이었다는 사실[162]은 20세기 전반기 한국 문단에서의 번역 역시 자문화 중심주의적 경향을 갖고 있었다는 것을 보여준다고 할 수 있다.

변영로는 시조가 한국 전통 문화를 대표한다는 인식을 분명하게 갖고 있었다. 하지만 그는 영미문단에 진출하기 위한 일환으로 시조 번역을 시도했기에 또한 그가 익숙했던 국내 문단이 번역에 있어 자문화 중심주의적인 경향을 보였기에 시조가 가진 특수성을 부각시키기보다는 수용문학의 익숙한 형태를 선택한 것으로 보인다.

161 박옥수, 「1920년대, 1930년대 국내 번역 담론과 번역학 이론과의 연계성 고찰」, 『동서비교문학저널』 20호, 동서비교문학회, 2009 봄·여름, 83면.
162 박지영, 「1950년대 번역가의 의식과 문화정치적 위치」, 『상허학보』 1권 20호, 상허학회, 2010, 359~362면.

3. 영역시조의 형식을 논한 정인섭鄭寅燮

1) 시조영역론의 등장 배경

눈솔 정인섭은 일본 와세다대학에서 정식으로 영문학을 전공하였다. 그는 1925년 동경에서 유학하던 학생들을 중심으로 「외국문학연구회」를 조직했고, 1927년 『해외문학』이라는 잡지를 간행하면서 소위 '해외문학파'의 중심인물로 활동하였다. 정인섭을 중심으로 한 해외문학파는 자신들이 외국문학의 번역과 연구를 통해 조선문학의 질적 발전에 기여하고 조선어의 정비와 확장에 공헌한다고 자부하였다.[163] 해외문학파는 1930년대 초반 이후부터 본격적으로 활동하였는데 주로 신문 학예면의 외국문학 소개나 번역 작업을 거의 도맡아 하였다. 이 글에서 정인섭에 주목한 이유는 그가 『조선중앙일보』에 1933년 10월 2일부터 10월 12일까지 10회에 걸쳐 「시조영역론時調英譯論」이라는 제목으로 시조 영역에 관한 그의 번역론을 표명했기 때문이다.

정인섭의 「시조영역론」은 시조의 영어 번역에 있어 형식적 문제가 본질적 문제임을 직시하고 이에 대한 자신의 입장을 피력한 글이다. 이 글은 번역비평가의 입장에서 시조 영역의 형식을 논의하고 있는데, 여기서 다루고 있는 요소는 오늘날의 번역자들에게도 여전히 성찰의 대상이 되는 것이며, 비단 시조 영역에만 국한된 것이 아니라 번역 전반에 걸친 것으로 확대될 수 있다. 이 글은 1933년에 발표되었지만 그동안 거론되지 못하다가, 최근 조재룡에 의해 프랑스 번역이론과의 비교를 통해 주목받게 되었다. 여기서 문학 텍스트의 특수성과 번역이론의 상관성이 비단 서양에서만 촉발된 문제의식이 아니라는 점이 부각되며 정인섭의 번역론이 갖는 의의가 규명되었다.[164] 이러한 논점은 최근 정인

---

163 정인섭, 「해외문학의 창간」, 『한국문단논고』, 신흥출판사, 1957, 17면.
164 조재룡, 「프랑스와 한국의 번역이론 비교 연구문학텍스트의 특수성을 중심으로」, 『인문과학』,

섭의 다양한 저작과 번역 작품을 다루면서 다시 한 번 강조되었다.[165] 이러한 선행연구를 통해 정인섭의 번역론은 서구의 번역 이론과의 비교 속에서 그의 이론이 갖는 의의를 파악할 수 있게 되었으며, 이를 토대로 좀 더 큰 범주에서 그의 번역론을 자리매김하고, 이에 대한 면밀한 분석도 가능해졌다. 따라서 이 글에서는 정인섭의 「시조영역론」을 분석해 나가는 과정에서 서구 번역이론과의 조우가 가능한 지점에서는 비교를 통해 정인섭의 시조영역론이 갖는 보편성과 특수성을 고찰해 볼 것이다.

1933년 정인섭은 앞서 살폈던 수주 변영로의 2차 번역이 실렸던 『조선중앙일보』에 「시조영역론」이라는 제목으로 긴 글을 연재하였다.[166] 이 글을 발표하게 된 직접적인 동기는 이 글의 부제, '수주樹州에게도 일언一言함'에서 알 수 있듯이 수주 변영로의 2차 번역에 있었다. 그는 『조선중앙일보』에 연재된 수주의 영역시조를 보고, 그 성과 여부를 논하고 향후 시조 영역의 실천 방향에 대해 논의하기 위해 같은 신문에 연재하였던 것이다. 수주의 마지막 번역이 발표되었던 것이 9월 15일이었으니 시간적으로도 그리 멀지 않았다. 한국인에 의한 시조의 번역이 이제 막 시작되고 있는 이 시기에 시조 영역에 관한 본격적인 번역론이 제기되었던 것이다. 이 글은 1930년대에 번역시의 형식을 두고 얼마나 진지한 논의와 성찰이 오갔는지를 잘 보여주고 있다. 게다가 정인섭은 시조 영역에 있어 가장 핵심적인 문제는 시조의 형식을 담아내는 것이라며, 번역시 형식의 중요성을 간파하였고 이를 위한 방법을 제안하고 실천해 보이고 있다.

성균관대 인문과학연구소, 2007, 109면.

165 조재룡, 「정인섭과 번역의 활동성 – 번역, 세계문학의 유일한 길」, 『민족문화연구』 57집, 고려대 민족문화연구소, 2012.

166 본문에 제시한 사진에서 보이는 것처럼, 이 글은 현재 인쇄 상태가 좋지 않아 정확하게 읽어내기가 쉽지 않다. 오탈자로 인한 문맥의 어그러짐도 종종 발견된다. 다행히 1968년에 출간된 평론집 『비소리 바람소리』에 재수록되지만, 여기서는 내용을 간략하게 줄이고 문제도 수정하였다. 이 글을 좀 더 면밀하게 검토하고 또한 당시 정인섭의 논조를 생생하게 느끼기 위해 이 글에서는 신문지상의 원문을 인용할 것이다.

조선중앙일보

時調英譯論 (一)

樹州氏에게도一言함

鄭寅燮

필자筆者는 외국문헌연구가外國文獻研究家들의 임무任務를 연래年來로 제창提唱하든 바 가온데 조선朝鮮 예술藝術의 수출분야輸出分野를 역설力說해왔든더이라 이제 새삼스러이 그 필요성必要性을 구구區區히 말할 것은 업겠고 또 지상紙上으로 또는 연단演壇을 통通하야 할 말은 거진 다 해온 것가티 기억記憶된다. 그럼으로 이제 수주樹州씨의 시험試驗에 대對하야 그 노력努力에는 마음것 감하感賀를 가지는 바이다. 이것은 더 뒤쳐서 반복反覆할 필요가 업슬만큼 명백明白한 우리들의 심정心情이여야 할 것이다. 그러나 문제問題는 그것만으로 끝나는 것이 아니니 그럴사록 기其 실천實踐에 대對한 성과여부成果與否의 검토檢討는 진실眞實로 중대重大한 것이요 결決코 방관傍觀 또는 묵살黙殺 혹은 방임放任해서는 될 일이 아니다. 하고何故오하면 그것은 창작創作과 달라 외국인外國人에 대한 조선문화朝鮮文化의 질적質的 체면體面과 가치적價値的 인격人格을 보존保存해야 되는 의미意味, 환언換言하면 연구부족研究不足이라든지 또 우리 자체自體의 기능부족技能不足으로 말미암아 조선문학문화朝鮮文學文化를 오판誤判되거나 또는 경시輕視를 당當하거나 혹或은 인식부족認識不足을 일으키게 하는 것은 오히려 제 얼골에 똥칠하는 것과 마찬가지로 수출수속輸出手績을 연기延期할 필요必要를 확실確實히 깨다러야 할 것인 까닭이다. [167]

시조 영역은 조선의 문학을 외국에 소개한다는 측면에서 즉, 조선 예술의 수출이라는 면에서 그 중요성을 찾을 수 있다고 한다. 그리고 수주 변영로의 영역시조가 과연 조선을 대표하여 수출할 만한 것인지 그 성과 여부를 검토해야 한다고 한다. 그는 조선예술을 수출함에 있어 유의해야 할 점에 관해 거듭 당부하는데 그 당부의 면면을 살펴보면 초점은 소개되는 우리의 문학이 아니라 이를 받아들일 외국인에게 맞추어져 있는 것을 알 수 있다. 우리 문학의 소개가 정당하게 이루어지려면, 소개하는 주체와 소개되는 대상인 우리 문학, 그리고 이를 소개받는 타자인 외국인에 대한 고려가 총체적으로 이루어져야 한다. 그러나 그의 시선은 타자인 외국인을 향해 있는 것으로 보인다. 그는 외국인에 대해 "조선 문화의 질적 체면과 가치적 인격을 보존할 수 있어야 한다"고 주장한다. 즉 외국인에게 조선의 것을 아무렇게나 소개할 것이 아니라 우리의 체면이 손상되지 않을 만큼 질적으로 우수하게 소개해야 한다는 것이다. 우리의 연구가 부족하거나 기능이 부족하여 조선문학, 문화를 잘못 판단되게 하거나, 또는 경시당하게 하거나 혹은 인식 부족을 일으키게 하는 것은 제 얼굴에 똥칠하는 것과 마찬가지라며 수출에 앞서 철저한 준비를 당부하고 있다. 하지만 그가 여기서 강조하고 있는 '연구'라는 것이 원전이 속해있는 우리 문화, 문학에 대한 연구인지, 아니면 수용자가 속해 있는 외국 문화, 문학에 대한 연구인지 혹은 두 가지 모두를 지칭하는 것인지 이후에 계속되는 글을 통해 확인할 필요가 있다.

2) 역시론譯詩論

정인섭은 시조영역론을 본격적으로 논의하기 위해 네 가지 역시론譯詩論의 논점을 제시하고 있다.

---

167 鄭寅燮, 「時調英譯論 一, 樹州氏에게도 一言함」, 『조선중앙일보』, 1933.10.2.

그러면 시조영역론時調英譯論을 말하기 위爲하야 역시론譯詩論이라고 할는지 몇가지의 논점論點을 들고저 한다. 첫재는 그 종류種類의 이대분야二大分野－즉卽 영시선역英詩鮮譯과 선시영역鮮詩英譯의 상호관련문제相互關連問題이니 이것은 국어國語와 외국어外國語 간間의 전환적轉換的 명제命題와 ㄱ 반명제反命題인 바, 원치적原則的으로 공통共通된 번역론飜譯論 내지乃至 역시론의 배경背景을 가지지마는 이 논문論文에서는 오히려 후자後者인 선시영 역이 더 가차운 범주範疇인 것은 물론勿論이요 그 특수特殊한 내재적內在的 문제問題는 영 시화英詩化한다는－즉 외국인外國人 특特히 영미인英米人과 영미적英米的 조선인朝鮮人 내 지乃至 영어적英語的 조선인朝鮮人 좀더 분야分野를 특수화特殊化하면 문학적文學的 영어인英語 人 등等 일독자대상─讀者對象으로 하는 것과 그 표현일체表現─切가 영시英詩라는 특수조건特 殊條件을 가지는 그러한 한계성限界性 속에 구속화拘束化하는 것을 염두念頭에 두지 안흘 수 업다.[168]

그가 제시한 역시론의 논점 첫 번째는 영시英詩의 우리말 번역과 우리 문학의 영어 번역의 상호연관문제이다. 원칙적으로는 공통된 배경을 갖지만 시조 영역 은 후자에 더 가까우며, 여기 담긴 특수한 내재적 문제로 영어권 독자와 영시로 표현된다는 점을 염두에 두어야 한다고 하였다. 시조를 영시화했을 때의 독자 는 외국인 특히 영미인과 영미적 조선인 내지 영어적 조선인으로, 분야를 특수 화하면 '문학적 영어인'을 대상으로 한다고 보았다. 즉 단순히 영어를 말할 줄 아는 사람이 아니라, '영시에 관한 문학적 소양을 갖추고 있는 사람들'이 독자 로 상정된다는 것이다. 그리고 영역시조는 그 표현 일체가 영시라는 특수조건 을 가지는 그러한 한계성 속에 구속된다는 것을 기억해야 한다고 하였다. 정인 섭은 시조의 영어 번역에서 먼저 염두에 두어야 하는 첫 번째 요인으로 수용자 와 수용자의 언어를 거론하였다. 수용자를 맨 앞에 두었다고 해서 그를 수용자

---

168 鄭寅燮, 「時調英譯論 一, 樹州氏에게도 一言함」, 『조선중앙일보』, 1933.10.2.

지향으로 섣부르게 분류해서는 안 된다. 번역에 있어 수용자는 반드시 고려해야 할 대상이다. 여기서 주목할 것은 그가 주된 독자로 삼은 계층이 일반적인 영어권 독자가 아니라 문학적 소양을 갖춘 이로 상정했다는 점이다.

> 그 다음 둘째 문제로는 시가詩歌라는 것은 대체大體 번역이 될 것인가? 하는 원칙적原則的 문제인데 이것만 해도 논술論述이 막대莫大하게 필요必要할 것이로되, 결언結言을 말하면, '콜리치'가 말한 바와 가티 '최선最善의 말이 최선의 질서秩序에 정돈整頓되여잇다'는 의미意味에서 더구나 국어國語의 지리적地理的 민족적民族的 언어적言語的 시각적視覺的 차이差異와 시가 형태形態의 시간적時間的, 율동적律動的, 음색적音色的 특수상特殊相으로 보아 절대적絶對的 의미에서는 '시가는 불가역不可譯이다'라는 주지主旨를 충분充分히 인정認定하지마는, 결국結局 상대적相對的 의미에서 환전성換轉性의 가능可能을 전제前提로 하지 안는 조선문학朝鮮文學의 외국수입外國輸入 내지乃至 외어화外語化까지 불가능不可能하게됨으로 말미암아 본질적本質的으로 불능不能일지라도 문화행동文化行動으로서는 가능한 현실적現實的 분야分野란 것만은 이미 인정認定하고 나가지 않으면 안될 것이다. 그리고 번역이 원문原文보담 더 우수優秀하게 잘된다는 말이 성립成立할 수 있다면 그것은 원창작原創作이 미완성품未完成品이란 것을 암시暗示한다는 이론理論도 설 수 있는 것이다. 하여튼 시가는 보통普通 번역 더구나 문예적文藝的 번역행동飜譯行動 중에서도 일층一層 곤난困難한 조건條件이 만타는 것을 인정하는 동시同時에 상대적으로는 번역행동을 승인承認할 수 잇다는 것이다.[169]

둘째 시의 번역 가능성 문제를 제기하였다. 그는 한국어와 영어는 지리적 민족적 언어적 시가적 차이와 시가 형태의 시간적 율동적 음색적 특수상으로 보아 절대적 의미에서는 "시가는 불가역"이라는 것을 인정하지만 본질적으로 불

---

169 鄭寅燮,「時調英譯論 二, 樹州氏에게도 一言함」,『조선중앙일보』, 1933.10.3.

능일지라도 문화행동으로서는 가능한 현실적 분야라는 것을 인정하고 있다. 시가는 보통 번역이 아니며 문예적 번역행동 중에서도 일층 곤란한 조건이 많다는 것을 인정하는 동시에 상대적으로는 번역행동을 승인하였다. 이는 통상 시의 번역을 얘기한 때마다 빠지지 않고 등장하는 논리라고 할 수 있다. 원칙적으로는 번역불가능론이 맞지만, 현실적인 차원을 고려할 때 시의 번역을 인정하지 않을 수 없다는 것이다.

> 그러면 문제는 가급적可及的 잘하는 기술문제技術問題가 그 다음 셋째 문제가 된다. 어떠케 하면 역시譯詩를 잘하는가하는 방법론方法論의 전면적全面的 체계體系는 다언多言을 요要하니깐 그만두고 역자譯者로서의 절대조건絶對條件으로는 원작原作을 능能히 감상鑑賞할 수 있는 예술적藝術的 천분天分을 갖지는 동시에 그것을 적당適當하게 표현表現하는 기술적技術的 역량力量을 가져야 한다는 것이다. 환언換言하면, 창작創作의 내재적內在的 생명生命을 감득感得하고 그것의 역어적譯語的 소화능력消化能力을 가져야 할 것인 것은 물론이다.[170]

세 번째로는 번역을 위한 기술문제를 들었는데, 번역을 잘 하기 위한 번역자의 자질을 거론하였다. 번역자는 원작을 능히 감상할 수 있는 예술적 재능을 가진 동시에 그것을 적당하게 표현하는 기술적 역량을 가져야 한다고 하였다. 즉 바람직한 번역자의 자질로 원작에 대한 이해와 이를 표현할 수 있는 언어적 능력 두 가지를 모두 거론하였다.

> 그러면 넷째 문제 좀 더 본론本論의 중심中心에 들어가면 조선시기朝鮮詩歌 중에서 시조時調란 것의 특수성特殊性을 생각해야 될 것이니 그 원칙적原則的 성립여부成立與否와 예술적 가치문제價値問題 그리고 그 현대적現代的 의의意議 등에 대한 것은 문학文學의 일반적－

般的 논제論題인만큼 여기서는 그만두고 시조가 여기 하나 있는데 그것을 어떻게 영시
화英詩化하는가 하는 논술분야論述分野에 바로 들어가고저 한다. 그러면 그 논점論點의 중
요성重要性은 시조의 특수상特殊相을 인정하야 그것의 본질적本質的 내지 외형적外形的 효과效
果를 영시형英詩型 속에도 전환轉換시켜야 한다는 것이니 — 즉 보통普通 조선 일반시가一般
詩歌를 영역하는 것과는 달라서 반드시 '시조적時調的 영시英詩?'란 것을 성립시키지 않
으면 안될 것이라는 말이다. 그러면 논지는 가장 본론의 중심에 이르럿스니 시조가
그 내용內容은 다종多種임을 위선爲先 인정할지라도 적어도 그것의 가장 명백明白한 특질特
質은 그 형태形態에 있으니 원칙적原則的으로 행수行數와 자수字數에 있다고 보고, 그것의 일
종一種의 독특獨特한 정형시定型詩 — 상당相當한 구속拘束과 한구성限具性을 가진 — 이것만은
가장 명백한 사실事實이다. 그렇지 않고는 보통普通 시가와 하등何等 다름이 없다고 하
야도 커다란 모순矛盾은 아닐 것이다. 그럼으로 영시화할 때도 이것만은 — 적어도
시조란 것만은 — 정형적 영시체英詩體로 역譯하여야 하겟다는 것이다.[171]

마지막으로는 시조의 특수성을 거론하며 '시조적 영시'를 성립시켜야 한다고
하였다. 시조를 영시화하기 위해서는 시조의 특수성을 인정하고 그것의 본질적
내지 외형적 효과를 번역시 속으로 전환시켜야 한다는 것이다. 그리고 시조의
명백한 특질은 그 형태에 있으며 원칙적으로 행수와 자수에 있다고 보았다. 시
조가 상당한 구속과 한구성을 가진 독특한 정형시라는 것은 명백한 사실이며,
시조를 영시화 할 때 이를 고려한 정형적 영시체로 번역해야 한다고 하였다. 그
는 역시론의 마지막 단계에서 이것이 논지의 중심이라고 하며 원작인 시조의
형식적 특성이 번역시에 담겨야 한다고 주장하였다. 그리고 시조의 본질적 특
성을 정형시로서의 형태에서 찾았으며, 그 형태란 행수와 자수에 있다고 보았
다. 이는 정인섭 개인이 시조에 대해 가졌던 이해이며, 또한 1930년대 당시의

---

171 위의 글.

시조 연구 성과를 반영한 것이기도 하다.

그가 번역시에서 시조의 정형성을 담아내야 한다고 주장한 것은 과거의 영역
시조 번역자들이 아무도 실천하거나 주장하지 못했던 내용이다. 이전의 번역자
들은 번역가에 따라 다양한 형식을 취했을 뿐만 아니라 동일한 번역자의 번역
시에서도 일관된 형식을 갖지 못하고 작품에 따라 변화되는 양상을 보였다. 선
교사들의 형식적 다양함은 말할 것도 없고, 한국인 번역자조차도 영역시조 형
식에서 정형성을 살리지는 못했다. 강용흘은 6행시를 선호했지만 4행이나 5행,
7행도 있었으며, 변영로 역시 4행시를 선호했지만 6행시가 간혹 있었다. 정인
섭이 번역시에서 정형성을 담아야 한다는 주장은 영역시조의 전범을 형성하는
데 있어 매우 중요한 요소이며, 정형성에 대한 요구는 이후 변영태에게 영향을
미치게 된다.

정인섭의 역시론은 수용자에 대한 고려에서 시작하여 원작의 형식을 담아내
야 한다는 것으로 정리되었다. 이 두 가지 요소는 번역에 있어 본질적인 요소이
며 이 중 어느 쪽에 무게 중심을 두느냐에 따라 그 양상이 수용자 중심과 원전
중심으로 나뉠 수 있다. 그의 역시론만을 놓고 볼 때, 정인섭이 주장한 '시조적
영시'라는 것은 시조의 본질적, 외형적 효과를 영시형으로 전환시킨 것으로 원
전지향과 수용자지향을 모두 고려한 중간 혼합형이라고 할 수 있다.

3) 기존 번역 검토

정인섭은 시조 영역에 관한 본격적인 논의에 앞서 기존에 이루어졌던 번역을
검토한다. 과거의 번역을 돌아보고 새로운 번역의 방향을 모색하는 것은 더 나
은 번역을 위해 반드시 수행되어야 하는 작업이다. 정인섭이 뛰어난 번역비평
가이자 번역가였다는 점을 다시 한번 확인할 수 있게 해주는 지점이다. 그리고
정인섭은 외국인 선교사에 의해 이루어졌던 과거의 번역을 "제1기 외국인에 의

한 피상적 조선 소개의 시대"로 보고, 최근 2~3년 이래 조선 자체에서 발생하는 일종의 근대적 르네상스 운동과 아울러 우리 힘으로 조선 문화를 수출, 소개하는 작업을 시작하는 제2기가 시작되었다고 선언하였다. 그는 시조 영역에 있어 새로운 시대가 도래했음을 알리며, 이 시기의 새로운 번역 주체로 떠오른 한국인이 이 역할을 감당해야 함을 강조하고 있다. 정인섭의 이러한 시대 구분은 이 글에서 취하고 있는 것과 동일하다. 번역의 주체가 외국인에서 한국인으로 옮겨 오며 변화가 시작되었음을 알 수 있다.

이제 '시조는 정형적 영시체로 역하여야 한다'는 문제로 국한局限해서 생각할 때 재래在來로 외국인들이 약간若干의 지상誌上에서 영역한 것을 검토檢討해 보건대 대략大略 실감失敗에 돌아가고만 것만은 능히 따로 예증例證할 수 있는 것이다. 첫째 그들이 예술가藝術家가 아니요 더구나 영시의 형태적形態的 연구研究가 부족不足하야 다만 '영어의 부조不調한 미화美化?'에 밧게 되지 안홀 뿐더러 그들이 조선의 시가 내지 원시조原時調의 감상적鑑賞的 이해理解가 부족한 데다가 정형화定型化의 시련부족試練不足으로 말미암아 무용無用의 사족蛇足, 오해誤解, 정형무시定型無視의 혼란混亂, 기타其他 습작習作 수종數種으로 중단中斷하고 마는 등 여러 가지 원인原因으로 그다지 보잘 것이 업섯든 것만은 사실이니 이것은 결決코 무근無根한 연단적連斷的 편견偏見이 아니라고 생각하며 능히 예증할 수 있는 귀납적歸納的 연역演譯에 불과하다.

그럼으로 진실眞實한 의미意味에 잇서서 거진 조선 예인화藝人化된 외국예술가外國藝術家 아니고는 도저到底히 이러한 예술의 신비神秘로운 전당殿堂을 역전譯轉할 수 업는 것을 깨달음으로 현재現在 조선 사람 자체自體로서 각오覺悟할 것은 우리 스사로서 이것을 도출導出해보는 노력努力을 악기지 안허야 하겠다는 것이다. 그럼으로 제일1기第一期 과거過去를 서양인西洋人에 의依하야 피상적皮相的 조선 소개紹介의 시대時代로 보고 최근最近 이삼년二三年 이래以來로 조선 자체에서 발생發生하는 일종一種의 근대적近代的 루네산스 운동운동運動과 아울너 우리 자력自力으로서의 자체재인식自體再認識은 필연적必然的으로 조선문화朝鮮文化의 탄포吞包를 외연화外延化하는 수출輸出 내지 소개 작업作業을 시작始作하는 제2기第二期가 되엿스니 이것이 일본출판계日本出版界에는 조선인의 일문저작진出日文著作進出이요, 영어英語를 통하 조선이 저작著作의 맹이萌芽를 발견發見하게 된 것이다. 이 일문저서日文著書와 영문저서英文著書는 각기各其 필연성必然性과 필요성必要性에 빗최여 볼 때 결코 협견狹見으로서 그 가운데 호불호好不好의 소아병적小兒病的 감정感情 내지 편협한 국수國粹 심리心理를 가진다거나 비웃는 것은 오히려 잘못으로 볼 수 있다.[172]

정인섭 이전에 시조를 번역한 사례는 게일과 헐버트 그리고 강용흘이 있었다. 정인섭은 강용흘의 번역에 대해서는 알지 못했는지 언급하지 않았고, 외국인 선교사들의 번역만 거론하였다. 그는 외국인의 시조 번역을 '대략 실패'라고 평가하였다. 그 이유로 그들이 예술가가 아니었으며, 영시의 형태적 연구가 부족하여 다만 '영어의 부조不調한 미화美化'밖에 되지 않았다고 한다. 그가 외국인의 번역을 실패라고 규정지은 가장 큰 원인으로 시의 형식에 대한 이해 부족을 들었다. 선교사들의 번역에는 쓸데없는 사족, 오해, 정형 무시의 혼란이 있어 습작 몇 편으로 중단하였다고 보았다. 그는 처음 시조 영역을 시도했던 번역자들이 선교사일 뿐 시 번역을 감당할 수 있는 예술적 자질을 지닌 예술가가 아니라는 점을 강조했다. 시조의 영역을 감당할 수 있으려면 예술적 감각이 있어야 한다고 하였다. 예술가가 아니고서는 예술의 신비로운 전당을 번역으로 전환시켜 표현할 수 없으며, 조선인이 이것을 도출해보는 노력을 아끼지 않아야겠다고 덧붙였다.

그러나 앞서 살핀 것처럼 게일이나 헐버트가 문학적 역량이 부족하여 영시의 형식에 대한 이해가 부족했다거나 그 결과물을 놓고 "그다지 보잘 것이 없다"

---

172 위의 글.

고 평가하는 데에는 무리가 있다. 특히 게일은 대학에서 영문학을 공부했으며, 다양한 글쓰기를 통해 그의 문학적 재능을 발휘하였다. 그가 번역한 『구운 몽』은 오늘날에도 훌륭한 번역으로 평가받고 있으며, 그의 영역시조 역시 1차 번역은 미터와 각운을 고려하여 영시의 규범을 잘 따르고 있다. 아마도 정인섭 에게 있어 "영시의 형식에 대한 이해가 부족"했다는 평가는 헐버트가 지나치게 의역한 것을 두고 이르든지 혹은 그들이 "번역시를 정형화시키지 못"한 것을 지칭하는 것으로 볼 수 있을 것이다.

> 재래在來로 '이사벨라 비숍'이라든가 '헐버트'라든가 '게일' 가튼 사람들은 다만 내 의內意만 주로 하기 때문에 행수行數가 혼잡混雜하고 조선 사람들이 아닌 만큼 원시오 해原詩誤解들이 만헛스며 영시형英詩型의 체재體裁로 역譯한 것도 잇서도 시조형時調型의 미美를 전환轉換하는 데는 그다지 노력을 하지 안헛다. 그야말로 거진 자유창작역自由 創作譯가튼 지경地境으로 되어 역된 영시를 읽고 이것이 대체大體 조선가요歌謠 중에 무 슨 가사歌詞를 영역한 것인가를 이해理解하기 어렵게 되어 잇다. 혹或 조용히 추고推考 해보면 그 의미상意味上으로 종합綜合하야 대략大略 무엇을 아마 역햇는가한다-하는 얼 풋한 추측推測밧게 할 수 업게 되어잇다. 황況 그 시형詩型으로 보아서 일견一見 무슨 가 요를 영역햇슬가 하는 추정推定은 도저到底히 어려운 것이다.[173]

그는 시조 영역을 시도했던 선교사들로 이사벨라 비숍, 헐버트, 게일을 들고 있다. 하지만 앞에서 논했던 바대로, 이사벨라 버드 비숍은 자신의 책에서 헐버 트가 시조에 대해 쓴 글을 요약 정리하면서 헐버트의 번역시 2편을 그대로 재 인용했을 뿐 그녀가 직접 번역한 것은 아니다. 이러한 사실을 두고 보면 정인섭 은 선교사에 의해 시조 번역이 행해졌다는 사실은 알고 있었으되, 이를 면밀하

---

173 鄭寅燮, 「時調英譯論 四, 樹州氏에게도 一言함」, 『조선중앙일보』, 1933.10.5.

게 고찰했던 것은 아니었던 것으로 보인다. 정인섭이 외국인 선교사의 번역에 대해 혹독한 평가를 내렸던 것도 어쩌면 이런 면 때문이 아닌가 의심스럽다.

4) 영역시조의 형식

정인섭은 영역시조의 형식에 대해 진지하게 고민했다. 그의 영역시조론의 핵심은 바로 영역시조의 형식에 있다고 해도 과언이 아닐 것이다. 번역시의 형식은 어떻게 마련되어야 하는가라는 질문에 대해, 그는 기존의 영시 형태를 그대로 빌려오는 것에 반대했다.

> 다시 본론에 들어와서 그러면 시조를 영시화하는 데는 어떠한 정형시를 대표代表시킬가 하는 문제가 일어난다. 서양시가西洋詩歌의 각종各種의 시형詩型, Eclogue, Elegy, Ode, Sonnet, Epigram, Balade, Madrigal, Satire' Vaudeville, sestina, Villanelle, Rondel, Rondeau, Limerick, 등의 십사종十四種을 연상聯想할 수도 있는데 이것은 그것이 가지고 있는 바 정서적情緖的 내지 내용적內容的 양量과 질질質로 보아 결정적決定的으로 대용代用하기에는 넘우나 막연漠然하다고 할 수 있다. 더구나 어구語句의 순서順序가 다르고 장단長短에 차별差別이 있으며, 운율韻律에도 분별分別이 잇는 만큼 영시화의 행수와 장단을 천편일률千篇一律로 일정화一定化하기는 어려울 것이다.[174]

영시에 여러 가지 형태의 정형시가 있지만 그것이 가지고 있는 바 정서적 내지 내용적 양과 질로 보아 결정적으로 대용하기에는 너무나 막연하다고 보았다. 더구나 어구의 순서가 다르고 장단에 차별이 있으며 운율에도 분별이 있는 만큼 영역시조의 행수와 장단을 천편일률로 일정하게 정하는 것에는 반대했다. 정형시로 시조를 번역해야 한다고 주장하면서 영시의 형식을 그대로 차용하는

---

174 鄭寅燮, 「時調英譯論 三, 樹州氏에게도 一言함」, 『조선중앙일보』, 1933.10.4.

것은 적합하지 않다고 본 것이다. 정인섭은 한글과 영어 두 언어의 특성이 다르고 문학적 특성이 다르다는 것을 명확하게 인식하고 영시형을 무조건적으로 수용하는 것에는 반대하였던 것을 알 수 있다. 그가 시조를 영역하는 데 고려하는 최소한도의 필요조건의 윤곽으로 제시한 것은 다음과 같은 것이다.

첫재 어떠한 시가든지 잇슬수 잇는 특히 보통普通 영시에 원칙적原則的으로 있는 여러가(지) 음색적요소音色的要素는 문제업시 필요하다고 인정한다. 즉 '라임'에 잇서서는 남성男性적 라임, 여성女性적 라임, 동일同一 라임, 불완전不完全 라임, 내부적內部的 라임의 5개와 '애소넌스'는 물론이요 모음분포母音分布와 자음분포子音分布로 말미암아 일어나는 모든 의음의성법擬音擬聲法과 기타 '알리테레이슌'과 '콜리테레이슌' 등은 이의異議업시 그 효과效果를 당연當然히 적용適用할 필요가 있다.

둘째는 퀀티티量的性와 '리즘動律'과 '미-터韻律'와 '스탠자聯'와 '프레이징句節' 등도 충분充分히 이용利用해야 될 것은 물론이다.

셋째로는 휴식休息의 각종양식各種樣式 즉 구절句節, 중간中間 휴식, 종결終結 휴식 등과 변조變調에 관關한 '다이렉트 어택'과 '애나크러시스' 등의 구두생략句頭省略은 물론, 구미句尾에 잇는 '가털데식스'의 생략省略과 여성적女性的 종말음절終末音節의 허용許容, 그리고 구두句頭와 구중句中의 변율變律 효과效果 등도 당연히 이용할 것도 다언多言을 요치 안는다. 그리고 대구對句라든가 공통각운共通脚韻, '코-타'와 '프론스' 등의 관심關心은 형편形便에 따라 응용應用할 것도 능히 추측推測할 수 잇는 보편적普遍的 요소要素라 하겟다.

그러나 이러한 모든 형태적形態的 성질性質이 단독성립單獨成立이라하기 보담 내용과의 밀접密接한 관련關連을 가지는 것은 물론이로되 시조의 영시화에 잇서서는 거기에 또 한 층層 특수特殊한 한계성限界性을 요하게 된다. 번역의 충실성忠實性과 내용의 자연성自然性과 형태와의 일반적 관련 문제는 그만두고 하여何如튼 시조는 번역의 이대 태도二大態度인 수용적受容的 태도態度와 적합적適合的 태도에 가장 조화調和된 지경을 특히 요하는 것이다. 보통 산문散文도 아니오 보통 시도 아니니 어학적語學的 충실忠實로서의 직역성直譯性과 예술적 실감實感으로서의 의역성意譯性을 충분히 넘나드는 경계境界를 이 저서는 안 된다.[175]

그는 시조 영역의 최소한도의 필요조건으로 먼저 음색적 요소를 거론하였다. 음색적 요소로는 운rhyme, 의음의성법擬音擬聲法, onomatopoeia, 의성어, 알리테레이슌alliteration, 두운(頭韻), 콜리테레이슌을 들고, 여기서 말한 운rhyme, 운(韻)에는 남성운男性韻, masculine rhyme, 여성운女性韻, feminne rhyme, 동일운同一韻, eye rhyme, 불완전운不完全韻, imperfect thyme, 내부적운內部的韻, internal rhyme, 중간운의 5개를 들고 이러한 요소들은 "이의異議없이 그 효과를 당연히 적용"할 수 있다고 하였다. 이러한 요소는 시어 선택에 있어 음악성을 강조한 것이라고 할 수 있다. 둘째 퀸티티양적성(量的性), quantity, 리즘율동(律動)과 미터meter 스탠자연(聯), 프레이징구절(句節)을 이용해야 한다고 하였다. 세 번째로 휴식의 각종 양식을 들었다. 즉 구절, 중간 휴식caesura, 중간휴지, 종결 휴식 등과 변조變調에 관한 다이렉트 어택direct attack, 두략(頭略)[176], 애나크러시스 등의 구두 생략은 물론 구미에 있는 가탈데식스catalexis, 말락(末略)[177]의 생략과 여성적 종말 음절의 허용, 그리고 구두와 구중의 변율효과 Initial inversion, caesural inversion 등도 당연히 이용할 것이라고 하였다.

그러나 이 모든 형태적 성질은 단독으로 성립한다기 보다는 내용과의 밀접한 연관을 가지는 것은 물론이며 시조의 영시화에 있어서는 번역의 두 가지 태도인 수용적 태도와 적합적 태도에 가장 조화된 지경을 특히 요한다고 하며 다시 한번 중간 혼합적 태도를 보였다. 그리고 시조는 보통 산문도 아니고 보통 시도

---

175 위의 글.
176 iambic or anapaestic meter에서 행두의 약음절이 생략되는 것.
177 행말의 약음절이 하나 혹은 두 개가 생략되는 경우.

아니니 어학적 충실함으로서의 직역성과 예술적 실감으로서의 의역성을 충분히 넘나드는 경지를 잊어서는 안 된다고 하며 역시 직역과 의역의 중간 태도를 견지하였다.

그가 영시화하는 데 있어 '최소한도'의 필요조건으로 거론한 것들은 바로 영시의 정형적 요소이다. 이러한 요소들은 영문학을 공부한 사람이 아니고서는 제대로 이해하기 힘든 것들이다. 이 글의 서두에서 그가 영역시조의 독자로 삼은 이들이 '문학적 영어인'이라고 했던 이유가 밝혀지는 부분이기도 하다. 그는 '최소한도'라고 하면서 적지 않은 요소들을 나열하였다. 조재룡은 정인섭이 시 번역에 있어서 되도록 정형율의 틀 안에서 번역을 감행해야 한다고 명시한 점을 들어 정인섭의 번역론이 직역론의 새로운 패러다임을 제시한 베르만이나 메쇼닉의 관점과 일맥상통하는 지점을 창출한다[178]고 보았다. 정형시를 정형시로 번역해야 한다고 주장한 점에서는 베르만, 메쇼닉의 관점과 상통하는 지점이 있지만, 행수를 제외한 구체적인 방법론에 있어서는 영시의 정형성을 장황하게 거론하고 있기에 원전의 형식적, 내용적 특성을 재현할 것을 주장했던 베르만, 메쇼닉과는 적지 않은 거리감이 느껴진다. 그리고 이러한 영시의 요소들이 영역시조에서 "이의異議업시 그 효과效果를 당연히 적용할 필요"가 있다고 데 이르러서는 그가 여태까지 견지해온 중간 혼합적 태도가 수용자 지향으로 기울어지는 것이 아닌지 의심스럽다.

> 즉 시조 영역時調英譯이란 것을 능히 추측할 수 잇스면서 그 진의眞意를 충분히 전환시키자는 것이다. 그러면 그 특수요소特殊要素의 적용성適用性은 최소한도最小限度로 어데 잇는가? 필자筆者는 먼저 행수에 대한 것을 말하고저 한다. 시조가 삼행三行으로서 성립成立되여 잇다는 것 그리고 그것을 세분細分하면 매행每行을 대략 이부분二部分으로 분

---

178 조재룡, 「번역과 시학」, 『프랑스학 연구』 39집, 프랑스학회, 2007, 260면.

分할 수 잇스며 다시 사분四分할 수도 잇다. 그럼으로 영시로 역될 때 삼행으로나 육행六行으로나 십이행十二行으로나의 삼종三種으로 정형화할 필연성을 가젓다. 그리고 육행과 십이행으로 될 때는 전자前者는 이행二行을 일련一聯으로 하야 예例를 들면 (아이엄의 시四, 삼가시三脚式이 ㄹ년 띠-터라든지) 산련三聯으로 합 수두 잇고 후자後者는 사행四行윽 일련으로 하야 삼련으로 할 수 잇는데, 요컨대 시조의 삼행이라는 원칙적 기본基本 특수성特殊性을 그대로 보존保存하자는 것이다. 그러치 안코는 하필何必 시조 영역이라 할 아모런 이유理由도 업다. 내용만을 중요시重要視한다면 차라리 산문散文이 되는 것이 가장 정확正確할 것이니, 시가 시로서의 생명적生命的 표현미表現美 그리고 그것이 영影, 오탈자하는 내용·효과內容效果 더구나 시조미時調美의 특수화特殊化는 '시조형時調型을 부정否定할 나면 모르거니와 그것을 긍정肯定한다면 이 조건條件만은 또 긍정되어야 할 것이다'. 영어 전환형轉換響 때의 의미연역意味演繹 때문에 그 행수의 무제한無制限을 보이는 것은 결국結局 이 표현미表現美의 특수가치特殊價値를 소실消失한 것이며 그것은 기술부족技術不足이라는 이외以外에 변명辯明할 더 큰 여지餘地가 업는 것이다. 삼행을 육행 혹은 십이행으로 용허容許한다는 것은 그야말로 번역의 편의便宜를 용인하면서 또한 삼행성三行性을 보류保留하자 할데 잇다.[179]

그리고 이 육행이라는 것도 각 이행식二行式이 '러온 라인'이 되거나 또는 연속連續될 수 있는 구독점句讀點의 지경일 것이며 이와 가튼 의미에서 십이행 중의 각 사행도 유기적有機的 관련을 가질 것이니 이것은 시조자체의 본질성本質性일 것이다. 그리고 또 전삼행식全三行式보담 육행가 비교比較 단소短少한 것으로 배열排列될 것은 물론 십이행은 훨씬 더 각수脚數은 적어질 것이다. 그리고 십이행식十二行式은 수가 과하니 극히 필요한데 이용利用하나 될 수 잇스면 삼행과 육행에 한함이 원칙原則이다. 그러므로 결국結局 효과는 삼행식이나 육행식이나 십이행식이나 모다 시조 삼행의 호흡呼吸을 떠나지 안흘 것만은 유의留意하야될 것이다. 또 시조 제3행第三行이 종말終末 효과로서의

---

179 鄭寅燮, 앞의 글.

특수표현特殊表現이 있다하야 그것만을 전이행前二行보담 일율一律로 하지 안코 다른 변칙變則을 둔다고 할 수 있스나 영시화될 때는 제3행이 반드시 제삼련에 온다고도 할 수 업스니 원칙적으로 그 제3행만의 변법變法은 그다지 커다란 숫자數字를 가지지 못하는 것이다.[180]

시조는 3행으로 성립되어 있으며 이를 세분하면 각 행이 2부분으로 나뉘며 다시 4부분으로 나눌 수도 있다고 보았다. 따라서 영역시조는 3행, 6행, 12행의 세 가지 종류로 정형화될 필요성을 가졌다고 보았다. 그리고 6행으로 될 때는 2행을 1연으로 하는 3연 형식이 될 수도 있고, 12행으로 될 때는 4행을 1연으로 하는 3연 형식이 될 수 있다고 하였다. 즉 시조의 3행이라는 원칙적 기본 특수성을 그대로 유지하면서도 그 형식에 있어 여러 가지 가능성을 열어두는 유연성을 보이는 것이다.

그는 시는 시로 번역되어야 한다는 생각을 강하게 갖고 있었다. 내용만을 중요시한다면 차라리 산문으로 번역하는 것이 가장 정확할 것이라며 시가 시로서의 생명적 표현미와 그것이 보여주는 내용 효과, 그리고 시조의 아름다움이 모두 번역시에서 표현되어야 한다고 주장하였다. 만약 의미를 전달하는 데 치중하여 그 행수의 무제한을 보인다면 이는 표현미의 특수가치를 소실한 것이며 그것은 바로 번역자의 기술 부족에 기인한 것이라고 하였다. 영역시조의 행수를 3행, 혹은 6행, 혹은 12행으로 허용한다는 것은 그야말로 번역의 편의를 용인하면서 또한 시조의 3행성을 유지하자는 데 있었던 것이다.

그리고 시조 제3행이 종말 효과로서의 특수표현이 있다고 해서 그것만을 앞의 2행과 달리 다른 변칙을 둔다고 할 수 있으나, 영시화될 때는 제3행이 반드시 제3연에 온다고 할 수 없으니 원칙적으로 제3행만의 변법은 그다지 커다란

---

180 鄭寅燮, 앞의 글, 1933.10.5.

수자를 갖지 못한다고 하였다. 그는 시조 종장이 종말 효과를 갖고 있다는 것을 인식했지만, 이를 영시에서 '변법'을 두어 표현할 필요는 없다고 하였다.

이상의 논의를 정리하자면, 정인섭은 시조의 형식적 특성을 드러내는 3행시에 관해서는 3행, 6행, 12행의 유연함을 두고, 종장의 특수 효과에 대해서도 굳이 살릴 필요가 없다고 보았다. 반면 영시의 구성 요소에 관해서는 장황하게 그 명칭들을 늘어놓고, 이러한 요소들의 적용에 있어서는 "이의異議없이 그 효과를 당연히 적용할 필요"가 있으며 "충분히 이용해야 될 것은 물론"이며 "당연히 이용할 것도 다언을 요치 않는다"며 단호한 긍정을 넘어 규범적 당위성을 보이고 있다. 그는 시조를 영시화하는 데 있어 시조와 영시라는 서로 다른 두 장르의 특성이 모두 드러나는 중간 혼합적 태도를 견지해왔지만, 실상 이를 구체화하는 방법론에 있어서는 시조의 형식적 요소보다 영시의 형식적 요소에 더 중요성을 두며 기울어 있는 것으로 보인다.

조재룡은 정인섭의 이러한 주장에 주목하여 정인섭의 역시론과 에트킨트의 번역론 사이에 자리잡고 있는 인식론적 합의점을 지적하였다. 정인섭과 에트킨트의 번역론은 원텍스트의 형식적이고 고유한 측면을 번역에서 살려내려는 유사점을 가졌다고 본 것이다.[181] 정인섭과 에트킨트의 번역론은 매우 유사하면서도 또 중요한 지점에서 차이를 보이게 된다. 정인섭은 정형시인 시조는 반드시 정형시로 번역되어야 한다고 주장하였다. 이는 운문의 운문 번역을 주장했던 에트킨트의 번역론과 맞닿아 있는 부분이다. 에트킨트는 "운문은 오로지 운문으로 번역할 수밖에 없으며, 또 그렇게 번역해야만 한다"[182]고 주장하였

---

181 조재룡, 「프랑스와 한국의 번역이론 비교 연구문학텍스트의 특수성을 중심으로」, 『인문과학』, 성균관대 인문과학연구소, 2007, 109면.

182 Efim Etkind, *Un art en crise, essai de poétique de la traduction poétique*, L'Age d'Homme, 1982, p.276. 에트킨트의 이론에 관해서는 조재룡, 「운문의 운문으로의 번역은 가능한가」, 『번역시의 운율』, 소명출판, 2012 참조.

다. 하지만 에트킨트가 원작의 운문적 요소들을 번역시에서도 반드시 재현해야 한다고 주장했던 반면, 정인섭은 다만 시조의 행수 그것도 3행, 6행, 12행을 모두 허용하는 다소 헐거운 정형성을 요구했다는 점에서는 차이를 보인다고 할 수 있다. 나아가 정인섭은 번역시에 원작의 요소뿐만 아니라 영시로서의 운문적 요소까지 "이의없이 그 효과를 당연히 적용할 필요"가 있다고 하며 에트킨트의 번역론과도 거리를 두고 독자적인 '중간 혼합형'을 주장하였다고 할 수 있다.

5) 수주樹州 변영로卞榮魯의 영역시조에 대한 비평

정인섭은 시조 번역에 관한 자신의 입장을 정리한 후 수주 변영로의 영역시조에 관해 본격적인 비평을 시작한다. 그가 「시조영역론」을 집필하게 된 계기가 바로 여기에 있었기 때문이다. 그는 비평의 논거로 두 가지를 들고 있다. 하나는 원작인 시조의 특성을 구현했는지 여부이며, 다른 하나는 번역시가 영시로서의 규범을 따르고 있는지에 대한 검토이다. 번역비평에서도 이렇듯 시조와 영시라는 두 가지 규범을 동시에 내세워 어느 한 쪽에 치우치지 않은 중간적인 입장을 취했던 것으로 보인다. 그런데 이 두 개의 잣대를 유심히 관찰해 보면 그가 시조와 영시라는 두 개의 잣대 중 어느 하나에 좀 더 우선순위를 두고 있는 것을 발견할 수 있다.

(1) 시조의 형식적 특성 구현 여부

그런데 이 행수에 대한 문제로서 수주의 영역에 고찰考察을 해보건댄 필자가 조사調査한 바에 의하면 중앙지상中央紙上에서 발견發見되는 십팔개十八個 중에 십오번十五番과 십육번十六番의 육행을 제除하고는 모다 사행으로 성립成立시기엇스니 사행이란 것의 필연적 존재 이유를 원칙적으로 확립確立키 어려운 것인 줄 생각한다. 즉 대부분大部分

이 거진 전부全部다 해도 과언過言이 아닐 만큼 시조를 사행으로 영역한 이유는 내奈(?)에 잇는가? 물론 역된 각자현상各自現象으로는 각기各其 배급配給되어 잇지마는 대체大體 시조 삼행을 하필 왈 사행으로 역할 필요가 무엇인가. '그러케허니 가장 잘된다' 하면 맹목적盲目的 이유라는 것으로 변명될는지 모르나 그러한 막연漠然한 성립은 학적學的 태도에서 용인容認키 어렵거니와 수주의 역을 보면 구타여 그러케 억지로 사행화四行化한 자취가 역력歷歷히 보이며 또 시조원문時調原文에는 업는 시구라든가, 행용어行用語를 배합配合한 점點이 허다許多한 것을 발견할 수 잇다. 더구나 제칠번第七番은 이행二行 다음에 'Cease Weeping'만이 일행을 성립시켜 전부 오행으로 된 것도 볼 수 잇다. 인쇄印刷의 착오錯誤인지 사실인지는 모르나 '라임'을 위爲해 그런 것 갓기도 한대, 만약萬若 그러타고 하면 더욱 시조 영역의 특수한계特殊限界가 더욱 혼란混亂하고 그 행수의 표준標準이 업는 것으로밖에 해석되지 안는다.[183]

이와 가튼 예는 그만 들고 하여튼 수주의 시조 영역은 그 근본적 정형定型으로서의 본질 요소의 하나인 시조행수時調行數 또는 구절에 대하야 '등량적等量的 적용법適應法'을 사용치 안헛스며 사행주류四行主流 주의主義의 이유가 양해諒解되기 어렵다고 볼 수 잇다. 우연偶然히든 의식적意識的이든 사행형은 전적으로 긍정하기에 만흔 저주躇躕를 늣기는 바이다. 영시라고 반드시 사행이 최소단위最小單位은 아니라면 더욱 그 이유를 해석하기 어렵다 그리고 형태로 보아 그것이 일견 시조역時調譯이라고 하기에는 더욱 곤난困難할뿐 아니라 억지로 사행으로 연장延長함으로 내의상內意上으로 보아도 무슨 시조를 역햇다는 직각성直覺性을 말살抹殺시기지나 안흘가? 조선시조를 잘 모르니 그러켓지 하는 감정적感情的 반문反問도 잇슬 수 잇겟지마는 이것은 결국 상식적常識的 문제요 시조를 상당히 이해하는 사람으로서 또 영시를 어느 정도程度까지 감상鑑賞하는 사람을 전제前提도 하고 이 결언結言을 하는 것이니까 그것은 독자 中 그런 능력 가진 분으로서 먼저 수주의 영역된 것만을 보고는 시조형의 직각성直覺性과 어느 시조역인가

---

183 鄭寅燮, 앞의 글, 1933.10.5.

의 직각성이 대단大段 박약薄弱한 것을 발견할 것이다. 이것은 그러케 과장誇張이 아니고 하는 말이다. 객관적客觀的으로 타진打診할 필요가 잇고 또한 사실은 사실대로 말하지 안흘 수 업스니 이것을 결코 곡설曲說로 들어서는 학學의 비판에 감정感情을 유입誘入시키는 것 밧게 되지 안흘 것이요 본론을 쓰는 필자의 본망本望도 아니다.[184]

그는 앞서 시조의 특수성을 부각시키기 위해서는 번역시의 행수가 3행성을 가져야 한다고 하였다. 그러나 수주의 번역시는 3행성을 상실한 4행시이다. 정인섭은 여기에 강한 의문을 제기한다. 그는 변영로의 번역시가 억지로 4행으로 삼은 흔적이 보인다며, 시조 원문과 내용상에서도 차이가 나는 점을 지적하였다. 수주의 번역은 형태로 보아 그것이 시조번역이라고 하기에는 곤란하며 억지로 4행으로 연장하여 의미로 보아도 무슨 시조를 번역한 것인지 알 수 없게 하였다고 비판하였다. 원작인 시조의 형식에서 멀어짐으로써 그 내용까지도 변형이 일어나는 것을 지적한 것이다. 결국 수주의 영역시조만을 보고는 이것이 시조를 영역한 것인지, 또 시조라면 어떤 작품을 번역한 것인지를 알게 하는 직각성이 대단히 박약하다고 평가하였다.

(2) 영시의 형식적 특성 구현 여부

다음에 중요한 문제는 '미-터'와 '각수脚數'이니 시조를 '아이엠ambus : 약강'으로 할 것이냐? '트로-키Tochee : 강약'가 조흐냐 '애너피-스트Anapaest : 약약강'냐 '댁틸Dactyl : 강약약'이냐 '앵피브렉'이냐? 또는 '앵피머서'이냐? 하는 문제와 그러한 여러 가지 음성율音性律의 억양수抑揚數를 일행一行에 몇 각脚을 두느냐하는 것-즉 '모노 미-터monometer', '다이미터dimeter', '트라이미터trimeter', '테트라미터tetrameter', '헵터 미-터pentameter', '헥저미터hexameter', '헵터미터heptameter', '옥저미터octameter' 등의 팔종八種 혹은 기其 이상以

184 鄭寅燮, 「時調英譯論 五, 樹州氏에게도 一言함」, 『조선중앙일보』, 1933.10.6.

上 어떠한 각수로서 영역할 것이냐 하는데 중대한 관심을 늦기게 된다. 이것은 오히려 행수보담 더 중요한 시가성詩歌性, 더구나 정형시의 절대조건絶對條件인 바 산문시散文詩로 영역한다 할지라도 '미-터' 효과는 유의留意할 것이니 황況 시조 정형성에 잇서서는 더욱 불가결不可缺이라고 하겟다. 그런데 이 음성율音性律에 대하 것은 조선어음朝鮮語音이 '애센트'가 지방적地方的으로도 다르고 또 영어英語만큼 문제시問題視 안흘뿐 아니라 원래元來 조선어와 영어와의 차이差異로써 모든 시조를 일정一定한 한 종류種類의 '미-터'로 규정화規定化하기는 어려울 줄 믿는다. 그럼으로 시조 영역은 정형시로 역하되 반드시 '아이엄'만으로 하야 된다든지, '틀키'로 하야된다든지 일률화하기는 어려울 것 같고 또 시조마다 자수字數는 비등比等하지마는 고저율高低律은 일정치 안흐니 반드시 억양抑揚으로, 또는 양억揚抑으로, 혹은 무엇으로 (…중략…) 정하지 못함으로 이것은 어떠한 '미-터'든지 응용할 수 잇다고 생각한다. 그러나 문제는 거긔 잇는 것이 아니라 한 개個의 시조 영역에 잇서서는 기시조만으로서의 대체 중심 미-터는 규정되여야 한다는 것이다.[185]

이것이 업다면 도저히 정형시라고 할 수 업고 '미-터의 비빔밥이 극極히 자미업는 상태狀態에 혼잡화混雜化'되여 잇다면 이것은 오히려 산문시散文詩로 밧게 볼 수 업고 황 시적미화詩的美化가 업슬 때는 산문시 이하以下의 보통 산문散文밧게 되지 안흘 것이다.[186]

정인섭은 수주의 번역을 비평하는 두 번째 잣대로 도착어인 영시의 규범, 즉 미터와 각수를 들고 있다. 그런데 그는 이 두 번째 잣대에 대해 "이것은 오히려 행수보담 더 중요한 시가성, 더구나 정형시의 절대조건"이라고 하였다. 앞서 시조의 형식적 특성을 드러내는 요소로 3행성을 주장했는데, 미터와 각수는 3행성보다 더 중요한 시가성이라고 하고 있다. 시가성이란 영시로서 운문이 되기 위한 조건으로 정형시의 절대조건으로 "이것이 없으면 도저히 정형이라고 할

---

185 위의 글.
186 鄭寅燮, 「時調英譯論 五, 樹州氏에게도 一言함」, 『조선중앙일보』, 1933.10.7.

수 없"다고 하며, 미터와 각수를 번역시 형식의 가장 중요한 요소로 삼고 있다. 그는 그동안 시조의 특수성을 고려한 영시화를 주장하며 두 가지 요소를 모두 고려한 중간 혼합적 입장을 견지하였다. 그러나 이 지점에 이르러 그가 주장한 중간 혼합형이 사실은 영시의 운문성을 우위로 한 것임이 밝혀진다. 이 글의 양상 분류에 따르자면 외적으로는 중간 혼합형을 표방하고 있지만, 내적으로는 수용자 지향의 성격을 보인다고 보아야 할 것이다.

시조의 운율韻律은 보통 자유시自由詩보담 그 유창流暢하고 세련洗鍊된 어구미語句美에도 특질을 발견할 수 잇다면 이것의 영시에 잇서서는 미-터의 정기적定期的 유동미流動美란 것을 도저히 무시無視할 수 업는 것이다. 그리고 각脚도 수數한 시조에 잇서서도 역시亦是 영시에서 관용慣用되는 체계體系를 가져야 할 것이다. 삼행으로 역된다면 삼행이 모다 각각各各 대략大略 동일수同一數의 각을 가지는 것이 원칙原則이요. 이것은 시조 매행 자수의 한계성限界性도 원인原因이 되겟지만은 영시 자체自體의 본질로 보아서도 일행 이행 삼행의 각수가 넘우 무결석無缺席하다면 이도 또한 정형시의 체재體裁를 무시하는 것이 된다. 물론 육행식에서 제일 제이행이 각수가 다를지라도 무관하나 이행식이 일련一聯, 스탠저으로 되는 것을 전제前提로도 할 수 잇는 의미에서 매련每聯은 적어도 각수의 동반성同伴性이란 것은 보존하여야 할 것이다. 극히 부득이한 경우의 십이행 것도 매련을 단위單位로 볼 대 역시 상응적相應的 등량성等量性=즉「코레스폰딍」은 잇서야 할 것이다. 예언例言하면 제일련이 사삼사삼四三四三이면 제이도 제삼도 그러하겟고 삼이오사三二五四이면 제이 제삼도 역시 그와 가튼 각수를 가지는 것이 조홀가 한다 그러고 시조 제삼절이 영역시에서 ꞁ트로 캄플럿對句 형식으로 되는 특별효과特別效果로 인정할 수 잇는 정도程度는 허용許容할 수 잇슬가한다. 그러나 구句는 절대조건은 물론 아니다. 하여튼「미-터」의 성性과 수數는 동일역시同一譯詩에서는 주류主流를 단정斷定할 수 잇는 동반성을 가져야 할 것이다. 이것은 시조 영역에 특히 중요한 부분이다.[187]

구체적으로 영역시조에서 각수에 대한 원칙을 살펴보자. 정인섭은 영역시조가 영시로서 정형성을 갖추기 위해서는 영역시의 각 행이 모두 각각 대략 동일한 숫자의 각을 가지는 것을 원칙으로 해야 한다고 하였다. 이는 시조 매행의 글자수의 한계성도 원인이 되겠지만, 영시 자체의 본질로 보아서도 각 행의 각수가 무결석하다면 이 또한 정형시의 체재를 무시하는 것이기에 영역시조의 매 연은 적어도 각수의 동반성이라는 것을 보존해야 한다고 하였다. 그리고 이 동반성은 시조 영역에 있어 특히 중요한 부분이라며 강조하였다. 즉 정인섭의 영역시조론은 행수에 있어 3행성을 유지해야 한다는 것을 제외한 모든 것, 즉 구체적인 시어의 선택이나 배열에 있어서는 영시의 구성요소들을 적극 활용해야 하고, 또한 반드시 엄수할 것을 주장하고 있다.

이런 의미에서 볼 때 정인섭의 번역론은 원작의 의미와 형식을 모두 번역해야 한다고 주장한 베르만이나 메쇼닉의 번역론과는 오히려 정반대의 위치에 서 있으며, 원작의 형식적 특성을 번역시에서 고스란히 재현해야 한다고 주장한 에트킨트와도 차이를 보이게 된다. 그리고 수용자의 반응을 중시하며, 의미 전달을 위해 형식은 변형되어야한다고 주장했던 나이다와의 거리는 좁혀진다고 할 수 있다. 정인섭의 「시조영역론」을 서구 주요 번역이론가들과 비교해서 본다면 원전의 의미와 형식을 모두 번역해야한다고 주장한 원전 지향의 베르만과 메쇼닉과는 멀리 떨어져 있으면서, 형식적 요소 번역을 강조했던 에트킨트와 수용자 중심의 번역을 강조했던 나이다 주변의 어디 즈음이 아닐까 생각된다. 정인섭의 번역론이 서구의 번역 이론과 유사한 듯 보이면서도 결정적인 부분에서 갈라지고 또 갈라지며 결국은 독특한 지점에 서게 되는 것은 아마도 서구 번역이론에서 대상으로 삼았던 언어는 영어와 한국어의 차이에 비하면 상대적으로 친연성이 있는 서구 언어들인데 비해 정인섭의 번역론에 등장하는 영어와

---

187 위의 글.

한국어는 그 차이가 너무도 큰 데서 비롯된 것이 아닌가 생각된다. 그리고 1930년이라는 당시의 상황에서 영어와 한국어가 가졌던 권력의 차이가 서구 언어들 간의 차이보다 더 컸다는 점도 고려되어야 할 것이다.

(3) 각운에 대한 미터의 우위

정인섭은 앞서 영역시조에서 각운, 미터, 각수, 휴지 등 여러 가지 요소를 고려할 것을 언급했었다. 그러나 이 모든 요소들 중에서도 그는 특히 미터meter, 율격야말로 가장 중요한 것이라고 우선순위를 두었다.

> 그런데 이제 수주의 영역을 관찰하건대 「미-터」의 무질서無秩序와 각수의 혼잡混雜이 대단大段 농후濃厚하다 할 수 잇다. 만약 역자가 그것은 정형시로 역한 것이 아라고아니라고 가정假定한다 하면 더욱 큰 모순矛盾이 발견되는 것이 잇스니 그것은 그와 가티 '미-터'와 각수의 혼잡성混雜性이 잇슴에도 불구不拘하고 사행이란 주조主潮와 미율尾律 즉 '라임'만은 상당히 노력해서부터 노앗스니 '사행과 라임'은 적어도 정형시의 노력 윤곽輪廓을 의미한다고 해석할 수 밧게 업다. 그러나 '미-터'를 고루지안코 각수를 정리整理치 안코는 (…중략…) 이것이 성립되지 안흔 이상에는 (…중략…) '라임'이란 것은 실로 무의미無意味한 것이요 그것은 오히려 선결조건先決條件을 내포內包하지 안흔 사족蛇足에 불과하다고 할 수 잇다. 더구나 어떤 '라임'은 여간如干 군색하게 억지로 갓다 보인 것 갓고 혹은 '라임'되지 안흔 것을 '라임'으로 통용한 것 가튼 것이 능히 발견된다. 필자의 생각으로는 '쉐스피어' 또는 '밀톤' 등의 미운尾韻 업는 아이엄 오각五脚의 블랭크 버-스도 잇스니 '라임'은 오히려 그다지 결정적 조건이라기 보담 부수적附隨的으로 효과效果를 더하는 데 불과하다고 본다. 그러나 '미-터'의 혼란만은 치명적致命的 결함缺陷으로 인식認識되고 마는 것이다. 추상적抽象的으로 말하고 말 것이 아니라 실례實例를 들면 무수無數하다. 다음에 몇 가지를 예거例擧하고저 한다.[188]

정인섭이 수주의 영역시조에서 가장 문제로 삼는 것은 미터의 무질서와 각수의 혼잡이다. 수주의 번역시는 대략 4행이란 주조와 각운만을 고려하였다. 이 4행과 각운은 수주가 그 나름으로 정형시로서의 틀을 갖추고자 노력한 흔적이다. 하지만 정인섭은 "미터를 고르지 않고 각수를 정리하지 않고는 각운이란 것은 실로 무의미한 것이며, 이는 오히려 선결 요건을 내포하지 않은 사족에 불과한 것"이라고 하였다. 그는 영시 중 블랭크 버-스^{blank verse}[189]가 있는 것을 들어 각운은 정형시가 되는데 있어 부수적 요인이며 미터와 각수를 맞추는 것이 선결요인이라고 보았다.

그리고 구체적으로 수주의 영역시조 제1번을 예로 들어 스캐닝을 통해 각수와 미터가 일관성이 없음을 지적하고 각운을 맞추기 위해 원시에 없는 단어를 끼워 넣은 것을 두고 "의역의 정도라 하기보담 오히려 부자연한 기교적 침입"으로 해석하였다. 그리고 미터와 각수의 무정돈에다가 각운만 억지로 맞춘 것이 오히려 더 거슬리며, 그가 제시한 각운들 중에서 각운이라 하기 어려운 것도 있다는 사실도 지적하였다. 각운은 외형상 영시인 것처럼 보이는 장식에 불과하며, 내용의 시적 필유 요소인 미터의 정돈에 먼저 그 완성을 기해야 한다고 하였다.

6) 문체의 선택

정인섭은 시대에 관한 언어의 적용 여부에 관해서도 덧붙여 논의하였다. 시대에 관한 언어의 적용 여부란 영역시조에서 시어를 선택할 때 현대 영어로 할 것이냐 아니면 고음색을 가미할 것이냐의 문제를 말하는 것이다. 이에 대해 정인섭은 분명한 태도를 보이고 있다.

---

188 위의 글.
189 규칙적인 meter를 갖지만 각운은 없는 시의 형식.

그러면 대체大體 이 문제는 여하히 규정할 것이냐 하는 데 대해서 필자의 일개인一個人 입장立場으로 본다면 그것은 결코 그다지 중대한 문제가 아니라고 생각한다. 물론 스타일방점 있음의 전환은 필요하겟고 어감語感의 효과를 안 생각하는 것이 아니로되 시조를 영역한다는 목적目的이 어데 잇느냐 하면 그것은 현대인現代人 : 외국인(外國人)이나 조선인(朝鮮人)이나에게 이해되고 감상鑑賞되기 위함이요 결코 고대인古代人 환언換言하면 고시조古時調를 창작하든 시대의 사람임이미 사망(死亡)한 과거인(過去人)들을 위해서 지금 새삼스러이 역하는 것이 결코 아니다. 물론 고시조이니 그 고체古體를 본뜨면 조치안홀가하는 막연한 고식적姑識的 견해를 가질 수 잇슬는지 모르나 고시조는 그것이 창작될 그때는 벌서 그들과 그 시대의 민중民衆에게 대해서는 '그 당시當時로 말하면 일종의 현대어現代語요 그들은 기 당시로 보아서 또한 현대인이엇든 것이'. 그러면 우리에게는 그것이 고시조일는지 모를 그 사람들은 고대인 일는지 모르나 그 창작처創作處 역시 현대어로서 현대인에게 (…중략…) 환언하면, 당대인當代人에게 당대어當代語로서의 예술감藝術感을 주자는 것일 것이다. 그럼으로 사옹沙翁의 극劇을 반드시 신라新羅, 고려高麗 등 그러치 안흐면 적어도 현대어가 아닌 고색미古色味가 잇는 조선어-비근卑近하게 예를 들면 금강산金剛山 임성구식林聖九式의 신파연극식新派演劇式의 용어用語와 어감으로 번역할 필요가 업는 것과 마찬가지로 시조가 고시조이든지 현대창작이든지를 물론하고 우리가 영역할 때는 반드시 억지로 고전적인 비현대어적非現代語的 무-드를 가지고 할 필요가 업다. 그러나 다만 특별特別한 경우에 무슨 역문숙어譯文熟語 가튼 것이라든지 '미-터'와 '리즘', '라임' 등의 관계關係이라든지 특수特殊한 때만 고전영시어풍古典英詩語風을 또는 인용어引用語를 적용適用하는 것은 괜찬치마는 현대어로서의 영역에 조끔 '스타일'의 고려考慮는 가급적可及的 필요하다고 보며 특히 원작자의 개별적個別的 차이差異도 고려考慮할 만한 것이다.[190]

190 鄭寅燮, 「時調英譯論 五, 樹州氏에게도 一言함」, 『조선중앙일보』, 1933.10.10.

이에 대한 정인섭의 입장은 단호하다. 시조가 고시조이든 현대시조이든 영역 시조가 고전적일 필요는 없다는 것이다. 그 근거로 수용자를 거론한다. 고시조 영역의 목적이 현대인에게 이해되고 감상되기 위함이지 결코 고시조 창작 당시의 사람들은 위함이 아니라는 것이다. 그리고 우리가 오늘날 고시조라고 하지만 그것이 창작될 때는 그들도 자신의 현대어, 당대어를 사용했다는 점을 덧붙이고 있다. 원작이 가진 고풍스러운 느낌을 번역시에서도 재현할 것이냐 아니냐의 문제는 오늘날에도 여전히 논쟁적이다. 그런데 이 지점에서 정인섭은 원작이 가진 고유한 가치보다는 수용자의 입장을 더 중시하고 있다. 그가 초반부에서는 원작과 수용자 사이에서 균형감각을 유지하는 듯해 보였지만, 논의가 진행될수록 원작의 독특함보다는 수용자 언어에서의 규범을 강조하고, 언어의 스타일에서도 수용자에게 친숙하게 다가갈 수 있는 것을 선택하는 것을 알 수 있다.

7) 6행시 번역의 사례와 한계

정인섭은 이상의 논의를 마치고, 자신의 의견을 8가지 항목으로 정리한 후, 자신의 이론을 구체화하기 위해 정몽주의 「단심가」를 번역하여 구체적으로 보여주고 있다.

> This mortal dying and dying
> A hundred times again,
> White bodies becoming dust.
> Be, soul or may remain;
> Would my true and pure heart
> Given to Him deep-art?[191]

6행으로 하되 짝수행은 들여쓰기를 하여 3행성을 강조하였고, '아엄빅 트라이미터Iambic Trimeter, 약강 3보격가 주로 되게 하되, 4행, 5행의 첫머리에서는 강강, 강약을 두어 변화를 꾀하였다. 그리고 각운은 abcbdd로 하였다. 이 작품 하나만 두고 볼 때는 정인섭이 자신이 주장하던 바를 번역을 통해 실천에 옮겼다고 할 수 있다.

그런데 1963년 *A Pageant of Korean Poetry*라는 제목으로 본격적인 한국시 번역서를 출간하면서는 그 입장을 약간 바꾸고 있다. 이 책의 출간은 1963년이지만, 서문에 의하면 번역은 2차 대전 중에 시작하였다고 하니 「시조영역론」과의 시간적 거리가 그다지 멀기만 한 것은 아닐 수도 있다. 시조 영역에 관한 번역 태도의 변화는 시간이 흐른 탓도 있지만, 그 자신이 번역비평가에서 번역자로 자리를 옮기며 비롯된 것이라고 볼 수 있을 것이다.

*A Pageant of Korean Poetry*에서 정인섭은 85수의 시조를 번역하였는데 모두 6행시로 하였고, 짝수행은 들여쓰기를 하여 3행성을 강조하였다. 그리고 4행과 5행 사이에 빈 행을 두었다. 아마도 이는 종장의 특수성을 부각시키기 위한 것으로 보이는데, 이로 인해 시조는 2연으로 이루어진 시가 되었다. 그리고 영시의 운율에 관해서는 다음과 같이 서문에 기록하였다.

번역에 있어서, 나는 몇 몇 시에서 각운을 포함한 운율적 접근을 시도하였다. 하지만 영어와 한국어로 쓰인 두 개의 문학에서 보이는 정서도 서로 다르고, 또 두 개의 언어가 가진 언어적 차이도 있어서 이 책에 실린 시 전체를 (영시의) 운율에 맞춰 번역한다는 것은 거의 불가능하다는 것을 알게 되었다. 확신하건대, 서구의 독자들이 한

---

191 鄭寅燮, 「時調英譯論 五, 樹州氏에게도 一言함」, 『조선중앙일보』, 1933.10.11. 이 부분은 인쇄 상태가 매우 좋지 않아 판별하기 어려운 단어들이 있어 1968년에 간행된 단행본을 참고하였다. 단, 단행본에서는 들여쓰기를 하지 않았고, 어구를 수정한 것이 있다.

국의 시를 이해하는 가장 좋은 방법은 먼저 한국어를 배운 다음, 가능하면 이 책과 같은 번역서를 참고하면서 시의 원문을 읽어 나가는 것이다.[192]

그는 몇 몇 작품에서는 각운을 포함한 운율적 접근을 시도하였지만, 이 책에 실린 85편의 시 전체를 영시의 운율에 맞춰 번역하는 것은 거의 불가능하다는 것을 고백하고 있다. 그가 그토록 강조했던 미터와 각수를 고려하여 번역하려니 현실적으로 그게 어렵다는 것을 깨닫고 인정하게 된 것이다. 나아가 외국인이 한국 시가를 이해하는 가장 좋은 방법은 먼저 한국어를 배운 다음 이러한 번역서를 참고하며 시의 원문을 읽어 나가는 것이라고 하였다. 이러한 고백은 시조 번역의 어려움을 고스란히 보여주는 것이며, 또한 그가 「시조영역론」에서 주장한 "최소한도"로 지켜야 할 필수조건이라고 하였던 것들에 대해 다시 고민해 봐야할 필요가 있다는 것을 보여주는 것이기도 하다.

4. 정형시로 구조화한 변영태卞榮泰

일석逸石 변영태1892~1969는 정치가이자 영문학자였다. 19세에 보성중학교를 졸업하고 만주 통화현通化縣의 신흥학교를 졸업하고 1916년 협화대학協和大學에 입학하였다. 1920년 귀국하여 1943년까지 중앙고등보통학교에서 영어교사로

---

192 In translating, I tried for a certain number of verses in prosodic approach including rhymes, but the same task for metrical arrangements throughout the book was found almost impossible because of the linguistic gaps between the two languages, Korean and English, as well as the differences of emotional sentiments therein displayed in the creation of two different literatures. The best way, I am sure, to understand Korean poetry for Westerners is to master the Korean language first and then proceed to the reading of the original text, referring, if possible to such book of translation. Zong Insob, "Preface", *A Pageant of Korean Poetry*, Eomungag, 1963.

봉직했고, 광복 후 고려대 영문과 교수를 지냈으며, 후에 외무부 장관과 국무총리를 지냈다. 앞서 소개한 변영로와 형제이다.

1) 자료 개관 및 연구사 검토

일석 변영태는 1948년이라는 비교적 이른 시기에 100수가 넘는 영역시조를 수록한 단행본 *Songs from Korea*를 간행하였기에 20세기 전반기에 활동했던 번역자 중에서는 가장 널리 알려져 왔다. 하지만 그의 번역서 초판이 1936년에 나왔으며, 그 초판의 근간이 되는 작품들은 이미 1935년에 발표되었다는 사실에 대해서는 본격적으로 논의된 바가 없었다. 변영태의 시조 영역은 두 차례에 걸쳐서 이루어졌다. 1차 번역은 1935년 신문지상에서 67수가 소개되었고, 2차 번역은 그 이듬해 1차 번역에 35수를 더해 책으로 묶어서 간행하였다. 2차 번역은 1차 번역을 그대로 수용하고 확대한 것으로, 1차 번역 자료 중 대부분을 그대로 수록하였고, 몇몇 작품에서 약간의 수정이 있었다. 이런 면에서 볼 때, 변영태의 번역은 1948년 즉, 해방 이후에 이루어진 것이 아니라, 1930년대 국내에서 벌어졌던 시조 영역에 관한 논쟁의 흐름 속에서 산출된 것으로 보는 것이 더 타당할 것이다. 즉, *Songs from Korea*는 1933년 변영로에 의해 시작되고, 정인섭에 의해 본격적으로 논의된 시조 영역의 바람직한 방향에 대해 변영태가 내놓은 또 하나의 방법론이자 실천이었던 것이다. 변영태의 1차 번역과 2차 번역은 시기적으로도 거의 차이가 없으며 번역의 성격도 매우 유사하기에 필요한 경우가 아니면 따로 구분하지 않고 함께 서술할 것이다.

(1) 1차 번역 『동아일보』, 1935.10.25~1936.1.18

변영태는 1935년 10월 25일부터 이듬해 1월 18일까지 『동아일보』에 67수의 영역시조를 연재하였다. 『동아일보』는 발간되던 1920년부터 폐간되던 1940년

	번역시	원작	『동아일보』 게재일	2차 번역	행수
1	White snow the	春風이 건듯불어	1935.10.25	45	6
2	Steal on the breeze	白雪이 滿乾坤하니	1935.10.25	75	6
3	Disdain not butterflies	곳아 色을 믿고	1935.10.27	76	6
4	Suppose spring willows	綠蘿로 剪作三春柳	1935.10.27	77	6
5	Overnight the rough	간밤에 부든바람	1935.10.30	79	6
6	I never thought, you	어리고 성긴가지	1935.10.30	73	6
7	Are you a peony or	담안에 섯는곳이	1935.11.1	80	6
8	If weeping willow	버들은 실이되고	1935.11.1	78	6
9	The peace that holds	空山이 寂寞한데	1935.11.3	38	6
10	The sun sets 'mong	西山에 日暮하니	1935.11.3	50	6
11	I envy much your	白鷗야 부럽고나	1935.11.5	81	6
12	They call me old?	뉘라서 날늙다턴고	1935.11.5	72	6
13	Let us go, butteries,	나비야 靑山에가자	1935.11.6	82	6
14	I glance at what I	靑春에 보든거울	1935.11.6	65	6
15	I ask why you so	菊花야 너는 어이	1935.11.7	61	6
16	You egret standing on	빈배에 섯는 白鷗	1935.11.7	60	6
17	With thorns in hand to	한손에 막대잡고	1935.11.8	1	6
18	Alas! whom have I	내靑春 누구주고	1935.11.8	84	6
19	Why circle round the	長空에 떳는소리개	1935.11.10	43	6
20	O let my dream about	님그린 相思夢이	1935.11.10	71	6
21	They lofty pass of	바람이라도 쉬어	1935.11.12	85	6s
22	With my love on my	사랑을 찬찬얽동어	1935.11.12	86	6s
23	Shall I buy up love?	사랑을 사자하니	1935.11.14	87	6s
24	Make with a conqueror	고래물혀 채민바다	1935.11.14	88	6s
25	Don't heartlessly	울며 잡은소매	1935.11.19	49	6
26	A dream-seen love is	꿈에 뵈는님이	1935.11.19	70	6
27	The shallow wailed	간밤에 부든여울	1935.11.23	13	6
28	Could tread in dreams	꿈에 단니는길이	1935.11.23	51	6
29	Aleek-a-day! Love is	사랑이 거짓말이	1935.11.26	44	6
30	My youthful charm's	靑春 곱든樣	1935.11.26	55	6
31	Let us be changed in	우리둘이	1935.11.28	83	6
32	Let the comforting	겨울날 다사한볕을	1935.11.28	94	6
33	Mt. Taisan is a lofty	泰山이 높다하되	1935.11.29	22	6
34	Ten thousand pounds	萬鈞을 느려내어	1935.11.29	40	6
35	As like an arrow, fleet	歲月이 如流하니	1935.11.30	42	6
36	Don't run because you	잘가노라 닷지말며	1935.11.30	41	6
37	Though pleasant to	내해 조타하고	1935.12.4	5	6
38	Even if I die again	이몸이 죽고죽어	1935.12.4	2	6

	번역시	원작	『동아일보』게재일	2차 번역	행수
39	I know what I should	이몸이 죽어가서	1935.12.5	7	6
40	If wronged by others,	남이 害할지라도	1935.12.5	66	6
41	Would that my heart	내마음 덜어내어	1935.12.6	25	6
42	You were once a crane	靑天 구름밖에	1935.12.6	24	6
43	I'll shut my mouth	말하기 조타하고	1935.12.8	97	6
44	What I call black they	검으면 희다하고	1935.12.8	62	6
45	I now old, sick and	늙고 病든中에	1935.12.10	63	6
46	A springy, spotted,	瀟湘斑竹 길게베어	1935.12.10	99	6
47	Let those at pinnacles	꼭닥에 오르다하고	1935.12.19	98	6
48	You boisterous torrent	靑山裏 碧溪水야	1935.12.19	31	6
49	You egret that stand	淸溪邊 白沙上에	1935.12.21	46	6
50	O friend, let that which	이런들 어떠하며	1935.12.21	15	6
51	The fragrant orchids	幽蘭이 在谷하니	1935.12.22	16	6
52	Over the hilly hamlet	山村에 눈이오니	1935.12.22	36	6
53	Life is at most, a	人生天地 百年間에	1935.12.28	69	6
54	Have hills words?	말없는 靑山이오	1935.12.28	23	6
55	The hills are mighty	靑山도 절로절로	1936.1.11	21	6
56	My mind befooled so	마음이 어린後이니	1936.1.11	14	6
57	Butteries dance before	꽃보고 춤추는	1936.1.12	95	6
58	Spring showers swelled	春水滿四澤하니	1936.1.12	96	6
59	If tears were pearls	눈물이 眞珠라면	1936.1.14	26	6
60	When flowers you see	보거든 꺾지말고	1936.1.14	93	6
61	Who can make life of	人生이 둘가셋가	1936.1.15	100	6
62	You restless stream	秋成鎭胡樓밖에	1936.1.15	47	6
63	Wine's path is no right	술먹고 노는일을	1936.1.16	35	6
64	Tell me the worlds	天地 몇번재며	1936.1.16	52	6
65	From cozy napping by	거문고 줄꼬자노코	1936.1.17	59	6
66	When was the beautiful	달은 언제 나며	1936.1.17	54	6
67	Whate'er fate brings,	슬프나 질거우나	1936.1.18	48	6

까지 지속적으로 창작 시조를 게재할 만큼 시조 장르에 호의적이었고,[193] 1930 년대 『동아일보』 「학예」 면은 외국문학과 조선학에 관한 기사가 중심을 이룰 만큼[194] 외국문학에 대해서도 호의적이었다. 그의 1차 번역에 해당하는 신문 연

193 강영미, 「식민지시대 창작시조와 『동아일보』」, 『어문논집』 64, 민족어문학회, 2011, 166면.
194 이혜령, 「『동아일보』와 외국문학, 해외문학파와 미디어」, 『한국문학연구』 34, 동국대 한국문학

재 영역시조는 변영태의 영역시조를 이해하는 데 매우 중요하다. 이 자료는 이후 단행본으로 간행된 그의 2차 번역의 근간이 되고 있으며, 또한 2차 번역과 달리 원문도 제시하고 있다. 그리고 여기 제시한 번역시의 형식이 2차 번역과 약간 다른 점이 있기에 1차 번역 자료는 특히 주목을 요한다. 변영태의 1차 번역은 그 형태상 변영로의 2차 번역『조선중앙일보』, 1933 과 매우 유사하다. "시조 영역"이라는 제목을 달고 있다는 점과 원문과 번역시를 모두 제시했다는 면에서 볼 때 그러하다. 다만 변영로의 경우 한 번에 한 작품씩 한 달 정도 연재했던 것에 비해, 변영태는 한 번에

두 작품씩[195] 거의 석 달 가량 게재하였다. 따라서 게재된 전체 작품수도 17수^{변영로}에서 67수^{변영태}로 세 배 이상의 차이를 보이고 있다. 변영로에 의해『조선중앙일보』에서 처음 시작된 "영역시조"가 2년 후『동아일보』에 그 명칭과 형식이 그대로 받아들여지며 분량과 연재 기간은 확대되어 나타난 것이라고 할 수 있다. 옆에 인용한 것은 1935년 10월 25일『동아일보』에 처음 영역시조를 연재하였던 것이다.[196] 그의 1차 번역 67수는 모두 2차 번역에 다시 수록되었다.

(2) 2차 번역 *Songs from Korea*, 1936 · 1948

변영태의 2차 번역서인 *Songs from Korea*는 1988년 김재현이 한국시 영역의 현황을 조사하는 가운데 처음 그 서명이 거론되었다.[197] 『한국문학 번역서

연구소, 2008, 359면.
195 연재의 맨 마지막에 해당하는 1936년 1월 18일 자 신문에는 예외적으로 1수만 실려 있다.
196 편집상의 실수인지 이날 발표된 두 작품의 원문과 번역시가 바뀌어 수록되었다.
197 김재현, 「한국시 영역의 현황 및 방법론적 고찰 – 문제와 전망」, 『영어영문학』 34권 1호, 한국영

지 목록』에도 그 서명이 올랐지만 판형이 확인되지 않아 그 안에 담긴 내용은 소개되지 못했다. 하지만 1948년 간행된 책이 몇 몇 국내 대학 도서관에 소장되어 있으며, 해외 대학 도서관 가운데서도 이 책을 비치하고 있는 곳이 있다.[198] 다행히 최근 초기 영역시조에 대한 관심이 고조되며 2011년 지식과 교양에서 이 책을 다시 출간하여 변영태의 영역시조가 주목받게 되었다.[199]

대부분의 서지 목록이나 선행연구에서 그의 번역서적 *Songs from Korea*는 1948년, 즉 해방 이후에 간행된 것으로 서술하고 있다. 하지만 이는 초판이 남아 있지 않은 데서 연유한 것이다. 변영태의 번역서는 이보다 10년 정도 이른 시기인 1936년에 처음 간행되었다. 오늘날 우리가 접할 수 있는 판본은 1948년에 간행된 것인데, 이는 1936년 판본을 약간 보완하여 다시 간행한 것이다. 1936년에 간행된 서적은 현재 국내 대학 도서관에서 찾을 수는 없었지만, 『동아일보』 1936년 6월 17일 자 신문의 3면 9단 신간서평란에 보면 『조선의 歌*Songs From Korea*』에 대한 기사가 실려 있다.

어영문학회, 1988, 160면.

198 해외 대학 중에는 스탠포드대학과 하와이대학 도서관이 1948년 간행된 책을 소장하고 있다.

199 1948년 간행된 책에는 번역시만 있다. 하지만 2011년 간행된 책에는 번역시와 더불어 추정되는 원문이 함께 제시되어 독자의 이해를 돕고 있다. 2011년판에 제시된 원문 중 46번(You egret that stand on the sand)과 90번(The sunset brings me endless sighs)은 수정이 필요할 것으로 보인다. 46번의 경우 변영태가 『동아일보』(1935.12.21)에 번역시와 함께 아래의 원문을 제시하였기 때문이다. 변영태는 2차 번역에서 이 작품의 작자로 김광욱으로 제시했으나, 대부분의 가집에서는 작자를 유숭(俞崇)으로 기록하고 『증보 가곡원류』만이 김광욱으로 기록하고 있다. 90번의 경우 무명씨작이라 단정할 수 없지만 번역시의 내용과 비교해 봤을 때, 제시된 작품보다 아래 작품이 번역시에 더 가깝다.

#46 淸溪邊 白沙上에 혼자섯는 저白鷺야 / 나의 먹은뜻을 넨들아니 알앗스랴 / 風塵을 실히어함이야 네오 내오 다르랴.

#90 해지면 長歎息하니 蜀魄聲이 斷腸懷라 / 일시나 잊자더니 궂은비는 무삼일고 / 천리에 임 이별 잠 못 이뤄.(#5369.2)

	번역시	원작	『동아일보』 게재일	작가	행수
1	One holding thorns	한손에 막대잡고	1935.11.8	우탁	6
2	E'en if I die	이 몸이 죽고죽어	1935.12.4	정몽주	6
3	Immaculate egret	까마귀 싸우는 골에		정몽주 모친	6
4	Ah, we are all in	흥망이 유수하니		원천석	6
5	Though pleasant to you	내해 조타하고	1935.12.4	변계량	6
6	The seat of haf-	오백년 도읍지를		길재	6
7	I know what I should	이몸이 죽어가서	1935.12.5	성삼문	6
8	The north wind	삭풍은 나무끝에		김종서	6
9	Night falls o'er	추강에 밤이드니		월산대군	6
10	I forget what I hear	들은말 즉시잊고		송순	6
11	Lad, you needn't bother	짚방석 내지마라		한화(한호)	6
12	Who can it be you've	방안에 혔는		이개	6
13	The shallow wailed	간밤에 부든여울	1935.11.23	원호	6
14	My mind befooled so	마음이 어린後니	1936.1.11	서경덕	6
15	O friend, let that which	이런들 어떠하며	1935.12.21	이황	6
16	The fragrant orchids	幽蘭이 在谷하니	1935.12.22	이황	6
17	Before the hill there	山前에 有臺하고		이황	6
18	Name and career I've	당시에 녀던길을		이황	6
19	I wonder how the hill	청산은 어찌하여		이황	6
20	The ancients saw me	古人도 날못보고		이황	6
21	Hills are spontaneous	靑山도 절로절로	1936.1.11	김인후	6
22	Mt. Tai-san is a lofty	泰山이 높다하되	1935.11.29	양사언	6
23	Have hills words?	말없는 靑山이오	1935.12.28	성혼	6
24	You were a crane	靑天 구름밖에	1935.12.6	정철	6
25	Would that my heart	내마음 베어내어	1935.12.6	정철	6
26	If tears were pearls	눈물이 眞珠라면	1933.1.14	정철	6
27	Rain falls soft o'er	지당에 비뿌리고		조헌	6
28	A hook thrown in the	창랑에 낚시넣고		조헌	6
29	On moonlight-flooded	한산섬 달밝은밤에		이순신	6
30	Incomprehensible!	어져 내일이야		황진이	6
31	You boisterous torrent	靑山裏 碧溪水야	1935.12.19	황진이	6
32	No fine-sprayed	녹양이 천만사인들		이원익	6
33	You cloud that rest as	철령 높은봉에		이항복	6
34	The moon's been	달이 두렷하여		이덕형	6
35	Wine's path is no	술먹고 노는일을	1936.1.16	신흠	6
36	Over the hilly hamlet	山村에 눈이오니	1935.12.22	신흠	6
37	O Han-yang, royal	가노라 삼각산아		김상헌	6
38	The peace that holds	空山이 寂寞한데	1935.11.3	정충신	6

	번역시	원작	『동아일보』 게재일	작가	행수
39	From the famed	형산에 박옥을 얻어		주의식	6
40	I wish ten thousand	萬鈞을 느려내어	1935.11.29	박인로	6
41	Don't run because you	잘가노라 닷지말며	1935.11.30	김천택	6
42	As, like an arrow,	歲月이 如流하니	1935.11.30	김진태	6
43	Why circle round the	長空에 떳는소리개	1935.11.10	김진태	6
44	Alack-a-day! Love is	사랑이 거짓말이	1936.11.26	김상용	6
45	With the sweet breezes	春風이 건듯불어	1935.10.25	김광욱	6
46	You egret that stand	淸溪邊 白沙上에	1935.12.21	김광욱	6
47	You restless stream	楸城鎭胡樓밖에	1936.1.15	윤선도	6
48	Whate'er fate brings,	슬프나 질거우나	1936.1.18	윤선도	6
49	Don't heartlessly brush	울며 잡은소매	1935.11.19	이명한	6
50	The sun sets o'er the	西山에 日暮하니	1935.11.3	이명한	6
51	Could tread in dreams	꿈에 단니는길이	1935.11.23	이명한	6
52	Tell me the worlds	天地 몇번재며	1936.1.16	조찬한	6
53	The sound of passing	淸江에 비듯는소리		효종	6
54	When was the beautiful	달은 언제 나며	1936.1.17	정태화	6
55	My youthful charm's	靑春 곱든樣姿	1935.11.26	강백년	6
56	Like his own pupil	님이 헤오시매		송시열	6
57	Is not eastern window	동창이 밝았느냐		남구만	6
58	A fire is blazing in my	胸中에 불이나니		박태보	6
59	From napping sweetly	거문고 줄꼬자노코	1936.1.17	김창업	6
60	You egret standin on	빈배에 섯는白鷺	1935.11.7	김영	6
61	I ask you why you	菊花야 너는 어이	1935.11.7	이정보	6
62	What I call black they	검으면 희다하고	1935.12.8	김수장	6
63	I'm now old, sick and	늙고 病든 中에	1935.12.10	김우규	6
64	O wild goose passing	霜天 明月夜에		송종원	6
65	I look in what I often	靑春에 보든거울	1935.11.6	이정신	6
66	If wronged by others,	남이 害할지라도	1935.12.5	이정신	6
67	Dream for me far-away	꿈이 날 위하여		이정신	6
68	Spring lingers on	巖花에 春晩한데		신희문	6
69	Life is, at most, a	人生天地 百年間에	1935.12.28	신희문	6
70	A dream-seen love is	꿈에 뵈는님이	1935.11.19	명옥	6
71	O let my dreams about	님그린 相思夢이	1935.11.10	박효관	6
72	They call me old?	뉘라서 날 늙다턴고	1935.11.5	이중집	6
73	I never thought, you	어리고 성긴가지	1935.10.30	안민영	6
74	The sun sets and she	해지고 돋는달이		안민영	6
75	White snow the	白雪이 滿乾坤하니	1935.10.25	무명씨	6
76	Disdain not the	꽃아 色을 믿고	1935.10.27	무명씨	6

	번역시	원작	『동아일보』 게재일	작가	행수
77	Suppose spring willows	綠羅로 剪作三春柳	1935.10.27	무명씨	6
78	If weeping-willow	버들은 실이되고	1935.11.1	무명씨	6
79	O'ernight the wind has	간밤에 부든바람	1935.10.30	무명씨	6
80	Are you a peony or	담안에 섯는곳이	1935.11.1	무명씨	6
81	I envy much your lot,	白鷗야 부럽고나	1935.11.5	무명씨	6
82	Let us go, butterflies,	나비야 靑山에가자	1935.11.6	무명씨	6
83	Let us be changed in	우리둘이 後生하여	1935.11.28	무명씨	6
84	Alas, whom have I	내靑春 누구주고	1935.11.8	무명씨	6
85	The lofty pass of	바람이라도 쉬어	1935.11.12	무명씨	6s
86	With my love on my	사랑을찬찬읽동여	1935.11.12	무명씨	6s
87	Shall I buy up love?	사랑을 사자하니	1935.11.14	무명씨	6s
88	Make with a	고래물혀 채민바다	1935.11.14	무명씨	6s
89	A needle drops into	대천바다 한가운데		무명씨	6s
90	The sunset brings me	히 지면 長歎息하고		무명씨	6
91	What was love like?	사랑이 어떻더니		무명씨	6
92	With snow and moon	雪月이 만정한데		무명씨	6
93	When a flower's seen	보거든 겪지말고	1936.1.14	무명씨	6
94	Let benign winter	겨울날 다사한볕을	1935.11.28	무명씨	6
95	Butterflies dance before	꽃보고 춤추는나뷔	1936.1.12	무명씨	6
96	Spring showers swelled	春水滿四澤하니	1936.1.12	무명씨	6
97	I'll shut my mouth	말하기 조타하고	1935.12.8	무명씨	6
98	Let those on pinnalcles	꼭닥에 오르다하고	1935.12.19	무명씨	6
99	Taking a springy,	瀟湘斑竹 길게베어	1935.12.10	무명씨	6
100	Who can make life of	인생이 둘가셋가	1936.1.15	무명씨	6
101	O Egret, do not scorn	가마귀 검다하고		무명씨	6
102	What ten year's planned	십년을 경영하여		무명씨	6

▲『조선의 歌Songs From Korea』

변영태卞榮泰 평저評著

고인古人 시조時調 백이편百二篇의 영평英評과 저자著者 자작自作의 영시英詩 이십칠수二十七首.

권말卷末에는 시조 작자作者의 약전略傳을 부附함.

정가定價 일원一圓

판매소販賣所

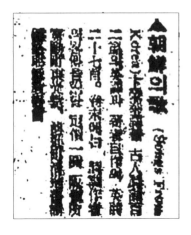

신문의 인쇄 상태가 좋지 않아 후반부는 판독이 어렵지만, 서명과 저자명은 분명히 확인 할 수 있다. 게다가 이 책은 고시조 102수, 자작 영시 27수로 구성되어 있으며 권말에는 시조 작가의 간략한 소개가 있다고 하였는데, 이는 현전하는 1948년 간행본과 매우 유사하다. 1948년 판본에는 Part1 고시조 102수, Part2 창작 영시 32수 그리고 권말에 부록으로 시조 작가에 대한 간략한 정보가 수록되어 있다. 1936년 간행되었던 책에서 자작시를 5수 추가한 것을 제외하면 거의 그대로 수록한 셈이다. 내용에서 시구를 가다듬는 정도의 변화는 있었을 수도 있지만 전반적인 체재나 영역시조의 편수에는 변화가 없었을 것으로 추정된다. 이 책에 실린 영역시조 102편은 1차 번역 67편을 다시 수록하면서 35편을 추가한 것이다. 1차 번역에서와 마찬가지로 평시조 중심이며 5편의 사설시조가 포함되어 있다. 모든 시는 6행시로 번역되었다.

(3) 연구사 검토

변영태의 영역시조는 비교적 일찍부터 학계에서 논의되었다. 임선묵은 변영태의 1차 번역과 2차 번역의 존재를 모두 밝혔고, 번역시가 갖는 형식적 특성을 논하며 그의 번역이 갖는 의의와 한계를 명확하게 짚어 내었다. 그는 변영태의 번역은 시조의 서구권 접근을 위한 시도라는 점에서 의의가 있지만, 변영태가 가졌던 영시인으로서의 뛰어난 재능 때문에 원작을 왜곡할 만큼 해사적 표현이 이루어졌다고 지적하였다. 그리고 이러한 번역으로 영문 사용권의 독자들에게 무슨 영향을 미치며, 발신자인 우리에 대해 어떤 인식을 갖게 하겠는가 라는 질문을 던지며, 시조가 가진 어느 하나의 특성도 제 모습대로 전달된 수 있을 것 같지 않다고 결론지었다.[200] 그러나 그의 연구는 한역, 영역, 일역 등 시조의 번역 전반을 둘러싼 연구로서 영역과 관련된 심화 연구로 발전되지는 못했다. 다시 변영태의 번역이 연구대상으로 되기까지는 30년도 넘는 시간이 필요했다.

조규익은 변영태의 2차 번역을 대상으로 작품 선별 의식, 시조에 대한 인식, 번역에 대한 관점 및 번역의 양상까지 번역에 관한 중요한 지점들을 모두 고찰하였다. 그는 뚜렷한 목적과 방향 위에서 행한 시조 영역으로는 변영태가 실질적인 첫 사례라고 하며 그의 번역에 나타난 성격과 의미를 고찰하였다. 변영태는 대상 작품인 시조를 골고루 선정하였으며, 변영태가 시조를 '본질적으로 노래 부르기 위한 장르'로 인식한 것은 당시의 지식인으로서 갖기 쉽지 않은 탁월한 견해라고 보았다. 그리고 대부분의 번역은 원작자의 의도를 충실히 재현했으며, 일부 번역자의 해석적 의도가 반영된 경우도 있다고 보았다. 그리고 번역시의 형식에 대해서는 예시작품을 통해 각운을 살리고 약강 4보격으로 절묘하게 짜여졌다는 점을 부각시키며 변영태의 시조 영역은 내용적인 면 뿐 아니라 운율 등 형식적인 면에서도 탁월한 모습을 보여준다고 하였다.[201] 그러나 그가 이 논문을 다시 변영태 번역서의 말미에 작품 해설로 재수록하면서 그 제목을 「변영태 영역시조의 아름다움」이라고 바꾼 데서 알 수 있듯이 그는 변영태의 2차 번역을 모범적 선례로 상정하고 그 특징과 의미[202]를 고찰하였다. 따라서 변영태의 번역에 대해 객관적인 관점에서 그 특성을 다시 짚어 보면서 논의할 필요가 있다.

---

200 임선묵, 「시조의 번역문제」, 『동양학』 5권, 단국대 동양학연구소, 1975, 16~20면.
201 조규익, 「변영태 영역시조의 성격과 의미」, 『온지논총』 29집, 온지학회, 2011, 309~333면.
202 위의 글, 311면.

2) 원전 추정

변영태는 1차 번역에서는 작자명은 제외한 채 원작을 밝혔고, 2차 번역에서는 원작은 생략했지만 작자명을 밝혔다. 2차 번역은 작자의 생몰 연대를 기준으로 작품을 배열하였기 때문에 작자명이 중요한 요인으로 작용하게 된 것이다. 현전하는 가집들과 비교해 보니, 특정 가집을 원전으로 삼고 번역했다고 보기는 어렵다. 1차 번역에서 일련번호 60번 작품 「보거든 꺾지 말고」는 『교주가곡집』과 『증보 가곡원류』에만 전하는 작품이다. 그리고 1차 번역 65번 작품 「거문고 줄 꼬자노코」는 2차 번역에서 59번으로 재수록 되었는데 이때 김창업으로 작자명이 추가되었다. 이 작품의 작가를 김창업으로 기록하고 있는 것은 『증보 가곡원류』뿐이다. 따라서 『증보 가곡원류』를 원전으로 상정해 볼 수 있다. 하지만 다른 작품을 검토해보면 이와 상치되는 경우가 적지 않다. 일례로 2차 번역 46번 작품 「어화 저 백구야」는 김광욱 작으로 소개하였다. 그런데 많은 가집에서 이 작품의 작자를 유숭⋆으로 기록하고 있다. 이 작품의 작자를 김창업으로 밝히고 있는 것은 『병와가곡집』뿐이다. 변영태는 2차 번역 3번 작품 「까마귀 싸우는 골에」의 작자를 정몽주 모친으로 기록하고 그에 맞게 배치하였다. 하지만 『교주가곡집』와 『증보 가곡원류』은 이 작품을 무명씨작으로 전하고 있다. 따라서 변영태가 특정 가집을 원전으로 삼고 번역했다고 보기는 어렵다.

원문, 작자 또 중요한 문제들에 관한 필자의 많은 의문점들을 해소시켜 주시고, 귀한 자료를 선뜻 내어주신 휘문중학교[203]의 이병기 선생님께 큰 감사의 말씀을 드린다.[204]

---

203 1905년 고종으로부터 휘문의숙이라는 이름을 하사받고, 1922년부터 휘문고등보통학교로 개편하였다가 1938년 휘문중학교로 개편한다.

204 Many thanks are due to Mr. I-byung-geui of the Hwi-moon Middle School, who has so generously placed his rare information of folk-songs at my disposal and made it possible to clear numerous doubts about the original text, authorship and other important points. Y.T. Pyun, "Foreword", *Songs from Korea*, The International Cultural Association, 1948, p.5.

그는 서문의 말미에서 이병기를 언급하며 원문, 원작자에 대한 의문을 해소해주었고, 희귀한 자료를 제공해주었다고 하며 감사의 뜻을 표하고 있다. 이병기가 제공해 주었다는 자료가 민요folk-song라고 표현했지만, 아마도 시조관련 자료가집일 것으로 추측된다.[205] 이러한 기록에 의거해 볼 때, 변영태는 당시 구할 수 있었던 여러 자료를 참고하여 번역하였던 것으로 추정된다.

3) 선시 및 배열상의 특성

1차 번역은 두 편씩원작 두 편, 번역시 두 편 거의 매일 신문에 연재되었다. 이때에는 선별이나 배열에 있어 특별한 경향성을 찾기 어렵다. 하지만 이 작품들이 2차 번역에서 책으로 수록되면서는 작자의 생몰연대에 의거해 시대순으로 배열되어 주목된다. 변영태는 작품 배열에 있어 뚜렷한 기준을 갖고 있었다.

> 이 책의 수록 작품들은 작가가 밝혀진 경우에는 작가의 생년월일에 따라 배열하였고, 출생연도가 확실하지 않은 경우에는 그 작가가 살았던 시대의 왕계王系의 순서를 따랐다. 무명씨 작품은 특별한 배열의 원칙을 두지 않고 필자와 출판사가 선택한 순서대로 수록했다. 모든 고시조는 주제를 갖고 있지 않다. 시조가 짧은 형태로 존재한다는 것이 주제를 전혀 갖고 있지 않다는 것에 대한 적절한 해명이 될 것이다. 어떤 의미에서는 작품 자체가 바로 주제이다. 하지만 이 작품들은 서로가 마치 교도소 안의 수감자들처럼 비슷해 보여서 편의상 번호를 붙였다. 작품을 읽는데 방해가 되지 않도록 작가의 약력은 책의 말미에 알파벳 순서로 수록하였다.[206]

---

205 이병기는 1940년 박문서관에서 『역대시조선』이라는 제목으로 고시조선집을 간행하였다. 이 책과 변영태의 번역서를 비교해 보았으나 작자명이나 표기에서 차이를 보였다. 예를 들면 변영태 2차 번역서의 3번 작품 〈까마귀 싸우는 골에〉의 작가를 정몽주 모친으로 기록하였고, 이병기의 『역대시조선』에서는 작가를 김정구로 하였다. 변영태가 특정 가집을 원전으로 삼고 번역했다고 보기는 어렵다.

206 Those songs whose authors are known are arranged either in the order of their birth

변영태는 작품 배열에 있어 먼저 유명씨 작품과 무명씨 작품으로 나누었다. 유명씨 작품 중에서 작가의 생년월일이 알려진 경우는 그에 의거하고, 그렇지 않은 경우는 작가가 살았던 시기에 통치했던 왕을 기준으로 하였다. 이는 기존에 가집이 악곡별로 배열한 후 그 안에서 작가의 생몰연대를 기준으로 배열했던 것과 유사하다. 하지만 실제 로 작품이 배열된 것을 살펴보면 생몰연대에 따른 배열이 제대로 이루어지지 않은 부분이 발견된다. 다음은 그가 밝힌 작가와 작품 번호이다.

주의식39번–박인로40번–김천택41번–김진태42번, 43번–김상용44번–김광욱45번, 46번 –윤선도47번, 48번–이명한49번, 50번, 51번

고시조 작가들은 그 생몰 연대를 알 수 없는 경우가 많아서 정확하게 시대순으로 배열하기가 쉽지 않다. 하지만, 변영태의 경우 책 말미에 부록을 두고 작가 정보를 주고 있다. 그가 제시한 이 정보에 의하면 주의식, 김천택, 김진태는 숙종 때1675~1720 사람으로 되어 있는데도 불구하고, 김상용1561~1637, 김광욱1580~1656, 이명한1595~1645, 윤선도1587~1671보다도 더 앞에 배치가 되어 있다. 즉 *Songs from Korea*는 전반적으로 작가의 생몰 연대에 따라 배열하였으되 그 배열이 정확하게 이루어졌다고 보기는 어렵다.

---

dates or, where they can not be ascertained, according to the order of the kings whom they are known to have served. Then follow the anonymous poems on no sort of arrangement at all. They just jostle along as we do. All of the old songs have no themes. In deed, their being so short might constitute an adequate excuse for having none at all. In a sense, they are themes themselves. However, they look like one another as so many prison inmates so that they are as conveniently numbered. To allow the songs to speak for themselves and let nothing interrupt their reading, the biographical notes are attached at the end of the book in the alphabetical order. Y.T. Pyun, op. cit., pp.4~5. 번역은 *Songs from Korea*(지식과 교양, 2011)에 수록된 것을 참조하되 일부는 저자가 수정하였다.

하지만 그 부정확함에도 불구하고, 영역시조를 작가의 생년월일에 따라 배치하려 했다는 점은 매우 주목할 만한 사실이다. 시대순 배열이 곧 문학사적 흐름을 보여주는 것은 아니지만, 영역시조의 문학사적 전개 양상을 보여주기 위한 기초 작업이 될 수 있기 때문이다. 해방 이후에 출간된 피터현Peter Hyun의 *Voices of the Dawn*John Murray, 1959, 하태흥Ha Taehung의 *Poetry and Music of the Classic Age*Yonsei Univ, 1960, 피터리Peter Lee의 *Anthology of Korean Poetry*The John Day Company, 1964, 아이네즈 공 배Inez Kong Pai의 *The Ever White Mountain*John Weatherhill, 1964, 정인섭Zong Insob의 *A Pageant of Korean Poetry*간Eomungag, 1964에 상당수의 영역시조가 들어 있는데, 이 책들은 모두 시대순으로 작품을 배열하고 있다. 이런 면에서 볼 때, 변영태의 영역시조집은 시대순으로 영역시조를 배치한 선구자적인 역할을 했다고 볼 수 있다.

다만 해방 이후 번역자들은 시조의 역사적 전개 양상을 보여주기 위해 작품을 선별하여 배열한 데 비해, 변영태의 경우는 처음부터 사적 전개를 염두에 두고 작품을 선별한 것이 아니라 임의로 선별된 작품을 사적으로 배열한 것이기에 시대적 특성이 제대로 드러나는 것은 아니다. 변영태의 경우 여말선초 역사적 격동기를 보여주는 작품이 거의 선별되지 않았으며, 시조사에서 가장 중요한 인물이라고 할 수 있는 윤선도의 작품이 겨우 2수만 인용되었으며 조선 후기의 다채로운 변화 양상도 거의 포착되지 못했다.

4) 번역시의 형식을 통해 본 번역자의 접근 태도

변영태 영역시조의 형식은 매우 중요하다. 왜냐하면 그는 100수가 넘는 모든 작품을 동일한 형식으로 번역했기 때문이다. 20세기 전반기 영역시조는 변영태에 이르러 비로소 일정한 양식, 즉 정형성을 갖추게 된 것이다. 이전에 게일이나 강용홀이 6행시를 선호하였고, 변영로가 4행시를 선호하였지만, 그들에게는 늘 예외적인 작품이 있었다. 하지만, 변영태는 시조가 가진 정형성을 분명하게 인식하고 이를 번역시에서도 재현하였다.

> 시조는 중국 한시와 구별되는 순수 한국어로 창작된 전통적인 시가 형식이다. 영시의 소네트와 매우 유사한 규칙성을 갖고 있지만, 길이가 그 절반 정도밖에 되지 않는다. 시조는 그 길이의 짧음에도 불구하고 나름의 휴지가 있다. 시조는 본질적으로 노래하기 위한 것이며, 유흥의 현장에서 즉흥적으로 지어지기도 하였다.[207]

이 글은 2차 번역서 서문의 시작 부분이다. 변영태는 먼저 시조의 특성을 서술하고 있다. 시조는 중국 한시와 구별되는 고유한 시가로, 행과 행 사이에, 그리고 행 중간에도 호흡을 위해 휴지를 두는 곳이 있으며, 본질적으로 노래라는 점을 인식하고 있었다. 그런데 여기서 주목할 점은 시조의 정형성을 소네트의 정형성과 연관시켜 설명하고 있다는 사실이다. 이는 이 글을 읽을 영어권 독자들의 이해를 돕기 위한 것으로 볼 수 있다. 변영태는 시조를 영시의 소네트와 매우 유사한 규칙성, 즉 정형성을 가지고 있되 길이가 그 절반 정도로 짧다고 설명하고 있다. 소네트는 서구시 가운데 오랜 전통을 가진 정형시이다. 본래 이탈리아에서 유행하다가 16세기 말경 영국에 전해지며 셰익스피어 소네트English sonnet, Shakespearean sonnet가 만들어졌다. 흔히 소네트라고 하면 이 셰익스피어 소네트를 말한다. 셰익스피어 소네트는 한 행이 약강 5보격을 이루며, 각운은 abab, cdcd, efef, gg형태로 맞추며 4행, 4행, 4행, 2행의 구조를 갖는다. 변영태가 언급한 소네트도 셰익스피어 소네트를 지칭한다.

---

207 "Si-jo" is the time-honoured form of poetry in pure Korean tongue, distinct from those of Chinese poems. It has almost all the regularity of the English sonnet, only shorter by half. It has its own pauses, too, in spite of its shortness. It is essentially a thing to be sung and has often been improvised on occasions of rejoicings. Y.T. Pyun, op,cit., p.1.

변영태는 시조의 정형성을 소네트의 정형성에 빗대어 설명했을 뿐만 아니라 소네트의 형식적 특성을 부분적으로 차용하여 독특한 영역시조의 형식을 만들었다. 자신의 번역시 형식에 굳이 소네트 형식을 차용한 것은 영어권 독자에게 친숙함을 주면서, 셰익스피어와 같은 수준의 번역을 행하고자 하였던 의지가 반영된 것이라고 볼 수 있다. 변영태는 소네트의 14행을 6행으로 줄이고, 소네트가 각운을 갖고 있는 것처럼 자신의 영역시조에도 ababcc형태로 각운을 맞추고, 약강 5보격 대신 약강 4보격을 주로 하되 작품에 따라 변화를 주었다.

한 손에 막대 잡고 또 한 손에 가시 쥐고

늙는 길 가시로 막고 오는 백발白髮 막대로치려터니

백발白髮이 제 먼(저)알고 지름길로 오더라

With thorns in hand to block the way

    Age will come by, and with a wand

Also to bandish and dismay

    The Hoary Hair, I made a stand.

But vain! For he this plan did see

And by a short cut stole on me.

#17, 『동아일보』, 1935.11.8

One holding thorns to block the way

Age would come by, the other hand

Twirling a big club to dismay

The Hoary Hair, I made a stand.

But vain! For he this plan did see

And by a short cut stole on me.

Songs from Korea #1, Oo-tag

위의 작품은 1차 번역에서는 17번째로 수록되었고, 2차 번역에는 1번으로 수록된 작품이다. 1차 번역에서 원문과 함께 수록되었던 번역시가 2차 번역에 다시 수록되며 원문은 삭제되고 작자명이 기록되었다. 우탁이 14세기 고려 말에 활동하였던 기록을 토대로 그의 번역시를 *Songs from Korea*의 첫 번째 작품으로 두었던 것이다. 1차 번역에서는 2행과 4행을 들여쓰기 하여 초장과 중장의 반복, 병렬의 구조를 시각화하였고, 종장은 들여쓰기를 하지 않아 초, 중장과 다르다는 것을 보여주었다.[208] 그러나 1차 번역의 들여쓰기는 2차 번역으로 수록되면서 모두 들여쓰기 없는 6행으로 바뀌었다. 그리고 1행, 2행, 3행에서 내용상 약간의 수정이 가해졌다. 문장의 구문이 바뀌었고, 화자가 막대기wand를 잡고 있던 것에서 커다란 곤봉big club을 휘두르는 것으로 바뀌며 동작이 강조되었다. 이러한 어구의 수정은 각운과 관련이 있어 보인다. 수정을 통해 2행의 wand가 hand로 바뀌며 4행의 stand와 각운이 맞게 되었다. 그리고 수정에도 불구하고, 1행과 3행은 way와 dismay, 그리고 5행과 6행은 see, me로 여전히 각운을 이루고 있다. 그리고 1차 번역과 2차 번역 모두 한 행에 8음절을 두어 4보격을 유지하고 있으며 2행과 3행에서는 변화를 주었지만 전체적으로는 약강격을 유지하고 있다. 즉, 1차 번역에서 2차 번역으로의 수정은 그가 추구했던 영역시조의 정형성을 부각시키는 방향으로 이루어졌던 것이다.[209] 소네트에서

---

208 소네트의 경우 마지막 2행(couplet)만 들여쓰기 하여 강조하는 경우가 종종 있다.
209 이러한 독특한 각운(ababcc)과 각 행에서 일정한 각수와 미터를 유지하던 형식은 게일이 1차 번역 중 후반부에 발표한 작품에서 시도하였다.

차용해온 이러한 행수와 각운의 규칙성은 비단 여기에서만 나타나는 것이 아니라 변영태의 모든 번역시에서 보이고 있다. 사설시조도 예외가 아니다.

> 바람이라두 쉬어 넘는 고개 구름이라도 쉬어 넘는 고개
>
> 산진山眞이 수진水眞이 해동청海東靑 보라매라도 다 쉬어 넘는 고봉장성령高峯長城嶺고개
>
> 그 너머 임이 왔다 하면 나는 아니 한 번도 쉬어 넘으리라

> The lofty pass of Chang-sung-ryung
>   Even swift winds and clouds need rest
> To clear; the spirited hawk that hung
>   Back at no risk, before its crest,
> Stops to breathe. But, be Love o'er it
> I'll run and slacken not a bit.

#21, 『동아일보』, 1935.11.12

1차 번역에서는 21번으로 놓았다가 2차 번역에서는 무명씨작이라 85번으로 후반부에 놓은 작품이다. 이 작품의 원작은 사설시조이다. 변영태는 1차 번역에서 세 편의 사설시조를 번역하였는데[210] 그는 사설시조도 예외 없이 모두 6행으로 번역하였다. 그리고 ababcc로 각운도 동일하게 맞추었으며 한 행을 8음절로 하여 각수도 일정하게 하였지만 미터는 혼란스럽다. 2행, 4행, 5행이 강

---

210 2차 번역에 실린 87번 〈사랑을 사자하니〉는 1차 번역에는 수록되지 않았다가 2차 번역에 추가된 것이다. 이 작품의 원작으로 추정되는 〈사랑을 사자하니〉는 이본에 따라 평시조도 있고 사설시조도 있다. 변영태가 2차 번역에서는 원작을 제시하지 않아 번역시만으로는 평시조인지 사설시조인지 구별하기 어렵다. 다만, 이 작품을 전후로, 즉 85번, 86번, 88번 작품이 모두 사설시조인 것으로 볼 때, 원작이 사설시조일 가능성이 높다. 이 작품까지 사설시조로 가정하면 2차 번역에서 사설시조는 모두 4수이다.

약으로 시작하고 있어 전반적으로 약강격을 유지했다고 보기 힘들다. 이를 통해 볼 때, 변영태는 원작의 형태가 무엇이든 자신의 번역시에서는 일관되게 행수와 각운을 맞춘 정형성을 추구하려 노력 했다는 것을 알 수 있다.

102수나 되는 작품을 이렇듯 일정한 정형성을 유지하며 번역하는 것은 그야말로 쉽지 않은 작업이었을 것이다. 그래서인지 그의 6행시는 각 행에서 의미가 완결되지 못하고 다음 행으로 연결되는 경우가 적지 않다. 시조는 초장, 중장, 종장에서 각기 의미가 완결되며 각 장이 끝나는 지점에서 긴 호흡을 갖게 된다. 한 행을 둘로 나누어도 대체로 의미가 완결되어 짧은 호흡을 두게 된다. 그러나 변영태의 번역시에서는 한 행에서 의미가 완결되지 못하고 다음 행으로 연결되는 run-on line이 많아 시조의 시상 전개와는 상당한 차이를 보이고 있다. 위의 작품의 경우를 보자. 1행은 초장이 아닌 중장의 후반부를 번역한 것이며, 3행 첫머리의 to clear은 바로 앞의 2행에 연결된다. 즉 초장이 번역시의 1, 2행으로 번역된 것이 아니라 2행과 3행에 걸쳐 번역되고, 중장은 1행과 3행 4행 5행에 걸쳐 번역되었다. 따라서 번역시는 6행으로 이루어져 있지만, 이 6행은 시조의 3행성을 반영한 것이라고 보기 어렵다. 이렇게 번역시의 문장이 각 행에서 완결되지 못하고 다음 행과 연결되는 것은 각운과, 각수, 미터를 고려한 영역시조의 형식을 맞추기 위해서라고 보인다. ababcc형태로 각운을 맞추기 위해 문장의 배열이 달라지고, 또 각 행의 음절수를 맞추기 위해서도 어쩔 수 없이 단어들을 재배치해야 했던 것이다. 그가 만든 영역시조의 형식적 특성을 유지하기 위하여 그는 원작의 시상 전개를 어그러뜨린 것이다. 자신이 만들어 낸 틀에 스스로 압도당한 결과라고 할 수 있다. 이런 면에서 볼 때 변영태의 영역시조는 일관된 정형성을 갖췄지만 원천문학 중심적 접근 태도와는 거리가 멀다고 할 수 있다.

The ancients saw me not, nor do

I them. Though they are out of sight,

The path they walked still runs aglow

In front o'me. Since the path of light

The ancients fared on lies before,

Why should I waver any more?

Songs from Korea #20, I-hwang

고인ㅎㅅ도 날 못 보고 나도 고인 못 뵈

고인을 못 봐도 예던 길 앞에 있네

예던 길 앞에 있거든 아니 예고 어쩔꼬.

이 작품은 이황의 「도산십이곡」 중 하나로 2차 번역 당시 새로 추가된 작품이다. 언뜻 보면 ababcc형태로 각운이 맞춰져 있으며 각 행은 모두 8음절로 4보격을 갖추고 있는 것 같다. 하지만 1행과 3행은 엄밀하게 말하면 운이 맞지 않는다.[211] 그리고 모든 행이 약강격으로 되어 있어 단조롭다.[212] 조규익은 이 작품이 원작자가 말하고자 하는 바를 변영태가 정확히 옮긴 경우에 해당한다며 예로 들었다.[213] 하지만 시조 각 장의 의미가 다음 행으로 연결되어 있어 원작과는 시상의 전개 및 호흡에서 차이를 보이고 있다.[214]

변영태의 영역시조는 최초로 정형성을 확보하였다는 점에서는 그 의의를 높

---

211 3행의 aglow는 1행의 do와 운이 맞지도 않고 원작의 의미와도 같지 않다.
212 영시에서 고급 음악성을 추구한다면 약강조에 약약강이나 강약조를 섞어 변화를 주는 것이 일반적이다. 늘 똑같은 박자는 nursery rhyme이나 comic verse에서나 볼 수 있다(이 내용은 연대 영문과 윤혜준 교수님께서 알려주신 것이다).
213 조규익, 앞의 글, 313~315면.
214 초장은 1행과 2행의 초반부, 중장은 2행의 중반부부터 4행의 초반까지, 그리고 종장이 4행 중반부터 6행까지에 걸쳐 있다.

이 평가할 수 있다. 하지만, 그 정형성이 기존 영시의 한 갈래인 소네트의 일부를 차용해 왔기에 많은 문제가 드러나고 있다. 그의 번역시는 원작의 형식적 특성을 전혀 반영하지 못해, 반복과 전환의 구조가 드러나지 않고 의미도 왜곡되었다. 게다가 그가 추구하였던 각운, 각수, 미터와 같은 요소가 잘 맞지 않는 경우도 빈번하여 문제는 더욱 심각해지고 있다. 즉 변영태는 수용문학 중심적 접근 태도를 보였지만 결과물은 원천문학의 특성을 드러내지도 못하고 수용자들에게 매력적으로 다가가지도 못하는 결과를 낳고 말았다.

> 변영태는 시조를 영시의 발라드와 유사한 각운을 맞춘 6행시로 번역하였다. 이 운문의 형식을 갖춘 번역시는 의심할 여지없이 만족할 만하다. 하지만, 내가 보기에 이 번역시들은 한국적인 특성이 거세된 것 같다.[215]

Richard Rutt, 1958

> 이 번역은 계속되는 감상성感傷性과 각운 때문에 그 가치가 손상되었다. 이 시는 운율이 잘 맞지 않는 것으로 보인다.[216]

Horace, H. Underwood, 1976

그 자신이 시조 번역자이기도 했던 리차드 러트는 변영태의 번역시가 한국적인 고유함, 즉 원천문학의 특성을 상실한 점을 들어 비판하였고, H. H. 언더우

---

215 Mr. Pyun turns the songs into rhymed six-verse stanza, with the flavour of an English ballad. The verse is competent without question, but the poems seems to me to have been de-Koreanized. Richard Rutt, "An Introduction to the Sijo", *Transactions of the Korea Branch of the Royal Asiatic Society*, Korea Branch of the Royal Asiatic Society, 1958, p.4.

216 The Translations are marred by sticky sentimentality and a rhyme-scheme that now seems like doggerel. Horace H. Underwood, "Korean Literature in English : A Critical Bibliography", *Transactions of the Korea Branch of the Royal Asiatic Society*, Korea Branch of the Royal Asiatic Society, 1976, p.82.

드는 잘 맞지도 않는 운율을 고집하여 도리어 번역시의 가치가 손상되었다고 하였다. 변영태가 수용문학의 관습을 따랐지만, 도리어 그것 때문에 비판받고, 또 외국인으로서 타국문학의 관습에 익숙하지 못한 점이 지적된 것이다.

5) 번역의 목적

앞의 인용문에서 잠시 거론되었지만, 변영태에게 있어 시조는 중국의 한시와 구별되는 한국의 독특한 시가 형식이며, 본질적으로 노래 부르기 위한 것이었다. 1926년 시조부흥운동 이후 문단을 중심으로 시조를 문학 장르인 시로 보자는 움직임이 일어났지만, 여전히 일반인에게 있어 시조는 노랫말이었다. 1932년 「시조는 혁신하자」에서 "시조도 한 문학이다. 소설, 희곡, 동요, 민요, 신시와 같은 한 문학이다"[217]라고 주장했던 가람 이병기조차도 같은 글에서 "아직까지라도 시조 하면 으레 부르는 것으로 안다"[218]는 당시의 분위기를 인정하고 있다. 이병기는 또 다른 글에서도 "시조가 오늘날까지 그 이름을 전해오는 것도 그 창唱으로 말미암은 것이며, 지금까지 일반 사람들이 시조를 생각하는 것도 그것만이며, 워낙 시조라는 이름부터도 그 창의 이름이요 그 노래의 이름은 아니었던가 합니다"[219]라고 하며 일반인들의 인식은 여전히 부르기 위한 시조로서의 노래에 있었다는 것을 서술하였다. 이들이 시조부흥운동을 통해 시조가 문학이라고 부르짖은 것은 아직도 사람들의 인식 속에는 시조가 노래로 자리 잡고 있었기 때문이었을 것이다. 변영태의 시조에 대한 인식은 이러한 시대적 분위기 속에서 이루어진 것으로 보인다.

---

217 이병기, 「시조는 혁신하자」(1932), 『가람문선』, 신구문화사, 1966, 313면.
218 위의 글, 325면.
219 이병기, 「시조와 그 연구-창법」(1928), 『가람문선』, 신구문화사, 1966, 255면.

다소 이견은 있겠지만, 시조 작가들은 윌리엄 워즈워드처럼 작시作詩를 심오한 업으로 삼는 사람들이 거의 없으며, 시조라는 형식으로 흉중을 털어놓는다는 점에서 더더욱 그러하다. 시조 작가들은 그저 무언가 할 말이 있어서 썼을 뿐만 아니라, 그것을 가볍고 즐겁게 말하기 위해 쓴 것이다. 이 점이 바로 시조의 시구詩句에 어떤 근엄한 교훈이나 깊은 철학이 발견되지 않는다는 점을 분명하게 보여준다. 그 이유는 시조작가들이 확고한 사상을 가지고 있지 못해서가 아니라 그들이 적어도 시조에서만큼은 심오한 사상을 심기 싫어서였을 것이다. 독자들은 이 책에 실려 있는 시조들을 보며 어떤 경우는 그 내용이 작가의 인물 정보와는 사뭇 다른 점을 보게 될 것이다. 그것은 작가들이 한가한 여가 시간에 별 거리낌 없이 일종의 유희거리로 시를 썼다는 것을 의미한다.[220]

변영태는 시조가 노래였다는 것을 강조하고, 그러한 존재양상으로 말미암아 시조 작가들은 작시作詩를 심오한 업으로 삼은 이가 거의 없으며 시조로 속마음을 털어놓지도 않는다고 보았다. 시조는 그저 흥겨운 유희의 일환으로 불렸으며 따라서 시조에는 근엄한 교훈이나 깊은 철학이 내포되어 있지 않다고 보았다. 노래로서의 시조가 유흥의 현장에서 불렸던 속성을 강조한 것이라고 할 수 있다.

이러한 그의 관점에 동의하기는 어렵지만 변영태는 시조를 이렇게 가볍고,

---

220 Rightly or wrongly, none of our poets has ever made a serious business of poetry to the degree that Wordsworth did, far less in expressing themselves with "si-jo". If they wrote poetry at all, they did so not merely because they had something to say, but also because they could say it lightly and playfully. This throws light on the fact that neither fierce preaching nor deep philosophy is to be found in their lines of verse. It is not that they were incapable of sustained thought but that they would have sooner put down serious ideas in anything else but poetry. You will find that sone of the songs here given are somewhat out of keeping with the general delineations of their authors' characters. That simply means that they were off guard, not self-conscious, and then that often they did not mean all they said. Y.T. Pyun, "Foreword", *Songs from Korea*, The International Cultural Association, 1948, pp.1~2.

흥거운 노래로 인식했기에 원작이 되는 시조의 내용이나 형식에 크게 구애받지 않았던 것으로 보인다.[221] 그에게 있어 시조란 그 내용을 충실하게 옮겨야 할 만큼 진지한 사상이나 감성을 담고 있지 않았으며, 그 형식 또한 대단한 것이 아니었다. 따라서 시조에 담긴 내용을 가져오되, 수용자들에게 익숙한 형태의 틀에 넣으며 여기에서 남거나 모자라는 것은 잘라내고 덧붙이며 영시의 형식적 특성을 유지하기 위해 애썼던 것이다.

변영태의 번역은 20세기 전반기와 후반기를 잇는 과도기적인 성격을 갖는다. 그는 19세기 말부터 지속되어온 여러 가지 시조 영역의 실험적 시도와 논의를 바탕으로 마침내 영역시조의 정형성을 확보하였다. 20세기 후반기 번역자들은 변영태의 번역을 선례로 삼으면서 정형성을 갖춘 6행의 영역시조들을 선보였다. 변영태의 영역시조가 정형성을 확보했다는 점에서 그리고 그 정형성이 6행으로 제시되었다는 점에서 그의 번역은 20세기 후반기 번역자들과 연결된다고 할 수 있다. 하지만 변영태의 6행시는 시조의 3장 6구를 기반으로 했다고 보기 어려우며, 소네트 형식의 차용이라는 극단적인 수용문학 중심적 접근 태도를 보인다는 점에서는 20세기 후반기 번역자들과 차이를 보이게 된다. 20세기 후반기 번역자들은 대체로 시조의 3행성을 기반으로 한 6행시를 취하고 있기 때문이다. 변영태의 번역에서 보이는 선별과 배열의 특성 또한 20세기 전반기와 후반기의 과도기적 성격을 보여준다. 그의 1차 번역이 대상 작품을 임의로 선별하였다는 점에서는 20세기 전반기 번역자들과 상통하며, 2차 번역에서 이를 시대순으로 배열하였다는 점에서는 20세기 후반기 번역자들과 상통하기 때문

---

221 하지만 시조는 전하는 작품수가 많아 그 속성을 함부로 재단하기 어렵다. 그의 견해는 조선조의 대표적인 성리학자 이황이 도산십이곡을 지으면서 시조를 지을 수밖에 없는 이유를 서술하고 시조를 부름으로써 비린(鄙吝)을 씻고 감발하고 융통하여 부르는 이와 듣는 이가 모두 유익함이 있을 것이라고 했던 것을 고려하지 않았으며, 이 외에도 많은 작가들이 시조를 통해 심회를 토로하고 의지를 표명하였던 사실을 너무 쉽게 외면하고 있다.

이다. 변영태의 경우 1차로 번역했던 작품들을 대상으로 다시 배열한 것이고, 20세기 후반기 번역자들은 영역시조사를 세우기 위해 적절한 작품을 선별했다는 점에서는 차이를 보이지만, 고시조의 역사적 전개 과정을 바탕으로 영역시조를 배열하려 했다는 점에서 볼 때 과도기적 역할을 했다고 볼 수 있다.

제4장

20세기 전기 고시조 영역의 특징과 의의

1. 20세기 전기 고시조 영역의 특징

1) 번역자 집단의 변화

19세기 말부터 시작된 20세기 전반기 영역시조는 1930년을 기점으로 번역자 집단의 성격이 바뀐다. 논의의 편의상 1895년 처음 시조가 번역되어 1930년이 될 때까지를 제1기라고 하고 1930년대부터 한국전쟁을 치르는 시기까지를 제2기라고 명명할 것이다.

제1기에 시조 번역을 담당했던 집단은 모두 외국인 선교사였다. 19세기 말, 타자에 의한 근대화가 시작되면서 시조 번역 역시 외국인들이 주체가 되어 이루어졌다. 미국의 개신교회는 1890년대부터 1920년대 말에 이르는 기간에 선교의 황금기라고 불릴 만큼 많은 선교사를 해외로 배출시켰다.[1] 본국에서 중산층으로 생활하며 대학 교육을 받았던 이들은 자신을 파견한 본국에 조선을 알리기 위한 글을 써야 했다. 한국의 문화, 역사, 정치, 경제 등 다양한 방면의 글을 쓰던 과정에서 한국 시가를 대표하는 것으로 시조를 발견하여 시조 영역의

---

[1] 1890년 해외 선교사의 수가 934명이던 것이 세기말에는 약 5,000명, 그리고 1920년대 말에는 12,000명이 되는 엄청난 변화를 보인다. 류대영, 『초기 미국 선교사 연구』, 한국기독교역사연구소, 2001, 36~37면.

길을 열었다. 따라서 이 시기의 영역시조는 타자의 시선에 포착된 시조가 그들의 관점으로 소개된 것이라고 할 수 있다. 당시 외국인 선교사들은 근대인으로서 미개한 한국을 바라보았으며, 설령 그들이 한국에 대해 우호적인 태도를 가졌더라도 서구 중심의 시각을 벗어나긴 어려웠다. 그들은 서구의 우월성이 '서구 문명'과 '기독교개신교'를 통해 직접적으로 증명되고 있다고 생각했다.[2] 따라서 그들의 번역에서 시조가 갖고 있는 독특한 특성은 부각되기 어려웠고, 시조는 그들에게 익숙한 형식에 담겨져서 소개되었다. 그들은 시조와 영시의 차이를 목도하며 시조의 낯설음을 거세시키고 마치 그들의 문화 배경에서 탄생한 열매인 양 탈바꿈시켰다. 게일의 경우 한국에 체류하는 시간이 길어지며 한국문학을 바라보는 시각에 변화가 왔지만, 한국 문화에 대한 이해가 깊지 않은 외국인이 번역의 담당층이 되었을 때 수용문학 중심적 접근 태도를 보이는 것은 어쩔 수 없는 일이었을 것이다.

또한 이 시기 번역자들은 영역시조의 형식을 모색해 나가는 데 있어 개인의 주관적 판단에 따른 실험적 성격이 강하게 나타났다. 게일의 경우 그가 한국문학에 대해 가졌던 인식이 바뀌면서 영역시조의 형식도 변화되어 나타났다. 그의 1차 번역은 영시의 규범을 갖춘 것이었고, 2차 번역은 시조의 특성을 반영한 3행시였으며 3차 번역은 이 둘의 중간 혼합적 양상을 보였다. 헐버트도 번역에서 중요한 것은 독자의 감흥이라면서, 작품에 따라 다양한 형식을 선보였다. 이들은 영역시조의 형식에 대해 일관된 생각이나 방향성을 갖고 있었던 것이 아니라 그때그때의 생각과 느낌에 따라 이런 저런 형식을 실험적으로 보여주었던 것이다.

1930년 무렵이 되면서 국내외의 한국인들이 시조 영역의 담당층으로 부상하

---

2 조현범, 「19세기 서양 사회의 풍경」, 『문명과 야만―타자의 시선으로 본 19세기 조선』, 책세상, 2002, 21~45면.

며 제1기와는 다른 면모를 보이게 되었다. 이 무렵에는 한국문학에 관심을 가졌던 외국인 선교사들이 모두 본국으로 돌아가고 새로운 선교사들은 더 이상 내한하지 않았다. 헐버트는 1907년 강제 소환되었고, 게일은 1927년 은퇴하였으며 1930년에는 그릭스비도 떠났고, 트롤로프는 임종을 맞이하였다. 일제는 1935년 국제연맹을 탈퇴하며 영미를 위시한 서구문화를 배척하였고, 1930년대 후반으로 접어들면서 신사참배를 강요하고, 미일관계는 악화되어 마침내 한국에서 영미계 선교사들을 전원 추방하는 조처가 취해졌다.[3] 국내에서 발간되던 영문 선교 잡지도 폐간되며 더 이상 선교사들은 한국을 알리는 글을 쓸 수 없게 되었다. 이렇게 선교사 집단이 사라지면서, 국내외에 거주하던 한국인이 번역의 담당층으로 새롭게 등장하였다. 이들은 식민지 역사 경험을 딛고 문화 민족으로서의 면모를 드러내기 위해 시조를 번역하였다. 이들은 음악으로든 문학으로든 원작인 시조에 익숙하였기에 다수의 작품을 번역할 수 있었다. 제1기의 외국인 선교사 집단이 잡지에 약간의 영역시조를 발표하던 것과 비교하면 양적인 측면에서 급성장을 이루게 되었다. 그리고 이 시기 번역한 다수의 작품들을 모아 단행본으로 출간하면서 본격적인 시조 번역의 시대를 열어 갔다. 1929년 강용흘은 한중일 시를 번역한 *Translations of the Oriental Poetry*를 간행했고, 1936년과 1948년 변영태는 *Songs from Korea*를 간행했으며, 1947년 변영로는 *The Grove of Azalea*를 출간하였다. 이 시기 간행된 서적 중 가장 주목할 만한 것은 1931년 미국에서 출간된 강용흘의 자전적 소설 『초당』이다. 당시 이 책이 세계적인 명성을 얻으면서 여기 삽입된 영역시조도 주목받았고 시조는 한국을 대표하는 시가로 대중성을 확보할 수 있었다.

국내 번역자들은 선교사들이 남겨 놓은 번역의 선례를 돌아보며 영역시조의 형식에 대해 진지한 성찰을 할 수 있었다. 이전 시기 번역자들이 개인의 취향에

---

3   서정민, 『한국과 언더우드』, 한국기독교역사연구소, 2004, 19면.

따라 실험적으로 형식을 선택했다면 제2기 번역자들은 영역시조를 신문이라는 공론의 장으로 가져 와서 본격적인 논의를 통해 영역시조의 형식을 마련해 나갔다. 변영로의 4행시에서 촉발된 정인섭의 「시조영역론」에는 영역시조의 형식에 대한 진지한 성찰이 담겨 있었다. 정인섭의 논의에 대해 변영로나 변영태가 논박을 하지는 않았지만, 변영태는 6행의 정형시를 선보이는 것으로 정인섭의 논리에 수긍한다는 것을 표현하였다. 변영태는 정인섭이 강조하였던 3행성, 미터와 각수, 각운까지 모두 고려한 새로운 형식을 선보이며 영역시조의 정형성을 실천해 보였다. 이러한 모색의 결과 20세기 후반기에 6행시라는 전범화된 양식이 등장하여 오늘날까지 일반화되고 있다.

이 시기 번역시의 형식에 관한 논의는 시조의 형식적 특성인 3행성이 번역시에 반영되어야 하며, 번역시 역시 정형성을 가져야 한다는 데까지 진행되었다. 그러나 그 구체적인 방법론에 있어서는 시조의 형식적 특성을 부각시키지 못하고 중간 혼합적 접근 태도나 수용문학 중심적 접근 태도를 보였다. 강용홀은 매우 헐거운 자유시에 가까운 형식을 취했고, 정인섭은 중간 혼합형을 표방하였지만 실제로는 시조의 특성보다 영시의 형식에 무게 중심을 두었다. 변영로는 각운을 갖춘 4행시를 선보였고 변영태는 소네트 형식을 차용한 6행시 번역을 발표하며 수용문학 지향적 접근 태도를 보였다. 여기에는 당대 국내에 만연했던 번역의 경향이 자국화된 번역이었다는 것이 영향을 미쳤을 것이며, 또한 모국어가 아닌 외국어로 번역을 해야 하는 어려움 앞에서 개개의 번역자들이 찾은 궁여지책이기도 할 것이다. 또한 서구, 근대, 제국이라는 것을 배경으로 권력을 가진 영어라는 언어 앞에서 약소국의 언어가 취하기 쉬웠던 태도였다는 점도 역시 고려되어야 할 것이다.

2) 시조에 대한 인식의 변화

1기와 2기의 번역자들은 시조에 대한 인식에서도 차이를 보였다. 시조에 대한 인식의 차이는 곧 번역시조의 형식과도 연관되는 지점이다. 1기의 번역자들에게 시조는 노랫말이었다. 그릭스비는 게일이 작성한 문헌을 토대로 시조를 접했지만, 게일은 가집을 통해서 시조를 접했고, 헐버트는 시조가 연행되는 현장에서 그 노랫말을 채록하고 번역하였다. 헐버트에게 시조는 한국인의 성악곡 중 하나였고, 게일에게 시조는 한국인의 내면을 보여주는 노랫말이었다. 그 노래는 연원을 알 수 없는 한민족의 역사만큼 오래된 것이었다. 그래서 그에게 시조는 남훈태평가의 가치를 드러내기 위한 자료였으며 한국인의 역사와 전통과 문화가 담긴, 한국인의 내면을 가장 잘 보여주는 소중한 자료로 재평가되었지만, 게일에게 시조는 여전히 노랫말이었다.

반면, 2기의 번역자들은 시조를 노랫말이자 시로 인식하였다. 해외에 거주하였던 강용흘은 어려서 노래로 접했던 시조를 근대적 문학 개념의 시poem, poetry 로 소개하였다. 그는 서구와 마찬가지로 한국에도 시가 있다는 것을 보임으로써 한국이 문화 민족이라는 것을 드러내고자 하였다. 그는 시조를 시라고 명명하였고, 소설 속에서는 시가 놓여야 할 자리에 시조를 놓음으로써 독자들에게 시조를 시로 인식하게 하였다.

국내에서는 1926년 시조부흥운동을 통해 시조가 국민문학으로 자리 잡으며 문인들을 중심으로 시조를 문학 텍스트로 인식하기 시작했다. 변영로에게 시조는 시로서의 성격이 강했다. 그가 영역시조를 발표할 무렵 그는 연시조를 창작하여 문단에 발표하였다.[4] 이러한 창작 활동을 통해 볼 때, 변영로에게 시조는 읽기 위한 문학 텍스트로서의 성격이 강했다고 할 수 있다. 그의 영역시조 중

---

4 1차 번역을 발표하기 이전, 1930년 5월 『시문학』 2호에 〈고혼 산길〉을 발표하였고, 2차 번역을 발표한 후, 1934년 7월 『신동아』 33호에 〈백두산 예찬(白頭山 禮讚)〉을 발표하였다.

고려가요 한역가가 포함되어 있다는 사실 또한 그가 시조를 노래로 인식하지 않았다는 것을 단적으로 보여주고 있다. 정인섭은 시조를 정형시로 인식하였다. 그리고 영역시조도 정형성을 가져야 한다고 하였다. 시조의 정형성에 대한 인식과 이것이 번역시에도 반영되어야 한다는 생각은 영역시조 형식을 마련하는 데 있어 큰 발전을 이루게 하였다. 변영태는 서문에서 시조의 본질은 노래 부르기 위한 것이라는 점을 아울러 강조했고 번역서의 제목에서도 시조가 노래임을 드러내 보였다. 그러면서 번역시는 정형성을 갖게 하였다. 이런 측면에서 볼 때, 2기는 시조에 대한 인식이 노래에서 시로 전환되어가는 과정의 혼란함을 보여주는 시기라고 할 수 있을 것이다. 그리고 20세기 후반에 이르면 시조는 음악과 분리되어 그 노랫말만으로 문학 텍스트라고 인식하는 데 이른다.[5]

즉 제1기 외국인들에게 시조는 분명한 노랫말이었지만, 제2기 한국인들에게 시조는 노래이면서 시로 받아들여졌다. 이는 번역자들만의 인식이 아니라 당대 시조를 향유했던 한국인의 인식이기도 하였다.

2. 번역의 양상별 특징과 후대에 미친 영향

본서는 20세기 전반기 영역시조의 역사적 전개 양상을 논하며, 다양한 번역 양상을 수용문학 중심적 접근 태도와 원천문학 중심적 접근 태도 그리고 중간 혼합적 접근 태도로 분류하였다. 이제 각 양상의 특성을 되짚으며 각 양상을 선

---

5   But however important music may be historically to the nature of sijo, today many Koreans write sijo without hope of ever hearing them sung, and so many Koreans enjoy sijo from a merely literary point of view that we are amply justified in following their example. Sijo may be a song, but its lyrics are worthy to stand alone. Richard Rutt, "An Introduction to the Sijo", *Transactions of the Korea Branch of the Royal Asiatic Society*, vol.XXXIV, Korea Branch Royal Asiatic Society, 1958, p.12.

택한 번역자의 접근 태도와 연관시켜 논의할 것이다. 여기에는 베르만의 번역 이론이 논의의 근거로 제시될 것이다. 베르만의 번역 이론은 타국의 문학을 자국프랑스의 언어로 번역하는 것만을 대상으로 하고 있어, 우리 번역 현실과는 부합하지 않는 것이 사실이다. 우리는 타국의 문학을 번역하는 것뿐만 아니라 우리 문학을 타국어로 번역해야 하는 양방향의 작업을 동시에 감당해야 했기 때문이다. 게다가 베르만에게 있어 자국어란 서구의 중심에서 보편어로서의 힘을 갖고 있었던 언어 중의 하나인 데 비해, 우리의 자국어는 그야말로 힘이 없는 특수어에 해당하기 때문이다. 하지만 이러한 차이에도 불구하고 이 글의 논의에서 베르만의 번역 이론은 유효한 지점이 더 많다. 왜냐하면 그의 번역 이론은 타자에 대한 존중을 지향하고 있으며 이는 번역을 논하는 데 있어 보편타당하게 적용될 수 있기 때문이다.

1) 수용문학 중심적 접근 태도

수용문학 중심적 접근 태도는 수용자인 영어권 독자에게 친숙하게 읽히기 위해 시조의 의미는 취하되, 형식은 영시의 규범을 따른 의미 중심의 번역을 말한다. 베르만Antoine Berman은 일반적으로 행해지고 있는 수용자 중심, 의미 중심의 번역을 '자민족 중심적'이고 '하이퍼텍스트적'이라고 비판하였다. '자민족 중심적'이란 모든 것을 자국의 문화, 규범, 가치로 환원시키고, 이러한 범주의 외부에 위치한 모든 것낯선 것을 부정적인 것으로 간주하거나 혹은 병합하고 조정할 대상으로 여기는 것을 말하며, '하이퍼텍스트적'이란 이미 존재하는 텍스트를 출발점으로 하여 이루어지는 모든 형식상의 변형을 지칭한다.[6] 그는 의미 중심의 번역을 선택할 경우 필연적으로 원문의 구조나 형식적 틀을 무시하고 문학적 변형이나 미학적 변주를 가하는 번역하이퍼텍스트적 번역에 이르게 된다고

---

6   앙트완 베르만, 윤성우·이향 역, 『번역과 문자─먼 것의 거처』, 철학과현실사, 2001, 38면.

하였다. 그리고 이러한 수용문학 중심적 접근 태도를 보이는 번역의 본질은 어떤 한 언어에 대한 다른 언어의 우위를 확정한다는 것에 있다고 하였다.

> 의미의 우위를 토대로 하는 이러한 자민족 중심적 번역은 암묵적이건 그렇지 않건 간에, 도착 언어를 번역 행위로 인해 요동치지 않는 어떤 불가침의 존재, 우월한 존재라고 여긴다. 따라서 이국의 의미를 들여오되, 도착 언어에 맞게 순화된 방식으로 그래서 이국의 작품이 마치 도착 언어의 내부에서 열린 '열매'인 것처럼 보이게 하는 것이다.[7]

　원작의 형식이 변형되어도 괜찮다고 여기는 번역 양상의 기저에는 수용자의 언어가 이국의 언어에 대해 우월한 존재라고 여기는 오만함이 자리 잡고 있다고 베르만은 날카롭게 지적한다. 베르만과 메쇼닉은 일반적으로 행해지고 있는 의미 중심의 번역에 대한 비판적 인식을 공유하였다. 이들은 의미 중심의 번역을 주장하는 사유의 기저에 유럽을 중심으로 한 서구 중심주의를 포착하고 이를 비판하였던 것이다.

　이러한 비판을 염두에 두고 20세기 전반기에 한국에서 이루어졌던 수용문학 중심적 접근 태도를 보인 번역을 살펴보자. 이러한 번역을 추구했던 번역자들은 한국에 온 지 얼마 되지 않은 선교사들과 국내 영문학자들이었다. 외국인 집단에서는 게일의 1차 번역과 헐버트와 그릭스비의 번역이 여기에 속하였다. 외국이 집단에서 이런 양상의 번역을 선보였던 것은 당시 그들이 서구 중심의 시각으로 시조를 바라보았으며, 한국문학, 문화에 대한 이해가 얕았기 때문이다. 그들은 한국 문화에 호기심을 갖고 또 그 나름 긍정적인 시선을 보이며 시조로 대표되는 조선의 문화를 외부에 소개하였지만, 기본적으로 그들은 당시의 근대

7　위의 책, 46~47면.

인으로서 문화적 우월감을 갖고 미개한 조선을 내려다보았던 것이다. 헐버트와 그릭스비는 시조의 형식을 그대로 내보이면 영어권 독자들이 이해할 수 없을 것이라고 여겼으며, 게일은 영시의 규범을 따르는 것을 의심할 여지없이 자연스러운 일이라고 여겼다. 그들에게 시조의 형식은 재현되어야 할 것이 아니라 영시의 형식으로 병합되어야 하는 것이었다.

반면, 국내 영문학자들이 수용자 지향의 양상을 보인 것은 어떻게 이해해야 할까. 베르만이 비판했던 자민족 중심적 번역과 국내 영문학자들의 번역은 번역의 담당층을 놓고 볼 때 반대의 경향성을 보이고 있다. 국내 영문학자들이 자신의 민족이 아닌 타민족의 독자를 중심에 두고 번역하였기에 이는 베르만이 비판했던 자민족 중심적 번역과는 반대 방향에 있는 것일까? 그렇게 보기는 어렵다. 그들의 영어 실력이 아무리 뛰어났다고 하더라도 그들의 모국어는 한국어였고, 그들에게 영시란 배워서 익힌 것이지 자기 몸의 일부처럼 자연스러운 것은 아니었다. 그럼에도 불구하고 이들은 시조의 형식을 외면하고 영시의 형식을 추구하였다. 여기에는 밀려들어오는 서구 번역물의 상당수를 자민족 중심적으로 번역했던 1930년대 당시의 상황이 반영된 측면도 있겠지만, 국내 영문학자들의 수용자 지향은 이러한 시대적 분위기만으로는 다 설명되지 않는다. 그들이 영시의 규범을 따랐던 데에는 번역시가 영시의 정형성을 구현해야만 품위가 있는 것이라는 판단이 기저에 있었기에 그들은 타자로서의 서구인 독자를 매우 강하게 의식하고 있었다. 그들에게 경시당하지 않을까 전전긍긍하는 이면에는 서구시의 형식을 보편적인 형식으로 규정하고, 서구인의 평가를 절대적인 것으로 받아들이는 것이 전제였기에, 베르만이 비판했던 바, 번역을 통해 언어의 우위를 확정하는 인식이 깔려 있다고 할 수 있다.

여기서 주목할 것은 수용문학 중심적 접근 태도를 보인 번역에 대한 20세기 후반 영어권 독자들의 반응이다. 소네트 형식을 차용했던 변영태의 번역에 대해 앞서 살펴보았듯 리차드 러트[8]나 H. H. 언더우드는 부정적인 평가를 내렸다.[9] 이국의 작품을 번역하되 번역이라는 것이 느껴지지 않도록 수용자에게 친숙한 형식으로 변환시키는 수용문학 중심적 접근 태도를 견지하는 번역자들은 이러한 번역이 독자들에게 편안하고 매력적으로 다가갈 수 있다고 주장한다. 하지만 실제 영어권 독자들은 이러한 번역 양상에 대해 호의적이지 않으며, 도리어 이러한 방식이 시조의 멋을 손상시키고 있다며 부정적인 반응을 보이고 있다. 이런 면에서 볼 때, 수용문학 중심적 접근 태도는 원전의 특성을 살리지도 못하고, 독자들에게도 외면당하는 결과를 가져왔다고 할 수 있다. 이는 베르만이 "대중을 위해 번역하는 번역자는 원전보다 대중을 우선하게 되는데, 대중에게 자신이 '손본' 작품을 제시한다는 점에서, 결국은 대중 역시 배신하게 된다"[10]는 것이 현실화된 것이라고 할 수 있다. 번역자들은 수용자를 위한다는 명분으로 시조에 영시의 탈을 씌워 소개했지만, 수용자는 이를 배신당한 것이라 여기고 비판을 가한 것이다. 이러한 이유 때문인지, 20세기 후반에 영역시조가 급증했음에도 불구하고 수용자 중심적 접근 태도를 보이는 번역서는 매우 드물게 발견되고 있다.[11]

2) 중간 혼합적 접근 태도

중간 혼합적 접근 태도는 원천문학 중심적 접근 태도와 수용문학 중심적 접

8   Mr. Pyun turns the songs into rhymed six-verse stanza, with the flavour of an English ballad. The verse is competent without question, but the poems seems to me to have been de-Koreanized. Richard Rutt, "An Introduction to the Sijo", *Transactions of the Korea Branch of the Royal Asiatic Society*, Korea Branch of the Royal Asiatic Society, 1958, p.4.
9   The Translations are marred by sticky sentimentality and a rhyme-scheme that now seems like doggerel. Horace H. Underwood, "Korean Literature in English : A Critical Bibliography", *Transactions of the Korea Branch of the Royal Asiatic Society*, Korea Branch of the Royal Asiatic Society, 1976, p.82.
10   앙트완 베르만, 윤성우·이향 역, 『번역과 문자―먼 것의 거처』, 철학과현실사, 2001, 103면.
11   Stewart Frank, *By all means : poems&assimilations*, Cal : Berkeley El Leon Literary Arts, 2003.

근 태도의 두 가지 양상을 모두 고려했거나, 혹은 어느 쪽도 고려하지 않은 유형을 지칭하였다. 강용흘의 번역이 여기에 속했고, 정인섭의 번역시 역시 여기 속한다. 정인섭은 3행성을 가진 3행, 6행, 12행 모두 가능하다고 보았지만 이 중 6행시를 선호하였다. 6행시는 시조의 3장 6구를 바탕으로 하면서, 각 행의 길이가 적당하여 영시로 볼 때도 큰 무리가 없다. 즉 극한으로 치닫는 상반된 양상의 접점을 찾았다는 점에서, 또한 양쪽의 장점을 골고루 취합했다는 점에서 이 형식은 20세기 후반기 번역자들에 의해 일반화된 이후 현재까지도 영역 시조의 전범으로 받아들여지고 있다. 그러나 과연 이 6행의 자유시 형식이 최선의, 최상의 형식인지 검토할 필요가 있다.

> 시조를 제외한 나머지 시가는 원작의 형식을 유지하였다. 시조는 기술적인 편리함 때문에 대부분의 경우 원작의 3행시 대신 6행시로 번역하였다.[12]

인용문은 피터 리가 1964년에 출간한 번역서 서문의 일부이다. 그는 여기서 100수가 넘는 시조를 대부분 6행의 자유시로 번역하였다. 그가 6행을 선택한 이유는 '기술적인 편리함technical convenience' 때문이다. 여기서 말하는 기술적인 편리함이란 인쇄상의 문제, 시각적인 편안함 같은 것을 지칭하는 것으로 보인다. 흔히 중간혼합형은 시조의 3장 6구를 기본으로 한 것이라고 하지만, 실제 작품들을 살펴보면 이에 부합하지 않는 경우도 적지 않다. 영어와 한국어의 어순이나 통사구조가 다른 데서 온 결과라고 볼 수도 있지만, 번역자가 3장 6구 형식을 원칙으로 삼지 않았다는 사실을 보여주는 것이기도 하다.

---

12 The Original form is kept in every respect except in the sijo translations. In most cases I have made it a six-line stanza, instead of original three-line stanza, for technical convenience. Peter Lee, "Preface", *Anthology of Korean Poetry : From the Earliest Era to the Present*, The John Day Company, 1964, p.15.

더 큰 문제점은 6행이라는 것만으로는 시조의 형식적 특성이 제대로 드러나지 않을 뿐만 아니라 시조를 6행시로 오해하게 만들 소지가 다분히 있다는 점이다. 또한 중간혼합형을 택한 번역자들은 시조라는 독특한 형식의 정형시를 번역하면서 그 형식을 어떻게 재현할 것인가에 대해 심각하게 고민하지 않았다는 점에서도 비판을 면하기 어려울 것이다. 그들이 6행을 선택한 데에는 3행시로 하자니 한 행이 너무 길어진다는 이유도 있지만, 외관상 깔끔한 6행시를 통해 영시와 크게 다르지 않다는 느낌을 줄 수 있다는 측면도 작용한 것으로 보이기 때문이다.

> 서구에서 시조는 종종 6행시로 소개된다. 시조의 3장을 각기 반으로 나누어 6행을 만들고, 여기서 짝이 된 2행은 그 특수성을 강조하기 위해 다음 2행과의 사이에 한 행을 비운다. 이렇게 표현하는 것은 인쇄의 편의를 위해서이다. 하지만, 몇몇 시인들은 시조의 행을 나눔으로써 시조 형식의 독특함이 약화된다고 생각한다. 또한 짝을 이룬 2행들 사이에 한 행을 비운김운송이 이러한 방식을 취하였다 6행시 형식이 시의 흐름을 방해한다는 의견도 있다. 나는 여기에 동의하지 않는다. 행간 휴지는 종종 시에 변화를 준다. 나는 6행시가 시각적으로 볼 때 매력적이라고 생각했기에 나의 많은 초기 시조는 이러한 방식으로 쓰였다. 최근에 나는 3행시 형식에 매료되었다. 사실상, 6행시는 서구형으로 발전된 형태이다.[13]

---

13 In the west, the sijo often appears as a six-line poem-this is, each of the three lines is broken in half, with each couplet separated by a blank line to emphasize distinctiveness. Presenting it this way facilitates printing. However, some poets believe that by splitting lines, the uniqueness of the form is weakened. Also, there are those of the opinion that a 6-line sijo presented with a blank line between each couplet(as Kim Unsong does) disturbs the flow. I don't agree. The pause between lines often enhances variations transpiring in the poem. Because I find the 6-line style visually appealing, many of my early sijo were presented this way. More recently, I find myself favoring the 3-line format. Clearly though, the 6-line format is a Western development. Elizabeth St. Jacques, "An Introduction to Sijo and its Development in North America", 2001.4.

엘리자베스 제케스는 6행의 번역시는 비록 3장을 나누어 쓴 데서 온 것이지만 사실상, 서구형으로 발전된 형태라고 비판하고 있다. 제케스도 처음에는 이러한 6행시 형식을 선호했지만, 시조에 대한 이해가 좀 더 깊어진 최근에는 3행시로 시조를 쓴다고 밝히고 있다. 그에 의하면 시조의 3장을 반으로 나누어 6행으로 삼는 것이 시조 형식의 독특함을 약화시킨다는 의견을 가진 영어권 시조 시인도 있다고 한다. 그리고 제케스는 6행시는 "서구형으로 발전된 형태"라고 일침을 가한다. 중간 혼합형을 주장하고 실천한 번역자는 시조와 영시를 모두 고려한 형태라고 하지만, 영어권 시인의 눈에 6행시는 시조의 특성이 반영된 측면은 미미하고 오히려 서구형으로 느껴진다는 것이다.

케빈 오루크 역시 기존의 번역가들이 시조를 6행으로 번역하여 하이쿠의 연장된 형태처럼 만들어 버렸다고 비판하며, 영어시의 표준을 뛰어 넘을 수 있는 독창적인 형태로 번역해야 한다고 주장하였다.[14] 20세기 전기부터 여러 번역자들이 선호했던 중간 혼합적 접근 태도를 보인 번역시는 20세기 후반에 이르러서는 6행시로 자리잡으며, 마치 영역시조의 전범처럼 널리 활용되고 있다. 하지만, 이러한 양상은 수용문학 중심적 접근 태도를 보인 번역만큼 노골적이지는 않지만, 이 역시 수용문학 중심적 접근 태도가 은밀하고 미묘하게 표현된 것이라는 점에서 비판을 피하기 어렵다.

3) 원천문학 중심적 접근 태도

마지막으로 원천문학 중심적 접근 태도를 보인 번역 양상들을 검토해보자. 이 경우는 시조의 형식미를 드러내기 위해 3행시를 선택했던 게일의 2차 번역

(http://startag.tripod.com/Intro Sijo.html)
14 케빈 오루크, 「한국 고전시 번역 제고」, 『한국한 고전 자료의 해외 번역–현황과 과제』, 계명대 출판부, 2008, 343면.

과 시조의 특성을 인정했던 트롤로프의 번역이 여기 해당한다. 이 양상은 20세기 후반에 주류는 아니지만, 몇몇 번역자들에게 다양한 형태 즉 음수율을 맞추거나, 시조 낭독시의 휴지(休止)를 재현하거나 혹은, 가곡창 형식의 5행시 번역의 형태로 나타난다. 이러한 방법은 영어권 독자들에게 낯선 형식이다. 이를 시도했던 번역자들은 정종화를 제외하면 모두 외국인이었다. 게일이 2차 번역에서 처음 시도했던 3행시를 정종화[15]와 엘리자베스 제케스가 지지했다. 엘리자베스 제케스는 시조가 3행시라는 것을 분명하게 인식하고, 이를 6행으로 번역하는 것은 서양의 인쇄 방식에 맞추기 위한 것이라는 점을 밝히고[16] 3행시를 시각화한 6행시로 시조를 창작하였다. 리차드 러트는 음수율을 고려한 영역시조를 선보였으며,[17] 아이네스 배는 낭독시 호흡의 휴지에 주목했고,[18] 케빈 오루크는 시조의 음악적 특성, 즉 가곡창이 5장 형식이라는 점을 고려하여 5행시로 번역하였다.[19] 이들은 모두 영어가 모국어이며 영시에 익숙했지만 영시의 틀에 얽매이지 않고 시조의 특성을 부각시키는 새로운 시 형식을 시도하였다. 이들이 가진 공통점은 비교적 한국 문화에 대한 이해가 깊었다는 점과, 번역에 있어 타자의 문화적 특성을 존중해야 한다는 의식을 갖고 있었다는 점을 들 수 있다.

베르만은 자민족 중심주의적 번역에 대한 대안으로 윤리적 번역을 내세웠다. 그에게 윤리적 행위란 타자를 타자로서 인정하고 받아들이는 것을 말한다. 따라서 번역이란 낯선 것을 그 자체로 자신의 고유한 언어 공간에 열어낸다는 것

---

15 정종화(Chung Chong-wha)는 Korean Classical Literature(London and New York : Kegan Paul International, 1989)에서 시조를 3행시로 번역하였다.

16 Jacques, Elizabeth St., *Around the tree of light : a collection of Korean Sijo*, Ontario : Maplebud, 1995.

17 Rutt, Richard, *The bamboo grove : an introduction to Sijo*, Ann Arbor : University of Michigan Press, 1971.

18 Pai, Inez Kong, *The Ever White Mountain : Korean Lyrics in the Classical Sijo Form*, Tokyo : John Weatherhill Inc, 1965.

19 O'Rourke, Kevin, *The Book of Korean Shijo*, Cambridge, Mass : Harvard University Asia Center, 2002.

이며 번역은 낯선 것으로부터 오는 시련을 맞이하여 자국 언어의 고유함을 변형하고 확장하는데 그 목적을 두는 것이라고 하였다. 베르만과 메쇼닉은 원작이 탄생한 문화권의 흔적을 말소하고 그 대신 자국 문화의 상징들로 채워 넣은 번역을 지양하고 원작의 낯설음을 존중해야 한다고 하였다. 시조이 형식적 특성을 부각시킨 원천문학 중심적 접근 태도를 보인 번역은 시조 형식의 낯설음을 존중한 번역이라는 점에서 볼 때 윤리적 번역을 실천한 것이라고 할 수 있다.

하지만, 이들이 실천해서 보인 요소들 즉 음수율, 휴지, 3행, 5행과 같은 것이 과연 시조 형식의 본질적 미감을 드러내고 있는지에 대해서는 다시 검토할 필요가 있다. 음수율로 시조의 정형성을 설명할 수 없다는 것은 음수율을 처음 연구하고 소개하였던 조윤제조차 인정했던 사실이었다. 음수율은 시조의 일면을 보여주는 것이기는 하지만 시조의 본질적 특성이라고는 할 수 없다. 이는 휴지라는 요소에도 적용된다. 3행이든 5행이든 그 행수만으로 시조의 특성을 보여주기에도 여전히 불충분하다. 시조가 3장으로 구성된 것은 분명하지만, 중요한 것은 그 3장이 어떤 율격적, 통사적 특성을 갖고, 어떻게 시상을 전개해나가느냐 하는 것이다. 이에 대해서는 이미 제1장에서 자세히 논하였다. 시조는 반복과 전환이라는 독특한 구조를 통해 시상을 전개하는 정형시이며, 이 반복과 전환의 구조야말로 미적 구조물로서의 시조의 형식을 드러내는 틀이라고 할 수 있다. 원천문학 중심적 접근 태도를 보였던 번역자들은 원천문학이 갖는 가치와 중요성을 인식하고 이를 존중하였으되 시조 형식이 갖고 있는 본질적인 특성은 파악하지 못하고 외형적으로 보이는 특성을 드러내는 데 머물고 말았다. 이들은 시조의 낯설음을 보여줬다는 점에서는 그 의의가 매우 크지만, 그들이 보여주었던 형식으로는 시조의 미감이 제대로 드러나지 않는다는 점에서는 여전히 아쉬움이 남는다.

3. 시조 번역의 방향과 가능성

시조를 영시의 형태로 번역한다는 것은 대단히 어려운 작업이다. 지난 한 세기 동안 많은 번역자들이 여러 가지 방법을 고민하고 창출해 냈지만, 아직까지 시조의 특성을 잘 드러내면서도 서구인들에게 잘 읽히는 만족스러운 번역은 찾지 못했다. 영어와 한국어의 언어적 특성이 다르며, 시조와 영시의 형식이 다르기에 완벽한 번역은 존재하지 않을지도 모른다. 하지만 시조의 경우, 같은 작품에 대한 번역이 계속되어 왔고, 이러한 과정에서 더 나은 번역이 이루어지고 있는 현실을 고려한다면, 앞으로 이루어질 번역들은 지금보다 더 나은 번역이 될 가능성을 이미 확보하고 있다. '시조'라는 독특한 장르를 번역함에 있어 과거보다 더 나은 번역이 되기 위해서는 내용과 유기적 관련을 맺고 있는 그 형식까지도 고려해서 번역해야 한다.

그렇다면 영역시조가 추구해야 할 최선의 형식은 어떻게 만들어져야 하는가라는 질문이 제기될 수 있다. 본서 역시 이에 대한 해답을 갖고 있지는 않다. 하지만, 시조의 번역에 있어 수용문학 중심적 접근 태도와과 중간 혼합적 접근 태도는 시조의 특성을 드러내주지 못한다는 점에서 지양해야 할 접근 태도임이 분명하다. 그리고 현전하는 원천문학 중심적 접근 태도가 가진 한계를 극복하기 위해서는 시조의 미감을 드러낼 수 있는 형식도 번역되어야 한다는 것은 분명하다. 다시 말하지만 시조의 형식은 그 행수와 글자 수에서 찾을 수 있는 것이 아니다. 이러한 외형상의 특성은 시조의 미적 구조를 설명해주지 못하고 있다. 정형시로서의, 시조의 형식은 창작을 가로막는 굴레가 아니다. 초장과 중장의 규칙적 반복성과 개방성, 그리고 종장의 일회성, 폐쇄성은 평시조의 간결한 형식 속에서 서정적 전환과 완결이 효과적으로 수행되도록 하는 구조적 보장으로 이해된다.[20] 형식에 있어 반복과 전환의 구조가 시상 전개 방식과 맞물리며 시적 묘미를 일으킨다는 것이다. 번역시에서 재생해야 할 형식은 바로 이 반복과 전환의 구조이다.

그렇다면 시조의 형식과 의미가 모두 고려된 진정한 의미의 원천문학 중심적 접근 태도를 보이는 번역이 과연 현실적으로 가능하겠느냐가라는 의문이 제기될 수 있다. 이러한 번역이 쉽게 이루어지지는 않겠지만 불가능할 것이라고 생각하지도 않는다. 하지만 다음 작품들을 보면 시조의 형식과 내용이 모두 번역될 수도 있을 것이라는 가능성이 보인다.

> I turn my horse / to where / a royal town stood / for five hundred years.
> The scenery / remains the same, / but the men of worth / are no more.
> Alas, / I wonder whether / the bygone days had been, only in a dream.

이 작품은 이성일이 길재의 「오백 년 도읍지를」을 번역한 것이다.[21] 그는 번역에 있어서 가장 중요한 것은 정확한 의미의 전달이지만 이에 못지않게 중요한 것은 원작에서 감지되는 '말의 음악'이 번역문에 반향해야 한다는 입장을 밝히고 있다. 그는 시조의 번역에서는 원시에서 감지되는 네 번의 '소리 때림'을 살려내는 것이 중요하다고 보았다. 그래서 한 행이 지나치게 길지만 약강 8보격의 3행시를 선보였다. 그는 영시의 운율에서 문제가 되는 통상적인 의미에서의 '걸음foot'이 아니라 몇 개의 단어로 이루어지는 호흡상의 단위를 번역시에서의 '걸음걸이'로 간주하고, 원시의 각 행이 갖는 짧은 호흡의 휴지에 근거한 소리의 때림을 번역시에서도 네 번 갖도록 하여 살려내었다. 즉 그는 시조의 특

---

20 김흥규, 「평시조 종장의 율격, 통사적 정형과 그 기능」, 『욕망과 형식의 시학』, 태학사, 1999, 63~73면.
21 이성일, 「시의 번역에서 운율의 이식은 가능한가?」, 『번역시의 운율』, 소명출판, 2012, 16~20면.

성이 3행, 4음보에 있다고 생각하고 이를 번역시에서 재현한 것이다. 그의 번역에서 종장의 시적 기능에 대한 인식은 찾을 수 없지만, 그가 시조의 특성이라고 인식한 요소를 번역시의 호흡을 통해 표현했다는 점은 눈여겨봐야 할 지점이다. 그는 시조가 가진 형식적 특성과 내용을 동시에 반영한 새로운 형식을 선보인 것이다. 이러한 경우를 놓고 볼 때, 번역시에서 시조의 형식과 내용을 모두 표현하는 것이 불가능한 일은 아니라는 것을 확인할 수 있다.

Breakfast

For this meal, people like what they like, the same every morning.

Toast and coffee. Bagel and juice. Cornflakes and milk in a white bowl.

Or-warm, soft, and delicious-a few extra minutes in bed.[22]

아침식사

아침으로, 사람들은 좋아하는 걸 선호해서, 매일 아침 똑같이.

토스트와 커피, 베이글과 쥬스, 흰 그릇에 담긴 콘플레이크와 우유

또는-따뜻하고 부드럽고 달콤한-침대에서의 몇 분 더.

이 작품은 2002년 Newbery Medal을 수상했던 린다 수 박(Linda Sue Park)이, 2007년 간행한 창작 시조집에 실린 첫 작품이다. 3행으로 배열하되 중장과 종

---

22 Linda Sue Park, *Tap Dancing on the Roof : Sijo(Poems)*, Clarion Books, 2007, p.2.

장 사이에 여백을 두어 호흡을 길게 하고 있다. 게다가 제목까지 두고 있으니 전통적인 시조의 형식에서 벗어나 있다고 할 수 있을 것이다. 비록 고시조의 번역이 아니고, 어린이를 대상으로 한 작품이지만 이 작품은 시조 형식이 갖는 독특한 미감이 그 내용과 조화를 이루면서 독자에게 신선한 감흥을 주고 있다. 초장에서는 '아침식사'라는 시상을 제시하였고, 중장은 여러 가지 아침 식사를 예로 들면서 이를 발전시켰다. 그리고 긴 휴지 뒤에 이어지는 종장에서는 아침식사처럼 "따뜻하고 부드럽고 맛있는" 아침잠으로 화제를 전환하며 독자에게 웃음을 주고 공감을 끌어내고 있다. "따뜻하고 부드럽고 맛있는"이라는 수식어는 초, 중장에서 이어온 아침 식사의 이미지를 재현하며 이러한 것이 반복될 것이라는 기대를 주지만, 작가는 그렇게 맛있는 '아침잠'이라고 마무리 지으면서 독자에게 예상치 못한 반전을 주고 있다. 이러한 방식은 전통적인 시조의 시상 전개 방식을 그대로 재현한 것이다. 린다 수 박은 이 시조집에서 작품을 소개하기 전 첫머리에 "About Sijo"라는 제목으로 시조의 형식에 대해 설명하고 있다. 여기서도 시조의 형식을 음수율로 설명하지만, 시조 3장의 시상 전개방식에 대해서는 명확하게 설명하고 있다.

> 시조의 각 행은 특별한 목적을 갖고 있다. 초장은 주제를 소개한다. 중장은 그 주제를 심화시킨다. 그리고 종장에서 언제나 일종의 전환이 포함된다 ― 유머나 반어, 뜻밖의 이미지, 말장난 혹은 언어유희.[23]

초, 중, 종장이 각기 수행해야 할 기능, 목적에 대해 주제 제시, 심화, 전환이

---

23 Each line in a Sijo has a special purpose. The first line introduces the topic. The second line develops the topic further. And the third line always contains some kind of twist-humor or irony, an unexpected image, a pun, or a play on words. Ibid., "About Sijo", p.1.

라고 설명하고 있다. 시조가 단순한 3행시가 아니라 각 행이 특별한 기능을 수행하고 있는 독특한 구조를 가진 것이라는 사실을 분명하게 인식하고 있었던 것이다. 그리고 이러한 이해를 바탕으로 작품을 창작하여 실천에 옮긴 것이다. 그리고 책의 말미에서는 독자들에게 이러한 시상 전개를 더 쉽고 자세히 설명하며 독자들도 시조를 창작해 보라며 권유하고 있다. 린다 수 박의 작품에 흥미를 보이는 수많은 독자들 역시 시조의 형식이 영시에서는 경험하지 못했던 독특한 형식이며, 일본의 하이쿠와도 다르다는 점을 지적하고 있다.

린다 수 박의 작품에서 시상의 전개 방식과 함께 또 주목을 요하는 것은 낭독시에 따르는 휴지(休止)이다. 초장은 두 개의 쉼표를 사용하여 한 행을 세 도막으로 나누어 읽도록 하였다. 중장에서는 두 개의 마침표를 사용하여 전체를 세 도막으로 나누었다. 즉, 초장과 중장은 문장 부호를 통해 낭독시 동일한 휴지를 갖게 하였다. 반면 긴 휴지 후에 이어지는 종장의 첫머리는 짧은 단어 'or'를 두고, 다음에는 대시(-)를 사용하여 긴 수식어를 하나로 묶고 대시 이하를 또 하나로 묶었다. 즉 종장도 초, 중장과 마찬가지로 문장 부호를 이용하여 전체를 세 도막으로 나눈 것이다. 다만 초, 중장에서의 세 도막이 세 단어 이상의 조합으로 이루어진 데 비해, 종장의 첫 마디는 한 단어 그것도 겨우 한 음절의 단어로 배치하여 초, 중장과는 차이를 두었다. 마치 초, 중장에서는 평음보를 네 개배열하여 유사한 크기의 음보가 반복되며 열린 구조를 갖다가 종장에 이르러 소음보-과음보-평음보-소음보라는 파격으로 초, 중장과 차이를 두고 닫힌 구조를 보이는 것과 매우 유사하다. 이 작품이 비록 4음보의 시조 형식을 재현한 것은 아니지만, 시조 3장의 시상 전개 방식이 반복과 전환의 구조와 결합되면서 시조 본연의 형식미를 느낄 수 있게 되는 것이다.

In a grass roof idly I lay,   (8)

A kumoonko for a pillow :   (8)

I wanted to see in my dreams   (8)

Kings of Utopian ages :   (8)

But the faint sounds came to my door   (8)

Of fishers' flutes far away,   (7)

Breaking my sleep···   (4)

Old Korean Poem[24]

이는 강용흘의 번역이다. 『초당』 Chapter 1이 시작되기 전에 소개된 것이다. 놓인 자리로 볼 때도 매우 중요한 작품이며, 번역시 첫 행에 이 작품의 제목인 초당ª grass roof이 등장한다는 점에서 볼 때도 작품 전체의 주제를 암시하는 특별한 기능을 수행하는 작품이라고 할 수 있다. 따라서 강용흘이 다른 작품보다 더 번역에 주의를 기울였을 것으로 생각된다. 이 작품은 유성원의 작품을 번역한 것으로 전체 7행으로 되어 있다. 초장과 중장은 2행씩, 종장을 3행으로 번역한 형태이다. 3장 6구의 형식을 바탕으로 했다고 보기도 어렵고, 7행시라는 점에서 볼 때, 영시로서도 특이한 형태라 중간 혼합형으로 분류했던 작품이다. 그런데 이 작품의 음절수를 헤아려 보면 재미있는 규칙이 발견된다. 1행에서 5행까지는 모두 8음절로 반복되다가 6행에서 음절수가 하나 줄어들고, 마지막 행에서는 4개로 줄어들었다. 처음부터 5행까지는 동일한 음절수가 반복되면서 낭독시 리듬감을 느끼게 된다. 반면 6행에서 한 음절이 줄어들고, 마지막 7행에서는 처음 음절수의 절반인 4개로 줄어들면서 강한 인상을 받게 된다. 초장과 중장은 한가하고 평화로운 분위기로 전개되다가 종장에 이르러 어적 소리와 함께 깨어나며 현실로 돌아온다. 이러한 반전은 음절수의 반복에 따른 리듬감

---

24 Younghill Kang, *The Grass Roof*, p.2.

이 깨어지며 더욱 강한 효과를 주고 있다. 이러한 음절수의 변화가 그가 처음부터 의도한 것인지의 여부는 확인할 수 없지만 이러한 형식이 독자에게 시적 긴장감을 주는 것은 사실이다. 이러한 긴장감이 전반부의 반복과 후반부의 전환을 통해 이루어진다는 점에서 비록 7행시이지만 시조의 형식과 내용을 잘 담아냈다고 볼 수 있을 것이다.

이러한 번역들은 정형시인 시조가 번역될 때, 그 내용뿐만 아니라 그 형식까지도 함께 번역될 수 있다는 가능성을 보여주고 있다. 더 나은 번역시 형식에 대한 고민은 앞으로도 계속되어야 하겠지만, 장차 이루어질 번역에서 지켜져야 할 원칙은 작품의 내용과 더불어 시조 형식의 본질적 특성을 보여주는 반복과 전환의 구조가 어떤 형태로든 반영되어야 한다는 것이다. 이러한 구조가 번역시에서 어떻게 재현되어야 하는가 하는 구체적 방법론에 관한 논의는 번역자에게 맡겨두고자 한다. 번역이 단순한 기술이 아니고, 시 번역이 불가능한 것이 아니라는 것을 증명해 보이는 것은 번역자에게 주어진 몫이다. 문학 번역자는 뛰어난 언어 능력을 바탕으로 하는 문학 연구자이며 창작자일 때 진정한 문화 전달자로서의 역할을 감당할 수 있을 것이다. 특히 시조 번역자는 시조의 형식과 내용에 대한 깊은 이해를 바탕으로 번역자의 창의성이 발휘되어야 더 나은 시조 번역이 이루어질 수 있을 것이다.

제5장

나가며

 이 글은 고시조 영역의 중요성을 인식하고, 19세기 말부터 20세기 전반기에 이루어진 고시조 영역과 관련된 자료를 정리, 소개하여, 초창기 영역시조가 밟아온 궤적을 밝히는 데 목적을 두고 출발하였다. 이상 논의된 주요 내용을 요약하고, 이 글의 논의로부터 제기될 수 있는 과제와 기대를 전망하며 결론으로 삼는다.

 제2장은 19세기 말 서양의 선교사들이 들어와 시조 영역을 처음 시도하던 때부터 1920년대까지를 대상으로 하였다. 이 시기 가장 주목할 번역자는 게일이었다. 게일은 선교사로서 조선을 알리는 많은 글을 썼으며 시조 영역 역시 글쓰기 중의 일부로 이루어졌다. 그는 시조창 가집 『남훈태평가』를 원전으로 삼고 3차에 걸쳐 시조를 번역하였다. 1차 번역의 경우 한국적 특성이 강하거나 보편적 정서를 담고 있는 효, 애정, 삶의 태도에 관한 노래들을 선별하여 제목을 달고, 영시의 운율meter과 각운rhyme을 고려한 형태로 번역하였다. 번역시는 시조의 3행을 토대로 한 6행시가 많지만, 이것이 엄정하게 지켜지지는 않았다. 이런 면에서 볼 때, 번역자 게일은 원천문학인 시조의 특성을 부각시키기보다 수용자들이 친숙하게 읽을 수 있는 형태로 손질을 가하여 번역하였다고 할 수 있

다. 게일 이전의 서양인들은 조선을 미개하고 자국어로 된 시가 없는 나라로 매도했지만 게일은 시조를 '송가ode'라고 소개하여 조선이 자국어 시를 갖고 있는, 고유의 문화를 소유한 나라임을 보여주었다.

1차 번역을 발표하고 20년이 지난 후, 게일은 『남훈태평가』로 대변되는 한국의 전통문학이 갖는 의의를 재인식하고 이를 알리기 위한 글을 쓰면서 이 가집에 수록된 시조를 번역하였다. 여기서 그는 원작인 시조의 특성과 그것이 배태된 한국의 문화를 존중하며 시조를 3행시로 번역하였다. 영시에서 3행이라는 형식은 낯설고 또 한 행의 길이가 너무 길어 어색하지만 게일은 '오래된 한국의 노래'를 가능한 한 있는 그대로 보여주기 위해 3행시 번역을 실천하였다. 1차 번역이 시조가 가진 낯설음을 일그러뜨려 자국의 문화적 전통에 익숙한 것으로 변형시키는 경향을 보였다면, 상대적으로 2차 번역은 시조의 낯설음을 있는 그대로 인정하고 이를 번역시에서 재현하려는 경향을 보였다고 할 수 있다.

3차 번역은 2차 번역을 발표하고 2년 정도 지나 발표한 것으로 *A History of the Korean People*『한국민족사』에 삽입되어 있다. 여기서 영역시조는 역사서의 맥락을 따라 그 내용을 구체화하고 보강하기 위해 인용되었다. 즉 한국인의 내면을 드러내주는 사료史料로 사용되었기에 3차 번역은 영시의 규범에 얽매이지 않았지만 시조의 형식적 특성을 반영하고 있지도 않다.

게일의 영역시조가 보여주는 가장 중요한 특성은 번역한 시기에 따라 각기 다른 양상을 보이고 있다는 점이다. 1차 번역이 수용문학 중심적 접근 태도를 보였다면, 2차 번역은 원천문학 중심적 접근 태도를 보였으며, 3차 번역은 중간 혼합적 접근 태도를 보였다고 할 수 있다. 이는 게일이 40년이라는 긴 세월을 한국에 체류하며 한국문학을 바라보는 관점이 바뀜에 따라, 또 번역시가 놓이는 맥락에 따라 영역시조의 양상이 다르게 나타난 것이라고 할 수 있다.

게일이 1차 번역을 발표하던 시기에 또 다른 선교사 헐버트도 시조를 번역하였다. 헐버트는 게일과 달리 문헌에 기록된 시조가 아니라, 공연 현장에서 들었던 것을 원전으로 삼고 번역했던 것으로 추정된다. 그는 3행의 시조를 원전으로 제시하면서도 그 길이가 매우 길고 다양한 형태로 번역하였다. 그의 번역시가 이러한 형태를 보였던 것은 그의 번역관 때문이었다. 그가 번역에 있어 중요하게 여긴 것은 원문이 가진 특성이 아니라 수용자가 원문에서 느끼는 '감흥'이었다. 즉 한국인들이 시조에서 느낀 감흥을 영어권 독자가 유사하게 느낄 수 있도록 번역해야 한다고 생각하고 의미를 충실하게 옮기는 방식 대신 의역을 선택했던 것이다. 그는 한국에 대해 매우 우호적인 태도를 취했고, 한국의 음악이나 문학이 갖는 독특함을 인정하였지만, 문학 번역이라는 실천적 과제 앞에서 자문화 중심주의적 번역관을 갖고 있었기에 그의 영역시조에서 시조의 의미나 형식은 재현되지 못하고 완전히 서구화된 새로운 작품으로 변용되었다.

1929년 내한하여 2년간 머물렀던 스코틀랜드 시인 그릭스비는 한국 고전시의 아름다움을 세계에 알리고자 1935년 한국고전영역시선집 『난규』를 출간하였다. 시인으로서의 뛰어난 언어 감각 덕분인지, 『난규』는 60년대 이후 한국의 고전시를 대표하는 것으로 소개되기도 하였다. 짧은 체류 기간에도 불구하고 그릭스비가 영역시선집을 출간할 수 있었던 것은, 이 무렵 출간된 영문판 한국학 자료들이 풍성했기 때문이다. 『난규』의 전반부에는 남성 작가의 한시가 놓여 있고, 후반부에는 '기생의 노래'가 있는데, 전반부에 수록된 대부분의 시는 『한국민족사』를 비롯한 게일의 번역을 기반으로 한 것이고, '기생의 노래'는 호주 선교사 멕클라렌의 번역을 토대로 한 것으로 보인다. 하지만 현재 맥클라렌의 번역시를 찾을 수 없어 그릭스비 영역시조의 특성을 논하기가 매우 어려운 형편이다. 게다가 그릭스비는 헐버트와 유사한 번역관을 가졌다. 그녀 역시 직역으로는 영어권 독자의 흥미를 끌 수 없다며 상당한 정도로 원문을 변형시켰다. 또한 『난규』에는 한국의 언어나 문화에 대한 이해가 충분하지 않은 탓에 빚어진 오류도 적지 않게 발견되고 있다. 즉, 그릭스비는 사라져가는 한국 고전시의 아름다움을 세계에 알리고자 한국의 시를 번역하였지만, 수용자 중심의 번역관으로 인해 원전 규명조차 어려운 상황이다.

영국 성공회 신부였던 트롤로프는 한국의 저서를 소개하는 글 속에서 한글이 구비전승되는 노래를 기록하는 데 사용되었다는 것을 설명하기 위해 시조 장르의 대표작이라 할 수 있는 정몽주의 「단심가」를 예로 들며 번역하였다. 그는 시조가 영시와 다른 종류의 시라는 것을 인정하고 시조의 한 행을 둘로 나눠 번역시의 한 행으로 삼은 6행시를 선보였다.

제3장은 1930년대 이후부터 한국전쟁 이전에 이루어진 시조 번역을 다루었다. 1930년대에 들어서며 과거 시조를 번역했던 외국인 선교사들은 본국으로 떠나갔고, 이들이 떠난 자리를 국내외의 한국인이 이어 받아 발전시켜 나갔다. 일제강점기에 국권을 침탈당하고 약소민족으로서의 설움을 겪어야 했던 이들은 시조 번역을 통해 한국이 역사와 문화를 가진 민족이라는 자긍심을 드러내고자 하였다.

3·1운동 후 미국으로 유학 갔던 강용흘은 번역시조선집 *Translations of Oriental Poetry*를 출간하고, 세계적으로 널리 읽혔던 소설 『초당』과 『행복한 숲』 속에 시조를 대거 삽입하며 한국의 전통시를 널리 알렸다. 그는 가집이나 선집과 같은 텍스트를 놓고 번역한 것이 아니라 자신의 기억에 의존하여 번역했던 것으로 추정된다. 강용흘의 번역시는 6행을 중심으로 하되 다양한 형식으로 나타났다. 6행시의 경우 시조 각 행을 번역시 2행으로 삼은 것이고, 4행시, 5행시, 7행시의 경우에는 초장과 중장은 동일한 행수를 두어 병렬적 관계로 하되, 종장은 이와 행수를 달리하여 전환의 특성을 보이고자 하였다. 이는 그가 3장 6구라는 시조의 형식을, 그리고 시의 구조상 종장이 시상을 전환하며 마무리하는 특별한 역할을 수행한다는 것을 어렴풋이 이해하고 그에 적합한 번역시

의 형태를 모색했던 과정을 보여주는 것이라고 볼 수 있다. 그는 또한 미터의 규칙성을 활용하여 영시로서의 음악성을 추구하면서, 적절한 미터의 운용을 통해 시조 형식의 특성을 부각시키려는 시도를 보이기도 하였다. 이런 면에서 볼 때, 강용흘의 번역시는 시조의 특수성과 영시의 보편성 사이에서 균형감을 유지하고자 했던 것으로 볼 수 있다. 강용흘은 어려서부터 시조와 한시를 접하며 한국 문화의 우수함을 잘 알고 있었다. 그러나 당대 서양인은 동양에 대해 잘 몰랐고, 그들이 갖고 있는 편파적이고 그릇된 정보는 한국에 대해 잘못된 인식을 갖게 하였다. 그러한 서양인들을 향해서 강용흘은 1차 번역을 통해 한, 중, 일로 대변되는 동양 특히 한국에도, 문화의 정수라 할 수 있는 'Poetry'가 있다는 것을 보여준 것이고, 이때 시조가 한국을 대표하는 장르로 선택되었다. 그가 주로 남녀의 애정을 다루고 있는 작품을 수록한 것도 시조를 근대적 개념의 '시'로 자리매김하기 위한 방편이라고 볼 수 있다. 애정이야말로 가장 보편적인 감정으로 개인의 주관적인 정서를 담아내는 서정시의 본질에 부합한다고 판단하고 이를 다수 수록했던 것으로 볼 수 있기 때문이다. 그리고 2차 번역에서는 시조를 개장시로 놓음으로써 서구의 시와 다를 바 없는 '시'로 인식하게 하였고, 삽입시를 통해 한국의 전통 문화 속에서 시가 얼마나 일상적으로 향유되었는지를 보여주었다. 따라서 강용흘은 영역시조를 통해 한국에 대한 정보가 없던 당시 서구 사회를 향해 한국 전통 문화의 특성과 가치를 보여주고자 했던 것으로 볼 수 있다.

변영로는 1932년 미국 산호세대학에서 발간하던 잡지에 영역시조 7편을 발표하고, 이듬해 귀국하여 『조선중앙일보』에 17편을 연재하였다. 그는 4행시 번역을 선호하였다. 하지만 4행시는 3행의 시조를 온전히 담아내기에 용이하지 않은 형태이다. 3행을 4행으로 옮기다보니 그 내용이 충실하게 전달되지 않았고, 시상이 전개되는 흐름에도 변화가 있었다. 그가 이렇듯 원작의 내용과 형식을 변형, 상실시키면서까지 중요하게 여긴 것은 바로 번역시가 영시로서 각운을 맞추는 것이었다. 각운은 운문으로서의 정형성을 갖게 하고, 낭독시 독자에게 즐거움을 줄 수 있다. 각운이 발견될 때 독자들은 의외의 즐거움을 갖게되며, 나아가 의미와 소리가 자연스럽게 조화를 이룰 때 이 효과는 더욱 커진다. 한국에서부터 시인으로 활동하였으며, 미국에서도 시인으로 활동하고자 하였던 변영로는 이러한 시적 기법에 큰 관심을 두었던 것으로 보인다. 그의 번역시는 원작에 존재하지도 않는 각운을 살리는 데 중점을 두었다는 면에서 볼 때, 수용문학 중심적 접근 태도를 보였다고 할 수 있다.

　정인섭은 변영로의 2차 번역이 실렸던 『조선중앙일보』에 「시조영역론」이라는 제목으로 긴 글을 연재하였다. 그는 『조선중앙일보』에 연재된 수주의 영역시조를 보고, 그 성과 여부를 논하고 향후 시조 영역의 실천 방향에 대해 논의하기 위해 이를 발표했던 것이다. 이 글은 1930년대에 국내에서 번역시의 형식을 두고 얼마나 진지한 논의와 성찰이 오갔는지를 잘 보여주고 있다. 정인섭은 시조의 영어 번역에 있어 형식적 문제가 본질적 문제임을 직시하고 이에 대한 자신의 입장을 피력하였다. 그의 역시론은 수용자에 대한 고려에서 시작하여 원작의 형식을 담아내야 한다는 것으로 정리되었다. 이 두 가지 요소는 번역에 있어 본질적인 요소이며 이중 어느 쪽에 무게 중심을 두느냐에 따라 수용문학 중심적 접근 태도와 원천문학 중심적 접근 태도로 나뉠 수 있다. 그의 역시론만을 놓고 볼 때, 정인섭이 주장한 '시조적 영시'라는 것은 시조와 영시의 형식적 특성을 모두 고려한 중간 혼합형이라고 할 수 있다. 하지만 이어지는 구체적인 방법론에서 원천문학인 시조의 정형성은 다만 3행이라는 행수, 그것도 3행, 6행, 12행을 모두 허용하는 다소 헐거운 정형성을 요구하되, 영시로서의 운문적 요소인 미터와 각수는 행수보다 더 중요한 시가성으로, 나아가 정형시의 절대 조건으로 삼고 있어 사실상 수용문학 중심적 접근 태도로 기울어 있었다.

변영태의 시조 영역은 2차례에 걸쳐서 이루어졌다. 1차 번역은 1935년 『동아일보』에서 67수가 소개되었고, 2차 번역은 그 이듬해 1차 번역에 35수를 더해 단행본 *Songs from Korea*라는 제목으로 간행하였다. 이 책은 흔히 1948년에 간행된 것으로 알려져 있는데, 1930년대 국내에서 벌어졌던 시조 영역에 관한 논쟁의 흐름 속에서 산출된 것으로 보는 것이 타당할 것이다. 1933년 친동생 변영로의 영역시조가 신문에 소개되고 정인섭이 「시조영역론」을 발표하며 국내 문단에서 시조 영역에 대한 관심이 고조되자, 당시 영어 교사였던 변영태도 그 흐름에 가세한 것이라고 할 수 있다. 변영태는 시조의 정형성을 소네트의 정형성에 빗대어 설명하고, 소네트의 형식적 특성을 차용하여 독특한 영역 시조의 형식을 만들었다. 자신의 번역시 형식에 굳이 소네트 형식을 차용한 것은 영어권 독자에게 친숙함을 주면서, 셰익스피어와 같은 수준의 번역을 행하고자 하였던 의지가 반영된 것이라고 볼 수 있다. 변영태의 영역시조는 최초로 정형성을 확보하였다는 점에서는 그 의의를 높이 평가할 수 있다. 하지만, 그 정형성이 기존 영시의 한 갈래인 소네트의 일부를 차용해 왔기에 많은 문제가 드러나고 있다. 그의 번역시는 원작의 형식적 특성을 반영하지 못해, 반복과 전환의 구조가 드러나지 않고 의미도 왜곡되었다. 게다가 그가 추구하였던 각운, 각수, 미터와 같은 요소가 잘 맞지 않는 경우도 빈번하여 영어권 독자들에게 비판받았다. 즉 변영태는 수용문학 중심적 접근 태도를 보였지만 그 결과물은 원천문학의 특성을 드러내지도 못하고 수용자들에게 매력적으로 다가가지도 못하는 결과를 낳고 말았다.

제4장에서는 20세기 전반기 고시조 영역의 의의를 살펴보았다. 먼저 20세기 전반기 영역시조의 변화 양상을 논했는데, 1930년을 기점으로 번역의 담당층이 외국인 선교사 집단에서 국내외의 한국인으로 옮겨 오면서 서구 중심적 시각에서 벗어나 양적으로나 질적으로 성장할 수 있는 계기를 마련하였다. 영역

시조선집들이 출간될 수 있을 만큼 양적으로 성장하였으며, 신문지상에서의 공론을 통해 영역시조의 형식에 대해 논의할 수 있을 만큼 질적으로도 성장할 수 있었다. 20세기 전반기 번역자들은 시조에 대한 인식에서도 변화를 보였다. 초기 외국인 번역자들에게 시조는 의심할 여지없는 노래였으나, 1930년대 이후 한국인들에게 시조는 노래이면서 시로 인식되었으며 20세기 후반기에 이르면 음악과 분리된 문학 텍스트로 인식된다.

이어 이 글에서 논한 번역의 세 가지 양상과 여기에 담긴 번역자의 접근 태도를 비판적으로 논하였다. 먼저 수용문학 중심적 접근 태도에는 수용자의 언어가 이국의 언어에 대해 우월한 존재라고 여기는 오만함이 있다는 점을 지적하였다. 이러한 양상의 번역은 시조의 특성을 살리지도 못하고, 영어권 독자들에게도 외면당하는 결과를 보여주었다. 다음 중간 혼합적 접근 태도는 시조와 영시의 특성을 모두 고려한 형태로 오늘날 영역시조의 전범으로 받아들여지고 있지만, 사실상 시조의 특성은 미미하여 이 역시 수용문학 중심적 접근 태도가 은밀하고 미묘하게 표현된 것으로 볼 수 있다. 마지막으로 원천문학 중심적 접근 태도는 시조의 가치와 특성을 존중했다는 측면에서는 그 의의가 크지만, 시조 형식의 본질적인 특성이 아닌 외형적인 특성만을 드러내는 데 그치는 한계를 보였다. 따라서 향후의 시조 번역은 현전하는 원천문학 중심적 접근 태도가 가진 한계를 극복하는 방향으로 이루어져야 한다. 즉 단순한 외형적 특성이 아닌 시조 형식이 가진 미감이 드러나도록 번역되어야 한다는 것이다. 그리고 이러한 미감을 드러내기 위해서는 시조가 지닌 독특한 반복과 전환의 구조가 번역시에서 재현되어야 한다고 보았다.

시조는 그 내용과 형식이 함께 번역되어야 한다. 이것이 결코 손쉽게 이루어질 수 있는 것은 아니지만, 그렇다고 번역자가 외면할 수 있는 것도 아니다. 정형시로서 시조의 형식은 서정적 전환과 완결이 효과적으로 수행되도록 구조적으로 보장해주는 장치이기 때문이다. 번역시에는 이러한 시조의 미적 구조가 드러나야 한다. 20세기 후반기에 접어들며 번역자가 급증하고 영역시조도 양적으로 급증하고 있다. 많은 번역자들이 중간 혼합적 접근 태도를 보이는 6행시를 영역시조의 전범인 양 받아들이고 있다. 하지만 이는 시조의 미감을 잘 드러내지 못하기에 만족스러운 형태라고 볼 수 없다. 영역시조의 형식은 아직 완성되지 않았다. 영역시조의 형식을 마련하는 것은 시조 번역의 시작이며 핵심이다. 1930년대 번역자들은 영역시조의 형식을 두고 공론화하며 더 나은 형식을 모색하였는데 이러한 성찰은 그 시기에서 단절되고 오늘날에는 계승되지 못하였다.

과거보다 더 나은 시조 번역을 위해서는 과거의 번역을 돌아보는 데에서 시작해야 한다. 오늘날 영역시조의 정전으로 불리는 리차드 러트의 번역은 어느 날 갑자기 등장한 것이 아니다. 러트는 비판적 시각으로 이전 시기의 번역들을 모두 살핀 후, 문제점을 지적하고[1] 이에 대한 대안으로 자신의 번역을 제시한 것이다. 1971년 간행되었던 러트의 번역서 *The Bamboo Grove*가 최근 재출간되는 것은 매우 반가운 일이다. 그의 번역은 그 어떤 번역보다 매끄럽고 감동적이다. 하지만 그의 번역은 당시의 시조 연구에 기반을 두고 이루어진 것이다. 그는 시조의 형식을 음수율로 이해했으며, 그의 번역시 역시 음수율에 기초하여 이루어졌다.[2] 음수율은 근대 초기 일본 시가를 모형으로 하여 우리 시가를 설명하려고 시도했던 방법으로, 이를 처음 제시했던 조윤제 자신도 음수율이

---

1   Of the previous translations mentioned above, I find none completely satisfactory. Richard Rutt, "An Introduction to the Sijo", *Transactions of the Korea Branch of the Royal Asiatic Society*, vol.XXXIV, Korea Branch Royal Asiatic Society, 1958, p.4.

2   This means as far as possible keeping the syllable count and pauses of the original, even if the actual rhythm is elusive. Ibid., pp.4~5. Metrically the syllable scheme is nearly ideal and shows the essential pattern and movement of the sijo form to good advantage. Richard Rutt, *The Bamboo Gove*, University of California Press, 1971, p.15.

지난 한계를 직시했으며, 1970년대 이후 여러 학자들에 의해 우리 시가의 율격이 음수율로 설명될 수 없다는 것이 밝혀졌다. 그런데 아직도 러트의 번역을 능가하는 새로운 번역이 등장하지 못했다는 것은 번역자들에게 여전히 영역시조의 형식에 대한 성찰이 과제로 남아 있다는 것을 여실히 보여주는 것이다. 한 문학 작품에 대해 갖고 있는 애정을 달리는 어떻게 표현할 방법이 없기 때문에 매달리는 것이 번역이라면[3] 원천문학으로서 시조의 미감을 효과적으로 표출할 수 있는 형태를 모색하는 것 역시 번역자들에게는 작품에 대한 애정을 표현할 수 있는 또 다른 방법이 될 수 있을 것이다. 이 글은 이러한 모색을 위한 최소한의 발판이 되어 고전문학을 바탕으로 한 한국문화가 참모습을 드러내며 세계의 다른 문화와 소통할 수 있기를 희망한다.

---

3   이성일, 「시의 번역에서 운율의 이식은 가능한가?」, 『번역시의 운율』, 소명출판, 2012, 14면.

부록 1_ 현재까지 소개된 영역시조 서지 목록[1]

1. Richard Rutt, *Transactions of the Korea Branch of the Royal Asiatic Society*, 1958.

강용흘, *The Grass Roof*, 1931.

Bishop Trollope, *Transactions of the Korea Branch of the Royal Asiatic Society*, 1932.

변영태, *Songs from Korea*, 1948.

Mr, V.H. Viglielmo, *Korean Survey*, 1955.

Peter H. Lee, *East and West, Hudson Review*, 1956.

Peter Hyun, *Encounter*, 1956.

2. Horace H. Underwood, *Transactions of the Korea Branch of the Royal Asiatic Society*, 1976.

변영태, *Songs from Korea*, 1936 · 1948.

하태홍, *Poetry and Music of the Classic Age*, 1958 · 1960.

Richard Rutt, *Transactions of the Korea Branch of the Royal Asiatic Society*, 1958.

Inez K. Pai, *The Ever White Mountain*, 1965.

Richard Rutt, *The Bamboo Grove*, 1971.

장덕순, *Korea Journal*, 1973.

정병욱, *The Traditional Culture and Society of Korea*, 1975.

3. 김흥규 편, 『한국문학 번역서지 목록』, 1998.

변영태, *Songs from Korea*, 1948.

Peter Hyun, *Voices of the Dawn*, London : John Murray, 1960.

Peter Lee, *Anthology of Korean Poetry*, New York : John Day Company, 1964.

Inez K. Pai, *The Ever White Mountain*, Tokyo : John Whetherhill, 1965.

Richard Rutt, *The Bamboo Grove*, Berkeley : Univ of Cal Press, 1971.

David McCann, *Black Crane*, Cornell Univ. China-Japan Program, 1977.

Kevin O'Rourke, *The classical Poetry of Korea*, 한국문예진흥원, 1981.

_____, *The Cutting Edge*, 연세대 출판부, 1982.

---

1   이 글에서 연대순으로 다시 정리한 것이다. 번역서가 많은 Kevin O'Rourke는 편의상 한 곳에 모았다.

Kevin O'Rourke, *Tilting the Jar Spilling the Moon*, 우일문화사, 1988.

_____, *Tilting the Jar Spilling the Moon*, Dublin : Dedalus Press, 1993.

Peter Lee, *Anthology of Korean Literature*, Univ of Hawaii, 1982.

김재현, *Master Sijo Poems from Korea*, 시사영어사, 1982.

정종화, *Love in Mid-winter Night*, Kegan Paul Int'l. Ltd., 1985.

Edward Rockstein, *The Sijo Poetry of Pak Nogye*, Univ. of Prinston, 1986.

김운송, *Korean Poems : Sijo*, 일념, 1986.

이기진, *A Sijo Selection*, The New Literary Arts Society of Korea, 1986.

정종화, *Korean Classical Literature*, Kegan Paul Int'l. Ltd., 1989.

김재현, *Classical Korean Poetry*, 한신, 1990.

Peter Lee, *Pine River and Lone Peak*, Univ. of Hawaii, 1991.

김재현, *Classical Korean Poetry*, Berkeley : Asian Humanity Press, 1994.

이돈윤, *Korean Literature : Sijo*, Eastern Press, 1994.

최월희 · Contogenis Constantine, *Songs of the Kisaeng*, Rochester : BOA Editions, 1997.

4. 봉준수 외, 『한국문학의 외국어 번역』, 연세대 출판부, 2004.

하태홍, *Poetry and Music of the Classic Age*, 연세대 출판부, 1960.

이인수 외, *Korean Verses*, The Korean Information Service, 1961.

Peter Lee, *Anthology of Korean Poetry*, John Day, 1964.

Inez K. Pai, *The Ever White Mountain*, John Weatherhill, 1965.

Peter Lee 외, *The Mentor Book of Modern Asian Literature*, The New American Library, 1969.

정인섭, *A Pageant of Korean Poetry*, 향인사, 1970.

Richard Rutt, *An Anthology of Korean Sijo*, 청자시조문학회, 1970.

_____, *The Bamboo Grove*, Univ. of Cal Press, 1971.

David McCann, *Black Crane*, Cornell Univ. China-Japan Program, 1977.

Kevin O'Rourke 외, *The Classical Poetry of Korea*, 한국문예진흥원, 1981.

_____, *The Cutting Edge*, 연세대 출판부, 1982.

_____, *The Shijo Tradition*, 정음사, 1987.

_____, *Tilting the Jar Spilling the Moon*, Dublin : Dedalus Press, 1993.

_____, *The Fisherman's Calendar*, UPA Press, 1994.

_____, *Shadows in the Water : Shijo*, UPA Press, 1994.

Kevin O'Rourke, *The Fisherman's Calendar*, Eastward, 2001.

_____, *Shijo Rhythms*, Eastward, 2001.

_____, *The Book of Korean Shijo*, Harvard Univ. Asian Center, 2002.

김동성, *Great English and Korean Poems*, 한림출판사, 1983.

부조 에이드리안 외, *Korean Poetry : An Anthology with Critical Eaasys*, 한국문예진흥원, 1984.

정종화, *Love in Mid-winter Night*, Kegan Paul Int'l. Ltd., 1985.

Edward Rockstein, *The Sijo Poetry of Pak Nogye*, Univ. of Prinston, 1986.

김운송, *Korean Poems : Sijo*, 일념, 1986.

정종화, *Korean Classical Literature*, Kegan Paul Int'l. Ltd., 1989.

Peter Lee, *Pine River and Lone Peak*, Univ. of Hawaii, 1991.

이돈윤, *Korean Literature : Sijo*, Eastern Press, 1994.

김재현, *Classical Korean Poetry*, Asian Humanity Press, 1994.

David McCann, *Early Korean Literature*, Columbia Univ. Press, 2000.

김재현, *Love Poems from Old Korean in Sijo Form*, 일지사, 2002.

Peter Lee, *The columbia Anthology of Traditional Korean Poetry*, Columbia Univ. Press, 2002.

부록 2_ 20세기 전반기 영역시조 목록

총 414편(신출작 : 251편)

James S. Gale 1차 번역 *Korean Repository*, 18편, 1895.4~1898.12.

　　　　　　　　　 Korean Sketches, 5편 : 신출 없음

　　　　　　　　　 Pen Pictures of Old Korea, 17편 : 8편 신출, 1912.

＿＿＿＿＿＿ 2차 번역 *The Korea Magazine*, 1편 : 신출, 1918.7.

　　　　　　　　　 The Korean Bookman, 9편 : 2편 신출, 1922.

　　　　　　　　　 The Diary, 42편 : 25편 신출.

＿＿＿＿＿＿ 3차 번역 *Korean Repository*, 15편 : 10편 신출, 1895~1898.

　　　　　소계 : 107편(64편 신출, 43편 재인용)

Homer B. Hulbert. *Korean Repository*, 5편, 1896.

Isabella Bird, *Korea and her Neighbors*, 2편, 1897, 헐버트 번역 재인용.

Mark N. Trollope, *Transactions of the Korea Branch of the Royal Asiatic Society*, 1편, 1932.

Joan S. Grigsby, *The Orchid Door*, 알 수 없음, 1935.

강용흘 1차 번역 *Translations of Oriental Poetry*, 33편, 1929.

＿＿＿ 2차 번역 *The Grass Roof*, 23편 : 18편 신출, 1931.

　　　　　　　 The Happy Grove, 29편 : 8편 신출, 1933.

＿＿＿ 3차 번역 *The Grove of Azalea*, 7편 : 신출 없음, 1947.

　　　소계: 92편(59편 신출, 33편 재인용)

변영로 1차 번역 *El Portal*, 7편, 1932.

＿＿＿ 2차 번역 『조선중앙일보』, 17편 : 12편 신출, 1933.8.14~1933.9.15.

＿＿＿ 3차 번역 *The Grove of Azalea*, 15편 : 1차, 2차 번역 재인용, 1947.

　　　소계:39편(19편 신출, 20편 재인용)

정인섭, 「시조영역론」, 『조선중앙일보』, 1수, 1933.

변영태 1차 번역 『동아일보』, 67편, 1935.10.25~1936.1.18.

＿＿＿ 2차 번역 *Songs from Korea*, 102편 : 35편 신출, 1936 · 1948.

　　　소계:169편(102편 신출, 67편 재인용)

부록 3_ 20세기 전반기 영역시조 번역자별 작품 목록

1. 게일 1차 번역 : *Korean Repository*, 1895.4~1898.12.

	제목	번역시	원작	『남태』	K.R.[1]	K.S.[2]	K.B.[3]	3차[4]	행수
1	Ode on Filial Piety	The ponderous	민근씌를	49		p.10		12장	6
2		Frosty morn	사벽셔리	12	1895.4		5		6
3	Korean Love Song	Thunder	우뢰갓튼	174					6
4		That rock	져건너	48		p.10		12장	8s
5		Ye white gull	백구야	26		p.6			8
6	Odes on Life	That mountain	청산도	68	1895.8	p.8	9		6
7		More than half	반나마	16		p.8			6
8		Have we two	인생이	7					6
9	"A Few Words on Literature"(기사명)	Have you seen	군자고향	81	1895.11				(8)
10		Farewell's a	이별이	61			6		4
11	Love Songs	My soul I've	내 정영	92	1896.1				6
12		Silvery moon	사벽달	39					10s
13		Fill the ink-	아희야	30			7		6
14	Ode on the Pedlar	Here's a pedlar	댁들에	87	1896.8				16s
15	Predestination	Down in Ch'ok	촉에셔	114					6
16	Free-will	The boys have	아희는	3	1898.12		3		6
17	Postal Service	In the night	간밤에	64					6
18	The People	Very small my	감장새	140					6

『조선필경(*Pen-Pictures of Old Korea*)』, 1912.

	제목	번역시	원작	『남태』	KR	KB	DI[5]	3차	행수
1	I. Ambition for Game	Green clad	청순아	25		8	25		6
2		Frosty morn	사벽 셔리	12	1895.4	5	12		6
3		Silvery moon	사벽달	39	1896.1		39		10s
4	II	The gates	덕무인	2		2	2		6
5		A mountain	산촌에	8			8		6
6		In the first	초경에	21			21		6

---

1 K.R. : *Korean Repository*
2 K.S. : *Korean Sketches*. 아래 숫자는 *Korean sketches*에 재인용된 면수를 의미한다.
3 K.B. : *The Korea Bookman*. 아래 숫자는 수록된 순서를 의미한다.
4 3차 : *A History of the Korean People*. 아래 숫자는 수록된 장(章)수를 의미한다.

	제목	번역시	원작	『남태』	KR	KB	DI[5]	3차	행수
7		Farewell's a	니별이	61	1896.1	6			4
8		Fill the ink	아희야	30	1896.1	7	30		6
9		That rock	져건너	48	1895.4			12장	8s
10		Third moon	삼월삼일	20			20		8
11	III	The boys have	아희는	3	1898.12	3	3		6
12		Man he dies	사람이	171					6
13		Heaven and	천지는	168					6
14	IV. On Filial Piety	That ponderous	만근쇠를	49	1895.4			12장	6
15	V. On rank	Very small	감장식	140	1898.12				6
16	VI. The Pedlar	Here's a pedlar	딕들에	87	1896.8				16s
17	VII. A Piece of Extravagance	There is a bird	『莊子』 內篇 「逍遙遊」 번역이라 계수하지 않음						
18	VIII. Never Mind	Hollo! Who	가마기를	192				25장	10s

2. 게일 2차 번역 : *The Korean Bookmam*, 1922.6.

	번역시	원작	『남태』	KR	PP[6]	DI	3차	행수
1	Last night it blew	간밤에	1			1		3
2	No one astir	적무인	2		4	2		3
3	The boys have gone	아히는	3	1898.12	11	3		6
4	Twas Wang who	왕상의	4			4		3
5	Frosty morn	새벽서리	12	1895.4	2	12		6
6	Farewell's a fire	리별이	61	1896.1	7			4
7	Fill the ink-stone	아히야	30	1896.1	8	30		6
8	Green clad mountain	청산아[7]	25		1	25		6
9	That mountain green	청산도	68	1895.8				6

---

5 DI : 『일지(*The Diary*)』. 아래 숫자는 수록 번호를 의미한다. 『일지』는 『남훈태평가』의 수록 순
   서를 그대로 따르며 42번까지 번역하였다.
6 PP : 『조선필경(*Pen-Pictures of Old Korea*)』. 아래 숫자는 수록 번호를 의미한다.
7 이 작품은 헐버트가 *The Korean Repository* 1896년 2월호의 "Korean Vocal Music"에서 번역하였
   던 작품이다.

『일지(*The Diary*)』

	번역시	원작	『남태』	KR	PP³	KB	3차	행수
1	Last night it blew	간밤에	1			1		4
2	The gates are shut	덕무인	2		4	2		5
3	The lads have gone	아히ᄂ	3	1898.12	11	3		4
4	Twas Wang who	왕상의	4			4		4
5	They say a minute's	일각이	5					3
6	It may be this or	이러니	6					4
7	One life not two	인싱이	7	1895.8				3
8	The hamlet sleeps	산촌에	8		5			3
9	Across the way	져 건녀	9					3
10	The black hose	오츄마	10					3
11	Fishers of Cho boil	초강에	11					4
12	By frosty morn and	사벽셔리	12	1895.4	2	5		3
13	The festal days of	쳥명시절	13					3
14	To Nam Hoon palace	남훈전	14					4
15	Pure jade itself may	옥에ᄂ	15					3s
16	More than half of	반나마	16	1895.8				6
17	Green willows on the	녹양	17					4
18	Reach the moon	달 밝고	18					3
19	Before you Western	셔시산젼	19					3
20	The spring has come	삼월삼일	20		10			4
21	At even tide the	초경에	21		6			3
22	We meet but do I	사랑인들	22					3
23	Deep snow and	설월이	23					4
24	Long rollers of the	만경창파	24					3
25	Green mountain let	쳥산아	25		1	8		3
26	You white gull of	빅구야	26	1895.8				3
27	Wild geese in flocks	기러기쩨	27					4s
28	You lad who gathers	쵸산목동	28					3
29	If I were learned	글ᄒ면	29					5
30	Fill the ink stone	아희야	30	1896.1	8	7		6
31	The tree that falls	바룸 부러	31					6
32	My lad who rides	녹초장제	32					4
33	The horse I ride is	나탄말은	33					4
34	Have you not seen	군불견	34					5s
35	By chance we met	우연이	35					3
36	On the wide lifting	만경창파	36				25장	4s

	번역시	원작	『남태』	KR	PP⁸	KB	3차	행수
37	We pass the Green	청석녕	37					3
38	Thou rapid stream	청산리	38				12장	4
39	Silvery moon and	사벽달	39	1896.1	3			10s
40	I fling my plough	청초	40					3
41	I lead the water	오려논에	41					3
42	"I'm off, I'm off,	가노라	42	1895.8				3

3. 게일 3차 번역 : *The Korean Mission Field*, 1924.7~1927.9.

순서	K.M.F. 발표 시기	Chapter # (by Rutt)	제목(by Rutt)	『남태』	1차 번역	행수
1	1924.9	Chapter 4	공자	#125		7행s
2	1924.11	Chapter 6	漢왕조와 식민지 한국	#84		9행s
3				#38		4행
4	1925.5	Chapter 12	6세기 신라 : 온달	#48	1895.4	6행
5				#49	1895.4	8행
6	1925.7	Chapter 14	8세기 당과 신라의 문화	#88		4행
7				#55		6행
8				#64		6행
9				#76		4행
10				#36		6행s
11	1926.6	Chapter 25	15세기 II : 세종	#118		6행
12				#153		9행s
13				#160		6행
14				#161		4행
15				#192		10행s

4. 헐버트 영역시조 : *The Korean Repository*, 1896.2~1896.5.

	번역시	원작	기사명	발표일자	P.K.⁹	K.N¹⁰	형태
1	O Mountain blue	청산아	K.V.M.¹¹	1896.2	p.321		3연 6행
2	The willow	이달이	K.V.M.	1896.2	p.321	p.166	8행
3	'Twas years ago	술먹지	K.V.M.	1896.2	p.323	p.165	3연 6행
4	Sad heart	초산의	K.P.¹²	1896.5	p.325		5연 4행
5	Ten years	십년을	K.P.	1896.5	p.325		13행

---

8 PP : 『조선필경(*Pen-Pictures of Old Korea*)』의 수록 번호를 의미한다.
9 *The Passing of Korea*, Chapter XXIV "Music and Poetry", 1906에 재수록된 면수.
10 Isabella Bird Bishop의 *Korea and her Neighbors*, 1897에 수록된 작품 지칭.

5. 트롤로프 영역시조: *Transactions of the Korean Branch of the Royal Asiatic Society*, 1932.

번호	번역시	추정 원작	작가	수록면수	행수
1	This body dies it is dead	이 몸이 죽어 죽어	정몽주	10	6

6. 강용흘 1차 번역: *The Translations of the Oriental Poetry*, 1929.

일련 번호	수록 면수	번역시	추정 원작	작가명	작가명 (가집)	G.R.[13]	H.G[14]	3차[15]	행수
1	70	O wild goose	霜天 明月夜에		송종원				5
2	71	I was going to	사랑을 ᄉᆞ자ᄒᆞ니	Anon	무명씨				6
3	72	Say what you	이러ᄒᆞ나	Anon	무명씨				6
4	73	O flower too	곳아 색을 믿고	Anon	이항복				4
5	74	If every tear	눈물이 진주라면	Anon	무명씨				6
6	75	Tree you are	나모도 아닌거시	Anon	윤선도	49	60	48	6
7	76	Chrisanthemum	창밧긔 국화를	Anon	무명씨	17	26	47	6
8	77	Love gathers	사랑모여 불이	Anon	무명씨			45	6
9	78	To what end do	도화는 엇디ᄒᆞ여	Anon	무명씨			51	4
10	79	Cut my heart	내 ᄆᆞᆷ 버혀내여	Anon	정철			46	4
11	80	I have no	내게ᄂᆞᆫ 병이 업셔	김민순	김민순			50	6
12	81	The cold wind	낙엽성 ᄎᆞᆫ ᄇᆞ롬의	김시경	김시경			49	6
13	82	My love is long	ᄉᆞ랑ᄉᆞ랑 긴긴	Anon	무명씨				5
14	83	Yesterday one	작일에 일화개	이정보	이정보				7
15	84	If the road	꿈에 ᄃᆞ이ᄂᆞᆫ 길히	이명한	이명한				4
16	85	Rivulets cover	오동에 듯는 빗발	김상용	김상용		43		5
17	86	Green mountain	청산도 절로절로		송시열	92	157		6
18	87	What is love	ᄉᆞ랑이 엇더터니	Anon	송이				6
19	89	Why are the	청산은 엇졔ᄒᆞ여	이퇴계	이황		149		4
20	90	One second	일각이 여삼추라	Anon	주의식				6
21	91	Can every lover	사랑인들 님마다	Anon	무명씨				6
22	92	Let my sighs	한숨은 ᄇᆞ람이	Anon	무명씨				6
23	93	Carefully pack	사랑을 츤츤	Anon	무명씨				5
24	94	Night on the	추강에 밤이드니	월산대군	월산대군			22	6
25	95	Who says I am	뉘라셔 날 늙다	이중집	이중집				6
26	96	After the	석양 넘은 후에	윤도선	윤선도	200	296		6
27	97	Little thing	쟈근거시 노피		윤선도		159		6
28	98	A shadow is	믈 아래 그림재	Anon	정철	165	249		6

---

11 *The Korean Repository* 수록된 기사명 "Korean Vocal Music".
12 *The Korean Repository* 수록된 기사명 "Korean Poetry".

일련번호	수록면수	번역시	추정 원작	작가명	작가명(가집)	G.R.[13]	H.G[14]	3차[15]	행수
29	99	Shall I choose	내가 죽어 이겨야	Anon	무명씨				6
30	100	The hose calls	말은 가려울고		무명씨				6
31	101	There are many	세상에 약도만코	Anon	무명씨				6
32	102	Peach blossoms	이화우 훗뿌릴제	Anon	계랑				6
33	103	Mad wind	광풍에 떨린이화	이정보	이정보				6

7. 강용흘 2차 번역 :『초당』, 1931에 수록된 영역시조

일련번호	수록면수	번역시	추정 원작	작가명	1차[16]	신출	H.G	행수
1	2	In a grass roof	초당에 일이없어	유성원	poem		신출		7
2	17	Chrisanthemum	창밖에 국화를	미상	poem	76		26	8
3	49	Tree you are not	나모도 아닌거시	윤선도	song	75			6
4	50	Years slip by	세월이 유수로다	박효관	poem		신출	94	6
5	64	Spring in the	춘창에 늦이일어	김천택	poem		신출	112	6
6	65	Birds, oh birds,	곳이 진다하고	송순	song		신출	114	4
7	67	The little naked	발가버슨 아해들	미상	poem		신출	116	6
8	67	Why is the	청계상 초당외에	황희	poem		신출	116	4
9	92	Green mountains	청산도 절로절로	송시열	song	86		157	7
10	94	After Li Po	태백이 죽은후에	이정보	poem		신출	160	6
11	100	Fast asleep in	초당에 깊히든	이화진	poem		신출	176	6
12	113	Mountains are	말업슨 청산이요	성혼	song		신출	197	6
13	114	The bright sun is	백일은 서산에	최충	poem		신출	198	6
14	114	The hill is the	산은 옛산이로되	황진이	poem		신출	199	6
15	142	When maple	단풍은 연홍이요	김수장	song		신출		6
16	142	In the blue	만경창파수로도	이정보	song		신출		6
17	142	This cup I pour	내부어 권하는	김천택	song		신출		6
18	145	Think of our	인생을 혜여하니	주의식	poem		신출		7
19	145	Embarking over	금파에 배를타고	임의직	song		신출		6
20	164	I take up my	청려장 드더지	미상	poem		신출	247	6
21	165	A shadow is	물아래 그림재	정철	poem	98		249	6
22	169	From the boom	북소래 들리난	박인로	poem		신출	253	6
23	200	After the evening	석양 넘은후에	윤선도	poem	96		296	7

---

13 강용흘의 2차 번역서 중 하나인 *The Grass Roof* 지칭. 아래 숫자는 소설 내 시조가 인용된 면.
14 강용흘의 2차 번역서 중 하나인 *The Happy Grove* 지칭. 아래 숫자는 소설 내 시조가 인용된 면.
15 강용흘의 3차 번역서에 해당하는 변영로가 편찬한 *The Grove of Azalea* 지칭. 아래 숫자는 시집에서 강용흘의 시조가 인용된 면.

8. 강용흘 2차 번역 : 『행복한 숲』, 1933에 수록된 영역시조

일련 번호	수록 면수	번역시	추정 원작	작가명		1차	G.R.	신출	행수
1	1	Lully-lullay	이러하나	미상	개장시	72			6
2	3	If you wander	녹수청산 김혼	미상	poem			신출	5
3	4	In the torrent's	시내 흐르는	미상	poem			신출	6
4	26	Night on the	추강에 밤이드니	월산대군	개장시	94			6
5	27	Chrisanthemum	창밧긔 국화	미상		76	17		8
6	27	Full moonlight	월정명 월정명	미상	poem			신출	5
7	43	The Odong	오동에 듯는빗발	김상용	poem	85			5
8	53	When this	이몸이 죽어가서	성삼문	poem			신출	6
9	60	Tree you are	나모도 아닌거시	윤선도	poem	75	49		6
10	92	World filled	백설이 만건곤ᄒ	미상	poem			신출	6
11	94	Years slip by	세월이 유수로다	박효관	poem		50		6
12	112	I linger to	춘창에 늦이일어	김천택	poem		64		6
13	114	Birds, oh birds,	곳이 진다하고	송순	song		65		4
14	116	The little	발가버슨 아해들	미상	poem		67		6
15	116	Why is the	청계상 초당외에	황희	poem		67		4
16	149	Green mt.?	청산을 어찌하여	이황	개장시	89			6
17	157	Green mt,	청산도 절로절로	송시열	song	86	92		6
18	159	Little thing	쟈근거시 노피	윤선도	poem	97			6
19	160	After LiPo	태백이 죽은후에	이정보	poem		94		6
20	176	Fast asleep	초당에 깊이든	이화진	poem		100		6
21	197	unspeaking, mt	말업슨 청산이요	성혼	song		113		6
22	198	The bright sun	백일은 서산에	최충	poem		114		6
23	199	Mountains are	산은 옛산이로되	황진이	poem		114		6
24	210	Of what use is	공명이 그무엇고	김천택	poem			신출	5
25	247	I take up my	청려장 드뎌지	미상	poem		164		6
26	249	A shadow is	물아래 그림재	정철	poem	98	165		6
27	253	From the boom	북소래 들리난	박인로	poem		169		6
28	296	After the	석양 넘은후에	윤선도	poem	96	200		7
29	307	The will that	흉중에 머근	미상	poem			신출	4

---

16 1차 번역에서 가져온 작품이다. 아래 숫자는 *Translations of Oriental Poetry*에 수록된 면수.

9. 강용흘 3차 번역 : 변영로, *Grove of Azalea*, 1947.

일련 번호	수록 면수	번역시	추정 원작	1차	G.R.	H.G	행수
1	45	Love gathers	사랑 모여 불이	77			6
2	46	Cut my heart	내 모음 버혀내여	79			4
3	47	Chrysanthemum	창밧긔 국화	76	17	26	6
4	48	Tree you are	나모도 아닌거시	75	49	60	6
5	49	The cold-wind	낙엽성 춘 ᄇ름의	81			6
6	50	I have no	내게ᄂ 병이업셔	80			6
7	51	To what end	도화는 엇디ᄒ여	78			4

10. 변영로 1차 번역 : *El Portal*, 1932.5.

일련 번호	번역시 1행	원작 초장	2차	3차	행수
1	O, Pale mornful-burning	창밖는 섯는 촛불		p.53	4
2	Ravens are coal-black	가마귀 검으나다나	33.9.10	p.66	4
3	Hushed is the autumnal	秋江에 밤이드니	33.8.24	p.54	4
4	The sun is setting	말은 가려울고	33.8.19	p.63	4
5	If the road in the Land	꿈에 다니는길이	33.9.3	p.55	6
6	If the willow's drooping	버들은 실이되고	33.9.17	p.56	4
7	In the dead of frost	(원작 미상)		p.57	6

11. 변영로 2차 번역 작품 : 『조선중앙일보』, 1933.8.14~1933.9.15.

일련 번호	작품 번호	수록 일자	번역시 1행	원작 초장	1차	3차	행수
1	1	8/14 월	When the court	雪月이 滿庭한데		p.58	4
2	2	8/15 화	With stick in	한손에 막대들고		p.59	4
3	4	8/16 수	Though the beads	縱然岩石落珠璣		p.60	4
4	5	8/17 목	By the wind of	간밤에 부든 바람		p.61	4
5	6	8/18 금	A wind-blown	狂風에 떨닌梨花		p.62	4
6	7	8/20 일	The sun is setting	말은 가려울고	4	p.63	4
7	9	8/24 목	Hushed is the	秋江에 밤이드니	3	p.54	4
8	10	8/29 화	If e'er a loves	사랑 거짓말이		p.64	4
9	12	8/31 목	Though the two	길우에 두돌부처			4
10	13	9/01 금	Who planted the	누구 나자는窓밧게		p.65	4
11	14	9/02 토	Crescent moon is	눈썹은 그린듯			4
12	15	9/03 일	If the road in the	꿈에 다니는길이	5	p.55	6
13	16	9/05화	The falling leaves	落葉聲 찬바람에			6

일련 번호	작품 번호	수록 일자	번역시 1행	원작 초장	1차	3차	행수
14	17	9/07목	If the willow's	버들은 실이되고	6	p.56	4
15	18	9/10일	Ravens are coal	가마귀 검으나다나	2	p.66	4
16	19	9/13수	O Cricket, cricket	귓도리 뎌귓도리		p.67	12s
17	21	9/15금	On the night when	그리든님 만난날밤			4

12. 변영로 3차 번역 : *The Grove of Azalea*, 1947.

번호	면수	번역시 1행	초장	행수	1차	2차
1	53면	O pale, mournful	창밧긔 섯는 촛불	4행	1번	
2	54면	Hush'd is the	秋江에 밤이드니	4행	3번	8/24
3	55면	If the road in the	꿈에 다니는 길이	6행	5번	9/3
4	56면	If the willow's	버들은 실이되고	4행	6번	9/7
5	57면	If the dead of	(원전 미상)	6행	7번	
6	58면	When the courtyard	雪月이 滿庭한데	4행		8/14
7	59면	With stich in one	한손에 막대들고	4행		8/15
8	60면	Though the beads	縱然岩石落珠璣	4행		8/16
9	61면	By the wind of	간밤에 부든바람	4행		8/17
10	62면	A wind-blown pear	狂風에 날닌梨花	4행		8/18
11	63면	The sun is setting	말은 가려울고 님은	4행	4번	8/19
12	64면	If e'er a love a lie	사랑 거짓말이	4행		8/29
13	65면	Who planted the	누구 나자는窓밧게	4행		9/1
14	66면	Ravens are coal	가마귀 거므나다나	4행	2번	9/10
15	67면	O cricket, cricket	귓도리 저귓도리	12행		9/13

13. 정인섭 시조영역론 : 『조선중앙일보』, 1933.10.2~1933.10.12.

번호	번역시	추정 원작	작가	날짜	행수
1	This mortal dying and dying.	이 몸이 죽어 죽어	정몽주	1933.10.12	6

14. 변영태 1차 번역 작품 : 『동아일보』, 1935.10.25~1936.1.18.

	번역시	원작	『동아일보』	2차 번역	행수
1	White snow the	春風이 건듯불어	1935.10.25	75	6
2	Steal on the breeze	白雪이 滿乾坤하니	1935.10.25	45	6
3	Disdain not butterflies	곳아 色을 믿고	1935.10.27	76	6
4	Suppose spring willows	綠蘿로 剪作三春柳	1935.10.27	77	6
5	Overnight the rough	간밤에 부든바람	1935.10.30	79	6
6	I never thought, you	어리고 성긴가지	1935.10.30	73	6

	번역시	원작	『동아일보』	2차 번역	행수
7	Are you a peony or	담안에 섯는곳이	1935.11.1	80	6
8	If weeping willow	버들은 실이되고	1935.11.1	78	6
9	The peace that holds	空山이 寂寞한데	1935.11.3	38	6
10	The sun sets 'mong	西山에 日暮하니	1935.11.3	50	6
11	I envy much your	白鷗야 부럽고나	1935.11.5	81	6
12	They call me old?	뉘라서 날늙다턴고	1935.11.5	72	6
13	Let us go, butteries,	나비야 靑山에가자	1935.11.6	82	6
14	I glance at what I	靑春에 보든거울	1935.11.6	65	6
15	I ask why you so	菊花야 너는 어이	1935.11.7	61	6
16	You egret standing on	빈배에 섯는 白鷺	1935.11.7	60	6
17	With thorns in hand to	한손에 막대잡고	1935.11.8	1	6
18	Alas! whom have I	내靑春 누구주고	1935.11.8	84	6
19	Why circle round the	長空에 떳는소리개	1935.11.10	43	6
20	O let my dream about	님그린 相思夢이	1935.11.10	71	6
21	They lofty pass of	바람이라도 쉬어	1935.11.12	85	6s
22	With my love on my	사랑을 찬찬얽동어	1935.11.12	86	6s
23	Shall I buy up love?	사랑을 사자하니	1935.11.14	87	6
24	Make with a conqueror	고래물혀 채민바다	1935.11.14	88	6s
25	Don't heartlessly	울며 잡은소매	1935.11.19	49	6
26	A dream-seen love is	꿈에 뵈는님이	1935.11.19	70	6
27	The shallow wailed	간밤에 부든여울	1935.11.23	13	6
28	Could tread in dreams	꿈에 단니는길이	1935.11.23	51	6
29	Aleek-a-day! Love is	사랑이 거짓말이	1935.11.26	44	6
30	My youthful charm's	靑春 곱든樣	1935.11.26	55	6
31	Let us be changed in	우리둘이	1935.11.28	83	6
32	Let the comforting	겨울날 다사한볕을	1935.11.28	94	6
33	Mt. Taisan is a lofty	泰山이 높다하되	1935.11.29	22	6
34	Ten thousand pounds	萬鈞을 느려내어	1935.11.29	40	6
35	As like an arrow, fleet	歲月이 如流하니	1935.11.30	42	6
36	Don't run because you	잘가노라 닷지말며	1935.11.30	41	6
37	Though pleasant to	내해 조타하고	1935.12.4	5	6
38	Even if I die again	이몸이 죽고죽어	1935.12.4	2	6
39	I know what I should	이몸이 죽어가서	1935.12.5	7	6
40	If wronged by others,	남이 害할지라도	1935.12.5	66	6
41	Would that my heart	내마음 덜어내어	1935.12.6	25	6
42	You were once a crane	靑天 구름밖에	1935.12.6	24	6
43	I'll shut my mouth	말하기 조타하고	1935.12.8	97	6

	번역시	원작	『동아일보』	2차 번역	행수
44	What I call black they	검으면 희다하고	1935.12.8	62	6
45	I now old, sick and	늙고 病든中에	1935.12.10	63	6
46	A springy, spotted,	瀟湘斑竹 길게베어	1935.12.10	99	6
47	Let those at pinnacles	꼭닥에 오르다하고	1935.12.19	98	6
48	You boisterous torrent,	靑山裏 碧溪水야	1935.12.19	31	6
49	You egret that stand	淸溪邊 白沙上에	1935.12.21	46	6
50	O friend, let that which	이런들 어떠하며	1935.12.21	15	6
51	The fragrant orchids	幽蘭이 在谷하니	1935.12.22	16	6
52	Over the hilly hamlet	山村에 눈이오니	1935.12.22	36	6
53	Life is at most, a	人生天地 百年間에	1935.12.28	69	6
54	Have hills words?	말없는 靑山이오	1935.12.28	23	6
55	The hills are mighty	靑山도 절로절로	1936.1.11	21	6
56	My mind befooled so	마음이 어린後이니	1936.1.11	14	6
57	Butteries dance before	꽃보고 춤추는	1936.1.12	95	6
58	Spring showers swelled	春水滿四澤하니	1936.1.12	96	6
59	If tears were pearls	눈물이 眞珠라면	1936.1.14	26	6
60	When flowers you see	보거든 꺾지말고	1936.1.14	93	6
61	Who can make life of	人生이 둘가셋가	1936.1.15	100	6
62	You restless stream	秋成鎭胡樓밖에	1936.1.15	47	6
63	Wine's path is no right	술먹고 노는일을	1936.1.16	35	6
64	Tell me the worlds	天地 몇번재며	1936.1.16	52	6
65	From cozy napping by	거문고 줄꼬자노코	1936.1.17	59	6
66	When was the beautiful	달은 언제 나며	1936.1.17	54	6
67	Whate'er fate brings,	슬프나 질거우나	1936.1.18	48	6

15. 변영태 2차 번역 작품 : *Songs from Korea*, 1936 · 1948년, 102수.

	번역시	원작	『동아일보』	작가	행수
1	One holding thorns	한손에 막대잡고	1935.11.8	우탁	6
2	E'en if I die	이 몸이 죽고죽어	1935.12.4	정몽주	6
3	Immaculate egret	까마귀 싸우는 골에		정몽주모친	6
4	Ah, we are all in	흥망이 유수하니		원천석	6
5	Though pleasant to you	내해 조타하고	1935.12.4	변계량	6
6	The seat of haf-	오백년 도읍지를		길재	6
7	I know what I should	이몸이 죽어가서	1935.12.5	성삼문	6
8	The north wind	삭풍은 나무끝에		김종서	6
9	Night falls o'er	추강에 밤이드니		월산대군	6
10	I forget what I hear	들은말 즉시잊고		송순	6

	번역시	원작	『동아일보』	작가	행수
11	Lad, you needn't bother	짚방석 내지마라		한화(한호)	6
12	Who can it be you've	방안에 혔는		이개	6
13	The shallow wailed	간밤에 부든여울	1935.11.23	원호	6
14	My mind befooled so	마음이 어린後니	1936.1.11	서경덕	6
15	O friend, let that which	이런들 어떠하며	1935.12.21	이황	6
16	The fragrant orchids	幽蘭이 在谷하니	1935.12.22	이황	6
17	Before the hill there	山前에 有臺하고		이황	6
18	Name and career I've	당시에 녀던길을		이황	6
19	I wonder how the hill	청산은 어찌하여		이황	6
20	The ancients saw me	古人도 날못보고		이황	6
21	Hills are spontaneous	靑山도 절로절로	1936.1.11	김인후	6
22	Mt. Tai-san is a lofty	泰山이 높다하되	1935.11.29	양사언	6
23	Have hills words?	말없는 靑山이오	1935.12.28	성혼	6
24	You were a crane	靑天 구름밖에	1935.12.6	정철	6
25	Would that my heart	내마음 베어내어	1935.12.6	정철	6
26	If tears were pearls	눈물이 眞珠라면	1933.1.14	정철	6
27	Rain falls soft o'er	지당에 비뿌리고		조헌	6
28	A hook thrown in the	창랑에 낚시넣고		조헌	6
29	On moonlight-flooded	한산섬 달밝은밤에		이순신	6
30	Incomprehensible!	어져 내일이야		황진이	6
31	You boisterous torrent	靑山裏 碧溪水야	1935.12.19	황진이	6
32	No fine-sprayed	녹양이 천만사인들		이원익	6
33	You cloud that rest as	철령 높은봉에		이항복	6
34	The moon's been	달이 두렷하여		이덕형	6
35	Wine's path is no	술먹고 노는일을	1936.1.16	신흠	6
36	Over the hilly hamlet	山村에 눈이오니	1935.12.22	신흠	6
37	O Han-yang, royal	가노라 삼각산아		김상헌	6
38	The peace that holds	空山이 寂寞한데	1935.11.3	정충신	6
39	From the famed	형산에 박옥을 얻어		주의식	6
40	I wish ten thousand	萬鈞을 느려내어	1935.11.29	박인로	6
41	Don't run because you	잘가노라 닷지말며	1935.11.30	김천택	6
42	As, like an arrow,	歲月이 如流하니	1935.11.30	김진태	6
43	Why circle round the	長空에 떳는소리개	1935.11.10	김진태	6
44	Alack-a-day! Love is	사랑이 거짓말이	1936.11.26	김상용	6
45	With the sweet breezes	春風이 건듯불어	1935.10.25	김광욱	6
46	You egret that stand	淸溪邊 白沙上에	1935.12.21	김광욱	6
47	You restless stream	楸城鎭胡樓밖에	1936.1.15	윤선도	6

	번역시	원작	『동아일보』	작가	행수
48	Whate'er fate brings,	슬프나 질거우나	1936.1.18	윤선도	6
49	Don't heartlessly brush	울며 잡은소매	1935.11.19	이명한	6
50	The sun sets o'er the	西山에 日暮하니	1935.11.3	이명한	6
51	Could tread in dreams	꿈에 단니는길이	1935.11.23	이명한	6
52	Tell me the worlds	天地 몇번재며	1936.1.16	조긴힌	6
53	The sound of passing	淸江에 비듯는소리		효종	6
54	When was the beautiful	달은 언제 나며	1936.1.17	정태화	6
55	My youthful charm's	靑春 곱든樣姿	1935.11.26.	강백년	6
56	Like his own pupil	님이 혜오시매		송시열	6
57	Is not eastern window	동창이 밝았느냐		남구만	6
58	A fire is blazing in my	胸中에 불이나니		박태보	6
59	From napping sweetly	거문고 줄꼬자노코	1936.1.17	김창업	6
60	You egret standin on	빈배에 섯는白鷺	1935.11.7	김영	6
61	I ask you why you	菊花야 너는 어이	1935.11.7	이정보	6
62	What I call black they	검으면 희다하고	1935.12.8	김수장	6
63	I'm now old, sick and	늙고 病든 中에	1935.12.10	김우규	6
64	O wild goose passing	霜天 明月夜에		송종원	6
65	I look in what I often	靑春에 보든거울	1935.11.6	이정신	6
66	If wronged by others,	남이 害할지라도	1935.12.5	이정신	6
67	Dream for me far-away	꿈이 날 위하여		이정신	6
68	Spring lingers on	巖花에 春晚한데		신희문	6
69	Life is, at most, a	人生天地 百年間에	1935.12.28	신희문	6
70	A dream-seen love is	꿈에 뵈는님이	1935.11.19	명옥	6
71	O let my dreams about	님그린 相思夢이	1935.11.10	박효관	6
72	They call me old?	뉘라서 날 늙다턴고	1935.11.5	이중집	6
73	I never thought, you	어리고 성긴가지	1935.10.30	안민영	6
74	The sun sets and she	해지고 돋는달이		안민영	6
75	White snow the	白雪이 滿乾坤하니	1935.10.25	무명씨	6
76	Disdain not the	꽃아 色을 믿고	1935.10.27	무명씨	6
77	Suppose spring willows	綠羅로 剪作三春柳	1935.10.27	무명씨	6
78	If weeping-willow	버들은 실이되고	1935.11.1	무명씨	6
79	O'ernight the wind has	간밤에 부든바람	1935.10.30	무명씨	6
80	Are you a peony or	담안에 섯는곳이	1935.11.1	무명씨	6
81	I envy much your lot,	白鷗야 부럽고나	1935.11.5	무명씨	6
82	Let us go, butterflies,	나비야 靑山에가자	1935.11.6	무명씨	6
83	Let us be changed in	우리둘이 後生하여	1935.11.28	무명씨	6
84	Alas, whom have I	내靑春 누구주고	1935.11.8	무명씨	6

	번역시	원작	『동아일보』	작가	행수
85	The lofty pass of	바람이라도 쉬어	1935.11.12	무명씨	6s
86	With my love on my	사랑을찬찬얽동여	1935.11.12	무명씨	6s
87	Shall I buy up love?	사랑을 사자하니	1935.11.14	무명씨	6s
88	Make with a	고래물혀 채민바다	1935.11.14	무명씨	6s
89	A needle drops into	대천바다 한가운데		무명씨	6s
90	The sunset brings me	히 지면 長歎息ㅎ고		무명씨	6
91	"What was love like?	사랑이 어떻더니		무명씨	6
92	With snow and moon	雪月이 만정한데		무명씨	6
93	When a flower's seen	보거든 겂지말고	1936.1.14	무명씨	6
94	Let benign winter	겨울날 다사한볕을	1935.11.28	무명씨	6
95	Butterflies dance before	꽃보고 춤추는나뷔	1936.1.12	무명씨	6
96	Spring showers swelled	春水滿四澤하니	1936.1.12	무명씨	6
97	I'll shut my mouth	말하기 조타하고	1935.12.8	무명씨	6
98	Let those on pinnalcles	꼭닥에 오르다하고	1935.12.19	무명씨	6
99	Taking a springy,	瀟湘斑竹 길게베어	1935.12.10	무명씨	6
100	Who can make life of	인생이 둘가셋가	1936.1.15	무명씨	6
101	O Egret, do not scorn	가마귀 검다하고		무명씨	6
102	What ten year's planned	십년을 경영하여		무명씨	6

참고문헌

1. 자료

『가곡원류』

『남훈태평가』

『동아일보』, 1935.10.25.~1936.1.18(시조 영역).

『우라키』 7호, 우라키사, 1936

『조선중앙일보』, 1933.8.14.~1933.9.15.(시조 영역)·1933.10.2~1933.10.12(시조영역론)

『조웅전』

김흥규 외편, 『고시조대전』, 고려대민족문화연구원, 2012.

_____ 편, 『한국문학 번역서지 목록』, 한국문학번역금고, 고려대 민족문화연구원, 1998.

변영로 편저, 유형숙 역, 『진달래 동산』, 미들하우스, 2012.

변영태, 민충환 편, 『Songs from Korea—변영태가 쓴 영시집』, 지식과 교양, 2011.

수주변영로기념사업회 편, 『수주 변영로 전집』 1~4권, 한국문화사, 1989.

신경숙 외, 『고시조 문헌 해제』, 고려대 민족문화연구원, 2012.

우강양기탁선생전집 편집위원회 편, 『우강 양기탁 전집』 1·2, 동방 미디어, 2002.

이광수, 「강용흘씨의 초당」, 『동아일보』 1931.12.10(『이광수전집』 16에 재수록).

이창배, 『증보 가요집성』, 1966.

이혜구·성경린·이창배, 『국악대전집』, 신세기 레코오드 주식회사, 1969.

정인섭, 『한국문단논고』, 신흥출판사, 1957.

_____, 『비소리 바람소리』, 정음사, 1968.

Bird, Isabella, 이인화 역, 『한국과 그 이웃나라들』, 살림, 1994.

Ducrocq, Georges, 최미경 역, 『가련하고 정다운 나라, 조선』, 눈빛, 2001.

Gale, J. S., 장문평 역, 『코리언 스케치』, 현암사. 1970.

_____, 김인수 역, 『제임스 게일 목사의 선교편지』, 쿰란출판사, 2009.

Griffis, W. E., 신복룡 역주, 『은자의 나라, 한국』, 집문당, 1999.

Hulbert, H. B., 신복룡 역주, 『대한제국멸망사』, 평민사, 1984.

Landor, A. H. Savage, 신복룡·장우영 역주, 『고요한 아침의 나라 조선』, 집문당, 1999.

Oppert, E., 신복룡·장우영 역주, 『금단의 나라 조선』, 집문당, 2000.

Kang, Younghill, 김성칠 역, 『초당』, 금룡도서, 1947.

_____, 장문평 역, 『초당』, 범우사, 1993.

_____, 유영 역, 『초당』, 혜원출판사, 1994.

Korean Repository, Seoul : Trilingual Press, 1892~1898.

The Korea Magazine, Seoul : YMCA Press, 1917.1~1919.4

The Korea Mission Field, Seoul : General Council of Evangelical Misssions in Korea, 1924.7~1927.9.

The Korean Student Bulletin, 국가보훈처 편, 국가보훈처, 2000.

El Portal, San Jose State College, 1932.

Aston, W. G., "On Corean Popular Literature", *Transactions of the Asiatic Society of Japan*, vol.18, Tokyo
: Asiatic Society of Japan, 1890.

Bird, Isabella, "Along the Coast", *Korea and her Neighbors*, New york, Chicago : Fleming H. Revell Co,
1898.

Chung Chong-wha, *Korean Classical Literature : An Anthology*, London and New York : Kegan Paul Int.,
1989.

Gale, J. S., *Korean Sketches*, New York, Chicago : Fleming H. Revell Co, 1898.

_____, *Korea in Transition*, New York : Eaton&Mains, 1909.

_____, *Pen-Pictured Old Korea*, Canada, University of Toronto, 1912.

_____, "Korean Songs", *The Korea Bookman*, vol.III no.2, Seoul : The Christian Literature
Society of Korea, 1922.6.

_____, *Diary #7, #21*, Canada, University of Toronto.

_____, "Korean Literature", *The Christian Movement in Japan, Korea and Formosa*, Kobe, 1923.

Grigsby, Joan S., *The Orchid Door*, Japan : J. L. Thompson, 1935.

Hulbert, H. B., "Korean Vocal Music", *The Korean Repository*, Seoul : Trilingual Press, 1896.2.

_____, "Korean Poetry", *The Korean Repository*, Seoul : Trilingual Press, 1896.5.

_____, *The Passing of Korea*, New York : Doubleday, 1906.

Jacques, Elizabeth St., *Around the Tree of Light*, Ontario : Maplebud Press, 1995.

Kang, Younghill, *Translations of Oriental Poetry*, New York : Prentice Hall, 1929.

_____, *The Grass Roof*, New York : Charles Scribner's Sons, 1931.

Kang, Younghill, *The Happy Grove*, New York : Charles Scribner's Sons, 1933.

_____, *East goes West*, New York : Charles Scribner's Sons, 1937.

Kim, Unsong, *Classical Korean Poems*, Seoul : Il Nyum, 1986.

Lee, Peter H, *Anthology of Korean Poetry : From the Earliest Era to the Present*, The John day Company, 1964.

Norris, Faith, G., *Dreamer in Five Lands*, Drift Creek Press, 1993.

Kevin O'Rourke, *The Book of Korean Shijo*, Harvard University. 2002.

Park, Linda Sue, *Tap Dancing on the Roof : Sijo*, Clarion Books, 2007.

Preminger, Alex, *Encyclopedia of poetry and poetics*, Princeton University Press, 1965.

Pyun, Y. R., *The Grove of Azalea*, Seoul : Gukje Publications, 1947.

Pyun, Y. T., *Songs from Korea*, The International Cultural Association, 1948.

Rutt, Richard, *James Scarth Gale and his History of the Korean People*, 韓國民族史, Seoul : Royal Asiatic Society, Korea Branch in conjunction with Taewon Publishing Company, 1972.

_____, *The Bamboo Grove*, University of Michigan Press, 1971

Trollope, M. N., "Corean Books and Their Authors", *Transactions of the Korean Branch of the Royal Asiatic Society*, Royal Asiatic Society Korea Branch, 1932.

Underwood, Horace H., "Korean Literature in English : A Critical Bibliography", *Transactions of the Korea Branch of the Royal Asiatic Society*, Korea Branch of the Royal Asiatic Society, 1976.

Washburn, Katharine. Major, John S., Fadiman, Clifton, World Poetry : An Anthology of Verse from Antiquity to Our Time, New York : W. W. Norton&Company, 1997.

2. 저서 및 논문

강거배, 「한국문학의 해외소개」, 『한국현대문학50년』, 민음사, 1995.

강영미, 「이병기의 시조론과 창작의 실제」, 『민족문학사연구』, vol.15 no.1, 민족문학사학회, 1999.

_____, 「식민지시대 창작시조와 『동아일보』」, 『어문논집』 64, 민족어문학회, 2011.

강혜정, 「강용흘 영역시조의 특성 – 최초의 영역시조선집 *Translations of Oriental Poetry*를 중심으로」, 『민족문화연구』 57호, 고려대 민족문화연구원, 2012.

_____, 「20세기 전반기 고시조 영역의 전개양상」, 고려대 박사논문, 2014.

_____, 「영역 한국고전시선집 『*The Orchid Door* 蘭閨』의 특성 고찰」, 『한국시가연구』 40, 한국시가학회, 2016.

_____, 「영역 한국고전시선집 『*The Orchid Door* 蘭閨』 선취양상의 문제점 – 수록 작품의 국적과 갈래를 중심으로」, 『한국시가연구』 41, 한국시가학회, 2016.

강혜정, 「게일의 미출판 영역시조의 계보학적 위상 고찰」, 『한국고전연구』 58, 한국고전연구학회, 2022.

고미숙, 「19세기 시조의 전개 양상과 그 작품세계 연구」, 고려대 박사논문, 1993.

고은지, 「애국계몽기 시조의 창작배경과 문학적 지향」, 고려대 석사논문, 1997.

_____, 「20세기 놀이문화인 시조놀이의 등장과 그 시조사적 의미」, 『한국시가연구』 24집, 한국시가학회, 2008.

곽효환, 「한국문학의 해외소개 연구」, 건국대 석사논문, 1998.

국사편찬위원회 편, 『이방인이 본 우리』, 두산동아, 2009.

김대행, 『운율』, 문학과지성사, 1984.

_____, 『시조유형론』, 이화여대 출판부, 1986.

김명준, 『고려속요의 전승과 확산』, 보고사, 2013.

김병철, 『한국근대번역문학사연구』, 을유문화사, 1975.

김봉희, 「게일의 한국학 저술활동에 관한 연구」, 『서지학 연구』 3, 서지학회, 1988.

김상필, 「대통령지망생 강용흘씨」, 『신동아』 104, 1973.4.

김성철, 「19세기 후반~20세기 초반 서양인들의 한국문학 인식과정에서 드러나는 서구 중심적 시각과 번역 태도-Allen, Aston, Hulbert의 저작물을 중심으로」, 『우리문학연구』 39, 우리문학연구회, 2013.

김승우, 「구한말 선교사 호머 헐버트의 한국시가인식」, 『한국시가연구』 31집, 한국시가학회, 2011a.

_____, 「한국시가에 대한 구한말 서양인들의 고찰과 인식-James Scarth Gale을 중심으로」, 『어문논집』 64, 민족어문학회, 2011b.

김용옥·최영애, 『도올 논문집』, 통나무, 1991.

김용찬, 『18세기의 시조문학과 예술사적 위상』, 월인, 1999.

김욱동, 「시인으로서의 강용흘」, 『영미연구』 11, 한국외대 영미연구소, 2004.

_____, 『강용흘 그의 삶과 문학』, 서울대 출판부, 2004.

김윤희, 「18세기 중후반 가집 특성의 일국면-『영언류초』, 『해아수』를 중심으로」, 『한국시가연구』 25집, 한국시가학회, 2008.

_____, 「잡지 『청춘』을 통해본 최남선의 고시조 인식 방향과 그 의미」, 『고시가연구』, 고시가문학회, 2012.

김은희, 「권주가에 대한 일고찰」, 『반교어문연구』 31, 반교어문학회, 2010.

김재현, 「한국시 영역의 현황 및 방법론적 고찰-문제와 전망」, 『영어영문학』 34권 1호, 한국영어영문학회, 1988.

김종길, 「한국문학 세계화의 현실」, 『한국문학의 외국어 번역』, 민음사, 1997.

김진희, 「원세순 편 『삼가악부』의 특성과 의미」, 『고전문학연구』 41, 고전문학연구회, 2012.

김학성, 「시조사의 전개와 낙시조」, 『시조학 논총』 11, 한국시조학회, 1995.

_____, 「시조의 3장 구조 미학과 그 현대적 계승」, 『인문과학』, 성균관대 인문과학연구소, 2006.

김현숙, 「시조의 영어번역고 – 영역에 나타난 표현의 차이를 중심으로」, 『한국어문학연구』 12, 이화여대 출판부, 1972.

김효중, 「재미한인문학에 인용된 고시조 영역 고찰 – 강용흘의 초당을 중심으로」, 『비교문학』 39, 한국비교문학회, 2006.

김흥규, 「평시조 종장의 율격, 통사적 정형과 그 기능」, 『어문논집』, 안암어문학회, 1977.

_____, 「한국시가 율격의 이론 1 – 이론적 기반의 모색」, 『민족문화연구』 13, 고려대 민족문화연구원, 1978.

_____, 『욕망과 형식의 시학』, 태학사, 1999.

_____, 『한국문학의 이해』, 민음사, 2000.

_____, 『한국 고전문학과 비평의 성찰』, 고려대 출판부, 2002.

_____, 「조선 후기 시조의 '불안한 사랑' 모티브와 '연애시대'의 전사」, 『한국시가연구』 24집, 한국시가연구학회, 2008.

김희곤, 「북미유학생잡지〈우라키〉연구」, 『복현사림』 21권, 경북사학회, 1998.

로렌스 베누티, 임호경 역, 『번역의 윤리 – 차이의 미학을 위하여』, 열린책들, 2006.

류대영, 『초기 미국 선교사 연구』, 한국기독교역사연구소, 2001.

_____, 「연희 전문, 세브란스 의전과 관련 선교사들의 한국 연구」, 『한국 기독교와 역사』 17, 2003.

민경배, 「게일의 선교와 신학」, 『현대와 신학』 24, 연세대 연합신학대학원, 1998.

_____, 「게일」, 『한국사시민강좌』 34, 일조각, 2004.

박미영, 「미주시조선집에 나타난 디아스포라 시조론」, 『시조학논총』 30, 한국시조학회, 2009.

_____, 「미주 발간 창작영어시조집에 나타난 시조의 형식과 그 의미」, 『시조학논총』 34, 한국시조학회, 2011.

박옥수, 「1920년대, 1930년대 국내 번역 담론과 번역학 이론과의 연계성 고찰」, 『동서비교문학저널』 20호, 동서비교문학회 2009 봄·여름.

박지영, 「1950년대 번역가의 의식과 문화정치적 위치」, 『상허학보』 1권 20호, 상허학회, 2010.

박진임, 「한국문학의 세계화와 번역의 문제」, 『번역학연구』 제8권 1호, 한국번역학회, 2007.

_____, 「고시조 영역 양상 고찰」, 『비교한국학』 28(3), 국제비교한국학회, 2020.

백낙준, 『한국개신교사』, 연세대 출판부, 1973.

봉준수 외, 『한국문학의 외국어 번역』, 유럽문화정보센터, 연세대 출판부, 2004.

브루스 풀턴, 「한국문학의 영역과 그 전망」, 『한국현대문학50년』, 민음사, 1995.

서울대 규장각한국학연구원 편, 『해외 한국본 고문헌 자료의 탐색과 검토』, 삼경문화사, 2012.

서정민, 『한국과 언더우드-The Korea Mission Field의 언더우드家』, 한국기독교역사연구소, 2004.

서지문, 「번역에서의 diction의 문제-고전번역에서 품위와 엄숙성의 재현에 대한 소고」, 『번역문학』, 연세대 출판부, 1999.

서혜련, 『영시의 구성요소와 그 의미』, 동인, 2001.

성기옥, 『한국시가율격의 이론』, 새문사, 1986.

_____, 「용비어천가의 문학적 성격」, 『진단학보』 67호, 진단학회, 1989.

_____, 「우리시의 율격론에 대한 몇 가지 변명」, 『도남학보』 12집, 도남학회, 1989.

_____, 「국문학 연구의 과제와 전망」, 『이화어문논집』 12집, 이화어문학회, 1992.

_____, 『한국시의 미학적 패러다임과 시학적 전통』, 소명출판, 2004.

_____·손종흠, 『고전시가론』, 방송통신대 출판부, 2006.

_____, 『조선 후기 지식인의 일상과 문화』, 이화여대 출판부, 2007.

성무경, 「19세기 초반 가곡 향유의 한 단면-『영언』과 『청육』의 이삭대엽 우, 계면 배분 방식을 대상으로」, 『시조학논총』 19집, 한국시조학회, 2003.

_____, 「보급형 가집 남훈태평가의 인간과 시조 향유에의 영향」 1, 『한국시가연구』 18, 한국시가학회, 2005.

손인수, 『원한경의 삶과 교육사상-H. H. 언더우드의 선교교육과 한국학연구』, 연세대 출판부, 1992.

송민규, 「19세기 서양 선교사가 본 한국시」, 고려대 석사논문, 2008.

_____, 「The Korean Repository에 소개된 Ode 연구」, 『Journal of Korean Culture』 22, 한국어문학 국제학술포럼, 2013.

_____, 「The Korean Repository에 소개된 Song 연구」, Comparative Korean Studies 21권 1호, 국제비교한국학회, 2013.

신경숙, 『19세기 가집의 전개』, 계명문화사, 1994.

_____, 「가곡원류의 소위 '관습구'들 어떻게 볼 것인가?-평시조를 중심으로」, 『한민족 어문학』 41집, 한민족 어문학회, 2002.

_____, 『조선 후기 시가사와 가곡연행』, 고려대 민족문화연구원, 2011.

신은경, 「강용흘의 영역시조에 관한 연구」, 『한국문학이론과 비평』 16권 4호, 한국문학이론과 비평학회, 2012.

신웅순, 『현대시조시학』, 문경출판사, 2001.

심재기, 「게일 문법서의 몇 가지 특징」, 『한국문화』 9, 서울대 한국문화연구소, 1988.

앙트완 베르만, 윤성우·이향 역, 『번역과 문자-먼 것의 거처』, 철학과현실사, 2001.

_____, 윤성우·이향 역, 『낯선 것으로부터 오는 시련』, 철학과현실사, 2009.

연동교회, 『연동교회 80년사』, 평화당인쇄주식회사, 1974.

오윤선, 「한국 고소설영역의 양상과 의의」, 고려대 박사논문, 2005.

유영익, 「게일의 생애와 그의 선교사업에 대한 연구」, 『캐나다 연구』 2, 연세대 동서문제연구원 캐나다연구센터, 1990.

윤세순, 「17세기 전기소설에 나타난 삽입시의 존재 양상과 기능」, 『동방한문학』 42, 동방한문학회, 2010.

윤춘병, 『한국 기독교 신문 잡지 백년사』, 대한기독교출판사, 1983.

윤혜준, 「영어권 독자와 한국문학사-피터리의 『한국문학사』의 성취와 과제」, 『세계문학비교연구』 27, 세계문학비교학회, 2009.

윤희수, 「전유로서의 번역-에즈라 파운드의 한시번역과 이미지즘의 상관성에 관한 연구」, 『외국문학연구』 49집, 한국외대 외국문학연구소, 2013.

이문성, 「판소리계 소설의 해외 영문번역 현황과 전망」, 『한국학연구』 38집, 고려대 한국학연구소, 2011.

이병기, 『가람문선』, 신구문화사, 1966.

이상란, 「게일과 한국문학-조용한 아침의 나라, 그 문학적 의미」, 『캐나다 논총』 1, 한국캐나다학회, 1993.

이상원, 「해동풍아의 성격과 무명씨 작품 배열 원리」, 『한국문학연구』, 고려대 민족문화연구원 한국문학연구소, 2002.

_____, 『조선시대 시가사의 구도와 시각』, 보고사, 2004.

_____, 『한국출판번역독자들의 번역평가 규범연구』, 한국학술정보주, 2006.

이상현, 「제임스 게일의 한국학 연구와 고전서사의 번역-게일 한국학 단행본 출판의 변모와 필기, 야담, 고소설의 번역」, 성균관대 박사논문, 2009.

_____·이진숙, 「『조선필경』(Pen-picture of Old Korea(1912) 소재 게일(J.S.Gale) 영역시조의 창작 연원과 '내지인의 관점'」, 『우리문학연구』 44, 우리문학회, 2014.

_____·윤설희·이진숙, 「『게일유고』 소재 한국고전 번역물(1)」, 『열상고전연구』 46, 열상고전연구회, 2015.

_____, 「시가어의 재편과정과 번역-게일의 미간행 영역시조와 시조 담론의 계보학」, 『열상고전연구』 46, 열상고전연구회, 2015.

이성일, 「우리 고전 번역의 필요성」, 『민족문화연구』 31, 고려대 민족문화연구원, 1998.

_____, 「시의 번역에서 운율의 이식은 가능한가?」, 『번역시의 운율』, 소명출판, 2012.

이영희, 「게일의 한영ᄌᆞ뎐 연구」, 대구가톨릭대 석사논문, 2001.

이용만, 「게일과 헐버트의 한국사 이해」, 『교회사학』, 한국기독교회 사학회, 2007.

이유식, 「한국문학 영어권 번역 소개 연구」, 『번역학연구』 창간호, 한국번역학회, 2000.

이유진, 「19세기 시조창 대중화에 대한 재론」, 『국문학 연구』 16, 국문학회, 2007.

이은성, 「19세기 말에서 20세기 초 시조창 향유의 변화양상−『가요』(동양문고본)를 중심으로」, 『한민족
　　　어문학』 45, 한민족어문학회, 2004.

이재정, 『대한성공회 백년사−1890~1990』, 대한성공회 출판부, 1990.

이재호, 『문화의 오역』, 동인, 2005.

이형대, 『한국고전시가와 인물형상의 동아시적 변전』, 소명출판, 2002.

_____, 「1920~30년대 시조의 재인식과 정전화 과정」, 『고시가연구』 21, 한국고시가문학회, 2008.

이혜령, 「『동아일보』와 외국문학, 해외문학파와 미디어」, 『한국문학연구』 34, 동국대 한국문학연구소,
　　　2008.

임문철, 「J. S. 게일의 한국사 인식 연구−*A History of the Korean People*을 중심으로」, 연세대 석사논문, 2003.

임선묵, 「시조의 번역 문제」, 『동양학』 5권, 단국대 동양학연구소, 1975.

임종찬, 「현대시조의 진로 모색과 세계화 문제 연구」, 『시조학논총』 23, 한국시조학회, 2005.

_____, 「시조의 한시역과 한시의 시조역의 문제점 연구」, 『시조학논총』 27, 한국시조학회, 2007.

임주탁, 「한국고전시가의 영어 번역의 양상과 문제점」, 『어문학』 14, 한국어문학회, 2011.

장사훈, 『시조음악론』, 서울대 출판부, 1973.

_____, 『한국전통음악의 이해』, 서울대 출판부, 1981.

_____, 『최신 국악총론』, 세광출판사, 1985.

장인식, 「영역 고시조에 나타난 번역상의 문제점−이순신, 이조년, 김종서 시의 경우」, 『번역학연구』 제5
　　　권 2호, 한국번역학회, 2004.

장효현, 「한국 고전소설 영역의 제문제」, 『고전문학연구』 19, 한국고전문학회, 2001.

전성기, 「번역비평과 해석」, 『불어불문학연구』 72, 한국불어불문학회, 2007.

전성운, 「한국학의 개념과 세계화의 방안」, 『한국학연구』 32, 고려대 한국학연구소, 2010.

_____, 「〈조웅전〉 형성의 기저와 영웅의 형상」, 『어문연구』 74집, 어문연구학회, 2012.

_____, 「영문판 한국문학(사)의 서술 양상과 특징」, 『어문논집』 53, 중앙어문학회, 2013.

정규복, 「구운몽 영역본고」, 『국어국문학』 21, 국어국문학회, 1959.8.

정병욱, 「고시가 운율론 서설」, 『최현배선생 환갑기념논문집』, 사상계사, 1954.

정영목, 『조선을 찾은 서양의 세 여인』, 서울대 출판문화원, 2013.

정혜경, 「*The Korea Magazine*의 출판 상황과 문학적 관심」, 『우리문학연구』 50집, 우리문학회, 2014.9.

정혜용, 「직역론의 새로운 갈래와 번역 패러다임의 변화」, 『프랑스학연구』 33, 프랑스학회, 2005.

정혜용, 「베르만과 메쇼닉의 번역이론 이해를 위하여-속담 번역의 상징적 위치」, 『불어불문학연구』 66, 한국불어불문학회, 2006.

_____, 「번역비평 규범으로서의 가독성과 충실성 개념」, 『프랑스문화예술연구』 20집, 프랑스문화예술연구회, 2007.

조규익, 「변영태 영역시조의 성격과 의미」, 『온지논총』 29집, 온지학회, 2011.

조동일, 「시조의 율격과 변형규칙」, 『국어국문학연구』 18집, 영남대 국어국문학과, 1978.

_____ 외, 『한국학 고전자료의 해외번역-현황과 과제』, 계명대 출판부, 2008.

조윤제, 『한국시가의 연구』, 을유문화사, 1948.

_____, 「시조자수고」, 『한국시가의 연구』, 을유문화사, 1948.

조정경, 「J. S. Gale의 한국인식과 재한활동에 관한 일연구」, 『한성사학』 3, 한성대 사학회, 1985.

조재룡, 「번역과 시학」, 『프랑스학 연구』 39집, 프랑스학회, 2007.

_____, 「프랑스와 한국의 번역이론 비교 연구문학텍스트의 특수성을 중심으로」, 『인문과학』, 성균관대 인문과학연구소, 2007.

_____, 「번역사를 바라보는 한 관점-앙리 메쇼닉의 경우」, 『번역학연구』 10권 1호, 한국번역학회, 2009.

_____, 「동서양의 문화 번역론 비교 연구-루쉰과 베르만, 베르만과 루쉰」, 『비교문학』 48, 한국비교문학회, 2009.

_____, 『번역의 유령들』, 문학과지성사, 2011.

_____, 「정인섭과 번역의 활동성-번역, 세계문학의 유일한 길」, 『민족문화연구』 57집, 고려대 민족문화연구소, 2012.

_____, 「운문의 운문으로의 번역은 가능한가」, 『번역시의 운율』, 소명출판, 2012.

조태성, 「시조의 외국어 번역에 관한 시론-시조의 감성 구조와 투어의 활용을 중심으로」, 『시조학논총』 31, 한국시조학회, 2009.

조현범, 『문명과 야만-타자의 시선으로 본 19세기 조선』, 책세상, 2002.

조희웅, 「조웅전 이본고 및 교주보」, 『어문학논총』, 국민대 어문학연구소, 1993.

주홍근, 「선교사 기일의 생애와 한국기독교에 끼친 공헌」, 피어선신학교 석사논문, 1985.

최규수, 「남훈태평가를 통해 본 19세기 기조의 변모양상」, 이화여대 석사논문, 1989.

최병현, 『강변에 앉아 울었노라-뉴욕한인교회70년사』, 깊은샘, 1992.

최호철 외, 『외국인의 한국어 연구』, 경진문화사, 2005.

케빈 오루크, 「한국 고전 시 번역 제고」, 『한국학 고전 자료의 해외 번역-현황과 과제』, 계명대 출판부, 2008,

한규무, 「게일의 한국인식과 한국 교회에 끼친 영향」, 『한국기독교와 역사』 4, 한국기독교역사연구소,

1995.

홍경표, 「강용흘의 초당과 행복의 숲에 인용된 한국 고시조-특히 영어번역과 관련하여」, 『한국말글학』
    20, 한국말글학회, 2003.

황재범, 「한국개신교 초기 선교사들의 비정치화신학의 문제」, 『종교연구』 50, 한국종교학회, 2010.

황호덕·이상현, 「번역과 정통성, 제국의 언어들과 근대한국어」, 『아세아연구』, 고려대아세아문제연구소,
    2011.

Anthony, Brother, 「Medievalism and Joan Grigsby's The Orchid Door」, 『중세르네상스 영문학』 17
    권 1호, 2009.

Fouser, Robert J., 「Selection and Stylistics in Translating Classical Korean Literature」, 『민족문화연
    구』 31, 고려대 민족문화연구원, 1998.

Jacques, Elizabeth St, *Around the Tree of Light*, Ontario : Maplebud press, 1995.

_____, "An Introduction to Sijo and its Development in North America"
    http://startag.tripod.com/IntroSijo.html(revised 2001.4)

Lew, Walter K., "Before the Grass Roof", *Korean Culture* 19 : 1, LA : Korean Culture Service, 1998
    Spring.

Nida, Eugene A. and Taber, Charles R., *The Theory and Practice of Translation*, The Netherlands : E. J.
    Brill, Leiden, 1969.

Rutt, Richard, "An Introduction to the Sijo", *Transactions of the Korea Branch of the Royal Asiatic Society* 34,
    Korea Branch of the Royal Asiatic Society, 1958.

Waley, Arthur, *The Poetry and Career of Li Po*, New York : Macmillan Company, 1950.

Yoon, Hye-Joon, 「Translating Ch'unHyangga-The Problems and a Strategy」, 『비교문학』 57, 한
    국비교문학회, 2012.

_____, "The Task and Risk of Translating Classical Korean Sijo", *Key Papers on Korea :
    Essays Celebrating 25 Years of the Centre of Korean Studies.*, SOAS, University of London, 2014.

찾아보기

국문

ㄱ ─────────────

The Dawning and Evolution of
English Translation of Korean Classical Sijo

Translated by Andrew H. Yoon

This book acknowledges the importance of translating Korean Classical Sijo(古時調) into English. It aims to shed light on the authors, their methods, and reasons for their translation work by compiling early translation endeavors from the early 19th century to the 20th century.

James S. Gale embarked on the pioneering task of translating Sijo into English, a project that spanned over 40 years, eventually resulting in three significant drafts. These drafts hold a special significance, as they disclose the evolving perspective of Gale regarding Korean Classics and the varying aspects of Sijo from different angles. The initial translations emphasized interpretation, the second delved deeper into the source and the third combined elements from both approaches.

While Homer B. Hulbert asserted that the 3-line Sijo served as his source, his translations were lengthy and lacked consistency. Hulbert's primary objective was to convey the emotions experienced by native readers rather than providing a faithful or literal equivalent of the source. Despite his warm regard for Korean culture and literature with recognition of its uniqueness, Hulbert ultimately created a foreign and Westernized adaptation that deviated significantly from the original texts resulting in a translation that lacked scholarly merit in the realm of literary translation.

In the 1930s, as foreign missionaries returned home, Koreans, both in their homeland and overseas, stepped in to continue the advancement of translation. Amid the backdrop of Imperial Japanese rule, Koreans who were stripped of their sovereignty sought to convey their homeland's history and culture through the translation of Sijo poetry. Younghill Kang, who had pursued higher education in the United States following the March Movement, made a significant impact by publishing *Translations of Oriental Poetry*, an anthology that prominently featured translated Sijos. He skillfully integrated these translated Sijos into his novels, The Grass Roof and The Happy Grove, which gained widespread readership around the world, thus popularizing traditional Korean poetry.

Younghill Kang possessed a deep understanding of Sijo and Korean poetry, understanding the richness of Korean culture from an early stage. However, at the time, Westerners had limited knowledge about the East, leading to misunderstandings and biased perceptions of Korea. Kang's initial translations played a pivotal role in introducing the concept of 'Poetry' as a defining cultural hallmark to Western audiences. In this new context, Sijo was regarded as the quintessential literary genre representing Korea. In his subsequent translations, Kang further solidified the recognition of Sijo as a genuine form of 'Poetry', on par with Western traditions; seamlessly incorporating Sijo into his novels ─ a testament to the deep integration of Sijo within traditional Korean culture.

Youngro Pyun opted for a 4-line format in his translation. Yet, in his attempt to transform the 3-line structure into a 4-line one, certain elements weren't entirely conveyed, leading to necessary alterations in the plot's development. Despite transforming, and at times sacrificing the original meaning, Youngro Pyun was committed to preserving the rhyme scheme characteristic of an English poem.

Upon encountering Sijo translations featured in a series within the Chosun JoongAng Ilbo, Inseop Jeong took the initiative to publish the "Theory of Sijo Translation". This work served as an evaluation of past accomplishments and a forum for discussing the future trajectory of Sijo translation. Notably, this article reflects the depth and earnestness of discussions surrounding poetry translation in Korea during the 1930s. Jeong recognizing issues related to formality in English translations of Sijo, endeavored to articulate his unique perspective on the matter.

In 1933, as Youngro Pyun's Sijo translations were featured in newspapers alongside Inseop Jeong's publication of "Theory on Sijo Translation," interest in Sijo translation reached new heights within domestic literary circles. This trend also inspired Youngtae Pyun, an English teacher and Young-ro Pyun's brother, to join in. Youngtae Pyun, in his work, elucidated the formal aspects of Sijo by drawing comparisons to sonnets. He adopted formal characteristics from sonnets to fashion a unique Sijo format.

The significance of Young-tae Pyun's Sijo translation lies in its pioneering achievement of formality. Nevertheless, certain challenges emerge as this formality involves borrowing elements from the sonnet, an established branch of English poetry.

In the early 20th century, the translation of Korean classical Sijo experienced a notable transformation, both in terms of quantity and quality. This transformation marked a departure from the Western-centric perspective that had predominated. Starting in 1930, the primary groups of translators shifted from foreign missionary organizations to Koreans, both within Korea and abroad.

This shift brought about a quantitative growth in Sijo renditions, enabling the publication of collections of Sijo interpretations. Simultaneously, there was qualitative development, evidenced by open discussions in newspapers regarding the form and style of Sijo renderings. During this period, translators also underwent a transition in their perception of Sijo.

Initially, Sijo was unequivocally regarded as a song by early foreign translators. However, after the 1930s, Koreans began to view Sijo as not only a song but also as a form of poetry. As time progressed into the second half of the 20th century, Sijo gained recognition as a literary form distinct from music.

The translation of Sijo must encompass both its content and form. In future Sijo translations, it's crucial to reproduce not only the physical characteristics but also the aesthetic essence inherent in the Sijo framework, characterized by repetition and transformation. This task is undeniably challenging, but it's one that translators cannot disregard. The Sijo configuration serves as a foundational device that effectively guarantees lyrical progression and fulfillment, given that Sijo adheres to a fixed verse form. It is imperative to reveal this aesthetic arrangement in translation.

As the second half of the 20th century unfolded, the number of Sijo translators grew rapidly, leading to an increase in the volume of translations. Many translators adopted a six-line poem format, adopting a mixed approach, almost as if it were a standard for Sijo translation. However, this format falls short of adequately conveying the aesthetic essence of Sijo. The Sijo translation form remains a work in progress. To improve Sijo translation beyond past efforts, it is necessary to begin with a critical reflection on previous translations.

I hope this book can serve as a modest starting point for such endeavors, helping to reveal the authentic essence of Korean culture rooted in classical literature and fostering communication with cultures worldwide.

(재)한국연구원 신진한국학연구총서 목록